Contemporánea

Juan García Hortelano (1928-1992) pasó su infancia y adolescencia en Cuenca y se licenció en Derecho por la Universidad de Madrid en 1950. Su irrupción en el panorama literario tuvo lugar en 1959 con *Nuevas amistades*, que obtuvo el Premio Biblioteca Breve. En 1961 ganó el Premio Formentor con *Tormenta de verano* y en 1967 publicó la colección de relatos *Gente de Madrid*. Adscrito en un principio a lo que se llamó «realismo social», poco a poco se distanció de los presupuestos estéticos de esa corriente para conformar una voz genuina, un fraseo inconfundible con el que dotó su prosa de una ductilidad pocas veces igualada en este país. En 1972 se publicó la que está considerada su obra mayor, *El gran momento de Mary Tribune*. De entre el resto de su obra cabe destacar *Los vaqueros del pozo* (1979) y *Gramática parda* (1982).

Juan García Hortelano

El gran momento de Mary Tribune

DEBOLS!LLO

Papel certificado por el Forest Stewardship Council®

Segunda edición: abril de 2025

Printed in Spain – Impreso en España

ISBN: 978-84-663-8248-9
Depósito legal: B-4.513-2025

Compuesto en Fotocomposición 2000, S. A.

Impreso en Black Print CPI Ibérica
Sant Andreu de la Barca (Barcelona)

P 3 8 2 4 8 9

Cependant j'ai dix ou douze charpentiers en l'air, qui lèvent ma charpente, qui courent sur les solives, qui ne tiennent à rien, qui sont à tout moment sur le point de se rompre le cou, qui me font mal au dos à force de leur aider d'en bas. On songe à ce bel effet de la Providence que fait la cupidité; et l'on remercie Dieu qu'il y a des hommes qui pour douze sous veuillent bien faire ce que d'autres ne feroient pas pour cent mille écus.

Marquise de Sévigné

1

Nenúfares, a ser posible

Entonces —y maldita la falta que hacían ya— llegaron y me preguntaron que qué pasaba. Que no pasaba nada, les dije. Sólo había sido un susto, pero no pasaba nada. Tub, nada más sentarse, fue la primera en pedir copa. Ni yo sabía qué cantidad de alcohol podían albergar los muros de la casa, a excepción del que contenía mi cuerpo, así que cada uno, a su aire, se buscase de beber. Dicho y hecho. Por fortuna, en aquellos días había remitido la manía de consultarnos todo unos con otros, que años atrás puso de moda José María y que nos había inundado la existencia de citas, confidencias, contracitas, despechos, ardores e inercia volitiva. En aquellos días los teléfonos habían ladrado poco. De ahí que creyese yo extrañarla por causas temporales, hasta que acabé de percibir que a Tub le asomaba un increíble camisón, a partir de la orla de astracán negro de su abrigo blanco. Que se fuesen sirviendo, que yo regresaba en un instante. Y sin otro protocolo, mientras les oía recomendarme la sustitución de la bata de seda por atuendo menos ramplón, me escabullí al pasillo, lo recorrí y, aún tembloroso, me lancé al dormitorio.

Aseguré el pestillo.

La atmósfera mefítica crujía al ritmo de sus ronquidos. Llegué a una de las dos butacas. Contuve la respiración.

Salvo que por ellas la amaba, siempre me irritaron las extravagancias de Tub. De ser yo Andrés, le retiraría hasta el dinero de la compra, para que no pudiese ponerle astracán a un abrigo de mil ochocientas, y de paño.

Desde que me había refugiado en el cuarto de trabajo, el pingo de ella se había trasladado al borde de la cama y ahora le colgaban en el vacío la cabeza, un brazo, una pierna. Producía grima y también inquietud asegurarse, a la despiadada penumbra del ventanal, de las innumerables pecas de sus hombros, de la longitud de su espalda, de la prominencia de sus omoplatos. De volverla boca arriba, probablemente descubriría la momia más vetusta que nunca ocupó mi cama. Me aproximé de puntillas y la cubrí por entero con la sábana. El siguiente ronquido sonó más salvaje. Por la resonancia, indudablemente.

«Cuelga sangriento de la cama al suelo el hombro diestro del feroz tirano.»

Y, en efecto, había hecho bien en correr el pestillo, porque Andrés estaba intentando abrir. Le grité que no alborotase, pero continuó alborotando para preguntar si sabía yo qué hora era y anunciar que Pablo y José María habían llegado. Enseguida retomaba yo mi papel de anfitrión, le previne. Y Andrés, que, si tenía una mujer en la cama, le dejase entrar, bajo promesa de sigilo y posterior discreción. Cuando le mandé a la mierda que se merecía, se largó.

Me acuclillé junto a la melena que le pendía a la sábana, por si la proximidad engañaba a mi memoria y me dejaba adivinar cómo era aquel cuerpo, que en las últimas horas había tomado posesión de mis meninges. Pero, con la misma falta de imaginación que utiliza el cine para representar un rostro semiolvidado, únicamente en *flou* llegaba a visionar una flácida piel sostenida por el maquillaje, unos ojos voraces y dos decrépitas bolsas. Respiraba, no obstante, aunque con esa rasposa ansiedad que proporcionan veinte copas cuando se ha sobrepasado la cuarentena y se es anglosajona; algo, en sonido, semejante al hongo atómico.

No sólo habían llegado José María y Pablo, sino que todos se habían acomodado, que daba gloria verlos. Bert, cruzadas las piernas y la espalda contra una hilera de policíacas, dictaminó, en el más venenoso tono que su malevolencia le sugería, que el asunto era claro como la luz del sol. Pregunté a qué sol se refería. Y Tub, casi al mismo tiempo que Bert decía que bueno, que si yo creía que ella —Bert— estaba dormida o estupidizada, nos recomendó no disputar. Precisamente yo creía que estaba dormida, pero no me importaba reconocer que quizá estuviese también estupidizada. La prueba es que se había embadurnado los párpados para venir.

—Pues, no. Para que te enteres, no me había desmaquillado todavía, cuando has empezado a dar balidos por el teléfono.

—Y ¿es que ahora estudias con traje de cóctel y tres dedos de cremas?

—O no estudiaba. Que tú siempre te las sabes. O, a lo mejor, no estaba estudiando, ya ves. Lo único que está claro, como la luz del sol, es que tienes a una en el dormitorio.

—Degollada —dije—. Últimamente degüello a las mujeres, a partir de las tres y media de la madrugada.

—Eres un genio —le entendí, entre risitas, a Pablo.

—Ni siquiera son las tres.

—Yo tengo y cuarto —dijo Andrés, tan especializado en recalcar lo notorio.

—Vamos…, vamos… ¿Me dejas que te sirva un trago?

—Si tuviese una mujer en el dormitorio —tendí mi vaso vacío a José María— habría abierto las puertas y habría avisado a la vecindad.

—Y el negro ¿quería degollarte también o estrangularte? —preguntó Tub, encantadora, con esa capacidad de enroscamiento que solamente ella entre los vertebrados compartía con las serpientes.

—El negro inició el ataque.

—¡Qué maravilla! —suspiró Pablo—. No te perdono que no me hayas avisado el primero.

—Sólo avisé a Bert. En los momentos de terror uno recurre a lo más inútil.

Y era verdad. Porque, enzarzados como se enzarzaron en una conversación chillona y pulposa, resultaba evidente que no me servían para mucho, que, una vez más, su presencia acababa por ser tan descorazonadora como ineficaz. Bert masculló que no, que la hilera de policíacas resistía y prosiguió en su alegato de que uno —yo— lo único que buscaba era publicidad. A Tub, cosa poco extraña, el whisky le estaba poniendo el alma de bolero y, de repente, le dejó en los ojos la fruncida sospecha de si habría montado yo el espectáculo con el propósito de inocularle celos. Sin embargo, mientras Tub trasladaba sus celos (por ocultarlos) hacia Bert y Andrés, yo me puse a pensar en lo sucedido y, ciertamente, no podía ni creérmelo, ya que ni estaba borracho en el Malmö, donde había pescado aquella pieza del XVIII, ni más tarde, cuando la antigualla empapaba scotch, de bar en club y a mi cuenta, había bebido más de lo razonable en un tipo que recién ha ligado extranjera. Andrés preguntó si el negro había atacado armado de lanza, con hacha o a manos limpias, y yo le respondí. Quizá un poco alto. Provocado el silencio, Tub aprovechó para despegar del puf, cruzarse el abrigo sobre el camisón con una mano y viajar, con el vaso a la altura de las mejillas, hasta mis aledaños.

—No me echarás la ceniza en el pelo, ¿eh?, monina —pidió Bert.

—No, hija, descuida —apoyó el vaso en mi cresta—. A mí me parece que todo ha sido una pesadilla.

Me aclaré la voz y dije que al carajo, al tiempo que la cosa me parecía realmente de pesadilla y, recosido el ambiente, me dejaban de nuevo en mi campana de desasosiego, como si fuese a ocurrir algo, como si hubiese olvidado yo que en esta vida nunca ocurre nada de nada. Que merezca la pena.

Entre banalidades, más o menos lacónicas, llevaban adelante el parloteo como cualquier otra de las infinitas noches que alcanzaban el chester, los butacones, la alfombra, a hacer bajar el nivel de las botellas con la descarada premura que el sol de agosto evapora los charcos. La pequeña diferencia estribaba en el obstinado proyecto de Bert de organizar expedición al dormitorio y cazar con red a la mujer que yo tenía allí.

—Degollada —repetí, asqueado de mi originalidad pleonástica—. Si no degüello a una mujer después de cenar, me entra insomnio.

—Tú ríete —dijo Bert—, pero…

—Yo, puedo asegurarlo durante horas, hace años que no me río.

—… estoy leyendo un libro que explica cómo el abominable asesino William Shakespeare empezó con esa broma de los insomnios.

—Se trataba, Bert, cielo —rectificó José María— de un poeta que vosotros no habéis leído y que sabía como nadie volver su barca contra las saetas.

—Estoy —confesé— hasta el último pelo de literatura anglosajona, de vino de este anglosajón, de anglosajones…

—Espero que no lo dirás por mí —dijo Pablo.

—… y de la condenada invasión que ha sufrido esta castiza ciudad, que antes olía a churros y a tinta.

—Parece mentira que tú, ¡tú!, te pongas a hablar de política.

—Bert, te juro que no hablo de política, te juro que oí abrirse la puerta y vi al negro, que estaba el negro a punto de atacarme, y te juro que te llamé absolutamente enloquecido, como no lo estaba desde…

—Tu chica se va a despertar —dijo Tub—. O a impacientarse.

—… los siete años, cuando soñaba con chinos que me atacaban. Te lo juro.

—¿Pigmeo o watusi?

—Entiéndele —explicó Pablo a Andrés—. Yo te entiendo.

—Gracias —agradecí, mis nervios ya en plan de vibrantes varillas metálicas.

—Lo que el muchacho dice —dijo, pesadísimo, como él sólo sabía ponerse cuando arrimaba el whisky a su sardina, Pablo— es que le atacó un negro. Pero nada de colonialismos, ni de impulsos reprimidos. Sencillamente, que el negro le atacó, él huyó para hacerle huir —asentí, en silencio— y, aterrorizado, telefoneó a Bert, y Bert a Tub y a Andrés, y Andrés a José María, y José María a mí. ¿Por qué me dejáis siempre el último?

—Ahora habrá que llamar a los sanitarios, a la delegación japonesa y al Comité para represión del nazismo —dijo José María.

—¿Qué delegación? —preguntó Tub.

—No existe Comité alguno encargado de reprimir el…

—¡Basta!

—Hijo —encadenó Bert—, es la segunda vez que gritas como un mono mordido por ratas. Voy a prepararte un equanil.

—Lo extraño —dijo Andrés— es que desde los siete años no te haya atacado más veces el negro. De niño, ¿te contaba tu padre historias de cacerías africanas?

Gemí. Tub, a mi lado, se sujetó el abrigo, cruzándose los brazos sobre el estómago, y me dio un cariñoso y enguatado rodillazo, al iniciar un discurso consolador.

—Abandona, guapa —dijo José María—. Obsérvale y comprenderás que la comprensión no le ayuda. Se me ocurre que quizá tengas encerrado al negro en el dormitorio, con la chica. ¿Se puede echar un vistazo?

Tragué el remedio equanalizador, consideré cómo le estaban dejando el living a Petra, yo mismo prescindí de los ceniceros, no pude más y me largué al dormitorio.

En la oscuridad, el silbido bronquial, con la insistente potencia de un mosquito trompetero, me intimidó. El cadáver yacía bajo la sábana, sin haber cambiado de postura. Encendí la lámpara globo del suelo y se hizo la suficiente claridad para visibilizar el caos. Un almohadón entre la desparramada ropa interior, zapatos y cigarrillos (de ambos el todo), me dejó la relampagueante imagen de una boca crispada. De alguna manera, la longeva parecía oler el rebote de su aliento en la moqueta, con el mismo embeleso que sus podridos jugos convertidos en Chanel le habrían producido. Lo insólito de aquel hedor en el dormitorio era que no aparecían huellas de vomitona. Me senté al otro borde del ataúd y el fósil de Nuevo México, desquitándose en mi cama de sus buenos doscientos o trescientos años de puritanismo, bramó una serie regular de ronquidos. La inactividad y la depresión me estaban conduciendo al tedio, lo que me conduciría a imaginar los muslos de Tub y a Tub con poncho. De modo que, con la decisión del escolar que vuelve a sus tareas provisionalmente abandonadas por la ensoñación, me alcancé el bolsillo de la yanqui —sobre uno de mis calcetines— y se lo registré.

Repugnaba que alguien circulase por las calles de nuestra ciudad con tales tarjetas de crédito, tales travelers cheques y, para un apuro, mil seiscientos ocho dólares, treinta francos suizos y ocho mil quinientas liras.

También llevaba moqueros de papel, un receptáculo aurífero conteniendo píldoras con aspecto de somnífero (si mis temores cronológicos se cumplían, no podían ser anticonceptivas), un llavero, una fortunita en industria francesa para la belleza facial, una localidad —de tres fechas pretéritas— correspondiente a contrabarrera del 1, una nota con membrete de compañía aérea y, dentro del catálogo del Museo del Prado, su pasaporte. Y (con tales simplicidades suele sorprendernos la vida a los que la identificamos con el barroquismo) efectivamente, no sólo era cierto el nombre con el que se había presentado en el Malmö, sino que se apellidaba Tribune, de donde resultaba, por una suma lógica, ser Mary Tribune.

—Huuummm… —rezongó, de improviso, el pecoso esqueleto de Mary Tribune a mis espaldas—. ¡Qué relajo más bueno, darling…!

Precipitadamente cerré el bolso.

—¿Estás despierta? —pregunté, ya que me avergonzaba preguntarle si estaba viva.

—No —dijo, al otro lado de la sábana, con una de mis manos sobre su nuca.

—Te has cogido una tajada mortal —le advertí, por si, al emerger de las brumas, tenía dudas respecto al origen de su estado.

Y, sin venir a cuento, respondió:

—Me has dado mucha felicidad.

Yo, que no recordaba haberla violado, sin posibilidad de previsión, ni retirada (lo que era peor, sin tiempo para reconocer sus facciones), me sentí sujeto, enturbantado por la sábana, ahogado por un aliento tan espumoso y potente como las resacas del Pacífico de su tierra. Cuando logré volver a sentarme y —mucho más tarde—

conseguí desprenderme del lienzo, ella —Mary Tribune— no estaba tratando de arreglarse el peinado, erguidos sus brazos, tenso su cuerpo, porque ella —la sonriente mujer que me miraba— era una dicha mareante, que enturbió la noción de mi personalidad, ya que (y nadie mejor que yo lo sabía) jamás yo había tenido a la distancia de mis dedos semejante cuerpo, en estado natural, ni nunca arquetipo tal me había obligado a considerar cuánta juventud, qué enloquecedora armonía y fastuosidad, cuánta asfixiante belleza corre por esos mundos. Como de treinta años.

—¿Qué edad tienes?

—Oh, ¿me ves vieja?

—Todo lo contrario, corazón.

—Siempre me he cuidado mucho.

Y, de verla tan bonita, tan victoriosamente tontuela, la ternura (o cualquier otra cima del erotismo) me ablandó los músculos risorios, hasta que Mary gimió:

—Mi amor loco… —Cubrió con sus manos las mías, atenazándolas—. Debes creerme, darling es la primera vez que…

—Oye, virgen de Brooklyn —le interrumpí—, no me vayas a hacer una escena de arrepentimiento y recriminación. Yo te encontré en el Malmö, hablamos, tomamos unas copas, vinimos aquí, me fui al baño, volví, estabas desnuda sobre la cama, desnuda por tu propia voluntad, y, luego, de lo único que me acuerdo es que me despertó el negro, cuando avanzaba por el pasillo hacia esta habitación.

Su sonrisa denotaba que, para la intelección, yo hablaba un castellano insuficientemente americanizado. Y, por la pasión, demasiado rápido.

—¿Qué negro? —dijo, no obstante.

—Uno que estaba en el pasillo. ¡Y estaba! —grité—. Aunque

nadie se lo crea, ni siquiera yo esté dispuesto a convencer a nadie. Pero había un negro.

—Coloreados de esos los hay por todas partes, mijo —dijo, con el abúlico tono de un senador sureño—. Yo decía que es la primera vez que me besa un hombre en la misma noche del conocimiento.

Conforme, lo creía, que cuadraba con mis esquemas del matriarcado USA. Mientras se apeaba del colchón, buscaba sus zapatos, se restregaba desodorante en las axilas y gorgojeaba su felicidad, encendí un cigarrillo y me puse a planear cómo despejar la casa de visitantes, incluida Mary. Pero Mary se interrumpió y preguntó qué voces eran las que se oían tras los muros. Yo precisé que las voces sonaban en el living. Y ella repreguntó que quiénes eran los voceros. Que unos amigos, aprestados a mi socorro, por lo del negro, y que se habían instalado tan ricamente a ver cuándo le veían el culo a las botellas.

—¡¿Españoles?! —gritó Mary, con el júbilo de una señora de Badajoz perdida y hallada en una selva centroafricana.

—Sí —dije—, españoles y de la capital.

—Quiero conocerlos.

—Y, después, querrás ser amiga suya, acostarte con ellos y desembarcar en alguna isla del Caribe. Es para pensar que realmente sois unos imperialistas.

Pero me callé, porque, como aseguraba Andrés —o Bert—, aquella noche estaba emperrado en hablar de política.

—Adoro a los españoles.

—Claro, encanto. España es diferente.

—Lo es.

—En cualquier país del mundo yo estaría ahora durmiendo a pierna suelta.

—En cualquier país del mundo no habría encontrado a nadie parecido a ti. ¿Sabes que mañana a la tarde parte mi vuelo?

—Sí, ya he visto que te vas por la tarde. Y que tienes que recoger a las doce en las air lines tu pasaje.

—¿Por qué el último día de los viajes es el más dichoso?

—Porque es el último día —le expliqué, dispuesto a no conmoverme por el conato de despedida, con lágrimas y *majorettes*, que se me venía encima.

—En Pago-Pago —comenzó a rememorar— acababa de reconciliarme con mi marido.

—¿Con cuál?

—Sólo he estado casada una vez. —Se sentó a mi lado, en el borde de la cama, las manos pegadas entre los muslos—. En Pago-Pago, Bill y yo nos reconciliamos aquella noche, después de haber estado disputando una semana, precisamente aquella noche que era la última. Bill estuvo de pelea toda una semana por derrotar mis tontos celos. ¿Se dice tontos celos?

—Sí, se dice.

—Cerramos el acondicionador de aire, abrimos la terraza, sudábamos, lloré, reíamos, éramos felices como luego ya no he sido feliz, casi no dormimos. A la mañana, Bill regresó a Okinawa y yo volvía a Nueva York.

—¿Cuándo os divorciasteis?

—No nos divorciamos —dijo—. Bill fue muerto en Corea.

Mary conservó una sonrisa húmeda, más de ausente que de loca, aunque también con su ribete de enajenada. Le di una palmada, quizá demasiado fuerte, en los costillares, que la hizo reaccionar, levantar la cabeza, sonreír de otra manera menos impresionante, acariciarme una mejilla.

—Y te viniste a España.

—Antes estuve seis veces en Italia.

—Italia está muy bien, ¿no? Quiero decir que en Italia te lo pasarías *comme il faut*.

—Iba con las del Club. La gente italiana no me gusta.

—España es diferente.

—Además, que algunas amistades me pedían no viajar, contaban sucesos horribles. Hasta que el último invierno, en el Club, mistress Dinkels me enseñó fotos de ella misma en una playa española y ella sabía que mis prejuicios se estimaban exagerados. El propio mister Dinkels negocia en España y le fascina España. Querida, me decía, la solución a tu problema es ese hermoso país.

—¿Qué problema tenías?

—No sabía dónde elegir. Dudaba entre Sudamérica e Islandia. Sudamérica ya conozco. Islandia es aburrido, oí en el Club. Y…

—Y cogiste tu dinerito…

—¿Qué dinerito?

—La plata. Cogiste la plata y a los toros.

—Es bello los toros.

—Bellísimo. ¿Has estado en Toledo?

—Y en El Escorial y en Granada y en Córdoba y en el Museo del Prado y en la Plaza Mayor, cenando, y compré una montera y unas banderillas y he tomado películas y fotos y estoy muy dichosa y volveré y quiero volver muy pronto.

—Mi querida Mary Tribune, España es diferente.

—Ya lo habíamos dicho. —Se puso en pie, azotándose un muslo, quizá para restablecer la circulación—. Yo no soy adecuada para ti, ¿verdad?

En tanto se vestía, me puse en caballero español y dije que qué bobada, que yo (al fin y al cabo dentro de unas horas estaría en un turborreactor) también me alegraba de haberla conocido y que (no iba a volver a verla), en cierta medida, le había cogido un especial afecto. Se pegó unos saltitos para besarme.

—Pues, eso —dije—. Tú vete contenta y todo. Tú te lo has pasado bien, que es de lo que se trataba.

—¿Salimos con tus amigos?

Estaba junto a la puerta y comprendí que no había forma de impedirle aparecer en el living, vestida de sujetador canela y panty escarlata, que, bien mirado, aunque con un indudable encanto, resultaba excesivamente púdica. Como una vieja ilustración pornográfica.

—Bueno, vamos a tomar una copa.

—Ayúdame, por favor, a subir el vestido.

Con la decisión de los desesperados, sin querer recordar a Tub, dejé que llegase cuatro pasos delante, al tiempo que yo, por urbanidad y por enmascarar la escena con ruido, hacía las presentaciones a gritos, lo que evidenció más mi situación anímica, porque la entrada de Mary no produjo el revuelo que yo esperaba, sino un silencio en el que retumbaban mis relaciones de nombres y apellidos. Todos, incluida Bert, o se pusieron de pie o, si ya lo estaban, rodearon a Mary, besaron sus mejillas, la acompañaron al centro del chester, le prepararon un vaso y así, intimidándose los unos a los otros, a los pocos minutos Mary Tribune reía con Tub, con Andrés, con José María, con Pablo, con la bestia indomable de Bert, tal cual que siempre se hubiesen conocido, apreciado y compartido la discreta confianza de los preparados a enfrentar la vida con la civilidad, fluidez y corrección, que —pensaba yo a los veinte años— sólo se adquiere en Oxford University.

Me fui a la cocina.

Acodado al mirador, disuelto el pensamiento en el aire pestífero de la noche, más vacío que irritado, recordé la cara del negro, al que había hecho huir y que, obligándome a telefonear a Bert, había sido la causa primera de aquel festejo improvisado, cuyas consecuencias ni deseaba, ni podía prever. Petra encontraría una cocina semejante al cerro Garabitas después de la batalla. Me mordería el hígado al día siguiente y, encima, no tenía un solo recuerdo amoroso de la súbdita estadounidense que en aquellos momentos se reenganchaba al scotch con la furia que sus compatriotas de la generación perdida hacían engancharse al scotch a sus personajes de ficción.

—¿En qué piensas? —me asustó Andrés.

—En Hemingway, Scott Fitzgerald, Faulkner y lo diferentes que fueron a Felipe Trigo y a don Jacinto Benavente.

—Bueno, hacían otros géneros —concedió Andrés, como borracho.

—Sólo don Jacinto. ¿Qué buscas?

—Hielo.

—Hace tres segundos he sentido a mis espaldas cómo Bert abría el frigorífico, rompía el huevo que estás a punto de pisar y llenaba el cubo de hielo, que me regaló Tub uno de estos lustros, por mi cumpleaños.

—A mí suele regalarme aparejos de pesca. —Andrés apoyó pantalón en el fregadero—. Es sensacional.

—Pelirroja.

—En absoluto. Lo que pasa es que no tiene un trozo de piel sin una peca. No está mal. Gracias a que la has sacado, no se organizó.

—¿Quién tenía celos de quién?

—Verás… —Andrés, con esa simplicidad que únicamente nace de la estulticia, se esforzó en explicarme las cosas claras, mediante el procedimiento de meterse un dedo en la boca y hacer de una de sus mejillas tienda de campaña—. Tub tenía celos de Bert y de mí.

—Correcto, viejo.

—Bert tenía celos de Mary y de ti.

—Pero si apenas la conoce…

—Yo tenía celos de Pablo y de Tub. José María tenía celos de Pablo y de Bert. Pablo tenía celos de Bert, de José María y del negro. Porque no hacía más que hablar del…

—No me menciones al negro.

—Perdona.

—No tiene importancia. Pero no me vuelvas a recordar a ese maldito salvaje. O sea —reanudé el relato histórico— que Bert y tú estabais dándole la noche a Tub.

—Bueno, ya sabes… Simplezas… En realidad, entre nosotros —con su mejor risita de hombre de mundo, que había adquirido en los últimos diez años a cambio de su educación, de su conciencia y de su ideología, Andrés me comunicó— todo el mundo se ha acostado con todo el mundo.

Me sobresaltó de escalofrío que me sonriese junto a la nariz, con un gesto imitado a los perversos de película, y me puse yo también a reír, con un fingido disimulo, pero dispuesto a la ofensiva, si se le agotaba la tolerancia europea y le brotaba su soterrada sangre ibérica. La verdad es que aquellas maneras de expresión no estaban en sus costumbres.

—Mira, chico, últimamente andamos endemoniados, que ni parecemos amigos, ni nada.

—Parecemos cabrones —dijo, ya con una cierta saliva por las comisuras de la boca.

—Eso tú. Los demás estamos solteros. Tú, para no mentirte, me lo estabas pareciendo un poco. ¿Cómo le permites que se ponga una orla de astracán en el bajo de ese abrigo, que no vale más de dos mil setecientas? Esas excentricidades son las que te encuernan.

Y dedicarte a las niñas de la Sociedad de Golf, que tienes cansada a Tub.

—Tub era una niña de la Sociedad de Golf. —Me pasó un brazo por los hombros—. Una más. Puedes creerme. O recordar cómo era Tub. Por eso me casé con ella. Además, a mis padres les parecía bien. Y a mí Tub me gusta. Yo no soy un sofisticado, como vosotros. Me gustan sólo las mujeres muy muy jóvenes, guapas y prietas. Yo estoy bien hecho.

—Naturalmente. Por eso te casaste con Tub…

—Naturalmente.

Pablo, con un vaso en la mano, nos miraba desde el *office*.

—… que tiene la piel tensa. Y por eso te pirras por las muchachas de la *high society*, bien limpitas, bien depiladas y envirgadas. A ti lo que te ocurre, Andresito, es que padeces de buena conciencia y la buena conciencia te llega hasta la entrepierna. No, no te reprocho nada. La sanguijuela que fuiste en los tiempos de la facultad ha sufrido una loable transformación. Pero…

Pablo ya no estaba en el *office*.

—… la buena conciencia ha sustituido tu venenosa mística de niño rico. Yo, a tu lado, me siento una mezcla de Raskolnikov, Ferrer y bruja de Salem.

Había hundido las manos hasta el fondo de los bolsillos del pantalón y, con los hombros abatidos, parecía abrumado. Pero no debía dejarme engañar y le tranquilicé:

—Tub es tonta.

—Ya estás enterado de lo de Jorgito Carmona, ¿no?

—Sí —dije, en parte porque era verdad y en parte por si me daba una nueva pista.

—Tú ¿crees que es cierto?

—Yo creo que no.

—Y, si es cierto, ¿qué hago? —me consultó—. Jorgito Carmona es un hijo de malamadre. Jorgito Carmona no es amigo.

—Manda un mes a Tub a una de esas fincas que tienes por ahí.

—O a Zurich, con su hermana.

—Matarla, no la vas a matar. Yo nunca he matado a Bert, ni pienso.

—Bueno, bueno —dijo, riéndose—. Bert no es tu mujer y, además, tú no la quieres.

—Voy a tomar un trago.

—Ahora iré yo. —Me dejó estrujadito el antebrazo—. Aquí me encuentro a gusto.

En el living y en plena narración subjetiva, Mary Tribune encadenaba la atención general del corro y por el suelo. Había cruzado las piernas y, probablemente a causa del whisky, estaba más bella de lo que uno había supuesto. Bert había tirado la fila de policíacas y ahora se recostaba en los Clásicos Garnier. Me acomodé entre Pablo y José María, frente a Tub, que mantenía la frente apoyada en el borde de la mesa enana.

—Era mi última tarde en España —decía Mary, como si hablase del desembarco en Sicilia— y les dije a las amigas del grupo que haría compras. Deseaba pasear, entrar en esos bares íntimos que hay en todas las ciudades, charlar con alguien. ¿Me comprendéis?

—Muy bien, Mary. Tomaste la decisión de dedicarte a ti misma —dijo José María.

—Me encontraba también algo inquieta. Siempre es así el día anterior de volver a casa. Se desea volver y, al mismo tiempo, da tristeza. ¿Me comprendéis?

—Perfectamente, Mary —dijo Bert—. Eso me pasa, cuando tengo que volver de París.

—¿Vas mucho a París?

—Mucho. París está aquí, a dos pasos.

—Claro —dijo Mary, glorificada por la sonrisa que su memoria geográfica le proporcionó, al situar París en relación con el living—, es próximo París. París me fascina. ¿A ti también, Bert?

—Verás —empezó a decir Bert—, a mí París me joroba, pero...

—Oye, Mary Tribune —dijo, sin levantar la cabeza, Tub—, cuéntanos eso que estabas contando.

—¿Qué? —Mary se inclinó y acarició los cabellos de Tub.

—Cómo se enamoró éste. —Tub levantó la cabeza y me señaló con su vaso de whisky.

—Temblaban mis piernas, porque comprendí que me hablaría, que era inadecuado e inevitable, pues había encargado otro scotch y encendió un cigarrillo y saludó a una muchacha, que entró, y aunque miraba, miraba, siempre miraba, creí que se marcharía. Pero se acercó y dijo: Es usted americana, ¿no?

—¡Originalísimo! —gritó Andrés, desde la puerta.

—Sin detalles, querida —aconsejé.

—Lo dijo en inglés. Pero yo le contesté en español...

—En boliviano.

—... que me gusta tanto hablar. Viví mucho en Nuevo México. Y en Chile, Bill y yo vivimos en Santiago. Santiago es una ciudad pequeña, pero fascinante y yo no temo los temblores.

—Mary, tú eres el mejor terremoto que he conocido —dijo Bert.

—Gracias, mija. Entonces, le dije que sí. Y él me dijo que podíamos conversar hasta que llegase mi hombre. Pidió un scotch para mí y ocupó el taburete parejo. No habló de quién había de pagar.

—Es un caballero —dijo Bert—. Un caballero parejo.

—En los últimos tiempos nunca habla de pagar —destiló arteramente Pablo—. Y tampoco paga nunca.

—Es un parejo caballero.

—Ya lo has dicho, idiota.

—No te enfades con Bert, darling.

—Y, sobre todo, que no tiene ninguna gracia. —Me puse en pie, por impresionarlos y con motivo de las agujetas que la tensión me regalaba—. Tú, Mary, no hables así, ni cuentes así la cosa. Estás contando la cosa como si se tratase de una larga pasión. Recuerda que nos hemos conocido hace cinco o seis o siete horas.

Todos callaron, con súbita reprobación. Sólo Mary sonreía, sin duda fascinada por mi repentina grosería, que me hacía apilar mezclados las policíacas y los Clásicos Garnier, catapultados al fin por la espalda de Bert hacia la chimenea.

—¿No tienes oficina mañana? —preguntó José María.

—¡Sí! —vociferé—. Tengo oficina, como tú dices, y tengo sueño y fatiga y estoy harto. ¿Entendido?

—¿Harto? —dijo Mary.

—Tú nos has llamado. Tú mismo me llamaste. No hagas ahora tu tradicional numerito de mala educación.

Me largué al dormitorio, me tendí de una zambullida en la cama, me levanté de nuevo y le llevé al living —sin tirárselos— su echarpe, su bolso, sus cigarrillos y su liguero floreado. Estaba tan interesada en el nauseabundo cuento, narrado por Andrés, de la instalación de la chimenea en mi piso, que ni me besó.

—Adiós, Mary —dije en tono conciliante, para más efecto.

Y, definitivamente, me volví a las revueltas sábanas, al agrio olor y —un poco desolador resultaba— a la vacuidad. Del living llegaba un runruneo, que me adormecía y diluía la ira de encontrarme a las cinco de la madrugada con todos los rincones de la casa mancillados.

Dormido casi, o estragado por la modorra y la ambigüedad, entendí en la voz gritona de Bert que se esfumaban por fin. Y, a poco, el movimiento de la puerta me despertó.

—Pero ¿es que no me vas a dejar en toda la noche? —Apoyé los codos en la almohada—. La historia ha terminado, darling.

Se sentó en el borde de la cama, con la serena desconsideración por mi sueño que sólo ella podía ejercer y por lo que yo —además de su olor— tendría que haberla reconocido.

—Soy yo —dijo—. Se han marchado a una de esas ventas de las afueras, a las que Pablo se empeña siempre en ir. Enciende la luz, anda.

—Estoy desnudo —le dije, por puro miedo a saberla en el dormitorio y también a causa de la vergüenza o cualquier otro producto manufacturado de mi fábrica de represiones.

—No me importa. Lo que no puedo es volver al living.

—¿Por qué? ¿Hay alguien?

—Un negro.

Cuando encendió la lámpara del suelo y quedó al descubierto mi anárquico dormitorio de soltero estrechamente degenerado, avanzaba hacia mi cama, la orla de astracán negro golpeándole las rodillas, que bajo el camisón perdían su habitual esfericidad. El *fiat lux* me sorprendió con la sábana por el ombligo, los pelos sobre la frente y con los labios tumefactos de vulgaridad. Mientras Tub ocupaba el sur del territorio, sentada a lo moro, me senté a la misma oriental usanza, resguardándome los costados con la almohada. Y, no antes del instante aquel, le descubrí una mirada al techo que pretendía expresar angustiosa soledad, abismal pesadumbre, problemas. Algo de tal entidad fílmica, que chorreaba escenografía. Lo que no impidió que se me anudase la tráquea y allá, en la vertical inferior, por absorción, se me produjese el vacío de la adolescencia, apelotonados los intestinos contra la base torácica. Le lancé un cigarrillo al halda.

—¿Es verdad que se han ido todos?

—Tu hallazgo de esta noche, entre José María y Pablo. Mimosones los tres. Un poco más atrás, tu novia…

—Bert no es mi novia.

—… se defendía, sin convicción, de uno de esos ataques horteriles de tonta lujuria que le dan a mi marido.

—Andrés no es tu marido —dije, por hacer el *pendant* o la pelleja frivolidad, que ocultase la anemia en que me estaba dejando su boca.

—Lo es. Lo es y en este país la cosa no tiene matices, para una mujer como yo.

—Tira la ceniza al suelo.

—Si yo tuviese tu 600, tu hermana casada, este piso, tu estómago para permitir a cualquiera que se te meta en la cama… ¡Qué no es un reproche, hombre! Que hay que ver qué vitalidad la tuya. Tú, no dejes nunca de ser el muchacho de catorce años que eres tú.

La barba luenga y blanca, en arco la espina dorsal, gotoso de carrito, así quería que ella me viese. Para gustarle, para que jamás se me escapase. Mientras Tub desprendía ceniza sobre las sábanas, intenté una expresión menos embobecida.

—Venga, un poco de cordura. Cualquier tipo normal se la habría ligado.

—Cualquier tipo.

—Tampoco está mal. Incluso, está bien. Además, si no lo hago a mi edad, ya me dirás cuándo. Estaba aburrido, sabes que no quiero beber esta temporada… Y, luego ella, que empezó a coquetearme como una pesetera… Tub, el tiempo pasa.

—Y ¿me lo dices a mí, cielo?

—Pasa a la velocidad de un beso tuyo. Tub, ¿puedo decir una cosa sencilla?

—Si sabes…

Sabía. De modo que, durante el tiempo que tardó en regresar del living con un vaso y dos ceniceros, me decidí y, con la barbilla apretada contra los puños:

—Tub —susurré—, sufro mucho cuando estamos juntos en la misma cama y yo desnudo y tan acobardado, que debe de ser el amor o vete a saber.

—Cuéntala, tu cosa sencilla. —Se arrebujó camisón y astracán entre las piernas, con la satisfacción que da una instalación definitiva.

—Has olvidado las cerillas.

—Tengo —sacó el mechero de uno de los bolsillos de su abrigo— el mechero, que tú me regalaste.

—Bonita...

—La contarás mal, la historia sencilla ésa. Luego, te cuento yo otra, amor.

Me achiqué la baba.

—¿Sabes lo de aquella pulmonía, que me arreó en el último trimestre de séptimo? —Tub sonrió y me peinó su sonrisa los glóbulos rojos—. Estaba yo enfermo y el Hermano enfermero dijo que era indigestión. Cuatro días de dieta. Comiendo a escondidas y de robo. A los cuatro días, el Hermano enfermero, que nunca había visto subir un termómetro a los cuarenta y dos, llamó al médico. El médico tuvo miedo de que le acusasen de asesinato y avisó a mi familia. Fueron mis padres, el tío Eduardo y la tía Herminia, la hermana de mi madre. Me trajeron en el Opel del tío Eduardo, que era una maravilla, culón, de color chocolate... En aquella época una ambulancia costaba lo que hoy alquilar una avioneta. Llamaron a tres médicos, me atiborraron de sulfamidas y hasta dijeron que no importaba si perdía curso. Una tarde, el sudor, que había atravesado el colchón, comenzó a gotear. Perdí curso e importó. Pero nunca olvidaré aquellos días de fiebre y fiebre, que hacía todo bellísimo y distinto. Parecía que te conocía ya, te lo juro.

Arrastró nalgas, hasta quedar en el centro de la cama, de forma que pudo acariciarme una mejilla casi sin extender el brazo, rodillas contra rodillas, separadas por kilos de productos textiles.

—Imbécil, ¿ves como tienes que contarme cosas así? Me conoces más bien… Eres la persona que mejor me dice mentiras agradables. Anda, vamos al living.

—Tub, si estamos aquí muy ricamente…

—Vamos y no te líes en una sábana. Ponte un pijama por lo menos, que seguramente volverán ésos.

Como lista era lista, se llevó mi vaso. Anudándome la bata, entré en el dédalo, sorteé serijos, almohadones, vidrios, libros, cenizas, horquillas, bolígrafos, y cogí el whisky que Tub acababa de servirme. Con mesa por medio, descansé mis espaldas contra un saliente de la chimenea.

—Perdona que te haya obligado a la bata, pero, si Andrés te coge en sábana, pensaría que después de Mary, yo. Hace siglos que no te veía en bata. Desde aquella fiesta horrorosa en casa de José María, que me dabas celos con una alemana. Úrsula; ya me acuerdo. ¿Has vuelto a saber de ella?

—Tub, amor mío, hablemos de hombre a hombre. O de mujer a mujer. Como prefieras.

Levantó los hombros, tan dorada, tan guapa en su ridículo camisón abominable y su abrigo con la perniciosa orla.

—Prefiero contarte una sensacional.

—Tub, con todo mi respeto y con todo mi rencor, Jorgito Carmona es un cretino.

—Auténtica, una historia de las buenas. Quiero decir que no es un sueño.

—Sé que no le tienes de amante —había que hacer el papelón y cada vez lo olvidaba más— pero Andrés sospecha.

—Andrés es un gorrino. ¿Me dejas que la cuente?

—Sí, Tub. ¿A qué serie pertenece?

—A Sonrisas Sin Rostro. Oye, anda, dame un beso.

Salté; inclinado sobre la mesa, a cuyo otro lado Tub saltaba del chester, dejamos estar juntos nuestros labios, sin soltar los vasos, convencido yo de que era cierto el *affaire* con el panoli de Jorgito, que siempre terminaba —Tub— por hacer aquello menos razonable, más imprevisto, más devastador. Habría cogido su nuca, superado la mesa, hecho crujir sus huesos, pero, gracias a Mary, sólo estaba obnubilado y no en estado de necesidad. Así es que no le dejé la oportunidad de escupir uno de esos ¡ya está bien!, que tantas semanas de nuestras vidas habían envenenado, hice el *sage*, sin faltar por eso a la *tendresse*, y volví a mi posición originaria a verla, recostada en el chester, sonreír al empapelado de las paredes con una *joie de vivre* impúdica. Encima —y era lo natural— el whisky me troceaba los pocos hígados que le quedaban a mi bazo.

—¿Qué iba yo a contarte? No te mereces que te cuente nada. A ti y a mi marido os interesan nada más las cotillerías guarras. Sois unos guarros.

—Ibas a contarme una de la serie Sonrisas Sin Rostro, Tub.

—¡Exacto! —Botó unos segundos, aprovechando la elasticidad de los muelles del chester y de sus nalgas—. Se llama Sonrisas Sin Rostro porque produce la impresión de un rostro invisible que sonríe. ¿Lo comprendes?

—Sí, Alicia Lidell —dije y no mentía, puesto que veía un rostro invisible (el mío), que lloraba.

—Imagínate la habitación como quieras. Eso sí, en penumbra.

En penumbra rojiza, con vaho azuloso o así. Un hombre bebe. Luego, el hombre se acaricia las manos.

—¿Por qué? —interrumpió mi inteligencia invisible.

—Porque el vaso ya no está. Se acaricia las manos. Una vez. Otra, otra, otra… Está muy borracho y acariciarse las manos le sosiega. Pero es un gato lo que acaricia. Entre sus manos tiene ahora un gatito, como una pelota de pelo suavísimo, que le cosquillea y le araña también suavemente, muy suavemente al principio, porque los arañazos son cada vez más fuertes y, además, le va mordiendo cada vez con más saña y al hombre se le pasa la borrachera de repente y se aterroriza. Trata de quitarse el gato —Tub sacudió su mano derecha en el aire, con lentitud— y manotea, pero el gato está enganchado a su carne, con las uñas y con los dientes. Corre, golpea la mano, que no es su mano sino un gato cubierto de sangre, contra las paredes. Necesitaría encontrar agua, un barreño de agua para ahogar al gato y calmar el dolor. El gato afloja sus uñas. Descoyuntándose el brazo, el hombre abofetea el aire y el gatito se desprende, como una bolita fofa, y se espachurra. Entonces, el hombre comprende y enloquece totalmente. El gatito, mordiéndole, ha bebido su sangre. En su sangre había alcohol y el gato se ha emborrachado. En su mano ensangrentada el hombre siente que le pica la baba del gato. Y, como todo el mundo sabe, la baba de un gato borracho transmite la rabia.

Me apoyé con ambas manos en la mesa, para ponerme de pie. Tub se me abrazó, casi antes de que yo abriese los brazos. Besándole unas gotitas de sudor en las sienes, nos sentamos, le acaricié la cabeza, esperé a que dejase de apretarse los párpados con las yemas de los dedos. La quería mucho y se lo murmuré.

—Todo está fatal —dijo—. Fatal como nunca ha estado.

—Como siempre.

—Fatal, asqueroso, triste, inaguantable… Venga —volvió a abrazarme— aprovecha y, por favor, no me digas que me busque un tío de los que van corriendo con la tartera, para no llegar tarde al tajo.

Algún tipo semejante puede que hubiese ya por las calles, a pesar de que la luz en el ventanal de la terraza estaba aún aguosa, sin cuajar.

—Mejor eso, que no Jorgito que tiene venéreas incurables.

—¿Se me permite —levantó el índice, por juego, pero sin controlar la voz— pedir una caridad?

—Oye, ¿cuándo te he faltado yo? Te he soportado de hija de familia, de soltera mema, de niñata progresista y hasta casada con Andrés y su flota de automóviles. Ya está bien, ¿no?…

—Sí, hombre sí, que nadie te niega que seas…

—… de dudar de la fidelidad de mis…

—… un encanto.

—… cuernos. ¿Qué quieres pedirme?

Se bebió un trago, como podía haber encendido un cigarrillo. Me consintió las manos en sus rodillas.

—O me centro o no sé… Separarme tengo que separarme de Andrés.

Sentí tal felicidad, que el Universo Mundo compartía mi dicha, como si ya hubiese sido alcanzada la Utopía y ni Mme. Simone de Beauvoir ni M. Jean-Paul Sartre tuviesen ya que firmar su protesta diaria.

—Vente a vivir aquí. Lo sabes. Lo sabes desde siempre, ¿no?

—Tampoco voy a montar la separación de la noche a la mañana. Estas decisiones cuanto más precipitadas, menos estables.

—Claro —dijo mi tendencia a la conformidad.

—Aquí, además, imposible. Habría que buscar otra casa.

—¿Por qué? La tengo pagada y he instalado hasta la chimenea.

—No tienes delicadeza ni así te eduquen… Estás bobo, o ¿qué? Te estoy pidiendo que no me dejes sola un solo día. Que salgamos todas las tardes, al anochecer, que nos demos una caminata…

—Nos las vamos a coger fenomenales.

—… o nos estemos sentados en el banco del parque. Y cállate, que estoy hablando yo. Sin beber, sin recriminarnos, sin herirnos, sin pedirnos nada. Tú me cuentas lo que has hecho y yo te cuento lo que he hecho. Nadie intenta ser más listo o más guapo que el otro, o más químico. Me dejas en casa a las diez y media y me acuesto y lo mismo siempre. Es la única manera de sobrevivir en una ciudad como ésta.

Sin dejar de escuchar su camino de perfección, había preparado yo sendos analgésicos efervescentes. Cuatro por cabeza. Que burbujeaban a chirriditos en los vasos, cuando, bonita de reventar, Tub se quedó a la espera de mi aceptación o (improbable) denegación. Antes de darle el vaso, me tragué la efervescencia y, sin aguardar el primer eructo, me puse duro. Para conseguir ventaja.

—De acuerdo, maja. Si entiendo bien, se trata de que yo vaya a buscarte a la salida de la oficina…

—Todos los días.

—… y que paseemos por ahí. Todos los días, a la misma hora. Acepto. No servirá para nada, pero acepto, porque tampoco serviría para nada negarse.

—Falta poco para el buen tiempo.

—Sí. En el verano llueve menos. —Ya que el temor facilitaba una indiferencia hipócrita más que una espontaneidad, que en tantas ocasiones Tub había decapitado.

Tub se levantó, abrió un paraguas invisible y se sentó de nuevo, ahora con el camisón por las rodillas, orladas de astracán. En ese estado de consunción por aniquilamiento, que la noche, los whiskies y Mary Tribune habían regalado a mi sangre, y con aquella conocida leucemia de las cinco cuarenta, tan frágil, por otra parte, que las piernas de Tub y los reflejos de la luz en las piernas de Tub partían —la leucemia— en un cohetito de fiesta provinciana, me trasladé al chester las intenciones en bandeja.

—Estás volviéndote tan vulgar, que no sé si me vas a servir.

—Te serviré. Llevo sirviéndote los últimos cien años y te seguiré valiendo, pero tampoco puedes pretender que la chaperona no cobre su sueldo —le acaricié el cuello— o renuncie a la tarde libre.

—Pon tus condiciones.

—Saldré contigo, te aguantaré la neura, me aguantaré la mía particular, me iré por ahí después de dejarte a las diez y media en el portal de tu casa, llevaré con dignidad el mandado. Lo juro. Pero no valdrá de nada. Anda, hazme caso, escucha. —Cogió mis manos, como si mis palabras fueran la piedra filosofal, lo que siempre obliga a una mayor agudeza—. Tub, amor mío, recuerda que fuimos tan estúpidos que no creíamos en los benéficos efectos de la absolución.

—No —mordisqueaba mis nudillos— entiendo nada.

—Pues eso, Tub, está en la naturaleza. La institución es buena y miles de hombres creen en ella y ayuda a miles de millones de hombres, porque está en la naturaleza. Uno se emborracha, como tú ahora, tiene resaca, como yo mañana, deja pasar el tiempo y es posible emborracharse de nuevo. Uno…

—¡Sí! Se hace el amor, se deja pasar un tiempo y se vuelven a tener ganas de hacer el amor.

—Veo que lo has comprendido, Tub, lista. Se come, se digiere y se tiene hambre. Se roba, se restituye y se roba. Se miente, uno se acostumbra a la mentira y ya es verdad. Te quiero, me resigno y te quiero.

—¿Entonces? —soltó mis manos—. Con arreglo a la teoría de que la absolución está en la naturaleza, mi proyecto resulta perfecto. Se pierde la paz, se pasea, me separo de Andrés.

—Salvo si estás muerta. No me mientas, Tub, tómatelo en serio y dime la verdad verdadera, ¿quieres? —Cerró los ojos para decir que sí, iluminó la madrugada con aquella sonrisa que le había valido todo en la vida, desde los millones de Andrés a su desmesurada autoestima, y yo casi tiritaba—. Tub, ¿estás muerta?

Supongo que rió porque se sentía un poco muerta, pero esparcía vida riéndose, dejándose abrazar sin rehuir mis labios, que retornaban a aquel aroma de Tub, tan diferente al aroma de mis recientes vacaciones en Marte.

—Reconoce que piensas en Mary Tribune —adivinó, con esa sagacidad posible sólo en quienes detentan una simplicidad de instintos voraz—. Reconócelo. Pero, bobote, si no me importa. No voy a tener celos de una aventura de paso. A estas alturas…

Así se cimentaba ya una consideración en torno a mis asuntos privados, que derivaría a menudos recuerdos, a gruesas recriminaciones, a equilibrios en el trapecio de la *jalousie*, una y otro alternativamente de ágil o de portor, para desembocar ambos, por un estuario meandroso de gritos, en la depresión, cuando, fastidiando el asunto en el peor momento, sonó el timbrazo y los dedos se me escaparon de Tub, que se puso en pie.

—Son ellos.

—Bueno, y ¿qué?

—Espera, no hemos quedado para mañana. A las siete y media en El Tiburón.

—A las ocho. No salgo hasta las siete y media.

—Es cierto. A las ocho. Sabes dónde está El Tiburón, ¿verdad?

Lo sabía con la misma exactitud que conocía mi sueldo o el segundo apellido de mi madre y debido a que allí nos veníamos citando casi a diario en los últimos años, por lo que decidí no contestar y, mientras ella corría a la terraza a ver el alba (para que Andrés supusiese que había permanecido todo el tiempo subyugada por el espectáculo hipnotizante de las antenas televisivas), les abrí la puerta, como si fuera la de un toril del que se ignora si va a salir (en este caso, si iban a entrar) zaino, colorao o cojo el animalito. Penetraron tan campantes, más viejos, desastrados y cansinos, entrañables a fuerza de familiaridad. También, a mayor semejanza con unos pantalones usados, se distribuyeron de inmediato por el chester, la mecedora provenzal, la alfombra —Bert, en la alfombra—, rugiendo suspiros, que alcoholizaron el poco humo del living que no hedía a whisky. Tub abandonó la terraza enternecidamente.

—Y ¿José María? —pregunté.

—Se ha quedado —informó Pablo, a través de un bostezo.

—La única persona decente que conozco es Mary —dijo Andrés.

—En el sesenta y cuatro. —Pablo se había quitado los zapatos—. José María y yo conocimos a la única loca decente que existía en Europa. Nos acababan de zambullir en un canal…

—¿Había canales? —Tub se llegó hasta un puf y colaboró con Bert a vaciar los ceniceros en el cubo del hielo.

—En Amsterdam. Nos arrearon tal como si Amsterdam perteneciese a la meseta, con la diferencia de que allí hay más canales. La loca, jubilada de los PTT en vacaciones holandesas, se portó. Incluso, quería presentar reclamación ante el cónsul español. Hubo que disuadirla, con la misma fuerza que alguien tenía que haberle arrancado el áspid a Cleopatra. La tengo cogida hasta los tuétanos.

—¿Te preparo burbujas de farmacia? —ofreció Tub.

—No, gracias. —Pablo se tendió en el chester.

—Estoy hasta el último pelo de locas...

—Deja que algún día te tiren a un canal, Andresito.

—... pero aún más de maricas.

A Andrés, no obstante su gélida compostura de Consejo de Administración, debió de afectarle también el silencio, porque se meció un poco y se buscó un cigarrillo, con calma, eso sí. A Pablo, en el silencio, la sonrisa le daba una tristeza rara. Me fui por hielo, decidido a traerme el matacucarachas y acabar con Andrés. La cocina estaba imposible a la luz desglobulizada del amanecer, y, encima, algún cabrito se había dejado abierta la puerta del frigorífico y el congelador, más que cubitos, contenía una sucia cuadrícula de agua estriada. Regresé con aquella farsa de frío en un plato y les encontré tan callados, tan igual la triste mueca de Pablo, Bert ensimismada en las hebillas plateadas de sus zapatos y Tub con los ojos húmedos.

—No exageremos, eh —dije, mientras servía las copas—. A estas horas se exagera cualquier nimiedad. Pensad lo que mañana, a las tres de la tarde, os parecerá la estupidez de Andrés.

Se mecía, acentuado su gesto de displicente consejero delegado. Contemporizar me fastidió, pero el burro de él me dio la oportunidad de extraerme la infecciosa espina de mi espíritu de componenda.

—A las tres de la tarde, la mariconería y las historietas de mariconería me seguirán asqueando.

Pareció que Pablo iba a levantarse (y se habría marchado sin decir una palabra), pero yo, que estaba al acecho, tiré la cerbatana por inútil y arranqué la lengüeta de la bomba de piña.

—Tú, Andrés, cállate, que estás en mi casa. Si te dedicas a la ramplonería, te pateo por las escaleras.

Y nos pusimos a no mirarnos unos a otros, como si el silencio nos dañara los ojos. Bien es cierto que la cosa no tuvo que durar más de dos minutos, pero el living, resplandeciente bajo el primer rayo de la vomitiva madrugada de la pura bazofia de día repulsivo que continuaría la puerca existencia, comenzó a semejarse a Dachau.

«Éste es —decía mintiendo— el que le tira piedra a la tortuga que está en lo alto del paredón y que nos sirve para marcar las horas, pues sólo camina buscando la sombra. Éste nos ha dejado sin hora y ha escrito cosas en el muro que trastornan a los viejos en sus relaciones con los jóvenes.»

—¿Dónde habéis estado? —dijo, al fin, Tub.

—En una venta de las afueras. —Bert, hecha un encanto, levantó la cabeza y, de un solo gesto, dejó claro que hablaba para Pablo, para Tub y para mí, con exclusión del monstruo de la mecedora, que se estaba quedando dormido.

—¿Lo habéis pasado bien? —insistió Tub, sabedora de que Bert se ponía en marcha a la segunda pregunta.

—Fu. Me han dejado más sola que a un gato. El de la guitarra venga de afilarse las uñas en las cuerdas, para que Mary y Andrés hiciesen el payaso. Si el whisky crease charca, tendría yo ahora ranas en el estómago. El vestido de Mary era bonito, de un moaré de hipo, con tirantes dobles muy finos, ajustado y…

—Ya —dijo Tub— se lo vi.

—La verdad es que resulta simpática la rodillera de ella. De esa simpatía que da el mucho dinero. Pero el plan no tenía pies ni cabeza. José María se quedó.

—Ya —dijo Tub—. Siempre se queda.

—Luego, Andrés se puso patoso, cuando la dejamos en el hotel y Pablo se empeñó en que nos abriesen el bar.

—Ya —dijo Tub y, en cumplimiento de insufrible deber, añadió—: ¿Os lo abrieron?

—¿Qué?

—El bar, mujer. El bar del hotel de Mary Tribune.

—No quiso el fulano de las llaves de oro, porque a Mary le entraron dudas en el momento preciso. Si Mary le arrea cien dólares...

—Bert —preguntó Andrés—, ¿sabes cuánto son cien dólares?

—Alrededor de un millón de piastras —respondió Bert y la habríamos condecorado, a no ser por la hora y el estado en que nos encontrábamos, más evanescentes que despiertos y ligeramente menos muertos—. Total, besitos, yasabesdondetienesunosamigos-vuelvevolveréjamásosolvidaré y Andrés —Bert inesperadamente sonrió— que se emperra en subir a la habitación de Mary. A los cinco minutos...

—¿Subió? —Logré hacer vibrar mis cuerdas vocales.

—¡Hijo, no te pongas celoso! Y ¡ciérrate la bata, que lo enseñas todo! —gritó Bert—. A los cinco minutos ya estaba abajo y con el tomavistas de Mary.

—Me lo había regalado —dijo Andrés.

—Andrés, espero que..., espero que se lo hayas devuelto.

—Tub, mona —aclaró Bert, que estaba llevando el debate con pareja maestría a la del príncipe Clemente Wenceslao Metternich en el Congreso de Viena—, no te asustes. Se le obligó a dejar en el *comptoir* el tomavistas.

—Me lo había regalado —dijo Andrés.

—Sí, cielo —se creció Bert—, seguro que sí. Pero es feo llevarse los tomavistas ajenos y más si son de una turista, que se ha portado como un serafín con todos nosotros. ¿Comprendes? Por mucho que te regalen cosas, y encima carísimas, hay que distinguir a qué hora es el obsequio y quién te da el tomavistas y por qué te lo da, que a esas horas el que más y el que menos está que ni sabe lo que se hace, ni lo que regala, ni siquiera si lo regala. ¿Comprendes? En eso, y mira que me cuesta tener que decírtelo a ti, que te lo sabes todo sobre el tema, pues en eso consiste la honradez. A nadie le habría molestado si te demoras tu media hora o tus tres cuartos, poniéndole cornamenta a éste —tuvo la amabilidad de designarme con un movimiento de astas— y te habríamos esperado en el hall y nadie habría soltado un comentario grosero. Pero la chabacanada está en bajar a los cinco minutos y con el tomavistas, que, si te quedas los tres cuartos, no le dejas a Mary, que toda la noche ha sido un ángel, ni los kleenex. ¿Comprendes, hijo? Y yo no dudo de que te lo haya regalado, porque parece de las que regalan hasta las cataratas del Amazonas...

—Niágara —dijo Pablo, con delicadeza.

—Eso..., del Niágara. Y la prueba es que quiso pagar en la venta y, si no llega a pagar José María, vosotros le claváis la nota. Pero, vamos, que también te lleves el tomavistas, que era carísimo, no había más que verlo, y yo de tomavistas entiendo como mi tía Rosa de hombres, es una sinvergonzonada. Una chulería castiza. Y no creas que me importa que seas un chapucero de madrugada, lo que sucede es que una no pasa por el aprovechen. Porque hay que distinguir en qué condiciones te daba el tomavistas y no puedes negarme que la chalada de ella rezumaba whisky. ¡Hombre, no! Primero, éste la lía, la emborracha, se

«... y entre todas las naciones del mundo somos los españoles los más malquistos de todos, y con grandísima razón, por la soberbia, que en dos días que servimos queremos luego ser amos, y si nos convidan una vez a comer, alzámonos con la posada...»

la trae aquí, le entra el ataquín y empieza a ver congoleños, le llena su nidito de amor con todos nosotros. Luego, intentáis iros a mear a la hora de la cuenta. Después, le preguntáis si se va satisfecha, pero recalcando, sa-tis-fe-cha, de la Spain. Y Mary, tan sonriente, tan gentil, que muchísimo. Y tú, que si se lo ha pasado bien. Que sí. Que si se había imaginado que se lo iba a pasar acompañada. Que no se había imaginado nada especial. Ah, entonces, ¿es que era especial? Que no entiende, claro. Lo que resulta ya de una salvajez de asno. Bueno, pero todo se puede disculpar. Yo disculpo todo por la noche y, si no, me quedo en casa. Ahora, que, además, salgas del ascensor con el…

—Calla —rogué.

—… tomavistas, es para retirarte el saludo. No es que una tenga prejuicios y menos con una turista yanqui, pero, por eso mismo, no puedo consentir que, delante de mí, a una pobre turista, os la violéis, os la chuleéis, os choteéis de ella, aprovechando que no conoce el país, aunque ya quisierais vosotros saber de inglés lo que ella sabe de…

—¡¡Calla, Bert!!

Pablo continuaba, las manos en la nuca y los pies cruzados sobre el chester, con su sonrisa triste. Tub, encantada de transcurrir las horas sobre la inacabable vía de las veloces, aunque escasas, ideas de Bert. Y Andrés, en la mecedora provenzal, se había dormido. Mi alarido le hizo roncar. Volvimos a mascar silencio, mientras Bert, que a fuerza de adorable había resultado —como siempre— odiosa, derrumbaba con sus omoplatos una fila mixta de Clásicos Garnier, policíacas y poesía novedosísima, probablemente para seguir produciendo ruido ahora que le había impedido yo llegar al otoño hablando.

Me serví una figuración de whisky, por si la cosa se alargaba o, mejor dicho, porque la cosa no parecía que fuera a terminar nunca. Pero, rotundo el sol en la terraza, donde los geranios de Petra se abrasaban, Tub se levantó y, cruzándose el abrigo blanco con orla de astracán negro sobre el camisón, dictaminó que habría que despertar a Andrés y que, a su juicio, ya estaba más que bien.

—Puedes creerme —dijo Bert, que, al levantarse, tuvo la generosidad de mostrarnos sus jocundos muslos de siesta interminable de agosto— que, por ella, la desvalijan. ¿Tienes cualquier pastilla que me limpie el hígado?

Hubo que revolver el cajón de los medicamentos, en el cuarto trastero, donde descubrí hecho añicos uno de los vasos finlandeses, color naranja. Calmadas las insuficiencias hepáticas —o, al menos, así ella creía— de Bert, hubo que esperar el regreso de Andrés del lugarcito y, ya en el rellano de la escalera, Pablo con las manos en los bolsillos y un eco de silbido en los labios, se descubrió mi atuendo batero y fui costreñido a vestir un conjunto de camisa-pantalones. Descendidos los cinco al portal, la puerta de calle (al igual que roto mi vaso finlandés y frondoso mi odio a Petra) estaba abierta. Abierta a la necia inutilidad del Hombre. Andrés salió sin despedirse, con una mala educación envidiable. Bert besó mi barbilla, Pablo me golpeó cariñosamente un hombro y una vez que Tub y yo rozamos las mejillas en una doble parodia de beso, la soledad se me vino encima como un rayo en cuanto a velocidad y tal cual que una lluvia refrescante.

Casi a ciegas, para eludir la visión de aquel modelo a escala reducida de una playa de Normandía al alba del 6 de junio de 1944, atravesé la casa hacia la cama, en esa disposición de ánimo que las engloba todas y que como alucinógeno no tiene precio. Contra la almohada y el exótico olor de Mary Tribune, calculé que, siendo las siete y veinte, dormiría dos horas y a las diez, después de haber oído entrar a Petra, lograría arrastrarme hasta mi despacho, enyesada la boca de bilis y con la aérea indiferencia que, dicen, suministra el infarto de miocardio diez segundos antes de paralizar el tríptico vital. Más que no encontrarles postura a las vísceras dispersas bajo mi sucia piel, me desvelaba aquella obsesiva cualidad de Petra para, a pesar de la pobreza de su señor, cascar los objetos de mi mejor aprecio. Y es que Petra, con esa impenetrabilidad del bajo pueblo, me resultaba un ser inaccesible, distinto a Tub y no sólo porque Petra tenía las piernas agarrotadas de reuma articular, y varicosas, sino porque yo podía imitar la sensibilidad de Tub o la dignidad de Pablo —que conocía retícula a retícula—, mientras mi deleznable sistema nervioso lo soportaba, y, en cambio, con Petra debía esforzarme previamente por considerarle ejemplar de la misma especie bípeda de Tub.

Cuando la duermevela se hacía sueño y Andrés bailaba sobre vidrios rotos con Galizia, que tenía los muslos de Bert, me desperté de golpe, con una clarividencia que veinte minutos de reposo no justificaban. El dormitorio estaba rayado por la persiana en un encaje de luz y sombra, que (lo que son los misterios de la intoxicación etílica) me trasladó súbitamente a alguna mañana de vacaciones en la finca de los abuelos, época aquella en que me levantaba sin fatiga y sin encontrar los billetes reducidos a monedas, por esa manía del ebrio de pagar en todo bar con billetes, basada en la ley del mínimo esfuerzo y que, con toda seguridad, denuncia la avaricia reprimida; en que las mañanas no se llenaban de un turbio miedo a la existencia, producto a su vez de la amnesia con que el alcohol suplementa a sus adictos y que genera temor al largo día, en el que se deberá hacer lo que se ha olvidado; años de Tub soltera, de Bert a la hora del rosario en casa de sus padres, durante los que yo ahorraba para el 600 (que desde hacía una semana perdía agua); los años de las separaciones de Galizia y Fernando, de las histerias de Pablo, que José María eliminó; años imprecisos de la muerte de mi madre, del matrimonio de mi hermana, de la muerte de mi padre, del nacimiento de Mónica, del primer empleo; años mezclados en rígidas estampas, proyectadas por un iluminavistas que eliminaba la continuidad y, con ella, la veracidad de su paso. Y así, Tub era la misma de siempre, igual el 600 (al que cambiaba el radiador o ardería) e idéntica aquella preocupación por el dinero, que me hizo sentarme en la cama a calcular con terror —o sea, por defecto— cuánto había dilapidado la última noche en whiskies, propinas, cigarrillos, espumosos, almendras, avellanas, comprimidos y otros fármacos, latitas de caviar, café en polvo, leche condensada, frigorífico, vasos rotos (el finés, insustituible), amortización de la vivienda, desgaste arterial y gastos generales, desde el momento en que me vio mirarla por vez primera Mary Tribune hasta que Andrés, como si le oliésemos a estiércol, había traspuesto el umbral hacia el descapotable, aparcado en la acera de enfrente, con esa certidumbre de ser seguido por Tub, que da dirigirse hacia un deportivo de setecientas ochenta mil y declarado en aduana.

Resbalé entre las sábanas y me quedé dormido.

Luego, el timbre del teléfono me hizo tomar conciencia de mis músculos abotargados que, salvo por si era Tub, me habrían dejado inmóvil, incluso ante el incendio de las cortinas o la resurrección de Marilyn Monroe. Me trasladé hasta el borde, me dejé pivotar, olí la moqueta, apoyé las manos, me arrodillé y, cargando peso, logré izar hasta la vertical las cuarenta y dos arrobas de mi cuerpo.

No era la de Tub, sino voz de Petra, en el tono de ya-es-hora-señor-de-estar-levantado, para anunciarme que partía esa mañana hacia su pueblo natal, de convalecencia. ¿No recordaba el señor? El señor graznó de nuevo. Que recordase el señor. Por si acaso, dije que recordaba. Y ¿había llegado su sustituta? ¿Había sustituta? Petra esperó en silencio a que la sangre regase mi cerebro. Mientras durase la ineludible ausencia de ella —Petra—, el señor —yo, quizá— había aceptado el concierto de suplencia que ellas —la portera y una servidora— habían establecido y que, fundamentalmente, consistía en ser sustituida Petra por la hija de una prima segunda de la portera. Entendido. Pues hasta la fecha no había comparecido la portera, ni su prima segunda. Estaría al caer, ya que la hija segunda de la prima de la portera era una alhaja. Idiota de mí, pregunté, como si se tratara de cubrir una vacante de presidente director general, quién era la hija. Y Petra explicó, mientras las rodillas se me doblaban y, al máximo de tensión el cable del teléfono, me tumbaba en el parquet, que la sobrina —octava— de la portera era la Merceditas. Como hay mañanas en las que a uno más le valdría la sordomudez —y aquella era una de ellas—, repetí, en entonación interrogativa, el patronímico de quien, según las subsiguientes y complicadas explicaciones de Petra, resultaba ser uno de los más perfectos domésticos de la comarca. Además, tenía dieciséis años, lo que para criada de soltero significaba una confianza a agradecer en madre, tía-portera y Petra y, ya me decía (como, efectivamente, había dicho) la chica era muy modosa y dispuesta como la que más.

Sin tumbar el auricular sobre la horquilla, compuse el teléfono de Guadacorzadebronce que, siendo las nueve treinta, estaría rozagante de frescura, para decirle que le dijese a Ramón que yo le había dicho que presuntivamente no me sería posible acudir al despacho. En tanto lo tomase en taquigrafía, puesto que tal oía tal taquigrafiaba, repitió lo que había entendido. Recalqué que no me personaría a media mañana, ni siquiera a última hora de la mañana (cuando Ramón y sus subordinados nos jugábamos a los chinos las cervezas y los bitter), que personarme, lo que se dice personarse, aquella mañana, no. Y, así como yo había deseado a Petra unos minutos antes, Guada formuló voto de mejoría, que le agradecí substantivando el calificativo hermosa al final de la oración. Como siempre —y casi siempre se le llamaba Guadamonada, Guadasedosa, Guadapórfido—, Guada rió con la carnal gratitud de que la Naturaleza le había dotado y que a los de la oficina nos transmitía un invariable calambre medular.

Resuelto mi deber laboral y con el fluyente eco de la risa de Guadarocíomañanero, me llegué hasta la taza del excusado, torturándome por hallar una meditación que me permitiese soportar la existencia, ya que no jubilosamente, al menos como un (supuesto) bien que uno no debe arrebatarse. En la borrosa imagen de mi rostro, que ensuciaba los baldosines de la pared frontera, leíase el desgaste de mis sentidos, la sombría vacuidad de mis proyectos (o de las esperanzas que aún pudieran quedarme), una picante irritación, en resumen, por la vida que últimamente llevaba, lo que, al tiempo, no excluía la certidumbre de que era aquella clase de vida (con un poco más de dinero, eso sí) y no otra la que yo deseaba llevar, en defensa quizá de mis peores intimidades, hipocondría, manías ensoñadoras, pereza y otros hábitos, contra una comunidad reglamentada con Bert y en la que Tub fatalmente constituiría la pieza herrumbrosa de querida-oficial-amiga-de-la-pobre-Bert. Porque también estaba en la naturaleza, al igual que la institución absolutoria en cuyo análisis Tub y yo habíamos malgastado una parte de la última madrugada, la defensa de los poderes aniquiladores, a la manera como un canceroso, comiendo, alimenta las posibilidades de desarrollo de su cáncer o un jorobado, sin por eso dejar de anhelar unas vértebras rectas, su chepa. Y, aunque los retortijones aumentasen el enlodamiento de mis bronquios, los caninos mordiscos en mi hígado, la parcelación en zonas de la cefalalgia, los vahídos, náuseas y cambios brusquísimos de temperatura, cabía considerar aquella destrucción como el parapeto que me defendía de una Bert desgreñada, disponiendo, en un aire de café con leche, la casa, el sueldo de Petra, mi afeitado y el empleo del tiempo o del tocadiscos. Sin mencionar una repugnancia genética a la reproducción, sólo comparable a la de una muchacha recién emancipada y que, creyendo vivir su vida, se dedica a que los demás la vivan sobre ella. Probablemente por todo eso, tampoco se estaba tan mal —por muy moribundo que estuviese— allí, sentado, corroído por los remordimientos, con la economía del mes arruinada, la casa hecha un jubileo de porquería revuelta, el vaso finlandés roto y la gratuidad de mis experiencias con la viuda Tribune como inagotable fuente de insatisfacción, ya que peor sería oír por el pasillo chancletear a Bert. Al fin y al cabo, en alcanzando vivo las ocho de la tarde, todo se mejoraría mediante el combinado de Tub, una copa y esa reconciliación visceral con la materialidad que las primeras luces eléctricas —de los bares— infunden al ánimo. Potencialidad semejante me dio un poco de sueño, me quitó el sentido melodramático que el amanecer apareja y, con la apacible soñarrera, comprendí que lo pernicioso de la vida que —me— llevaba tenía su Ersatz en la variedad, aunque poco accidentada, de la neurastenia.

Para ayudar al adormecimiento, busqué en el cuarto trastero un somnífero, que me mantuviese dormido hasta la hora de la cita con Tub. Pero, conforme avanzaba por el pasillo, en el aaaaaaah… interminable de mi bostezo se incrustaron repetidos y cortos timbrazos, con una alegre premura y una insistencia de telegrafista del *Titanic*, que tendrían que haberme permitido adivinar quién manejaba desde la escalera el casero morse. Tardé una eternidad en encontrar los pantuflos y la bata, maldiciendo la pérdida de mi fatiga soñolienta, el mejor fruto de una existencia depravada, y, anudándome aún el cordón en el vestíbulo, estaba seguro de que al otro lado de la puerta me encontraría con el recibo de la electricidad o del teléfono o con la basurera (cuyo cuerpo tremendamente sucio una vez al mes me provocaba un asfixiante deseo de abrazarla bajo una ducha) o con una vieja monja acompañada de huérfana. Con la esperanza —ya que sería lo más barato— de encontrar a la sor, a su pupila y las papeletas para la rifa de un conejo y un utilitario, abrí la puerta, mientras mi subconsciente, como una charca putrefacta estalla en pompas al sol del verano, imponía la insoslayable certeza de que sólo Bert o Tub —tras una bronca con Andrés— poseían una capacidad tímbrica semejante.

Oculta a medias por la bolsa de la mejor Mantequerías del barrio, entró, llegando de un impulso hasta el primer muro y dejándome, ya que no con la boca, con la puerta abierta.

—No me he encontrado con nadie. ¿Dormías? Confiesa que tenías nervios para mi vuelta.

—Buenos días —la saludé, decidido a enunciar sólo trivialidades—. ¿Cómo has sabido encontrar la casa?

—En un momento preparo el desayuno.

Se orientó y recorrió pasillos en veloz marcha hacia la cocina. Me refugié en el living a despejar, mediante el sistema de colocar vasos en las estanterías, botellas debajo de las mesas y ceniceros en la chimenea, hasta que comprendí que era Mary Tribune la Nausicaa surgida del ascensor, a la que oía ahora abrir grifos.

Sobre su vestido de punto azul, sin mangas, llevaba uno de los delantales —sucísimo— de Petra, a rayas verdes y rojas, y amontonaba en la mesa del *office* las mercaderías del paquetón.

—¿Tomas zumo por la mañana?

—Por las mañanas apenas si puedo tragar un sorbo de té.

—He elegido éste —y enarbolaba el paquete como una bandera— que supongo horrible. Mira tenían *peach's jam*.

—Mi última cucharada de mermelada tuvo lugar el día que terminó la guerra. De alguna manera había que participar en la victoria. Me negué a la mermelada, a cortarme el pelo al rape y a que mi abuela me cortase las uñas.

Mary, que había sombreado sus ojos de un violáceo muy en consonancia con el tono de su vestido y el color de sus pecas, continuó vaciando suministro (unos once dólares con setenta centavos, calculé) impertérrita y enumerativa.

—Fíjate, queso, rábanos, azúcar molida, beicon, pimienta holandesa, cerveza danesa, arenques ahumados…

—Mary, querida —la interrumpí—, has olvidado lo esencial en un desayuno godo. —Me miró, como una niña desconcertada—. Los churros.

—¿Churros?

Pero creyó que yo no hablaba en serio y, sin soltar un embuchado de butifarra, adelantando el rostro en un gesto hocicudo y tiernísimo, me ofreció sus labios rosa pálido, su aliento frío y bienoliente, aquella sensación de primer beso que tuvo su boca.

—Me esperabas, estoy segura. Hace una hora que salí del hotel. Quería desayunar contigo. ¿No te alegra?

—Mucho, Mary. De verdad, me alegra una burrada. He dormido poco y mal. Me alegra tenerte conmigo, que desayunemos juntos —corrí a retirar del gas la jarra de agua hirviente— y todo eso. Lo que sucede es que he dormido poquísimo.

—¡Qué noche más maravillosa! Era tan feliz, tan contenta, anoche… Son encantadores Pablo, Andrés, Bert, José María, Tub… Terminé fatigada, pero antes de dormir me dije que hoy desayunaríamos tú y yo. ¿Dónde guardas los manteles? Y ¿las servilletas?

Hubo que buscar mantelería —preciosa, según ella—, limpiar la mesa al lado del ventanal y, después, me derrumbé en el chester y permití que sirviese los huevos fritos, el beicon, las salchichas, los bollos y las cincuenta y nueve latitas de especias. A lo que me negué fue a que los Rollmops se añadieran a aquella Exposición De Víveres Necesarios Para Una Exploración De La Amazonia (o del Niágara, como habría dicho Bert).

—Me repugnan los peces en vinagre.

—Son sanísimos. Vosotros, los españoles, os suicidáis con la alimentación.

—Mary, bonita, si yo ahora como algo más que un sorbo de té es cuando me mataría.

—Oh, ¿cómo nos sentamos? —Antes de que le designase la silla frente a mi lugar habitual en la mesa, ocupó éste y comenzó a llenarme un plato—. Desayuna fuerte y te encontrarás mejor. ¿Te has duchado? No, parece que no te has duchado. Es imposible que te encuentres de salud, sin comer y sin ducharte.

Inesperadamente se puso en pie, murmuró una sonriente excusa y, cogiendo su bolso de paja anaranjada, desapareció. Comí un emparedado de lechuga, que estaba bueno, ya que la vuelta de Mary Tribune, partiendo su vuelo a las cinco o cinco y media, tampoco era una catástrofe. Ni tampoco aquel seísmo mañanero le iba mal a la jungla de casa, que habían dejado mis invitados. Analizado con serenidad, el asunto mostraba sus facetas agradables; a nadie le disgusta que, de vez en cuando, le visite —y con tal despliegue de avituallamiento— Miss Universo. Tras la segunda taza de té, encendí uno de los cigarrillos de Mary, a quien, quizá por las alternancias apreciativas que produce la falta de familiaridad, encontraba yo aquella mañana menos bella y muchísimo más atractiva. Fuera, el temible mundo tenía el aspecto de un día de esos, en que la primavera arrasa como un sol canicular. Una sacudida de falsa euforia, de las que coexistiendo con el más sombrío pesimismo componen el alba del alcohólico, me percató de la prolongada ausencia de Mary.

—¡Mary! —llamé, vuelto en la silla—. ¿Necesitas algo, Mary?

—Gracias, darling.

La voz había llegado desde el cuarto de baño. Transcurrió un cigarrillo y me puse, con delicadeza, en lo peor:

—¿Te encuentras enferma? Si te encuentras mal...

—No, no, niño tonto —reía—. Espera tu impaciencia.

Esperando mi impaciencia y encontrándome de salud, comí una laja de beicon y me entretuve en una imprecisa divagación sobre el bienestar, que interrumpió el taconeo de Mary y su inmediata aparición en el estilo de primera *vedette*. Vestida con una diminuta camisa y algo como telita, fosforescente y nalguera, dobló el tobillo derecho y, abiertos en uve, alzó los brazos. Además, había redoblado su maquillaje. Aplaudí en sordina.

—¡Fabulosa! —A fin de cuentas, no mentía yo y para ella eran sus últimas horas en el país, pobre muchacha— ¡Fabulosísima!

—¿No tienes flores? —Bajó los brazos—. ¿Ni siquiera unos gladiolos? Mejorarían tanto la mesa unos gladiolos...

Cuando me vio embestir hacia su cintura, trató de alcanzar la silla de una carrerita y ocultar los muslos debajo de la mesa. No opuso mucha resistencia, la necesaria (para ser justos) que requería la situación, y consintió ser arrebatada al chester con una pataleta adecuada.

—No te esperaba, pero no me ha podido ocurrir nada mejor.

—Oh, darling, soy dichosa contigo.

Lo curioso era que, ciertamente, aquella torpe maestría de sus suaves y huesudas manos provocaba una absurda felicidad, ahora que la luz del día desenmascaraba su tensa piel, su carne omnímoda. Chillaba como golondrinas de atardecer, pedaleaba sus largas piernas como una recién casada en tecnicolor, mientras la transportaba en brazos y, luego, me besaba como una mujer sin nacionalidad. Aunque no recordaba, ni quería recordar, el tiempo me estaba jugando una de sus trastadas relativistas y aquel rostro crispado ¿era el suyo o el de una pesadilla gloriosa en una época casta?

Cuando pidió tregua y, poco después, al declararse vencida, comprendí que, para un tipo vanidoso, Mary Tribune constituía la especie más peligrosa de mujer. Realicé dos o tres numeritos de mera ostentación con las pocas fuerzas que me quedaban y me fui, silbando marcha triunfal, a la ducha.

Mary, otra vez con su vestido de punto azul, comía incontinentemente.

—Siento que la casa esté tan revuelta. —Acabé de ajustarme la corbata—. Petra no viene hoy.

—Qué sonsera… Yo puedo arreglar. Soy una excelente ama de casa.

—Seguro. —Me senté frente a ella—. Pero no lo permito, siendo tu último día en España. ¿Te encuentras bien? —respondió con un parpadeo y una sonrisa, que radiografiaban su beatífica fisiología—. Yo también soy un excelente amo de casa. No sé vivir en la cochambre. —Evidentemente, no me escuchaba—. Después de una noche de copas y hasta que Petra deja todo limpio, no me encuentro tranquilo. Si quieres, frío otro par de huevos. —Siguió con su estereotipada sonrisa, taladrándome—. Nunca podría vivir con Bert, a causa de mi necesidad de orden. Ni con nadie como Bert. Quiero decir, esa clase de gente que deja destaponadas las botellas o el tubo de la pasta de dientes. ¿Qué te pareció Bert?

—Son muy simpáticos —dijo, aunque parecía no oír.

—Sí, lo son. Yo no tengo muchos amigos. A mi edad se pierde el sentido romántico de las amistades, uno se hace más diferenciado, sexualmente hablando. Sí, son divertidos. A veces, no creas, surgen también problemas. Anoche mismo y por culpa de Andrés, que es un cabestro con patente de mal gusto. Gracias a que nos conocemos muy bien... Y ¿Tub? ¿Te gustó Tub? ¿Verdad que es una mujer formidable? A la pobre Tub no le marchan las cosas con Andrés. ¿Cómo te llevas con tus amigas?

—No entiendo —dijo.

—Sí, con las amigas del grupo..., con las que has venido a España.

—Ah, no. Son amables, un poco desequilibradas... Luego, no se vuelve a encontrar más.

—Y ¿en Nueva York?

Despegó la barbilla de las palmas de las manos. Se recostó en la silla. Alargó sus dedos hasta mis antebrazos, cruzados sobre la mesa. Profundizó su sonrisa. Yo, a pesar de tanto signo externo (claros como la nube aquella, inmóvil), creí que iba a soltar una lindeza, todo lo más, que se despediría porque el equipaje a medio hacer esperaba en el hotel, y ya a lo sumo, puesto a retorcer el inextricable ovillo de las decisiones ajenas, que haría tragedia basada en mis recientes elogios de Tub. No. Aquella preparación artillera, que me dejaba más curioso que diezmado, se resolvió en un paladino cañonazo de su voz un poco ronca, intermitentemente agudizada como la de una niña, de aquella voz a la que —y no podía ser de otra manera— yo no estaba acostumbrado.

—¡Pero, coño, ¿es verdad?! —rugí.

—Sí —repitió, implacable—, esta mañana. Por mí misma. No quise encargarlo, ni decirlo por teléfono.

—¿Estás loca? No, no estás loca. Es una broma. —Y reí, con esa imitación de risa falsa, que se utiliza para demostrar al verdugo que, aun con la cuerda al cuello, uno conserva sarcasmo.

Se levantó de un impulso, airadísima.

—No es una broma —le temblaban los labios—. ¿Por qué? Es serio. *«Vita regit fortuna, non sapientia.»*

—Un momento, Mary. Reconoce que normal…

—No reconozco.

—Será maravilloso, incongruente, insólito, lo que quieras… Pero resulta anormal.

—¡¡No!! —chilló.

Cogí sus manos, como para un vals, pero se desprendió de un tirón, lo que produjo el vuelco de un cenicero repleto sobre la alfombra.

—Querida, esta noche hará veinticuatro horas que nos conocimos. No cabe duda que en tan escaso tiempo hemos sido felices. Pero, querida, somos personas civilizadas. Debes admitir —en el temblor de los labios se adivinaba un inminente alarido, en inglés— que, entre personas civilizadas, no es usual instalarse en la vida del otro. Y, encima, anulando un pasaje tan carísimo.

—*Odious.*

—*Calme-toi, ma belle.*

—¡Cerdo! Eres un estúpido, un cobarde, un *cocu*.

Me halagaron unos insultos tan acertados y la cólera que los envolvía, hasta que, de repente, se lanzaron a mis mejillas diez cuidadísimas uñas barnizadas. Por legítimo instinto defensivo, levanté la mano derecha. Abierta. Sobre su rostro. Sin dudas respecto a la trayectoria. Las garras se doblaron a cuestión de siete milímetros de mis ojos. Ambos, con las armas suspendidas, dedicamos al renqueo bronquial el tiempo preciso para que a Mary se le cuajase el primer gemido. Bien, pues aun aceptando que mi gesto hubiese sido quizá poco afectuoso, sus buenos veinte minutos de lloriqueo sobre el chester parecían ya venganza —y rastrera—. Agotados los diversos matices del consuelo, la súplica y el silencio (habiendo establecido tajantemente —y fueron sus únicas palabras— que jamás a ella nadie la había maltratado), su monocorde gimoteo me arrullaba en la desesperanzada seguridad de que a turista tan indemne no existía quien la sosegara.

—Mujer, te vas a deshidratar. —Puse una mano en su nuca y se escurrió diván adelante—. ¿Sabes lo que significa deshidratar?

En el instante que ella sola decidió, pegó un salto, giró el cuerpo con aquella inesperada flexibilidad de su hermosura y se zambulló en mis brazos.

—Calla —dijo.

—Pero… Bonita, que fue un amago na…

—Calla. Sí, sí —dijo—, tienes razón. Es anormal, estoy loca. Loca —denegué y Mary continuó, anudada la garganta de lágrimas—, loca, como nos ponemos locas las mujeres que no somos locas y que nunca hemos hecho locuras. En mi próximo viaje no encontraré a nadie como tú. O será un perverso o querrá mi dinero. Y nunca he sido irrazonable para el amor, ni para nada. Y después de quince o veinte años ya no podré ser loca, ni anular el pasaje, ni vivir aquí, porque no habrá ninguna casa en Europa para estar feliz y si un hombre me habla en un bar, me llevará a una habitación rentada para eso. Viví siempre como los demás esperaban de mi juicio. Ahora quiero quedarme.

Su pretensión, en el más optimista de los supuestos, quedaba ambigua. Y así traté de hacerle comprender, con comedimiento.

—Mary, muñeca, ¿no habrás pensado en venir a vivir a esta casa? En esta casa no puede ser. Aquí, no, Mary.

—Y ¿qué importa el lugar?

—A mí me importa. Tú no conoces la sociedad española.

—No entiendo. ¿Estás casado?

—¡No, claro que no! Naturalmente que estoy soltero. Pero existe mi hermana, mi cuñado, mi sobrina. Y, luego, los vecinos y la portera. Y Petra. Petra, que dentro de un mes o dos, vendrá todas las mañanas.

—Tu hermana, tu cuñado, tu portero, tu Petra, no se alojan aquí, ¿verdad? Sobre todo, yo puedo seguir en el hotel. O buscar un apartamento. Tú acudes al apartamento y Petra no sufrirá.

—Petra es la asistenta.

—Darling, no deseo ofenderte, pero creo que haces grandes montes de pedacitos de arena. ¿Se dice así?

—Sí, se suele decir así. Más o menos.

—Nadie está con derecho a reprocharte nada.

—Mira, guapa, en esta ciudad todo el mundo vive pendiente de descubrir al prójimo historias que restregarle. Aquí no tenemos antepasados británicos, aquí…

—Es un defecto tolerable —sonrió, casi contenta de su agudeza patriótica.

—… nos volvemos por la calle a mirarles las pantorrillas a las hembras y leemos en el autobús el periódico de otro, aunque tengamos que ponernos en cuclillas.

—Yo desde hoy quiero ponerme en cuclillas.

—Pero, vamos a ver, razona. ¿Qué motivo hay para que canceles el pasaje y te quedes conmigo, un desconocido, y en un país que no te va nada? Créeme, Mary, el país no te va nada. Seguro que en un par de semanas estarás arrepentida.

—Claro, si no, sería loca eterna. Ahora estoy enamorada por ti.

—De mí —me puse morfológico—, de mí. Yo no he hecho nada para que te enamorases. Y, encima, no es cierto que estés enamorada.

—¡Sí es cierto! —volvió a ulular.

—Bueno, reconozco que has podido enamorarte de mí en estas catorce horas que nos conocemos. Está bien, te has enamorado y no quieres regresar a Estados Unidos, suceda lo que suceda. Es un impecable impulso adolescente. —Resplandeció su mirada—. Alquilas un apartamento, yo voy a tu apartamento y ¿qué? A mí no me conoces y para un asunto así también hay que contar con la otra parte.

—Seremos libres y dichosos, *my love*.

—Eso lo dices tú, amor mío. Eso es lo que piensas, lo que esperas. Pero yo no soy el culpable de que tú estés en tu gran momento, Mary Tribune.

Movilizando las mismas tres ideas con un arsenal de cuarenta y seis palabras, llegamos a las dos de la tarde. Aquello hedía a Rollmops, a perfume y a temeridad. Celebró, sin más, mi plan de trasladarnos a un restaurante de algún pueblo cercano. Con una naturalidad enfermante, se posesionó del cuarto de baño. Mientras se restauraba el rostro como si se tratase de una tabla flamenca del XVI, me cargué de argumentos —in mente— que catapultasen a Mary Tribune transatlánticamente. En medio de tal anarquía mental, simétrica al zurriburri de las habitaciones, recordé mi cita con Tub y el propósito de devorar kilómetros se redujo. Aún no se había quedado —ni se iba a quedar, estaría bueno— y ya me creaba conflictos. Si ella no hubiese vuelto, seguiría yo deprimido, continente, lo que después de hacer el amor carece de importancia, y paseando de habitación en habitación mi jaqueca aureolada de libertad.

Enseñorada por el arreglo, apareció con su leve abrigo, color césped anémico, cogió su bolso naranja y anunció que estaba dispuesta. Ni fuerzas tuve para comprobar si el gas quedaba abierto. En la pecera de la portería, no había nadie. La entrada en el 600 puso en evidencia la longitud de sus piernas —con tacones, me sobrepasaba un centímetro— y la insuficiencia de mi coche. Alhajada, emperifollada, cubierta por ricas vestimentas, Mary Tribune hacía pensar en Queen Elizabeth, yendo a inaugurar el Parlamento en jeep. Por la ciudad limitó su euforia a canturreos flamencos, caricias, besitos —en los semáforos al rojo—, vituperio del tapizado del 600 y cancaneos semejantes. Al iniciarse el primer suburbio, se dedicó a preguntar qué era cualquier depósito de agua, chabola o bloque de viviendas que dejábamos atrás. Las fronteras y neblinosas montañas, la aridez de los pegujales, los basureros, le despertaron idéntica admiración que si atravesáramos la Val d'Aosta. Habiendo viajado en avión (o dormida), descubría ahora y de golpe las analogías —escasas— y diferencias con sus paisajes natales, asombro y circunstancia que aproveché para afirmar que así sería todo.

«—Cet endroit devait être bien joli avant la guerre?... remarquait Lola. Élégant? Racontez-moi, Ferdinand!... Les courses ici?... Était-ce comme chez nous à New York?...»

—Todo ¿qué? —dijo.

—Todo. Porque a mí también me has visto desde el aire y, cuando…

—¿Qué es aquello? —me interrumpió.

Después de explicarle qué es y para qué sirve un tricornio, quiso informes sobre las derruidas casillas de los peones camineros y acerca de los borricos. Como era de esperar, resolvió que compraría un borrico y que nos iríamos ella, el borrico y yo por ahí, como *bohémiennes*. Yo no dije que sí, ni que no. Yo estaba dispuesto a reservar mis energías. O sea que, mientras ella viajaba sobre borrico in *partibus infidelium*, me concentré en mi obligado paisaje de asfalto y cunetas.

Las nubes se habían soldado y formaban una techumbre baja, con una luz de tarde declinante. Tras haber rehusado uno por sus tres tenedores, me detuve en el siguiente que era de cuatro. Lo agradable, según Mary, habría sido comer bajo el emparrado, sobre una boscosa vaguada, pero, por fortuna, soplaba viento y nos introdujeron a una sala de enormes vigas ahumadas, con mesas camillas enfaldonadas y sillones de mimbre. Mary eligió un banco corrido, aun a riesgo de que la cal de la pared se traspasase a su vestido azul. Como quería probar todos los platos de la carta, el *maître* y yo cogimos las riendas y le fabricamos un menú compuesto de porrusalda, callos, cabrales, dulce de leche y vino de la casa. Antes de que nos sirviesen el primer plato, Mary se bebió una jarra de tinto y se comió, a pellizquitos, media libreta de candeal. Las nubes, la grasienta luz serrana, los matojos polvorientos, al otro lado del ventanal, y el murmullo de las conversaciones de los clientes —entre los que no había reconocido, al entrar, ninguna cara—, me surtían de un sopor morfinómano, que la pregunta de Mary aniquiló.

—¿Te gusto?

—Claro que sí.

—Tienes que ser sincero. Yo no soy tan juvenil. Me considero bonita y de excelente salud. Pero si no puedes soportar mi cuerpo, yo regreso a Nueva York. Oh, es lo mismo lo del pasaje y pequeñas cosas, que no me preocupan. Me preocupa conocer si soy yo de tu agrado. Has de comportarte como un hombre sincero.

—Escucha, Mary —sin percatarme, empecé a resbalar por aquella pista de la autenticidad, donde tan fácil era romperse los huesos—, me gustas. La verdad es que me gustas, a pesar de que ya no eres una quinceañera, de las que persigue Andrés. A mis trein…

—¡No quiero saber tus años! —gritó.

—De acuerdo. En todo caso, tú me gustas.

—¿Por qué?

—¡Hombre, no! —Esperé en silencio a que le sirviesen el caldo, al que se entregó con una voracidad que no excluía una atenta espera de mi respuesta—. ¿Cómo se explica por qué me gustas? Me resultas muy atractiva, sencillamente.

—¿Te resultan atractivas mis piernas, por ejemplo?

—Sí. Tienes unas largas piernas, unas piernas importantes, unos muslos bien separados y unas rodillas preciosas. El conjunto queda estupendo. Sin embargo, a los hombres nos interesan las piernas de las mujeres únicamente por vanidad.

—¿Mis senos?

—Tus senos, ¿qué?

—Que si aprecias mis senos.

—¿Tienes el fetiche de las conversaciones anatómicas?

—Tengo pocos fetiches. Está sabroso… ¿Cómo se llama?

—Porrusalda.

—Muy sabroso. En fin, ¿encuentras apreciables mis senos?

—¿A qué viene excitarle a uno antes de la siesta?

—Nunca, nunca, he necesitado masaje. Te lo aseguro. ¿Hay masajistas en España?

—Hay. Y también saunas y gimnasios turcos y bombillas de cien bujías.

—¿Qué quieres decir con bombillas?

—Se trata de una expresión popular. ¿Te apetece más bacalao?

—No, gracias. Un poco de vino, por favor. Estoy segura de que mi piel sí te gusta. Es suave y de buen color.

—Tienes pecas.

—¿Importa?

—Son extrañas. Aparecen y desaparecen. Y conservan una distribución regular. No hay dos del mismo tamaño. Las pecas más extrañas que nunca he visto.

—Tu amiga Tub tiene muchas pecas. Y de color subido.

En mi memoria las hormigueantes pecas de Tub, tan incorporadas a su piel dorada, se desperdigaban. Mary Tribune descubría los callos. Al otro lado del vidrio, el mundo se había reducido a medio metro de llovizna, a unas grises manchas. Como si estuviese enamorado, las piernas no me pesaban y una languidez perniciosa me ablandaba los propósitos.

—Tu pelo es una maravilla.

—O sea, que te gusto.

—Sí, sí, me gustas. Y ¿qué? Desde el bachillerato me gustan unas setenta mujeres al día, por término medio. Que nos gustemos no arregla nada, Mary. Una de las mujeres que más me chiflan es Bert. Pues bien…

—Muy bonita Bert.

—… no puedo aguantar a Bert. ¿Sabes por qué? Porque soy un egoísta. Y un hedonista. Más hedonista que egoísta, ya que no quiero ser desgraciado y para eso lo mejor es impedir al prójimo que sea desgraciado a base de vivir conmigo.

—Sabe rico el vino. Si no te importa…; sólo medio vaso.

—Ante todo, hay que conocerme.

—Pero claro que sí deseo conocerte, darling.

—Nunca he tenido mucho dinero, ¿sabes? Mis padres no me dejaron ninguna fortuna, apenas para

«Mon histoire est celle d'un célibataire.»

el piso e instalar la chimenea. Tampoco me he matado a trabajar. No, señor, tampoco. Pero no perdí curso en la facultad y, al año de terminar, ya tenía mi empleo. Sigo sin matarme, lo reconozco. Trabajo hasta las siete y media y, luego, leo, paseo o voy a exposiciones. Es decir, que no me apocilgo. Mal que bien me arreglo un mes con otro y mantengo el coche y no debo. Tres mil a Bert, que no es deuda ni nada. Mi vida está organizada tal y como a mí me da la gana. Como cuando me apetece, salgo cuando quiero, y volver, igual. Nadie me espera, ni a nadie tengo que dar cuenta de mis horarios. ¿Comprendes?

—Comprendo, darling.

—Naturalmente, la vida que he elegido tiene sus desventajas. A veces, uno se encuentra un poco solo, uno tendría ganas de charlar o de comentar con alguien lo que acaba de leer o lo que piensa hacer en el verano, y todo el mundo está por ahí y no hay medio de encontrar mujer y termina uno yéndose a la cama o a un cine del barrio. También hay sus momentos malos, también. No quiero ocultarlo.

—La soledad es malsana. —Mary me acarició una mano—. Se enfría tu bistec.

—Pero, en general, llevo la vida que deseo, la que yo me he construido con mi esfuerzo…, con mi esfuerzo —repetí, después de tragar una hoja de lechuga—. Y no quiero perderla, Mary, no estoy dispuesto a complicarme la existencia. Quizá algún día…

—¿Tomarán café los señores?

La señora tomaría un café negro y doble. Yo, un café irlandés y previa taza de manzanilla (por el hígado), lo que supuso explicar a Mary la diferencia entre la infusión herbácea y el mosto andaluz, llevándonos el asunto el tiempo suficiente para que yo, cuando Mary me pidió que continuase, hubiera olvidado lo esencial de mi alegato.

—Yo misma, darling —aprovechó mi amnesia para consumir su turno—, hago vida regularizada. Sin embargo, es necesario la alegría, destruir un poquito las costumbres.

Como no me importaba fracturar mis costumbres, siempre que fuese posible recomponerlas, me adherí al vitalismo anarcosentimental que propugnaba Mary, si bien con una imprescindible salvedad, que me interesaba mucho quedase extraordinariamente dilucidada.

—Yo soy libre, eh. Yo, que quede la cosa clara, en absoluto me comprometo a guardar fidelidad a nadie. Yo, compréndelo, Mary, y no me vengas luego con ignorancias, no me sujeto.

—O. K.

—¿Realmente lo aceptas?

—Sí, hombre. ¿Permites —bajó la voz a un sordo susurro de espía profesional— ayuda para la adición?

—No, no.

—No insisto —dijo el encanto de ella— porque los hombres españoles tenéis fama de pagar por entero.

—No te preocupes, guapa, yo no soy un caballero. Si alguna vez necesito que colabores, te lo pediré.

—Espléndido. ¿Es fácil encontrar apartamento en esta ciudad? He oído que hay un barrio muy apropiado, donde viven americanos.

La orienté, mientras pagaba la estafadora cuenta, sobre la plaga de barrio a que se refería y, bebido mi segundo café irlandés, ilustré el problema inmobiliario, con un lujo de detalles quizá excesivo.

Fuera, persistía una desmenuzada lluvia, que caldeaba la atmósfera e impedía abrir las ventanillas del automóvil. Nada más entrar en él, Mary me besó con la concienzuda calma que le habría puesto a lavarse los dientes. Correspondí con parsimonia y ella cantó y conectó la radio —que chirriaba— y proclamó, conforme reencontrábamos los bloques de viviendas y de chabolas, su bienaventuranza.

Eran cerca de las diecisiete treinta. Total, que recogimos en el hotel sus seis maletas, el tomavistas y sus dos bolsas de viaje —el neceser lo transportaba ella misma, a causa de las joyas, según explicó mientras se las traía de la caja fuerte el gerente—, transformamos el 600 en un capitoné de mudanzas y al filo de las dieciocho veinte, rehusando yo mirar hacia la garita, recorríamos el portal camino del ascensor, para toparnos, cuestión de tres minutos después, con la impasibilidad característica de los objetos, aunque estén en la barroca suciedad en que los habíamos dejado por la mañana. El equipaje de Mary quedó distribuido por el hall, permitiendo una laberíntica y angosta comunicación con el pasillo.

Apenas si acabábamos de besarnos y Mary de derrumbarse en el chester con un prolongado suspiro, que exhalaba el gozoso sosiego del retorno al hogar, sonó el teléfono y, pisando colillas por el pegajoso parquet, llegué al arcón. Mary se descalzaba con una familiaridad que mostraba hasta su liguero, encendía un cigarrillo. En el auricular encontré la voz de José María.

—Bien, bien. Y ¿tú? ¿Qué tal terminaste anoche?

—De sensación, chico. Por eso no volví.

—Te lo ahorraste. La cosa se puso fúnebre. Por el cabestro de Andrés, claro.

—Estoy en antecedentes. He hablado con Bert y con Tub. Pero es un monstruo ese tipo…

—Un cabestro.

—Cuéntame, anda. ¿Es verdad que le dio grosera, porque tu neoyorquina le había echado del hotel?

La neoyorquina me cayó por la espalda, a mordisquearme la oreja libre —que me dejó babosa—, besar mis pelos y desaparecer en silencio, si bien, con esa telepática sensibilidad de que disfrutan los de sus costumbres, José María creyó percibir que yo no estaba solo.

—No, no hay nadie —negué—. Acabo de levantarme. Mira, nos amargó la noche. Había empezado antes, cuando aún estabais todos. Me cogió a solas en la cocina y me soltó una confesión sadomasoquista de las que te levantan el estómago.

—¿Sobre Tub?

—Más o menos.

—¿Secretos de alcoba? —gargarizó José María—. El tonto de Andrés está de un impudor terrible, ¿te has dado cuenta? —Dije que me había percatado—. Como no comprende nada de lo que le sucede, se dedica a la sinceridad agresiva.

—¿Qué te han contado Bert y Tub?

—Ah, que se lo pasaron fenómeno. ¿No se enfadaría porque Tub se quedó contigo?

—Leñe, no. No es tan estúpido, vamos. Que tenía su noche.

—Pablo cree que se enfadó porque Tub se quedó contigo.

—Que no, tú, que no. Está irritado últimamente.

—¿Con Tub o con nosotros?

—Con Tub. Se le ha metido en la cabeza…

—Entre los…

—Sí, ahí. Se le ha metido que Tub y Jorgito Carmona coquetean.

—¿Quién es Jorgito Carmona? ¿Lo conozco yo?

—Lo conoces. ¿Te acuerdas de la última en el apartamento de Bert? ¿Te acuerdas de un deficiente mental, con aspecto de *blouson noir*, pero *fils de papa*?

—No me acuerdo.

—Un tipo que lo bailaba todo, que sólo bebía espumosos, de unos veintidós años… Le tienes que recordar.

—No me digas, ¡qué maravilla de tipo! Y ¿Tub coquetea con él? ¿Salen?

—Ya conoces a Tub…

—Pero ¿salen?

—Sospecho que no. Sospecho que Tub le utiliza para enrabiar a Andrés.

—Bert estuvo encantadora. —Y, como su proposición sólo obtuvo un gruñido, añadió—: Tu muchacha era sensacional. ¿Te han dicho que bailó sevillanas?

—Me lo han dicho.

—Y ¿que tiró un whisky a la cara de un tío, que resultó de un pueblo de su estado nativo?

—No, ese numerito de *far-west* no tenía el gusto.

—Bueno, me alegro que hayas descansado. Yo tengo el páncreas incrustado en las costillas.

—¿Has ido al estudio?

—Te llamo desde el estudio. A las diez de la mañana estaba ya esclavizado. ¿Tomamos luego una copa?

Como denegué y le puse prisas al capítulo de las despedidas, a las siete menos cuarto había desenfundado la afeitadora. Mary extendía sobre la cama deshecha un almacén de productos textiles. Me dirigió una sonrisa de largos años de convivencia. Le hice cesión verbal de un armario empotrado y de una mesita de noche —la de la izquierda.

—Gracias, darling.

—Espero que tengas suficiente, hasta que encontremos el apartamento.

—Voy a desempacar lo necesario. ¿Sales?

—Sí, tengo que salir.

Y, sin más, me fui al espejo del cuarto de baño. Del dormitorio llegaba la dulce melodía que tarareaba, como un cuervo vespertino, la contralto Tribune. Entre el ruido de la afeitadora y el estruendo de mis apresurados pensamientos, ni dejé de oír el recital, ni oí el timbre.

—Te buscan —me anunció Mary, apoyándose en el quicio de la puerta.

—¿Quién es?

—No sé. Una niña.

Con la máquina en una mano, el enchufe en otra, el flojo arco del cable golpeándome las rodillas —tal que si fuese a saltar a la comba— y fuera del pantalón los faldones de la camisa, me presenté a la Merceditas, que de niña sólo conservaba la estatura.

—Buenas tardes, señorito. Que aquí estoy. Que vine al mediodía y no había nadie.

—Eres Merceditas, ¿verdad?

—Sí, señor. Yo a usted también lo conocía. De vista.

Le invité a que trasladase su recio cuerpo al living, lo que hizo *enjambant* las maletas de Mary y después de chocar contra el recodo del pasillo. En el living, cruzó las manos sobre el vientre y acentuó la unión de sus cejas pobladísimas, tras una rápida y suficiente ojeada a la habitación.

—¿Te manda Petra?

—Sí, señor. Yo vivo dos calles más arriba y tres torciendo a la derecha, ¿sabe usted? Qué casa más bonita… ¿Hay aspiradora?

—Sí. ¿Cuántos años tienes, hija?

—Para noviembre, cumplo los dieciocho.

—Y ¿cuánto hace que has venido del pueblo?

—Uy, la tira de tiempo… Tenía yo diez años, fíjese. La señora es extranjera, ¿a que sí? Se le nota. Yo no sé hablar como los extranjeros, de modo que usted va y me dice lo que mande la señora.

—No te preocupes por el idioma, hija, que la señora habla muy bien el español.

—Parecer lista parece. Bueno, pues lo que usted diga…

—Yo… ¿Sabes lo que gana Petra? —Afirmó repetidas veces con el mentón, brillante de sudor—. Lo mismo, ¿no?

—Sí, señor. ¿Cuándo vengo?

—¿No te quedas ahora?

—Ahora había yo pensado que iba un poco de paseo. Con las amigas, no se crea usted. Mejor voy y vengo mañana. A las ocho y media.

—A las nueve. La portera tiene una llave.

—Pues, a las nueve. Así me estoy más en la cama. Faena hay faena…

—Anoche hubo invitados —me disculpé.

—Ale, ya verá usted como nos llevamos sin quejas. Yo soy de buen conformar y trabajadora. La señora no parece mala, ¿verdad usted?

—No, mala no.

—Lo que yo digo. Que es extranjera y eso siempre se nota. Hasta mañana, señorito.

Y se largó escaleras abajo, bamboleando la falda con sus macizas ancas, al aire del Señor sus poderosas corvas de gladiador romano.

Tres minutos de afeitado y me encontraba de nuevo en el dormitorio para cambiarme de camisa. Seleccionada corbata a toda velocidad y dispuesto a no salir descalzo, tuve que retirar un pulverizador de laca, una bolsa de algodones multicolores y un curvo cepillo de cerdas rojas y mango retorcido, cuya función, siendo las siete y cuarenta, me guardé de averiguar, todo ello encaminado a sentarme en el borde de la cama, adonde acudió Mary por si la desnudaba.

Abrevié las ternezas y, después de aquel chicoleo que nos ocuparía hasta las siete y cincuenta, recobró el juicio y me acompañó al vestíbulo, dócil, discreta y amantísima. Aseguró que el tiempo le pesaría como una pluma, pues se iba a dedicar a tualetearse, y se puso maternal, infructuosamente, ante mi negativa a vestir impermeable. Hubo que besarse de nuevo y, a la tercera o cuarta intentona, en una repugnante racha de ternurismo, prometí que no regresaría mucho más allá de las diez o diez y media, para acabar —domesticado— en la imprecisa historia de una cita irremediable con unos ex condiscípulos en vistas a un nebuloso banquete de rememoración. La ingrata me pagó diciendo que yo, a ella, en ningún caso, tenía que darle explicaciones. Que yo era libre. Me puse terco, en defensa de mi libertad, tan amplia que incluía la posibilidad de renunciarla, y hasta que me vi en el ascensor no recuperé el mínimo de autoestima que todo hombre precisa para, en la calle, enfrentarse con la Humanidad. En la calle llovizniaba. Poner el motor en marcha me hizo sudar tanto como injuriar mi oficiosidad que, repartida entre Mary y la reciente fámula, invalidaría la cita con Tub.

La denominada densidad de tráfico contribuyó lo suyo, espesa como la encontré en las calles céntricas, a que llegase pasadas las ocho y treinta, ahogado por las palpitaciones y la cólera. El Tiburón mantenía su configuración de féretro, su alfombra de serrín, caparazones y tegumentos de mariscos, su televisor, radio y automático de discos al máximo volumen. Barrera del sonido que se atravesaba sin instrumental específico, El Tiburón, donde sólo los gritos de los camareros y clientes eran superiores al estruendoso conglomerado de los tres aparatos audiovisuales, había sido nuestro lugar de encuentro tradicional, en aplicación práctica de la teoría tubiana, según la cual el más frecuentado y ruidoso bar del barrio ocultaba en igual proporción el hecho de nuestras citas. Gracias a este ingenioso *contraria contraribus curantur*, habíamos llegado a ser conocidos —y apreciados— en aquel santuario del compadreo.

—La señora no ha venido aún. ¿Le pongo una caña?

Al final de la kilométrica barra, asentí y que gracias, puesto que se ofreció a avisarme el instante en que la señora se incrustase en la masa de empleado, pequeño comercio, productor especializado y —más bien bajo— funcionario público, que gozaban las últimas horas de la jornada en la vociferación. A Tub le abrían calle, porque, además de ser rica, tener un cuerpo espléndido y llevar unos trajes que ni en el cine de programa doble solían ver —o, al menos, percibir—, se movían por ese respeto intimidatorio del pueblo congregado hacia la hembra de híbrida apariencia social, pero superior. Y en sus gestos, en los susurrados comentarios que brotaban a su espalda, se adivinaba el reprimido deseo de tropezarla a solas en una oscura calleja, de coincidir en un ascensor de media noche, o la jocunda constatación —si las esposas participaban en el ¡presenten armas!— de que bajo el vestido iba desnuda, lo que, por tanto, confirmaba que las mujeres con mucho dinero, putas. Tub se adentraba, en olor de multitud mezclado a su perfume, y tan generosa de sonrisas, tuteos y guiños como una reina morganática, con aquella su condescendiente familiaridad hacia los camareros, mujeres de los lavabos, taxistas, guardias municipales, limpiabotas, que indicaba semejante procedencia a la de ellos, aunque ellos, confundiendo la riqueza con la esencia del ser, se desleyeran en lacayos favorecidos por la soberana.

—¿Toma el señor unos calamares, unas gambitas, unos torreznos, una racioncita de pulpo?

Le dije que no y que, por favor, más cerveza. Durante unos momentos, se elevó sobre el estrépito un ritmo de batería y contrabajo, grave y sostenido. Y la tarde se me puso de una repentina tristeza, casi desfallecida, purísima (como de Pablo), que me hizo agradecer el nuevo estallido del tumulto. Convocado el cerillero, me demoré en la compra de cigarrillos, me dejé hablar de fútbol, le convidé —al uso de Tub— a un vaso de tinto, en cuyo contacto popular me llegó el aviso de que la señora ya estaba ahí.

«Ya todas las melancolías
muy tercamente la memoria
sobre mi corazón las abalanza.»

—Ah, gracias.

Y, saludando ora a su frutera, ora a la cara conocida del mercado (al que asistía seis veces por año), ora al remendón o al de las chapuzas (fontanería, vidrios, carpintería y similares), efectivamente irrumpía escoltada por los murmullos, las miradas y aquel movimiento de culo hacia atrás, motivado por el vestido de tirantes, que se fundía con la piel de Tub igual que tantas manos presentes —incluidas las mías— se habrían fundido, a ser posible. Mostradas sus axilas depiladas, al despojarse de su impermeable cristalino y, al apoyarse en la barra, sus zapatos de tiras de cuero rosa, manifestó un sucesivo interés por el surtido de tapas, por la salud del mocete que me servía y por mí.

—Hace tiempo —dijo, resumiendo nuestra reciente historia— que no se les veía a los señores por aquí.

—¿Es fresco el pulpo?

—Exquisito —se apresuró a responder el principal del mocete, que fue desplazado a las faenas auxiliares y privado de la conversación en directo con la señora.

—Un poco de salsa, Manuel.

—No faltaba más —accedió el principal, que con toda probabilidad no se llamaba Manuel, inundando de un rojizo lodo el platillo—. Cosa rica, ya verá, señorita.

—Y ¿los percebes? ¿Están frescos los percebes? —Lució la uña de su meñique indicador—. Qué bien, montaditos de lomo.

—Le recomiendo —para lo que el improbable Manuel se inclinó hacia Tub, sigiloso como un vendedor de heroína— esto.

—Pero ¡¿tienen cigalas?!

Con la sonrisa del griego que se hubiese dirigido hacia Arquímedes palanca en mano, puso la fuente de los crustáceos bajo las aleteantes narices de Tub.

—Han llegado esta misma mañana —las bestezuelas pasaron a mis fosas nasales— directas del Cantábrico. ¿Les sirvo media docena?

Una vez que Tub merendó percebes, montaditos de lomo, un huevo duro y dos cigalas, con un consumo por resmas de servilletas, me consideré con derecho a exigir el paseo para el que estábamos citados o un establecimiento con paredes forradas de caoba, con sillones de cuero y donde, en la penumbra, la gente hablase en murmullos.

—Sí, hijo, tienes razón. Este bar está imposible. Vamos a pasear. Tenía mucha hambre, ¿sabes?

Para pasar más inadvertidos, Tub insistió en convidarme y el supuesto —tan temerariamente— Manuel ondeó el billete sus buenos minutos, dubitativo entre obedecer a S. M. o cogerle el dinero al chulo. Impuesta la mayestática voluntad, recogido el cambio, dispensada una escandalosa propina, que desató chillidos en cadena de la dependencia, recuperado el paraguas transparente que Tub había olvidado, hendido el muro humano, alcanzamos la calle pateando el viscoso tapiz que alfombraba El Tiburón.

—Tub, encanto…

—¿Subimos andando o cogemos el coche?

—Caminemos un poco hacia el parque. Tub, encanto, ¿por qué no nos citamos en otro lugar a partir de mañana?

—Qué señorito eres… El Tiburón es el sitio más discreto de los alrededores. No es que me importe, por otra parte, que Andrés sepa. Yo misma le contaré que nos hemos visto hoy. Pero siempre fastidian los chismorreos. Andrés no va nunca a El Tiburón. Es, como tú, un señorito. Hace muy buena noche, ¿verdad? Da gusto esta época del año, cuando se notan ya los días más largos. ¿Me dejas que me coja o te sigue molestando llevar a una mujer colgada del brazo?

—No a ti, desde luego.

—Gracias, guapo mío. ¿Has esperado mucho? Yo estaba arreglada desde las siete y media, pero como siempre tardas en atravesar el centro… Pablo me llamó después de comer. También he hablado con Bert. Me gusta este barrio. Nunca he entendido la fobia que le tienes. Me gustan las mezclas, la variedad. Si no, me aburro. ¿Cruzamos? ¿Has visto?, aún no han cerrado el parque. Y son más de las nueve. Contra el poyete de la verja, nos hemos pasado tú y yo horas y horas. El frío de aquellos inviernos, aquellas conversaciones larguísimas, aquella… Tenías un abrigo azul marino, de doble fila de botones; me acabo de acordar. ¿A qué ahora no te pondrías un abrigo azul marino, de doble fila?

—Era horrendo.

—Era precioso.

—Yo recuerdo un abrigo tuyo, muy ceñido, de paño rojo. No tenía solapas y llevabas siempre pañuelos de seda, anudados al cuello. Tu abrigo sí que era precioso.

—Es verdad…, tú también te acuerdas. —Se detuvo ante la verja—. Espera. Huele, huele fuerte. Igual que entonces, ¿verdad? —Dejó de aspirar el húmedo aire, el olor de la hierba—. ¿Sabes una cosa? Creo que mañana me voy a Zurich.

—¿A Zurich? —repetí, a pesar de haber oído, extrañamente aliviado por Mary.

—Sí, a Zurich. Una semana. He hablado hoy con Neneca y me ha dicho que está haciendo una primavera espléndida.

—¿Dónde?

—En Zurich.

—Y ¿por qué no te vas a las Samoa, que seguramente hará más calor?

—Oh, qué simple eres… Pero ¿te has enfadado?

Sí. Con una de esas súbitas irritaciones, que al cabo de unos minutos nos dejan desmemoriados de la causa y condiciones de la ira. Transpuesto mi escape de adrenalina, ya Tub se había separado de la verja y era aquel abrigo rojo que caminaba, rozando la yema del anular izquierdo por la piedra, con la cabeza ladeada, invitándome a que la alcanzase y asiese una de sus manos, para llegar juntos a la confluencia del sendero con la acera y allí, donde la oscuridad era más protectora, abrazarnos un largo tiempo dividido en intervalos de ahogo y de hondos besos en lucha contra un reloj que, embrutecidos de insatisfacción, nos obligaría a asistir a las cenas en nuestras respectivas casas paternas.

Con el mismo gesto, idéntica la inverosímil verticalidad de sus piernas, quizá un poco más ancha de caderas y menos estrecha de hombros, se había detenido y —lo que nunca habría sucedido entonces— me esperaba.

—Sí, me he disgustado. —Tropezaron nuestras manos y cogí sus dedos en ramillete—. ¿Qué carajo de vida te crees que llevo? No tengo tiempo que perder, tengo que hacer demasiadas cosas antes de que me muera. Entre otras, pensar, de vez en cuando, en las cosas que he de hacer antes de que me muera.

—Que no te dé fúnebre, guapo. Tú dijiste que sí, que me acompañarías encantado. —Al final del sendero, un guardia con bandolera nos veía pasar bajo la luz goteante de los tubos fluorescentes—. Yo te lo propuse y tú aceptaste. Han quitado las vías del tranvía, ¿te has fijado?

—Claro que acepté anoche. Y hoy, nada más llegar, me sueltas que te largas a... Bueno, dejémoslo. Parece de sainete disputar como a los veinte años.

—También dijiste anoche que no valdría para nada. Reconoce que lo dijiste. Que era inútil pasear juntos y todo eso.

—Tira la toalla, Tub.

—Que nada, que sí, pero que nada. Lo sabes muy bien, cariño, no puedo irme a vivir contigo ahora.

—Tengo la casa llena de gente esta temporada —expelí sarcasmo, mientras cruzábamos la avenida y, hacia la mitad de la cuesta, llovía sobre los jardines de los anacrónicos chalets y las fachadas de los nuevos edificios—. En tanto me quedo libre, te podrías ir arreglando con Jorgito Carmona, ¿no?

—No —dijo.

—Dorotea, escucha. Tampoco quiero yo pelear. —Cogidos por la cintura, nos aplastamos contra una fachada, al amparo de las cornisas y los balcones volados—. Escribe una miaja desde Zurich.

—Seguro, claro, idiota. Si es sólo una semana... —Tal como yo había supuesto, unas pequeñas lágrimas, como bolitas de anís, le hacían de sirimiri particular a sus ojos—. Neneca dice que allí hace mucha primavera.

—La idiota de tu hermana... De buena te hemos librado nosotros, Pablo, yo... De menuda te hemos librado, rica...

—Tú eres rarísimo. ¿A quién quieres tú? Anda, dímelo. Porque, a veces, parece hasta que me quieres a mí.

—Oye, ¿no estará el sapo baboso de Jorgito en Suiza?

—¡Qué pesado…!

—Golosa vas a volver, después de los niños, tu cuñado, las fiestas en las embajadas… —Una pareja corría, con una gabardina sobre las cabezas—. ¿Me quieres tú, Dorotea?

Le sentí —había apoyado la cabeza en mi pecho— casi la deglución de la saliva y nos quedamos quietos, con aquel murmullo de agua en los oídos, viendo las pequeñas luces en los hotelitos, las manchas de los árboles contra el cielo pizarroso. Tub puso mi cigarrillo encendido en sus labios.

Con la libertad que concede saberse amado, me dio por imaginar qué desastres estaría perpetrando la ciudadana de Nueva York en sus dominios de mi casa, en el estilo de, *verbi gratia*, inundación, guisos, convocatoria de un cuadro flamenco.

—¿Estás contento?

Me arrastró de la mano y continuamos calle abajo, en busca del 600, incólumes a la lluvia, la soledad, las indefinibles cargas y las indomesticables asfixias. Tub se orientó y encontramos el coche.

—Déjame conducir.

—No. —Abrí su portezuela desde dentro y, sin establecer el contacto, esperé a que se acomodase para besarla.

—Oye —dijo luego—, yo quedé con José María en que a lo mejor nos pasábamos por el estudio. Si no te apetece…

—¿Qué vamos a hacer? Podríamos —quité el freno de mano— ir a bailar, pero estamos viejos para ese plan. O tomar una copa en un lugar tranquilo, aunque en los lugares tranquilos lo malo es que nos besamos demasiado. Queda la posibilidad de mi casa…

—O la mía. Andrés volverá tarde.

—O la tuya. A ver televisión, a cenar tortillas francesas y fiambres y a que Joaquina nos cuente historias de su pueblo, cuando la gripe del diecisiete.

—Y ¿al cine? Hace mucho que…

—¡¿Al cine?!

—O al teatro.

—No vamos vestidos y, además, es tarde para el teatro. De noche no hay carreras de caballos. Podríamos acercarnos al frontón…

—Te pones inaguantable, si pierdes. Vamos al campo sencillamente.

—¿A qué campo?

—Sencillamente, al campo.

—Tub, tienes una enfermiza tendencia a la sencillez. Hace negro en el campo y estará lleno de barro y de motoristas. Una vez estuvimos en el campo, ¿te acuerdas?, viendo las estrellas y oyendo los grillos, y, acuérdate, la carrocería se estremecía con tus bostezos.

—Pues, al estudio de José María, entonces. A lo mejor, está Bert.

—Hay poquísimos sitios en esta ciudad.

—Hay cafeterías, con toneladas de novios y tortitas de crema y batidos de fresa. No te quejes y ten imaginación. Esa maldita oficina está acabando contigo. Por cierto, que te llamé y Guada me dijo que estabas enfermo.

—Y estaba. —Mientras cruzaban los peatones y los limpiaparabrisas chirriaban, observé su mirada al frente, sus mandíbulas relajadas, aquel conocidísimo paisaje de sus facciones, que me dejó imperturbable, como mi propio rostro en un espejo—. Estaba moribundo esta mañana.

—Te van a echar.

—No, de ahí no me echan. Ahora, fíjate, entra mal la segunda. Y el radiador, hecho un coladero. Voy a vender el coche y volver al metro.

—Pues a Andrés ahora se le ha metido comprar un 600. Por puro esnobismo, se entiende. Igual que aquella temporada del chófer.

—Mira, no es por malmeter, pero tu marido se comportó esta madrugada como un tártaro.

—Hombre…

—Como un jumento, tu vistoso marido. En serio, no se puede ir por la vida coceando. Tú sabes que no, cariño.

—Se debe oír a las dos partes. También Bert le estaba dando la noche.

—Y esta mañana, ¿qué?, ¿estaba arrepentido, al menos?

—Se fue tempranísimo a la fábrica.

—Tu marido…, tu maridito.

—Bueno, calla. Anda, ¿dónde vamos? Al estudio de José María ya veo que ni atado.

Pablo y José María (éste con un polo a franjas horizontales, azules y blancas) salieron del ascensor, cuando nosotros esperábamos entrar. Decidieron que nos uníamos a ellos y Pablo se enganchó a Tub y se pusieron a hablarlo todo a velocidad de satélite, de tal manera que ellos tres se metieron en el coche de José María y yo les fui siguiendo, puro nervio roto, por toda la preñada ciudad, con el estómago reclamando un trago y aquel anormal remordimiento por estar faltándole a Mary. La segunda gemía como un cerdo en el desolladero. Unos paisanos me dedicaron sus airados gritos —justificadísimos, puesto que la luz naranja se había apagado, cuando yo pasé— y les llamé lerdos por mantener el tipo, porque lo eran seguramente y porque alguien había de cargar con la culpa de aquel *tour* tras los pilotos rojos del coche de José María. Llegamos a la autopista del aeropuerto y, trescientos kilómetros más allá, derivamos hacia un acantilado de rascacielos siniestros, de calles agujereadas y jóvenes familias en torno a una sopa (de sobre).

—¿Se puede saber adónde me lleváis?

—Son simpáticos —dijo Pablo.

—Yo quiero volver temprano a casa.

Siendo nuestro destino el piso catorce, pude averiguar que probablemente José María también viajase a Suiza, de paso para Hamburgo, en cuyo supuesto Tub se desplazaría a Ginebra y allí se encontrarían y tan orondos.

—Te estaré esperando —prometió Tub.

—Lo que yo digo —dije— es qué puñetas vais a hacer en Ginebra, si os estáis viendo todo el día aquí.

—Hijo, tienes un espíritu cafre.

—Hablaremos. Yo con Tub siempre sé de qué hablar. Se os promete una tarjeta con cisnes, estatua de Juan Jacobo y lago al fondo.

En tanto que Tub era iniciada por ellos en la identificación de Jean-Jacques, un tipo roussoniano, de barba cana descuidadísima, nos recibía y nos precedía hasta un amplio salón, con más personas que muebles, acceso directo a una terraza por el foro, puertas en ambos laterales, tocadiscos en el proscenio, transmitiendo canciones libertarias italianas, y un calmoso e interrumpido diálogo al levantarse el telón. Eso sí, el de la barba nos asignó rápidamente hielo, limón y su poquito de agua natural para acompañar el generoso chorretón de ginebra. Tras las presentaciones, tan inútiles como esquemáticas, reanudaron su monserga a costa de Giacometti.

La rubia pajiza, abrazada al garrafón verde en función de lámpara de pie, me mantuvo una larga mirada, incluso incitante, lo que me obligó a buscar un trozo de estera a su lado. Los otros —incluida Tub, que debería tales conocimientos a sus amadas revistas femeninas (francesas)— se estabilizaban en la matraca, cuando finalizada la aproximación, iba a comenzar yo el orden de combate y fue la muchacha quien lanzó la primera andanada:

—A ti te conozco.

Aquel tipo de espontaneidad, que tan costosa de adquirir le habría resultado, me descorazonó.

—¿Sí?

—Te conozco. Una noche, en un bar. Nunca me acuerdo de los nombres.

—¿Del nombre del bar o del mío? —dije, ya que, no sirviéndome para nada la chica, tampoco tenía por qué dejar de hacerme el gracioso.

—Nunca —dijo.

Efectivamente, nada más solicitar llama con una oscilación del cigarrillo entre sus anémicos dedos, me ratifiqué en el criterio de que yo había topado con una de esas enciendehombres de fácil devenir a compañera asexuada. Guapa era guapa.

—Sí, a lo mejor… —comencé el repliegue.

—Tú ¿qué haces?

—Burócrata. Y ¿tú?

—Cine.

—¿Actriz?

—También teatro.

Conforme había clavado su araña emplumada en mis amígdalas, súbitamente interesada por la primera época de Giacometti, me lanzó a la nasa, ignorando mis coletazos.

—¿Cuál es tu última película?

—¿Eh? —Se dignó retornar de Breton, Mandiargues et Cie., a mi pesquisa reporteril.

—Que ¿qué estás rodando ahora?

—Voy a empezar con Julio.

En la dirección señalada desmayadamente por la mano de la criatura, sentado a horcajadas en una silla de anea —desde la que indudablemente le estaba viendo a Tub los pezones—, Julio sonreía a un universo crítico, anguloso, bocón, en camisa blanca abierta hasta el ombligo y gafas a media nariz, ya con la suficiente fama para mostrarse campechano, con independencia de que pareciese idiota.

—Y ¿qué empezáis?

—Una historia de Juan.

Sin arrestos para seguir el paisaje indicado, me perdí a Juan, con la recompensa de que Julio, habiendo izado los ojos del escote de Tub y percibido que la muchacha y yo le mentábamos, me dirigió un saludo en forma de castañeteo de sus dedos pulgar y corazón, como si se dirigiese a un productor o a un perro. En la duda, me limité a devolverle el ruidito.

—¿Es buena la historia?

—Juan va a Venecia.

—¿Sí?

—Sí —confirmó en P. P.

—Y Tub —señalé hacia las piernas de Julio —va a Zurich.

—Julio estuvo en Berlín el año pasado.

—Y José María —continué, dispuesto a no dejarme humillar en aquella apasionante ciencia itinerante— se marcha a Hamburgo.

—Yo voy a ir a Moscú.

—Pues —por salto de cortina de hierro no me rendiría —Jorgito Carmona estuvo en Praga.

—¿Cuándo?

—En diciembre.

—¡Lástima! No me dijo nada —dejó caer un centímetro de ceniza en mi calcetín izquierdo—. Le habría encargado discos.

Que conociese al deficiente alevín de industrial exportador de Jorgito Carmona me pudo tanto como que, encima, le interesasen discos checos; así es que, desplegando piernas, enuncié mi última información turística:

—Yo me voy a la terraza.

Pero el embrión de Oscar, que a caricias lentas sobaba su estambre capilar, se incorporó a la disertación común. Nada más verme en pie, se me abalanzó el buen salvaje de la barba cana, botella en ristre.

—¿Necesitas hielo?

—No, gracias. —Me sirvió ginebra—. Gracias.

Accedimos a la terraza de pequeños baldosines rojos y nos detuvimos a unos pasos del pretil, más allá del cual cigarreaban las luces de la ciudad y, en el aire espeso que la llovizna nos había dejado, se coloreaban grumos de vapor. Después de un sedativo silencio tras tanto recorrido internacional, el de la barba alzó su brazo y dijo:

—Es lo mejor del piso. Creo que lo compramos por esto.

—Yo también vivo en un ático.

—Tuvimos que hacer bastante obra. Antes —rió cascadamente— había una peluquería. Resulta curioso; una peluquería en la planta catorce.

A la izquierda estaba negro, salvo pequeños destellos diseminados. Imaginé que lo curioso sería vivir en aquella linde, en aquella acongojante provincia alejada de mi barrio, porque, aun admitiendo lo absurdo del sentimiento, no podía superar una insolidaria compasión por los que allí habitaban privados de mis conocidas calles arboladas, a semejanza de esa dificultad para representarnos a nosotros mismos en la pobreza, olvidando (y, al recordarlo, la compasión se transformaba en rencor) que yo era pobre para Andrés, por ejemplo, quien nunca afrontaría la posibilidad de existencia en un medio —o en unas condi-

«Il lui semblait que certains lieux sur la terre devaient produire du bonheur, comme une plante particulière au sol et qui pousse mal tout autre part.»

ciones— ajeno. El barbado, tranquilo ante la nocturnidad, no parecía exiliado en aquel colmenar, donde con más frecuencia que por Giacometti el tono ambiental estaría regido por la seña Gabriela o por don Severiano, el del bloque A, escalera segunda, piso quinto, puerta 27, a cuyo hijo acababan de admitir como meritorio en una sucursal bancaria. Lo que me obligaba a clasificar al barbado en gente-que-uno-conoce-anormalmente, subgrupo de intelectuales sin prejuicios burgueses. O, para matizar más el espécimen: gente de aquella —en las antípodas de mis costumbres— a la que no angustiaba la inminencia de un recibo, la necesidad de un préstamo, el cambio de asistenta, capaces de contestar una carta a los diez minutos de su recepción —o de rasgarla, después de una primera lectura— y cuyos juguetes y novelas de la adolescencia se habrían perdido en alguna de sus numerosas mudanzas sin nostalgia, casi inadvertidamente, mientras que sus estanterías exhibían marxismo al alcance de cualquier pesquisa.

—¿Tenéis coche? —pregunté.

—Uno pequeño.

—El centro está lejos. Ha de ser un problema encontrarse, a las tres de la madrugada, en el centro.

—Bueno, siempre hay un taxi. O se camina un poco. ¿No te gusta caminar?

Dije, naturalmente, no, empavorecido por la caminata y también asqueado por el despilfarro de horas de sueño, si bien debía considerarse que aquellos intelectuales de extramuros subsistían exentos de horarios fijos en aquel Finis Terrae, compensando las contrariedades geográficas con su permanente convivencia popular. Porque —y no había dejado de pensar en ella durante los últimos minutos— allí vivía, desde allí partía para mi casa y a aquellas calles regresaba en los autobuses de vísperas, Petra, con su cansada carne (macerada como la arcilla de una estatua del referido Alberto, figura, más que del *Guernica*, del pop-art), en su vuelta al tinelo o al hogar, ya que, siendo asistenta, tanto de uno como de otro tenía para Petra un bloque K, escalera tercera, planta baja, puerta 8, al que había accedido por herencia de unas tierras, abandonadas en los años del piojo verde, al tergiversarse su familia de pegujaleros sorianos en albañiles de la gran urbe.

Una voz de mujer se destacó del mosconeo del salón.

—Perdona —dijo—. Dime cuando estés en seco.

—Ah, sí…

Lo seguí hasta el umbral. Tub, dirigiéndome una mirada ciega, no interrumpió el conocido —y siempre exitoso— relato de su robo en unos grandes almacenes.

—… Pablo, que os lo diga él, sufría como un enano sarnoso, viendo que me acercaba a la sección de camisería, tranquilísima, sin…

Aunque yo sabía, después de habérselo oído en centenares de ocasiones públicas, que los almacenes no eran aquellos en los que situaba la acción (por justificar la mangancia), propiedad, se decía, de un consorcio de notables personajes, Tub jamás había reconocido en la intimidad que, en aquel trance de nueve de la mañana después de una noche blanca, había deslizado un billete, que triplicaba el valor de la prenda, hacia la dependienta, sobornando su embobecimiento en los segundos que a Tub le bastaron para cobijar la camisa bajo su mambo e ingresar así en la doble Orden de Arsenio Lupin y *Arsène Lupin raconté par lui-même*. Y Pablo —colorín colorado— conservaba la camisa en su nativa envoltura de celofán.

Deserté antes de que Pablo llegase a testificar frente a los interesados (¿) oyentes y retorné al pretil, a la soledad, a la ginebra y a la dulce, pero demasiado verdadera, tristeza que en El Tiburón me habían infectado una batería y un contrabajo. Porque, con la abyecta terquedad de un kamikaze, allí estaba de nuevo, tan inconsistente como onerosa, la melancolía, cuyos orígenes podían ser —todos a la vez— Mary Tribune, la rocambolesca fantasía de Tub, una cierta inadaptabilidad, mi chapucera economía y, con toda evidencia, mis reflexiones sociológicas. De cualquier forma, resultaba increíble que fuese yo el tipo entristecido de aquella tarde y, aún más infundado, que, durante el almuerzo, ese tipo hubiese discutido su propia libertad con una viuda de la guerra de Corea.

Cogí el vaso del pretil, alzando al tiempo que el cuerpo el propósito de desahuciar a Mary en las próximas veinticuatro horas, llevar a reparación el radiador en el mismo plazo y, en la primera ocasión fasta, devolverle a Bert las tres mil. De un trago vacié el vaso. Cuando me volvía, llegó Tub, quien tuvo la gentileza de transvasarme de su líquido.

—Oye —dijo—, ¿le has hablado tú a José María de Jorgito Carmona?

—No sé —mentí—. No lo sé, Tub.

—Me estáis dando la tabarra. ¿Te diviertes? Son encantadores. Tengo la impresión de que no te diviertes nada. Y que te la vas a enganchar buena, aquí, tú solo. ¿En qué estabas pensando?

—En cosas. Ya sabes, en nada.

—La niñata esa del pelo estropajoso —Tub se acodó en el borde— te ha gustado.

—En absoluto.

—Pablo cree que Andrés anoche se disgustó, porque yo me...

—No, supongo que no. De verdad.

—Entonces, no te gusta.

—¿Quién, Tub?

—La *starlette* esa de la mierda.

—Te aseguro que no. ¿Te vas a ir a Zurich?

—Neneca me necesita, compréndelo.

—No te vas huyendo de él, ¿eh, Tub?

—Hijo, qué tabarra de asunto habéis inventado con eso de Jorgito.

Le besé concienzudamente el occipucio y se estuvo dócil un buen rato, hasta que se separó y ya no entendí su mirada. Seguí a Tub al salón, entretenido en no pisar las junturas de los baldosines. El de la barba abandonó a una guapa y esquelética, al verme.

—El hielo se ha acabado. —Me llenó el vaso de ginebra.

Deambulé, Pablo había desaparecido, la diva, agarrada al garrafón-lámpara, monopolizaba a José María, luego bailé interminablemente con la más fea que pude detectar, que resultó de un silencio brahmánico. No obstante, entre languidez y languidez, la cortesía me obligó a separarme unos centímetros de aquel liso pecho y, una vez despegada su difícil nariz de mi camisa, preguntar a qué se dedicaba. Traducía. Para dos editores. Novelas. También algún ensayo. No traducía del francés. Del alemán, que se paga más. Escribir, ni que sí, ni que no; sonrió roncamente. Seguimos bailando y la chica se me apretó al máximo. Yo me dejé estar, ya que la postura era cómoda y, en las vueltas, veía evolucionar a los otros, telefonear a Tub, construir un castillo de naipes a Pablo.

—No deberían permitir la entrada a los menores.

La chica se volvió y dijo que los dos niños, en pijama, para los que Pablo trabajaba la frágil arquitectura, eran los hijos de Toni y Adela y que era Toni mi barbado proveedor de ginebra y Adela, la flaca con trenzas.

—Oye, pues ella es muy bonita.

—¿No los conocías? —preguntó la chica a mi corbata.

—No. A ti, tampoco.

—Pero Toni es importantísimo. Nuestro mejor escritor.

Se apretó más, aunque no lo habría creído yo posible. Dejamos de bailar y bebí un poco, yendo de un rincón para otro, sin lograr a Tub en exclusiva. No quería mirar el reloj y la posibilidad de telefonear a Mary me producía el mismo vértigo que si me hubieran balanceado, atado al botafumeiro, de ojiva en ojiva por la catedral compostelana.

Andrés, recién llegado, besaba la mano de Adela y, convoyado por José María, se lo mostraba a la concurrencia en su aspecto de millonario tratable, casi mecenas, progresista a sus horas. A mí, estuvo a punto de estrecharme la mano y rezongarme «encantado», pero me reconoció a tiempo de modificar a un grado de intimidad la sonrisa.

—¿Os vais?

—Noooo... —dijo Tub—. ¿Por qué?

—Creí que os ibais. Es que no quiero mirar el reloj, ¿sabes?

Entonces sí que comprendí su mirada, guiñosa y excitante. Llevaba caído sobre el brazo uno de los tirantes del vestido, estudiada laxitud que me hipnotizó y de cuyo alelamiento fui arrancado por las palmadas con las que Adela pidió, y obtuvo, la atención general.

—Se anuncia que sólo puedo daros unas sopas de ajo. —Los

más finos murmuraron la innecesariedad de alimentarse—. Y que necesito ayuda en la cocina.

Consiguió cuatro hombres, entre los cuales José María, y una ristra de seis o siete mujeres, que incluía a Tub, con sus zapatos de tacón y tiras rosas, tan apropiados para guisotear. Sentada en la puerta de la azotea, los antebrazos descansando en las rodillas, la muchacha con aspecto de feo adolescente fumaba, enceguecida por su humo. Me tendí, como en una otomana, y me puse a considerar el bajo embarrado de sus vaqueros y sus negros mocasines.

—Y tú ¿a qué te dedicas?

—Oficinista hasta las siete y media de la tarde.

—Y ¿después?

—Voy a sitios, conozco gente… —Aunque el andrógino de ella ni había pestañeado, me forzó a aclarar, en tono rencoroso—. Yo no soy un intelectual. Todo lo más, un telectual que está in.

Siguió ahumándose en silencio y luego lanzó el cigarrillo por sobre su hombro a la terraza. Me miraba con una pacífica expresión, tan ausente de fingimiento que me producía un tamaño desconcierto. Decidido a ocultar mi falta de aplomo, le sonreí.

—¿Vives solo? Yo esta temporada vivo con mis padres. Soy la hija de Yudeco.

—¿El escultor? He visto obras de tu padre.

—¿Te gustan?

—Sí… No sé. La verdad es que no entiendo mucho. Las esculturas de tu padre son entretenidas. Pero importantes…, quizá no.

—¿Quién sabe…? —dijo sin acritud—. Lo que más admiro es su tesón. Mi padre es un obstinado. Pero simpático; te gustaría conocerlo. Tiene cuarenta y cinco años nada más.

—Y ¿tú?

—Veintiuno. Creo que no sabes cómo me llamo.

—Ni tú, mi nombre.

—Yo tu nombre, sí.

Y lo pronunció, mientras se erguía de un único impulso y acudía a la segunda leva de pinches, dejándome, con la cabeza apoyada en una mano, de odalisca frente a Andrés, que me espiaba desde un butacón de cuero.

—¿Estás borracho ya?

—Sí —dije—. Estoy borracho y soy un hijodelagranramera.

—Siempre lo has sido. ¿Se marchó la americana?

—Por cierto, que al final te gustó. Sí, se marchó, después de hacerme feliz una vez más.

—Tienes buenas tragaderas. Lo digo por el adefesio a cuyos pies te has puesto.

—Escucha, hermoso —me incorporé—. No estamos en tu club. Esto es distinto y aquí no se las juzga por sus tetas.

—Hijo, si no las valoras por eso, ya me dirás…

Me llegué, con las manos en los bolsillos del pantalón a las proximidades de su preeminencia.

—A ti te va bien. Sí, carajo, es evidente que te va bien en todo. No lo digo con ironía, te lo juro. —Sonrió temeroso—. Yo tendría que imitarte. A veces, lo he intentado, cuando creía que nos parecíamos en algo. No me repitas que estoy borracho.

Y era innegable que en ocasiones me había descubierto —y no sólo a causa de Tub— profundas afinidades con Andrés. Aunque también con Fernando e, incluso, con Galizia, en tiempos lejanos, cuando, reciente su unión, componían la más acogedora e insoportable pareja clandestina que se dedicase a la mutua destrucción, encerrados en aquella casa repleta de cuadros, donde Tub y yo nos besamos por vez primera, donde todos a todos nos fuimos explicando la Vida, la Muerte y el Amor.

Se había levantado una fría brisa, que succionaba a la terraza el humo del salón, y se veían menos luces en la pamplinera noche.

Gracias a ellos sabía que el anfitrión no debe descuidar los ceniceros, que el uso correcto de la indiscreción es la pregunta directa y (con mi eterno agradecimiento) que juntarse dos personas es una de las seculares formas de asesinar la soledad que se ha confirmado más inválida. Y así, en mi recuerdo, Galizia, renovando ceniceros, Fernando, preguntando a Tub por sus hemorroides, y ambos, gritándose las más inútiles mezquindades de una vida coalescente, me conducían por los abrojos del comparatismo a las pesarosas consecuencias de mi educación sentimental.

—¡A cenar!

Casi a la edad de mi hija de escultor, había estado enamorado de Galizia. Dentro de otros veintiún años seguiría enamorado de Tub.

—¡A cenar! ¿Es que no has oído? Ya te decía yo que te la ibas a enganchar brutal.

Interrumpido mi soliloquio sobre la fugacidad de las pasiones terrenas, con Tub de bracete, fui provisto de cuenco y cuchara de palo, para ser obsequiado, ya cuando el efebo se había instalado en el suelo a mi vera, con tres cazos de unas humeantes sopas de ajo, y una naranja. Alguien de tierna edad nos amenizaba a la guitarra el parco rancho. Pronto caímos en el flamenco, arte en el que Tub se lució de órdago con la lamentable historia de eres-bonita-no-te-has-casao, con la kafkiana interrogante de ¿quién-sería-aquel-chiquillo-que-vimos-en-Punta-Umbría-con-el-fuelle-y-el-martillo-y-nos-dio-los-buenos-días?, y la sutil obscenidad, producto de unos considerables apetitos, de salí-a-cazar-conejos-para-olvidarme-de-ti-y-en-cada-animalito-te-veía-sonreí. Consumido el turno de la canción francesa de los alboreantes cincuenta, en sordina atacó el coro

—incluido el fariseo Andrés—, graves los rostros, los ojos alucinados y temblorosas las voces, no los siete-generales-mamitamía (que vino después), sino si-me-quieres-escribir-ya-sabes-mi-paradero. Cantando todos, estimé que mi voz no sería precisa, por lo que, a través de una

«*Y todavía en la alta noche, solo,*
con el vaso en la mano, cuando
[pienso en mi vida,
otra vez más sans faire du bruit tus
[músicas
suenan en la memoria, como una
[despedida:
parece que fue ayer y algo ha
[cambiado.»

selva de piernas en muy diversos ángulos de flexión, fui buscándome el pasillo y la paz del hogar, que era eléctrico y de cuatro fuegos.

Bauticé la ginebra, me mojé las muñecas, esperé a una fámula que no debía de existir, pellizqué un resto de paella —incomestible—, me asomé a un estrecho patio y, en oyendo porque-no-engraso-los-ejes-me-llaman-abandonao, enfermo de inanidad, desanduve camino hacia la orfeónica asamblea. O yo no estaba claro o habían apagado alguna bombilla en el pasillo, porque no la vi hasta que ella, con las manos extendidas sobre mis hombros, me detuvo. También quedaba en penumbra la intención de su mirada, pero realmente pedía abrazo, como acabé de comprender una vez que nuestras bocas se juntaron y hube de ser yo quien las separase. Con los ojos cerrados, me sonreía, sin enigma alguno, insólita. Aferrado a su liso cuerpo algo tuve que hacer, por la fuerza de la costumbre probablemente, puesto que ella murmuró que allí, en el pasillo, no.

Más ciego que Homero, me encontré, tras asegurar el pestillo de la puerta, en un hedor de naftalina, madera y aire estancado, sobre cuya tiniebla abandoné el vaso. La Circe hacía ruido y, llegándome hasta lo que resultó ser una cama, ayudé a desenrollar un colchón, atado con una soga rasposa y de unos catorce metros. Pregunté, sin obtener respuesta, por las condiciones de seguridad moral que, a su juicio, ofrecía aquel tabuco. Y sin más, me desnudé.

Tanteando negruras, tropecé con ella en trance de despantalonarse, a cuya operación quise colaborar, más por civilidad que por lujuria, pero la chica reculó en la sima, continuando en la muda estrategia de procurarse hombre. Sentado en la cama, oí el desplazamiento del aire que produjo al aproximarse. Nos reconocimos al tacto y, ya que su pudor se la había dejado, le quité la braga, que era de algodón, blanca (a pesar de la oscuridad, no cabía duda) y cinturera.

Susurré, porque me pareció de ley, una terneza, que dio por no recibida y, casi en silencio, hicimos el amor como quien come con apetito y sin prisas.

Ella trajo los cigarrillos y me deslumbró la llama de la cerilla.

—¿Cómo te llamas? —Acaricié su piel pulimentada.

—Matilde —dijo—. Sois raros vosotros. Los de tu generación, quiero decir.

—Y vosotros —reí—, ¿qué?

Intermitentes, las brasas de los cigarrillos la iluminaban con luz de autógena, como en una pesadilla apacible. Yo fumaba tendido, ella se sentó y la muy sentimental me tuvo cogida la cabeza un rato.

—Alguna vez nos veremos, ¿no? —propuse—. Tienes una piel deliciosa.

—Si tú quieres, sí. Di una cosa.

—¿Qué cosa?

—Es un juego. Estate un minuto callado y, sin pensar, di algo.

—¿Qué se averigua?

—Oh, pesado… Anda, calla un minuto.

—Es peligroso.

Quizá Mary me estuviese buscando por los hospitales de la ciudad.

—¡Dilo!

Sobresaltado, dije:

—Coalición para el asesinato de niños pobres.

Lanzó una carcajada.

—Burro… Eso está en Swift. ¿Lees mucho? Reconoce que no lees.

—Tú te lo dices todo, bonita.

—No soy bonita —suspiró—. Yo leo quinientas páginas por día, pero a tu edad se deja de leer, se vive un poco de las rentas. ¿Deseas que nos veamos, sinceramente?

—Pronto, encanto. Y sí eres un encanto.

—Me hace gracia tu manera de hablar. Tan poco serio… Y haces unos enormes esfuerzos para parecerlo. Anda, vamos, que estás rabiando por un trago.

—Oye, pitonisa, ¿puedes decirme lo que voy a pensar mañana a las tres y veinticinco?

—Lo que en ese momento te apetezca. Hay que liar el colchón, ¿sabes?

Nos pusimos a la faena, que realizó ella, porque era hábil y más joven. Antes de salir, ya con la puerta abierta, le besé la mano y en su expresión sólo leí quinientos renglones de ironía, casi un propósito de darme un mordisco o un azote.

En el tocadiscos sonaba algo de lo que tendría que haberse arrepentido Rimsky-Korsakov, cuando Matilde y yo, cadera contra cadera, llegamos al grupo donde Tub atendía a una calmosa conversación. Toni me proveyó de ginebra.

—Y ¿Pablo?

—En la terraza.

En la terraza murmulleaban cuatro o cinco voces. Me tumbé en el suelo, junto a la aspirante a divina, asida a su lámpara y a su lacia melena.

—Hija, ¿no te duele el culo de estar siempre sentada?

—No digas groserías —dijo Tub.

De repente, nos quedamos Tub y yo mirándonos y mirándonos y mirándonos, con una tonta alegría, mientras los demás hablaban y zascandileaban, sonaba la música, entraba su poco de brisa y, pausadamente, aquel gozo gratuito se averiaba, porque los ojos de Tub, a la pata la llana, quizá sólo estaban acusándome.

—¿Quieres que te traiga más sopas? —ofreció Adela.

—Ah, no, tú, gracias… Lo que voy a hacer es irme.

—¿Te marchas? —dijo Tub.

—Puedo llevar a tres más. Matilde, ¿vienes?

—Gracias, sí.

—Toma la penúltima, hombre —me propuso el afamado barbas—. La noche no tiene pared.

Le sonreí con las tripas y empezó una interminable despedida, durante la que se nos enrolaron un par de pasajeros, amigos de Matilde. Ella, que tenía las carnes rojizas, como de francesa, resultó de Marsella. Él preparaba cátedras. Así es que, en tanto iba yo sacando el coche de aquella aldea, se me pusieron los tres a parlotear bibliográficamente, románicos y adamasados.

Como mi ebriedad se palpaba, tuvieron la gentileza de interrumpir en los lugares oportunos la disertación, a fin de que alcanzásemos —e indemnes— el lejano suburbio donde tenían su Akademeia la *gallo-romaine* y su cónyuge. Desembarcados, Matilde se encontró falta de interlocutor para lo de la influencia de la lengua de oc en el catalán de la Alta Edad Media.

—Leche, qué tíos… ¿Siempre habláis así? Lo saben todo, ¿no?

—¿Te han aburrido? Son buenos chicos.

—¿De qué viven?

—Él prepara cátedras…

—Ya, ya lo he oído.

—… y Dénise le ayuda en la tesis.

—Pero ¿de qué vive este tipo de gente?

Renuncié al octavo asalto, ya que era injusto exigir de Matilde tal información, cuando ni la propia Dénise, ni el esposo, tendrían idea sana del origen de sus recursos.

—No te enfades. Siento que hayas tenido que venir hasta aquí. Para ellos, si no los trae alguien, es un problema.

—No, si no me enfado. Mañana —se me ocurrió con la relampagueante facilidad de las ideas maestras— no voy a la oficina. Si he avisado hoy que estaba enfermo, lo verosímil es que mañana siga enfermo. O sea, que no me importa, porque ya no tengo que madrugar.

—A mí me gusta madrugar —dijo, sin recato—. Tuerce a la izquierda para atravesar la plaza.

Un beso de despedida y quedamos en que yo telefonearía. Entró corriendo y me puse a mear en el alcorque de una acacia, a la busca en las estrellas de la orientación suficiente para hallar mi barrio, que quedaba hacia el oeste a una distancia sideral, por calles desiertas de las que ensombrecen, igual que el alto catalán, que a saber si habría hablado Guislaberto II, conde del Rosellón. Cuando penetré en el portal —y en el uterino olor del portal— quedaría menos tiempo para el amanecer que el transcurrido desde la medianoche.

Aguerridamente, en el ascensor decidí mirar el reloj. Que se había parado a las nueve menos veinte, mientras, resguardados de la llovizna, Tub y yo habíamos sido fugazmente felices, con la intermitente felicidad que acababa yo con ella o ella acababa conmigo. Mary debía de dormir. Me instalé en el vertedero público del living, ante la pasta cromática de salsa de mejillones en conserva con ceniza. Aunque sólo con respirar el tufo de los vasos habría calmado la sed, me serví un par de dedos de whisky, seleccionando entre los puercos recipientes uno que, al menos, tenía sus bordes manchados de rojo de labios. Y allí me quedé con ese desconcierto que produce beber solo, después que uno se ha emborrachado en compañía.

Bien pronto empezaron a volarme el cerebro los cuervos de una ruptura definitiva con Tub, como música ambiental mi inestable balanza de pagos y de faro apenas visible, un gusto a la piel de Matilde. De pronto, los cuervos aletearon y supe que el dormitorio estaba vacío.

La iluminación de la casa me aterrorizó más que la fuga de Mary. Me estuve quieto, a que se enfriase aquel repentino sudor. También habría dejado iluminadas todas las habitaciones, si hubiera sido yo el fugitivo. Tuve que servirme otro chorrito de whisky.

En resumen, se había largado. Y tanto amor, tanto futuro, desaparecían al primer gesto de independencia. La soledad me abrumó, como a Sísifo la roca, y, la verdad sea dicha, hasta con amargura. Otra vez las horas serían más cómodas y más largas, recuperaría el tiempo esa elasticidad que se va tensando desde las cuatro a las seis, a las nueve, a las doce, sin llegar a romperse, cuando a primatarde se sabe que llegará la medianoche sin haber visto a un semejante. Retornarían la limpieza y el orden, puesto que en una existencia ajetreada no se alinean los libros al milímetro, y, como tantas veces, comería o leería o me enamoraría por aburrimiento, durante los atardeceres (en invierno, sería peor) a la espera de una llamada de Pablo o de Bert, deambulando del living al dormitorio, del dormitorio al dormitorio de huéspedes, al cuarto de trabajo, a la cocina a beber un trago del grifo, para continuar, asomándome de paso a la desierta escalera, al cuarto trastero a mover unas escobas y a cambiar de sitio el montón de periódicos atrasados, sin que por ello, al regresar al living, hayan transcurrido más de siete minutos, ni, por tanto, se haya acortado sensiblemente esa llanura hasta el sueño, cuando el sueño es lo más parecido a la muerte y (ahí está la diferencia) uno no es un místico.

Por un instante oí la voz inarticulada de Mary. Luego, sólo un zumbido en mi cabeza, el mismo que había escuchado hacía poco (o quizá, en mi paseo imaginario por las habitaciones), al pegar la oreja a la puerta del dormitorio.

Pero un buen sorbo me hizo adivinar que la espantada sería provisional. Mi conocimiento de la materia demostraba que jamás una mujer abandona a su hombre. De donde, en cuestión de nada, Mary estaría allí, cuando ya no quedase abierta una venta con tablao en todas las afueras de la ciudad.

Repuesto de energías, romper con Tub parecía sencillo. En todo caso, yo había vuelto antes que Mary y con el remordimiento de llegar tarde. Para abreviar la espera, me concedí un whisky más, que me costó deglutir, habiéndoseme desplegado los intestinos a lo largo de la tráquea.

En el compuesto de cuarenta miligramos de cólera, diez de duda, treinta de nostalgia y veinte de rencor, logré un excipiente de comprensión mundana en c. s. para disculpar la ausencia de Mary, porque no cabía juzgar con los mismos celos un coqueteo con Jorgito Carmona que una correría nocturna y gitana de quien, como Mary, había sido educada en la aberrante creencia de que un hombre y una mujer tienen los mismos derechos. Que, por otra parte, sus democráticos compatriotas niegan a los...

Temí lo peor. Pero en vez de la aparición por el pasillo, que todavía me granulaba la piel, crepitó el teléfono.

Me levanté de un salto y enterré bajo almohadones, esteras, servilletas, platos y sillas, aquellos timbrazos, que, anunciasen a quien anunciasen, anunciaban perturbación, felonía, vesania. O a Matilde, agradecida.

Al ritmo de las algodonosas llamadas me fui quedando dormido en el chester, sumergido en la luminosidad del ascensor, que subía temblequeante de viejas caobas y empañados vidrios y que me depositaba frente a los espectadores de la corrida de aquella tarde, quienes me abrían calle con una susurrada admiración. Moisés de grana y oro, yo avanzaba despacio por el mar separado, entonando «en este país no se puede alcanzar mayor gloria que la del torero», con el sosiego del triunfo. Al fondo, mi habitación, al igual que otras tardes de aquella victoriosa temporada, rebosaba mujeres, que Tub se había encargado de reclutar en los mejores prostíbulos de los pueblos cercanos y entre las que torpemente pretendía apartar una, para infligirme la misma desazonadora opresión que ante ella en la arena.

El estruendo de sartenes en choque directo contra baldosas me desgarró del sueño. Necesité tiempo para recordar mi nombre, la época del año que transcurría, que jamás volvería a ver a Tub. Durante una semana. Llegué a la cocina y, por la maleza que remontaba sus ojos, reconocí a la vociferante intérprete de la cancionísima.

—Pero ¿qué le pasa a Petra?

—Que tiene reúma, ¿no se acuerda usted?

El dulce bienestar de mi triunfo en el ruedo acabó de disolverse.

—Sí, claro. ¿Reúma?

—Y unas paperas infectadas —diagnosticó aquel primate con falda verde y blusa de nailon, roja—. ¿Quiere usted café?

—¿Café...? Ah, café. ¡Qué bien...! Sí, sí, mucho.

En el living, que el sol iluminaba, había perceptibles cambios hacia la higiene. La primera dosis de nicotina me resucitó.

—¡Merceditas!

Y, efectivamente, era ella, porque respondió, con otro alarido, que no encontraba el azúcar. Que se guardaba en un tarro de cristal. Continuó golpeando la mañana con su canción y, antes de que se hubiese consumido mi cigarrillo, entró con la bandeja, sobre la que había colocado un bol, humeante, y el tarro de cristal.

—El azúcar, hija, se trae en el azucarero.

—Bueno, no me regañe —dijo, tomando posición frente a mí, con las manos cruzadas sobre el pubis y el vientre adelantado—. Ya iré aprendiendo. El primer día no puedo saberlo todo, porque nadie hemos nacido enseñados, ¿verdad usted?

—Verdad.

—Es lo que decía mi padre. Al que no le enseñan, no tiene culpa. ¿No come usted un bollo? —Denegué—. Y ¿un cacho pan? Si quiere, le tuesto un cacho pan. Hay que comer, señorito.

—¿Sabes qué hora es?

—Son las ocho y media. Usted dijo que viniese a las nueve, pero me he despertado, por los nervios, y, pensando en la faena que había, me he venido. Yo no puedo parar en la cama. Yo, en despertándome, parece que me pinchan. Yo...

—Y ¿cómo has entrado?

—Ay, pero qué memoria más perra tiene usted. Mi tía me ha dado la llave.

—¿Tu tía?

—Que soy la Merceditas y mi madre y su portera, señorito, son primas segundas. Por parte del suegro de mi madre. Yo siempre la llamo tía. Está usted que no rige, eh. ¿Se levanta así todas las mañanas? Eso le pasa por dormir tirado en el sofá y vestido. Yo, allá ustedes, que en esas cosas una servidora no tiene por qué opinar, pero lo ricamente que dormiría usted en la cama, con la señora, que es lo mandado, y cuanto más, siendo la cama una explanada.

—¿Has entrado en el dormitorio?

—Sí.

—Y ¿qué?

—Que y que ¿qué?

—¿Había alguien?

—¿Quién iba a haber? De eso le quería yo hablar, porque, ¿sabe usted? —Merceditas, avanzando el pie derecho, separó las piernas— yo, ¿para qué andar con tapujos?, prefiero, de ser posible, entenderme con hombres.

—Hija, eso denota tus sanas costumbres.

—Sí, señor, nunca he estado enferma. Por ahí puede estar tranquilo. En el jamás de los jamases, quitando de pequeña la vez que me entró la avetaminosis, que dijeron que si sería del bocio, ya ve usted qué cosas, o si sería de comer sólo gachas. Estuve malísima, que me iba, no le digo más.

—Celebro que hayas mejorado. ¿Qué querías decirme?

—No me acuerdo.

—Sobre que prefieres entenderte con los hombres…

—Con los señores, quiero decir. Sí, eso, ya me lo recuerdo. Con los señores, porque, no es porque esté usted delante, pero los señores son más humanitarios que las señoras.

—De acuerdo.

—Hay señoras y señoras, claro. Ahora, a mí, de ser posible,

donde esté un señor que se quiten las señoras. No es por el trabajo, bien sabe Dios que no, que yo trabajo como la que más, sino por el trato, por el aquel de que un señor, por muy bestia que sea, y los hay, siempre tiene otra manera de tratarla a una. Usted parece de los finos. Tiene usted cara de buena persona, así un poco triste y mohíno y con ojos de locatis.

—Gracias, hermosa. Tú también tienes cara de buena.

—Yo, mire, buena soy buena. A mí, aquí donde usted me ve, no me ha sobado aún nadie.

—¿No tienes novio?

—Uy, novio… Ni ganas. Los hombres, ¿verdad usted?, van siempre a lo mismo. Aquí te cojo, aquí te jodo, como suena el refrán. Tengo yo una amiga, Encarnalamuslos la dicen, que se puso a servir un miércoles y al martes de la otra semana ya dormía las siestas en la cama de los señores. La señora es que salía por las tardes. Bueno, pues yo le dije, cuidado, Encarna, que vas a tener un percance, que un día le vas a llamar de tú, porque en la cama se llamaban de tú, ¿sabe usted?, y ella va a estar delante y te va a armar el gori. Pues fue, para que usted, señorito, vea lo que es eso del amor, y un día, tal y cual que yo le había prevenido, va y delante de la otra le suelta, ¿te llevo al tinte la chaqueta de espiguilla?

—Y ¿qué sucedió?

—Aguarde usted, que le voy a traer un poco de café. ¿A que quiere más? —Cogió la bandeja y me guiñó el ojo derecho—. Si lo sabré yo…

En la ausencia de aquella bullanguera manceba, me desplacé al dormitorio, cuya puerta fui entreabriendo con un inquieto sigilo. Mary dormía juiciosamente, apenas velada por una transparencia en color morado ofensivo. Cerré y volví al living, a esperar el nuevo bol de café, que Merceditas me sirvió in situ, agarrada con ambas manos a la cafetera torinesa.

—¿Por dónde andaba yo?

—Te quedaste en el momento en que Encarnalamuslos se dirigía en segunda persona del singular a su señor. A todo esto, no serán las nueve y media aún.

—¡Qué va…! —consultó su reloj de pulsera—. Las nueve menos diez. Usted desayune tranquilo, que le sobra tiempo.

—Bueno, entonces, ¿qué pasó?

—Ay, qué cosas se le ocurren a usted… ¿Qué la iba a pasar? Que la señora le organizó el gori, tal y cual que yo se lo había pronosticado. Pero la Encarna se engalló. Dice que la otra la llamó… eso, usted me entiende, la palabra de cuatro letras.

—¿Puta?

—Sí, señor, puta. Así como suena. Yo, para no mentir, no sé si se lo llamaría, porque presente, lo que se dice presente, yo no estaba. Y, claro, una cosa es tutear al señorito y otra que, así, sin más ni más, vayan y a una, tal como luego me contaba la Encarna, la puteen a una. Total, que va y la responde a la señora que la pendeja lo sería ella, que no paraba una tarde en la casa. La señora quería llamar al ceronoventayuno, pero él no la dejó. Para que usted vea que los hombres son de mejor pasta. ¿Está rico el café?

—Muy rico. ¿Por qué no te traes una taza, te sientas y desayunas?

—Ya he desayunado. No la dejó y yo creo que hizo bien, ¿a que sí? Los trapos sucios se lavan en familia. Pero no contenta con infamarla, encima la despidió. Y entonces la Encarna, que ella no se daba por despedida hasta que el señor no la echase, que el señor dijese que la echaba y que ella se iría, pero que, si no, nanay de coger el portante. Y ¿a que no sabe usted lo que dijo el señor?

—Que se fuese la Encarna.

—Es usted listo, eh. Eso mismo es lo que dijo el calzonazos del señor, después de haberla jurado yo no sé cuántas mentiras durante las siestas. De los hombres no se puede una fiar. Luego, se colocó en donde sirve ahora, que son dos viejecitos, aquí cerca, y parece que está como está.

—¿Esperando?

—Mi madre, que no pasa por la amistad porque le parece un poco zorra, no lo sabe. Usted no vaya a decirlo por ahí… Por si acaso, voy a ver si le compro un jerseycito de perlón. La pobre Encarna tiene una suerte tuerta.

—Que será cachonda, claro.

—¡Eso, eso! Lo mismito dice ella. Ahí está su desgracia. Y es que los pobres no podemos ser calientes. Usted tiene que entender mucho de mujeres, ¿verdad usted, señorito?

—No mucho.

—Pues le quería yo pedir que yo prefiero entenderme con usted, y no porque la señora sea extranjera, sino porque sí. Porque con un hombre es distinto.

—Verás, hija, estimo conveniente que, delante de la señora, te abstuvieses de frases en el estilo de aquí te cojo aquí te jodo.

—Usted ha dicho puta.

—Pero yo sé que delante de la señora no se puede decir. A ella la han educado de otra manera, ¿comprendes?

—No le dé el ansia, que le entiendo. —Merceditas, como un sol negro, sonrió—. Como le iba contando, he cogido la llave, he entrado y me encuentro con todas las luces prendidas y usted durmiendo vestido ahí tirado. Entonces, me ha llamado la señora. He ido. Estaba en la cama, fumándose un cigarrillo. Me ha preguntado si tenía usted puesta la manta. Porque ella, anoche, se levantó y le echó una manta. Yo le he dicho que sí. Ella me ha dicho que gracias. Yo le he dicho que de nada. Y que si ordenaba algo. Ella ha dicho que iba a dormir otro poquito y me ha preguntado los años que tengo. Yo le he dicho que voy para dieciocho. Ella me ha dicho que, por favor, no hiciese mucho ruido, para no despertarlo. Se ve que está por usted. Yo le he dicho que descuidase. Y, luego, pensando en mis cosas, se me ha escurrido la cacerola y usted se ha despertado. La señora es fina, ¿verdad?

—Muy fina.

—¿No le da grima vivir fuera de su tierra?

—Le gusta viajar.

—Le he quitado la manta, que estaba usted sudando como un gorrino. ¿Cómo se llama la señora?

—Mary. Pero se dice Meeri.

—Yo ¿la llamo señorita Megui, señora Megui o qué?

—Tú llámala señora y vale.

—Tiene un camisón requetebonito. Uno de esos me tengo que comprar yo. Hace elegante y sexy.

—¿Quién te ha enseñado a decir sexy?

—Viene en las novelas de figuras. Y la señora es muy guapa y joven, muy señora sobre todo. Se le nota. Dice mucho por favor y gracias y tiene una mirada de señora y una sonrisa de señora. Sólo una señora muy señora puede llevar una camisa así, enseñando el tetamen, y que quede bonito. Bueno, no me entretenga usted más, que hay mucha faena. ¿Quiere que le tueste una rebanada? Tanto café tiene que empozar el estómago. Me voy a fregar los cacharros.

Antes de que regresase, me lavé los dientes, me peiné y desenterré el teléfono. Había olvidado por qué la noche anterior quedó decidido abandonar definitivamente (durante una semana) a Tub. Y, a la escucha, mi memoria se enredaba en las lianas de las imágenes y las motivaciones, mi deseo argumentaba en contra y yo quería oír la voz de Tub. Guadaopulencias contestó.

—Que tampoco puedo ir hoy.

—¿Te encuentras peor?

—Regular. Cólico.

—Ramón creía que, a lo mejor, es que habías bebido.

—No, no, un cólico asesino.

—No te preocupes y cuídate. Ramón bebió anteanoche y por la mañana tenía una cara de chino, que daba risa. Por aquí, como siempre. El oficio del director…

—¡Coñe!, el oficio del director. Guada, ¿quieres…?

—Que no te preocupes, hombre. El director no viene estos días y el oficio puede esperar otra semana. Me he comprado un ventilador portátil, japonés. Y unos pendientes amarillitos, que son una monada. Ayer estos gansos se pusieron a contar chistes y nos mondamos. Más burros… Esta tarde voy a bailar con Armando.

—¿Habéis vuelto a salir?

—Esta tarde vamos a bailar. Tú ¿qué crees?

—Es difícil aconsejarte.

—Ramón opina que le debo dejar, que hombres como Armando los encuentro yo a patadas. No sé. Me pondré los pendientes. Ha estado uno de Contenciosos y dice que hay cambios. Siempre dicen que hay cambios los de Contenciosos. A mí me parece que tan serio como Armando, no es frecuente. Pero Ramón insiste que para qué quiero hombres, si os tengo a vosotros todo el santo día en la oficina. Oye, lo mismo te estoy entreteniendo.

—Ahora me vuelvo a la cama.

—Para los cólicos lo indicado es el yogur. Ya le conoces, es un ganso Ramón. Esta mañana estoy muy guapa. Si me vieras… ¿Te acuerdas de mi vestido blanco con lunares verdes y con un volante en el escote? Di, ¿te acuerdas?

—Como si te lo estuviese oliendo, hermosa.

—Bueno, pues llevo uno igualito, pero de lunares rojos.

—Y olé.

—Yo creo que sí, que me conviene. Come y no te levantes y no hagas golferías, que eres tú muy golfo. Tú tenías que vivir con tu hermana y tu cuñado. Cualquier día pillas una de esas enfermedades.

—Guadabrazosdenata, debo volver a la cama.

—Ay, qué sandeces oye una. ¿Le digo algo a Ramón?

—Eso, lo del cólico.

—Si te pones muy malito, nos llamas y vamos a cuidarte. Voy yo con alguno de éstos, porque sola, no. Ya sabes que sola, no. Que te suba Petra tres o cuatro yogures y los metes en la nevera. A mejorarse.

—Gracias, belleza.

Mary continuaba dormida y, en parte por huir de justificaciones, en parte por comodidad, aplacé afeitado y ducha hasta el mediodía. Rehíce el nudo de la corbata, me remetí los faldones de la camisa y salía con un brazo en una manga de la chaqueta, cuando Merceditas brotó en el pasillo.

—Ya le he oído lo del cólico. ¿Hay que decir que está usted en la cama, si llama alguien?

—Exacto. A la señora le comunicas que he salido y que volveré hacia las dos o dos y media.

—Oiga, y ¿qué pongo de comida?

—A tu elección…

Merceditas, que acababa de secarse las manos en el mandil, vino a abrirme la puerta.

—¿Hay cera para limpiar el entarimado?

—El parquet no necesita que tú le des cera. Pasas el aspirador y asunto concluido.

—De modo, que a las dos o dos y media…

En una cafetería me bebí una copa de aguardiente y un espumoso, antes de decidirme por el Arte, en detrimento de la mecánica de mi 600. La mañana, con una atmósfera clara, irrealizaba —como una antigua novia— los recuerdos de la noche anterior.

Entumecido, ante mi íntimo Ieronymus Bosch poco a poco los vientos calmosos que racheaban su jardín rizaron de espuma mi intemperancia y, escudriñando sin prisas en la alacranera, fui percibiendo a José María, la altanería desvergonzada de algunas actitudes de Bert, las indóciles piernas de Tub, mi carácter microbiano, las lascivas trenzas de Adela, que hasta parecía una *party ad litteram*. A fin de reprimir una creciente excitación, me trasladé al castrador *Triunfo de la Muerte*, de mi viejo conocido Pieter Brueghel, y por aquellas lomas vagabundeaba, cuando una obra maestra, con pinta de nórdica, me

«… *Je venais de reconnaître le manteau qu'Albertine avait pris pour venir avec moi en voiture découverte à Versailles, le soir où j'étais loin de me douter qu'une quinzaine d'heures me séparaient à peine du moment où elle partirait de chez moi.*»

arrastró en pos de su cuerpo, que una microtela desnudaba aún más. La monumental niñata, con una dislocada afición por la pintura sacristanesca, me ignoraba tan evidentemente que me hizo concebir ilusiones. Después de un recorrido espasmódico y de tenerme más tiempo del saludable entre las fotografías tomadas por diversos genios de cámara a la corte algunos siglos antes del nacimiento de Daguerre, la suecaza dio una carrerita y, en el mismo portillón de salida, se fusionó al tipo que la esperaba, especie de matón abrillantinado.

Reponiéndome en un banco, a la sombra y con los pies al sol, sentencié, deprimido por la mugre de mis zapatos, que Tub necesitaba un buen susto. Aquella misma tarde la telefonearía y no para negarme a salir, sino para hacerle entender que nunca volveríamos a vernos. (Durante una infernal semana.) Aprovecharía así la presencia de Mary y, de paso, averiguaría si se había largado ya a Zurich. Mientras tanto, cegado por los colores que el solecico extraía de los aledaños de la pinacoteca, empecé a insultarme. Tímido, inhábil, al volante del 600 y colgado de la viga maestra de la autocrítica, era incontrovertible que, en mi naturaleza plebeya, la vanidad igualaba a la cobardía, la turbulencia a la credulidad, y sólo las aventajaba mi condición sentimental, esponjosa, babosa, desmeduladamente sentimental. Sensiblera. En el vidrio, cuando la luz y las sombras así lo disponían, tenía que soportar la imagen de aquel rostro insustancial, la jeta del títere que conducía —y no bien—, pero que era manejado por las mujeres, a las que, en su obsesa deficiencia, creía dominar. Si los limpiaparabrisas hubieran estado instalados en el interior, me habría escupido. Antes de subir al hogar, me bebí un bitter chez Luciano.

Desde la garita encristalada, me saludaron la portera y su parienta y fámula mía, la Merceditas, quien, con una ceremoniosa complicidad, patentizó una intimidad turbia, como si fuésemos Jupien y Mémé de Charlus en presencia de Françoise. Verdaderamente, abandonar a Tub y contratar a aquella zagalona pertenecía al mismo sistema lógico que dejarse seducir por Matilde moviendo ancas por la ciudad gente como la danesa del museo.

Mary me recibió entre sus brazos.

—No disculpo que no me hayas despertado al salir.

Entre los brazos de Mary, la vida olía a rue de la Paix.

—Quería que descansases.

—Oh, me dormí temprano. ¿Estás bien? Tenía anhelo por ti.

—Perdona, no he podido afeitarme.

Ella, impecablemente eufórica, vestida y maquillada, me duchó, buscó mi bata, me anudó la servilleta, sirvió una comida de restos y conservas y me llevó a la cama, para que el silencio, la oscuridad y los buenos sueños me limpiasen el hígado. Inicié un acercamiento, frustrado por la inflexible negativa de Mary.

—Hombre, tú —se me escapó de las manos— que desde ayer no nos vemos.

—Yo no he salido. ¡No, no es un reproche! —se precipitó a explicar, riendo—. Lamento sólo que tus ocupaciones nos hayan separado un tiempo largo. Es obligación que ahora descanses.

—Arréglame el embozo, remete las sábanas y dame un beso en la frente.

Me besó la frente y allí me quedé, insomne, resuelto una vez más a terminar con Tub. El imaginado truco de llevar a efecto la ruptura por teléfono se consideró indigno por mi nuevo estado de ánimo. Mary cantaba una especie de balada. Me habría gustado soñar con una pradera del Bosco, pero ya que uno no elige los paisajes oníricos, me permití imaginar el primer encuentro con Tub después de tres años de separación. Conectada la Máquina Humilladora, la ensoñación acababa en repetidas imágenes de Tub, sollozante, a mis pies, y ni siquiera encuadraba bien el objetivo a una Tub viuda y rica heredera, por lo que, antes de dormirme, salvé a Andrés de una muerte cierta, reduje la separación a un trimestre y conseguí un inmejorable plano de Tub, siempre de hinojos, tragando arsénico a puñados. De paso, se suprimía así radicalmente el asunto Jorgito Carmona.

Al tomar conciencia de las débiles rayas de luz diurna que franjeaban el ventanal, de nuevo me pareció estúpido aquel personaje de Tub Bovary, sobre todo, porque, bajo los focos, el arsénico tenía aspecto de detergente. Vistiéndome la bata por el pasillo, creí oír a Mary, ahora no en trovadora, sino en ruidosa conversación a carcajadas con otra voz, a la que no le distinguía ni el sexo. Más poderosa la curiosidad que la repugnancia a lo imprevisto, me quité las legañas a yema de dedo y me presenté en el living.

—En Estados Unidos —decía Mary a Bert— serías ya profesor.

Bert mojaba bizcocho en su té, mientras yo le besaba el cardado, me acercaba a Mary, besaba una de las comisuras de su boca y me dejaba caer en el chester.

—¿Has reposado bien? —se interesó Mary.

—Me encuentro peor que antes.

—Lo dice —explicó Bert— como coartada para tomarse una copa.

No obstante tal malicioso análisis de mi particular constitución psicosomática, la encontré más que atractiva con su col roulé negro, sin mangas, y su tan enervante como corta falda gris perla, con aquella piel bronca, sin pecas, y aquella boca de perfecta desmesura y cuyos labios gordezuelos habían defraudado siempre sus aspiraciones a una fisonomía intelectual. Sin tiempo para defenderme, Mary me colocó una taza entre las manos. Pregunté de qué hablaban.

—De mí —dijo Bert.

—Bert me contaba de cuando vuestro conocimiento.

—Bert, guapa, siempre cuentas el mismo folletín. Y ¿por qué serías ya profesor en Estados Unidos?

—Por mi edad.

—Bueno —dijo Mary—, creo que debías vestirte.

—Oh —Bert se sacudió del jersey unas invisibles migas—, no le conoces. Éste es capaz de tirarse una semana en batín y sin afeitarse. En general, hay que admitir que todos los hombres son muy guarros.

—¿Se puede decir guarros? ¿No es malsonante?

—No, no lo es. Pero, aunque lo fuese, Bert diría guarro.

—Me encanta cómo hablas, Bert... Tan rápido, tan sincera y espontánea... Es cierto que los hombres son un poquito... guarros. Bill lo era.

—¿Quién? —pregunté bobamente.

—Bill; su marido.

—Sí, sí, lo sé. Es que no había oído.

—¿Cuánto tiempo estuviste casada? —Bert patentizó el interés que se debe a una lectura de Heidegger, inclinándose sobre sus rodillas, con lo que mi visión de sus muslos se amplió.

—Siete años. Me casé muy joven. Bill trabajaba desde siempre con mi padre y con mis tíos y nadie pensó que pudiésemos tomar otra decisión. Aún creo que estuvo acertado. Luego, Bill fue muerto en Corea, cuando ya había paz, en un absurdo incidente de fronteras, de los que dan tres líneas en los periódicos.

Se guardó el reglamentario minuto de silencio. Mary sonreía a un vacío, en el que Bill recogía un par de botellas de leche en la valla del jardín. Bert, congelada la expresión, sonreía a la sonrisa de Mary. Como nadie me hacía caso, carraspeé antes de enunciar:

—A mí la guerra de Corea me ha parecido siempre una idiotez.

—¡No! —gritó Bert.

—Todas las guerras son idiotas. Y malas —murmuró Mary.

—No, bonito, no. En aquellos años, me acuerdo muy bien, mantenías que era justo defenderse de los amarillos. Se han defendido tanto los americanos desde entonces, que ya no te atreves a esa clase de esnobismo.

—Bert —expliqué a Mary— flirtea con las organizaciones clandestinas de su facultad.

—Y a mucha honra.

—Cariño —se angustió Mary— eso es peligroso...

—Sí, pero necesario. —Las trompetas resonaron y una corona de laurel circundó la coronilla de Bert—. Sólo me han cogido en una ocasión.

—Mija... —gimió Mary—. Pero, mija...

—Bah..., y ¿a quién no le ha sucedido? —dijo Bert, quizá para paliar su heroísmo por miedo a que yo lo paliase más minuciosamente—. Ya irás conociendo este país. No es oro todo lo que reluce.

—Tu familia ¿lo sabe?

—En el fondo —dije yo— su familia está orgullosa.

—Oh, mi familia... Son asqueantes. Tú, Mary, no puedes ni sospechar lo asqueante que resulta mi familia. Tú te has educado libre, sin cadenas. No, nunca se enteraron. Sólo tía Rosa. Tía Rosa, en cierta manera, tiene un aire a ti. Vivió en Alemania de joven...

—A principios de siglo —apostillé.

—... estudiando filosofía...

—Fue a que la abortaran.

—¡Cállate, ¿quieres?! Todo tienes que ponerlo sucio y rastrero. No fue a eso, ¿entiendes?, ¡no!

—Sí —dije—. Y estoy seguro que, después, le empezó el gusto lesbiánico.

—Oh, darling, opino que Bert dice verdad. ¿Por qué mostrar el lado desagradable de las personas?

—Porque es un obseso, un maníaco, como todos los degenerados.

—Un momento, hermosa, un momentito. —Rellené la taza de un descolorido y frío té—. Dejemos las historias familiares. Vamos a olvidar que tú misma has contado a todo el que te haya querido oír las tendencias de la tía Rosa. Olvidemos eso y que pretendas impresionar a Mary...

—Idiota.

—... con una descripción medieval. No quiero discutir, te juro que estoy hecho migas y no quiero discutir. Ahora bien, explícanos qué es lo que tú vas buscando con esas conspiraciones de pacotilla. Tú, que tienes más dinero del que necesitas, un apartamento de lujo y la preocupación de casarte cuanto antes. Tú —Bert mascaba el cigarrillo— eres la menos indicada, permite que te lo diga, para intentar cambiar nada.

—Y ¿tú?

—Por favor —Mary se levantó y cogió la bandeja—, no aprovechar de la amistad para discutir.

—Yo ¿qué?

—Nada —dijo Bert, al tiempo que Mary salía del living.

—Reconoce —involuntariamente, cuando nos quedamos solos, se ablandó mi voz— que es ilógica tu dedicación a la política. Suponiendo que eso sea la política. Todo seguirá lo mismo y, si alguien se joroba el curso, es uno de vosotros. No, Bert, no entiendo...

Sin preocuparse del borde de la falda, había dejado de mirarme y lloraba. En silencio, matizando sus espaciadas y gruesas lágrimas. No tuve mucho tiempo para apiadarme, ya que Mary regresó con más té, más bizcochos y más ceniceros, limpios.

—En las mismas tazas, si no os importa. —Se detuvo, con la bandeja a pocos centímetros de la mesa y en la misma actitud que habría adoptado, si me hubiera descubierto disfrazado de tía Rosa—. Querida, ¿estás llorando? —Soltó la bandeja y lanzó sus manos hacia los hombros de Bert—. ¿Te ha hecho llorar éste? —Yo me serví una tercera taza—. Bert, querida, no quiero, en ningún modo quiero saberte desdichada.

Mary buscó asiento junto a Bert y la abrazó. Me arremangué la bata y la acomodé en las ingles, dispuesto a la contraofensiva que, gracias a la ayuda americana, inevitablemente habría de producirse. El desembarco, una vez que Bert aspiró todo el aire de la habitación en un solo suspiro, llegó en forma de encolerizados arpegios de Mary.

—Imperdonable…, imperdonable…

—No hagamos numeritos, eh. De verdad, que la siesta me ha dejado tronchado. ¿Es que no se puede tomar el té en paz?

—Estábamos en paz hasta que tú llegaste —Mary se levantó y Bert muequeó una sonrisa—. ¿Te sirvo otra taza, querida?

—Gracias, Mary.

—Yo…, yo no he dicho nada insultante.

Con sus mejores fibras de leona de Castilla, Bert amplió su sonrisa, aún lacrimosa, a fin de que se me encogiese el bazo. Uno tampoco esperaba que se pusiese rememorativa.

—¿Te acuerdas de hace unos años? Dos, a lo sumo. Di, ¿te acuerdas? Me guardaste aquí, ¡aquí mismo!, aquellos papeles, te pusiste como un loco a buscar enchufes y recomendaciones, di, anda, di si te acuerdas, y, cuando me soltaron, me abrazaste *«… y era, por entonces, todo lo romántico que se necesitaba ser para conspirar con progresistas.»* y te echaste a llorar, hace dos años. Como mucho. Dos años.

—No recuerdo haber sollozado desde que el ama me retrasaba la teta.

—Siempre te ha chiflado hacerte el insensible. Y eres un fofo. ¡Llorona!

Se bebió de un trago el té. Mary, en trance de discreción, movía un florero sin gladiolos.

—Bert, ¿por qué quieres hacer la revolución?

—Para acabar con los tipos como tú —dijo tan bajo y tan fluido, que Mary la miró asombrada de que con aquellos muslos se pudiese ser trotskista.

—¿Sólo?

Se puso en pie y se encaminó, en contra de la suposición de Mary, hacia el cuarto de baño.

—¿Para qué la hieres? Es una excelente muchacha Bert. Y te guarda un verdadero afecto.

—¿Afecto? Mary, ovejita, todo el mundo sabe que está enamorada de mí.

Mary reía, mientras se levantaba, me besaba en la boca por sorpresa y partía en seguimiento de Bert.

—No, claro que no está enamorada de ti. Piensas como un muchachito.

Y allí me dejaron, frente al teléfono, que Tub haría sonar en cualquier momento. Fumé un par de cigarrillos, gruñéndome las vísceras, hasta que ellas terminaron de remaquillarse, perfumarse y esperarse la una a la otra durante el pis. Al fin, en perfecta alianza para el progreso de mi murria, impolutas como las nieves de Alaska y más olorosas que naranjales valencianos, recuperaron sus asientos, sus bizcochos, sus maneras, como si Tub no fuese a telefonear nunca.

—¿No te ducharás?

—Sí, Mary.

Y me fui a aquel cuarto de baño, en un repleto desbarajuste, con toallas que jamás había visto, toallitas, camisolas, coturnos y rizadores en el lavabo, cuya uteritis me determinó a no aplazar ni un día la búsqueda de un apartamento para Mary. Terminadas mis lentas abluciones, me vestí, antes de prepararme en la cocina, limpia y desordenada, un whisky. Ellas secreteaban en el silencio telefónico y yo colocaba los líricos con los líricos y los Clásicos Garnier con los Clásicos Garnier.

Dejaron de cuchichear y ambas me miraron.

—¿No le has hablado a Mary de José María?

—No suelo ir por ahí desacreditando a mis amigos.

—Eres un cielo. —Y Bert reanudó su supersónica chismografía—. No me extraña que te haya caído bien, tan adorable, tan educado… Nunca te defrauda, ¿sabes? Pablo, sin embargo, se parece más a éste, un vago. Porque, además, José María es un auténtico profesional. Hija, resulta muy difícil encontrar a un hombre que le entusiasme su trabajo. Para José María no existen épocas malas, ni depresiones, ni resacas. Desde las diez de la mañana le tienes en su estudio.

—De decoración. Proyectos e Instalaciones, ese ele.

—¿Quieres insinuar, monada, que es un pintor fracasado?

—Eso quería decir.

—Y ¿tú?

—Bert, encuentro cómico que me tomes por pauta universal. Si digo que la tendera de la esquina es tuerta, inmediatamente replicas: y ¿tú? Yo, ricura, hice dibujos unos cuantos meses.

—Mentira.

—No disputad —nos recomendó Mary, que evidentemente empezaba a encontrarle su placer a nuestras disensiones.

—Bájate esa falda, que te estoy viendo los muslos. —Ni se inmutó—. Y no es mentira.

—Una falsedad más de tu continuo estado de falsedad. Quisiste ser pintor y marino mercante y poeta…

—Poeta, en mi vida… La literatura es un oficio para turbios.

—Y ¿tú?

Mary rió fuerte, casi bailando de excitación.

—Yo me hice abogado.

—¡¿Abogado?! Terminaste la carrera, como cada quisque. Pero ¿cuándo has defendido un pleito tú? Oficinista, y basta. Un…

—Ya sé un chupatintas, una nulidad, una caca.

—Un hipócrita. Mary —Bert se asió a las manos de Mary—, ya puedes tener cuidado con éste. Éste es peor que Julien Sorel.

Cruzando las piernas y con aquella volubilidad por la que sus jóvenes colegas de aula la habían etiquetado como la más cachonda de las maduras de quinto, prendió la atención de Mary hacia las costumbres de José María. Volví a los estantes, dispuesto a no oírla, para oír mejor el teléfono.

—Fíjate, yo…

—Pero es espantoso,   *«Siete voi qui, Ser Brunetto.»* ¿no?

—… tardé en darme cuenta. Igual que tú, igualito. ¿Espantoso? En absoluto.

Metidas entre las sábanas de José María el volumen de sus voces se redujo hasta un soportable croar, del que emergían aislados grititos y descocadas risas. Puesto a la biblioteconomía, me busqué un cepillo y les quité el polvo que Petra había ignorado en los últimos meses. Con el obnubilante sosiego que los trabajos manuales proporcionan, el tiempo se me fue sin sentir el sonido del teléfono. Ambas en pie y de despedida, se prometían salir juntas, prestarse vestidos, donarse unos litros de sangre. De mala gana, las seguí por el pasillo.

—Bert no trajo automóvil. ¿Es que no piensas acompañarla?

—Mary, no hace falta…

—Naturalmente que sí. No debes ir sola y en taxi. Anda, di que acompañas a Bert.

—Te aseguro, Mary, querida, que no es necesario. Ahora no le apetece salir y yo…

—Cómo no. —Mary abrió la puerta—. ¿Dónde está la cortesía hidalga?

Mientras persistían en la versallería, me fui a ver si subía en el ascensor la cortesía hidalga. Por fin acabaron con los morreos y las lindezas y Mary me dijo, en otro tono:

—Te espero.

La luz brillaba en los desnudos brazos de Bert. Portal adelante, recibiendo el movimiento de sus caderas, le temblaban las pantorrillas. Se percató de que la contemplaba y se detuvo.

—Bueno, ya está bien de mirar.

—Perdona. No sabía que te excitase.

Pestañeó y, acomodándome a la tortuguesca cadencia de su taconeo, llegamos al 600. Nada más instalarnos, se permitió una breve dosis de sarcasmo:

—Voy a casa de mis padres. ¿Sabes aún dónde es?

Me limité a conducir en un silencio que anulaba su presencia a mi derecha, en tanto aparecían las primeras praderas residenciales, las gasolineras enceguecedoras, y, también la costumbre a setenta por hora, adivinaban las ruedas aquellas calles penumbrosas de otro país. Entre los jardines umbríos, los neumáticos rodaban sobre las hojas secas de un perenne otoño de aisladas voces mesuradas, verandas desiertas, camafeos. La memoria me acabó de poner —por uno de sus innumerables artificios— en forma.

—¿Quieres un cigarrillo?

Aceptó, se lo encendí y fumamos en la calma de tantas y tantas noches, en esa tregua anterior a la separación, que borra lo sucedido y presagia el regreso solitario. Con un brazo por el respaldo de su asiento, me permití observarla descaradamente. El col roulé la rejuvenecía, a pesar de su esbozo de sonrisa cabrita en las comisuras de la boca.

—Te advierto —dijo, de improviso— que es una excelente chica.

—¿Quién?

—Mary.

—Ah, Mary. Oye, Bert, no me hagas la samaritana. Tú y yo...

Llegué a clavarle los dedos en el brazo, casi a posar los labios detrás de su oreja. Sin embargo, con una presteza que nunca había utilizado conmigo, se desasió y abrió la portezuela. Sin que se le cayese la ceniza del cigarrillo.

—Cochino. —Mantuvo el pie fuera del coche, en la reguera, un tiempo suficiente para que yo supusiese que me escupiría—. ¡Cochino!

Luego, se alejó hacia la valla de madera azul y blanca, deprisa, sin caderear artificiosamente. No volvió la cabeza, pero ondeó una mano antes de desaparecer en el sendero.

Para aplacarme el malestar, esperé a que se iluminase el ventanal de la habitación de Bert, en el segundo piso. Después, regresé a casa y a la cena que Mary me había preparado con sobras de conservas y un esmero ejemplar.

—¿Está apetitoso?

—Muy rico —formulé, con la boca llena de *ragout*.

—Me da placer verte almorzar. Se está tan feliz contigo... Pero quizá tú deseabas salir esta noche.

Una vez consumida aquella bazofia industrializada y gracias a unos cuantos vasos de vino, le manifesté mi deseo de no poner los pies en sociedad durante un mes.

—Estoy harto —añadí.

—Pero no puedes quedarte mucho tiempo de seguido sin salir. A solas te aburrirías pronto. Por mi egoísmo, prefiero que no estés demasiado en casa. Luego...

—¿Por qué no comes?

—... yo viviré en el apartamento, estaremos más alejados y tu desearás verme. No hago comida a estas horas. Es inusual, pero te amo mucho y a mí me suena falso cuando lo digo. Supongo que es difícil aprender las palabras, más que nada siendo poco tiempo que nos conocemos.

—No te inquietes. Lo importante —aunque no quedaba fino, rebañé el plato— es sentir. Por otra parte, no debes llamar almorzar a la comida de la noche.

—Oh, ya sé. ¿No cenas fruta?

—Gracias. Sólo café. Estás muy bonita, Mary.

—Lisonjero. No mucho café, mi amor. Mucho café te dejará sin dormir.

—Estás arrebatadora.

—Bebe en tranquilidad tu café, fumemos un cigarrillo y hablemos mucho, mucho, mucho. Parece que nunca hubiésemos estado solos.

«Y así pasan entrambos la velada,
cual de la vida el erial camino,
soñando Soledad embelesada,
Honorio maldiciendo su destino.»

—La vida de esta puñetera ciudad es corrosiva. Ah, tampoco debes emplear el verbo amar, sino decir que me quieres.

—Pero yo te amo. Sé que amar es más enérgico que querer.

—Mary —nos trasladamos al chester, cogidos por la cintura—, no es más enérgico, es más cursi.

—Se dice hacer el amor y no, hacer el cariño.

—Hacer el amor es un galicismo. ¿Sabes qué es un galicismo?
—Asintió con un gesto despreocupado—. Y una pudibundez. En castellano se dice de otra manera.

—Sí —rió, entornando los párpados.

No hubo forma de continuar los ejercicios de traducción, ya que su risa la propulsó a mis rodillas y allí no encontró dificultad para besarme, cosquillearme, pellizcarme, hasta que, saciada de minucias, se aletargó hecha un ovillo en mis brazos, inverosímilmente plegadas sus largas piernas, y le hice el cariño en el mismo living, acomodado a su ruidoso ritual, tan diferente de las electrónicas hechuras de Matilde. Después, enajenado yo, derrumbada y pecosa ella, seguí besando aquella estructura mágica de su piel.

Permaneció su buena media hora en el cuarto de baño, más por recuperarse que por higiene. Yo me adormilé a la espera de mi turno y, entre la modorra y la fatiga de las dos últimas noches, penetré en una especie de irrealidad, consistente en considerar normal el zascandileo de Mary por la casa y familiarísima su reaparición en una reducida camisa, que no supe si la asemejaba más a su tocaya Pickford o a Calvino atizando la hoguera, pero que, debido a su gaseada levedad en colores rojo pimentón y negro antracita, coincidía con una ensoñación erótica de albañil borracho. Puso uno de sus destalonados zapatos de *trotteuse* montmartriana sobre la mecedora y, mientras la balanceaba, sonrió, no a mí, sino a mi desnudez. Si entonces se hubiese transformado en mister Lucifer, de Lucifer-Satanás Inc., habría esperado que a continuación se rebanaría los pezones con una cuchilla de afeitar para añadirlos al frasco de los Rollmops. Que es —lo de despezonarse— aquello que pareció que iba a ejecutar, la muy sofisticada, cuando susurró un ardoroso jadeo y, a contrapelo de las costillas, fue ascendiendo tenue y arteramente las manos. Sólo faltó que sonase «Si vas a París, papá», de tamaño éxito en los treinta.

—Mary, que tendremos que irnos a dormir…

Pero siendo imposible de disimular si uno está en calcetines, ella encontraba en mi facha su triunfo. De repente, dio una patada a la mecedora y volvió a reír en sus habituales tonos roncos, al tiempo que yo comprendía su juego y, lo que es peor, la capacidad de perversión insatisfecha que Mary oponía a mis represiones de mozuelo pretencioso.

—Querido…, querido… ¡Qué buena es la vida a tu lado! Me dejarás que siempre sea alegre y tonta. No me darás miedo, como esas veces que eres uno de los caballeros del Greco.

En vez de darle tierra al conde de Orgaz, le di un azote a Mary y conseguí llevármela a dormir —o así creía yo—, después de cerrar las llaves del gas y del agua y la de la puerta, y de comprobar que no había ladrones —ni policías— en la terraza. Ella sustituía su medio metro de gasa rojinegra por un camisón siempre transparente, pero ahora en versión alabastrina, menos salaz. Yo tropecé con una de las butaquitas en mi intento de graduar la persiana. Mary, diligentísima, almacenó en su mesilla de noche cenicero, cigarrillos, mechero, vaso de agua, *pocket-book*, pañuelo, tubo de píldoras y último número de *Time*.

—Se te olvida un extintor de incendios.

Ni me oyó probablemente, absorbida en la crispante tarea de arrancarse las pestañas artificiales ante el espejo de su armario. Nunca aquel espacio había contenido tantos objetos. Suspiré. Entre las sábanas frescas, la vida, por unos momentos, me pesó duramente.

—¿Qué decías, querido?

Inclinada de lado, se rascaba un pie.

—Que te acuestes.

Hizo el *plongeon* y, al minuto, puso la temperatura de la cama a 48 °C. Luego, por puro altruismo, se separó y, tras unas pruebas atléticas, logró quedar recostada en la almohada, con el cenicero en el valle de sus piernas dobladas y el *Time* sobre mi mejilla derecha.

—¿No te molestará que lea unas páginas de esta estúpida novela?

—En absoluto. ¿Cómo se titula?

Puso el libro al alcance de mis ojos.

—*Salmones con arsénico* —tradujo—. Tú duerme. He de leer unas páginas de cualquier novela estúpida, antes de leer algo serio. Y ya no despierto en toda la noche. —Me alcé sobre un codo, para besar su bienestar—. Ponte cómodo, si es por mí.

—Gracias. Hasta mañana, Mary.

Le di la espalda y, de cara al ventanal, el ensueño derivó de los salmones hacia Tub. Más tarde, oí un contenido bostezo de Mary, un carraspeo; cambió de posición y mi porción de embozo se redujo al límite. Gruñí. La luz solar colaboraría con antelación suficiente para que, superadas las mareantes operaciones matinales, yo llegase puntual a la oficina. Guada avanzó en morrito su labio. Unas velocísimas bolitas de mercurio acariciaban mi soñarrera de estratos discordantes (tan frágil en un psicópata inestable), cuando Mary se estremeció, dejó caer el *Time*, tragó su somnífero, con la gargarizante minuciosidad de un recién operado de laringe, y se tendió a piernas desplegadas, para emitir de inmediato una respiración regularizada. Incorporado, abriéndoseme las pupilas a la oscuridad, comprendí que, salvo en ciertas mañanas de mi infancia, jamás había gozado de una vigilia tan lúcida. Entre las varias opciones —vengativas todas ellas— que se me ocurrieron, elegí, por exquisita, darme la vuelta y llegar a la espalda de Mary. A su buen olor, al tacto que las tinieblas supervaloraban, a la familiar lascivia, cuyo fin primario es impedir que el otro duerma. La hopalanda le quedó engurruñada sobre las clavículas y Mary Tribune dormía.

—¿Duermes? —susurré.

Dormía. Por si acaso y a volumen normal, repetí la pregunta:

—¿Duermes?

Dormía. Olvidada del mundo, protegida por la VI Flota, que a cuatrocientos kilómetros arrullaba su sueño, Mary y sus hombros y sus caderas y sus corvas y sus cartílagos y sus glúteos expelían sueño, equilibrio, impunidad.

—Tub… Tub…

Acabó por despertar antes del placentero final y, para haber empezado como venganza, resultó muy bello. Permanecí boca arriba, mientras en la oscuridad me acariciaba ella, aún sorprendida y ya vanidosa, turulata. Naturalmente, llegado el momento, dije que no iba al cuarto de baño. Me llamó sucio, como se lo habría llamado a Apolo, hijo de Júpiter, tan distante del «cochino» que Bert me había dedicado unas horas antes, y se marchó a manejar el estrépito de las cañerías y de los sumideros. Antes, encendió la lamparita de su lado.

En la penumbra fumé medio cigarrillo. Después, me dormí sin esperarla, aunque la precaución se mostró inútil, al llegar de nuevo Mary con una vitalidad de cachorra, tras la onceava ducha de aquella jornada. Arrojó el camisón a la moqueta y su aliento de dentífrico me lavó la nuca.

—¿Dormías?

—Ya no.

Encendió un cigarrillo.

—Te adoro.

—Es lógico. —Me senté en la cama.

—Presuntuoso.

—¿Te acostarás esta noche?

—No sé si hablas en poco serio. —Continuó su ballet, cerca del armario—. Da lo mismo. Si tienes algún defecto, yo no lo señalaré. —Volvió la cabeza, dentro del nuevo camisón—. Me da rabia que ignores lo importante de habernos conocido.

—Mary, no te pongas abstracta a las dos de la madrugada. Mi único defecto es que trabajo en una oficina.

—¿Has pensado que yo no hubiese entrado en ese bar? O ¿si tú hubieras nacido el siglo pasado?

Avanzó unos pasos, embutida en una especie de clámide, de un tejido blanco, mate y —¡por fin!— opaco, que dejaba desnudos sus brazos, el hombro izquierdo y parte de la correspondiente clavícula. Sólo le faltaba un cíngulo y, de Edipo yo, habríamos declamado tan apropiadamente. Logró entrar en las sábanas, no obstante la túnica.

—Aunque hubiese nacido en 1840, mañana sin falta, a las nueve, tengo que aparecer por la oficina. Y afeitado.

—Te despertaré. —Me rodeó con su brazo derecho y, contra el calorcillo de su costado, sentí que me dormiría sin solución de continuidad—. Es una rabia. Como sin esperanza. Igual cuando era niña, mi abuelo no dejaba que yo hablase inglés y mis padres me hablaban siempre inglés. Yo tendría miedo de que nunca sabría expresar ni en español, ni en inglés. Mi abuelo enseñaba en Albuquerque. Por eso, mi infancia pasó entre Albuquerque y Santa Fe.

—¿Tus padres vivían en Santa Fe?

—Sí, en Santa Fe, Nuevo México.

—Pues muy bien, *noia*. Así has conseguido ser bilingüe.

—Desde entonces, padezco el temor de que nadie comprenda lo que sucede en mí. ¿Comprendes tú?

—Sí, amor mío —mentí.

—El abuelo, si yo hablaba inglés, no me respondía. O me miraba fijamente, con esfuerzo. Yo, claro, hablaba español.

—El castellano es una lengua invasora.

—El abuelo era invasor. Sí, lo era. Y, luego, ¿para qué?

—Para que ¿qué?

—¿Con qué objeto saber dos lenguas, si no tengo a quién enseñárselas?

—¿Es que quieres dar clases de idiomas?

—Hubiese querido yo también fingir a mi hijo que no comprendía el español. O el inglés.

Pasé un brazo por su cintura, lo que hizo preciso que ella me soltase. El cambio de postura pareció sosegar su nostalgia.

—Y ¿cómo no viniste antes a España? No me explico que te hayas pateado media Europa y no hayas aterrizado aquí, siendo la única yanqui que hablas español.

—Muchos lo hablan. Ya te he contado por qué iba a Italia. Por razones políticas.

—¿Eres partidaria de la apertura a sinistra o del Vaticano II?

—Nunca te enteras.

—Tengo sueño.

—No te enteras nunca, porque no escuchas, yo creo. ¿Por qué no escuchas a los demás?

—¿Me lo has contado?

—Sí. Te dije que mis amigos españoles…

—Ah, sí, ya me acuerdo.

—… de las universidades me habían aconsejado de no llegar jamás al país. Tantos años, para mí España era una tierra sin sol, con gente hambrienta.

—La España de Bert.

—Oh, me asusta que Bert defienda esas ideas. ¿Es realmente...? Tú ya sabes, darling...

—¿Qué?

—¡Una muchacha tan adorable! Pero, además, tiene un aspecto magnífico. Di en secreto. ¿Verdaderamente es?

—¿Lesbiana? No. Ni siquiera estoy seguro de que su tía Rosa lo sea. Quizá su tía Rosa, sí. Por lo menos, a fuerza de repetirlo, para cabrearla, a Bert, supongo que su tía Rosa es un poco bollera.

—No. Pregunto por sus creencias.

—¿Quieres decir que si Bert es comunista?

—Oh, no, ¡pobrecita Bert! —Estiró la clámide, que se le liaba a las piernas—. ¿No lo es o lo es?

—Bert es idiota.

—¿No se puede ser idiota y comunista? En Estados Unidos hay comunistas idiotas.

—En España preveo, cielo mío, que ha de resultar más difícil. Pero no deja de ser probable.

—Bert no es idiota. —Quedó pensativa—. Luego, en el club me proporcionaron otra opinión. Mistress Dinkels sabía mucho del sol de España. Y yo no sabía aún que estabas tú. Y Bert. Muy amable por su visita, que me ha ayudado tanto. ¡Qué extraña muchacha!

—¿Extraña ese pedazo de bestia? Tub es extraña. Y compleja.

—Creo que nunca me iré de esta hermosa tierra.

Con las manos cruzadas en la nuca y apoyadas en la rejilla del cabecero de la cama —lo que dejaba mi rostro dentro de su axila derecha— Mary mantenía su mirada al techo, donde debían de hipnotizarla amarillos soles, blancas playas, negros toros y machos retintos. Recuperé, acalambrado, mi brazo izquierdo.

—Mary, me interesa mucho eso que me cuentas sobre tu infancia y tu abuelo y Albuquerque y demás. Pero tenemos tiempo para seguir hablando mañana y pasado y al otro, sobre todo si te vas a quedar toda tu vida en España.

—Sí, me voy a quedar para siempre.

—Me parece muy acertado. Ahora bien, hasta que me den una medalla por fomento del turismo, tengo que presentarme en esa oficina, de la que me expulsarán un día de estos. Y con razón. O sea, maja, que apaga tu lámpara y a dormir. Cada uno en su sitio. Sin arrumacos. Por esta noche ya te has duchado bastante y has exhibido suficientes modelitos de camisones. ¿Verdad que sí? Hasta mañana, cariño. —Mary apagó la lámpara, se dejó resbalar, con las manos en la nuca, y recibió mi beso sin interrumpir su éxtasis—. Que duermas bien.

En el borde, apresados por un complejo de sueño e inquietud, mi yo y yo admitimos, sin reservas, estar enamorados de Tub.

Tub sentada a lo moro allí mismo, dos noches antes.

La llamaría a la mañana siguiente, hacia las once u once y cuarto, cuando Tub ya deambulase por la casa, en bragas, bebiendo tazas de café, añorándome, diciéndole a Joaquina que bueno, que besugo cocido de segundo.

Tub, la barbilla clavada en el pecho, consentía mis besos en su cuello.

Llamaría a las once…

Tub y su tirante caído.

… mientras tomase el segundo café.

Tub, en minicamisero, ante «Bien tirada está».

—Una vez —dijo Mary Tribune— estuve muy enamorada de un español.

—Carajo, ¿de otro? —giré sobre el terreno.

—Es mi deber que lo sepas.

—Eres de las que no desaprovechan ocasión hispánica, ¿eh?

—Te amo y he de ser leal contigo. Le amé más que a Bill. Él —se sentó en la cama— me hizo comprender que Bill y yo consumíamos un amor pequeño. No sé si explico bien.

—Te explicas.

—Perdona, amor. —Volvió a tenderse—. Mañana debes madrugar. Que descanses.

Me senté en la cama.

—¿Quién era ese español?

—No quiero quitarte reposo. Deseaba sólo mostrarte lealtad.

—Mary —encendí la lámpara de mi mesita de noche—, ¿fuisteis amantes?

Se movió de costado y casi oí el rechinar de sus dientes.

—¿Cómo dices tal engaño? Nunca siquiera nos besamos. ¡Nunca!

Apagué la lámpara y me tendí, también de costado, cara a la furia silbante de Mary.

—Me alegro. Y ahora, durmamos.

—Fue el hombre al que más he amado.

—¿No os besasteis?

—¡No! —Durante unos segundos hipó, como si las lágrimas, más razonables que sus designios, se le resistiesen—. Cuatro años... y no nos besamos.

—Cuatro años ¿qué?

—Que no nos besamos. Era amigo de Bill.

—¿El español?

—Muy amigos los dos matrimonios. Juntos pasábamos los sábados y los domingos. Bill y él pescaban, mientras Margarita y yo...

—¿Quién es Margarita?

—La esposa de él.

—Es de mal gusto decir esposa. Esposa sólo lo dice la gente hortera.

—Margarita era una mujer débil. Y él, muy fuerte, deslumbrador, había sufrido.

—Un momento, Mary. Vamos a centrar la cuestión. ¿Cómo se llamaba él?

—Bob.

—Y ¿era español?

—Sí, de Sangüesa, Navarra.

—Nadie que haya nacido en Navarra se llama Bob.

Mary se reclinó, apoyándose en el codo derecho. Con la yema de los dedos acaricié sus invisibles facciones.

—Se llama Bob.

—¿Puedes explicarme cómo te enamoraste de un hombre, cuyo verdadero nombre ignorabas?

—No lo ignoraba. En español se llamaba José, pero desde que llegó a Estados Unidos su nombre era Bob, quieras creerlo o no.

—¿Por qué?

—¡Porque así le llamábamos todos! Nosotros, en la universidad y los demás amigos. Y supongo que también le llamarían Bob en el drugstore de su barrio y en… ¡¡Todos!!

—Está bien, está bien. —Mi intención era besarle una mejilla, pero mis labios tropezaron con su nariz—. No te pongas nerviosa. No entiendo, simplemente, por qué, si su nombre era José, se dejaba llamar Bob. No es que conozca mucha gente de Navarra, pero me resulta insólito que un tipo así se deje llamar Bob. Perdona, pero no me gusta nada ese José.

—A mí sí me gustaba. Mucho.

—Ya. ¿Enseñaba en una universidad?

—¿Deseas conocer la historia o prefieres dormir? —Extendió

un brazo, encendió su lámpara y, de una patada, lanzó contra mi vientre *Salmones con arsénico*—. Parece que prefieres dormir y más tarde parece que no haces otra cosa sino preguntas.

—Parece que quiero saber si José enseñaba en una universidad.

—Ha enseñado en varias universidades.

—Es —tiré a la moqueta *Salmon with arsenic*— listo, ¿no?

—Sumamente inteligente. ¿Deseas conocer la historia?

—O sea, si no te he entendido mal, que Margarita, José, tu marido y tú os pasabais juntos los fines de semana. Ellos, pescando, y vosotras, con el crochet. ¿Nacionalidad de Margarita?

—Holandesa.

—¡¿No?!

—Sí.

—Bien. José y tú os mirabais a los ojos. Nunca os dijisteis nada, pero estabais enamorados.

—No sé si Bob estaba enamorado de mí entonces.

Y Mary Tribune, en la restringida realidad de las tres menos diez de la madrugada (a seis horas y cuarenta minutos de mi obligada presencia laboral), determinó llorar, con los brazos cruzados en aspa y las manos agarrotadas a los hombros. La enganché por la cintura.

—Querida, es seguro que Bob estaba enamorado de ti. Ya conoces a los eruditos... Y más, en circunstancias especiales.

—No vivía en circunstancias especiales. Poseía un carácter alegre y comunicativo.

—No seas susceptible, cariño. Circunstancias especiales es haber nacido en Navarra, estar casado con una holandesa y encontrarse exiliado en Santa Fe, Nuevo México.

—En Nueva York.

—Eso, para mí, constituyen circunstancias especiales. Estoy seguro de que tú eres mucho más atractiva que Margarita.

—Sí, mucho más.

—¿Lo ves? Quizá José no lo viese, porque era un erudito. Tampoco podía pedírsele todo. ¿Jugaba al golf?

—Muy bien. Y nos animaba a todos, él que había perdido tanto por vuestra terrible guerra.

—Y, naturalmente, José te informaba del hambre, los tanques por las calles y la falta de sol. ¿Era él? Deja de llorar. ¿Estabas tú dispuesta a abandonar a tu marido por José? —Me abrazó como las olas del mar, o, al menos, restregándome unas lágrimas saladas—. Sí, supongo que sí. Él debería haberse divorciado de la holandesa. Esa clase de gente… No me gusta tu… No llores. Tu Bob. Créeme, no se lo merece. Además, es insultante que te pongas a llorar por otro hombre en mis brazos.

Me apresó las mejillas, para que no pudiese rehuir sus frenéticos besos, de una rapacidad mordiente. Atravesado sobre Mary, logré apagar la lámpara y, mientras ambos poníamos de nuestra parte el ardor preciso para que ella tuviese que ducharse una vez más, nos quedamos dormidos. Me quedé dormido yo.

Hacia la madrugada estuve despierto unos minutos —o unos siglos—, considerando al compás de la respiración de Mary, la metamorfosis del dormitorio, su aire espeso —con tanta confesión había olvidado abrir el ventanal—, la apariencia difuminada de un cercano pasado.

Y, de repente, desperté. Sentado en el borde de la cama, tapé el reloj, casi sin respirar, zumbándome en la cabeza el puñado de luz que la persiana detenía. Poco a poco, descubrí la esfera. Las diez y media. Tembloroso, corrí, tropecé con una de las butacas y un zapato sin talón de Mary me zancadilleó.

De rodillas junto al teléfono, logré componer el número de la inminente voz de Guada. Asqueado de mi neuropatía, acomodé la voz mediante toses y la imaginación con el recuerdo de todas las excusas esgrimidas en el último trimestre, sin resignarme a culpar de nuevo a mi hígado. Quizá si añadía al cuadro clínico un vómito de sangre —negra, mejor—, la verosimilitud del suceso se conservaría de Guada a Ramón y demás escalinata jerárquica. Me sequé el sudor y sentí agravarse el conflicto.

—¿Qué hace usted ahí, por los suelos?

Tras el primer sobresalto, el segundo me lo provocó que, además de vestir una falda morada, por encima de las rodillas, y una blusa roja, se hubiese liado a la cabeza, con una desmañada artificiosidad, un pañuelo, en el que se presentía un alminar de Bagdad o de Granada.

—¿No lo ves?

Dio unos pasos hacia la terraza y entonces sí que la Merceditas era un vitral catedralicio al más refulgente sol de la mañana. Sostenía, no sé por qué, una escoba entre las manos.

—¿A quién?

Mientras Guada no contestaba, rodilla en tierra empecé a contestar adecuadamente a aquella policromía. Pero me interrumpió:

—¿Llama usted a la oficina?

—A quien me sale. —Dejé el auricular en la horquilla y libre mi oído de la tortura de los timbrazos—. ¿Desde qué hora estás tú aquí?

—¡Andá, leche!, desde mi hora.

—Y ¿no te he mandado yo que me despiertes?

—No me lo ha mandado usted. Y levántese, que le traiga el desayuno, si es que no se vuelve a la cama.

Lamentablemente logré la posición erecta, aunque de hombros caídos. A cambio, ella consiguió un cierto aire marcial, al apoyar sus manos en la escoba, cuyo palo le alcanzaba la nariz.

—Tengo que avisar. O salir ahora mismo, arreando. Pero ya lo sabes.

—¿Qué?

—Que me llames en cuanto llegues. Todas las mañanas.

—No es por presumir, pero a mí algunas cosas no hay que decírmelas dos veces. Ni tan siquiera una. Una servidora ya tiene visto que usted es un poco lerdo para el despierte. De sueño duro, vamos. Y conste que ni usted ni la señora Megui habían mandado que yo entrase a la alcoba.

—No es necesario que entres. Basta con dar unos golpecitos en la puerta.

—Es lo que pensaba hacer. —Retiró las manos unos centímetros, ladeando la escoba, sin duda para mirarme frente a frente—. Que ya sé que duerme usted en pelota. Yo que la señora no le dejaba. Así pondrá las sábanas. Pero la señora Megui me está pareciendo a mí una santa.

—Me alegro que comprendas cómo debes despertarme.

—Una servidora, aunque no es de la capital, las coge al vuelo.

—De todas maneras, esta mañana —descolgué el teléfono y comencé a marcar— ya podías haber dado los golpecitos.

—Es que esta mañana es domingo. —Merceditas dio media vuelta, en el estilo envarado de un recluta—. Para que lo sepa.

Salió, colgué y me fui al cuarto de baño del servicio, a ver de mejorarme mediante la meditación.

Arropado en la soledad, distendido, gratificado por la fiesta inesperada, no sólo me encontraba sano, sino que le suponía al mundo un inagotable muestrario de gozos. Podía llamar a Tub, pasear, no afeitarme en toda la mañana, llamar a Pablo y sentarnos a beber cerveza inglesa, a mascar patatas a la inglesa, a mirar las piernas de las muchachas a la inglesa. Y por la tarde, podía ir al fútbol, al hipódromo (sin irritarme, si perdía), a las afueras a tumbarme en un prado (si lo encontraba), o podía llamar a Tub. Por lo pronto, se aplazaron el afeitado y la ducha. Cuando leyese el periódico durante el desayuno, tomaría decisiones. El asunto —con Tub— lo estaba envenenando mi egocentrismo. Recordé que Mary dormía a unos quince metros de pasillos. Probablemente lo más ventajoso sería el afeitado, la cerveza y las profusas —y suaves— piernas, concediendo libertad para ordenar la casa a la gringa y a la carpetovetónica. Esta última, cuando, a pesar de ligeros calambres, me adormecía, aporreó la puerta y, con la más frívola saña, preguntó si había enfermado o, sencillamente, si me había muerto.

—¡Ya salgo! —dije y, al tiempo que salía, iba dispuesto a rogar a Petra que, aun en ambulancia, regresase.

Bajo el toldo de la terraza, Merceditas había preparado en la mesa de cristal mi desayuno. Me sonrió. Sin escoba, cruzadas las manos sobre el pubis, guiñando los ojos al esplendente azul del domingo, observó la dilución del azúcar en mi café. Su tocado de cabeza convertía la terraza en una playa de las Bahamas. La invité a que se sentase, pero ni me contestó. Destapado el tarro de la mantequilla, suspiró y comprendí que se desprendían ya los frutos de su mutismo.

—No se explica, ¿verdad, usted?, que puedan hablar así.

—Ellos hablan así y ellos tampoco se explicarán que nosotros hablemos como hablamos.

—Sí, señor, tiene usted razón.

Esperó a que me hubiese comido media tostada, para, sin previo aviso, servirme otra taza de café. En las uñas, una mugre secular y una excesiva frecuentación del fregadero le habían dejado granulienta la piel, terrosa, inverosímilmente dañada.

—Gracias —murmuré.

—De nada. Yo —dio un paso atrás, separó las piernas y cruzó las manos— me estaría horas enteras oyéndola hablar, que no se entiende ni jota. Usted ¿la entiende?

—No, cuando habla inglés.

—¿Cómo se habrá podido meter tantos ruidos en la cabeza?

Dejé que Merceditas se fuese resolviendo sus problemas de lexicografía semántica, para disfrutar del aire fresco, de la luz, de los tejados y las terrazas, nítidos en sus perfiles, casi bonitos. Dentro de las pantuflas los pies se me movían, impacientes por caminar. El café estaba bien hecho.

—No te preocupes —dije—. Es de nacimiento.

—Parece mentira.

—Sí, bueno, parece mentira. Por otra parte, tienen mucho dinero.

—Ni por todo el oro del mundo hablaba yo como hablan ellos. La señora Megui… Me estaría horas enteras oyéndola. Y, como no la entiendo, pues a ella no le tiene que importar. ¿Qué le importa a ella, que la esté oyendo rajar y rajar? Nada. Como si la oye usted mismo, que tampoco la entiende.

—Claro —dije yo, sin entender a la Merceditas.

—Porque si yo la entendiese —insistió, con una tozudez que me hizo sentir como si me practicase la respiración boca a boca— todas las cosas que, digo yo, tiene que decir, una podía ir entonces y contarle a usted las cosas que ella decía. Si una fuese una cotilla, que, gracias a Dios, no lo es. Usted ¿me comprende?

—¿Por qué coño no te iba a comprender, si hablamos los dos el mismo idioma? Yo te comprendo, tú me comprendes a mí y los dos comprendemos a la señora, cuando la señora habla en castellano.

—¡Eso es! Sí, señor. Usted me gusta por lo bien que dice los pensamientos que una quiere decir y no le salen. Pero, lo que yo me digo, es que yo no entiendo a la señora, cuando la señora va y se pone a cascar tal que si no se fuera a parar nunca, con esa manera de los extranjeros, que ni una se explica cómo la una puede decirlo, ni el otro entender lo que le está diciendo la una. Y, para más inri, por teléfono, que ya es difícil de por sí hablar por teléfono, sin verse las caras —conservaba perdida la mirada en el sumidero de la terraza—, como es de ley y de educación que tienen que platicarse entre ellas las personas. También influye, a mi entender, que una servidora es de pueblo. De mañana no pasa que friegue la terraza. Está, que se pegan las suelas.

—Debes también deshelar el frigorífico. —Me contuve un eructo y añadí, ya que parecía inmersa en la compunción—: ¿Sabes deshelar el frigorífico?

—Jopá, no voy a saber...

—¿Cómo se hace?

—Usted no se meta en los asuntos de la cocina. Si la señora, y es la señora, no se mete, usted no tiene que meterse.

—Pero es que la señora está de paso. Y yo, ¿comprendes?, tengo que seguir con el mismo frigorífico por lo menos quince años más.

—¡Madre!, ni que una le fuese a escoñar la nevera.

—Delante de tu madre supongo que no sueltas tacos.

—¿Qué tacos?

—Escoñar. ¿Cómo piensas deshelar el frigorífico?

—Si los suelto, porque ella dice cada uno y, además, alivia. ¿Los extranjeros dicen tacos?

—Los extranjeros maleducados, sí.

—Le tengo que preguntar... O mejor, pregúntele usted a la señora cómo se dice gilí en su tierra. Yo es que a la señora le tengo muchísimo respeto.

—Y ¿a mí?

—A usted ¿qué?

—Que por qué a mí no me tienes respeto.

—Se lo tengo, vamos que no. La prueba es que le llamo de usted. Lo que pasa es que, desde el primer momento que le eché el ojo encima, le cogí el pan debajo del brazo. Usted es bueno.

—¿Cómo piensas deshelar el frigorífico?

Estiré las piernas bajo la mesa. Merceditas puso una mano de pantalla en sus cejas. Quizá la felicidad fuese aquello.

—Primero —comenzó a recitar, a la velocidad que el maestro debió de enseñarle que es precisa para la tabla de multiplicar— se pone en cero; luego se desenchufa; luego se abre la puerta; antes se ha quitado todo lo de comida; luego se pone la bandeja; luego se recoge el agua con una bayeta limpia y se tiran a la pila los pedazos de frío, que se agarran a las cañerías; luego se enchufa, se cierra y se la pone en el tres. O en el dos. Que usted la tiene en el dos. Oiga…

—La tengo en el dos —la interrumpí— porque hiela mucho.

—Ya puede… Iba a decir que qué va a disponer usted conmigo el día que vuelva la señora Petra. Porque yo a esta casa la he cogido cariño, a pesar de todo.

—¿A pesar de qué, carajo? —pregunté, por si había tratado de ablandarme los lacrimales—. ¿Qué quejas tienes?

—Eso de que la señora hable de esa forma no sé si una servidora va a resistirlo. Y no lo digo por mí, que a mí me importa una puñeta que hable como hable. Me explico. Creo yo que me estoy explicando. Que usted duerma en cueros, allá usted. La comida es buena y el trato también. ¿Qué va a disponer conmigo?

—Mira, maja —me retrepé en el sillón metálico y encajé mis costados en los almohadones— hoy es domingo…

—Ya se lo he dicho yo.

—… y no tengo ganas de discurrir. El día que vuelva Petra lo pensaré. Desde luego, lo que no puedo es pagar dos sueldos. O sea, que tú considérate temporera.

—¿De paso, quiere usted decir? ¿Así como eventual?

—Exacto.

—Entonces ¿igual que doña Megui?

—Igual. Y no la llames doña Megui.

—¡Está usted bueno! —Cogió la bandeja y se fue, dejándome la imagen de sus corvas.

Con los ojos entrecerrados, a la mitad del segundo cigarrillo posdesayuno, la vida se había puesto bajo el toldo tan maleable que resultaba prudente dejarla fluir en la conceptuación de las probables nalgas de Merceditas. Si los estados de ánimo fuesen susceptibles de congelación, como se afirma que se perpetuarán los cuerpos, habría elegido aquel instante, aquella placidez solar, para mi hibernación. Nunca más necesitaría telefonear a Tub, ni reprimir mis dudas y mis manos, ni bregar por las pequeñas y pecosas nalgas de Tub (que jamás reposaron sobre los labrantíos manchegos), y, por fin, concordarían Tub y su afición a conservarme, cuando abandonarla me era tan imposible como suspender una de esas melodías que se tararean durante horas, hasta convertirse su obseso silbido en un acto reflejo, similar al recuerdo de Tub.

—¡¡Merceditas!!

Acudió, las manos jabonosas, pronta a encontrarme con una angina de pecho.

—¿Qué? —Se quedó en el último escalón de acceso a la terraza.

—¿Has subido los periódicos?

—Me ha arreado usted un susto… ¿Los periódicos?

—Bájate a comprarlos. Los domingos, ya lo sabes para otras veces, lo primero es la prensa.

Apenas me había acomodado la bata en la entrepierna y ya Merceditas dejaba caer los diarios sobre el cristal de la mesa, anunciando —igual que anunciaría al enfermo un cirujano, antes de la intervención, el comienzo de la tercera guerra mundial:

—Que la señora está en el baño.

En la portada, una muchacha mofletuda exhibía su patosa belleza autóctona bajo cofia de traje regional. Por puro masoquismo, leí el pie de la foto —repugnante— y algunos de los titulares, que denotaban un hirsuto concepto de la existencia, sin relación con la asoleada que allí transcurría.

Acaricié el teléfono. Entre las paredes del living, a causa de las canciones de Merceditas, podría sonar inútilmente. La puerta del cuarto de baño (de señores) se encontraba entreabierta, lo que no eximió a mi cortesía de golpear en la madera.

—*Buongiorno, caro amore.*

—Buenas, Mary. —Realmente las inquietudes de Merceditas sobre la lingüística geográfica parecían fundadas—. ¿Te encuentras bien?

Y resultaba idiota preguntar, ya que, reclinada en la bañera y con la azulada espuma hasta la nuez, Mary Tribune se encontraba evidentemente en condiciones de anunciar cualquier producto, menos una campaña para remediar el hambre en la India. Bajé la tapa y me senté en el váter, mareado por el casi macizo efluvio de las sales. Entre la espuma y deformado por la misma, surgió un brazo de Mary, acabado en cinco ondulantes dedos hacia mis rodillas.

—*Ti voglio benissimo stamattina.*

Me incliné para besar sus anaranjadas uñas, al tiempo que se movía y movía el agua, emergiendo momentáneamente del flujo y reflujo de la doméstica ola los senos de mi amada.

—Es domingo —dije.

Sonrió, con los ojos cerrados. Incapaz de formular palabra que la sustrajese al hechizo —al puro regodeo de la espuma—, me entretuve en tapar y destapar un pulverizador.

—Mi amor —susurró, siempre yacente y ciega, como si olvidase, con la recuperación del castellano, que se encontraba en las termas de Caracalla.

Con un siseo, al apretar mi pulgar la bomba vaporizadora, se disolvió en el aire un polvillo de laca, que, unido al conglomerado aromático del cuarto de baño, me dejó la pituitaria ubérrima.

—Las mañanas de domingo uno cree que puede hacerlo todo —dije, haciendo funcionar un ingenio octogonal (con una medusa en su interior), continente de una de las pastas (o polvos) maquilladoras (o desmaquilladoras), para primera (o decimotercera) capa del llamado maquillaje de fondo diurno (o nocturno). La esclava púber de la reina Belkis, de Saba, conseguía repercutir sus notas (tan desgarradoras) en aquella nube odorífera, dentro de la cual Mary continuaba relajada y yo, dispuesto a largarme (aun teniendo en cuenta la festividad) a la droguería de la esquina a comprarle dos o tres kilos de sándalo. Si es que lo vendían por kilos.

—Desnúdate.

—Mary, a estas horas…

—Por favor. —Abrió los ojos.

La ronquera de su voz hacía lógica la proposición. Así es que me desnudé la bata y, como no había mucho que preguntar sobre la sucesión de movimientos que de mí se esperaban, me dejé imantar por aquella bañera rebosando burbujas. La precipitación colaboró al encuentro de mi rótula derecha con la loza. Gracias a la rápida colaboración de Mary, únicamente caí pataleando y, derramados unos hectólitros sobre la alfombrilla de corcho, pasé a ocupar una zona submarina, como una gruta tenebrosa, en la que me orienté por el ombligo de Mary, que adhería sus ventosas a mis costillas, para aprisionarme mejor. Apoyando un pie en los grifos, alcancé la superficie y me sujeté en la espuma, cuyo sabor recordaba la violeta de genciana o, al menos, la memoria gustativa que de la supuesta violeta de genciana yo tenía.

—Cariño, todo el mundo… Perdona. —Desclavé mi codo de sus clavículas—. Todo el mundo conoce lo arriesgado que es bañarse juntas dos personas que se quieren bien. —Frotó mi espalda, como si yo padeciese sarna—. Tenían que…, tenían que fabricar bañeras de dos cuerpos y menos resbaladizas. —Retiré de mi boca uno de sus tobillos—. Menos resbaladizas…, sobre todo. ¿Tienes idea de dónde está mi pierna izquierda?

Me besó y, de no llegar Merceditas, me habría sorbido. Merceditas, en un rapto de delicadeza, asomó únicamente su rostro de homínido. Y sin decir: Huyyyy. Mary tardó en controlar sus carcajadas e incluso la sacudían los últimos espasmos de risa, ausentada el Heraldo y ya informados ambos de que los señoritos y la señorita acababan de llegar.

—¡Cierra! —rugí.

Mary hundió mi alarido en la marejada, saltó fuera y se enfundó en un albornoz naranja, sin duda porque hacía juego con el color de sus uñas.

—No hagas esperar.

—Oye, procura que no se citen aquí con media ciudad.

—Pórtate educado. —Y se esfumó.

Los invasores señoritos habían girado la rueda de la felicidad. Barbado y exhausto, me desprendí de una coraza de espuma seca, antes de paliar mis desnudeces con una toalla, anudada a la cintura. Por una grieta del vaho, el espejo reflejó cuánta calamidad puede presagiar un rostro humano. Y eso que, prácticamente, el domingo aún no había comenzado. Inmune que aquella mañana estaba yo a las invisibles advertencias, de haberlas percibido jamás habría cambiado aquel refugio por la pompa mundana. Pero nunca, cuando más necesitaríamos de parco retiro, se es bastante arisco. De modo que, sin visitar el dormitorio, me adentré en el living.

—¿Qué hay?

Sólo José María me deseó felices días, desde la terraza, ya que Bert de bastante ruido gozaba, sumergida en uno de los altavoces del tocadiscos, y Pablo dormía en un butacón. Llegué hasta la tumbona de lona roja descolorida, para intercambiar unos gruñidos previos. ¿Mary? Se dejaría ver en los próximos minutos. No habían molestado. Se les había ocurrido así, de repente. No, él, al menos, acababa de desayunar. Podía creerle, de improviso. Habían recogido a Bert en casa de sus padres y allí estaban. José María, con la piel fresca y brillante, con su amarilla camisa de discreto encaje y su pañuelo al cuello, parecía averiguar el grado de intensidad de la luz a través de sus largas pestañas casi unidas. Me senté en los escalones de acceso a la terraza y, al otro lado del living, Bert gentilmente interrumpió el frenético pataleo al que le obligaba el ritmo y ondeó una mano en el aire, como si nos separase el Tíber o la calle de Serrano. Encendí un cigarrillo a la espera de que alguno de los tres comenzase a relatar que la noche anterior había encontrado a Tub. Bert, en la otra orilla, subió «It's only Love» a noventa y siete decibelios. Lo que, a pesar de la distancia, no amilanó a Merceditas, que, sin batería y desde la cocina, logró colocar sus rugidos en competencia con los de John Lennon.

—¡¿Quién es?! —vociferó Bert.

Por gestos, expliqué que se trataba de la sustituta de Petra. Bert preguntó si era la niña que les había abierto la puerta. Que era. Bert se mostró complacida de que la vieja Petra hubiese sido sustituida por una criatura de edad tan tierna. A mí me arañaba la nostalgia del dúo de Mari-Pepa y Felipe o del *morceau de bravoure* de «El Sitio de Zaragoza», el todo, incluido bombo, en las onomatopeyas de Petra. Bert regresó a los primeros surcos de «It's only Love», para cuya nueva audición arrojó almohadones a la alfombra y ella se arrojó a los almohadones, rotundamente hermosa en sus pantalones ceñidos, en su camisa vaquera y en el trozo de sostén —sofisticadísimo— que el azar me permitió vislumbrar.

—Bueno —dije—, ¿qué pasó anoche?

—¿Anoche? —repitió José María, detrás de mí—. No salí. Pablo es el que se la cogió anoche. ¿A qué hora terminaste?

Pablo, dormido, respondió que a las cinco o quizá a las tres y media. Merceditas, sin por ello abandonar sus cánticos, corría por los pasillos. Bert, en la nueva postura, seguía pisoteando ritmo y la tensión de la nalga correspondiente a mi perspectiva hacía esperar que reventaría el terciopelo que la velaba. Yo admiraba su esfuerzo muscular. Merceditas deshacía pasillo. Como la marmita de Papin —tal como en *Lecciones de cosas* decían que sonaba la marmita de Papin—, Pablo emitió un híbrido de suspiro y estertor. Si bien se pensaba, Andrés soportaba a Tub, incluso con indulgencia, porque ambos dormían juntos todas las noches. A mí, que no me sucedía tamaña delicia, las temperaturas de carácter de Tub forzosamente tenían que afectarme y era lógico que Tub se aprovechase de ello. Un silencio brusco había caído desde el techo. Por un instante, creí que Tub me había tapado con su almohada. Parpadeé. Bert colocaba concienzudamente el zafiro en los inicios de «It's only Love». En la puerta, Merceditas me hacía señas.

—¡Que pases! —Dirigiendo inclinaciones de cabeza a Bert y a Pablo, llegó junto a mí y dobló las piernas, manteniendo las rodillas juntas, hasta que nuestros rostros quedaron al mismo nivel—.

¿Qué ocurre? —Murmuró algo—. Habla más fuerte. —Se sujetó la boca, para disminuir su risa—. ¿Te has vuelto loca?

—Está usted sordo. —En su postura confesional, con el propósito de arrancarme una oreja de un mordisco, se limitó a horadarme el tímpano con su aliento—. Que dice la señora que se avíe usted.

—No me hables al oído. Me excita.

—¿Le excita?

—Me excita, sí, que me hablen al oído.

—Mire —para mejor inyectarme el chorro caliente, se apoyó en mi hombro—, déjese de chicoleos, que tengo faena para dar y tomar. Que se vaya aviando y que la diga a una servidora, para que los señoritos no se queden solos, ni noten nada, que qué tiene que ponerse la señora.

—Que se ponga lo que le dé la gana.

—Tiene usted una mañana, que anda…

—Me excita mucho que me echen el aliento en la oreja. A todo el mundo le pasa.

—Pero lo que le dé la gana, ¿de elegante o de trapillo?

—Lo que le dé la gana, de decente.

Estiró las piernas, sonrió a Bert, le hizo una *curtsey* y desapareció. Bert, con las mejillas en las palmas de sus manos unidas por las muñecas, mantenía una mueca fija sobre mis ojos. Me fui hacia ella y, antes de que hubiera podido bajar los labios a su frente, rodó por el suelo y se levantó, esquivándome en el estilo de menegilda acosada por garagista. En la terraza, José María preguntó que si estábamos ya metiéndonos mano, tan temprano como era. Ostentosa, Bert atravesó el living y yo me quedé con la necesidad de darle un azote o de morder un trozo de madera, que, procedente de un naufragio, hubiese permanecido en el mar desde 1750. José María, cuando Bert se hubo largado, dijo que me envidiaba. Pablo, dormido, precisó que todo era posible por mi hígado de aluminio. Suprimí a Lennon y demás escarabajos. Estaba hecho trizas, en eso consistía mi intento de convivencia. José María afirmó que nadie hecho trizas tiene energías para meterle mano a Bert, cuando aún huele la mañana a café con leche. Pablo abrió los ojos y preguntó que dónde estaba Mary. Yo dije que Mary llevaba media hora ensayando bragas. José María dijo que era una grosería, pero que tenía gracia. Yo dije que no. Pero él insistió en ambas proposiciones. Entonces, a Pablo, que estaba resacoso, se le ocurrió que por qué no tomábamos una copa, *en attendant que.*

—¡Merceditas! —grité.

Acudió con la celeridad que le permitía haber estado escuchando tras la puerta del pasillo y se eternizó moderadamente en traer, a punto de derrumbe, una botella de ginebra, los vasos, la cubeta del hielo, las pinzas y una jarra con agua. Al tiempo que se le agradecían los servicios prestados, fue requerida por la voz de Bert. Escancié la ginebra y, con el primer sorbo, me arriesgué a poner en sordina unas canciones de Brassens. A Pablo se le humedecieron las facciones de agradecimiento. Y así estuvimos un largo rato de paz masculina, con rumor de ovarios ajetreados al fondo.

—¿Qué se había pensado? —pregunté.

—Habíamos pensado —dijo José María— salir un poco al campo.

—Lo malo del campo es que hay muchas corrientes de aire. —Y, como en los últimos dos años no había repetido la gracejería aquella más de diez veces, obtuve un alentador éxito.

—Si no empezamos a encabritarnos unos con otros —dijo Pablo— lo podemos pasar bien.

—Tranquilos —dijo José María.

—Eso, tranquilos —rectificó Pablo.

Yo, pero con tan escasa voz que no me oyeron, propuse telefonear a Andrés y a Tub. Pablo se levantó a servirse nuevo chorrito de ginebra. José María le advirtió que se la iba a coger de seguir así. Entonces, carraspeando, estimé:

—Se les podría llamar. A Tub y a Andrés.

—Estarán durmiendo —dijo Pablo.

—Pero ¿no se marchaba Tub a Zurich?

Me acerqué al teléfono, con una incontrolable ansiedad, convencido de que era aquella la última oportunidad de hablar con Tub. Desfalleciente también. Descolgué.

«Mon coeur désespéré d'un an
[d'ingratitude
Ne peut de son sort souffrir
[l'incertitude.
C'est craindre, menacer, et gémir trop
[longtemps.
Je meurs si je vous perds; mais je
[meurs si j'attend.»

—Yo propongo la Sierra —dijo José María.

Marqué tres cifras.

—Estarán durmiendo, hombre —dijo Pablo.

Dejé el auricular en la horquilla.

—¿Sabes si salieron anoche?

—Mary, guapa…

Ambos saltaron a los brazos de Mary, que los besó, los acarició y preguntó, indignada, qué hacía yo en toalla. En toalla yo y ellos en trance de pulimentación por manoseo, nos separamos. Sentada en el borde de la cama, Bert no levantó la mirada de sus uñas, que se estaba laqueando con una atención litúrgica.

—Si no te importa —dije— me vestiré.

Respondió con un silbido tan fino como los pelos del pincel con el que se embadurnaba las garras. Cerré la puerta, me quité la toalla y, con la debida astucia sigilosa, me llegué a sus pantalones. No movió la cabeza, pero el cuello se le tensó en los pocos segundos que le bastaron para largarme una patada a la tibia derecha. Después, recogió el pomo, los algodones, unas pinzas arrancapellejos y el frasco de la acetona, para, con tal impedimenta, abandonarme, humillado y dolorido. En tanto ocupaban las mías la huella que sus nalgas habían dejado en las arrugadas sábanas, tuve una de esas revelaciones que, en la Historia, han modificado el pensamiento de pueblos enteros. Con la misma clarividencia de que disfrutó Prisciliano alguna mañana del siglo IV, supe que Tub y yo ignorábamos que habíamos dejado de querernos y que, aún incierto el cuándo de tan infausto final, no había forma de impedir que todo se fuese al carajo. Me puse a pensar en la espalda de Tub y, por dentro, me sentía fofo, hasta que Merceditas vino a privarme de la congoja con el encargo de que me afeitase.

—¡Entra! —la invité de un grito.

—¿Está usted en cueros? —se previno, al otro lado de la puerta. Me lié la toalla.

—¡Que entres!

Asomó, con una manifiesta desconfianza, a la jaula de las panteras. La señora le había pedido me transmitiese la premura con que se esperaba mi afeitado. Le rogué transmitiese a la señora mi designio de hacer lo que me saliese. Merceditas gargarizó una risa pudibunda. Y dijo que ella me decía lo que le habían dicho que me dijese, sin añadir ni coma.

—Pues yo te digo lo que tienes que decirle a la señora.

—Yo eso, con perdón, no tengo atrevimiento para soltárselo a la señora Megui. Que —añadió— es tan buena.

Traté que comprendiese la falta de relación entre la supuesta bondad de la señora y los mandados, que, en respuesta a los suyos

—de la señora—, se le encargaba a ella —Merceditas— cumpliese. Que no entendía nada, pero que a la señora Megui, que manejaba tan buenos modales, no estaba dispuesta a corresponderle con groserías de mandado. Rugí —y retrocedió unos pasos— que en aquella casa todo el mundo opinaba más que yo. Merceditas suplicó que-no-se-ponga-usted-así. Me puse de pie. Merceditas huyó.

Llevaba medio cigarrillo, tumbado en la cama y sin toalla, cuando decidí que sólo preguntándoselo sabría yo si Tub estaría encantada de unirse a nosotros o evasiva o en uno de esos momentos en que le era imposible soportarme. Aun así, persistí en fumar tumbado, aplastado por el macizo pesimismo que, junto con los recados de Mary y los sofiones de Bert, pudría la mañana del domingo. De aquel domingo inesperado, que con tanta rapidez se pondría de tarde de domingo, de primeras luces eléctricas de domingo, de noche de domingo y hedor de oficina. Para Tub una oficina era un monstruo de seis ojos y tres cejas. Y también para mí una oficina constituía el laberinto de la tristeza y la sordidez, salvo la mía, que segregaba aquella familiar humedad de caverna conocida, que tuvo el internado en mi adolescencia.

—¿En qué piensas?

Pablo se sentó, frente a mí, en una de las butacas.

Sin moverme, sin descruzar siquiera los pies, resistí su mirada sobre mi cuerpo desnudo.

—En el colegio.

Pablo sonrió. Por nada del mundo habría querido que me sucediese aquéllo.

—Yo algunas noches sueño con el padre Malaquías.

Sin embargo, no podía impedirlo. Ruborizado, me obligué a no cubrirme con la sábana.

—Pensaba que el colegio y la oficina son la misma cosa. Tú, al menos, ya no estás interno.

Pablo encendió un cigarrillo. A mí me dolía, casi físicamente, y mi turbación resaltaba más aquel absurdo y exhibicionista fenómeno.

—Sí, me he librado de los horarios fijos.

Tensé las piernas, pero se patentizaba más. Ya había empezado a sudar.

—Has sido listo tú.

—He tenido suerte —dijo—. Sin embargo, tampoco me sirve. Llevo una temporada de catástrofe.

Aproveché para, con una rebuscada despreocupación, retreparme contra el cabecero de mimbre de la cama. Ligeramente más resguardado de su posible mirada, me encontraba ahora en plena luz solar.

—¿Te sucede algo? —pregunté.

—Nada agradable.

—¿Puedo ayudarte?

—Ya te daré el rollo. —Se puso en pie y me arrojó la bata sobre el vientre—. No les hagas esperar.

—Sí —dije.

Mientras me anudaba el cordón, descubrí que a Pablo le temblaban las manos y él descubrió que yo lo había descubierto.

—Buena resaca, eh.

—Tremenda, sí —mintió también.

—Los problemas económicos siempre se arreglan.

—No es de dinero el problema. Venga… Que vienen todos a afeitarte, si no.

En el pasillo se oían briznas de voces y de «It's only Love». Pablo cerró la puerta y se apoyó en los baldosines de la pared, junto al espejo.

—Me lo puedes contar ahora. —Conecté la máquina.

—Es largo y espeso.

—Vente una tarde. O quedamos en cualquier bar. O cenamos juntos. Aquí no va a ser fácil charlar. Hay mucha yanqui. Tengo la piel escoriada.

—Por la eléctrica. Vuelve a la vieja cuchilla.

—Me corto. ¿Es algo de la salud?

Pablo lanzó medio centímetro de ceniza al lavabo y rió con un júbilo envidiable.

—Tú no te inquietes.

—Si es de salud… ¿Te has hecho análisis?

—¡No! Es… Es una crisis más, parecida a las historias de familia, que teníamos hace unos años.

En el brutal silencio que quedó después de desconectar la afeitadora, Pablo y yo nos miramos. Probablemente, él sonrió primero. Luego, lanzó al váter la punta de su cigarrillo y el agua chirrió. Anuncié que iba a ducharme, al tiempo que comenzaba a colocar la alfombrilla, a buscar mi jabón entre los jabones de Mary y, otra vez turbado, aseguraba la unión de las cortinas de plástico.

—¿Lo sabe José María?

—¿Que estoy harto? Porque estoy harto, ¿sabes? Tanto por lo menos como Tub de ti.

Me hirió instantáneamente, ya que quizá fuera cierto y, entonces, me encontraba yo en la situación del clown que busca desesperadamente el sombrero que lleva puesto. Dejé caer la bata al suelo. El agua sonaba contra la bañera y las cortinas. Entré por un lateral.

—Tub —alcé la voz— es una golfa.

—Si eso te tranquiliza…

—Mucho. —Tosí a consecuencia del agua o de la irritación—. ¿Por qué dices que se parece a una historia de familia?

—¿Puedo usar tu *after shave*?

—Puedes, aunque seguramente será de Mary. Mary está tratando de instalarse aquí. La próxima semana la obligaré a que se alquile un apartamento.

—Te has buscado una coartada oportunísima. Siempre has tenido esa habilidad de solucionarte los problemas más sencillos mediante una excentricidad. Anteanoche, en casa de Toni, estuve de cotilleo con Tub. Sensacional, con su vestido de tirantes… Además, la pone guapa que te la lleves a pasar la tarde en una repugnante casa de citas.

Quizá debería haberle aclarado que los muros de El Tiburón y las latas de mi 600 fueron las únicas paredes que nos habían hospedado, antes de encontrarnos con él y con José María. Al fin, por simple mala sangre, me decidió un cierto sentido de la Commedia dell'Arte a la acusación:

—Bien que la jorobaste, diciéndole a Tub que Andrés se había encelado, porque nos quedamos solos.

—Demostrarle que Andrés está celoso es de las pocas compensaciones que le vamos dejando a la pobre Tub.

—La pobre Tub es una golfa.

—Hazle algo especial.

Bastante tenía con cazar la pastilla de jabón, que se me había escapado y danzaba por las blancas curvas del baño, viva como una rata. Repertorié unos cuantos vocablos malsonantes, que lo animasen si es que —como yo sospechaba— había recibido el puntapié de Venus, y me apliqué al orden en mi pequeño universo de vapor, donde tan fácil me desnucaría de deleitarme en la compasión o el rencor. Cerré los ojos y me bauticé con rosado champú. Pablo debía de estar cortándose las uñas, porque permanecía en silencio. A mí lo que me sucedió, de pronto, es que estaba contento, mi cuerpo y yo en perfecta armonía.

Tras unos golpes en la puerta, la voz de Mary Tribune en pleno cuarto de baño inquirió, airada, qué motivos había tenido yo para hacer llorar a Merceditas. No dudaba en denominar sádica mi maestría para provocar el llanto de cuanta mujer encontraba. Pablo rió e intercambiaron unas dudosas agudezas, que sufrí frotándome los pelos. Cortada la ducha, arrebatadas dos toallas al exterior y con una de ellas cubiertas mis partes pudendas, descorrí el telón. Pablo se había sentado en un taburete. A Mary parecían haberle aumentado las pecas, la agresividad de sus pechos y la turgencia de sus hombros, aunque todo se debía a su blusa blanca, su collar hawaiano y sus pantalones naranja.

—¿No pretenderás salir en pantalones y con esos zapatos de tacón alto sin talón? —se desconcertó—. Quítate esos zapatos, si es que quieres venir con nosotros.

Como si padeciese lipotimia o cualquier otro tipo de pasmo, Pablo le azotó una nalga y Mary reaccionó.

—¿Por qué has hecho llorar a Merceditas?

—¿Por qué todo el mundo me hace llorar a mí? —Y, a pesar de encontrarme mojado, con taparrabo y en la pileta, reiteré—: Quítate esos zapatos de zorra.

—Estás muy bien, no le hagas caso. —Pablo la abrazó por la cintura.

—Merceditas deseaba dejar su empleo.

—Pablo y yo estábamos hablando de cosas importantes.

—Oh, lo lamento. Perdona, Pablo.

—Es falso —dijo el caballero Pablo—. Sólo él pretendía hablar de cosas importantes. Ya lo conoces.

—No lo conozco. —Mary y Pablo se apretaron más—. Me gustaría tanto conocerle para no enfadarlo. Lo quiero mucho.

—Eres un cielo, Mary Tribune.

—¿Me sería permitido secar mis ingles en privado?

Se besaron las mejillas y Mary me recomendó no demorar mi aseo, mientras se largaban como novios, piropeándose mutuamente y en el recíproco éxtasis de sus buenas formas sociales.

—Que no bebas —grité a Pablo, al tiempo que Merceditas, con bayeta y cubo, invadía el cuarto de baño, alegando que habría dejado menudo el piso.

—Andá, pues no —descubrió la Mercedes Curie, al comprobar que ni una gota de agua había emporcado su sagrado pavimento—. No ha regado usted nada.

—¿Por qué —pregunté, con un escalofrío— has llorado antes?

—Tápese que se va a constipar.

Usé una de las toallas como toquilla y repetí mi pregunta.

—Es que me da rabia no valer.

—No valer ¿para qué?

—No valer para lo que se me paga.

—¿Has roto algún vaso?

—No.

—¿Te ha explotado el gas o has quemado la lavadora?

—¿Se cree usted que soy tonta?

—Mira, hija, cuando tengas precisión de llorar, me buscas a mí y yo te escucho, pero no me interpretes delante de la señora y de los señoritos, porque ellos son unos humanitarios y lo complican todo. ¿Entiendes?

—No, señor. Lo que le ha pasado a una es que una estaba tan así, porque a una le gusta el jolgorio, y hala, de un sitio a otro y que la una te dice que des un recado y el otro que saques la ginebra, porque usted me comprenderá…

—Te comprendo.

—… que lo más peor que hay es estarse en la cocina, sin nadie, venga de fregar, y a mí me parecía que ésta era la mejor casa que podía haber encontrado, que por eso voy y le digo qué va a hacer usted cuando vuelva la señora Petra y usted, a ponerme morro y a chillarme que si le hablo en la oreja o que si no limpio la nevera, que me ha dado el telele, al ver que una no vale y que, como dice mi madre, más le valía a una estar muerta. Pero otra vez me iré a llorar con usted, descuide.

—Gracias.

—¿Quiere algo? ¿Le traigo más toallas?

—Tengo suficientes.

—¿Está usted cabreado?

—Sí, hija. Pero no por tu culpa sólo.

—Anímese, que se va de campo. Ya le he dicho a la señora que yo les preparaba una tortilla y unos filetes empanados en un periquete, pero la señora Megui ha dicho que comerán ustedes en cualquier taberna típica. Una taberna típica es una tasca, ¿verdad usted?

—Sí, para la señora una taberna típica es lo que nosotros llamamos un tascucio.

—El señorito José María me ha pedido el termo para llevar café solo. El señorito José María es bueno, bueno, bueno, como el pan. El señorito José María yo creo que es más bueno que usted.

—Es posible.

—Pues, ale, hágame caso, no se amohíne y a vestirse. Madre, con las ganas que yo tengo de ir de jira…

Retornó a su cocina solitaria, donde la luz acompasaría la tristeza, y me dejó agujereado de remordimientos, por poco tiempo, porque oí su voz en respuesta a la de Bert y al instante recibí nuevamente su visita.

—Que ya está bien de esperarlo.

—No te enfades, maja, pero desearía que les dijeses que, por mí, se larguen a hacer puñetas.

—Ahora mismito.

Desde el pasillo, aquel Hermes en zapatillas comunicó que sí, que se marchaban y que me esperarían en el puerto.

—¿En qué puerto?

—En el bar del puerto han dicho. ¿Quiere usted que les pregunte que qué puerto y qué bar son esos?

—Si no es molestia…

—Yo, a mandar. Aún tienen que estar en la escalera.

Regresó trotando a encontrarme en toalla, junto a mi armario del dormitorio.

—Que ya lo sabe usted, el de siempre. Y que no se entretenga por ahí, bebiendo.

—¿Quién te ha dicho eso?

—La señorita Bert. La señorita Bert es muy buena, ¿verdad usted?

—Sí, todos ellos son bonísimos. ¿Tienes comida?

—No se preocupe. Yo, en terminando el avío de la casa, cojo una barra de pan, dos huevos y un sobre de sopa, y me voy. Hoy es domingo, ¡qué bien…!

—Llévate fruta.

—No, fruta no.

—Si te vuelves de espaldas, me pongo los pantalones. Llévate fruta y queso.

—Que no, señor, que yo para la fruta soy muy asquerosa. Es muy chula la camisa esa.

—No mires.

—Virgen, qué camastro han puesto ustedes.

Acabé en soledad y, ya vestido, silbando, llegué al living. En el chester, Bert fumaba concentradamente.

—¡No me toques!

—¿Estás loca?

—No quiero que me toques. Soy capaz de tirarme del coche. Entre tú y yo se han acabado los sobos. —Guardé el disco de Brassens—. Me he quedado, para que no te fueses solo. Esos dos han raptado a Mary.

—Se habrán llevado la botella de ginebra, ¿no?

—No. José María lleva whisky en su coche. Se te olvida el tabaco. La botella está en la mesa de la terraza.

—En marcha, pues.

Se puso en pie, acabado mi equipaje, y, escoltados por Merceditas hasta la escalera, comencé a descender sin esperar el final de la patética despedida. Bert me aguardaba junto a la puerta del ascensor.

—Es posible comportarse como personas civilizadas, me parece a mí —sermoneó—. Excusa la brusquedad, pero no estoy dispuesta a convertir nuestras relaciones en una payasada. Gracias —añadió, únicamente porque le había cedido el paso al salir a la calle—. ¿Estás de acuerdo? ¡Qué día más fenomenal!

Era cierto que el cielo expelía un azul acogedor y que en el aire se respiraba una ligereza, una especie de precipitada conformidad con los objetos. El motor arrancó a la primera. Bert abrió su ventanilla, cruzó las piernas con una destreza inconcebible y llenó el reducido espacio con aquel olor suyo, que, en proporciones iguales, tenía por origen su perfume y su piel. Sin más, me permití ensoñar que Tub canturreaba a mi lado.

—La carretera estará asquerosa. —Bert continuó de melodías—. Y la Sierra. Sólo a cinco idiotas se les ocurre salir un domingo al campito. Nunca escarmentamos. Además, en el campo hay corrientes de aire. —Bert, sin dejar de silbotear, sonrió—. ¿De quién fue la idea?

—Mía. O de Pablo. No sé.

—¿Se ha cambiado Mary de zapatos?

—¿Qué?

—¿Sabes si Mary se cambió de zapatos?

—No, no se ha cambiado de zapatos. Ha dicho que no quería cambiarse. Pablo le daba la razón. Le va a ir mal contigo. Contigo se va a pegar una de las grandes.

Detenidos por uno de los últimos semáforos, nos miramos, en parte sosegados por la dominguería circundante, en parte intimidados. Bert se acodó en la ventanilla. Apenas rodando otra vez, reanudó los augurios.

—Espero que lo sepa.

—Que sepa ¿qué, quién?

—Que contigo se va a arrear una descomunal. No se te puede querer. A ti, que te quieran, te hace desgraciado.

La maldita burguesía motorizada exigía bastante atención para desentenderse de Bert y de sus complacencias existenciales. Después de coronar la cuesta, los montes mostraron su apariencia de cartón. En los restaurantes, que orillaban la carretera, millares de niños, de padres de niños, de abuelos y de tíos de niños, rellenaban adecuadamente el decorado, donde lo más sólido eran los muslos que, a mujeriegas o a horcajadas, cabalgaban los asientos traseros de las motos. Atrás las villas de los papás de Bert y demás afortunados de la Tierra, el tráfico se aclaró y pude alcanzar los ochenta. Olía, en ráfagas, a estiércol, a hierba húmeda, a nitrato de Chile quizá. Y las montañas, en proporción inversa a mis preocupaciones, se hacían menos reales, desfigurado el paisaje en la edulcorada luz del mediodía. Bert consumía canciones, transformada también en una silueta de escayola, honestamente instalada en el lugar que en la fiesta del Universo Mundo se le había asignado, compartiendo la artificiosa naturalidad de los rastrojos, de la curva del puente, de las rocas cobrizas y musgosas, de las manchas de los bosques lejanos.

—Te debo tres mil —dije.

—Oh, bueno…, no hay prisa.

Siguió cantando. Cada cuarto de hora me pasaba un cigarrillo encendido. Atravesábamos uno de los pueblos con aspecto de suburbio residencial, cuando Bert decidió un alto. Nos detuvimos. Ella bebió un espumoso y yo logré sorber una ginebra infecta y andaluza. Bert se fue al pipí y me quedé en el destartalado local, en sociedad de camioneros, considerando si Tub y yo viajásemos juntos y dispuesto a enviar una carta abierta a los periódicos, que denunciase aquel aguarrás correoso que me habían servido. Fresca y saltarina, Bert regresó sin ácido úrico. Yo entregué las monedas de la estafa. Bert se demoró en la inspección de unas buganvillas, heliotropos o espinacas, que crecían bajo una parra desguarnecida. Al ponernos otra vez en ruta hacia el noroeste, Bert reemprendió la monserga y a treinta y tres y un tercio r.p.m. Con suerte, inicié el puerto con buena velocidad, pero, de pronto, decidí frenar junto a una suerte de pradillo, orlado de media docena de árboles. Tajante como mi decisión, se hizo el silencio. Apoyé un codo en el volante y Bert —la doncella sin tacha— vociferó, en previsión de la mancilla:

—¡Estate quieto, ¿oyes?!

Calmosamente aspiré una bocanada del cigarrillo. Después, me bajé y fui a uno de los árboles, a aliviarme. Mientras lo hacía y desde la escarpadura contemplaba el valle soleado, las carreteras, el embalse, las parcelas irregulares y de diversas tonalidades, ansiaba un majestuoso arco, que anegase el valle soleado, los caminos, los bosquecillos, el tendido paisaje. Entre las ramitas podridas, dejé un miserable charco burbujeante. Permanecí allí, quieto, como si yo también fuese de piedra, incluso de una roca mordida por el tiempo o la dinamita. Bert me llamó desde el coche. Luego, percibí que se acercaba.

—¿Qué es lo que pretendes? —dijo.

—¿Yo? —Me volví y quizá entonces se habría dejado besar—. Nada.

Se colgó de uno de mis brazos y, cruzando una pierna por delante de la otra, apoyó en la tierra la punta del zapato.

—Creerán que hemos tenido un accidente. Es bonito esto, ¿verdad? Lo tenemos muy visto, pero resulta bonito. ¿Te acuerdas de aquellos tiempos, que veníamos a la Sierra todos los domingos? Éramos jovencísimos. —Me soltó, cogió una rama y fustigó el aire—. Anda, tú, vámonos, que ésos se van a intranquilizar.

Aquel aire, casi líquido y frío, había entibiado el motor y nos costó una eternidad subir entre los pinares, que, sembrados de familionas, no acababan nunca. Bert quiso detenerse en la fuente del agua salutífera, encomiada por el consenso general (y que un año más tarde habría de ser clausurada, debido a sus propiedades infecciosas), pero me negué y volvió a sus músicas, tan metafísica en su saludable concordia con la vida que resultaba difícil recordar sus cejas o el mechoncito de su pubis. Al fin llegamos a la explanada del puerto, rodamos por terreno liso, aparqué, caminamos unos minutos y nos introdujeron en un pequeño recodo de la sala, repleto de humo, donde Mary, Pablo y José María se empapaban de ginebra y scotch —según quien—, protegiéndose así de la atmósfera de las alturas.

Recibidos por Mary como tras una ausencia de años, Bert se incorporó al ambiente imperante, igual que una bola de mercurio a otras. Se habían despojado de sus chaquetas, de sus jerseys, habían abierto sus camisas —Mary, la blusa— hasta los respectivos ombligos, se hundían en las butacas, hablaban interminablemente y a mí, antes de que guardase las llaves del 600, me pusieron una coloreada combinación en las manos.

—Es que Mary la ha pedido y no le gusta —me explicó Pablo.

Mary, con las piernas cruzadas, quedaba difuminada por sus zapatos de fulana pervertida, con el consiguiente éxito de miradas ibéricamente hambrientas para que yo acabase por enorgullecerme de mis derechos sobre aquellos tobillos, sobre aquellas extremidades, que los pantalones radiaban en una explosiva nitidez. Me levanté a besar sus mejillas y comprobé cuán necesitados estaban mis labios de contacto con un tejido epitelial ajeno. Mary, derretida, risoteó y Bert, para no ser menos, cuchicheó con ella y con José María. Pablo se largó a parlamentar con dos camareros en la barra. Pregunté, sin obtener respuesta, qué se pensaba hacer. A través de los vidrios, se nos ofrecían kilómetros de pinos. Inesperadamente nos asaltaron el que enseguida resultó ser José Luis Tamburini y madame José Luis Tamburini, *neé* Sagrario no se supo. Mientras José María y el Tamburini se golpeaban como bongos las espaldas, Bert y la Tamburini, cuya principal característica radicaba en ser redomadamente guapa, se restregaron los pómulos. Dichas efusiones me permitieron, con una elegante impertinencia, analizar a la recién llegada, a dos centímetros de mi frente sus caderas y hendiendo mi escrutinio la casi visible nube de aromas que protegía su cuerpo. Al tiempo que José María recitaba las presentaciones, Mary se levantaba a hociquearse con Sagrario Tam-

«Souvent ainsi, quand le sort nous comble, quand la réalité que nous avons toujours évoquée, apellée, est là à notre portée, nous ne la reconnaissons pas d'abord.»

burini y un seísmo social sacudía la pequeña bahía encristalada en que nos encajonábamos, también hube de ponerme en pie y así lo hice, enamorado ya y ya con la descorazonadora intuición de que jamás una mujer semejante accedería a intentar conmigo la felicidad. Mary centró de inmediato el corrillo y, cuando llegó Pablo a participar del regocijo, yo, relegado y sonriente, me hallaba en el torbellino que movía el mecanismo helicoidal de mi despecho. Sin prisas, con la cálida pesadez de las manifestaciones populares, se trató de las obras de ampliación y mejora en el chalet de los Tamburini, de la lata de primavera y consiguiente invasión de la Sierra por la mesocracia, del gusto de Bert por los deportes invernales y cuánto a Bert la Sierra, a partir de abril, la jorobaba, de la ascética vida que llevaban los Tamburini toda la presente temporada, alejados del ruido mundanal, de la necesidad de verse con frecuencia, de la dicha de tal encuentro, potenciada por el conocimiento de Mary, y la dicha de Mary por encontrar personas tan españolas y tan bellas, del (Pablo besó, sin motivo justificado, una de las morenas sienes de la Tamburini) lamentable impedimento para unirse a nosotros, estando los progenitores de la Tamburini a la espera de su retoño, de los negocios y su horrorosa esclavitud, y del dilema de Sagrario, consistente en vivir un año en Dinamarca o en colaborar con José Luis durante un año en las relaciones públicas de la fábrica (y vender más caros los productos de la fábrica), para cuyo último supuesto, absolutamente, precisaría —ella, no la fábrica— el magisterio de todos nosotros y el especial de José María. José María dijo que correcto y me dio un vahído momentáneo. Entonces, Bert propuso que, al menos, tomasen una copa. Nos apretamos, en las butacas, con calambres en las piernas después de aquel cuarto de hora en posición de firmes. Bert explicó, con detalle, que era necesario frecuentarse más. José Luis Tamburini nos comunicó que llevaban una vida ascética durante toda la presente temporada. Según Pablo, una cosa no impedía la otra. Por puro prejuicio, dejé de observarle las rodillas a Sagrario y me deleité en la contemplación de su rostro. Mary debía de hablar de América e, incluso, les ofrecía desde ya su futuro apartamento. ¿Era factible anular la cita con sus viejos? Yo me había bebido el cóctel, me latía el corazón y acerqué, sin que me temblase la mano (ignoro por qué), la llama de mi mechero al cigarrillo de Sagrario, que me agradeció el servilismo con el adecuado gesto. Centrado el discurso en los escasos placeres de la ciudad y, por tanto, en la necesidad de relacionarse las pocas gentes que merecían la pena, a cada minuto se hacían más elegantes, más ricos, más sensitivos y, desde luego, muy diferentes a mi oscura presencia. El labio inferior de Sagrario caía en una redonda caricia, algo de una especie avasallante. Bert confesó que teníamos un día difícil, que se viniesen. Pero los papás estaban con unos argentinos, enseñando a los argentinos el Alcázar y el Acueducto y el cochinillo asado, y ellos debían asistir a los papás, a los argentinos y a la comilona. Mary preguntó si el cochinillo asado resultaba indigesto y todos le ofrecieron un lectorado sobre el marrano a la parrilla, lo que les deslizó por la rampa de la dietética. Como ninguno poseía olivos, soltaron pestes del aceite de oliva, sin percibir mi hipnótico estado ante las pirámides cónicas de perfil continuo con cambio de inclinación, que levantaban el vestido de punto de Sagrario, azafranado. Bert, que gustaba de aprovechar aquellos momentos de asenso general para demostrar, mediante la disconformidad, su buen gusto más allá de las convenciones, se puso burrísima afirmando que el aceite de oliva era un encanto. A ella —Sagrario— como la fabada no le gustaban ni las fresas. Mary, que por un instante pareció mirarme —y miraba a Bert—, preguntó, antes de que nadie lo pudiese impedir, si la fabada resultaba indigesta. José Luis Tamburini legisló, rompiendo el ascetismo de la presente *saison*, guisarle una fabada a Mary. Mi paciencia estaba corroyendo mi lujuria, cuando Sagrario descruzó las piernas y volvió a montarlas, dejándome un buen motivo de ahogo en las carnes de muslo que desdeñó cubrir. José María quedó comisionado para la organización de la fabada-party. Bert, como si yo realmente estuviese allí, masculló una petición de licencia para hurtar un trago de mi ginebra, recién servida. Mi diosa miró hacia su derecha, aproximadamente donde supuso que el espacio sufría la solución de continuidad de mi cuerpo. José María, generosamente dispuesto a tener en cuenta mi presencia, dijo que nada más cruel que hurtarme ginebra. Rió enloquecidamente Sagrario Tamburini, pensando yo si no sería mi obligación tambalearme por el bar o, con mayor sencillez, vomitar sobre la mesa. Bert matizó lo que llamó mi alcoholismo y Mary dijo que, la verdad ante todo, yo beber, bebía en exceso. Admitido con tales prendas en la buena sociedad, José Luis Tamburini me puso de largo, al preguntarme si había asistido yo a la universidad por las calendas del racionamiento, porque, a pesar de ser poco fisonomista, creía recordar. Asentí. Él dijo que ya lo decía él. Y, sustituyendo la nostalgia por el presente, agregó que él a Bert y a mí nos había encontrado varias veces en diversos bares. Mary interrumpió, pero con delicadeza, para expresar su preocupación por mi sed bíblica. José Luis Tamburini no se enteró de lo que Mary había señalado. A cambio, la radiante diosa giró los ojos para considerarme mejor en mi nueva situación de pareja de Mary. Determiné entonces ensamblar una frase ingeniosa, que, remachándome en el rol donjuanesco, provocase mi definitiva admisión en el *faubourg*. De modo que reconocí mi afición, aunque moderada, y la justifiqué en la fatalidad de tener que aguantar a mis amigos. Nada más callar, quedó claro —las ocultas intenciones no percibidas— que mi frase era la banalidad de quien ya había nacido con la masa cerebral reblandecida. El tenso cutis de la duquesa Sagrario sostuvo un mohín de su boca, con manifiesto esfuerzo de sociabilidad. De inmediato se inclinó hacia Mary y le preguntó cómo las yanquis soportaban la indeclinable tendencia de los yanquis al alcohol. Mary empezó por no entender la pregunta. Con la amabilidad nacional, que consiste en precipitarse a evidenciar la estulticia de la cónyuge, el duque explicó que la duquesa deseaba conocer cómo los americanos aguantaban a las americanas, en lo de las borracheras. Mary, que solía comprender mejor a los hombres, sonrió, llamó querida a Sagrario y manifestó que un alcohólico de su país consumía menos que un novicio castellano. A juzgar por Pablo y por mí. En todo caso, entablado debate sobre las lacras de nuestro tiempo, quedaron establecidas mi expulsión del círculo y la efímera capacidad de aguante en que me tenía la duquesa, sin que por ello, para mi desgracia, hubiese variado la angustiosa excitación en que su cuerpo me tenía a mí. Me entretuve en recriminarme mi oficiosidad y en considerar justas las consecuencias de haberle querido ser precipitadamente simpático a aquel excelente trozo de humanidad, que se sentaba a mi izquierda, ignorando que a una mujer de mundo no debe concedérsele ninguna oportunidad de que se comporte como tal. Utilizar el método de la dureza, el desinterés o el más eficaz de la bondad ingenua, resultaba inútil, porque estaba visto que a mí nadie me iba a hacer caso en toda la mañana. Hasta el camarero tardó y, luego, me sirvió la ginebra con descuido. Mientras, y al otro lado del vidrio que cerraba la bahía en que nos amontonábamos, el sol adelgazaba los pinos y los automóviles. Ellos continuaban sin contradecirse, agilísimos de civilidad, y era Bert quien sospechaba de la verosimilitud de tales habladurías. Sagrario, sin que por eso se le cayesen sus hermosos casquetes esféricos, se atrevió a decir que cuando el río suena es que lleva agua. Ahora bien, según opinó José María con una repentina gravedad muy apreciada por sus oyentes, algo había, ya que, por lo general, la gente no habla bien de los catalanes por hablar. Miré a Pablo, con una mirada exacta a la que Robinson lanzaba hacia el mar los cinco primeros años de su estancia en la isla, pero Pablo participaba de la conversación sin esfuerzo y con amor. La voz un poco chillona al empezar su alegato, Sagrario sugirió que la prueba estaría en la diferencia estadística de los aviones que desembarcaban momias suecas, noruegas o americanas, a la busca de pescadores mallorquines o a la de gerundenses. Mary se carcajeó y a mí empezaron a olerme las manos a brea y a sardina. Pero ya no escuché, puesto que había conseguido el máximo grado de obsesión por las piernas de Sagrario y me mecía en el misticismo de la sordera. Hasta que descruzó las columnas, levitó y ya todos despegaban los culos de las butacas. José Luis Tamburini reiteró su invitación a una fabada-party, que José María organizaría, al tiempo que él, por los hombros, y Sagrario, por la cintura, abrazaron a Mary, que a su vez pasó sus dos brazos por las ancas —¡tan distintas!— del matrimonio Tamburini, y así permanecieron, sin que se supiese bien qué iban a bailar, para quién posaban o cuál de los tres era el lisiado que se apoyaba en los otros. Transcurrido el cuarto de hora de rigor, cuando ya nuevos calambres me acorchaban los pies, comenzaron los besuqueos y Bert a inquirir la causa de que no se quedasen con nosotros, siendo tan simpáticos y reparadores. Sagrario explicó que sus papás les esperaban, con unos pamperos. Y lástima, porque tipos como nosotros no abundaban. No obstante la vida ascética que aquella temporada estaban llevando, quedaba solemnemente concertada una fabada-party pro-Mary. Se despidieron de nuevo, creyéndose su propia prisa hasta tal punto que a mí ni me dieron la mano, olvido que reparó Sagrario izando uno de sus mórbidos brazos, a cinco metros de distancia y en mi honor.

—Son una maravilla —dijo Bert, conforme nos derrumbábamos.

—Me fascinan —José María se frotó las manos— con ese aire serio que han adoptado. ¿Qué te han parecido, Mary?

—Un poco demasiado deslumbrantes.

—Antes, cuando tenían menos dinero, parecían más felices.

—Pues, yo —dije— los encuentro muy bien.

—Ya te lo he notado, majo —dijo Bert.

—¿Cómo puedes ser grosero? —preguntó Mary.

—Voy a ver si tienen ya los picnics. —Pablo se levantó.

—Estaba violentísima, por tus miradas a la señora Tamburini. En Estados Unidos nadie mira. Pero es que en ninguna parte del mundo he comprobado mirar de tan fijo a una señora. A una señora educada, además.

—Yo —repetí— los encuentro muy bien.

—Tiene razón Mary. Has estado imposible.

—Carajo, yo a esa pareja de gilibobos los encuentro pero que muy bien.

—¡No! —gritó Bert.

Pablo, desde la barra, volvió la cabeza.

—No discutid —pidió José María—. No empecemos el día con discusiones. Son un poco engolados, pero no hay motivo para insultarlos. A ti es que te han caído mal. Creí que los conocías. La madre de Sagrario es una mujer de una belleza espléndida. Y de muy buena familia, aunque tronada.

—Y el padre es genial —dijo Bert—. Ellos me resultan un poco plomos, pero no admito que les llames gilis.

—Lo son.

—Por favor. —Mary colocó el medio quintal de oro que soportaban sus dedos sobre mi antebrazo.

—No, no lo son. ¡No lo son! Es una gente que está muy bien.

—Eso he dicho yo catorce veces. Que les encuentro muy bien.

—A ella, a ella principalmente —contemporizó José María, con su sonrisa sabia.

—Ella está buenísima. Tiene la impudicia de las tontas, que resalta mucho.

—Pero ¿es que te has propuesto amargarnos el día? —Bert, para preguntármelo, había abierto las piernas y descansaba los puños en las rodillas, más parecida a un leñador canadiense que a una alumna (repetidora) de quinto de Filosofía—. Has estado salvaje, ordinario, hecho un fachoso y un chulo; ¿te enteras?

—Sí —dije—, me entero. Y no te sulfures.

—Darling, te ruego, no te muestres agresivo. A ella no podías simpatizarla, si la mirabas así.

—Eso te duele —mordió Bert— que no te ha reído una sola gracia.

—Sólo —tiré la butaca, al levantarme— he dicho una.

—Espera, no seas tonto —me aconsejó José María.

—Nos encontramos en el camino.

El aire limpio me recordó al instante que el mundo no terminaba, ni empezaba, en aquel bar del puerto. Caminé a grandes pasos y paulatinamente el movimiento me devolvía a mis confortables sortilegios. Entre los pinos, ladera abajo, se levantaba una finísima columna de humo blanco, producida por cualquier tribu de menestrales arboricidas que se cocinasen una paella, gente de otra raza que los Tamburini y tan despreciable. Cuando, para olvidar a Sagrario, creí estar recordando a Tub, resultó que pensaba en Guada y que una irresistible nostalgia de Guadacandor y de su enervadora simplicidad me había inmovilizado, enyesados los zapatos del polvo de la cuneta, oliendo casi el aroma a barniz, tinta y urinario, de la oficina. Si el viento hubiera movido el bosque, yo habría oído el perezoso tecleo con el que Guadatortuguita horadaba las cansadas horas burocráticas.

A unos veinte metros, un grupo familiar me había designado el más preciado objeto de observación que la naturaleza les ofrecía. Quizá, con la esperanza de que me pusiese a pacer. Pronto sería lunes y la monotonía me arrullaría en su liso regazo, porque, probablemente el lenitivo al doloroso alejamiento de Tub y a la angustiosa inaccesibilidad de Sagrario radicase en los juegos, verbales y manuales, con Guadanardo, allí donde las suspicacias únicamente se originaban por el escalafón y las vanidades se asentaban —o perecían— en las actuaciones de los equipos de fútbol favoritos. Aunque aburrido, caminar despejaba.

Me detuvieron a golpetazos de claxon y crucé la carretera, hacia el rostro de José María —ventanilla delantera— y el Jano gesticulante, que Mary y Bert, amontonadas, componían en el hueco de la posterior. Bert chillaba, con el mismo asombro que le hubiese provocado encontrar a don Francisco Giner de los Ríos en compañía de la Reina Regente.

—¡Te has dejado el coche, que te has dejado el coche en el puerto!

—Sube —dijo José María.

—¿Estás irritado? —preguntó Mary.

—¡¿Sabes que te has dejado el coche?!

—Anda, hombre, sube —junto a José María, silbaba Pablo en sordina, los ojos cerrados y la nuca apoyada en el respaldo—. Queda aún un buen trecho.

—A la Poza Chica, ¿no? Pues, ahí nos encontramos.

—Te has propuesto darnos el domingo. —Bert se retiró al interior.

—Espera —dijo Mary y José María debió de levantar el pie del acelerador—. Evidentemente te encuentras irritado.

Movió sus falsas pestañas y se tornasolaron sus párpados violáceos. Opté por besarle una mejilla.

—No llegues a media tarde.

Derivé por una senda, que ascendía por la ladera y donde las desigualdades del terreno desequilibraban tanto como la resbalosa alfombra vegetal —o lo que fuese—. Alejado de la carretera, me senté y estuve considerando que ignoraba todos los nombres —salvo pedrusco, matojo, hierbajo, resina— de los objetos que llenaban aquel espacio abierto. Saberme versado sólo en la urbanidad, no me proporcionó la dicha que la idea, en su estado embrionario, prometía. Durante un rato me entretuvo el cancán de un ringlero de hormigas, impúdicas como viceprimeras gordas y disciplinadas. Traté de recordar un poema y descubrí que había olvidado todos los poemas, que hacía poco aún seguía recitándome, como oraciones, en los momentos libres, en los malos o cuando Tub, por puro sentimentalismo, me rogaba hiciese de rapsoda. Ya que la Antología Sonora fallaba, incendié, con los ojos cerrados, los bosques por donde la pareja Tamburini descendía hacia el marrano a la parrilla, pero en la Máquina De Asar Doncellas, entre unas raquíticas llamas, como de papel chamuscado, Sagrario se vestía la armadura de Juana de Arco.

Seguí monte arriba, bajé a un barranco, me orienté —más que por necesidad, por si lograba hacerme creer que me había extraviado— y me detuve otra vez, a trazar sobre el polvo con una rama el perfil de Europa. Una S indicó la Sierra y una enorme Z ocupó, además de Suiza, Austria y parte de los Balcanes. En cuclillas y de arúspice, estuve observando la Z y demás rayajos y en la bola de cristal —transistorizada y automática— el descapotable volaba a un palmo de la autopista, la cabeza de Tub en un hombro de Jorgito Carmona. Pateé calmosamente mi obra topográfica, la bola, las vísceras. Ahogado de silencio, emprendí una marcha atlética hacia el paraje denominado de la Poza Chica, suerte de terreno rocoso, arbolado y recoleto, con una especie de piscina natural de agua gélida, en el que tradicionalmente venía recalando la pandillona. El sudor, la sed, un inesperado autodesprecio, no aligeraron la fatiga de atravesar tanto solar sin edificar. Desde lejos, vi la pequeña tienda de campaña, de color whisky deslucido, que José María montaba sobre cualquier trozo de tierra en el que hubiese de permanecer más de media hora. Bert había usado de perchero las ramas de un pino. Me contuve el gozo animal que su presencia me proporcionaba. Pablo me vio primero y gritó algo.

Fui a sentarme junto a Bert, que tomaba un baño de pies en la poza y que se tostaba al picajoso sol, en un bañador a cuadritos blancos y negros. Mientras recuperaba resuello, Pablo me explicó —tautológicamente, puesto que sujetaba con piedras el mantel— su dedicación a los preparativos gastronómicos.

—Y ¿Mary?

Bert señaló a José María, en shorts y sin salacot, y a Mary, también en traje de baño, emulando por una roca frontera a las cabras hispánicas. Me llegué al campamento y regresé, ya con una ginebra —incluido hielo— y el ánimo sosegado.

—Tú ¿te acuerdas de un poema de Ji...?

—Yo de ése, ni un verso.

—Perdona que no se trate de uno de Mao Tsé-tung, pero, si te acordases de unos ángeles malvas y de verdes estrellas, que se apagaban, y de unos helechos o de una pálida tierra en que descansaban durmiendo nuestras dos inocencias, quizá en las esencias eternas —Bert pedaleaba suavemente en el agua casi invisible—, me harías un favor. Estoy seguro de que te acuerdas. Estoy seguro de que a escondidas, pero que sigues leyéndole. Me parece una monstruosidad que me dejes con mis lagunas amnésicas a cuestas. Sabes que la amnesia me da eczema.

Durante unos momentos persistió en el examen de los dos peces, que le habían nacido al extremo de las piernas. Me miró. Separó las manos de las rocas y las juntó entre los muslos. Consiguió, al echar la cabeza hacia atrás, que no se le marcasen los músculos del cuello. Y dijo:

—«Os voy a contar todo lo que me pasa.»

—Sin rememoraciones, Bert.

—«Yo vivía» —siguió, más implacable aún y más enfática— «en un barrio / de Madrid, con campanas, / con relojes, con árboles.»

—Bert, que seguramente el día del último parte…

—«Desde allí se veía / el rostro seco de Castilla / como un océano de cuero.»

—… tu mamá estaba…

—«Mi casa era llamada / la casa de las flores, porque…»

—… rompiendo aguas de ti. O, como mucho, una…

—«… por todas partes / estallaban geranios; era…»

—… semana después. ¡Bert!

Dejó de declamar y, tan rápidamente sucedió, que no supe si fue ella o fui yo quien cogió la mano del otro. Al instante, comencé a oír el silbido de Pablo, entrechocar de vajilla y un bordoneo, como de avispa.

—Están haciendo una película.

Más que conmovedoras resultaban extrañas la textura de la mano de Bert, las calidades de su piel, su curva y su consistencia. Sin brusquedad, como un pomelo recogido del suelo, la hubiese levantado hasta mis labios, de no saber que, con la más exquisita de sus peores maneras, Bert se habría separado a gritos.

—¿Qué dices?

—Que están haciendo una película.

En la roca, José María aseguraba la estabilidad de Mary y Mary, con una pierna levantada en el vacío, filmaba el curso del arroyo. Cuando el motor del tomavistas dejó de runrunear, Bert soltó mi mano.

—Qué difícil es entenderse, ¿eh? —asintió con los labios—. Tú y yo cada día nos entendemos peor. Por otra parte, es lo natural. Durante años nos hemos dicho muchas cosas. Luego, dejamos de hablar. Y ahora, utilizamos idiomas distintos.

—Si quieres que te diga la verdad…

—Sí, Bert, quiero que me digas la verdad.

—Bueno… Que me tienes preocupada. Yo creo —sacó un pie, que puso a secar bajo el muslo de la otra pierna— que no estás sano.

—O sea, mentalmente enfermo.

—Todos estamos neuras. Dame un traguito y no te enfades. —Bebió de mi vaso, sin que yo lo soltase—. Pero tú, desde hace un par de meses, has pescado una de psiquiatra.

—Entonces, ¿no es a causa de Mary?

—No, claro que no. Será la pobre Mary quien se la pegue. Y de las grandes. Tú, tan fresco, porque a ti el prójimo te deja inmune. Yo te recomendaría que hicieses algo. Nada concreto, se entiende; nada muy concreto. Podías leer, por ejemplo.

—Al joven Carlos, por ejemplo.

Nos escupíamos las sonrisas, sin otra intención que herirnos y, a la vez, la sentía entrañable, como una hermana —incestuosa—, como la más cómoda camisa que uno ha tenido.

—O a Jiménez.

Se puso en pie, con una restallante flexión de piernas, y, acomodándose los tirantes del bañador, se alejó hacia el ajetreo que Pablo, sin dejar de silbar, se traía en las proximidades de la tienda de campaña. Desprovistos de cuerdas, cuñas y piquetas, asiéndose el uno al otro, Mary y José María descendían de su atalaya cinematográfica. Pablo ordenó a Bert que no desenvolviese los bocadillos y que, si era inevitable su ayuda, comprobase el estado de las botellas de rosado, puestas a enfriar en el arroyo. De camino, Bert me lanzó un amago de puntapié. Las botellas seguían entre las piedras y sin inundarse. Juiciosamente, Pablo envió a Bert a buscar ramitas secas, no mayores de veinte centímetros y en cantidad para, ardiendo, conseguir hervir el agua del café.

—Ahora no vamos a tomar café —objetó Bert.

—Se tomará a su debido tiempo. Haz lo que te digo.

—Habéis salido guapísimos —anunció José María, a unos treinta metros de distancia.

—Prefiero hacer canapés.

—No hay nada que untar, Bert. Vete a buscar leña.

—¿Es en colores? —pregunté.

—¡Sí! —gritó Mary, que se acercaba descalza, al ritmo de quien, además de piedrecitas, pisa espinas.

Mary alivió alternativamente sus pies en la poza, mascullando interjecciones en inglés. En bañador, que le dejaba desnuda la espalda, emanaba una saludable actividad. Después de calzarse sus zapatos de ramera, sin talones, inspeccionó la labor de Pablo, le besó la barbilla, afirmó que nada tan bello como aquel campito y, encadenándome a su brazo, se me llevó por lo más liso.

—No estoy irritado contigo —condescendí a explicar.

Me acarició, dio una carrerita y se perdió entre los árboles. Estuvimos jugando al escondite el tiempo suficiente para ocultarnos y, más tarde, hasta que Bert vociferaba, me besó flojamente, parsimoniosa, rebosante de espumosa ternura, como nadie hasta entonces. A la altura de las clavículas se me hizo el vacío conocido por emoción. Aunque con el subconsciente asustado, veía claro que con Mary las expansiones del aperitivo equivalían a una cura de reposo. Los alaridos de Bert imposibilitaron más tratamiento clínico.

—¡¡Que sí, que ya te hemos oído!!

Alrededor del mantel, continuaban vaciando las bolsas, cuando Pablo bebía su primer vaso de café y yo fumaba mi segundo cigarrillo. Bert encontró todo exquisito y, con la peor de sus tendencias comunitarias, intentó que probásemos su rosbif, su merluza, sus nísperos, amabilidad a la que se prestaron Mary y José María, en un interminable mordisqueo e intercambio de babas. A la sombra estaba ligero el aire. No cesaron de hablar, excepto Pablo, que penetraba patentemente en un túnel de depresión. No sólo la grasa les corroyó el maquillaje, sino que, como a todas las mujeres que comen en traje de baño, parecía resbalarles por la piel brillante. Terminada mi dosis de vino, me fabriqué un lecho cerca de la tienda de campaña, con una manta y un impermeable de Bert, que, junto al ruido del parloteo, me permitió pasar de la modorra al sueño con facilidad.

Me desperté en el silencio o quizá el silencio me despertó. Inmóvil, sin abrir aún los ojos, oí pájaros, el fluir del agua entre las rocas y mi propia respiración. Retrasé la confrontación del paisaje con sus imágenes y, luego, efectivamente, resultó la luz más pura y más verdaderos los contornos de los ángeles. Con las manos en la nuca, me incorporé. Pablo y José María paseaban lentamente y, en apacible despatarramiento, las dos mujeres hacían la siesta, con los pies bajo el automóvil. Sólo ribera abajo el sol mantenía en el agua la apariencia de una mañana de primavera; el resto era ya tarde, con un anuncio de humedad y crepúsculo. José María se había detenido y, con su mano derecha en el antebrazo de Pablo, hablaba, mientras Pablo, dos pasos adelantado, le daba la espalda. En una de las carnosas rodillas de Bert la luz, reflejada en la chapa del coche, iluminaba un finísimo vello, como un humo amarillo. Mary sonreía. A mi alcance una botella de ginebra, bebí un sorbo. Pablo y José María se alejaban, revestidos de mesuradas confidencias.

En el umbroso prado de mi ataraxia, de repente, castañeteando en su vuelo, se clavó hondamente una jabalina de incierto origen. Desde aquella mañana había aplazado comprenderlo o admitirlo, desde que Merceditas me lo había querido comunicar, mientras yo desayunaba y en contra de mi obstinada cerrazón. La señora Megui había mantenido una conferencia telefónica en inglés. Del debate sobre el bilingüismo al que nos habíamos abocado, únicamente surgía tal información. Experimenté el perverso rubor que provoca una falta ajena.

Me puse en pie. Mary, sonriente, dormía. No conociendo ningún compatriota en la ciudad, la conferencia, ante una Merceditas que la presenciaba como habría contemplado la piedra de Roseta, necesariamente fue transatlántica. Después de situar la innegable infidelidad durante la mañana del sábado (aprovechada por mí para perseguir a una supuesta nórdica entre cuadros), mis celos, inverosímiles y ciertos, hallaron como destinatario al amado Bob-José, de Sangüesa (Navarra). Introduje un pie en el agua, pero el frío no calmó el ardor de las sucesivas hipótesis, que era incapaz de sujetar. Instintivamente (al igual que el instinto a Merceditas, y no su comprensión, le había impulsado a advertirme) entendí que Mary me ocultaba que había hablado con su amante. No, como una virtuosa interpretación pugnaba por conceder, con el consulado, la American Express o una agencia de alquiler de apartamentos. Tiritando, bebí sin escatimar.

—¿Te meriendas con ginebra a palo seco? —Bert me arrojó un guijarro.

Mary, sentada, reparaba los estragos faciales de la siesta.

—Sé razonable, darling.

—Le gusta ser excéntrico. ¿Dónde están Pablo y José María?

Después de calzarme los mocasines, me separé.

—Bert, ¿por qué le gusta ser excéntrico?

—Ay, mona, cada día —quedó diciendo Bert— entiendo menos a los hombres.

Si ella se había prevalido de la ignorancia de Merceditas y de mi ausencia, la factura revelaría su traición y, en el supuesto de que el traidor la hubiese telefoneado, sería más complicado averiguarlo, aunque más barato. Espoleado por la caminata, descubrí que Bob-José desconocía el número de mi teléfono, salvo si Mary se lo hubiese cablegrafiado el día anterior. En todo caso, ya de regreso, me juré mantener una vigilante discreción y absoluto silencio. Mary acabaría por confesar. Tal certidumbre liquidó parte de mi humor, inquieto y destartalado. Comprobé —bilioso—, viéndola colaborar con Bert en la limpieza del campamento, que sus acciones habían subido en mi Bolsa emotiva. De rodillas, fingía una mueca de leona acosada y, cuando estuve a su alcance, me mordió un costado con los labios. Arrodillado también, acaricié las pecas de sus hombros.

—Te quiero —dijo.

En la medida que los labios de Mary sobre los míos permitían perspectiva, mi mirada chocó con la de Bert y Bert retiró la suya, al tiempo que redoblaba su actividad de basurera.

—Mary no es fino.

—Pero no me interesa mostrarme educada. Yo…

—Tú —le devolví cortésmente el uso de sus brazos— te portarás con templanza.

—¡Idiota! —dijo Bert, sin cesar en su *ramassage* de papeles grasientos, botellas vacías, gafas de sol e instrumentos de belleza.

—No disputad —intercedió Mary.

—¿Dónde están ésos?

—¡Aquí! —señalizó Pablo.

Al otro lado del coche, José María, en decúbito supino, veía pasar las inexistentes nubes; Pablo amontonaba ramitas partidas, con pacífica crueldad. Me instalé equidistante de ambos, saboreando en la gravedad ambiental una atmósfera de incienso o jura de bandera.

—¿Qué pasa? —dijo José María.

—Nada.

—¿Vamos a seguir aquí o nos marchamos?

—Nos largamos —determinó la voz de Bert.

—¿Dónde? —preguntó Pablo.

—Se podría enseñar a Mary el monasterio.

—Mary ya ha sufrido ese placer.

—Oh, sí. Como quieras, José María.

—Y —propuso Bert, que padecía agorafilia— ¿si subiésemos al puerto de Rascafría? Es algo impresionante, Mary.

—También podríamos ir al Jarama.

—Pues la última vez que fuimos todos —Bert asomó sobre el capó— no te aburriste. —Giró la cabeza, mientras ilustraba a Mary—. La excentricidad consistió en la gracia de beber anís desde las cinco de la tarde hasta las dos de la madrugada.

—Sí, ya, ya me acuerdo —gritó José María, en el tono en que se localiza un galeón de Indias hundido—. Pero si fue un día despampanante.

—¿Te acuerdas? —Bert, de una carrerita llegó a acuclillarse frente a José María—. Hace unos cinco años, ¿verdad?

Pablo, a punto de conseguir la media tonelada de ramitas tronchadas, escupió el cigarrillo, mientras José María conectaba sus manos a los muslos de Bert y convertía su expresión en una calculadora del glorioso pasado.

—¿Cinco? No, más. Era verano, me acuerdo muy bien. Fuimos en peregrinación al Jarama, porque tú acababas de leer el libro de Ferlosio.

—Mary —llamó Pablo.

—¡Hacía años que lo había leído! Ahora lo recuerdo —con los goces de la nemotecnia, Bert vaciló y cayó, antes de que los sobos de José María le sirviesen para algo— estupendamente. Yo había conocido a Ferlosio y…

—Te habías enamorado de él —contribuí a la veracidad histórica.

—Siéntate, que me estás poniendo nerviosa, ahí, de pie. Me contó dónde se desarrollaba la acción de la novela, cuál era el chiringuito de Mauricio, Coca-Coña y los otros, y nos fuimos un domingo.

—Exactamente. Había populismo a mantas.

—Lo pasamos chanchi. Éste vomitó a las dos de la madrugada en el río el litro de anís que se había empapado. Entonces —me miró— estaba enamorada de ti. Tú, Pablo, leíste las primeras páginas de *El Jarama* a la luz de la luna. Y el dueño del chiringuito… ¿Cómo se llamaba?

—Ferlosio —dije yo.

—Barral.

—Eso, Barral. Nos hizo chuletas asadas y este animal se bebió otra media botella de anís.

—Y amaneció.

—Mary —dijo Pablo—, déjalo, mujer.

—¡Qué amanecida! —Bert cerró los ojos—. Aquella luz, aquel color del agua... —Bert abrió los ojos—. ¿Lo recuerdas o te has podrido ya tanto, que ni lo recuerdas? Desayunamos churros.

—Siempre se desayunan churros. ¿Regresamos en bici?

—Vayamos ahora. —Bert cogió una mano de José María y, a tirones, trató de levantarlo, mientras se levantaba ella.

—Quizá fuese mejor el monasterio.

—No, no, vamos al Jarama. Pablo, ¿por qué votas tú?

Hacia los montes Carpetanos, que es por donde se pondría definitivamente el sol en las dos próximas horas, Pablo dirigió una mirada líquida, casi desfallecida.

—Voto por el Jarama —dijo, con el mismo entusiasmo que habría utilizado para resignarse a una excursión a Ruanda o a Valladolid.

—Venga, vago. —Bert consiguió colocar vertical a José María—. ¿Qué se tarda?; nada. Llegamos al anochecer.

—Te advierto que lo han cambiado.

—¿Ha llegado también el milagro? —inquirió Bert, como madre que espera la confirmación del diagnóstico de niño mongólico.

—También. Han construido un bar sofisticado, en una cueva natural. Será mejor que nos acerquemos por lo de don Felipe.

—Y ¿por qué no al Paular? —propuse—. Tiene sus claustros y más bonitos, que no el caserón ese.

Pablo rió.

—O al Acueducto y cenamos en un mesón. Por las noches iluminan el Acueducto.

—¿Quién te ha dicho que lo iluminan?

—Ay, hijo, no lo sé. Pero he oído que iluminan el Acueducto y el Alcázar. Todo lo pones en duda. ¿Cómo puedes ser feliz, si todo lo pones en duda?

—No soy feliz —dije.

Pablo rió más y, limpiándose las palmas de las manos en el pantalón, se puso en pie.

—Sí, sí, José María. Decidido. Cenamos cochinillo asado. Así, luego, estará la carretera vacía. Y, a lo mejor, nos encontramos a los Tamburini. Yo, podéis creerme, hablo en serio, cada vez que he ido a cenar tostón me he encontrado con alguien conocido. ¡Mary! —chilló, sin solución de continuidad—. Pero, Mary, pobrecita mía, si has recogido hasta la tienda de campaña... Y nosotros, charlando, sin dar golpe.

Mary Tribune, un poco fatigada tras haberle devuelto a la naturaleza su virginidad, encendía un cigarrillo. En un par de saltos, Bert la abrazó.

—Me gusta. De niña —con el cigarrillo en una comisura, cogiendo a Bert por las caderas, la levantó unos centímetros de la tierra— quise ser *girl scout*. Y puedes comprobar que estoy fuerte.

José María se lanzó sobre Mary y Bert dispuesto a alzarlas en vilo a ambas. Cuando le propusieron a Pablo la formación de una torre humana, me acerqué a la poza y, sabiendo que les asustaría, me zambullí de cabeza. Tardé un siglo en atravesar aquel hielo que parecía solidificarse, pero, al emerger, sus voces taladraban la tarde y sus rostros, encima de mí, escalonaban un arco iris de gestos atemorizados.

—¿Te has caído? —preguntaba Mary.

—¡Sal ahora mismo! —ordenó José María—. ¿No sabes que puede darte una congestión?

Nadé unas brazadas, desdeñosas, aunque la anunciada posibilidad de una hidrocución me volvió a las supersticiones de la infancia y, en consecuencia, abrevié el numerito.

—Tú estás con él en lo alto de un rascacielos, te vuelves a contemplar el panorama y va y se tira. Éste es así.

—¿Habías bebido? —preguntó Pablo.

Denegué en silencio, conforme trepaba por las rocas al prado, mascándome las mejillas para sujetar el pianeo de mis dientes. Mary cubrió con una toalla mi piel amoratada. Un largo trago de ginebra, a morro, licuó parte de mi lívida sangre y permitió a Mary, madre eviterna, sacarme el calzón de baño y, tras unas sañudas friegas, intentar vestirme. Los demás asistieron al espectáculo, Bert con fruición, menos por caridad que por puro regodeo. Cuando conseguí encender un cigarrillo, mediante sujeción de la mano derecha por la izquierda, pude verbalizar mi deseo de un rato de soledad. Bert exigió que no alejase mucho mis pudores.

Trepé por el monte y me senté a seguir el vuelo de unos pajarracos, que quizá fuesen golondrinas gordas o vencejos obesos. En la hondonada, el coche de José María tenía aspecto de maqueta y ellos parecían difusos enanitos, ajetreados en difusos ocios. De vez en vez un escalofrío me daba un latigazo. La tarde se iba coloreando *en rose* y, con la disminución de la luz, sonaba más fuerte el fluir del agua, que río abajo se llamaría Lozoya y desembocaría en el querido Jarama de Bert. Por aquella época, Tub y Andrés debían de estar en Estados Unidos. En cambio, sí habían asistido Galizia y Fernando a la literaria borrachería. Poco a poco, los recuerdos me instalaron en una agujerosa sensación, esa mezcla de melancolía y aburrimiento que un crepúsculo campero suele inocular a los cortesanos.

Unos metros antes de llegar vi ya que habían aprovechado mis meditaciones de eremita para vestir unos atuendos, entre deportivos y de *soirée*, refinadísimos y que comprendían desde un *col roulé* marrón de Pablo a un conjunto de suéters de Mary, sin que por ello brillasen menos los nuevos pantalones de Bert —de alguna fibra acetosa— y la chaqueta de ante amarillo de José María. Dije que habían transformado los rastrojos en parterres versallescos. José María, con la mala conciencia que produce una tenue semejante, optó por asombrarse hipócritamente de que yo me asombrase. Entonces, les pregunté que dónde pensaban practicar a aquellas horas el *lawn tennis*.

—Lo que te joroba es no haberte traído más ropa que la puesta.

—Bert, cariño, lo único que digo es que estáis guapísimos.

—Y cachondeos de que si Luis XIV. ¿Arrancamos?

—Arrancamos —dijo José María.

—Tú, Mary, sube delante. —Pablo mantuvo la portezuela abierta, mientras el esbelto figurín, con sus zapatos de zorra, aunque en nuevo modelito, ocupaba el asiento vecino al de José María—. Venga, guapa, tú atrás con nosotros.

—Pero no en medio —determinó Bert.

Apenas acomodados, una vez que Mary planteó la posibilidad de que olvidásemos algo (obligándonos, por tanto, a un repaso de impedimenta), los escasos metros cúbicos de aire se impregnaron de los perfumes de Bert y de Mary, de las respectivas lociones de Pablo y José María. Moralmente a mí tenían que hederme los sobacos.

—Abre un poco esa ventanilla, José María, ¿quieres?, que creo que me está cambiando el metabolismo.

En el instante preciso que zumbó el motor, Bert, gracias a mi imprevisión, se salivó las cuerdas y, en comenzando a rodar por aquel terreno inmejorable para machacar paliers, atacó, a los vibrantes sones del *Himno de Riego*, un *lied* espeluznante, que empezaba por «Si supieran cantar los poetas / y supieran los sordos oír...».

—Bonita —intervine, por si cabía remedio— no es justo que ahora te tires quinientos kilómetros de gorgoritos.

—Por favor —exigió Mary, bruscamente—. Me encanta escuchar viejas canciones populares.

—¡Claro que sí! No pienso callarme porque tú seas un hipocondríaco. A vosotros ¿os molesta?

—No —dijo José María.

—No —dijo Pablo—, siempre que no te dediques a cantos de la resistencia, canciones de la guerra civil y cosas así.

—¡Qué antipáticos...!

Durante unos diez minutos, el peligro pareció haberse esfumado. Bert, engurruñada en el asiento, deglutía bilis. Mary y José María hablaban en inglés, al parecer. Yo, soportando baches, imaginaba a Tub deslizándose por una *autobahn* en un descapotable, con esa velocidad crecientemente acelerada de los celos reprimidos.

—Leches —dije.

—¿Qué te pasa? —preguntó Pablo.

—Todo son leches.

Un corto silencio le regaló cierta solemnidad a mi sentencia, la estaba haciendo socrática, cuando Mary, con la agilidad de un avestruz encadenado, giró, se condolió del condolido ánimo de Bert, apoyó la barbilla en el respaldo, recriminó mi corrosiva dictadura y, en una pirueta vivaz, que estuvo a punto de partirle la caja craneana contra el techo, se arrodilló en el asiento.

—¿Sabes que en una ocasión estuve en la frontera oyendo a Robeson?

Como si todas las copas de todos los abetos de Manitoba se le hubieran incrustado en las nalgas, Bert se catapultó hacia la nuca de José María.

—¡¿No?! ¡Pero, Mary, cielo mío...! ¡¡Paul Robeson!!

Mary contestó, extraviada de tono al principio, por:

—«Un canadien errant / banni de son foyer...»

Y ya, pasando en las primeras sombras los perfiles de los bosques, no cesaron de atronar.

—No vayas tan rápido —logró decir Pablo.

En vez de aminorar velocidad, José María encendió las luces cortas y se unió a la melopea, que, cerca del puerto, había conseguido una regular orquestación de algunos poemas de *Les fleurs du mal*. Ni el conglomerado que llenaba la explanada, ni el estrépito de tanta burguesía, tanto pequeño comercio, tanto pueblo —en pandillas—, que se disponían a regresar a su deleznable noche de domingo, habrían hecho enmudecer al trío vocal Mary, Bert and Joe, en desarrollo de:

—«Le ciel est triste et beau comme un grand reposoir.»

—¡¡Para!!

—Hombre, olvidaba que tienes aquí tu bote.

—¿Viene alguien conmigo?

Pablo me siguió.

—En caso de pérdida...

—Sé muy bien el camino. En la octava nos encontramos.

—Ciao, amor. —Mary me besó, sacando los labios por la ventanilla.

—No cogérosla —en marcha hacia mi 600, nos recomendó, con una sonrisa de fauno, José María.

Me buscaba las llaves, cuando Pablo propuso tomar una copa, que nos permitiese sobrellevar la atardecida. Y que él tenía dinero.

Hendiendo masa no rebelada, llegamos al bar, en cuya terraza exterior y a un metro sobre el nivel de la explanada, Baco nos regaló con una mesa vacía, a la que nos abalanzamos, encargando al vuelo unas ginebras de marca respetable, con mucho hielo y mucho limón. Pablo, nada más esconder los pies bajo la silla frontera, quedó traumatizado por el oceánico movimiento de prójimos, que, infectando el límpido aire de la cumbre, alargaban —inútilmente— la esperanza, concebida en sábado, de la fiesta.

—El procesito —murmuró— de Herr K.

Pretendieron verter sobre los escasos hielos, que contenían los vasos, ginebra meridional, intento que, a costa de persuasión, frustramos. Aquel torbellino de ceñidos pantalones y minifaldas me mareó lo bastante para no saber las que me gustaban, asesinado por la cantidad mi amplio criterio selectivo. Algún suspiro intermitente era la única muestra de vida que Pablo daba. Al fin y al cabo, los pobres también tenían derecho a huir de la polución urbana.

—Nosotros —dije— somos los idiotas. Nosotros, por venir en domingo.

El camarero afirmó que aquélla era la buena y, al menos, la etiqueta correspondía a nuestros deseos. Añadí agua y Pablo se hizo traer un botellín de soda. El primer trago me supo a resina. Pablo no comentó.

—Me gustaría saber qué los impulsará el próximo domingo a repetir.

—Ellos se lo han pasado bien. Ahí está lo malo, que se han divertido.

—Tú ¿crees?

Los miramos. Con algunos caballos y algunos cascos, podrían encaminarse a libertar Jerusalén o, ya que no había rastro de Pedro el Ermitaño, ir de éxodo a consecuencia de una glaciación. Los niños, principalmente, hacían más siniestro el nomadeo.

—Dan ganas de mesarse los cabellos —gimió Pablo.

Mientras se decidía, escuché una conversación de niñatas, vecinas de mesa, que esperaban a sus parientes comentando la vida. La vida de su barrio no ofrecía un interés aceptable y, cuando parecía alcanzarlo, las subdesarrolladas adolescentes bajaban el volumen de la voz, se cubrían tras unas risitas y se cuchicheaban las indecencias. Les miré descaradamente los canijos pechos, las piernas y los inmaduros y alelados rostros, y me devolvieron la inspección con una despreciativa seriedad. Ya que Pablo no arrancaba a mesarse, comenté:

—Nosotros somos los idiotas… Antes de las diez de la noche, no se debe salir.

—Pero, entonces, ¿qué puede hacerse?

Me tomé un tiempo de meditación.

—Un domingo…

—¿Qué? —dijo Pablo.

—Esperar que ellos se vayan a la cama, rotos.

—Y en casa, ¿qué haces?

—Llamar a alguien.

Como existir no ofrecía coherencia y, además, con el encendido de las luces eléctricas la tarde se había quedado en un hilo blanquecino y violeta, pagué al camarero el gasto, antes de que Pablo se encontrase los billetes.

—Tú, deja, hombre, déjame a mí. He dicho que… Pero si andas mal.

—Para copas, no falta. Lo que pasa es que tengo que echar cuentas. Llevo unos días —una horda familiar nos separó momentáneamente— gastando sin saber. A Bert le debo tres mil, mira, ahora me acuerdo.

—Si necesitas… Yo he cobrado el otro día unos encargos.

—Gracias, no. —Bajé el seguro de la portezuela y Pablo entró—. Supongo que no es grave, pero he de hacer cuentas. Lo de Mary, que me ha obligado a extraordinarios.

Desaparqué, a golpe de claxon me abrí calle hasta la carretera y me incorporé a la fila que, pendiente abajo, rodaba a la cena y al telefilme. Pablo preguntó:

—Pero ¿va a quedarse?

—¿Mary? No. Al menos, hemos convenido que se buscará un apartamento. No la soportaría en casa.

—Desde luego…

—Maldito nivel de vida. Hace años, hay que ver cómo se corría por aquí.

—No intentes adelantar; déjalo.

—Lo peor de Mary es que resulta cómoda.

—Claro.

—Sobre todo, si uno está un poco harto de amores auténticos.

—Es un hallazgo Mary. Temo que el ambiente local la malee. Nos hacía falta gente nueva. Llevamos mucho en la endogamia y la raza se debilita.

—Mary —encendí los faros— es maleable. Sólo quiere una cosa. —Pablo carraspeó—. A mí tampoco me mueven sentimientos complejos. Por eso, quizá funcionaremos. Hasta la coronilla estoy de sentimientos complejos. Tub, por ejemplo.

—Tub debería decidirse. Con Andrés no tiene sentido el asunto.

—Pero es su marido. Tub os tiene a todos engañados. En el fondo, piensa con la mentalidad conservadora de una puta. No puede prescindir de Andrés.

—No, evidentemente no se trata de eso.

—Sí. No encuentra hombre que le soporte lo que Andrés y que

la admire, ni que se sienta tan orgulloso de vivir con ella. Además, ya se sabe…, las familias, los amigos de las familias, el dinero… A Tub le gusta el dinero delirantemente.

—Tú tampoco… —precisó Pablo—. No sé, es difícil. Ella asegura que te necesita.

—¿Has hablado con Tub?

—¿Cuándo?

—Últimamente.

—Te lo he dicho —dijo Pablo—. Nos confesamos una miaja anteanoche.

Me desvié por una carretera estrecha, donde pude meter la directa y alcanzar los setenta. La noche estaba ya sobre los campos y sólo al frente unos restos de luz persistían entre los montes. Pablo, con el rostro fuera, iba sorbiendo el viento de la marcha, cerrados los ojos, ostensiblemente agarrotado por sus pensamientos. El silencio destilaba una excelente vacuidad, una conformación a aquel mundo que anochecía y en cuya oscuridad el otro mundo se amoldaba a un futuro sin sorpresas y a un pretérito aligerado de angustia. Después de atravesar un pueblo, para alargar aquella paz, reduje a cincuenta y entró por las ventanillas el olor de los prados. Di las luces largas.

—Ahí atrás hay una botella de ginebra. —Pablo la encontró, bebió y me la pasó—. Gracias.

—Andrés —dijo, de repente— es una invención de Fernando y de Galizia. La especie del boato, para su colección. A Galizia le cegó siempre el boato. Conforme se hace vieja, la pobre comprende cuánto se ha equivocado en su vida.

—Andrés es un cerdo.

—Sí —dijo Pablo—. Más o menos.

Bebió otro trago. De la penumbra de los campos cercados de piedras se levantaban instantáneas sombras gigantescas, monstruosas luminarias, un museo lúgubre, inconcebible para la zona que recorríamos.

—*Ça commence* —graznó Pablo, luego.

Y, sin duda alguna, allí estábamos, en el pleno cogollo de la noche señorita y serrana. Dada la animación callejera y, sobre todo, el lujo de señales de tráfico y agentes de circulación, a los que tan aficionados son en las localidades pueblerinas, costó lo que atravesar Londres acercarse a los aledaños del edificio. Como siempre, aquel lugar olía a chocolate.

—A anuncio de chocolate antes, en y después de nuestra infancia —matizó Pablo, extasiado ante un bar con apariencias de posada, mientras cerraba yo el coche.

En contra de lo previsto, no los encontramos paseando lonja, así es que nos sentamos sobre piedra berroqueña a fumar la espera.

—Capaces habrán sido de meterse en la iglesia —pronostiqué.

—No, no creo. —Pablo silbó unos compases de gregoriano—. A estas horas debe de haber oficios. O algo así.

No obstante, acabamos por rondar la fachada principal y Pablo los avistó, cuando salían por el atrio, Mary con un pañuelo de gasa roja a la cabeza —inútil, según la nueva liturgia—, del que se desprendía con la pompa y el ceremonial que, de vivir en el XVIII, habría exhibido en un carnaval veneciano.

—¿Se puede saber qué hacíais ahí dentro? —preguntó Pablo.

—Oh, Pablo, es emocionante y deslumbrador. Y tan diverso a mi visita turística. —Mary apoyó sus manos en la espalda de Pablo—. Aquel día lucía mucho sol. Demasiado. Ahora me ha parecido estar viniendo por la primera vez. Un país con amigos es muy desigual a un país sólo con autocar y guías.

—Mary, te adoro —se le declaró Bert—. Eres la persona más generosa y delicada que he conocido nunca.

—¿Celebraban oficios?

—¿Es que habéis esperado mucho? —José María respiró ruidosamente—. Reconozco que es magnífico. La música, esencialmente.

—¿No es cierto? Me sentía transformada. Y, además, el pueblo es muy acogedor. Las mujeres son elegantes y cuidadas. Se nota la tranquilidad, una simpatía de vivir. ¿No es cierto?

—No, no lo es —dije.

—De alguna manera, lo es —sentenció Bert, gratuitamente dispuesta a sacrificar su ideología—. No puede negarse que, a pesar de todo, en esta tierra tenemos unas enormes ganas de vivir.

—Vosotras tenéis —dijo José María—. Pero ¿qué te sucede?

—Me irrita que no hayáis esperado —confesó Pablo, con una sinceridad tan incomprensible como detestable.

—Tú ¿tampoco estás feliz? —preguntó, afirmando, Mary—. Ha resultado un día muy encantador, no me lo niegues.

Dije que lo negaba.

—¿Os habéis peleado? —sugirió Bert.

—Basta de contemplaciones. —José María tomó del brazo a ambas mujeres y comenzó a caminar—. Nadie tiene la culpa de que a los niños les haya fallado la copa —Mary volvió el rostro hacia nosotros— o el plan.

Y, sin embargo, mientras seguíamos tras ellos, a distinta distancia, los dos con las manos en los bolsillos de los pantalones, Pablo chutando una bola de papel, comprendía la decepción de Pablo ante las cerradas puertas del templo. Nos habían negado la cúpula y sus resonancias, el incienso y sus derivados, aquel viejo olor eclesiástico, que, cerrando los ojos, permitía regresar a la solidez plana de las figuras en los vitrales, a los confesionarios donde las sombras y las luces se confundían en un vaho, al sendero, sobre el tajo del río, por el que un canónigo pasea el breviario una tarde de primavera, y, abriendo los ojos, cuando los fieles se ponen en pie con una irreverente devoción de romería, se nos había privado

«Yo me atrevo a afirmar que su
                        [conducta
era un trasunto fiel de la Edad Media
cuando el perro dormía dulcemente
bajo el ángulo recto de una estrella.»

de la inminencia de una plaza, festoneada de carros de dos ruedas, cubiertos por pirámides de cacahuetes, garrapiñadas, bartolillos de miel y crema. El todo, complemento imprescindible para dos tipos que, en un anochecer de domingo, han bebido lo suficiente y no lo necesario.

—Nada más fácil —dijo José María.

—Viviría siempre aquí —había deseado Mary—. En serio. Creo que viviría siempre dichosa en uno de esos hotelitos, que hemos visto al venir.

—Hazle caso —aconsejó Pablo—. Él pertenece al ochenta por ciento de todas las malditas empresas que están estropeando el paisaje por estos andurriales.

José María, apoyado en su automóvil, rió fuerte. Pablo, incapaz de contener una sonrisa, le dio una palmada, quizá demasiado enérgica, en el cuello.

—Vente con nosotros —propuso Bert—. Vente y deja a ése, que pone a cualquiera al borde del pudridero.

—¿Ése soy yo? Que se vaya. ¿Dónde se toma una copa, si es que se toma una copa?

—Ya veremos —concretó Bert.

—Pienso —pensó Mary, abrazada a José María— que han de ser un poquito caros.

—No, si yo no te cobro la comisión. Venga, en marcha; ¿no

querías tú cenar cochinillo? —Bert respondió cantando—. Te esperamos en el hotel, a la salida.

—Y yo os sigo, ¿no? —Mary me besó, antes de zambullirse en el coche—. Pero tú ¿sabes cómo están las carreteras?

En funcionamiento el imparable mecanismo de mi estupidez, renuncié a beber un trago en la posada, que había subyugado a Pablo, e incluso me di prisa a buscar el 600 y a abandonar aquel cenobio del aperitivo nocturno. Hasta el hotel, el trayecto no tuvo mayor dificultad. A motor y faros encendidos, me aguardaban, risueños, alborotados y cachondos. Desde su ventanilla, José María trazó la hoja de ruta:

—Tú sígueme, que iré despacio. Y no hagas más historias.

Diez kilómetros después, al fallarme el adelantamiento del automóvil que José María acababa de rebasar, los perdí de vista. Hasta entonces, había repartido mi atención entre las maniobras necesarias para ni matar, ni matarme, y la luna amarilla que, constantemente colocada delante de la fila de coches, parecía el aro de papel por el que saltaríamos de un momento a otro para caer, como dóciles panteras, en el cubil ciudadano. El esfuerzo por recuperarlos, retenido por unos tercos pilotos rojos o tenso de atención las escasas ocasiones en que me desprendía del hormiguero mecánico, me hizo suponer que habían sido absorbidos a los cielos por una invisible escala, ya que, por mucha mayor potencia que el automóvil de Jacob María desarrollase, resultaba inconcebible que hubiera podido saltar a la cabeza de la columna, que ocupaba, a lo ancho, los dos tercios de la carretera. Quizá mi torpeza y la mala fe de ellos determinasen mi posición en el rallye.

Embebido en el reducido universo que se extendía desde el morro de mi 600, descubrí que también había perdido la luna. Aquel cielo estrellado sin amarilla pelota me produjo ese desasosiego que da abrocharse botones con las manos jabonosas. Desorientarme, dada mi aversión a los viajes en conserva y su reconocida fragilidad, lo habría soportado, pero, además, no hallar el lunón de la primera parte del trayecto me puso histérico. Por mucho racionalismo que traté de inventar, entraba por los suburbios y una conciencia de destrucción me aguijoneaba. José María debía de haber derivado por otra carretera. Dos minutos después, recordaba gráficamente el automóvil girando a la derecha y hasta oía a Bert gritarme algo. Decidido a no volver, porque sabía que me estrellaría en la primera curva, y conteniéndome el rayo aniquilador, me dejé transportar por la Diosa Razón, que regía un milímetro cuadrado de mi cerebro y en andrajos, a las conocidas calles del barrio, al portal, el ascensor y la soledad aséptica, con aroma a lejía y a Merceditas.

Me cambié de ropa, deambulé por los pasillos, el cuarto de baño, la cocina. Encima del frigorífico, se ordenaban media docena de vasos azules, un tarro de mostaza, un paquete de blanco de España y un puerro. Antes de escupirle el pavimento y para no hacerlo, me conmoví a mí mismo rememorando la infancia campesina y la primera juventud chabolista de Merceditas. La camisa limpia y la corbata me confortaron durante unos minutos. Bebí unos traguitos de ginebra. Tras acodarme en el pretil de la terraza, harto de interrogar a la noche y aplastado de previsibilidad, comencé a hacerme regalos. Por lo pronto, puse un límite a la espera; en segundo lugar, me prohibí preocupaciones económicas, me veté cualquier propósito de ahorro y aplacé *sine die* el pago de las tres mil a Bert; por último, me concedí absoluta libertad de desplazamiento.

Entonces, resultó que no sabía dónde ir. El teléfono continuaba mudo, mudo el timbre de la calle y mi paciencia empezaba a desmoronarse por la escala cromática de la pusilanimidad. A ojos cerrados reproduje el comedor, en el que encargaban en aquellos momentos gorrino asado, la mesa presidida por Sagrario Tamburini. En un par de saltos me llegué al cuarto de trabajo —que olía a polvo— y, al tercer intento, logré sobre una cartulina que las seis letras de C E R D O S quedasen sosegadas y regulares. Con una chincheta, clavé el pasquín en la que me pareció pared más publicitaria del living y, atornillado por el tornado de las pasiones contradictorias, descolgué el teléfono, con la decisión con que la Gran Catalina habría besado, de ser contemporáneos, a James Dean.

Así que el número iba quedando compuesto, se me desprendían algodonosamente las extremidades. Carraspeé. Me sobé el nudo de la corbata. Trasladé el auricular a la oreja derecha. Ensayé la sílaba Tub con una entonación digna y persuasiva. Se deslizó una flema por mi laringe. El costado izquierdo se me perforó, cuando sonó el primer timbrazo con la ululante estridencia de los clarinazos que nos tocarán retreta la tarde del Juicio Final. Colgué.

Acosado por mi acoso, descongelé los billetes destinados a terminar el mes sin oprobio y ya sólo tuve tiempo para apagar luces y despeñarme hacia la calle, la libertad y el hirviente radiador de mi 600.

En el taburete del final de la barra, comprobé que, de un momento a otro, se servirían sándwiches, platos especiales o combinados y raciones de tarta de manzana. Puesto que el instinto, más que la previsión, me había conducido a un local céntrico y pretendidamente elegante, pensé, al encargar un cubalibre, que luego, para temple de mis nervios, podría sorberme un concentrado de látex de adormidera. La muchacha portaba una cofia tridentada, un delantal sin arrugas y una tendencia a suscitar admiración por sus músculos pectorales, que la sabia colocación del sujetador mantenía erguidos contra su pescuezo, como una doble y perversa papada.

—Un poco más de ron, por favor.

—Le tendré que sacar el hielo para que quepa más —bromeó aquella criatura del falso bocio.

—Es que me la tengo que coger, ¿sabe usted?

—Como en los tangos.

—Exactamente, igual. Celebro que lo entienda.

—Pobrecillo... ¿Así le parece bien?

—Perfecto, guapa.

—Pues a mandar. —Y se fue a batir chocolate con fresas.

El ron disolvió los enmohecidos cuajarones de la ginebra y tomó posesión de mi sistema circulatorio con la seguridad del cliente que pasará tres meses en la suite. La existencia quizá sólo se compusiese de seis o siete obsesiones, más o menos alimentadas por el existente. En la rampa del discurso simplificador, caía en que era posible —contra mis más arraigadas convicciones— que mis amigos no me encontrasen simpático. La chica me hablaba sobre el zumbido de la batidora.

—¿Cómo dice?

Gesticuló una petición de pausa y, en mi honor, frunció los labios en morro. Repentinamente, me puse coqueto.

—Que si le pongo algo de aperitivo.

—Almendras.

Mientras traía ella las almendras y yo leía etiquetas de botellas, mi resucitado gozo vital me ordenó quemar etapas en la carrera de mis designios. Así es que, tuteándola, nada más colocar el platillo junto al vaso, me interesé por su hora de salida.

—A las diez. Pero mi novio me espera.

—Falta un cuarto de hora.

—Y ¿qué?

—Avísale que no venga.

En cumplimiento de sus deberes, me dejó solo. Pasé revista femenina, con demora en una zagalona, como inglesa, con botines de ante hasta media pierna y falda hasta medio muslo, que devoraba un amasijo de albas materias delicuescentes. La doncella se vino a mover una ensalada en mis proximidades.

—¿Cómo te llamas?

—Olga —dijo, como si yo pudiese creerme algo semejante.

—Anda, dile a tu novio que no venga a buscarte.

—¿Dónde me vas a llevar?

—Por ahí… A bailar, si quieres.

—Tú ¿cómo te llamas?

—Cirilo —correspondí.

—¡Qué ganso estás tú hecho…!

Una amiga de la zagalona, con botas de coracero en una especie de hule amarillo brillante y faldellín sioux, tomó asiento a su mesa y emprendieron una vehemente conversación, inclinadas sobre los platos y deglutiendo pasta dulzarrona.

—Está hermosa, eh.

El tipo, con copa de coñac en la mano derecha y cigarrillo en la izquierda, dedicaba el homenaje de su mirada embabecida a las dos parejas de muslos. Por si había oído mal o no debía haber oído el ditirámbico juicio, callé. El tipo, que apestaba a lavandas y lucía un soberbio chaleco de cuadros multicolores, se apoyó en la barra, se pasó una mano —la del cigarrillo— por el rostro y, al fin, me miró, con la naturalidad que sólo un bachillerato en común o una guerra en la misma trinchera autorizan.

—Pero que muy muy muy hermosa —remachó.

—Sí, señor, no se puede negar.

—No se puede negar. —Descansó primero la espalda y luego los codos en la barra—. Hay cosas que no se pueden negar, tiene usted razón.

—¿Cuál le gusta más?

Con el gesto de un mayoral eligiendo res, su vaso señaló a la zagalona.

—Seguro que a usted también le gusta la más grande.

—La amiga no está tampoco mal.

—Tampoco. Pero uno pide carnes y la cara es todo hueso. —Rió sinceramente convulsionado por su propio ingenio—. A todos nos tira lo mismo, se diga lo que se diga. La amiga es más rara. Y ella constituye un monumento, oiga.

—De acuerdo.

—Usted ¿se ha fijado? Gorda, lustrosa, tirante… Con eso tiene uno mujer para un año. ¿Qué bebe?

—Cubalibre. Convido yo.

—De ninguna manera. Lo he ofrecido yo antes. ¡Señorita! —Sin perturbar su éxtasis contemplativo, encargó a Olga las bebidas—. Además, para mí, que esas dos tragan.

—Nunca se sabe.

—Tragan. Se lo digo yo, que soy más viejo que usted. Ya se han dado cuenta de que no les quitamos ojo.

—Parecen extranjeras.

—Ella, no. La amiga puede. Ella parece andaluza. Usted ¿qué opina? ¿Meretrices?

—Hombre…

—No, putas no son. Más bien, estudiantas.

—Su doble de coñac y el cubalibre —anunció Olga.

—Oye… —susurré.

Olga se acodó en la barra.

—Que sí —dijo.

—¿Te espero fuera?

—Aún no han venido todas las del turno de noche. Espérame en el Benito Trompetas. ¿Sabes dónde está?

—Sí, aquí al lado.

—Ése. Que tardaré un poco… Tienes tiempo de acabarte el cuba, con la prisa que te das.

La falsa Olga, precedida por sus pechos, se lanzó al servicio de emparedados de jamón y queso. Las embotadas, ahítas de nata, fumaban y parloteaban.

—Es lástima, hombre, que tenga usted ya plan con la chiquita.

—Sí, esta noche estoy comprometido.

—Lo comprendo. —Dejó caer el cigarrillo, lo aplastó circularmente con la punta del zapato y, la mirada siempre obsesa, enganchó el dedo pulgar en la sobaquera del chaleco—. Yo también tuve mi época de cafeteras, pero al fin me hartaron. Sin menospreciar, apetece algo más fino. Yo, a la capital, sólo vengo cuatro días al trimestre.

—Ah, ¿no vive aquí?

—No, señor. Cuatro días al trimestre y en comisión de servicio, que un poco ocupa. Comprenderá que no me sobra tiempo para pegársela a la costilla. Cuatro días. Por el cargo, sabe usted. Y no es que uno sea un tío tirado, pero tres meses en la provincia ya dan ganas de frecuentar otros ambientes. Lástima que no pueda usted. Me creo que… —Se interrumpió; la probable andaluza resbalaba sobre nosotros una mirada inexpresiva; el indudable jerarca, con una descompuesta cortesía, alzó la copa en un mudo brindis, más aparatoso que un discurso; luego, por si la gorda repetía mirada, esperó unos segundos a ondear la victoria—. ¿No se lo estoy yo diciendo? Ésas siguen aquí por usted y por mí. ¿Qué hacen, si no, que no piden ni un café? Se lo advertí, eh. Tragan. Está todo hecho, menos mal. ¿No se atreve a darle esquinazo a la chiquita?

—Acabo de conocerla.

—¡Qué perra suerte…! Es lo que suele pasar. Se tira uno meses y meses sin ligar y en una noche se amontonan. Pues, yo —cruzó los antebrazos sobre la barra— voy a esperar. El que la sigue la mata. Buena está buena. Y que tiene unos muslos del diámetro de una sandía. Su chica le está haciendo una seña.

Mi chica repitió el guiño en mis narices.

—Bueno, me alegro de haberle conocido. —Apuré el ron—. Usted me va a dejar que…

—De ningún modo. —Sujetó mi mano en busca de la cartera, donde no llevaba yo billete alguno—. Seguro que tengo hecho más gasto. Ale, ale, usted a lo suyo. —Me retuvo la mano, que le tendí—. De verdad que lo siento.

—Suerte.

Ahora en mi honor, levantó la copa y, a chaleco descubierto, recuperó su puesto en el ojeo, al tiempo que yo, por no perderla enteramente, dedicaba un último vistazo a sus botas amarillas.

Después de un corto y laberíntico recorrido, a causa de las direcciones prohibidas, logré encajar el coche a unos pasos de Benito Trompetas, a cuyo hondo sótano descendí a tientas, recibido por una descarga de música eléctrica. En la penumbra rojiza distinguí más mesas vacías que parejas abrazadas, mientras me hacía la composición del lugar, el camarero esperaba y, al fin, optaba por un rincón con una iluminación que no debía de arruinar el negocio. Respirando la humedad churretosa de las paredes de carcomidos ladrillos rojos, servido un generoso cubalibre, me dispuse, en aquella ruidosa paz, al análisis fenomenológico. A los cinco minutos comencé a ignorar por qué me encontraba allí y habría acabado por no saber ni mi edad, si la falsa Olga no hubiera llegado, sostenida por la vieja de los lavabos, tras haberle fallado los dos últimos escalones, haberse lanzado contra una cortina y haber abrazado una columna.

—¡Ay, coñi, es que no se ve nada!

Me cercioré que no sangraba y le sugerí encargase lo que más conviniese a su estómago en aquella hora incierta. Le convenía un bistec con ensalada y un batido de vainilla. Sin uniforme parecía tener más pecho y así lo hice constar. Me explicó, a susurros, que durante las horas de trabajo la obligaban a comprimirse. Propuse que, en tanto traían la cena, bailásemos. Accedió y nos abrazamos entre las mesas y las sillas enanas, sin mucho espíritu de acomodación al ritmo. Le besé una mejilla y cerró los ojos. Besé sus labios y confesó que las del turno de noche la tenían hasta el moño. Yo le recomendé paciencia. Pero Olga alegó que a mí me quería ver (con cofia y delantal, se suponía) víctima una noche sí y otra también de la impuntualidad de las del turno de noche.

—Mi novio es que no lo resiste.

—Se comprende. A los hombres nos fastidia esperar.

—Eso mismo dice mi novio.

—¿Se ha enfadado, cuando le has dicho que esta noche no lo veías?

—No se ha enfadado, no. Ya sabe él que algunas noches tengo que salir con clientes. Lo que no resiste es que le haga esperar. ¿Nos sentamos?

Nos sentamos y empezó a masticar filete con una fruición avasallante. Yo me encargué otra copa.

—Oye, tú no te llamas Cirilo, ¿verdad?

—No, me llamo Bernardino.

La atragantó la risa y me contó, sin dejar de mascar, una historia que no escuché. Alimentada, con el segundo batido de vainilla al alcance de su mano, yo llevé las mías hacia su cintura. Me pidió que esperase y se largó al aseo, dejándome con la idea, ya insoslayable, de que nunca mujer alguna me había gustado menos. Cuando regresó, me abracé a ella y ella se interesó por mi estado civil. Aseguró que probablemente yo llevaba el anillo escondido en el monedero. Traté de explicarle que jamás había usado monedero, pero no comprendió nada.

—Por debajo de la falda, no —dictaminó, de pronto, obligándome a retirar mis dedos, húmedos del sudor de su piel, algo más semejante a la badana que al terciopelo—. A mí las cosas rápidas no me gustan.

—Y ¿qué hacemos?

—Podemos hablar. Digo yo, vamos. ¿No te gusta hablar?

Declaré mi discreción y permitió que me demorase en sus arrobas de grasa pectoral, a cambio de escuchar la relación circunstanciada de su biografía. Tenía veintiocho años. De verdad. Ella, en materia de años, no falseaba. Su novio tenía veinticinco, pero como si tuviese veintidós, porque de los veintiuno a los veinticuatro se los había pasado purgando las culpas de su amigo Raimundo, quien le envolvió bien, aprovechándose del carácter beatífico de su pobre novio. Las culpas de Raimundo se reducían a la fractura violenta de cierres y automóviles y apropiación —y no robo, como se empeñó el fiscal en calificar— de diversos objetos, pequeños, puesto que nadie lleva en su automóvil vajillas de plata o una finca de regadío. Me condolí, al alcanzar este vértice dramático el relato y ella lo interrumpió brevemente, a fin de recomendarme no le rasgase la enagua. Prometí ser cuidadoso, textilmente hablando. Pues bien, ella ignoraba qué filtro o bebedizo el Raimundo le daba a su novio de ella, pero la cuestión estribaba en que, purgada la pena, su novio de ella no le había partido la boca, como hubiese sido de ley, a su amigo de él, sino que, encima, habían reanudado la amistad y la comandita. Me interesé por el Raimundo y dijo que bajito. Aclaré que mi pregunta se refería más a lo anímico que a lo físico. Ave fría. Y un poco alelado. Debía considerarse que el Raimundo, de niño, sufrió una enfermedad a la cabeza, de las que, no matando, entontecen. Salvo para el mal. Entonces yo, por variar la temática, pregunté si vivía en familia o sola.

—Con mi familia, ¿qué te crees? Y, además —sus muslos se cerraron como las fauces de un tigre— a mí no me metas la mano por debajo de la falda. Me gusta cada cosa a su tiempo.

—Y ¿qué hacemos?

—Eso, ¿qué vas a hacer conmigo? Yo soy seria. O sea, que si te gusto...

—Me gustas.

—No te se olvide que soy seria. El domingo me podías llevar al fútbol. ¿Tienes coche?

—Sí.

—¿Qué coche?

—Un Mercedes.

—Uy, qué tío eres tú, madre.

Le propuse que bailásemos y accedió, siempre que yo la dejase visitar de nuevo los aseos. Yo la dejé ir y me enjuagué la boca con un resto de cubalibre. Al cuarto de hora, llamé al camarero, que diez minutos antes me había servido otra copa, y le pregunté sobre el destino de la señorita. El camarero, de conformidad con mis intuiciones, me informó que la señorita hacía una eternidad que había abandonado el local. Pedí la cuenta y, a efectos de la propina, el celestino se apiadó, que, a su entender, yo debía quedarme y, superada la temprana hora que transcurría, él estaba seguro de encontrarse en condiciones de hacer mi presentación a alguna señorita de las que, a veces, asistían en el sótano al diálogo con la soledad. Sin comprometerme al contrato de alcahuetería, le encargué reposتase ron, gracias al cual mi mente no conocía obstáculos. Dicha euritmia me permitió rechazar, sin más apelaciones, un vago proyecto de telefonear a mi propia casa, curándome anticipada y simultáneamente de las dos previsibles consecuencias que podían acaecer: a) falta de contestación (se deleitarían aún en las piedras hidráulicas); b) ingreso súbito en el conglomerado Tribune-Bert-y los muchachos. Si acostarme y dormir para madrugar juiciosamente constituía una hipótesis vesánica, no quedaba más alternativa que hallar a quien unir mi destino. El censo de amistades se redujo a Tub. Consulté la agenda y, por unos momentos, aquel rectángulo de cuero negro sobre la mesa, sacralizándose, se transformó en una caja de truenos, que, al abrirse, desataría las insospechadas tormentas de la noche.

En Júpiter tonante, a la penosa penumbra de Benito Trompetas, congratulado de la fuga de la falsa Olga, comencé por la A y llegué a la Z, con omisión de la T, donde constaban las mismas cifras que en mi corazón. De modo que, previa visita a los lavabos para hacer las cosas bien y con las manos limpias, la sólita anciana me proveyó de fichas telefónicas y me emparedó en un entrante del muro, especialmente acondicionado para acumular todos los ruidos del local.

—Puede usted taparse la otra oreja —me sugirió la vieja.

Le agradecí el remedio y llamé a casa de Tub; la voz de Joaquina respondió antes que mis planes tácticos estuvieran listos. Colgué y, sin recordar quién pudiera ser, telefoneé a Carmen Lagos. Una voz masculina confirmó que era Carmen Lagos. Me di a conocer. Pero Carmen Lagos cortésmente aseguró desconocerme. Le pagué con la misma divisa y, una vez repleto de fichas el aparato, ya que la cosa prometía alargarse, nos pusimos a averiguar de qué su número de teléfono estaba en mi agenda. Como es natural, la desconfianza nos hizo mentir lo suficiente para que el enigma permaneciese irresoluto. Por lo pronto, se declaró viuda. Yo juré que nunca había tratado a una viuda, ella se ratificó y, de insensatez en gratuidad, se nos pasaron doce minutos, excitándonos el uno al otro, en puro regodeo.

Bajo la depresión de mis escasas relaciones sociales, la sensatez me conectó con el hogar de Matilde. El propio padre y exitoso escultor Yudeco me facilitó el número que me conduciría a Matilde. La anciana se sacó más fichas de sus faltriqueras, a cambio de otro puñado de monedas, y una voz femenina me rogó esperar.

—¿Quién es?

—Soy yo, Matilde. Tu padre me ha dicho que andabas ahí.

—¡Ah, tú, cómo me alegra oírte...! ¿Estás libre esta noche?

—Lo estoy. ¿Nos podemos ver?

—Claro que sí. Vente por aquí.

—¿Dónde es aquí?

—En casa de Adela. ¿No te acuerdas?

—Sí, sí. Tardaré en llegar.

—Anda, vente rápido. Hay poca gente, ¿sabes? Estamos tranquilos y seguro que Adela te encuentra una botella de ginebra.

—Bebo ron. Oye, sé buena y recuérdame la dirección.

Me circunstanció la dirección, recalcó sus gozos y me dejó en la duda de si no habría sido mejor llamar a Fernando y a Galizia, en cuyo piso quizá habría una partida de póquer, que me liberase de tanta pobreza y tantas historietas falderas. A fin de acerarme los nervios, me acomodé en la barra de Benito Trompetas, donde, en resumidas cuentas, ni la felicidad, ni la desgracia, me habían alcanzado. Llevaba mediado el vaso, cuando el camarero llegó con los ademanes de lugarteniente de Al Capone a la busca del propio Alfonso Capone.

—Sígame —masculló.

Sin abandonar el cubalibre, por si acaso, fui convoyado hasta uno de los recovecos del sótano, en el que una de mediana edad y pasable atractivo me dio a besar su mano, silenciosa y gélidamente sonriente. Se encargaron bebidas y ella mandó licor de orujo. Habiéndome sentado frente a la presa, comprendí la equivocación demasiado tarde. Mientras le observaba yo las piernas a la Esfinge, el provinciano habría derribado ya un par de embotadas mujeronas.

—No te esfuerces en hablar. —Fumó como suspirando—. Yo estoy hecha al silencio.

—Muy bien hecha, por otra parte.

—Tampoco debes esforzarte en proferir vulgaridades. —Se inclinó y sus largos dedos tamborilearon mi pantalón—. Se comprende lo que pretendes.

—Tienes una boca bonita. —Le acaricié una rodilla, huesuda y crispante de nailon.

—Blanda —dijo, al tiempo que se humedecía las estratificadas capas de rojo, que la penumbra amorataba—. No deseo bailar.

—Perfecto. Levantemos el campo.

—¿Hacia qué lugar, inteligente? Te aviso que no soy una profesional.

—Ya lo había…

—Pero —me seccionó la precipitación— exijo alguna monería.

—¿De qué calibre?

—Dos mil quinientas. —Y se le humanizó la expresión.

—Es demasiado para…

—No soy una profesional.

—Entendido. Para una sofisticada.

—Gracias. —Retiró mi mano de su rodilla, como habría empujado una pluma de ruiseñor—. No te molestes en abonar mi aguardiente.

Ni una retirada airosa habría paliado mi actuación, cuanto más que me levanté desabrido y permanecí unos segundos de turbia esperanza frente a su esculpida sonrisa. De regreso a la barra, celestino se movilizaba en funciones de patrulla de un canoso, que, tras el besamanos, asentó convenientemente su cadera contra la de la zorra-iceberg.

Con ese profundo afecto que nace por las ciudades sórdidas minutos antes de abandonarlas, el sótano de Benito Trompetas me retuvo el tiempo que tardé en embeber un poco más de ron y en establecer sobre una servilleta de papel, con un bolígrafo prestado por el barman, el Cuadro Sinóptico De Probabilidades Frustradas Por Mi Pijotero Carácter. Confiando en el alcohol y su cábala, liquidé mi segunda cuenta, ascendí a los supremos círculos del aire puro y tardé en localizar mi 600.

Acogido a la túnica de la Prudencia, viajé hasta la costa atlántica —y regreso—, antes de encauzarme por el adecuado barrio de Toni & Adela, donde había adquirido Petra su reumatismo. En el espejo de la cabina del ascensor, vi que disfrutaba de ese envaramiento de robot, que defiende tanto como denuncia. No obstante, si no me entregaba a la expansión verbal, podría mostrar una ebriedad modélica. Antes de timbrear, realicé unos ejercicios de balanceo a cuerpo rígido y la virazón de los escalones y las puertas me sopló una cierta alegría. Al otro lado, Matilde repitió que acudía ya. Le agradecí la molestia de recibirme ella misma con un abrazo y dos besos fraternales.

—Me lo esperaba —dijo.

A cambio, mi perra memoria se sorprendió de su tórax liso, a excepción de dos simétricas concavidades. Mantuve las manos en su nuca, complacido de haber disfrutado de una potencia erótica capaz de fornicación con aquel jilguero.

—¿No me encuentras —abroché algún botón de mi camisa— presentable? Espero que no se trate de una reunión de sociedad.

—Puedes estar tranquilo.

—Ni de nada clandestino, por supuesto. ¿Quiénes hay? Si no me juzgas presentable, voy a casa a cambiarme. ¿Qué miras?

—Me haces raro. —Colgó sus manos de mis brazos, como si, despegando los pies del suelo, fuera a sostenerse a pulso o a columpiarse—. No te pareces en nada al que yo recordaba. Y, sin embargo, no te ha mudado la cara, ¿verdad?

—Tendría que mudarme. ¿Cuánto hace que nos conocemos?

Cerró los ojos, probablemente para calcular con más comodidad. En el intervalo, le besé la frente, lo único abombado en su configuración cubista.

—Anteayer, viernes.

—Venus, veneris.

—Idiota. No me beses más. Te he echado de menos. ¡Eres tan gracioso…! Hay poca gente. Lo cierto es que no me gusta que me gustes. ¿Quieres no besarme más?

—Tienes una piel de seda. ¿Se dice seda?

—Se dice cursi. Hay Toni, Adela, Julio, que tiene complicaciones, Eska, la que te gustaba el otro día…

—¿Quién?

—Vamos. —Quiso arrastrarme vestíbulo adelante—. Son todos amigos.

—Si no me encuentras presentable, no me engañes. Odio las mentiras caritativas. ¿Se podría hacer una visita previa al cuarto de baño?

Además de servirme de explorador, Matilde no me regateó su compañía y, mientras me peinaba, dejaba bajo el chorro de agua fría mis muñecas, humedecía la costra alcohólica de mis encías, daba la impresión de que jamás había visto refrescarse a un hombre. Así lo manifesté.

—Pues, ahora tartamudeas más.

—Es mi timidez. Y la repugnancia del agua. Insisto en que los cuartos de baño te excitan.

Viéndome las intenciones, como si fueran guantes largos de raso verde, intentó escabullirse, pero la sometí junto a la puerta y en tal lugar habría establecido el éxtasis (por una de esas testarudas calenturas tan desprovistas de lujuria), si ella, privada de la riqueza sensorial con la que el ron premia a sus adeptos, no hubiera opuesto los usuales prejuicios. Incluso, me manejó hasta el pasillo, donde se sentía más segura, y me obligó a escuchar que la mayoría de los bueyes intentábamos el acto en los cuartos de baño y en las cocinas. En los dormitorios, menos. Argüí que la vida estaba hecha de semejante manera y que qué remedio. Dijo que el remedio consistía en ser civilizado. A mi juicio, la raíz del problema se hundía en los humus de la naturaleza. Y que fuese amable y nos escondiésemos un rato en la casi desamueblada habitación que albergó nuestro primer encuentro. Se puso un tanto grosera, afirmando que yo aquella casa la había tomado por un *meublé* y que la supremacía masculina le retorcía la masa intestinal. Pregunté a qué supremacía estaba refiriéndose. Que ella hacía el amor, cuando a ella le daba la gana, siempre que —concedió— al otro también le diese la misma gana. Aquello enroscó la masa intestinal mía a mis propios pulmones. O sea, que le cité la Biblia y, con una deficiente precisión, lo que de para tu deseo de él dependerás. Se puso blasfema. Con mis excusas, insistí, sustentando mi tesis en argumentos fisiológicos primero y, luego, descaradamente anatómicos. Se quedó pasmada, desencajada la boca, como si fuese Isabel I de Castilla y yo el primer indiecito en pelota, postrado a sus pies por indicación del almirante. Me intimidaba con su imperturbabilidad de abstemia, pero no abusó y, riendo de repente y a lo enajenada, se refugió en mis brazos, cuando mis mecánicos deseos habían sido sustituidos por la sed.

—Eres indescriptible —me piropeó—. Sería bárbaro tenerte en casa, dentro de una jaula. ¿Es que nunca te has lavado las manos delante de una mujer? Los de tu edad sois para exponeros. No te sientas herido.

—Carajo —dije.

Con uno de sus brazos por mi cintura, hicimos la entrada en el salón y la primera media hora, superados los saludos, se fue en naderías sobre el arte, sus efectos, sus ventajas y su precio. Yo había notado ya algo amenazador en el ambiente, olfato que tendría que haberme librado de la que se avecinaba. Pero descubrir que la niñata de desmayadas guedejas e intenciones de actriz se hacía llamar Eska, me puso simpático con ella y ella me compensó con un afecto, que su despego huraño del viernes anterior no justificaba.

La anfitriona, sin descuidar su discusión con el regista Julio, se ocupó de mi ron. Carecían del espumoso que el cubalibre requiere. Toni enunció, por entre las barbas, que sólo los pueblos degenerados bebían tal espumoso, pero que se desplazaría al bar de la esquina en mi honor. Matilde, en una interpretación improvisada del rol de esposa dominante, se negó en mi nombre. Por un momento, logré la atención general, quizá porque hablaba demasiado alto en alabanza del ron puro. De seguido, Adela reanudó su debate sobre las artes y ciencias cinematográficas.

Además de los mentados, la buena compaña estaba constituida por una pareja de esqueletos, ella pavorosamente fea, ronchosa y vestida con una piel de borrego, un muchacho, a cuyos pies se sentaba Eska, de blanda edad, y la que resultó ser eximia actriz de teatro, cine y TV, Maruja Astral, que se sentaba a los pies de Toni. En medio del desconcierto que se insinuaba en mi alma, acabé el primer vaso con la convicción de que en aquella casa a las mujeres se les permitía sentarse únicamente a los pies de los hombres.

—¿Se puede saber —murmuré, doblándome hacia adelante— qué sucede?

Matilde, mediante un arrastre de nalgas por el pavimento, se colocó a tiro de susurro.

—No sucede nada. Se está hablando.

—¿En qué idioma? Julio —acusé— ha dicho epistemológico. ¿Quiénes son esos?

—Ésos… No los mires tanto. Ésos son matrimonio. Él también dirige, como Julio. Lo que pasa es que tiene dificultades.

—Y ¿ella?

—Ella es actriz.

—Me niego a admitirlo.

—¿Por qué?

—¿Por qué va disfrazada de pastor?

—Es una mujer extraordinaria.

—Vámonos a la terraza, ¿quieres?

Asintió, pero, en vez de levantarse, intervino a opinión pelada en el guirigay. En compensación, Eska y su pajiza melena aparecieron imprevistamente.

—¿Te apetece salir? Yo te acompaño.

Sin creer que tal ejemplar se me ofreciese de lazarillo, boté del diván y nos trasladamos al pretil, aunque en la rectangular zona luminosa, lo que convertía el *tête-à-tête* en una entrevista familiar.

—Están pesadísimos con esas cosas de la sociología.

—¿No discuten de pintura?

—¿De pintura? Puede, sí. Oye, la otra noche estuviste hecho

un cafre conmigo —dejó de electrizarse los pelos por frotación y, con el puño, me amagó un directo al estómago—. Reconócelo.

—Estaba borracho, hermosa.

—Y hoy también. Yo soy muy buena amiga de Matilde. Además, esta noche está mi chico —rió, hasta ponerme temblorosas las plantas de los pies— no tienes nada que hacer. Tú eres de los que no perdonan ocasión, ¿verdad? Te recomiendo, si le vas a poner cuernos a Matilde, que te dediques a esa asquerosa.

—¿Quién es la asquerosa?

—Maruja.

—No me gusta. Escucha, no puede gustarme una mujer con el pelo cardado y mofletuda.

—Pues ya ves, dicen que da muy bien.

—Tu novio ¿qué hace?

—Dirección. Está en la Escuela. ¿Intentas tocar a todas las mujeres que conoces?

—¿A todas? No seas injusta.

Apoyó los codos en el pretil y, a brazos cruzados, se cogió los hombros, redondos, de una fingida fragilidad y color tabaco. Fiado en el intelectual ruido, que persistía en el salón, aventuré la yema de los dedos hasta su cuello. Los nudillos de su mano pasaron lentamente por mi boca. Besé su nariz. Me miró sonriente y podría haber dejado la bebida, haberme casado con Bert o defenestrado, a cambio de la perpetuación del instante.

«Un cuarto apostaré a que en este
[instante
Dice, hablando del León, alguna
[amante,
Que de la misma muerte haría gala,
Con tal que se la diese la zagala.»

—No te creíste que vaya a Moscú. Y, encima, te cachondeaste

de mí, con esa amiguita vuestra, que trajo Pablo. Sí, sí, es verdad. Os vi a la del vestido de tirantes, que parecía de cabaret, y a ti partiéndome a comentarios. Anda —dulcificó el tono—, no hagas tonterías. Los de tu pandilla sois la pera, hijo. Borrachos, salidos, maricones, zorras ellas... ¿Es cierto que estás liado con una lady inglesa?

—Es cierto, maja. —Cerré mis dedos, al tiempo que los ojos, sobre la carne dulcemente velluda—. Una parienta de la reina, por parte de duque.

—Me lo habían dicho.

—Por eso bebo.

—Pues, voy a ir al festival. Si no te hubieses puesto tan cafre, te habría preguntado una cosa. Suelta, en serio.

—Pregunta.

—Suelta.

—No nos ven.

—Y ¿qué? Suelta.

—Tu chico ese no te gusta.

—Mucho, me gusta mucho. Y yo, a él.

—A mí me gusta más. Con más fundamento, vamos.

—A ti te gusta mi ropa. Dime, tú ¿qué eres? Juan decía luego que tú eres una mierda de reaccionario.

Introduje mis dedos bajo su antebrazo, con calma, como si no estuviese tajada, ni excitado. Eska, aún mirando al frente y sin cambiar la postura, tensó las comisuras de la boca, se le alargaron los párpados. Su jersey apaciguaba. Cuando apreté la caricia, volvió a sonreír en un intento de conservar las buenas maneras.

—Sí, no se puede decir que yo sea maoísta. Eska, hay que admitir la vida como viene.

—¿Qué vida? A mí me gusta mi chico. ¿Por qué tienes que cogerme un pecho? Debe de ser la edad, ¿no? —El aire me olió a alquitrán—. Parece que con la edad os volvéis unos caras. A lo mejor, crees que me estás calentando.

—Eska, vámonos tú y yo ahora, por esas lucecitas. Y me lees el *Libro rojo*.

—Es cretino esto, ¿no lo comprendes? —Giró enérgicamente la cabeza.

—Quítame tú la mano.

—Me repugnaría hacerlo. Por favor, deja de espachurrarme el pecho.

—Bien. —Apreté mis dos manos en torno al vaso—. Cuéntame lo difícil que está lo de las películas.

—Cuéntame tú cómo te va con tu inglesa. Conste que me eres simpático. ¡Pero no me vuelvas a tocar! Me eres simpático, aunque no hay manera de entenderse contigo. Tú conoces a Toni y a Julio y a los demás por Bert, ¿no? Me hablaron de ti una vez que estaban recogiendo dinero. Por cierto, Matilde te habrá contado el problema de Julio.

—Sí —dije.

—Es un país repugnante.

—¿Cuál? —pregunté.

—Éste.

Bamboleándose, en estilo western, y con las manos en los bolsillos del pantalón, Matilde se acercaba a nosotros. Eska se acarició los anémicos pelos dorados. Matilde, con el puño derecho, lanzó un amago de directo al escurrido vientre de Eska.

—¿De qué habláis? —Matilde se me abrazó desconsideradamente y abalanzó el rostro al espacio exterior—. Es bonita esta ciudad.

—Muy bonita —confirmó Eska.

—Con perdón, chicas, la ciudad es fea. Tripona, sobre todo. Me voy a buscar un trago.

—Espera. —Matilde me retuvo—. Tienes que portarte bien. La situación está difícil y me temo que no te encuentres muy en consonancia con la situación. ¿Te ha hablado Eska del problema?

—Sí.

—No —dijo Eska—. Creí que tú…

Las cortas trenzas de Adela no se molestaron en presentarme a las confusas figuras recién llegadas al salón, eso sí, todas provistas de zurrones bordados o bujarcas unisex. En sus actividades de anfitriona, me llenó el vaso de ron, regañó a su marido, impuso silencio, salió, volvió a entrar y afirmó que ya estaba bien de perder la noche hablando del Viejo, de su incultura, del daño que el Viejo había causado a las generaciones posteriores. El Viejo —a juicio del cineasta esposado a la ronchosa aborregada— no sólo había gozado la fama de escribir el más excelente castellano del siglo, sino que había utilizado siempre una prosa tópica y paupérrima. Alguien —yo— pidió paz para los muertos.

—Fue, ahora se ve claro, el primer fascista del país —difundió la actrizona Maruja Astral.

—De acuerdo, pero estamos aquí para tratar otro asunto.

El asqueroso tipo que ocupaba el único butacón de cuero del salón, repantigado en él, inquirió cuál era el orden del día e inmediatamente se produjo demasiado silencio, para tanta concurrencia.

—Lo de Julio.

El repugnante tipo del butacón bostezó sin medida, casi produciendo eco. Eska y Matilde se sentaron a sus pies.

—Adela, se puede aplazar —opinó Julio, con la mesura que sus gafas y su gloria dictaban a su voz—. No existen muchas condiciones objetivas para discutir el problema.

—Pero —gritó la *comédienne* Maruja— ¿qué va a ser de la pobre Rocío?

—En Londres —Julito B. de Mille encaró a Toni— tendremos amigos.

—Nosotros en todas partes tenemos amigos.

—Entonces... Se le podría escribir que...

—¿Qué? —preguntó el chocarrero tipo del butacón de cuero, decidido a imantar la atención general sobre su lamentable persona.

—¡Cállate!, ¡¿te quieres callar?! —retumbó Toni—. Estamos muy ocupados y muchos de los presentes han hecho un sacrificio para venir aquí.

—Yo, no —intercaló el repulsivo tipo del butacón.

—Es injusto perder el tiempo con frivolidades. Más método.

Por unos segundos, todos creímos que el debate estaba encauzado, pero, ignoro por qué tortuosos caminos, el sibilino tipo del butacón comenzó a perorar sobre la conveniencia de dinamitar las costumbres. Quizá conseguía alguna audiencia, ya que, en aquella sociedad donde la bondad no se valoraba alto, el costroso sujeto se empeñaba en mostrar una calculada malevolencia. En todo caso, el tipo no causaba una agradable impresión; más aún, su agitada bufonería emponzoñaba el ambiente. Matilde se levantó de un salto y amonestó mímicamente al detestable personaje, al tiempo que me obligaba a abandonar el butacón de cuero y me arrastraba, a pesar de sus enjutas carnes, hasta la cocina.

—Estás imposible. —Abrió al máximo el grifo del fregadero con la intención de remojarme la cerviz—. Si no te saco, Toni se cabrea.

—Y ¡¿qué puñeta me importa a mí?!

—¡Vas a despertar a los niños! O ¿es eso lo que pretendes?

Me dejó alelado que me atribuyese, sin venir a cuento, las tendencias de Herodes el Grande. Corté el chorro de agua, que me martilleaba la sensibilidad, tan maltratada ya por aquella cocina que un batallón de Merceditas no lograría limpiar en menos de un mes. Abrí el frigorífico, puesto que por lo que contiene a su dueño conoceréis, y sólo albergaba restos, polillas y una botella de cerveza danesa, destapada y con un líquido que olía a lejía.

—¿Qué comen los...? —pero no continué.

Matilde había desaparecido y por el patio subían los efluvios del sumidero. Abandonaba, desflecado, aquel lazareto, cuando regresó, en chaquetón, a cancelarme la cuarentena.

—Vamos a dar un paseo.

—Quiero ir al Jarama.

—De acuerdo. —Apagó la luz—. El Jarama a estas horas estará lindo.

—Quiero llegar por el Angostura y por el Lozoya y... No me des la razón, porque algún imbécil te haya enseñado que a los borrachos hay que darles la razón.

—Seguirles la corriente hasta el Jarama —ironizó, segura de sí misma y dirigiéndose hacia el ascensor.

—Tú no tienes idea de lo que es un amanecer en el Jarama. Ni idea. Tú no sabes lo que es beberse la nieve, azucarada y espesa. Tiene razón, coño. Tenía razón. El más bello amanecer de toda nuestra vida. Me produces lástima. —El ascensor subía a trompicones—. ¿Me oyes? Y cállate.

—Anda, entra.

Entré, ella pulsó el botón y yo quise abrazarla, por pura generosidad, por airear la putrefacción. Me rechazó. En venganza, me negué a abrir el ascensor, a abandonarlo con presteza y, nada más llegar a la calle, escupí en parábola contra una acacia.

—Creo… —esperó a que la mirase—. Creo que nos vendría bien andar.

—No me gusta este barrio. Se caen los edificios y hace cinco años era un basurero. La próxima vez que veas a tus amigos los mandas a la mierda de mi parte.

—Así lo haré. —Con las manos en los bolsillos del chaquetón, seguía mi desordenado caminar.

—Celebro que me hayan echado.

—Nadie te ha echado.

—¡Sí! Con tu colaboración. Pero me alegro. Así podré contarlo en todas partes. Que me han recibido de la peor manera. Mira, créeme, nunca había conocido gente tal.

—No, claro, tú eres un señor. O ¿un caballero?

—Las dos cosas.

A Matilde le fracasó la sonrisa.

—Ellos no querían que te fueses. Te ruego que seas justo. Tú mismo sabes que estás fabulando. Es pueril que azuces tus fantasmas contra ellos.

—Hablas de mis fantasmas como si fueran perros. Los únicos fantasmas que esta noche he visto están ahí arriba, ladrando bajo, para que la vecindad no se entere de que van a arreglar el mundo. Si yo les estorbaba en sus conspiraciones, que no me hubiesen invitado.

—Cálmate —dijo, con un evidente esfuerzo para eliminar su acritud.

—Vine, porque se me dijo que podía venir. Yo, bonita, no soy partidario de nadie, ¿lo comprendes?

—Sí, muy bien.

—Yo soy partidario de la felicidad. Únicamente. Y de las buenas formas. ¿Por qué ese barbas tiene que pegarme gritos?

—Te estabas poniendo inaguantable, ¿sabes? No, no lo sabes. Interrumpías, querías hablar tú solo, despreciabas lo que se trataba.

—¡Yo no tengo nada que tratar con esa banda! —Me detuve—. ¿Dónde estamos?

A medio metro, Matilde me daba la espalda y, más allá, hasta un muro oscuro, subía una avenida, trazada entre desmontes y estercoleros e iluminada a la fluorescencia manchega. Seguramente aquello conducía al neolítico. Matilde continuó despacio y dijo:

—¿Tienes un cigarrillo?

En el cuenco de la mano, le ofrecí la llama votiva. Encendió, dobló la cabeza atrás y se me quedó mirando.

—¿Qué esperas, que te abrace?

—Déjate de sensiblerías. —Me sujetó las manos, con el fin de soltarme los nervios—. Nadie esta noche iba a hablar de política. Nos habíamos reunido para ayudar a Julio.

—¿Le van a meter en la cárcel? ¿Por subversivo o por moroso?

Aquel decorado vanguardista me daba sed.

—Tiene a su mujer en Londres, sin una libra.

—No me extraña que su mujer se le haya fugado a Londres.

—Su mujer ha ido a recoger a los niños.

—No me extraña que se le hayan fugado los hijos.

—Los niños están en una colonia infantil.

—¡Un momento, tú!; a ver si nos entendemos. El problema radica en que su mujer… ¿Cómo se llama?

—¿Qué más da?

—Sí, si lo he oído…

—Rocío.

—Entonces, mandan a los niños a Inglaterra, para que aprendan el inglés. Terminado el aprendizaje, doña Rocío se muda a la isla y allí se queda, porque ha salido de casa sin numerario y su marido no se decide a girárselo. ¿Para eso organizáis la colecta?

—Para eso. Porque somos amigos y nos ayudamos unos a otros y no tenemos miedo y queremos ser alegres y justos.

—Arriba los pobres del mundo. —Levanté la mano extendida.

—Pero tú no podrás comprenderlo nunca, porque para ti todo consiste en estar borracho y en tocarle a las mujeres lo que se dejen y en creerte un ejemplar privilegiado.

—Matilde. —Sujetando sus hombros, guardé los preceptivos segundos de pausa, mientras su alterado rostro se recomponía mediante un par de muecas—. Cuando ésos se levantan, tus amiguitos alegres y justos, yo llevo dando el callo cinco horas. Y cuando tocan a relacionarse con el prójimo, o con el camarada prójimo, yo le pago las facturas, en vez de dejarle tocando el timbre. Y, si reúno a mis amigos, es para divertirnos y no para sablearlos. ¡Estoy harto de la carroña de los prestigios y de las películas de tu amigo Julito, que le están quitando al país las ganas de ir al cine!

—Miserable.

—El miserable es él, que lanza a su mujer y se queda a rascarse las ingles. Yo me trabajo el dinero que gano. Ellos, ni ganan, ni trabajan, chupan. Que se pasan los días en las conferencias, en las cinematecas, en las exposiciones, en las tertulias o de reunión en reunión. Y ¡encima, bebiendo café con leche! Pero ¿de qué voy a tener yo que sufragar la vagancia de ese pillo? Que mande a sus niños a la escuela pública, como los obreros.

—¡Vete tú a la caca, bobo! —retrocedió violentamente y me tiró el cigarrillo a los zapatos—. Pequeño oficinista. Paga tus facturas y regaña a las criadas, si no planchan bien tus camisitas blancas. Y ahorra. Y muérete en tu empleo segurito. Quiero que sepas, guarro, que eres un…

—Son tristes, claro. Estrechos…

—… mediocre, un abortito que…

—… latosos, egregios —mi ventaja es que daba vueltas alrededor de ella—, que les gusta sólo…

—… le salió por detrás a tu mamá. Y sucio, ¡sí!, porque pretendes ocultar que eres un castrado.

—Un ¿qué?

Si la simiesca oruguita, que me había evaporado la borrachera, hubiese seguido infamándome, quizá me habría limitado a corresponderla, pero la meretriz de ella acababa de descubrir la agresividad del silencio. Calculé mal y mi mano, sin encontrar la esperada superficie de su mejilla, viajó unos ciento ochenta grados, que me deshicieron el equilibrio cuando un traspiés más podía acrecer mi irritación. Matilde corrió por la acera arriba, dispuesta a evitarme su asesinato.

—Espera, que te voy a tumbar en el asfalto.

Dejó de correr, pero no de andar. Como si fuese de compras. La seguí. Los hombros se le doblaban, le hacían más débil la espalda bajo el ancho chaquetón, y a mí la caminata me restituía paulatinamente los latidos descompuestos y la boca amarga de mis mejores batallas con Tub. Pero ahora la contrincante tenía unos muslos canijos.

Cuando vi descender un taxi por la avenida, corrí por la calzada, agitando un brazo hasta que la lucecita verde se apagó. Estaba a la altura de Matilde y ella también se detuvo.

—Tengo que recoger mi coche, venga.

Llegó hasta el bordillo. Abriendo, le cedí la entrada. Mantenía fruncido el entrecejo.

—¿Vienes o no? No te voy a estar aguantando toda la noche.

Parecía hipnotizada por la franja blanca del neumático trasero, bajo la luz de sodio. Entré y cerré con un buen golpe de portezuela. El taxista gruñó.

—Baje hasta el final.

El coche se puso en marcha.

—Vaya, se ha enfadado el muchachito.

—¿Cómo?

—El puto, que le ha salido a usted respondón. Eso pasa en las mejores familias, no hay que preocuparse.

—Oiga, ¡que le parto la boca! —Volvió ligeramente la cabeza y era joven, más pescadero que campesino—. Y siga a la comisaría, a ver si allí se atreve a opinar.

—Hombre, verá usted…

—A conducir en silencio, que es para lo que se le alquila.

Cambió de marcha a puñetazo. Con los detritus de saliva que se me pegaban en el paladar, arranqué, en molto *vivace*, a silbar algo que quizá pertenecía a la *Heroica*.

—Pare. —Me busqué calmosamente las monedas y se las entregué—. La vuelta.

—No tengo cambio —dijo—. Son sólo dos…

—Pues, a buscarlas ahora mismo.

Sacó los ocho reales y me los entregó, con un tartamudeo más cargado de gargarismos que de decisión. Descendí, dejé abierta la portezuela y, antes de llegar a la acera, me volví.

—¿Qué? —dijo, abalanzado a la parte trasera para cerrar.

—Baja, hijo de puta, que te pateo.

Puso el coche en movimiento y gritó:

—Anda y que te den, loca.

Desde la encristalada puerta de un bar, varios paisanos habían seguido atentamente el final del sainete, con una contenida, pero evidente simpatía, por el personaje popular. Me lancé a ellos, en ariete, y me dejaron paso hasta la barra, donde el dueño hacía caja, auxiliado por un ejemplar ovárico, reseco y greñoso, que me sirvió un cubalibre, atenta a sus albaranes más que a mi ron. En el umbral, con sonrisas conejiles de míseros rodatascas, los desarrollados esclavos guardaron un proletario respeto, mientras de un sostenido trago me iba metiendo la mezcla en la sangre. Pagué, no dejé propina y, replegándose ya la taifa de siervos, abandoné la gleba a la buena andadura de alguna aria de *Rigoletto*.

Dentro del 600, la neura estuvo a punto de aplastarme. Mi rápida elección de locales con precios que preservasen la admisión me mantuvo de barítono. Quemaría galón y medio de gasolina para llegar a un paraje reconocible que, después de tanto chabolismo rascacielero, recordaba a los de Botticelli. Por la pista, la velocidad y yo, empujándole las puertas, sosteníamos abierta la noche. Deseché los bares del importado Harlem en favor de los clubes de nuestra mesetaria Calle 42, adonde llegué en parihuelas a reponerme de la solidaridad sufrida.

—En el sólito sótano sorberé mi soez solaz —recité escaleras abajo, con el regocijo de un grupo de matrimonios, que se retiraban escaleras arriba y que me dejaron ebrio de perfumes, telas rosas y corvas.

Ya que nadie me había exigido colgar la euforia en el guardarropa, traspasé el magma noctámbulo sin contemplaciones, conquisté un taburete y, provisto de vaso, el tiempo se me pasaba felizmente en saludar a desconocidos, en procurarme cigarrillos egipcios, en devorar unos emparedados, cuando la realidad horaria vació la sala de encaladas paredes y torturadas maderas, con excepción de un lenificante pianista, de las susurradoras parejas perseguidas y de tres o cuatro maricas tristes. El barman se vino a profetizarme lo que sucedería en el estadio la próxima jornada hábil para el patadón. La ácida melancolía de Lionel, el pianista, me habría adormecido, si, de repente y desde el fondo, no hubiese unido las manos sobre su cabeza el provinciano jerarca. Las nalgas me resbalaron por la gutapercha. El muy lépero de él tenía a su derecha a la zagalona y frente por frente las amarillas botas de coracero, que con el rostro girado me miraban y sonreían. Sin precipitaciones, aunque tampoco con el empaque de un embajador, sorteé mesitas, serijos, piano y clientes, y llegué al muestrario de muslos, donde el chaleco a cuadros y en comisión de servicio decoloraba la estrafalaria carnalidad de las jacas. A quienes, puesto en pie y tras informarse, recitó mi gracia.

—Leticia —correspondió la minifalda apalache.

—Mari Lola —se anunció la que pesaría unos ciento ocho kilos.

—Y yo, Mariano. —Se apresuró a arrastrar una sillica para mí, junto a Leticia, por si me cabían dudas sobre sus derechos dominicales.

—¿Estás solo? —se interesó Mari Lola.

—Con mi última copa. —Adopté, por inspiración, una misteriosa-reserva-no-exenta-de-encanto.

—Hemos estado en muchos sitios. —Mi adjudicada Leticia gozaba de una voz ronca, como para haber llevado magnetófono—. Mariano no es de aquí, pero los conoce todos.

—Y me conocen —con los pulgares en las sisas del chaleco, cruzó las piernas— en todos los bujíos. A ver, cuatro días al trimestre dan para alternar. Y ¿tú? —Guiñó un ojo—. Tienes pinta de cansado.

Conseguí la sonrisa de quien ha ocupado las últimas horas en hacer el amor.

—Mariano dice que estabas también en la cafetería en la que nos conocimos.

—Pues, mira, sí. —Por sus labios del tamaño de dos churrascos, Mari Lola movió su índice como una antena de radar—. Yo, ahora que te veo, sí, te recuerdo de antes.

—Nos lo estamos pasando en grande —aclaró Mariano, antes de que yo descubriese lo que se aburrían—. Estas niñas son lo mejor de lo mejor.

Las niñas, creyéndoselo, removieron los cuerpos y la vanidad.

—¿Me perdonáis un momento?

Nada más desabotonarme, Mariano se colocó frente a la vecina loza sanitaria.

—No son fulanas, ni estudiantas.

—¿Qué son?

—Artistas. Género serio. El marido de Mari Lola hace tres días que no las deja entrar en casa. Pero se acaban de enterar de que esta mañana se lo han encerrado en el Reformatorio de Alcohólicos. O sea, que están tan contentas. Porque no se podían mudar de ropa y, además, el asunto las había cogido en botas. Mari Lola es pintora y su marido, indio; indio de Puerto Rico o así, ¿comprendes? Yo no lo he entendido. Nos ha caído el planazo del año. Leticia es prima de Mari Lola. Dicen que a ellas les gusta vivir en Alemania. De modo que, sin prisas, las acompañamos al estudio y allí malo será que no nos las cepillemos.

—De entrada —dije—, no me creo nada.

—Oye, tú, tampoco ahora te vayas a poner chuleta, eh. Yo no soy un chiquillo, que quede bien claro, ni vengo a la capital a perder el tiempo. Las cosas, con educación.

—¿Quieres que te lo diga?

—¿Qué? —preguntó, atento a los botones de su bragueta.

—Tú, a mí, me caes gordo. Tú eres como yo, pero de provincias. Que te zurzan, jefecito.

Con los dedos engarabitados a los extremos picudos de su ajedrecístico chaleco, atontado, no reaccionaba. De pronto, en el aroma de los mingitorios, enzarzarme a bofetadas con aquel *paterfamiliae* fue el desiderátum. Como siempre que la decisión era auténtica, mis condiciones bélicas le redujeron a una mirada de desprecio. Aliviado tal que si hubiera dejado de estar nostálgico de Tub, llevé mis tambaleos hasta el taburete. El piano seguía sonando. La noche continuaba. Y yo acababa de reconquistar la libertad.

—¿Le sirvo otro cubalibre?

—Verá, creo que me voy a pasar al scotch.

Me senté en el trono rococó y Tub avanzaba, balanceándose entre sus pechos un bolígrafo de oro, que pendía de una cadena anudada a su cuello. El rítmico hundimiento de los tacones de Tub en la pulpa de la alfombra se transmitía al tembloroso volumen de sus muslos. Demoré —y Tub atravesó de nuevo la estancia— el momento en que arrodillada anunciaba a Eska, quien suplicaba mis caricias y se rasgaba transparentes gasas. Consentí e hicimos el amor sobre la alfombra. Pero ya en un extremo esperaban mi veredicto Matilde y sus amigos, aterrorizados y sollozantes. Después de condenarlos, Eska imploraba más amor y, arrojada por Tub a cadenazos, huía con las desgarradas gasas cubriendo su desesperación y su desnudez, al tiempo que rogaba ser recibida Sagrario Tamburini, rasgaba su vestido de terciopelo negro y me ofrecía su bronceada carne palpitante.

Bebí un largo trago, fatigado de la monotonía de la máquina ensoñadora de coitos sucesivos, y me disponía, en ese oasis de raciocinio que nos asalta sobre las tres o las cuatro de la madrugada, a posar el tren de aterrizaje en la pista de acceso al hogar, cuando Leticia y sus rodillas de hule brillante se aproximaron al calor de mi compañía.

—¿En qué piensas? —preguntó.

—No pienso. Veía desfilar a una chica vestida de gasas verdes y a otra de terciopelo negro, con una pancarta.

—¿Una pancarta?

—Con seis grandes letras.

—¿Qué decían las letras?

—Que yo soy un tipo estupendo. Si es que no os vais aún con ese caduco, bebe algo.

—No, gracias. Te lo agradezco, pero no soy de mucho beber y esta noche hemos estado en demasiados sitios con Mariano. ¿Por qué te has enfadado con él?

—¿Qué sitios?

—Salas de fiesta.

—Le habéis costado un dineral. Estupendo, porque ese marrano no me gusta nada.

—¡Ni a mí! Oye, tú estás muy borracho. Y sí eres un tipo estupendo, aunque te lo tomes a broma.

—Cuando tenga cincuenta años, Bert me cogerá de una oreja y ¡hala! —por un par de milímetros el whisky no se derramó sobre Leticia— al sanatorio para alcohólicos incurables. Puestos con la verdad, ¿me permites una confidencia? Me gustas. Tampoco es que seas la belleza perfecta, pero se me quema la sangre de ganas de apretarme contra ti. ¿Cuánto tiempo habéis estado sin cambiaros de botas?

—¡Pero ¿cómo lo sabes?! —Sonrió, al cornear yo en dirección a la mesa del palurdo—. Fíjate, por fin podremos entrar. Se lo han internado esta mañana. Sí, a Mari Lola le va a costar conseguir la separación. Tú sabes beber, se nota. Y me alegra oírte que te gusto de esa manera.

—A mí tu voz me llena los ojos de chispas.

Le besé calmosamente una mejilla y se estuvo quieta, anhelosa, como si le cayese encima, no mi podrido aliento, sino una lluvia tibia. Después, me cogió una mano.

—¿Vienes, Leticia? —preguntó el cargamento de tocino desde el inicio de la escalera, que ya subía el multicolor chaleco.

—Quédate.

—No puedo —dijo Leticia—. Ven con nosotras.

Obsequié con más propina de lo honesto, para que ella viese, y de su brazo llegué junto a un 1.500, en el que resoplaba Mari Lola y cuyas llaves, para herir mis meninges, hacía tintinear Mariano.

—¿No irás a subir a mi coche?

—Cogemos un taxi —intercedió su ronca melodía.

Se respiraba tenerme por incapaz de conducir un posible vehículo de mi propiedad.

—Espera, Leticia. Yo no puedo permitir que vayas en taxi. —Mariano abrió la portezuela trasera.

Leticia se guareció en mis brazos, mientras Mari Lola indicaba la dirección y Mariano, manejando volante como el palafranero mayor de cualquier corte prusiana, se daba importancia y ponía en mortal peligro la existencia del pasaje. Él en carretera no bajaba nunca de los cien. Mari Lola le reía las proezas y se admiraba de sus sabidurías. Los de atrás nos besábamos en un túnel rutilante. Nunca habría jurado que la ciudad se extendía tan al sur. Gracias a una orientación machacona, porque Marianito no era un prodigio de entendimiento, fuimos depositados en la acera de una calleja, adoquinada de guijos erizados, que desde su lejana fundación olía a aceite frito.

Por un mugriento pasadizo en tinieblas llegamos a un patio fétido, lo atravesamos y emprendimos ascenso por unos babélicos escalones de madera crujiente. A punto de salirnos de la atmósfera terrestre, nos encaminamos en fila india por otro pasillo (cuyos muros parecían combarse al paso de las caderas de Mari Lola) y que, finalizando en una puerta de cuarterones, se estrechaba en una nueva escalera, retorcida. Más cerca, desde luego, de la gran nebulosa de Andrómeda que del río Manzanares, el ansiado estudio resultaba un camaranchón de límites indefinidos, a causa de los cuadros, los muebles y su tortuosa disposición. El váter, sustituida su puerta por una cortina de arpillera, denotaba su mohosa edad galdosiana.

—Sentaros donde queráis —invitó Mari Lola.

—¿Hay de beber?

Había. Leticia bajó hasta mi mano un cumplido vaso, con algo y zumo de naranja. La naranja horadó los ligamentos que todavía unían algunas de mis vísceras a la obra muerta.

—¿Se podría apagar esta bombilla, palomitas? —pedía Mariano, que a chaleco desnudo mareaba.

Los pies descalzos de las muchachas movían baldosines, cuchicheos. Reposé la nuca en el borde de la penumbra, que difuminaba la roña. Fuera de mi cabeza galopaban y, en las láminas de aluminio que protegían los coágulos de mis ojos, persistía un resto de color. Probablemente, la melena de Eska.

—¿Quieres más vodka?

—¿Sí...? Ah, sí... Está bueno. —Leticia se tendió y jugaba a rascarme el mentón con una uña—. Es tarde, supongo.

—¿Para qué? —dijo.

—Tienes razón.

Su boca me producía los efectos de tres centímetros de pasta dentífrica, con ingrediente burbujeante. En las cercanías nos acompañaba la soledad.

—Chico, me gustas... Lo mismo tienes los cincuenta años que

los diecisiete. Contigo me encuentro cómoda. —El vaso rodó por un plano inclinado y acabó por quebrarse contra la jeta de Newton—. ¿No eres feliz?

—Sí, señora. —Pero un ataque de ansiedad me impedía disfrutar de mi suerte.

—Tonto... Eres tontísimo. A mí también me haces como chispas. Y cosquillas.

Las yemas de mis dedos paseaban una resbaladiza axila. Había olvidado el rostro de Leticia y lo alzaba con las palmas de las manos, en las propicias tinieblas, y su mandíbula volaba lentamente hacia la voz de Mari Lola, que desde alguna parte anunció que no faltaba ninguna maleta. Luego, otra voz —de metal poroso— advertía que, de moverme —hipótesis demencial—, no apoyase la cara en los vidrios, rotos por causa de la gravitación.

Encanecí y Tub había ingresado ya en un asilo de prostitutas irrecuperables, cuando reían, maquinando embalsamarme, para que Mary me instalase en su living de Nueva York. A pesar del zumo de naranja, me pude sentar.

—Yo la sostengo —decía Leticia, en un tono extrañamente agudo.

—Pero ¿salgo o no?

Mariano vitoreó. Abrí los ojos. En el haz de luz, no muy firme, de una linterna, Mari Lola, calzada con zapatos de tacón alto y en estado de naturaleza, intentaba contorsionarse. Mantuve el ojo abierto por el procedimiento de apretar el dedo índice sobre la ceja y el pulgar contra el pómulo. Al ritmo de algo, que podría ser «En el jardín de un templo sudanés», en versión para jazz-band, el cuerpo de Mari Lola se derramaba a cada postura, volvía a conglomerarse al siguiente movimiento. De rodillas, veneraba, atónito, aquel torrente oleaginoso y Leticia tuvo la ocurrencia de dejar a la bayadera en la oscuridad, enchufándome el chorro de luz. La gracia les desató la misma hilaridad que les habría provocado la caída de un niño gitano por el tajo de Ronda. Me levanté y así estuve hasta que terminó la música y Mari Lola, sudando litros, emitió un rugido, brazos en cruz, inmediatamente contestado por un bramido del probo e invisible Mariano. Se reanudaron los cuchicheos.

—¿Se nos va a ofrecer otro pase?

El cítrico logró descender mi esófago. Mari Lola encendió un tubo fluorescente, ahora vestida con un pijama negro (orangutánica presencia que me recordó una cinta de *King-Kong*, de cualquier jueves de mi infancia) y desplegó un biombo frente a una cama de hierros, a la que trepó, ahogada y mascullante. Sobre el borde del biombo, me permití aplaudir la escalada. Mientras distendía sus interminables carnes, declaró que lo más sano para mí sería largarme.

—Y ¿Leticia?

—Apaga la luz al salir.

Aquel laberinto tenía una puerta tras la cual, al ser golpeada, Mariano se explayó:

—¡¿Qué?!

Insistí en el aporreo y no tardó mucho en aparecer Leticia, envuelta en una sábana, con los hombros desnudos y una sonrisa de recién casada, que intenta apaciguar a su vieja madre neurótica.

—Tranquilízate.

—Estoy tranquilo. —Fui empujado hacia los espacios libres del estudio—. Esto es un embarque.

Evidentemente, no consideró mi imagen marinera, al acariciarme una mejilla, escudriñándome con la atención de la domadora que no sabe todavía dónde el latigazo dará resultado. Pensé asirle la cintura, morder su largo cuello o arrastrarla contra una pared, pero la ansiedad continuaba royéndome y opté, por pura pérdida de la experiencia, en favor de los métodos verbales de comunicación.

—Pero si tú y…

—Puedes dormir aquí; o vuelves mañana. Mejor vuelves mañana y pasamos la tarde juntos.

—¿Es cierto que te llamas Leticia?

Al otro lado del biombo, Mari Lola opinó que vaya nochecita.

—Anda, guapo, perdóname. Tengo que volver ahí dentro.

—Hace un rato… Tú sabes que hace un… Y en el bar… ¿Por qué te metes en la cama con ese paleto?

Me palmeó y, sin levantar la pata para el pipí, colgado del biombo, miré a Mari Lola, que no apartaba sus ojos de los míos. Poco a poco comprendí que una mujer se sustituye con otra. Provisto de tan elemental ideología, suprimí el biombo, que casi no hizo ruido, me desnudé y, mientras tanto, el ballenato de ella se había encargado de apagar el tubo, regresar a la cama y concederme una laja de colchón al borde del precipicio.

—Yo quiero dormir. —No opuso resistencia a que desabotonase la chaqueta de su pijama.

—Claro que sí, mujer. Enseguida dormimos.

Incluso me congratulaba yo de la ciencia que aplicaba, cuando de un empujón me arrojó de la cama.

—Quita.

—Hay que darle tiempo al tiempo.

—Si no puedes. Déjame en paz.

A veces fracasaban mis repetidos intentos de introducir los pies por las perneras del pantalón, a veces oía risas en los rincones de la buhardilla. Suspendí toda actividad que no fuese la emotiva. Un ángel malva abanicaba mi frente helada. Pensé en Tub, en Bert, en Mary, en Pablo (en mi vida entera), que nunca conocerían aquellos incidentes o que, convenientemente adobados, en cualquier noche futura se convertiría mi Waterloo en una anécdota postinera. Con la esperanza de Elba, llegué a anudarme la corbata. Mari Lola roncaba o fingía roncar. Los calzoncillos, que aparecieron al final, los guardé en un bolsillo de la chaqueta.

—Oye, tú, gordita...

—Eeeeh... ¿Estás aún ahí?

—Tu marido es indio azteca, ¿no?

—¿Qué tiene que ver mi marido?

—Desgraciado..., que se casó con una hija de la chingada.

A tientas me encaminé a la salida.

—¡¡Mariano!! —llamó.

Pataleé, en relativa calma, unos tramos, hasta que tuve el impulso de regresar. Me quedé cerca de la puerta del estudio, recriminándome los titubeos y leyendo en los titulares de la primera el triple crimen del desván. Sufría esa sed repentina, que clama en el vientre, tan parecida al hambre, al tiempo que consideraba la mala educación recibida de mis mayores, el parvo bagaje de que me habían dotado, mis inermes esfuerzos de integración en un mundo hostil. Los progresivos efectos de la sed, en colaboración las tinieblas, me obligaron a tener que animarme yo mismo. Así que, ayudando a Tub por aquellas hediondas toperas, abriendo el portal con los trabajos que precisa la apertura de una caja fuerte de clave desconocida, me encontré frente al 1.500 de Mariano, investigando a la llama del mechero su licencia fiscal. El coche era de alquiler. Tub deseaba alejarme de allí y le pedí que esperase, que hallaría el poder talismánico con sólo permanecer sentado en el bordillo de la acera. Tub accedió. Pero ni rastro del guijarro filosofal. Preñado de ron, vislumbré esa fase incoherente de la tristeza límpida y las revelaciones súbitas y aniquiladoras que conducen, no pudiendo mantener erguida la cabeza, al babeo de las solapas. Un providencial palo de escoba facilitó el placer de romper los dos faros del automóvil de Mariano.

De una carrerita alcancé a Tub y le dije que tampoco convenía exagerar, que hay noches buenas y noches malas, que también con ella algunas noches habían transcurrido en pasatiempos semejantes. Tub besó mis párpados. Le participé que había decidido casarme con Mary. Tub argumentó que Mary era tan bella y millonaria que, por decencia, rehusaría. Le expuse a Tub mis ideas sobre el problema. Que, a pesar de mis convicciones en que ninguna mujer rehúsa ese tipo de proposición, ella no se lo creía. Sí, si ella daba crédito a mi postrera confesión. Tub se enroscó a un poste y nos entretuvimos con aquel panorama de casas de dos pisos, en el estilo artesanal de los años veinte, de las puertas con gatera, o los escuálidos escaparates, el tal panorama iluminado por farolas de gas enanas, marrones y conmovedoras. Tub preguntó por la prometida confesión. Y estábamos ya en lo que parecía ser la calle mayor del barrio, por donde rodaban camiones y había anuncios de neón encendidos. Los edificios tenían cuatro pisos, en el estilo mesocrático de las décadas posteriores, y en los escaparates, por esa voracidad de electrodomésticos que padecen las clases populares, se ofrecía a plazos la universal hojalatería, con sorteo de un viaje a las islas griegas o de una semana de convivencia con la actriz soñada. Tub recordó que yo debía confesarme. Ordené mi masa cerebélica, o cerebelosa, o (no estaba yo para precisiones) encefaloidea, y puse en su conocimiento que inexorablemente, a partir de aquel instante, cambiaría de vida. Tub, con esa su sagacidad para el descubrimiento de las entretelas, dijo, descendiendo a bandazos la calle desierta, que una norteamericana rica no consentiría ser abandonada por las noches. Grité que no temía a Mary, que se fastidiase esperando, que bastante me jorobaba yo lejos de ella, por toda la maldita ciudad, sin un segundo de respiro, ni una cama estable, máxime que acababa de perder el sentido de la orientación y mi

«Uxor, si cesses, aut te amare cogitat,
Aut tete amari, aut potare, aut animo
[obsequi,
Et tibi bene esse soli, cum sibi sit
[male.»

peregrinaje se había convertido en un vuelo invertido a bordo de un ingenio orbital. Yo —o Tub— dije —o dijo— que Mary de la impresión me dejaría viudo. Me sostuve en mi instinto de conservación y le expliqué a Tub que hay noches buenas y noches malas, como también existen noches blancas y noches negras e, incluso, noches boreales, pero que toda noche termina con la aurora y uno, si la luz del alba no lo mata, puede cambiar de vida durante el desayuno, hacerse más inteligente, menos espontáneo y, desde luego, maligno. Tras un fallido intento de vomitona, encontré al frente una pendiente lumínica de carácter urbano, similar a esos planos que el joven Julio importaba, sin abono de derechos aduaneros, del cine europeo. Tub, que probablemente presintió la llegada de Mónica Vitti, había desaparecido. Después de los saludos (Ciao-Ciao), expuse el mal irreparable que causaban a la cultura aquella camada de jóvenes listísimos. Dijo que bueno, que, como siempre, en Italia había sucedido lo mismo. Intenté entonar «Bandiera rossa», pero me salió una ronquera aflautada, que Bert aprovechó para bronquearme. Primero: la acera tenía una anchura que permitía la línea recta. Segundo: ni un computador electrónico calcularía el dinero que llevaba gastado, puesto que, entre otros factores, yo había olvidado la cantidad sacada del armario. Tercero: ya estaba bien de coqueteos a la milanesa. Frenético por tanta incomprensión, de haber tenido delante a Matilde, no habría fallado ahora y, en sus mejillas, habría abofeteado a la nueva generación, a la antigua, a las obesas y a los funcionarios. A la nueva sobre todo, profesionalizada en la existencia gratuita. Gratis, mejor dicho. Quizá Bert se asustó o quizá —¡qué carajo, alguna vez podía suceder!— yo tuviese razón. El hecho es que me hallé solo y no arregló nada cruzar la calle, ni detenerme en los escalones de un cine, que olía a serrín, ni lanzar una moneda por el enrejado de una alcantarilla, ni siquiera llamar en voz alta a Mary. Nada.

Y, luego, viajaba en un taxi, intrigado por saber a qué destino y, a fin de librarme del vértigo, con los ojos cerrados. La sospecha de que jamás dormiría me sosegaba. El taxista me despertó. Que habíamos llegado. Con una laboriosa adecuación a la situación planteada, me interesé por el precio de la carrera. El taxista dijo que ya lo veía yo —y eso creía él—, que treinta y cuatro. Posiblemente le pagué ciento treinta y cuatro, porque se preocupó por mi salud. Contesté, con acento argentino, que gracias, ché.

Allí, en la plaza, perduraban la estatua del monje comediógrafo, la sala de fiestas de mi bachillerato, los bancos de piedra, el parduzco césped, los alambres de púas que protegían los mechones del parduzco césped, y, aún más inalterables, casi eternos, hasta un poco más rozagantes, los grupos de busconas, tullidos, cerilleras, rameros, carteristas, momias, señoritos, borrachos y señoritos borrachos en diversa graduación, hermanos todos de la noche agonizante, plebe sabia y proterva. Corrí hacia ellos.

En minutos, como centro la señora anisera de los doce delantales, establecí sociedad. La señora anisera sacaba de sus ropajes la botella, escanciaba en una copa el aguardiente, bebía el primero del semicírculo, retornaba la copa a las manos de la señora, rellenaba la copa, bebía el siguiente por la izquierda, y hasta el último, quien entregaba la copa vacía a la señora anisera y ésta limpiaba la copa en seco con el borde de su delantal exterior, se la guardaba junto con la botella y el anfitrión de la ronda abonaba la misma. La señora anisera daba las gracias, con voz clara. Se permanecía en silencio o se comentaba la vida, por lo general mediante exclamaciones, a la espera de que alguien, siempre con un sentido equitativo del rito, anunciase su gusto de que los allí presentes bebiesen a su costa. La señora anisera, que tenía un botijo a sus pies, extraía la botella, la destapaba, extraía la copa, soplaba en ella y escanciaba la primera ración de aguardiente. Las churrerías ya despachaban y el bar del pescado frito no tardaría en cerrar. Una contemporánea de la señora anisera, que llevaba la mercancía en una caja metálica de polvorones de Estepa (Sevilla), dio la alarma, pero nuestra venenciadora opinó que sandeces.

—Así se habla —apuntaló el que no podía ser sino un *yacht-man* de incógnito.

—Leche, qué vida trajinamos —comentó el último pagano, que se había recompuesto los rizos aceitosos con un magistral golpe de los dedos.

—Yo, allá, que es usted mayorcita.

—No moleste, buena mujer —pidió aquel que no traía camisa bajo la chaqueta.

No obstante la general repulsa, la intrusa anciana insistió:

—Que me haga usted caso, que una ni gana ni pierde. Pregunte a la Dorita si no acudían por la ca la…

—Andá la tabarra… No me ataque el negocio.

—¡¿Habrase visto?!, si se lo digo por su bien… —La bruja quiso compadrear con los clientes—. Créanlo, señoritos…

—Aquí no hay señoritos.

—¡Ele!

—… que se les ha guipao por la ca la……

—¡Que se vaya usted echando leches, so mañas!

—No se enfade el mujerío —ordenó el *yachtman* de incógnito.

—Por si las moscas… —advirtió el descamisado—. Esta esquina está desguarnecida.

Con la señora anisera de abanderada, trasladamos el ágape a los jardinillos centrales, donde se nos unió una en zapatillas, vestido rojo y cinta blanca al pelo, que se colocó junto al de los rizos y bebió de un trago su copa, cuando le correspondió turno.

—¿Un cigarro…?

—Se agradece.

Sacando uno a uno los cigarrillos, distribuí, sin olvidar a la que resultaba ser la Dorita. Ya que el precio justificaba la rapidez, hice un gesto a la señora anisera y ella sopló la copa.

—Dorita, cuenta aquí a la compañía de cuando te tenían en el campo —solicitó el probable *yachtman*.

La Dorita sonrió, púdica, atenta al recorrido de la copa. En el silencio, los suspiros equivalían a confidencias y la vida estaba adquiriendo la fluidez de una ensoñación. En algún lugar del sueño sonaban carros. El de los rizos puso una mano sobre la trabajada permanente de la Dorita y la chica, que se quedó más enana bajo la zarpa del chulo, cantó en sordina:

—«Ahí viene mi barca, ahí viene / La conozco por la popa.»

—¿No la ha oído usted nunca? —me preguntó el descamisado.

—No he tenido la oportunidad.

—Pues sigilo, que es miel pura lo que la niña escupe.

La Dorita, tallada la sonrisa por su feroz maquillaje, calló. Pagué a la señora anisera y arriba de las acacias persistía el toldo negro. Me habría sentado en la tierra de los jardinillos, a no ser por miramiento a los socios, que permanecían en pie, con esa resistencia de los que no saben en qué momento será necesario salir corriendo.

—«… que viene arreando estopa» —entonó, de improviso.

—No tengas mala sangre y di el cuento del corte pelo.

—Y dale, coño —dijo la Dorita.

—Sólo el corte pelo y la cuestión la pena que pasabais.

—Usted lo que rasca es chismes de bolleras, que le tengo cogida la ficha. —La Dorita, celestial, hizo el gesto—. A la salud de los hijos que cada uno tenga.

—Por la madre que puso a crecer la flor de tu cuerpo.

Que la dama invitase, alegró a la concurrencia. La Dorita, cuando llegó el instante de la cuenta, se sacó del escote un monedero de plástico verde, que manejó concienzudamente y, sobre todo, con una dignidad de internado suizo. El de los rizos bajó su mano a un hombro de la Dorita. Tan imperceptible como urgido de apoyo, mi movimiento hacia el árbol generó una epicicloide de la tertulia. Con la madera a la espalda, entrecerré los ojos y permití a la felicidad que trotase libremente. Hacían el acompañamiento a la Dorita, apenas rozando las palmas. Alguien me tocó una mano y dijo:

—Potra, amigo. Y gracias por el convite.

El aguardiente se solidificaba, como las terrosas mejillas de la Dorita, y, alevoso, subía en espiral, para despeñarse nuca abajo hasta los talones. Que existiese Tub daba risa.

—«El ciego tuvo la suerte / El hoyo estaba relleno…»

Pero ahora, yo del brazo de la Dorita, caminábamos por la reguera y las calles olían a verdura podrida, a cemento mojado, a la fritanga de las coplas y los huevos fritos, como soles de una tarde mediterránea en el culo hollinoso de Mari Lola.

Y ya que me brotaba la risa, fui riendo y la Dorita me hacía eco, a veces detenidos a esperar que el rizoso acabara de regar los adoquines, a veces corriendo de la mano hacia la fugaz aparición de los fuegos fatuos, o simplemente, admirando al descamisado que bailaba claqué en el centro de la calzada. Los calcetines se me injertaban a la piel. Bajamos escaleras, solos los dos, al menos quizá solos, y la Dorita

«¿Por qué será esta la mañana más resplandeciente que han visto mis ojos? Salvo alguna ya muy antigua… Y quizá es la misma. ¡Pero no es para mí! Es la imagen de lo que me está vedado.»

canturreaba o me daba el mejor silencio que nunca había escuchado.

Entre los árboles, olía a río y, en ocasiones, lograba ver una cúpula. Primero, avancé agachado, eludiendo los murmullos que se disparaban desde la penumbra, hasta que no pude más y me quedé, rodilla en tierra, agarrado al parterre y mecido por las bocanadas, los espasmos, el paso a otra realidad que no tardaría en llegar. Di un largo traspiés y me acosté.

—En la hierba estará mejor, hombre —dijo alguien.

Me arrastré y, efectivamente, no sólo aquello era más mullido, sino que la resonancia se fragmentaba. Palpándome, supe que la cartera continuaba en el bolsillo interior de mi chaqueta y en los exteriores, los billetes, las monedas y la bola de los calzoncillos. Tiré el pañuelo. En mi boca hervían las reacciones químicas y las lágrimas quemaban. Las voces salmodiaban en la lejanía qué fácil tránsito, incluso voluptuoso, puede ser la muerte.

Una mano fría me palmeó los labios. Su rostro estaba demasiado cerca y sus rodillas, con hoyuelos.

—¿Te vas a venir conmigo?

Denegué con la cabeza. Pasó sus dedos por mis pelos revueltos y dejé de verla.

—Tub —dije.

En los nuevos perfiles que el mundo —la hierba— recobraba, tardé mucho en pensar que yo, allí, no tenía ya nadie a quien amar. Me dirigí, a remolque de mis pasos, hacia aquella sucesión de canalizadas charcas y seguí a lo largo de una verja, en la que acabé por recostarme.

Pinchado al asiento como a un cartón de entomólogo, me repetía que todo marchaba bien, que no sucedía nada grave. Sin embargo, el ruido del motor encendía órdenes concretas, acongojantes de tan banales. Pagué al taxista. Al fondo de la calle el cielo se aguaba. ¿Se alcanzaban los anillos bienaventurados o los infernales sólo por un ascensor particular? Durante toda aquella noche, ¿se habían movido intermitentemente los geranios de la terraza del tercero?

Temblón y fotófobo, giré la llave en la cerradura, anduve de puntillas y me despeñé en la escandalosa iluminación del living, en una de cuyas paredes colgaba el pasquín (CERDOS), recuerdo de una época fosilizada y de unos añejos estados de ánimo.

—Habrás perdido el coche, ¿no?

Me senté en un puf y, dándole tiempo a mi lengua, alargué la mano sobre la mesa. Con su ayuda, vi que se trataba de Gilles de Rais.

—Sí.

—Mary está durmiendo.

—¿Ha tenido ataque de nervios?

—No.

—Y ¿tú?

Pablo me sonrió.

—Yo estoy leyendo.

—Dentro de nada, tengo que ir a la oficina. Y afeitado.

—Y en féretro. Mary no es de esa clase. Lo pasamos estupendamente y nos imaginamos que tú tampoco sufrías. La acompañé y me quedé aquí. ¿Por qué te escapaste en la carretera? Bueno, lo comprendo. Por lo menos, sabrás en qué zona se quedó por última vez el coche.

—No quiero recordar. ¿Tomamos una ginebra? Si fueses —Pablo se había levantado— amable…

Además, no olvidó siquiera unas juiciosas rajitas de limón. Sirvió prestamente y dejó abierto el libro sobre el chester.

—No tengo sueño.

—Yo… creo que…, en fin, creo que he estado por ahí.

—Seguro —volvió a sonreír.

La ginebra estaba fresca y, al segundo sorbo, me puso nebuloso y agradecido. A Pablo la sonrisa le mantenía derrumbadas las mejillas.

—¿Me harías la caridad de llamarme a las siete?

—Te llamo, no te preocupes. Me he quedado sin sueño.

—No oiré el teléfono, ni el despertador, y de la Merceditas… Tengo que ir, ¿comprendes? O me echan.

—De esa covachuela no te echarán nunca. Pero no te preocupes. Mejor te desnudas en el cuarto de baño. Para no despertar a Mary.

De pie, a ojos cerrados y velocidad de tortuga, obligué al líquido a bajar por la garganta. El hielo golpeaba vidrio, como bombazos en una fábrica de Val-Saint-Lambért. Me detuve en la puerta y Pablo había cogido otra vez el libro.

—Oye.

—Sí —dijo.

—Verás…

—Vete a acostar. Mañana me lo cuentas.

—Verás… Mañana te contaré mentiras. He rodado un poco por ahí, sin conseguir entender por qué rodaba.

—Estarías inquieto.

—Mucho.

—Otra noche será. Tienes tiempo.

—Por eso, desearía saber, si en absoluto no te molesta, una cosa. Tú, últimamente, lo pasas muy mal, ¿verdad? Quiero decir, que estás hundido.

—Triste, quieres decir —dijo.

—¿Es sólo eso?

—Sí.

—Bueno… Hasta mañana.

Reaparecí en batín, a informarle en qué escondrijos se almacenaban en aquella casa el café en polvo, la leche condensada, los tarros de mermelada y los cruasán del día anterior. Me lo agradeció, aunque lo que quería era seguir leyendo.

Atravesé el aire grumoso, guiado por la silbante respiración de mi futura esposa y me tendí junto a sus pecas, cuidando de patear a la alfombrilla lo que podía suponerse *Salmones con arsénico*. Estirarse sobre la sábana, aunque tibia, produjo gruñidos de satisfacción a mis articulaciones. El mañana estaba próximo. Por fortuna, una breve especulación acerca de los problemas de Pablo me suministró ese buen sueño, que en las noches de invierno proporciona la imagen de un caminante por la nieve.

Alguien —puede que yo mismo— me puso en pie de un sobresaltado trallazo. Eran las siete y media e, insólita, Mary Tribune ocupaba dos tercios de la cama, apenas cubierta por un poco de encaje, azul. Mi taquicardia y yo galopamos al living, donde Pablo dormía en el chester, cubierto por una manta y el libro. De la cocina llegaba, en volumen moderado, la romanza de tenor de *Doña Francisquita*, amén de ruidos más domésticos. Por puro sadismo, aquella mañana había decidido disfrazarse.

—¿Ha visto usted? Me he puesto una bata de Petra. Me viene anchurona, pero ya me la arreglaré.

Me senté en el *office*, antes de que me desmayase sobre los baldosines de la cocina, y Merceditas, secándose las manos, me siguió a dar el parte de diana. Al menos, transpiraban limpieza sus meandrosas rodillas.

—Usted ¿se va a querer desayunar o se vuelve a la cama?

—Yo… Yo me voy a querer desayunar. Medio litro de café, sin azúcar. ¿Sabrías encontrar en el cajón de las medicinas un…? No, tampoco pretendo que me envenenes.

—Todo lo que pasa aquí es por lo mucho que soplan ustedes.

—Y tú que lo digas, hija.

Trasladé el arsenal quimioterápico a las cercanías de la zarzuela y, con los primeros sorbos de café hirviente, fui enviándoles pastillas a mi hígado, bazo, páncreas, meninges, o lo que de ellos quedase. Merceditas se acomodó a piernas separadas y manos sobre el pubis.

—No se imagina usted qué susto, cuando entro y voy y veo que estaba la luz prendida y voy y entro más y me veo al señorito Pablo en el sofá. Le he echado una manta.

—Ya se la puedes quitar, que estamos casi en verano.

—Casi; sí, señor. —Regresó a los diez segundos—. No ronca. La señora Megui tampoco ronca, que ya he puesto yo la oreja detrás de la puerta. Mi madre dice que de ronquidos y mal vino se muere el amor más fino.

—A veces.

—Mi madre se los sabe todos. Una cree que no se sabe más y ella suelta otro. Es lo que le pasa a un chico que conoce una servidora, que empieza una tarde a contar chistes y, es un decir, de las cinco a las once no para. A mí me retuerce las tripas; de tanta risa. ¿Se queda a comer el señorito Pablo?

—Quién sabe…

—Lo pregunto por preparar más primer plato. ¿Llamo al señorito Pablo y a la señora o que duerman?

—Que duerman. Me voy.

—Y ¿cuándo limpio?

La abandoné a su problemática, para aplicarme a la tortura del afeitado y la ducha. El agua fría me ensució con la memoria de la noche, en su conjunto y en detalle. Sin tiempo, acelerado por las sobras alcohólicas, me vestí a ciegas, besé la frente de Mary y acudí a la Merceditas para que me ilustrase en qué día vivíamos, asaeteado por el temor de haber dormido, no una y media, sino cuarenta y ocho horas.

—Lunes. No todos los días van a ser domingo. ¡Andá!, se me ha olvidado comprar el papel. ¿No come usted ningún bollo?

Sólo una persona que —en las bodas de amigas y primos— bebía un par de copitas de anís dulce al año estaba capacitada para proposición semejante. Se adelantó a pulsar el botón del ascensor.

—No cantes a gritos, eh.

—¿Qué recado le doy a la señora?

—Que me voy a la oficina.

—Hoy sí que llega usted bien temprano, no dirán… Si se queda a comer con sus amigos, avise a tiempo. ¿Lleva pañuelo?

Aguardé con la puerta del ascensor abierta, a que me trajese un pañuelo y me cepillase la chaqueta.

—Que tengo prisa, Mercedes.

—Cómo duerme la pobrecilla. Claro, a las horas que se acuestan, no me extraña. Pues, usted está para descansar mucho y pocos trotes, que menudas ojeras… Hale, ya va usted tan majo.

Flotaba en el ambiente que debería haberle ofrecido a ósculo mis mejillas, pero huí al autobús y consumé el debido trayecto para hallar, en la calle de bares cerrados, mi 600. Sin abollar. Cerca de la oficina, desayuné de nuevo dos tazas de café, compré el periódico y me hice lustrar los zapatos. La radio anunciaba los precios del mercado. Dudé si telefonear a Matilde, a fin de amargarle la madrugada, que estaba azulina, con un poco de brisa. Ahora, disfrutaba yo de una arritmia que, cada tanto, me dejaba suspenso de empleo el corazón.

Por los pasillos crucé a las mujeres de la limpieza, de retirada. Me abandoné, sobre mi sillón, a la ley de la gravedad. Abarquillado, absorto en las carpetas, los bolígrafos, el ventilador, el calendario, la lámpara de mesa y dos horquillas de Guada, me arrepentí de no haber perdurado, incluso para mayor verosimilitud, en mi enfermedad, que de fabulada había llegado a ser verdadera. Únicamente a un novato se le ocurría incorporarse a la oficina en lunes.

Luisito, de uniforme ya, vino a sobresaltarme y a desearme feliz jornada. Por simple charlatanería, Luisito me informó que ni don Ramón, ni la señorita Guada, ni ningún otro miembro de la unidad, habían comparecido aún. Yo dije que era lunes. A Luisito se le compungieron más sus lastimeras facciones barbilampiñas, opinando que cada día —fuere el que fuere— estábamos expuestos a un accidente de tráfico. Le animé con mi escepticismo y repetí que los lunes ya se sabía. Y él se ofreció a lo que yo mandase. Yo no mandaba nada. Luisito permanecía ante mi mesa, como si, de repente, yo fuese a mandar algo. Se me hizo la luz y le di un cigarrillo. Luisito me preguntó si había superado la enfermedad. Que estaba superada. No obstante, tenía yo mala cara. Después, revisó la papelera —vacía—, bajó la persiana graduable y anunció que había de pasarse por Nóminas, en acto de servicio. Le insté a que no demorase el acto.

Una vez abiertos los cajones, desplegué las páginas deportivas por si alguien me sorprendía. Pero no conseguí dormir. Quizá el cuerpo me pidiese visitar los lavabos. El olor del desinfectante me rechazó desde el umbral. Sudoroso, agitado, turbios los ojos, volví al sillón y me así al borde de la mesa. Desde que había despertado y a merced de una energía demasiado aparatosa para que no se derrumbase, había esperado el derrumbe. Estrenando oquedad, sufrí un ataque de suspensión intemporal, que, libre de historia y sin futuro, me condujo a la doble visión de los límites del despacho y los de mi agonía.

Y así, en algún momento de aquel largo pasmo, comenzó mi larga luna de miel con Mary Tribune, la medida sucesión de los venideros días, de las noches calurosas, una especie de esquema o un pretendido bosquejo sin sombras de lo que, desde aquella mañana de lunes, habría de ser nuestra barroca convivencia.

—Se saluda al convaleciente. —Abalanzado sobre el hueco de la puerta que sostenía a medio abrir, Saturnino Robera vestía una vez más la chaqueta marrón, de una fila de botones, que había estrenado cruzada en un lejano pasado—. ¿Cómo te encuentras? Tienes mala cara.

—Hola. Así, así…

—Se ve que esta vez no ha sido cuento. ¿Cólico?

—Cólico.

—No haber venido, hombre. ¿Sabes si ha llegado Ramón?

—No, todavía no. Y por aquí ¿qué hay?

—¿Qué quieres que haya? Lo de siempre. Y ¿Guadacachonda?

—Tampoco.

—Cuando termines con el periódico, me lo prestas.

—Llévatelo.

—No, hombre, no. —Se adentró, hacia mi mesa—. Estás tú con él. Además, para lo que hay que leer… ¿Has visto? Son unos cabritos sin remedio.

—No he visto.

—Que o hacen milagros el domingo o nos han birlado la semifinal. Te lo devuelvo enseguida.

Satur pasó a su despacho por la puerta de comunicación interior. Yo me puse a dibujar en un bloc una silla; en la silla intenté sentar a una mujer desnuda; el peinado quedó convincente. Para la hora de salida faltaban… A las diez, una; a las once, dos; a las doce, tres; a la una, cuatro; a la una y media…, cuatro y media, más el cuarto de hora que era necesario dejar transcurrir para alcanzar las nueve. Arranqué la hoja del bloc, la troceé y comencé a dibujar una mujer desnuda en trance de subir unos escalones. Algunos ecos informaban de la puesta en marcha de la fisiología burocrática. La persistente molestia en el costado izquierdo, agudizada cuando estaba sentado, se debía al bulto del calzoncillo. El teléfono sonó un solo timbrazo y quedé con la mano puesta sobre el auricular. Los escalones resultaron con más movimiento que la mujer, pero, en todo caso, la mujer podía ascender por una escalera mecánica. Le agrandé los senos y lo estropeé. A las nueve menos cinco, cuando guardaba los calzoncillos en un cajón y me disponía a ejercitarme en un tercer desnudo, apoyándose en la puerta, Carlitos Pantoja Macusani, saludó:

—Hola. ¿Qué tal estás?

—Pchsss…, regularcillo. Pasa.

—Ha sido cólico, ¿no? —Carlitos avanzó hacia mi mesa, se sentó en uno de los sillones basculantes y cogió la grapadora—. Bueno, ya sabes están a punto de eliminarnos.

—Ya, ya sé.

—Son unos desalmados. —Carlitos decidió malgastar una grapa—. ¿Has traído el periódico?

—Se lo llevó Satur.

—Y ¿cómo has venido, hombre? Tienes mala cara aún. ¿Ha llegado el jefe?

—No, Ramón no ha llegado todavía. Ni Guada.

—Guada está trayendo estos días un vestido blanco con lunares rojos, que excita hasta a los ascensoristas. Que, como todo el mundo sabe, son maricones. —Carlitos, antes de ponerse en pie, decidió regalar al vacío otra grapa del Presupuesto de Material No Inventariable—. Pues, por aquí, chico, nada.

—Claro.

A ocho minutos de las nueve Carlitos pasó, previa restitución de la grapadora, al despacho de Satur, que leía por teléfono y a gemidos la crónica de la derrota. Para darles uso a las manos, encendí un cigarrillo, que a la primera bocanada me agusanó la tráquea. Levanté un sol, extendí una playa y tendí unos cuerpos bronceados. Según Tub, tanto sol emponzoñaría más mi resaca. Colgué unas nubecillas plomizas.

Desde la puerta, en tromba de actividad, me cayó encima mi superior jerárquico, con un tal amor por la mañana y los reglamentos, que vacunaba contra cualquier (improbable) optimismo. Le tendí la mano, desde el sillón, pero me levantó abrazándome hasta que me hizo suponer que yo acababa de sanar de una leucemia.

—¿Cómo es que has venido? ¿Estás mejor? Me alegro de verte, aunque es tonto haber venido hoy. Tienes mala cara. Le dije a Guada que te telefonease, para que no vinieses. ¿Ha llegado Guada? Por aquí, nada, ya sabes... Bueno, algo de trabajo atrasado. Y ¿Carlitos y Satur? Guada está más buena que nunca. Se le olvidaría llamarte. Te habrás enterado; prácticamente, la eliminatoria nos la han frito. Coñe, y qué sufrimiento de domingos le dan a uno... ¿Has traído periódico? Pásate luego por mi despacho, que tenemos que hablar.

Ramón se precipitó al despacho de Satur, dejando la puerta abierta y una perspectiva del antedicho Saturnino, con la cabeza entre las manos. Transcurridos los protocolarios veinte segundos y trasladándome oportunamente, clausuré la puerta de comunicación a los efectos procedentes. Conecté y desconecté el ventilador, tensé y destensé las gomas de las carpetas, me harté de chasquidos cartoneros, tumbé a Mari Lola sobre la mesa, me pinté unas rayas verdes en la yema del pulgar, me pregunté qué fundamento tenía la vida humana, no supe contestarme, me ensalivé el tatuaje, di unos giros al disco del teléfono, tuve unas náuseas, calculé los días que faltaban para cobrar el sueldo, me canté un par de estrofas de «Padam, Padam», consideré la suciedad de mis uñas, me rasqué una oreja para activar la circulación sanguínea, cerré los cajones, esperé que entrase alguien o, al menos, que se declarase un incendio, recité una lista nominal de altos cargos, me apiadé de mí mismo, abrí unas carpetas, esparcí papel blanco, encadené todos los clips de que disponía, conecté el ventilador. Había logrado llegar a las nueve y doce minutos.

—Si usted no ordena otra cosa, voy a subir a Nóminas.

—¿No has subido antes?

—No, señor.

—Y ¿qué has estado haciendo?

—He estado desayunando. ¿Subo o no?

—Sube.

—Es que tengo que subir.

—¡Pues sube!

—Sí, señor. Si usted no ordena otra cosa…

—No, gracias, Luisito.

En el despacho de Satur se discutía a pleno estruendo. Devolver a los clips su individualidad llevaba más trabajo que engancharlos en cadena; detener a dedo las aspas de plástico del ventilador producía cosquilleo y, en el caso de mantener el forzado frenaje, el chisme olía a grasa quemada; manicurarse con la plegadora no resultaba tan eficaz como con un sobre doblado; cerrar los ojos y mantenerse inmóvil, agitaba más; el balduque no podía ser enrollado con la misma perfección que antes de ser desenrollado (como el amor, que era distinto después de las primeras vueltas); nadie, a fuerza de hipnotismo, lograría acelerar la aguja del segundero. Poco más allá de las nueve y treinta y dos, Guadarayo atravesó a carrerita mi despacho.

—¡Guada!

—Ah, hola. Pero ¿has venido?

Antes de embellecer con su presencia el despacho de Satur, Guada enunciaba ya su requisitoria contra los transportes de superficie.

—¡Averías, averías! —respondió Carlitos.

—No miento, hijo. Caray, cómo sois… Te juro, Ramón, que he salido con tiempo de sobra.

—Está bien, linda, te creo. Pero procura llegar antes, ¿eh?

El personal aplicó sus energías sonoras en torno a Guada y Guada, probablemente a causa de la sofoquina del retraso, escapó de las galanterías mañaneras a mi despacho. Le aconsejé cerrase la puerta. Después, moviéndose por partes su cuerpo, arribó a uno de los sillones basculantes, donde fondeó hecha un manantial de vida. Que cómo había venido, notándoseme tanto en la cara que no estaba sano. Su vestido blanco con lunares rojos hizo crecer adelfas en los rincones, brotar surtidores del linóleo y, sobre la ventana, alzó la sombra de la Giralda.

—Por si había algo que hacer…

—¿Qué importa lo que hay que hacer? Lo primero es la salud.

Ramón me encargó que te llamase, pero no te llamé, porque a lo mejor era camelo.

—Te lo agradezco mucho, hermosa. ¿Qué tal tus asuntos?

—No me lo agradezcas. Hoy por ti, mañana por mí. Se ve que esta vez ha sido de veras. Los cólicos son malísimos. ¿Tomaste yogur? Tú es que llevas una vida desarreglada. Mis asuntos van bien; tarín marín, vamos. He salido con Armando, pero no sé qué me pasa a mí con los hombres. No lo sé, te lo juro. Tú ¿qué crees?; ¿soy yo provocadora?

—Algo.

—Armando… Fíjate… Armando…

—Me fijo.

—Como en la lucha libre.

—Claro, tiene que ser fatigoso.

—Hay que ver con lo que era él las primeras veces. Los hombres, qué poco espirituales son, ¿verdad? Y a mí que me toman por idiota. Tonta soy un poco, pero ellos es que se creen que yo soy de carrito. Tú tienes una cara malísima.

—¿Ojeras?

—Hasta el pelo. Y color de muerto y unos labios que das grima. ¿Por qué no te vuelves a tu casa y te metes en la cama?

Sonó el teléfono y Guada se quedó con el pecho izquierdo montado en el tablero de la mesa, al tiempo que yo preguntaba quién llamaba y la voz de José María preguntaba, por pura incongruencia, si yo estaba.

—Sí, estoy aquí. —Lo que era parcialmente falso.

A Guada le temblaron las pestañas, cuando dejó caer las arañas de sus párpados, cargados de cosmético; con los ojos entreabiertos, recordaba a Nefertiti.

—Me lo ha asegurado tu doméstica, pero no la he creído. Por cierto, que habla sin parar. Pablo sigue durmiendo.

—Ah, ¿te lo ha contado?

—Me lo ha contado todo. ¿Es que hacéis ahora cama redonda?

—¿Cómo? —sonreí a Guada.

—Luego te llamo, que no puedo hablar. ¿Vas a estar ahí toda la mañana?

Guada, de pie, tenía la solidez de un Corpus Iudiciorum medieval.

—Sí. Por desgracia.

—Ciao, golfo.

Guadaejemplarminiado se desprendía con fruncimiento de naricilla, sin escuchar que yo había acabado de hablar por teléfono, que se quedase. Como un áspid, la soledad se me enroscó a los tobillos y me obligó a unos paseos celulares, de puerta a pared y de pared a puerta, al otro lado de la cual las voces adquirían las sesudas entonaciones de las gradas de socios. Más tarde, adormilado sobre el polvo del diván (posiblemente desvencijado en el año 1823 de su construcción), se fue haciendo el silencio, a veces puesto de manifiesto por un tecleo de máquina de escribir, por el galope de Luisito, los bostezos de Satur o el trino de Guadapájarodelbosque. Y soñé un olor a barro húmedo que, naturalmente, olía a botijo. La sed despertó a mis maltrechas células.

Después de calmar en los lavabos con varios litros de agua mi pastoso embrutecimiento, a las diez y cuarenta minutos decidí interesarme por los asuntos ajenos.

—Me lo llevo.

Satur levantó los ojos de las cuadrículas repletas de pequeñas cifras, en negro y rojo.

—Sí, hombre, si ya lo he leído y además es tuyo. —Paseó la mano derecha por el pescuezo—. Esto de las administraciones de fincas me va a quitar la vida. ¿Tomamos un café?

—Voy a leer el periódico.

—Ramón y Carlitos se han ido a tomar un café. ¿Quién me metería a mí a esto de las administraciones? —Satur suspiró, inclinado de nuevo sobre el avispero y sus paneles, y se respondió—: La necesidad, leche.

Con la lectura de los titulares se satisfizo mi curiosidad, por lo que procedí al relleno de letras mayúsculas y a la adición de bigotes, barbas o túnicas, a las bellas famosas. Conforme componía el número del estudio de José María, me encontré sin fuerza para el intercambio de noticias o ingeniosidades, así es que deshice la combinación y, con menos cifras, abrí la caja de música guadalupana.

—¿Qué haces, pimpollo?

—Ya ves... ¿Te corre prisa que vaya?

—No, para charlar un rato sólo.

—Ramón y Carlitos se fueron a tomar café.

—Es que estoy aburrido.

—Bueno, voy. Me dais una lata...

A cambio de su amabilidad, yo tuve la de despejar, para que pudiese calcar cómodamente encima de mi mesa los últimos modelos de *prêt-à-porter*.

—Da gusto ver las carnes tan espléndidas que tienes.

—No seas ganso —rió complacida—. Dicen que va a haber cambios.

—Tú te debes de pasar el día delante del espejo.

—Uyyy..., estoy más harta de mí misma.

Y me explicó que se encontraba gorda y había decidido adelgazar. Con la punta de la lengua entre los dientes, a cada curva difícil que su bolígrafo encontraba, Guadaticianesca fue explayando su método de desengrase, basado en gimnasia, zanahorias y aburrimiento. Aseguré que ni aquel triple suplicio podría con su rotunda estructura. Me dedicó una mirada de agradecimiento. Ella estaba convencida de que tanto como la sal le engordaban los berrinches. En caracteres taquigráficos anotó algo en el papel cebolla. Pregunté. Se trataba de no olvidar comprar unas medias, y que qué curioso era yo. Asiendo el rábano por las ligas, le propuse permitiese un discreto chismorreo de su escote, pero no hubo posibilidad de lucha libre alguna, porque entró María del Coro, la secretaria de don Enrique, dispuesta a llevarse a la cafetería a Guada en el tiempo que don Enrique recibía, atendía y tramitaba una visita. Guada recogió su revista, sus calcos, su bolígrafo, sus cigarrillos mentolados, se pinzó una hombrera del sujetador y manifestó un entusiasta asombro por el vestido verde delirio, estratégicamente provisto de cremalleras con incitantes arandelas doradas, en el que María del Coro había embutido su endeble esqueleto, casi su tendencia a bizquear. María del Coro expresó, por gruñido, lo inconveniente de tal tema en presencia de un jefe, aunque pequeño, máxime siendo ella secretaria de gran jefe. Terca como una borrica y en desbordante amor al prójimo, Guada insistió en elogiarle el modelito. Yo me puse a abrir carpetas, para que María del Coro no malhablase de nuestra unidad a don Enrique, y mi tributo a la dictadura de la secretariota fue correspondido con una desabrida despedida, que coincidió con la vociferante invitación de Satur a un cafetito y dejarnos de puñetas.

—Espera a que vuelva Guada. No vamos a dejar esto solitario.

—Siempre de esclavo —lloriqueó, desde su despacho, Satur.

Estudié las esquelas y cumplimenté el crucigrama. Ni Guada regresaba, ni Satur bostezaba. En vista de lo cual, calculé cuántos plazos mensuales de setecientas ochenta y siete tendría que pagar en el supuesto de que estuviese imbécil y mercase un lavavajillas de veintinueve mil trescientas setenta. No lo conseguí averiguar.

—¡Satur!

—¿Nos largamos?

—¿Dónde carajo se ha metido Luisito?

—¡Luisito! —Satur pulsó el zumbador—. ¡¡Luisito!!

Harto de solicitar servicios subalternos, Satur se trasladó en mangas de camisa al diván, gargajeando.

—Me gustaría saber cuándo piensan subirnos el sueldo.

—Nunca —dije.

—No existe nadie en este país que gane menos que nosotros. Anoche, bebiendo unas cañas, me presentaron a un tío que está de gerente en una sociedad de material eléctrico. ¿Sabes por cuánto sale el pollo?

—Por veinte mil —calculé caritativamente, para que Satur pudiese decirme que más.

—Más —dijo Satur.

—Veinticinco mil.

—Más.

—Leches… Treinta mil.

—Más. —Satur se tendió en el diván.

—Me rindo.

—Treinta y seis mil. ¿Te das cuenta qué tipos más curreles somos? Y, claro, encima pretenden que nos matemos a trabajar. Que trabaje el que gane.

—Lo malo es la jornada, que se hace insoportable. Y, menos mal, que pondrán pronto la intensiva.

—Yo a la intensiva me la paso por debajo de la pierna. ¿Comprendes? A mí me da lo mismo estarme aquí hasta las siete y media de la tarde, que estarme en mi casa. Peor en mi casa, que no tengo ventilador. Treinta y seis mil. Un tío como tú y como yo. Y sin el título que tenemos tú y yo. Aquí no pueden marchar las cosas bien. ¿Cuánto dirás que gana uno de nuestra categoría en Francia?

—Mil ochocientos francos.

—No, señor. Trescientos mil francos.

—¿Al mes?

—Lo leí el otro día. Trescientos mil.

—Serían antiguos.

—¿Antiguos? —Satur meditó concentradamente—. Bien, aunque sean antiguos. Convéncete que somos la mugre, el deshecho. La mecanógrafa de mi hermano saca más que nosotros. La mecanógrafa. Trabaja hasta las diez de la noche, pero, es lo que yo digo, ¿para qué nos vale tener tiempo libre, si no tenemos un billete que gastarnos?

—Si trabajas hasta las diez, es difícil gastarte luego el billete.

Luisito apareció por la puerta de comunicación interior, cuando Satur se encontraba a punto de sollozar.

—¿Dónde te has metido? Quédate, por si llama alguien.

—Don Satur, que tengo que subir a Nóminas… —intentó exculparse el birrioso adolescente.

—¿No has subido aún, caradura?

—Iba, pero me han cogido para llevar paquetes al archivo.

—Luego subirás. —Me puse en pie—. Y, si alguien pregunta, que estamos en la casa.

Satur se vistió la americana, yo olvidé los cigarrillos y atravesamos la calle soleada. Los de la Asesoría nos abrieron hueco en la barra. En tanto Satur bebía a espaciados sorbos un café y a mí dos naranjadas me ponían burbujeante, informaron los de la Asesoría que estaba ya firmada la orden de la jornada intensiva, precepto de régimen interno que entraría en vigor la próxima semana, el próximo mes o, según la versión optimista, el próximo jueves. Con uno de esos imprevistos *punch* que tiene la memoria, me lanzó contra las cuerdas y, derribado en la lona, me asustó encontrarme allí ignorando en qué lugar se encontraría Tub. Satur envenenaba el asueto de los de la Asesoría con historias de gerentes y miles de francos —quizá antiguos—. En la barahúnda cafeteril, yo resucitaba aquel paleolítico inferior durante el que Tub, precavida contra recelos de Andrés, decretó cancelar entrevistas y, aprovechando la tarde libre de Joaquina, que la telefonease no antes de las siete, no más tarde de las siete y cuarto. Las semanas se hicieron de chicle, sacralizamos hasta la histeria los días jueves y, si Joaquina no salía alguno —por gripe o por capricho—, el plazo se doblaba, se centuplicaba la ansiedad y el supuesto influjo benéfico de la medida acabó por persuadir a Tub que Andrés no sospechaba, ni había nunca sospechado, ni —lo que constituyó para ambos una decisiva revelación— habría importado nada que sospechase. Abolido el tormento al que masoquismo y fantasmagoría nos habían abocado, Tub opuso a esas urgencias que produce la ascesis una moralidad —que sufría desde su época fetal—, cuyo principio áureo enseñaba que sólo vale lo que se sufre y únicamente se goza previa mortificación, de modo que desde entonces cada manoseo tuvo su precio de abstinencia y cada felicidad su correlato de tragedia. Y, basada así en aceptado desacuerdo nuestra relación, no me cabía más actitud que esperar el turno de dominio, que (mientras Satur preguntaba cuánto se debía y yo maquinalmente sacaba los billetes) correspondía a Tub. Al cifrarse el importe en ciento ocho, se propuso jugárnoslo a los chinos y la mayoría decidió abonarlo a la romana. Suscrito tan internacional pacto, salvado por el gong de la cuenta en el último segundo, regresé mudo entre Satur y los de la Asesoría, aunque caminaba por otras calles, otros jueves y otras desolaciones.

De nuevo en mi despacho, descolgué el teléfono y esperé a que se estabilizase en mi caja craneana la señal zumbadora.

—Tub, cabrona —le dije, en susurros que agarrotaba el despecho— me has hecho mucho daño. ¿Por qué me obligas a ser idiota? No te besaré nunca en jueves. Vete a la mierda para siempre. Y vuelve pronto.

El numerito me sosegó. También ella se angustiaría alguna vez con similares rememoraciones. Determiné seguir viviendo y, de paso, instalarme en las cercanías de Guadaojosdemiel. José María me obligó a regresar desde la puerta, para preguntar si me interrumpía.

—No. Además, estoy hecho unos zorros y no puedo dar golpe. ¿Me quieres decir por qué os escapasteis?

—¿Nosotros? Estuvimos media hora esperándote en el cruce. No seas hipócrita y cuenta tú.

—Me atajé, rodé por ahí y recuerdo poco. ¿Tienes noticias de Tub? Había pensado en llamarla ahora.

—¿No se ha marchado todavía? Yo también la llamaré, entonces. Oye, acabo de hablar con Pablo. Está desayunando con Mary, en la terraza. Temo que poniéndote los cuernos, porque…

—Mejor.

—… realmente parecían muy dichosos. ¿Qué le ocurre a Petra?

—Reúma.

—Ah, no sabía, pobre Petra. Lo pasamos muy bien anoche. Mary resulta un encanto, sin duda alguna. Hablo en serio. Pertenece a ese tipo de personas espontáneas y fuertes, que nunca has tratado. Y, luego, que es alegre y nada tonta, eh. Con Pablo se entiende a las mil maravillas y eso que Pablo tiene unos días de neura insufrible. ¿No se lo has notado?

—Bueno…, es posible… Espero que no sea nada grave. —Carlitos me avisó con un gesto desde el umbral del despacho de Satur y yo asentí—. Si llamas a Tub, ya te llamaré yo a ti.

—Creo que Pablo se ha puesto tu batín de seda japonesa falsa y tus pantuflas. Quizá liguen con Bert, me ha dicho.

—Te agradezco que me lo adviertas, para no ir a comer. Hasta luego.

—Estás bien, ¿no?

—Sí. ¿Por qué?

—Te noto rara la voz.

—El reseco.

—Con una ginebra lo disuelves.

Luisito me alcanzó en el pasillo, cuando me dirigía al despacho de Carlitos, para decirme que el señor Pantoja me esperaba en su despacho y que me apresurase, que me lo iba a perder. No había acudido aún a Nóminas, no, señor. Por el jefe. El jefe le había ordenado permanecer en su mesa del pasillo, hasta que él bajase. Y que me lo iba a perder, si no llegaba pronto a lo del señor Pantoja. Al jefe le habían llamado a arriba. Hacía una media hora o diez minutos o tres cuartos o algo por el estilo.

Llegué con adelanto al despacho de Carlitos Pantoja, puesto que Guada, si bien ya en una silla, no había sido tapada. Satur, en mangas de camisa, se había colocado junto al teléfono y Carlitos se disponía a avisarme nuevamente. Guada reía, dando saltitos en el asiento, más enajenada que si don Enrique la hubiera propuesto para un ascenso o un concubinato. Carlitos afirmó que su pañuelo estaba limpio, que no era el moquero, sino el del bolsillo superior de la chaqueta. Guada expuso sus reparos. Carlitos se enfermó de una benigna cólera y aseguró que él puede que no se duchase en un mes, pero que él no resistía un pañuelo moquero más de tres horas, y dos si padecía coriza. Satur intervino para zanjar el incidente y lo dilató, al replicar Carlitos, adecuadamente a mi juicio, que una cosa era usar pañuelos moqueros con mucosidades y que otra muy distinta albergar percebes en las ingles. Que uno portase, según opinión de Satur, pelícanos o mariscos, por muy exquisitos que fuesen, en los testículos, autorizaba a suponer que uno también en la vestimenta dejaba que desear. Carlitos quiso argumentar algo, cuando Guada, en blanco despliegue pacificador, ondeó el pañuelo y sentenció:

—Está limpio. A vuestra disposición.

—¿Lo ves?

—Yo no he dicho que estuviese sucio. Ha sido ella, que es la que se lo tiene que poner.

Me instalé en un butacón, con las piernas sobre uno de sus brazos, cerca de la silla de Guadamaga, quien acababa de ser cegada con el pañuelo de Carlitos y por el propio Carlitos. Pero sonó el teléfono y Satur hubo de mantener conversación con una de la Unidad de Seguros, ilustrada por los de la Asesoría que la jornada intensiva comenzaría a regir el jueves de la próxima semana. Satur agradeció el dato e intercambió su bulo, en base a la mentada Asesoría, de que la expresada jornada estrenaría vigencia el jueves de la semana que (era un decir) estábamos viviendo. Aunque la de Seguros se zambullía en el coqueteo, Satur eludió hábilmente con la alegación de urgentes deberes y colgó en el instante en que Guada se arrancaba el pañuelo, harta de ceguera, inmovilidad y procacidades. Él no había dicho ninguna y nos puso de testigos. Ni Carlitos, ni yo, tuvimos tiempo de subir al estrado, porque Guada insistió, de pie y en plan de largarse. Presa de una absoluta desesperación, Satur perjuró por sus seres más queridos —que no especificó— la absoluta honestidad de sus expresiones con la de la Unidad de Seguros, a excepción quizá de la chirigota de despedida, que ni en sus términos, ni en sus propósitos, podría ofender a nadie, máxime a ella, Guaculodeseda, habituada al lenguaje de Ramón y al mío. Y al suyo, precisó Guada, añadiendo que llamar belleza a la de Seguros y desearle que se conservase tan bella no constituía procacidad, sino simple estupidez, pero que prometer al citado escuerzo de Seguros que él —Satur— sí que le haría a ella de buena gana una jornada intensiva y exclusiva, pasaba de castaño oscuro y de sicalíptico. Colaborando en el inminente grito que preparaba Guada, Carlitos dijo que bastaba ya, que él no prestaba su despacho —y el de Guada—, si Guada se ofendía por semejantes nimiedades. A ella nadie le guardaba el debido respeto. Satur y Carlitos preguntaron quién no la respetaba debidamente. Todos, salvo yo. Ella, aunque de barrio, no tenía la costumbre de aguantar un lenguaje soez, ni telefónicamente, ni de palabra directa, ni por escrito. Y, a ella, alguien le había dejado la semana anterior en el carro de la máquina de escribir un dibujo indecente y una leyenda alusiva, por lo que, ahora que se acordaba de la afrenta, estaba dispuesta a averiguar quién había sido el anónimo y cachondo ofensor. Luisito. Pero Guada arguyó que no, que Luisito carecía de unas dotes pictóricas tan desarrolladas. Ramón. Que Ramón era el jefe y un jefe no se malgastaba en tan ocultas manifestaciones de fervor. Pues, alguien extraño a la unidad.

—Bueno, vamos, vamos… —Le abracé los hombros—. No te pongas ahora a llorar, que luego tienes que maquillarte otra vez y los lavabos de aquí son una porquería. Vosotros, a disculparse con Guada. Ya los conoces.

—Unos guarros es lo…

—Oye, tú, chica…

—¡Satur! Pero ¿esto qué es? Formamos una familia, ¿no? —Los tres bajaron las cabezas—. Ésta es una unidad modelo. O, por lo menos, lo ha sido siempre. Aquí nadie riñe, como en otras unidades de la casa. Nos llevamos bien, procuramos alegrarnos el trabajo, somos como hermanos. ¿Queréis que nos mortifiquemos y nos avinagremos las horas que nos obligan a estar juntos? —No querían—. Pues, entonces...

Los aplausos me sobresaltaron.

—¿Qué haces ahí?

—Es que habla usted muy bonito, don...

—¡Al pasillo, que es tu sitio!

—Yo... yo tendría que subir a Nóminas.

—¡Al pasillo!

Senté a Guada en la silla, delicadamente le vendé los ojos, mandé a Satur que comenzase y ocupé el butacón.

—Desde luego eres la única persona decente de esta unidad.

—Gracias, guapa.

A teléfono colgado, con parsimonia, Satur introdujo el índice derecho en el agujero del 7 y giró el disco.

—¿Qué número he marcado?

Guada se mordía los labios.

—Venga, ¿qué número?

—Dejadla pensar.

Guada estregó las palmas de las manos sobre el volumen parabólico de sus muslos unidos.

—Repite. Pero el mismo. Estaba desprevenida.

Honestamente Satur introdujo el índice derecho en el agujero del 7 y giró el disco.

—¡El siete! —aulló Guada.

—Sí —dijo Satur.

—Otro.

Satur, velocísimamente, giró el disco.

—El cero.

—Jodo, qué tía...

—Habla bien, Carlitos, y tengamos la fiesta en paz.

—Ahora dos seguidos.

A Guada se le tensó el cuerpo, incluida la papada. Satur transmitió rodadura.

—El cinco y el uno. El uno es el más facilito, porque suena a beso. —Guada se rió a lo loco, para general euforia—. Marca siete seguidos.

Satur compuso siete cifras y, al tercer intento, Guada descubrió que Satur había formado el número de la centralita de la casa. Se encontraban tan interesados en el espectáculo Tinieblas y Sonido, que decidí ser yo quien comprobase que Guada no trampeaba.

—Que no veo ni chispa, de verdad. —Me acuclillé, apoyándome en sus rodillas—. Me estás haciendo cosquillas.

—Por si hay truco. —Cosquilleé sus soberbias rótulas.

—Ya empezáis. Ay, que sí, que me haces muchas cosquillas.

Carlitos, con la impetuosidad de sus años mozos, se precipitó a acariciarla desde la nuez al ombligo.

—Eres Carlitos.

—Guada, trabaja en un circo. En un circo ganarías un fortunón.

—¡Satur! Ha sido Satur.

—Un momento, un momento… Sin atosigar a la chica.

—¡Tú! Has sido tú. Hijo, hueles que tiras. Debe de ser la enfermedad.

Habiendo apostado Carlitos la imposibilidad de averiguar qué dedos le desabrochaban el sujetador y aceptada la puesta por la detentadora de la íntima prenda, nos las prometíamos amenas y deleitosas, olvidados hasta del lugar y mucho más de las funciones y servicios que de nosotros allí se esperaban, cuando Ramón nos derribó los palos del sombrajo y nos quedamos a pleno sol administrativo, incluida Guada que, de camino al despacho de jefatura, devolvió a su dueño el pulcro pañuelo que tan goyescos retozos nos había deparado.

—Me importa un puñetero comino que estuvieseis jugando a la gallina ciega o a la pídola. ¡Sentaos! —Rodeamos la mesa estilo nórdico (plagiado) de Ramón—. ¿Os habéis vuelto gilitontos?

—Tú también… —trató de pastelear Satur.

—Yo cierro la puerta con llave y con pestillo. Si entra alguien, ¿qué se hubiese dicho por la casa? Bastantes disgustos tenemos, con todo lo que se murmura de esta unidad. Un día nos suprimen. ¡¿Os dais cuenta?! —Ramón mancilló el impoluto tablero con unas cartulinas azules—. Nos suprimen y cada uno a un nuevo destino, a pringar. Ya sabréis lo que es bueno entonces. ¡No me cojas todo en taquigrafía!

Guada ayeó.

—¿Has estado arriba? —pregunté.

—Sí, he estado en la planta noble. La culpa la tengo yo —Ramón sacó impresos de las cartulinas— por mi bondad y por mi blandura. No se os puede dejar ni el más mínimo resquicio de libertad. A los españoles se les da la mano y te comen hasta el codo.

—Tú también… —también quiso puntualizar Guada.

—Yo os voy a meter en cintura; vais a aprender lo que es la disciplina. ¿Con qué rostro me presento yo en la planta noble, si entra alguien en pleno folclore? ¿Entendido? —Escuchó las cuatro afirmativas y cabeceó—. Hay trabajo.

—¿Lo tomo ya? —preguntó, bolígrafo en ristre, Guada.

—Bájate esa falda y deja de enseñar los muslos.

—Ay, Ramón, cómo vienes… Ni que en la planta noble te hubiesen echado una bronca.

—He dicho que hay trabajo.

—¿Qué trabajo? —preguntó, babeando complacencia, Carlitos.

—Trabajo.

—Yo —dije— he de seguir con el oficio del director. Como estos días he estado enfermo…

—¿No está hecho aún el oficio del director?

—La mitad.

—A mí me lo va a dictar a máquina.

—Pues tomas la mitad que falta en taqui y antes hacéis esto. El oficio que espere; a lo mejor, se le ha olvidado al director. El asunto consiste en rellenar este cuestionario. Por ejemplar triplicado. Sin mentir, evidentemente, porque luego yo tengo que poner el visto bueno. Para la Oficina General de Pagos. Además, hay que hacer una comunicación de la unidad remitiendo a don Enrique los cuestionarios, con relación nominal al dorso, y preparar una comunicación para firma de don Enrique, remitiendo los adjuntos cuestionarios debidamente cumplimentados a la Oficina General de Pagos. Como resulta que no han tenido tiempo los de Nóminas de enviarnos los cuestionarios por escrito, los ha bajado Luisito en mano, pero, no obstante, es preciso un oficio de acuse de recibo de los cuestionarios, a fin de que conste en Nóminas su recepción en la unidad. Todo, esta mañana. Estamos ya fuera de plazo.

—Y, si no los rellenamos, ¿qué ocurre? —quiso saber Satur.

—Que no cobras el mes que viene. ¿Lo has cogido?

—Quenocobraselmesquecviene —recitó Guada.

—¡El trámite, coño! Ponlo en limpio.

—¿Original y una copia?

—Sí. No. Original y dos copias, por si acaso.

—¿Es muy largo el cuestionario?

Ramón, previo carraspeo, husmeó el impreso:

—Sección A, datos de filiación. Seis preguntas. Sección B, datos personales. Cinco preguntas. Sección C, a prima, datos administrativos; b prima, datos académicos… Bueno, en total, unos setenta casilleros. De aquí no se mueve nadie, sin que este bodrio quede contestado.

—Vaya lunes —se condolió Satur, palmeando la espalda de Carlitos.

—Y, si sobra un rato, le metemos mano a la estadística de asuntos despachados por la unidad, de forma que en septiembre, cuando la pidan para la Memoria anual, no nos cojan con el culo al aire.

—Uyyy…, guapos íbamos a estar.

—¿Quién no ha desayunado aún? —El silencio administrativo decidió a Ramón—. Venga, vamos a echarnos un cafetito y nos ponemos a la faena. —No funcionaba el timbre de mesa—. ¡¡Luisito!! Guada, anota que pongamos un oficio a Material Inventariable para que vengan a arreglarnos el timbre de mi mesa.

—MaterialInventariableparaque…

—Los timbres los reparan los de Instalaciones Fijas E Instalaciones No Fijas.

—Y una leche —opinó Ramón—. ¡¡¡Luisito!!!

—Pues, cuando se me estropeó a mí la manija de la ventana, tú firmaste una comunicación a Instalaciones Fijas E Instalaciones No Fijas.

—Los timbres, Carlitos, te aseguro yo que dependen de Material Inventariable. Y, si no, trae un organigrama. Por cierto, que alguno me ha birlado mi organigrama.

—Se lo he prestado yo a María del Coro, porque ellos no tenían y don Enrique quería saber quién lleva las relaciones con los tribunales.

—Nosotros, coñe.

—Eso le dije, pero…

—¡¡Luisito!!

—… María del Coro dijo que don Enrique, si no lo veía en el organigrama de funciones, que no se quedaba tranquilo. Y no lo ha devuelto.

—Que lo devuelva.

—¿Nos vamos a la cafetería?

—Y ¿abandonamos los despachos? Satur, llevas una temporada que nos expulsan.

—¿Se lo pedimos por escrito?

—Si se lo prestaste tú, Guada, que te lo devuelva a ti. Tengo que estar yo en todo. Mañana mismo oficiamos que nos sustituyan a Luisito por una persona normal.

—¿Llamaba usted, don Ramón? Es que estaba en los aseos. Meando.

—Quédate aquí, por si suena el teléfono o viene alguien.

—Y ¿qué razón doy?

—Que hemos salido al café, puñeta. También tenemos nosotros derecho a tomar café, digo yo.

Capitaneados por Ramón y con Guada de mascota, escapamos a la vida callejera, tan libre como una princesa centroeuropea, nos incrustamos en la burocrática masa que llenaba la cafetería y, sin prisas, consumimos nuestros cafés con leche, nuestras ensaimadas, nuestros vasitos de agua, que Ramón, ya que nos había bajado trabajo, se empeñó en pagar. Guada imantó al grupo a unos cuantos colegas y los de la unidad adoptamos la correspondiente actitud tribal, en defensa de la muchacha, capaz ella, por su natural frívolo, de implicarnos en una gresca troyana. De regreso, Ramón adoctrinó a Guadapárvula, amonestándola que, con ese vestido, era la última vez que la llevábamos a un establecimiento público, repleto de conocidos. Satur recordó que había olvidado limpiarse los zapatos y, comprobado el asqueante estado de los mismos, obtuvo autorización para retornar a la cafetería en busca del lustra.

Con sendos ejemplares del cuestionario, nos encerramos en los respectivos despachos. Durante un cigarrillo, estuve por llamar a José María, en su defecto a Mary o a Bert y, ya en último extremo, a casa de Tub a que Joaquina me participase que la señora volaba hacia Suiza. Las dudas me comieron los ánimos y la indecisión me dejó abstracto, al borde del adormilamiento. Satur, que no había encontrado al limpia, transmitió el toque de llamada a reunión general.

Ramón distribuyó cigarrillos, esgrimimos lápices y, codo con codo, mi cadera contra un anca de Guada, nos dispusimos a la respuesta de la superior indagación, que más tarde Guadacurvas machacaría mecanográficamente.

—Lo cierto es que se trata de un lío de esos maulas de Pagos. ¿Leemos las instrucciones para cumplimiento del cuestionario?

—Yo creo que no.

—Tiene razón éste; nos van a confundir más.

En el silencio fluían los bisbiseos de una lectura entre dientes, a cinco bocas y diversas modulaciones. Carlitos, el más rápido, confesó que él, con toda su buena voluntad, no entendía nada. Satur solicitó no se le distrajese, sin éxito, puesto que Carlitos, extendiendo las piernas, manifestaba sus dudas sobre la integridad mental de los de Pagos.

—Que no tienen nada que hacer, eso es lo que les pasa —dictaminó la jerárquica voz de Ramón—. Como no dan puñetero golpe, se dedican a inventarse cuestionarios, declaraciones, encuestas y carajadas. Menos hablar de organización y más organizar el trabajo. Eso es lo que yo les diría.

—Sí, señor —dijo Satur.

—Bueno, hijos, realmente tenéis la razón de un santo. Este laberinto —Ramón barrió ceniza, o polvo, del tablero de su mesa con el cuestionario— no hay quien lo cumplimente por sí mismo. O sea, que a por él.

—Despacito y buena intención. ¿Leo yo? —propuso Satur.

—Lee.

—Sección A: Datos de filiación. Número registral de inscripción.

—¿Es el número del documento de identidad? —preguntó Guada.

Se le explicó cómo podían existir dos números —y tres o siete, con letra o sin letra— para designar a la misma persona y Guada aseguró entender, con la sospechosa mansedumbre de quien afirma haber descubierto, al fin, en la inmensidad celeste el avión, que desde diez minutos antes están señalándole. Resuelto el problema de los guarismos, el de primer apellido, segundo apellido, nombre, consumió apenas un cuarto de hora y ello, por la insistencia de Carlitos Pantoja Macusani para convencer a la junta de la innegable raíz semítica de su segundo. La unidad, escéptica, manifestó una desdeñosa falta de interés por la genealogía, con el voto en contra de Satur, empeñado en dilucidar —verbalmente— si Carlitos estaba o no circunciso. Lo estaba, a consecuencia de una fimosis, que se mandó hacer al salir de la adolescencia y en previsión de un matrimonio que luego quedó en anteproyecto. Satur dijo que eso no valía a efectos hebraicos. A fin de cortar digresiones, Ramón decretó que todos los judíos le caían gordos y que, a su parecer, los nazis habían matado pocos. Provistos de tan humanitaria energía, llegamos al lugar y fecha de nacimiento. Guada telefoneó a su madre y se informó al respecto por la indudable autoridad de la propia señora que la había parido. Ramón se fue a los lavabos, nos dejó bostezantes y, cuando regresó, no habíamos pasado al casillero en el que debíamos inscribir nuestro sexo. El trámite, con sus ribetes pornográficos, ofrecía dificultades, puesto que Guada se negaba a designar por H su femineidad, alegando el derecho, por el que doña Concepción Arenal ya había luchado en la centuria pasada, a poner una M. De macho, precisó Carlitos. Pues la H, según Guada, podía ser de hombre. Y la V, de vicioso. O de vituperable. O de vencejo. O de virgo. O de venado. O de vagina. O de velludo. O de vergajo. O de vulva. O de burdel... Hasta que Guada colocó su M y preguntó si nos íbamos a tirar toda la mañana de logogrifos. Ramón exigió seriedad y que dejásemos de discutir Satur y yo sobre burdeles, estando clausuradas las casas de tolerancia. Sin poderle restregar a Satur su burricie ortográfica, proseguimos en el incordio originado por la celestinesca curiosidad de la Oficina General de Pagos. Bajo la mesa, mi mano izquierda fue consentida de permanencia en los muslos de GuadacolumnasdeHércules. Repetía Satur que ella ponía allí S, porque quería, que, si ella quisiese, él estaba dispuesto a que ella pusiese allí C, olvidando en su calentura ser el único C de la Unidad, cuando Luisito, previa petición de paso, informó al jefe que me telefoneaba una voz de mujer. Quien fuese, la maldije de privarme de aquellos tocamientos *sub tabula*, al tiempo que me levantaba y Ramón pronosticaba que ahora me entretendría un siglo. Eché a Luisito del despacho y, auricular en mano, le ordené a Bert o a Mary o a Tub, que me dijese. Era Adela.

—Ah, oye, tú, perdona, que no te he conocido.

—Claro, nunca hemos hablado por teléfono. —Su voz conservaba aquellas coletas, sujetas por unas gomas, que se le disparaban desde el occipucio—. Y ¿qué tal? Nosotros nos acostamos tardísimo.

—Yo también.

—Toni está aún roncando. Oye —coronado el cambio de rasante, cambió a directa— yo quería decirte algo.

—¿Cuándo te va bien que nos veamos?

La oí deglutir desconcierto. Mal no estaba, incluso muy bien, con sus pómulos salientes, su piel sin manchas, sus ojos azules (¿azules?), más parecida a una fotografía de revista de modas que a una H o a una M.

—Yo… Tú estarás muy ocupado. Era simplemente por si anoche te habías sentido molesto. Me disgustaría que te hubieras marchado molesto.

—No te preocupes. Yo estaba borracho.

—Sólo quería eso. Luego, ¿sabes?, volvió Matilde. No sé. Yo a Matilde la estimo mucho. Matilde es una gran muchacha, ¿no crees? —Recibió el atracado asentimiento—. Volvió un poco alicaída, un poco…, ¿cómo te diría?, fastidiada. Esta mañana, ¿comprendes?, he pensado que quizá por culpa de Toni y de los demás Matilde y tú discutieseis.

—Sí, discutimos. Pero nadie tuvo la culpa.

—¿Lo ves?

Veía que Matilde le había pormenorizado nuestro romance de la noche anterior.

—Fue por cosas nuestras —logré intercalar en su desolado discurso.

—No, si yo no quiero intervenir. —Como era de izquierdas, añadió—: Dios me libre de intervenir en problemas de parejas. Espero que lo entiendas.

—Sí, lo entiendo. Adela, has sido muy amable y te aseguro que lo pasé muy bien en tu casa y que soy yo —me puse en el apogeo— quien tendría que disculparse.

—De ninguna manera.

—Oye ¿se arregló lo de la mujer de Julito y lo de los niños?

—Ah, sí, sí… Se arreglará. Vente un día a tomar una copa. Mejor, venís una noche Matilde y tú a cenar. Yo quedo con ella, ¿te parece?

Me parecía una encerrona. Pero me parecía. Nos despedimos. Repetimos disculpas. Nos volvimos a despedir. Dudé sobre la conveniencia de insistir en una cita, que intuía necesaria. Adela me envió un definitivo y teórico abrazo y, acabado el minueto, con una mezcla de nostalgia y excitación, melancólico, convaleciente y consciente de la extravagancia de lanzar a tales horas frases amorosas a alguna de las ciudadanas que más o menos me escucharían, llamé a José María, con el propósito de dármelas de duro y arrancar la sensiblera costra que recubría mis vaporosos sentimientos. Estaba con unos clientes.

Avistado el peligro de que la delicuescencia terminase en la turbiedad, huí de los malos pensamientos hacia las celdillas de la Sección C, b prima, C.1.2.6.18., idiomas-lee-traduce-habla-escribe. Dije que francés, inglés, italiano y portugués. Satur me llamó *O terror dos mares* y Ramón, a puñetazo en la mesa, aseveró que él no permitía aquel despliegue lingüístico. Mantuve mi pretensión. Mi superior amenazó con privar a mi cuestionario de su Visto Bueno. Insistí en mi poliglotía y propuse se me sometiese a las correspondientes pruebas. Ramón pidió que el portugués no declarase escribirlo y acepté la negociación. En trance de abordar C.1.2.6.19., Países que ha visitado y Conferencias internacionales a que ha asistido, Carlitos nos obligó a retroceder a C.1.2.6.18., ya que su abuela paterna, de San Baudilio de Llusanés, le había enseñado catalán y así deseaba hacerlo constar, por ser de justicia, habiéndose permitido, a mayor abundamiento, que yo mintiese a lo bellaco. A roce de corbata contra el borde de la mesa y medio cubierto el rostro por la crispada máscara de su sonrisa, Ramón preguntó si a él le creíamos imbécil. *Qui tacet consentire videtur.* Que daba la impresión que le considerábamos idiota, con tales proposiciones. Que del abuso habíamos pasado al pitorreo; todos llegábamos tarde —si llegábamos— al trabajo, nadie trabajaba y, aun admitiendo lo escaso del sueldo, resultaba que le salíamos a la casa y a la nación más caros que una planta atómica. Y, encima, hacíamos circo en las horas libres, que eran todas, expuestos a un expediente disciplinario por abusos deshonestos en tiempo de servicio. Como ya estaba bien de aquello, aquello iba a cambiar, de arriba abajo, porque él, el jefe, se encargaría de que aquello cambiara y la vertical transformación caería sobre nuestras cabezas. Que, a excepción de Guada, la unidad estaba constituida por una punta de borrachos y puteros y que ella, Guadaángeldelamañana, no sonriese, que tenía más delito ella que la citada punta, por su constitución descocada y por los vestidos con los que se cubría, y lo de cubrirse era una manera de hablar. Encendió en las llamas de su cólera un cigarrillo, que yo le había dado, y la hoguera comenzó a humear. En el silencio, se presentían las lágrimas inminentes de Guadamaniquíultrajado. Ramón, en uso de sus facultades y ahora erecto en su asiento, decretó continuásemos y que qué tierras extrañas habíamos hollado y en cuáles cachupinadas internacionales habíamos exhibido nuestra inmoral catadura de ganapanes. Guada dijo que ella había estado en Andorra y que si se podía poner que ella había estado en Andorra, porque la verdad es que ella acerca de la soberanía andorrana no poseía ideas claras. Ramón aclaró que Andorra era un Principado. Que bueno, pero que a ella se le dilucidase taxativamente si incluía en el repugnante cuestionario su viaje a Andorra o si lo dejaba en su íntimo acervo, ya que ella no buscaba follones y bastantes complicaciones había causado el dichoso cuestionario, que por ella ni se hubiese cumplimentado, porque nadie tenía derecho, ni siquiera los de Pagos, a preguntar sin tasa, pagándonos la miseria que nos pagaban para que trabajásemos, pero en ningún caso para que les contásemos qué comíamos, cuánto dormíamos y si era el color violeta nuestro favorito. Ramón le aconsejó no se pusiese así, que nadie le había preguntado sus preferencias, pero Guada ya se había puesto y dictaminó, coreada por nuestro silencio, que parecía mentira que él, Ramón, el jefe, le aconsejase que no se pusiese así, cuando él acababa de insinuar que a ella en la casa la sobaba todo quisque y que ella iba poco menos que en pelota al tajo, siendo que ella no se vestía a lo monjil puesto que era elegante, y que de sobar, nada, ni nadie, salvo que uno de éstos (Satur, Carlitos y yo) se permitiese un chicoleo, porque ella nos quería como hermanos, como hermanos la acariciábamos y también ella tomaría sus medidas, que al primero que le alargase la mano o le propusiese averiguar los números de teléfono a ojos vendados o escribir a máquina a método ciego le largaría el tortazo que a uno de Reservas Financieras había largado, en la pasilleril ocasión por todos conocida, harta ya de que en la unidad se la considerase la zorra cegata. Ramón logró sacar la cabeza a la superficie y le dijo que incluyese el viaje a Andorra. Pero Guada, borboteando dignidad, sentenció que no lo incluía, que ella, al fin y al cabo, había visitado Andorra para comprar una vajilla de cristal irrompible; por otra parte y para acabar por lo que a ella respectaba con el C.1.2.6.19., que ella sólo tenía que declarar el viaje al norte, como secretaria de Ramón, en septiembre del año próximo pasado. Con excesivo espíritu de conciliación, Ramón le recordó lo mucho que había disfrutado. Guada contestó que se lo había pasado infame, puesto que las reuniones eran una mierda de pedanterías y todo el mundo se creyó con derecho a pasear los crepúsculos en su compañía y por las playas y que a ella aquellos sabios reformadores le habían resultado gamberros, hipócritas y sexireducidos. Se iba un momento a los lavabos. Se fue. Entonces, Carlitos afirmó que él, lamentándolo, inscribiría en C.1.2.6.18 catalán. Al olor de la fronda que gruñía, Ramón explicó, en tono contemporizador, que, como nadie ignoraba, el catalán no era un idioma, sino un dialecto del provenzal, lo que imposibilitaba incluir supuestas dotes catalanescas en el cuestionario, pero que, además y era lo principal, a él los catalanes le caían gordos. Para resumir, él a los catalanes los pasaría a cuchillo, porque, y quizá no lo supiésemos, los catalanes tenían un himno en el que prometían transformar en tinta china la sangre de los castellanos, lo cual resultaba demasiada industria, siendo, por si fuera poco, separatistas, antipáticos y partidarios del arancel. Carlitos dio un grito ininteligible, que asustó a Ramón. Nuevamente sentado, Carlitos rugió que alguien de muy buena familia, como él, no consentía que nadie profiriese semejantes calumnias de sus antecesores de San Baudilio de Llusanés. Efectivamente, también a su juicio se solucionaría el problema catalán pasando a cuchillo a todos los castellanos, que, en último término, él había nacido en la baja Andalucía. A Satur lo de la bondad de linaje le removió los humores populistas y afirmó que cualquier día llegarían los rojos y que no iba a quedar nadie vivo y que él, que no era comunista, se iba a alegrar. Ramón ironizó, recordando que nuestro compañero Pantoja pertenecía, según le había oído en repetidas ocasiones, a una de las doscientas familias del país. Yo comenté que qué pobre país el nuestro, mandándome Carlitos a practicar costumbres helénicas, y a Satur, que sí, que su familia y a mucha honra era una de las doscientas y no de las doscientas mil, como temía que fuese la de Satur. El jefe prohibió los clasismos, pero lo que no pudo impedir es que Carlitos accediese a un alto cargo, desde el que Ramón habría de ser visto como una hormiga, seis meses después de aquella mañana, cuando yo sabía ya con quién había conferenciado Mary Tribune a través del Atlántico y el *tovarich* Satur ya pretendía un cómodo destino en la reciente subdirección de su ex compañero el Ilustrísimo Señor Pantoja Macusani. Que pusiese catalán, pero que él no pondría su conformidad. Que no pusiese su conformidad, pero que él pondría catalán. Que cómo es que seguíamos discutiendo lo mismo, si ella creía encontrarnos en el declaro y juro por mi honor ser auténticos los datos reseñados *ut supra*.

Las tirantes mejillas de Guada y la restaurada pérgola de su peinado hicieron corriente, levantaron suspiros, secaron sudores y decidieron a Ramón a una corta ausencia, para averiguar en la planta noble si el oficio del director tenía carácter urgente o carácter normal.

—Es un cretino. —Carlitos se salivó las cejas.

—Hombre, no es mala persona. Tú le has puesto a parir y, claro, todos tenemos nuestra sangre. Aunque no sea azul.

Me trasladé al diván forrado en plástico a descansar las vísceras y a ver a los cornúpetas de ellos dos desde la barrera, al tiempo que Guada se traía su labor de ganchillo y metamorfoseaba el despacho en un saloncito hogareño. Satur había ocupado el sillón de Ramón, tan necesitadas sus nalgas, como las de todos, de nuevas acomodaciones.

—Tú crees que la gente bien tiene sangre azul, Satur, igual que creen las porteras.

—Yo es que no soy gente bien, Carlitos. A mí me echaron al mundo con mis cositas negras, pequeñitas y pegadas al culo.

—¡Ay, no digas esas barbaridades, que me tronchas! —rogó Guada, balanceándose en la mecedora de su jovialidad.

—Carlitos, para ti los reyes ¿son gente normal?

—Las princesas son distintas —intervino Guada—. No vayáis a decirme que las princesas son chicas corrientes.

—Pero qué van a ser corrientes —dijo Satur— con la vida que se pegan, mientras los demás estamos todo el día pringando.

—Para que te des cuenta, yo no quisiera ser rey.

—Desprendido tú.

Progresivamente interesado en el abstruso debate sociológico, me arrancó de él la aparición de Luisito, según el cual esperaba en mi teléfono una voz femenina. Acaricié la nuca de Guada, recibí su sonrisa y sólo encontré un zumbido en el auricular. A bramidos, conseguí la comparecencia de Luisito.

—¿Quién te ha dicho que era?

—¿Quién?

—La que me llamaba por teléfono.

—¿Lo cual le llamaba?

La sólida bajeza, transmitida íntegra de siglo en siglo hasta aquellas abotargadas facciones granujientas de quiebraterrones godo y esculpida por el mal gálico ya en los tiempos áureos, habría desanimado a los propios señores de Torquemada y Maigret.

—Déjalo, no te esfuerces.

—¿Le voy a comprar tabaco?

—No.

—Y ¿cerillas?

—Vete a tus obligaciones.

Sin cigarrillo y con su rabo de primate inferior enredado a las extremidades traseras, tan sucio el galoneado uniforme como impoluta la inteligencia, me dejó en compañía de mi soledad, pronto a escapar a El Jardín de las Delicias o a las mejores boutiques en busca de camisas de verano, para las que no tenía dinero. Por lo pronto y ya que el cuerpo me lo aguantaba, me tendí en el diván, previa orientación del ventilador. A aquellas horas en cientos de ciudades, en millones de calles, en kilométricas costas, en boscosas montañas, multitudes de hombres respiraban la libertad, un puñado de luz, espacio y decisiones tan incomprensiblemente negados a los que ganábamos el pan con el sudor de nuestra abulia. Allí se estaba fresquito, insonorizado, casi en óptimas condiciones para dejar fluir mansamente el río sensorial, sin los escollos de la elección o la responsabilidad. Con el somnífero de la meditación moral, había conseguido un par de bostezos y esa líquida propensión a la murria dormilona que precede a la esencia somnolienta, cuando mi superior inmediato se instaló en uno de los sillones basculantes, exigiéndome no me moviera y sembrando sobre la mesa sus zapatos de ante berenjenado, con doble suela de goma estriada, más adecuados para soportar a un camión de tres ejes.

—Sigue, sigue, hombre. Yo también estoy hecho migas.

—Anoche —volví a arrellanar la espalda contra uno de los laterales del diván— me acosté tarde.

—¿Anduviste por ahí?

—Un poco.

—¿Te beneficiaste a alguna?

—De todo hubo.

—Yo —Ramón suspiró— te considero el tío con más suerte del mundo. Si supieras lo que es vivir con madre, dos hermanas, un cuñado y dos sobrinos… Si lo supieras… Me gustaría casarme, para vivir con una sola persona. Ayer me acosté a las once y media. A las doce estaba, con el pijama debajo del traje, en el bar de la esquina, mirando el final de una película de amor. Luego, jugué una partida de dominó, que perdimos. El vino me jorobó el estómago.

—Claro, por la úlcera.

—A las cinco y media se despertó mi madre y se puso a planchar. A las seis y cuarto los niños pedían a gritos cacao con leche. Y yo, en la cama, estaba pensando para qué ha nacido uno.

—Te comprendo.

—Y había ido al fútbol, a ver a esos cabritos encajar goles. No es que me pasase un domingo perro, no; es que me había pasado un domingo corriente.

—Cásate.

—¿Con quién?

Entre nuestras escasas amistades comunes no encontraba cónyuge para Ramón, mientras Ramón se traspasaba las junturas de los dientes con cerillas y hacía chasquear la lengua sobre las encías.

—Con Guada. Guada es buena chica.

—Alguna vez me lo he planteado, no creas. Pero —Ramón dejó resbalar la rabadilla hasta el borde del asiento— es muy joven. Yo, la verdad, no estoy para tías como Guada.

—María del Coro parece más frágil.

—Sí, también se me ha ocurrido. A mí lo que me llenaría es llevar la vida que tú llevas. Salir con tías bien, tener amantes, un piso, independencia, tu dinerito para gastar en lo que te apetezca. Eso es lo que, para mí, significa vivir. Y, luego, esta oficina… Yo aquí me siento apocilgado. Pero ¿qué hago? Sí, ya sé, por ahí se gana más, *«que mientras tú en festines, en rubios caldos y en fragantes pomas, entre mancebas del astuto Norte…»* se hacen negocios, se trabaja a otro ritmo. Satur dice que ha conocido a un fulano que sale por treinta y seis del ala al mes. Un elemento como tú y como yo. En el bar de mi calle hay tipos así.

—Estás bueno, eh.

—Estoy foti.

—Pues esta mañana estabas contento.

—Porque uno —Ramón, a pulso sobre los brazos del sillón, descendió sus neumáticos de ante al suelo— disimula. Hale, vamos.

—¿Al cuestionario?

—Esta tarde terminamos el cuestionario. Para lo que nos pagan... Al aperitivo, que se nos echa encima la hora de la salida. Tú tendrías que presentarme a una de esas chavalas de la buena sociedad que te trajinas.

—¿Llamamos a Satur y a Carlitos?

—A Carlitos le toca quedarse hoy. Que se venga Guada.

A Guada no le apetecía y Satur se nos unió en el pasillo, donde nos demoramos con unos de Balances y Estudios, informados del comienzo de la jornada intensiva el primer miércoles del primer mes venidero. Discutidas las diferentes versiones del asunto, examinadas las fuentes, los de Balances y Estudios pronosticaron próximos e importantes cambios. Los cambios dejaban flojos los más pudendos músculos de Satur, ya que la única variación beneficiosa sería meter en la cárcel a unos cuantos cambiables. Ramón ofreció una matización más económica. El jefe de Balances y Estudios opinó que ni mediante ametrallamiento masivo, porque los españoles no teníamos arreglo. Tras una protocolaria pausa a orillas de la fosa peninsular, Carlitos, que, en mangas de camisa, había abandonado la guardia, optó por la especulación optimista; que nada de eso, que éramos un país como otro cualquiera, con la diferencia de que nuestra pereza, nuestro provincianismo y una fatal hipocondría, nos llevaban a identificar nuestras evoluciones personales con las nacionales; que una prueba la constituía el propio Ramón, quien antes de los treinta años decía pertenecer a un país en desarrollo y, cumplida la antedicha edad, en decadencia. El argüido prototipo arrugó el rostro y preguntó a Carlitos si, por casualidad, buscaba que le mentase a su madre; que se la mentaría, con todos los respetos, ya que él, antes y después de la treintena, pensaba lo mismo; es más, ni siquiera pensaba pensar de otra manera el día de su jubilación, puesto que él, aunque equivocado, practicaba la virtud de la consecuencia. Los de Balances y Estudios, muy finos y precavidos, se despidieron, recordándonos que las discusiones políticas suelen acabar mal. Dándose la madre por mentada, Carlitos llamó bestia a Ramón y entró al despacho, para salir, a paso de carga, embutiéndose la chaqueta, cuando Ramón, contradiciendo a Satur, negaba que fuese Carlitos un susceptible, que Carlitos era, sencillamente, un cantamañanas, y Guada, en su sobresalto, aparecía en el pasillo con la labor de ganchillo a la vista.

—¿Qué le habéis hecho a Carlitos, que se sube a Personal a pedir el traslado? Hoy es que estáis imposibles.

—Nada —explicó caritativamente Satur—, que éste le ha dicho que se iba a cagar en la señora Macusani.

—Pero no lo he hecho. Lo que pasa es que lleva una temporada que quiere trasladarse. La prueba es la matraca que nos ha dado con lo del catalán. Si no fuese por él, podíamos tener ya los cuestionarios entregados. ¿Que se va? ¡Que se vaya! A enemigo que huye, puente de plata.

—Ay, benditos, cómo sois… —A Guadaesferasrutilantes en la penumbra del pasillo le brillaba el tambor de su vientre—. Con lo a gusto que viviríamos todos en paz…

Dejamos a Guada con las agujas de ganchillo entre las manos y una paloma blanca sobre su cardado, para, en mascado silencio, mudarnos a la cafetería, bebernos unas cervezas y, con un ritual propio de Gran Casino, jugarnos a los chinos el precio de las consumiciones. Me libré el primero. Frente a frente los cerrados puños, Satur hizo varios intentos de perder, pero la disputa con Carlitos había emburrecido a Ramón tanto que dijo que ninguna, cuando Satur había dicho que una. En la palma de Satur apareció la moneda del triunfo y Ramón pagó, sirviéndose de los intestinos como músculos risorios. Le convoyamos hasta la puerta de su despacho, desde donde repentinamente se precipitó hacia la planta noble.

Guada estaba llorando.

—Cálmate, mujer, que tampoco ha sucedido una catástrofe.

—Gracias a un violento teclazo, Satur produjo una ruidosa carrera del carro de la máquina.

—Me la vas a averiar —gimoteó Guada.

Satur dio un puntapié a la papelera y pasó a su despacho, sin cerrar la puerta de comunicación.

—Eres tonta, si lloras.

—A mí las riñas me impresionan mucho.

—No te dejes impresionar, bobona —le acaricié la papada.

—Y ¿qué quieres? Soy muy sensible. —Descruzó las piernas por comodidad más que por mostrarme fugazmente cuánta belleza ceñía su vestido de lunares—. A mí las peleas me engordan. Hasta las de los perros.

—Pero si ya verás —en cuclillas, me sujeté a su cintura— cómo hacen las paces delante del jefe de Personal. Parece mentira —verdaderamente resultaba increíble el esponjoso volumen de su cadera izquierda— que no los conozcas.

—Eso es lo malo, que os conozco. Yo voy a pedir el traslado también. A un sitio tranquilo y serio.

—¿Dónde vas a estar más considerada que con nosotros?

Nos miramos unos segundos, lo bastante dilatados para que yo creyese oportuno, incluso beneficioso, aventurar mis manos en contactos más epiteliales.

—Golfo. —Tuvo un escalofrío, antes de emitir una picoteada

risa, que temí hiciese creer a Satur que sonaba el teléfono—. Pero ¿qué sacáis con tocarla y venga de tocarla a una?

—Placer —dije, por si lo entendía.

—Qué ganso eres… —Sus rodillas en impulso contra mis hombros me dejaron sentado en el suelo—. Ay, madre, siempre termináis por hacerme reír, con tanta chirigota.

Desde el más bajo nivel, las piernas de Guada justificaban el enervamiento, crispantes en su armónica proporción. Mis dedos revolotearon tras la golondrina de su falda, como burriciegos murciélagos. Junto a la ventana, la lengua entre los labios, Guada ensartaba puntos de aguja a aguja, riéndose aún y mientras yo demoraba en el linóleo el instante de alzar, con el cuerpo, las quemantes toneladas de deseo.

—¡Al despacho del jefe!

—¡Uy!, animal, qué susto me has dado.

—Que os dejéis de cachondeos, que el jefe trae noticias —insistió la voz de Satur.

—Ayúdame.

Me así a sus manos y, sin soltárselas al llegar a la vertical, conseguí abrazarla y abalanzarme sobre su cuello, con la más excelente técnica caníbal. La sorpresa me proporcionó una ventaja inicial, que su bofetón anuló con suficiencia.

—Otra vez te va a ayudar tu tía, guapo.

Preservándome el escozor de la mejilla herida, por la indemne se me deslizaron un par de lágrimas.

—Guada…, borrica… Otra vez…, no tan fuerte.

—Anda, exagerado. ¿Te he hecho mucho daño?

Encendí un cigarrillo, me enjugué el llanto y pasé a los dominios de Ramón, escarlatas todavía mis facciones ofendidas. La ofensora, Carlitos y Ramón recogían los cuestionarios, con un jolgorio impropio de la faena, y Satur, fruncido el entrecejo por el esfuerzo, leía dos páginas mecanografiadas al máximo.

—Qué, que te ha dado candela ésta, eh —comentó Ramón.

—Tú —pregunté a Carlitos, para corresponder— ¿no habías subido a solicitar el traslado?

—Hombre, yo…

—Puñetas, no vengas soltando acíbar. Aquí lo que se precisa es un poco de comprensión con los defectos ajenos.

—Yo no tengo ninguno.

—Ah, ¿no?

—No. Yo tengo lo que me sale del culo. ¿Para qué me llamabais?

—Pero ¿ya empezamos?

—Estoy harto de paternalismo —dije.

—De acuerdo. —Ramón tomó asiento en su poltrona e indicó a Guada un sillón—. Si quieres reglamento, taza y media. Desde esta tarde, aquí a la hora de entrada y en tu despacho hasta la hora de salida.

—Y cada uno en el suyo hasta la hora de salida, sí, señor.

—Yo —dijo Satur, dejando planear los dos folios sobre la mesa— me niego a firmar el enterado. Nadie me puede obligar.

—Es una circular reservada. —Carlitos alzó los papeles—. Referente a una paga.

—¿Una paga? —dije, con la voz involuntariamente reblandecida.

—Una paga —confirmó Ramón.

—Yo firmo lo que sea —anunció Guada, sin interrumpir los retoques a pincel de sus párpados—. ¿Qué me importa que conste una cantidad y luego me paguen otra?

—Claro —asintió Ramón—. Además, que no esperábamos que soltasen nada antes de julio.

—Pues, eso. Me viene de caramelo, lo cojo, firmo lo que se me diga y asunto concluido.

—Se trata —en funciones de consejero áulico, Carlitos mantenía la circular desplegada en el pútrido aire del despacho, quizá como habría sostenido un indescifrado papiro— de agotar un crédito vencido y sólo en parte justificado. Ahora bien, ciertos empleados, por razón de su puesto, están imposibilitados para la percepción, al estar imposibilitados para firmar el enterado de sus propios acuerdos. Te enteras, ¿verdad? De modo que, justificando totalmente el crédito con asignaciones superiores a las que realmente habrían de correspondernos, los que decretan el enterado también se posibilitan, aunque de facto, como perceptores. Es todo por culpa del enterado. En otras palabras, nos hacen un favor y nosotros les hacemos otro favor.

—Yo no firmo. —Satur, catoniano de chaqueta vuelta y corbata sucia, apuntó su mirada a los rubios pelos que circundaban la calva de Ramón—. Lo considero una indecencia.

—Más indecente considero yo devolver, por un trámite estúpido, el crédito sólo parcialmente justificado.

—No me da la gana de darme por enterado de que recibo diez, cuando sólo…

—Cállate —ordenó Ramón, al sonar el teléfono—. No firmas, no cobras y te callas. Guada.

Guada descansó el pincel en su oreja derecha, descolgó y sopló invisibles materias del diminuto cristal de su reloj dorado.

—Aquí la secretaria de don Ramón… —A Guada el profesionalismo le produjo un batir de pestañas, ante el que habríamos debido arrodillarnos—. Hola, guapa. Ahora mismo te conecto. Gracias a ti, guapa. —Guada, a rejilla tapada, tendió el auricular a Ramón—. Don Enrique. Pero don Enrique el Viejo.

El estruendo de las corazas, de los piafantes caballos y las rugientes trompetas, sacudió los muros, levantó a Ramón y no impidió a Guada continuar su maquillaje, expresando Satur su particular criterio con un enérgico tajo del filo de su mano izquierda contra la corva de su flexionado brazo derecho.

—A sus órdenes, don Enrique. ¿Cómo se encuentra de salud, don Enrique? ¡Cuánto lo celebro, don Enrique...! Estamos a punto de remitir cumplimentados los cuestionarios correspondientes al personal de esta unidad, que está siempre a su disposición, don Enrique. Usted dirá, don Enrique... Acabo de ser debidamente notificado en el despacho del señor jefe de Personal, don Enrique... Si usted me lo permite, don Enrique, tanto yo como el personal de mí dependiente quisiéramos agradecerle a usted, don Enrique, el interés... Bueno, bueno, don Enrique... Nosotros sabemos que no ha sido la superioridad, sino usted, don Enrique... Sí, señor, nos hallamos extremadamente contentos y hoy mismo firmaremos el enterado, don Enrique...

—Pijas en vinagre —decidió Satur.

—Al contrario, don Enrique, al contrario. El personal de mí dependiente no sólo ha comprendido el problema suscitado por el enterado, sino que lo agradece vivamente a usted, don Enrique, y al señor director y, naturalmente, a la superioridad, por la atención que supone esta inesperada percepción, que nos va a venir tan ricamente para el veraneo... Je, je, je...

—Je, je, je... —El mérito de Satur radicó más que en la fonética en la sincronía.

—Sí, señor, don Enrique... No, señor, don Enrique... Claro que sí, señor, don Enrique... Absolutamente de acuerdo, don Enrique... Y, además, no he olvidado, el oficio, don Enrique... A mandar, don Enrique, y ya sabe usted, don Enrique, que muchísimas gracias, don Enrique... Con Él quede, don Enrique... —Ramón devolvió a Guada el auricular, respiró sonriente, ocupó el sillón y, con una benevolencia destilada gota a gota, participó al personal de él dependiente—. Es un gran hombre este cabestro de don Enrique.

—¿Ha estado amable? —se interesó, enroscada en su baba, la bestia pulposa Carlitos Pantoja Macusani.

—Amabilísimo.

—Es un viejo salado —dictaminó Guada—. ¿Qué ha dicho del oficio que me tiene que dictar éste?

—Que es urgente. Hale, a firmar el enterado.

—Yo —dijo Satur— no firmo.

—Elévame, como jefe tuyo que soy, una solicitud de dispensa de firma, motivada. Es decir, exponiendo el motivo.

—Que me suda.

—Pues, yo informaré que te suda. ¡Lo informaré! A mí no me asustas tú, ni me conoces, ¡entérate!, si es que te suda firmar el enterado. Porque yo voy —Ramón plantó las palmas de las manos en el tablero de la mesa y cabeceó, con un tintineo de banderillas— y te hundo arriba, que hasta cuento que oías la radio clandestina, antes de la última subida de sueldo. El que avisa no es traidor. Guada. —Entre el bolígrafo y el pincel, Guada casi firmó la circular reservada con el estuche de acuarelas para ojos—. Carlitos. —Estilográfica en ristre, Carlitos cumplió como de él se esperaba—. Tú.

—Yo tengo que pensármelo —dije.

—Ya somos dos.

El ululante sirenazo del timbre de salida coincidió con Luisito, quien, en la puerta y sobre el asordante y continuo campanilleo, tuvo la amabilidad de bramar:

—¡¡El timbre!!

Acelerados unos por el movimiento de los otros, nos catapultamos a nuestros despachos, impacientes por abandonar el lugar donde se nos indicaba que ya habíamos cumplido y en busca de los efectos privados, dejando abiertos los cajones y desperdigados los documentos entre el polvo, las grapadoras, la ceniza y los clips retorcidos en las inacabables pausas de la tarea. Ahora, nadie habría jurado que el tiempo había caminado en una lenta carreta.

Guada me alcanzó y, no obstante su comportamiento, accedí a transportarla hasta la misma carnicería en que diariamente compraba los filetes del almuerzo. Salimos a la calle y en la calle la vida, de un golpe, nos aserró los grilletes.

Guada no cesó de comentar, con más o menos acierto, la probable fecha de la jornada intensiva, la imprevista paga, el trámite del enterado —que no había entendido, según propia confesión—, el difícil carácter de Satur, la pegajosería de Carlitos y mis impetuosos arrebatos de obseso soltero. Pero, al tiempo que no la escuchaba y trataba de adelantar incluso a los descapotables, mi corazón latía ya por Mary Tribune.

—Hijo —contemporizó, con la portezuela abierta— una tampoco puede consentir así como así. Armando es casi mi novio y, luego, lo que cotillean las compañeras. Tú es que no sabes cómo son las compañeras, porque tú en la oficina estás como en visita.

—Gracias, maja. Es lo más bonito que me podías haber dicho.

Se dejó besar las yemas de los dedos y, repentinamente alborotada, corrió hacia las ristras de morcillas, los tasajos, los garfios ensangrentados, moviendo exuberancia al compensador ritmo de una sencilla racionalidad. Recordé mis calzoncillos olvidados en el despacho, en tanto el ascensor me subía demasiado despacio.

Y, de pronto, cuando la tuve delante, sonriente en el centro del living, descubrí que era Mary aquella hermosa estructura y no la desmembrada divagación, que yo había fabulado desde que sonó el timbre de salida. Asombrado de encontrarla sola, deduje que había esperado encontrarla acompañada. Se lo dije, pero Mary me inundaba ya de seda, carnosidad y cocteleros aromas, observando, aprisionado entre sus brazos y provisionalmente tuerto, el limpio orden del *home*, unas aparatosas flores y la mesa, a la que sólo faltaban dos candelabros para poderla alquilar como escenario de superproducción. A mayor novedad, de los lóbulos de Mary pendían unas bolas color naranja, que me golpeaban, como látigo de dos colas, en la nuca y las mejillas, en relación al grado de efusividad. Decidí la discusión del tema viviendas separadas. En la boca me burbujeaban pecas, cremas, ungüentos y una intemperante afición por la dicha.

—Mary…

No era aún el momento de hablar. En el tocadiscos giraba una sentimentalidad discreta. Antes de que apareciese en la pared Miami Beach, fui arrastrado al dormitorio.

—Pero, querida, ¿por qué te has molestado?

—Estaba tan alterada por tu regreso.

—Amor mío, si no tengo tiempo…

—¿No te ducharás?

Contabilicé en el arsenal albornoz, batín, cigarrillos, pantuflas y abundante muestrario de alta perfumería y cosmética internacional *for men*.

—No a estas horas. A estas horas, normalmente, estoy de mala sangre.

Se sentó en la cama, súbitamente alegre, a piernas separadas y manos juntas entre los shorts azul tormenta, confeccionados en alguna materia de relampagueante apariencia metálica.

—¿Por qué?

—Porque acabo de salir de la oficina a la una y media y tengo que estar en la oficina a las cuatro y media.

—Pobrecito… ¿Cuáles son tus costumbres?

—Comer y tumbarme un rato. Sobre todo, no pensar.

—Excúsame. Estaba alterada por tu regreso.

Meteóricamente huida a la cocina mientras me desprendía de la corbata, Mary había llenado los escasos espacios libres de la mesa con nuevos alimentos y graduaba persianas y cortinas.

—Confío que tendrás buen apetito. Muy eficaz Mercedes y tan gentil… ¿Prefieres que te sirva yo? No te levantes. —Haciendo monerías, sustituyó el chirrido de la aguja por edulcoradas armonías ambientales.

—Pues, supuse que estarías con —me besó de paso hacia su silla— Pablo.

—Oh, Pablo qué encantador… Hemos conversado mucho, mucho. Es una persona inteligente, ¿cierto? Más inteligente que el nivel medio de los españoles, creo.

—Claro, el nivel medio de los españoles somos gilis.

—¿Qué cosa significa gili?

—No tiene traducción. Los lenguados están buenos.

—He recibido una sorpresa, cuando hallo a Pablo dormido aquí. Mercedes explicó que tú estabas enfermo y yo llamé a tu oficina y, luego, hice llamar a Pablo, que aseguraba que no estabas enfermo. Pero el teléfono sonaba en balde. ¿Te divertiste anoche?

—¿Anoche? Bueno, di una vuelta por ahí, encontré a unos amigos. Supongo que bebí demasiado.

—Quizá te sea perjudicial el vino.

—Al contrario.

—¿Lo encuentras convenientemente frío?

—Sensacional. Así es que Pablo y tú…

Se habían pasado la mañana en la terraza, ingiriendo variados líquidos, transmitiendo mandados al zascandil de Merceditas y mutuamente subyugados por sus respectivos *charmes*. ¿De qué trató la conversación? Universal, con referencias a personas concretas. Algún fragmento, sin tocar fondo, autobiográfico. Pablo había hablado de mí.

—Y ¿qué ha dicho? —me interesé más por cortesía que por vanidad.

Que era yo un tipo sencillo de manejar, superada una inevitable etapa de desorientación. Me callé el debido comentario al retrato psicológico, ya que el vino me establecía en mis más extraños equilibrios y, por otra parte, si no escuchaba a Mary, gozaba más en los analíticos estudios de sus clavículas, de sus labios —realmente comestibles—, de sus pecas y sus piramidales pechos. Mary y yo comenzábamos con aquel almuerzo, basado en una trabajada naturalidad, la larga luna de miel, el laberinto de nuevos hábitos, que habrían de conducirnos a esa familiaridad que una cierta filosofía denomina fenómeno del recuerdo de las compresencias. Es decir, que en aquel momento ni la una, ni el otro, sabíamos a quién teníamos enfrente.

—¿También ha llamado Bert? —me oí preguntar.

—También. Tanto Bert que José María deseaban llegarse con nosotros, pero Pablo ha comprendido mi necesidad de permanecer a solas contigo. Pablo es muy delicado... ¿Cómo puede sentirse un afecto sincero por personas de reciente conocimiento?

Aguardé a que ella misma encontrase la respuesta en el aire que miraba y, por fin, me decidí a suministrársela.

—Porque estarías muy sola en América.

Con una facilidad circense, los ojos se le humedecieron.

—Sí. —Tragó con dificultad su hojita de lechuga con nata y añadió—: Muchas gracias.

—No te emociones, Mary, que te sentará mal la comida. Oye —por si anunciaba su intención de buscar apartamento—, ¿qué piensas hacer esta tarde?

—Ah, se me presenta una tarde muy ocupada. —En uno de sus frecuentes gestos de muchacha, se palmeó la frente—. Peluquería con Bert, primero. Y compras. Bert dice que no es preciso acudir al almacén oficial americano. Tú quedarás libre a las siete y media. ¿Has decidido algo?

—Ducharme.

—Bien…

—A las siete y media debo venir a ducharme…

—No te gusta la ensalada.

—Tiene nata, pero sabe bien. A ver si la ducha me quita la mala sangre…

—Pobrecito.

—… que tengo a las siete y media de la tarde, después de ocho horas de oficina. Luego…, bueno, luego solía tomar una copa, llamar a alguien…

—En ningún caso deseo que varíes tus costumbres.

Por lo pronto, cuando nos trasladamos al chester a tomar café, me metió en la boca un habano, que no encendí, y apareció una botella de coñac francés, *eau-de-vie* que había prometido no beber diez años antes.

—¿Caliento la copa? Pablo me ha asesorado sobre la marca de los cigarros. He de conocer tus gustos. Inmediato de sorber tu cognac, reposas.

—Mary, acércate. —Incrustó hombro en mi axila—. Mary, encanto, quisiera preguntarte algo. —Afirmó, mordiendo mi camisa con los dientes—. ¿Has dejado a alguien en Estados Unidos? Alguien por quien sientas un afecto especial.

Que compraría aquella misma tarde una barbacoa eléctrica y un televisor resultaba entonces difícilmente previsible. Pero que, en sus límpidos ojos que la penumbra hacía verdes o quizá violetas, yo no supiese encontrar sino la más espontánea y simple inocencia debía cargarse a mi cuenta de gili de medio nivel.

—No sé qué quieres decir.

—Verás… Pensé que… —Tartajeaba, tan inquieto como el día anterior junto a la Poza Chica—. Es una tontería…, unos tontos celos… Imaginé…

—¿Celos?

—… que el sábado habías telefoneado a Bob.

—¿Yo? —Su risa se unió a uno de esos momentos musicales, en que verdaderamente se amansan las fieras—. Cariño, no he recordado siquiera a Bob.

Los informes de Merceditas, con la imprecisión clásica de las murmuraciones populares, no iban a amargarme la sobremesa con aquellas conmocionantes piernas, con aquellas caderas apenas cubiertas por una lámina de estaño azul.

—No me lo tomes en serio y te prometo no imaginar más tonterías.

Su ceñuda sonrisa, casi escrutadora, fue borrada por la actuación de mis manos.

—Oh, ¡no, no, no…! Eres muy amable, pero no admito que te debilites tras el almuerzo. Recuerda que has de trabajar esta tarde.

Me llevó a la cuna y se negó a cantarme una nana. Desnudo y en la oscuridad, me esponjé de satisfacción.

A las cuatro me despertó, me roció de colonia y estuvo eligiéndome camisa, traje y corbata, como para una cita con Tub.

—¿Qué harás esta tarde?

—Distraído, ya te lo he contado. Espero a Bert, que me acompañará a la peluquería y a compras. ¿Sería inconveniente ofrecerle un pequeño regalo a Bert?

—Inconveniente, sin duda.

—Bert es muy amable…

—La obligarías a que te hiciese otro regalo.

—¿Bert goza de buena fortuna?

—Sus padres. Bert, hasta que no se quede huérfana, no goza de nada. Pero vive como un rajá. Un rajá es un sultán, ¿comprendes? O algo así.

—Has de contarme la clase de trabajo que realizas en tu oficina. ¿Nunca informas ante la corte?

—Nunca.

—Me lo explicarás, ¿no es cierto? Ah, he recordado que sí, que el sábado hablé por teléfono. Con la embajada. —Me ajustaba (o me chafaba, según quien opinase) el nudo de la corbata—. Parece que no debo cumplir ningún requisito para residir aquí.

Sin dejarle tiempo a que me comunicase su instalación definitiva en la ciudad, exageré mi premura por llegar a las carpetas, el polvo, los clips retorcidos y la resistencia saturnina al enterado. Mary me soltó ante el ascensor abierto y trataba de reprimir una evidente depresión.

—Te esperaré en casa —prometí—. No te angusties.

Hasta que oí la entrada de Guada en el despacho de Satur, me permití el lujo de la compasión hacia la abandonada Mary, con toda la tarde por delante para pendejear en compañía de Bert mientras yo rellenaba cuestionario. Me vestí nuevamente la chaqueta, dejé aviso a Luisito de una breve ausencia y, atravesada la barrera del calor, me refugié en la cercana Librería Técnica, Agrícola y General, en cuyo desierto local me fui reponiendo de los recientes avatares y, como preparación a los futuros, hice gasto en la sección de general. Con el paquete de opio en el bolsillo, reintegré mi presencia a las administrativas covachas. Luisito me notificó reunión plenaria *chez* Ramón.

—Ya le he dicho al jefe que ha tenido usted que salir a comprar aspirina.

—Muy bien maquinado, mocete.

—Pues, lo que son las cosas, ya ve usted.

—¿Qué cosas —coloqué la chaqueta en el respaldo de un sillón— veo yo?

—Nada, que he comprado un librillo de papel de fumar y no tengo tabaco.

Le entregué un cigarrillo y me abrió todas las puertas. Guada persistía en su aspecto de serrana en fiestas y tampoco a los demás la hogareña pausa les había modificado las conocidas configuraciones.

—Habérmelo dicho, hombre; yo tengo aspirina. Siéntate —Ramón se liberó del botón superior de la camisa—, estábamos diciendo que hay que acabar de una vez con este embrollo de los cuestionarios. El deber, cuanto antes se lo quite uno de en medio, más consuelo produce.

—Yo no firmo el enterado —dijo Satur.

—¡Nadie habla del enterado! Y tú no lo cojas en taqui, que es conversación oficiosa. —Ramón, abalanzado sobre la mesa, sonrió—. Oye, ¿es que llevas mini?

—¿Quién, yo? Sí, hijo. ¿Por qué?

—Porque se te ven las braguitas, cielo.

Guada, sin sobresaltos y con parpadeos de resignación, juntó sus rodillas. Los demás adoptamos unas posturas más acordes para soportar el debate que se avecinaba. Con una justificada somnolencia, los cuestionarios se desplegaron e, incluso, Carlitos bostezó irracionalmente.

—¿Dónde nos quedamos?

—Si esto no corriese una prisa urgente, yo salía ahora a abonar los seguros de los porteros.

—¿Qué seguros?

—Los sociales. De los porteros de las casas que administro —explicó Satur a trompicones de desgana— para poder vivir. No creerás que vivo con lo que me dan aquí. Con lo que me dan aquí el día quince ya no comía mi familia.

—Y rechazas una paga extra.

—Por cuestiones morales —continuó Satur—. Uno está hundido hasta los morros en la miseria y, sin embargo, uno no ha perdido los principios que le enseñaron en la universidad.

—A mí en la universidad sólo me enseñaron códigos —dijo Carlitos.

—Ya que Satur —intervine, en un impecable tono de actividad— se escapa a lo de los porteros, yo redacto el oficio del director hasta que nos reunamos de nuevo.

Ramón consultó en sus uñas la decisión a adoptar. Ahora era Guada quien, a mandíbulas descoyuntadas, llenaba el despacho con el decreciente zumbido de su bostezo. Ramón levantó la vista.

—Buen puro estás fumando.

—Sí —sonreí—, me lo han dado.

—¿No has ido a comer a tu casa? —inquirió, con los ojos todavía empañados, Guada.

—Que he ido luego al café con unos amigos.

—Buen puro, sí, señor. ¿Nos tomamos también un café, mientras éste redacta el oficio y Satur paga los seguros?

Nos pusimos en pie, Carlitos intentó pellizcar a Guada por pura molicie y, una vez encerrado en mi despacho, sembré material de escritorio en abundancia, orienté el ventilador y compuse el número de Tub.

—Diga… —respondió la voz de Joaquina.

Lentamente, como si la lentitud me absolviese, deposité el auricular en la horquilla y, antes de que me encadenasen las rememoraciones y los rencores, deshice el paquete y me encontré entre las manos *La Muerte Baja En Ascensor*, en cuya plastificada cubierta el cadáver (¿de la Muerte o de Guada?) tenía las faldas por el ombligo. El ascensor lo mismo podía subir que bajar.

Al parecer, hacia las dos de la madrugada, la *party*, que en honor del viejo profesor Dupont se celebraba en el lujoso apartamento de los Erkelen, tocaba a su fin. Patricia Erkelen, radiante en su vestido de guipure mostaza que dejaba descubiertos sus alabastrinos hombros y su marmórea espalda, ejecutaba al piano un *Nocturno* de Chopin, mientras Humphrey Erkelen, Timothy y los Kerton bebían whisky tras whisky. Betty Kerton concretamente, champán. Al otro lado de las plantas orientales de la terraza, sobre Manhattan, lucían incrustadas en el claro cielo de invierno las estrellas.

Me acomodé el pantalón en la entrepierna y me quité los zapatos. Luisito gritaba a un colega, en el pasillo, su convicción de que el tal colega no sería capaz de invitarle a un carajillo. Al colega de Luisito no se le entendía la respuesta a la provocación.

El hecho es que lucían las estrellas, mientras los últimos invitados y el marido de la anfitriona aguantaban a la anfitriona el concierto. Finalizado el *Nocturno*, Betty Kerton dijo a Patricia Erkelen que habían disfrutado de una fiesta inolvidable. Timothy, Richard Kerton y el propio Humphrey Erkelen opinaban que, efectivamente, el viejo profesor Dupont se había retirado contento del ágape. El viejo profesor, según se desprendía de los propósitos intercambiados por los tres varones, dictaba un curso sobre «Aspectos económicos de la piratería malaya» en el College donde ellos enseñaban. Patricia quiso sentarse con sus últimos invitados, pero los posos de invitados se pusieron en pie (tambaleantes, aunque allí no se mencionaba el detalle) y participaron que se iban. Con sus alabastrinos hombros y su marmórea espalda, Patricia intentó retenerlos y Betty Kerton, durante unos segundos, creyó percibir en la habitualmente gélida sonrisa de Patricia un temblor de secreta ansiedad. Humphrey Erkelen decidió acompañar a Timothy y a los Kerton hasta el parqueamiento donde habían dejado sus convertibles. Patricia le animó a tamaña cortesía y, tras una prolija despedida, los embarcó en el ascensor, ante cuya encristalada puerta se quedó haciendo los consabidos gestitos de despedida.

Mary descolgó al tercer timbrazo.

—*Hullo*…

—Oye, era para preguntarte…

—Ah, ¡qué alegría! Ha llegado Bert y en un minuto estábamos dispuestas para la salida. ¿Cómo te encuentras?

—Me encuentro bien. Era para preguntarte si en Nueva York es corriente que una fiesta dure hasta las dos y pico de la madrugada. Una fiesta entre profesores.

—Bien, quizá si han bebido en exceso… ¿Tienes mucho trabajo?

—Mucho. O sea, que tú crees que sólo si se la han cogido. Otra cosa; ¿un profesor de College gana lo suficiente para vivir en un piso donde quepa un piano?

—Pues…, no sé. Bob pensó en comprar un piano. Depende del College y de la fortuna personal del profesor. ¿Quieres hablar con Bert?

—Salúdala en mi nombre. Gracias y que os divirtáis.

—Deseo mucho verte, amor.

Reencendí el habano.

Al fin eran depositados en el lujoso portal, donde Betty cubría sus (también) alabastrinos hombros con una estola de visón, al tiempo que Timothy y Richard bromeaban (a causa de la tajada que se habían enganchado en el guateque de los Erkelen) y Humphrey, nada más cerrar la puerta, oía subir el ascensor. Como luego habría de recordar, vio encenderse el círculo del piso 32 en el indicador, antes de que Betty le tomase del brazo. La noche estaba fría y Richard pronosticó que nevaría al amanecer. Por la acera solitaria persistieron en bromear (de campeonato se la habían cogido) y Betty Kerton contó un chiste de judíos graciosísimo (a pesar de cuyo gracejo, el autor no incluía), que los desternilló de convulsivas carcajadas hasta que en el parqueamiento se subieron a los coches.

(Sin estola de visón, no hacía mucho que Tub se había apoyado en mi brazo una noche fría para ir saltando a la pata coja, mientras Andrés, Pablo, Fernando, Galizia y Bert, nos seguían. Andrés no había contado ningún chiste de loros, no regresábamos de ninguna fiesta en honor del anciano profesor Dupont, nadie silbaba polonesa alguna, pero el puñetero poder de sugestión de la literatura me tuvo un buen rato mascando habano y sin poder sustituir en mi memoria visual el rostro de Betty Kerton por el verdadero de Tub. De modo que, además de haberse fugado a Suiza, resultaba ahora que no podía yo reproducir sus facciones y que Tub era mistress Kerton. Que, para mayor complicación, se parecía muchísimo a la Odalisca —de Ingres.)

Apoyé los pies en la papelera y retorné a Nueva York.

Al quedarse solo, con el eco de los automóviles alejándose igual que unos minutos antes él se había alejado del eco del ruido del ascensor que subía al piso 32, Humphrey Erkelen se sintió abatido. En toda la noche no había encontrado ocasión de consultar a Timothy (que, de pronto, era psicólogo) las recientes y frecuentes ausencias mentales de Patricia, sus mentiras, sus incoherencias (y ¿por qué no su afición a Chopin?). Despacio por la solitaria acera, bajo las estrellas incrustadas en el frío cielo neoyorquino, Humphrey Erkelen meditaba sombríamente en los inexplicables derroteros que en el último mes había emprendido el carácter de su esposa. Cualquiera más propenso que Humphrey a dejarse dominar por la imaginación habría supuesto amenazada a Patricia por un poder invisible y destructor.

El ventilador me remitía fluidamente una especie de siroco y, convencido de que el sosaina de Humphrey me esperaría tiritando en la acera, me quité los calcetines, en parte por comodidad, en parte por desmitificar el recinto burocrático. Mary estaría ya con la cabeza en el casco secador, en cualquier Peluquería pour Dames, despreocupadas todas ellas, despatarradas, descorsetadas y calumniadoras. Divagando deleitosamente por el puro cogollo del eterno femenino, tardé en recordar las neuras de Patricia-Tub-Odalisca, a quien o yo no conocía el paño de la novela policial o le reservaban un marmóreo enfriamiento a perpetuidad en la página siguiente.

Humphrey, siempre obseso en los variados humores de su consorte, penetró en el portal, lo recorrió y encontró el ascensor detenido en la planta baja. Indudablemente, alguno de los vecinos había salido mientras él acompañaba a sus amigotes al parqueamiento. Humphrey abrió las puertas de madera en imitación de caoba. (En el texto se afirmaba, por las buenas, ser caoba.) Sin distinguir nada con precisión, Humphrey, percibió, en un brevísimo segundo, que el ascensor estaba ocupado. Durante otro brevísimo segundo dudó. Pero ya sus manos habían descorrido las puertas y, efectivamente, allí se hallaba Patricia, sonriente, radiante en su amostazado guipure, que un largo hilo de sangre dividía en dos. Humphey gritó y, como impulsado por la vibración del aire, el cuerpo de Patricia avanzó hacia él, al doblársele las rodillas. Instintivamente, Humphrey abrió los brazos, pero Patricia, tal que si ejecutase un paso de danza, se desvió de su trayectoria, eludió el apoyo marital y fue a estrellarse contra la moqueta. Humphrey, tembloroso, se sostuvo contra la jamba de la puerta. En el empeine de su pie izquierdo sentía clavados los dientes de Patricia, bárbaramente encajados en la carne, y, más allá del dolor y el pánico, Humphrey oía el lento desgarro de la seda de su calcetín.

Verdaderamente aquel mordisco *post mortem* quedaba espeluznante, más para lector a pie desnudo. Por si acaso, me puse los calcetines.

Tendido en una blanca habitación, Humphrey abrió los ojos. Un quejido involuntario escapó de su garganta. Su mirada vidriosa, al detenerse en las pacientes pupilas de Timothy, preguntaba si había sido una pesadilla aquel mordisco de Patricia difunta o si realmente Patricia le había lanzado el bocado de despedida. Timothy afirmó en silencio y Humphrey comprendió que no había soñado.

Le anunciaba con precauciones Timothy al viudo la visita de la policía, cuando el comisario Carlitos Pantoja entró en el sosegado puerto de mi despacho y atracó junto a la mesa, circular y bolígrafo en mano.

—¿Qué?

—Hombre, hay que firmar esto. ¿Qué adelantas con negarte al enterado? Si aún fueseis a dar la nota…, pero nadie se va a enterar. Lo que conseguís es no cobrar una paga, que nunca viene mal.

—Trae —dije, con Humphrey abierto bajo mi mano izquierda.

—Es lo más sensato —me coreó Carlitos—. Voy a bajarla a Balances ahora mismo, a ver si hacen rápido las nóminas. —Cogió la circular con el cuidado que se prodiga a un niño poliomielítico recién atropellado—. Luego, si quieres, te convido a un café.

Tras un breve interrogatorio, el detective Wallace informó a

Humphrey (y a mí) que a Patricia la habían suprimido mediante el sistema de sujetarla por la espalda e introducirle por la porción mastoidea del temporal una varilla de acero. Humphrey declaró que ignoraba totalmente la identidad del asesino (aunque estaba claro que el asesino sólo podía ser el vetusto profesor Dupont, único latino entre tanto sajón que hasta la página 18 había aparecido), pero que la varilla de acero que el detective Wallace le mostraba como arma del crimen era de su propiedad, puesto que unos días antes la había encontrado en el palier de su apartamento y, sin saber por qué, la había guardado en el *closet* del hall. Quizá, por su tersa y escueta belleza (o, simplemente, por su dudoso simbolismo). Timothy aconsejó a Humphrey que no añadiese nada hasta la llegada de Sam (el abogado, sin duda).

—Parece que estás curioso.

Se diría que Satur, a punto de sentarse en uno de los sillones basculantes, se había disfrazado de Lenin antes de mandarse mudar a Suiza —como Tub— en 1907. Emitió un sorbetón nasal y se pasó la manga de la camisa por la frente.

—Ya ves. —Enterré *La Muerte Baja En Ascensor* bajo las carpetas—. Y tú ¿has pagado los seguros?

—Sí —dijo.

—¿Quieres fumar?

—No.

—¿Vamos a tomar algo?

—Sigue leyendo. No te interrumpas por mí.

Inmóvil, sin apoyarse en el respaldo, Satur mantenía caída la mirada sobre el escueto panorama de su bragueta, con una deliberada distracción en homenaje a mi libertad. Me levanté y me fui al diván, un zapato en cada mano.

—No importa, ya sé quién es el asesino.

Terminaba de anudarme, con doble nudo, el primer cordón y Satur eligió el evento para preguntar:

—¿Por qué has firmado el enterado?

—¿Qué adelantábamos con no firmarlo?

—Que no se saliesen con la suya.

—Pero si nadie se enteraría. Lo único que habríamos conseguido es que se repartiesen nuestra gratificación y, encima, que se riesen de nosotros. Convéncete, Satur, tú y yo no podemos cambiar el mundo.

—No se trataba de cambiar el mundo.

—Evidentemente, pero no íbamos a cambiarlo.

—No, así no. Yo pensaba hablar con algún amigo de Dictámenes y quizá tampoco habrían firmado. Es una marranada.

—De acuerdo. —Me puse en pie—. Y ¿qué? O nos lo repartimos todos o se lo reparten otros. La marranada es que no exista un control efectivo de gastos y un procedimiento racional para la liquidación, justificación y devolución de créditos. Pero tú y yo ¿somos los culpables?

Satur se alzó del sillón a cámara lenta.

—Vamos a tomar algo.

—¿No te pones la chaqueta?

Se la puso. Guada no se encontraba en ninguno de los despachos de la unidad, de cuya custodia quedó encargado Luisito. Con las manos a la espalda, Satur llegó a la cafetería restregándome mutismo. Yo encargué, para él, un café cortado, con medio dedo de leche, pero fría, y estuve a punto de azucarárselo con un solo terrón, como si fuese mi novia, y no mojé mis labios en la ginebra hasta que decidió dejar de girar la cucharilla. No obstante mi delicada actitud, Satur expresó en una tajante exclamación que la vida, en su conjunto totalizador, era una hez. Pagué, recogimos los cubos de basura y salimos a la calle.

—Me marcho —dijo.

—¿No vuelves?

—Me largo. Esta tarde me largo y que me instruyan expediente disciplinario. Hasta mañana.

—Hasta mañana, Satur.

—¿Qué hora es?

—Faltan tres cuartos para la salida.

—Bueno —encogió los hombros—, total para eso... Un día habrá que liarse a tirar bombas y que estalle todo.

—Tampoco te pongas así. Has firmado y en paz. Cuando dentro de unos días nos paguen, verás distinto el asunto.

—Lo veré distinto. Pero huele a mierda, aunque uno ya no huela la mierda.

—Quiero decir, que no nos van a meter un hierro por el cogote o a rebajarnos el sueldo. Todo lo contrario. Anímate, Saturniano.

—Claro.

Se encerró en su despacho a consumir tres cuartos de hora en la contabilización de las economías horizontales y comunitarias. En mi despacho, Guada, Ramón y Carlitos habían formado amena tertulia, de la que me excusé movido por uno de esos arrebatos de mala fe, que tan aborrecible hacen la presencia de los otros y la inevitable del propio yo. A paso de expediente, recorrí pasillos, odiando que un tipo como Satur se creyese con derecho a contar conmigo. El timbre de la libertad sonó cuando interrogaba a mi rostro en el espejo de uno de los lavabos y la pazguata esfinge me recomendaba frecuentar sólo esa sociedad que ignora cuánta pensión de invalidez corresponde a un portero de finca urbana, que se ha despeñado desde el sexto piso.

Satur me esperaba en la calle.

—¿Hacia dónde tiras?

Claramente trataba de aprovechar mi presunta mala conciencia para ahorrarse el infierno del transporte subterráneo. Por no mostrarme brusco, me mostré melifluo:

—No sé... A casa no tengo ganas de ir.

—¿Nos tomamos una botella de cerveza?

Con el ceño engurruñado, acodado en la ventanilla, Satur aplicó su sistema respiratorio a silbar, vengativamente, machaconas armonías y a advertirme el semáforo, peatón, curva o cruce, que yo había advertido unos segundos antes. La ciudad se fue disolviendo en barrios inverosímiles, iglesias ecológicas, fábricas, barrancos, mesones, bares normativistas y estaciones de gasolina, hasta que atravesamos el primer pueblo —anexionado a la gran urbe— y encontramos, a uno y otro lado de la autopista, un campo horadado de tuberías y vías de ferrocarril, en venta las parcelas de lejano barbecho. Satur preguntó si es que proyectaba yo que tomásemos la botella de cerveza en el puente internacional de Hendaya. Entubados en el chorro de velocidad, cuando aparqué en el campero chiringuito, sufrimos la certidumbre de que habíamos hecho el idiota llegándonos hasta allí. En la explanada encontramos más furgonetas que automóviles, algún camión, dos tractores y una jauría de muchachitos, que en su continuo desplazamiento trasladaban la nube de polvo en que iban inmersos.

Acomodados en sillones metálicos, con las chaquetas en el respaldo de los sillones metálicos en que habíamos descansado los pies, Satur y yo, frente al rosáceo declinar de la tarde, cruzamos las manos sobre el estómago y dejamos las miradas en el perfil de la Sierra, menos prevenidos contra nosotros mismos que contra la melancolía que la llanura rezumaba. El mozo fue encargado de servir una botella de cerveza y un cubalibre. También unas patatas fritas. Teléfono no había. Satur escupió hacia el bohío, que constituía el cuerpo principal de la recreativa instalación. La saliva, en un instante, tomó aspecto de guijarro. Si de la lejana y azulosa cordillera se enfocaba a más cercanas perspectivas, podía gozarse el panorama de cómo se ingiere melón, tortilla o escabeche, en familia y al fresquito. La traslaticia nube de polvo, excepcionalmente frenada, contemplaba en éxtasis los bajos de un camión de diez toneladas.

De la propia botella, Satur bebió un trago espumeante. El cubalibre sabía a aguardiente y las patatas habían sido fritas en una grasa industrial en la que previamente se habían frito sardinas. Antes de que Satur se preguntase si Ramón era sólo tonto o un tonto pillo, yo había pedido al mozo un segundo cubalibre y el mozo nos había explicado que el más próximo teléfono estaba a doce kilómetros. Para simplificar, masculló que, a mi juicio, sólo tonto. Hasta mucho después Satur no suspiró, al elogiar la bondad de carnes de Guada. La nube de polvo se desintegró hacia los respectivos progenitores en busca de cachos de pan, tragos de gaseosa y alguna otra fuente de energía, que les permitiese seguir injuriando la majestuosidad del crepúsculo y jorobando al semejante de mayor edad. En cualquier momento se encenderían las bombillas, colocadas en lo alto de unos palos, y yo temía que el acontecimiento nos sorprendiese todavía allí, porque entre las dos luces ya no podría arrancarme en una semana la nostalgia de Tub. Satur dejó aflorar sus procesos mentales, cuando éstos le condujeron al recuerdo de una borrachera sabatina, que había terminado, a las cinco de la madrugada, con zambullida en el curso del Tajo, todo ello en compañía de los chicos del barrio y las correspondientes fulanas. El recuerdo lo removió en el sillón. Mientras había caído de la roca al río, le había salido la vomitona en surtidor; aquella proeza de gárgola, tan celebrada por la concurrencia, era uno de los más hermosos episodios de su vida. El mozo trajo la quinta botella de cerveza

y el cuarto cubalibre, nada más encenderse las bombillas y quedarse el campo en ese balanceo de amanecida o anochecida, que sólo
propicia la ambigüedad del sentimiento. Solicitado el mozo de lo-
calizarnos los aseos, fuimos guiados a unos surcos cercanos, donde
de espaldas a las familionas hicimos sitio orgánico a las futuras consumiciones.

En el artesonado había unas pequeñas estrellas. La brisa comenzó a oler a tomillo, sin dejar de oler a tripas de pescado, las voces adquirieron una fantasmal resonancia, las canciones del transistor se incorporaron al ruido que ya no se oye y allí, al borde de la
carretera, anclaba una extraña complacencia. Satur, que las había
devorado todas, encargó más patatas. Y boquerones en vinagre.
Rompí el nirvana el tiempo preciso para jurar que, si alguien comía
boquerones en mi mesa, me volvía de inmediato a la civilización.
Satur cambió el pedido por el de chuletas. Y pan. Y otra botella de
cerveza. Y un nuevo cubalibre para mí. El mozo, que resultaba ya
como pariente, comentó la plácida noche que disfrutábamos, a diferencia de la costa cantábrica donde, según el último boletín meteorológico, llovía desconsideradamente. Satur eructó y, recordando unas aptitudes que le venían desde niño, entonó «Amapola»,
con el evidente designio de pasar luego al repertorio de zarzuela.
A la segunda estrofa, tan olvidado Satur de Ramón y del enterado
como de la guerra de Vietnam, la nube de polvo y los seres que en
su entraña alentaban acamparon frente a nuestra mesa, siempre
dispuestos a regalarse con el espectáculo que el mundo —para
ellos, tan reciente— les ofreciese. A Satur la audiencia lo creció y,
botellín en ristre, acalló las conversaciones, atronando la explanada y la inmensidad nocturna con la romanza de tenor de *La taber-
nera del puerto*, que fue aplaudida principalmente por manos femeninas y encadenada, a petición, con el «Himno a Valencia»,

coreado, palmeado y pateado por los presentes, que debían de ser todos huertanos. El triunfo le evaporó la nebulosa felicidad y, en trance de llegar al alba berreando, se encontró Satur con mi voluntad de regresar. Pero de las otras mesas se alzó una expresa oposición a que, por mi puro capricho, se diese por finalizado tan bullicioso festival. Intenté que entendiese que ni la envidia, ni el despecho (sólo la desesperación), me obligaban a privarle o de vehículo o de la gloria. Se nos vino al debate una comisión de esposas, gordas y limpias, que le ofrecieron a Satur los medios de transporte conyugales y en cuya compañía Satur abandonó la mía. Aboné al mozo la cuenta, más propia de un Palace, y atravesé la explanada, en tanto la voz de Satur se esforzaba en conducir al orfeón por los adecuados tonos del folclore vizcaíno.

Sin querer, se me puso el coche a ochenta. Luego, me hipnoticé con la franja blanca que bordeaba la carretera y casi topo contra una indicación de obras, en forma de obstáculo hípico con candil. A fin de recuperar conciencia dimensional, reduje a treinta y por la margen derecha, mientras comunicaba a Tub que celebraba tenerla a mi lado, ella manifestaba sus celos por Mary y ambos, para siempre, nos duchábamos y nadie se iba a Suiza. En las primeras calles se coló por las ventanillas el olor del verano, un espeso ahogo invisible, que lo anunciaba todo y que, acometiéndome en la penumbrosa soledad del volante, sólo me prometía inciertos presagios, flojas admoniciones, un inseguro sabor a humo, sol y muslos bronceados.

En la esquina del bar de Luciano, Merceditas se destacó del corrillo de jovenzanas y chavales, al verme bajar del coche, para interesarse por mi salud.

—Y tú ¿qué?

—Aquí, tomando el aire. —Merceditas doblaba una pierna,

por simple y zancuda presunción—. A lo mejor, nos vamos al cine, pero usted descuide, que yo mañana estoy a las ocho.

—Gracias, maja; yo descuido. —El aguardentoso ron de garrafa me prestó osadía para acariciarle, paternalmente, una mejilla—. Que te diviertas.

Merceditas graznó de felicidad, reincorporándose mediante saltitos a sus amistades. Nada más hollar mis plantas el vestíbulo, Mary Tribune, en microvestido, mimó el papel de oso asturiano, haciendo yo el rol de Fáfila, hijo de don Pelayo. En el living, a las conocidas voces se unía otra, tampoco enteramente extraña, que sonaba campanuda. Desde luego, Tub no podía ser.

—Ah, cariño, pero si has bebido —descubrió la bellísima fiera.

—Apenas un copetín. —Tan excelentemente imité la gangosidad del ebrio, que me puse en el epicentro de la borrachera.

—Ha venido José María. ¿No lo encuentras sensacional?

—Y ¿quién más hay?

—Hay Bert. Es muy afectuosa Bert.

—Tiene unos raros ataques de cachondez, sí. ¿De quién es esa voz, que silabeaba y enfatiza tan satisfecha de sí misma?

Sobre la mesita de mármol y caoba —murciana—, la locutora y su magnificencia nos anunciaban qué programas podríamos aguantar a partir de aquel momento. Bert, sentada a lo moro y con las paletillas contra los Clásicos Garnier intercalados de policíacas y de los Lévi-Strauss, me espiaba la reacción con una temblona sonrisa. Traté de fijar con la mirada a Mary Tribune, antes de atizarle la paliza que de mí se esperaba, pero Mary Tribune revoloteaba a la busca de un vaso que traerme al nido. Me dejé succionar por la fuerza de la gravedad, hasta encontrar puf, y, entontecido por la rabia, alargué una mano, que no llegó a posarse sobre la pantalla de granujienta luz.

—En mi casa... Pero ¿es posible que en mi casa...? ¡No! ¡¡No!!

—Y aún no has visto —José María consiguió una melosa entonación de funeral— la barbacoa eléctrica.

No lejos de la abierta puerta de la terraza, se levantaba la estructura de hierros, ejes, cadenas y bandejas, entre el papel de embalar y unas cuerdas, sin la necesaria consistencia para ahorcar a Mary. Quien, acomodándose en el chester con la falda a un centímetro por encima de la ingle, me servía más hielo que whisky.

—Cuánta fatiga has de tener, amor mío, ¿no es cierto? —Me entregó el vaso y, con una familiaridad estremecedora, pulsó una tecla que disolvió en la pantalla la imagen—. Nosotras hemos pasado una tarde muy agradable. Bert, te lo agradezco infinito.

Entonces percibí los miguelangelescos remolinos que les habían fabricado en la peluquería. Bert tenía un ligero aspecto de embarazada convaleciente de viruela, a pesar de sus pantalones vaqueros. José María se sentó junto a mi irritación.

—Pero, Mary..., ¿qué te has creído? Un chisme de esos... —Me sonreía, sin comprender—. Que desaparezca mañana mismo.

—Ah, el televisor. No te molestará para lectura, puesto que lleva mecanismo de sonido independiente.

—Individual —dije.

—Individual. Ocupa poco espacio.

—Mary jura que no sabe dónde estuviste anoche —intervino José María, tratándose de ahorrar el espectáculo del rostro de Mary ensangrentado—. Me parece injusto que no nos lo cuentes.

A Bert un ataque de risa le subió las rodillas hasta el mentón.

—¡Te has quedado lelo, idiota!

—Lo ignoro y no pretendo dejar de ignorar. Puedes creerme, José María, que es mi deseo respetar sus costumbres.

—Estarías por ahí, de zorras —dijo Bert.

—De puñetas. Estuve por ahí, con unos amigos tuyos. Una especie de Eisenstein y su cuadrilla de parásitos y parásitas. Julito, ese genio…

—¡¿Julito?! ¿Conoces a Julio?

—… del cine de autor o del cine de acomodador.

—¿En casa de Adela?

—¿Los conoces tú también?

—Les firmo los decorados de las películas. Y yo te los he presentado.

—Tub. Me los presentó Tub.

Acabé el whisky en el momento escogido por mis intestinos para enrollarse en forma de antena receptora.

—Son sensacionales. Y no me extraña nada que no te gusten, porque son formidables. Has de conocerlos, Mary. La única esperanza de nuestro cine…

—… de acomodador.

—Ya lo has dicho antes. Y, además, ¿por qué te empeñas en beber, si no lo resistes?

—No disputad —dijo Mary.

Giré en el puf, al tiempo que empuñaba la botella y la iba descapsulando.

—No, ya no lo resisto, porque ya sólo estoy para ir a la oficina y esperar a que salgáis de la peluquería y tomar el té con vosotras y ver la televisión.

—Tú… —intentó frenarme José María.

—¿Te has molestado? —preguntó Mary, sin sonrisa.

A botella alzada fui dejando caer whisky en mi lengua, como si bebiese de un botijo calmosamente, en una ardiente noche de verano. Luego, sentí que no soportaría más y bajé la cabeza y la botella simultáneamente, dudando si era la cabeza lo que debía posar en la mesa. José María se miraba las uñas.

—Y ¿Pablo? —dije.

—Amor mío, ¿no enfermarás? Nunca…

—Pablo ha desaparecido.

A Mary se le había quedado abierta y caída la boca. También Bert fingía no observarme.

—La última persona que lo ha visto vivo es Mary.

—Ay, José María, no hables así. Sería conveniente que telefoneases de nuevo.

—Quizá mejor dejarle tranquilo. —Bert se apoyaba en las rodillas para levantarse.

—Sí, quizá. Que se le tranquilice la neura.

Habían desaparecido los tres, como Pablo, y, sin embargo, Pablo reía, hasta que cerré el grifo y, mucho tiempo después, no golpeaban la puerta. Al doblar el pasillo, di el primer bandazo y, luego, uno tras otro, de babor a estribor, que me habrían conducido seráficamente a la cama, si una sombra no me hubiese sostenido en el umbral del dormitorio.

—Pasea en solitario —decía, o algo así, Mary.

Muchas manos tiraron de mis pantalones y me acariciaron los tobillos.

—Deja, déjame a mí. Ni sabe lo que tiene en casa. —Mary reía más fuerte—. Maldito numerero…

—¿La estás tocando, José María? —Pero hasta yo sólo oía mis gargarizaciones, infructuosas.

Algo refrescaba mis pómulos. En los rotatorios ejes de la barbacoa, Guadapelucas se asaba al parsimonioso ritmo de una cascada de cerveza sobre los despojos de mi libertad en vinagre. Ya no escuchaba nada, ya no temía ningún contacto, quizá me encontraba ya conmigo mismo. Me abracé y abrí los ojos a la oscuridad. Merceditas estaría sentándose en la butaca del cine.

Las segundas y tamizadas luces resucitaron mi decisión de un cambio radical de vida, que medité sobre la taza higiénica, desprendiéndome legañas, recordando mi media filiación, concediéndome un segundo cigarrillo antes de colocar el cuerpo en la móvil cadena de rodillos de todos los (ya presumidos) movimientos a ejecutar en la naciente jornada. Me afeité, escuché desde la ducha la actividad de Merceditas, me vestí, levanté la sábana a fin de informarme del camisón de Mary, besé uno de sus acompasados ronquidos, desayuné en la terraza tan desatento a los titulares del periódico como a la versión de película española, doblada en mímica y voz de Merceditas, regresé en busca de un pañuelo, bajé en un ascensor sin cadáver alabastrino, puse en marcha el 600 al sexcentésimo intento, reprimí unos vahídos y, con el alma amordazada, entré en la oficina.

Así puede decirse que aquella mañana definitivamente comenzó mi luna de miel con Mary Tribune, quien me telefoneaba al despacho en las circunstancias más inoportunas, me anunciaba los menús y sus estados de ánimo, me servía el yantar, velaba mis breves siestas y casi me amamantaba para que yo saliese al calor, la desgana, Ramón y el oficio del director, la noticia de inminentes cambios y las asfixiantes extremidades de Guadapiernas, hasta que el timbre de salida y el rugido de Luisito me devolvían al hogar y a su living, donde invariablemente Mary tomaba el té con Bert o con Bert y José María o con Pablo y Bert o con José María, Bert y Pablo, y en donde yo sorbía la primera ginebra o el primer whisky o el cubalibre de la recuperación y resistía la incitación de las mujeres a cenar fuera o, si estaba yo solo con ellas, me negaba y acompañaba a Bert a casa de sus padres, se fumaba un cigarrillo en silencio, me abalanzaba sobre su descuido, me rechazaba ella y, calificándome de cochino, enlutaba mi viaje de regreso a la cena, a las nuevas compras de Mary, a los juegos con Mary, a su cuerpo, ya que, como de toda luna de miel puede exigirse, ninguna noche dejábamos de perpetrar, con mejor o peor fortuna, con mayor o menor sinceridad, con fantasía o a lo neutral, aquellas conmociones que cimentaban (aun sin mi consentimiento) nuestra pasión, el recuerdo si estábamos separados, y cuya imagen me servía de coraza contra los otros, contra mí mismo y contra el silencio que paulatinamente enterraba el protohistórico proyecto de mudarse Mary Tribune a un apartamento propio.

Cuando, por fin, decretaron un viernes la jornada intensiva, Mary accedió a acompañarme en los prolegómenos de las siestas, de las que me despertaba en los linderos del crepúsculo, para, previa ducha, pasar al té del living, con Bert, con Bert y Pablo, con José María y Bert, con Pablo, Bert y José María, mientras Mary vaciaba ceniceros, renovaba discos, traía más hielo, y luego, en las pausas del amor, consumía insomnio en el comentario de las nimiedades enunciadas o de las incidencias acaecidas, que, si olvidaba, al día siguiente la precipitaban al teléfono, ahora con más frecuencia, en las inagotables mañanas de ocho y media a tres.

Probablemente percibí que había llegado el verano, cuando, de camino a la oficina, encontraba grupos de jovenzanas faldicortas —con o sin monja— hacia sus exámenes de instituto. Ah, ¡qué cosecha de rodillas y corvas habíamos tenido…! Dentro del coche, casi les olía ese complejo ácido, a tinta, sudor y pupitre, que las adolescentes emiten desde sus concavidades.

Quizá la única noche de aquellos ya calurosos días de nuestra luna de miel que dejamos de ofrendar a Venus fuese la que siguió a la tarde, en que, además de Bert, encontré en el living a Andrés.

—¿Cuándo te vas a decidir a tirar esa bata? Desde que te conozco, te he visto siempre el mismo batín —dijo el dueño de Tub.

—Es cómodo —preferí mascullar, después de haber saludado la mejilla de Bert.

—Está asqueroso. —Distendió las comisuras de la boca, para manifestar a Mary agradecimiento por el terrón de azúcar—. ¿Es que no ganas lo suficiente, para comprarte otro?

—Verdaderamente —Mary se apoyó en la mesa enana, al sentarse en el suelo— es muy acertada tu opinión, Andrés.

—Gano poco.

—Y, encima, te lo gastas todo en vino y en tiorras —pormenorizó Bert, *in memoriam* de las tres mil que le adeudaba.

—¡No!, espero que al presente no frecuente mujeres. —Bert y Andrés corearon el espontáneo gracejo de Mary—. Yo procuro ocuparle su tiempo. ¿No es así, cariño?

Me serví y, antes de cortar el pródigo chorro, no pude dominar un cierto sobresalto, al descansar Bert sus antebrazos en mis muslos.

—Claro que es así. Lo has cambiado y aún lo vas a mejorar.

—Excelente tu té, Mary.

—Gracias, Andrés.

—Incluso, harás de él un tipo normal. En la medida de lo posible. Me alegro que alguien lo haya conseguido, que alguien te tenga aquí por las noches. Las noches, reconócelo, te ponían menopáusico. Yo lo comprendo, no te enfades.

—No me enfado. Pero me ponían andropáusico.

—Las noches —Bert apoyó barbilla sobre mi entrañable batín de seda— eran tu especialidad. Para destrozarte la salud, para ligar con chulos, para pelearte con serenos… Es cierto que a veces resultabas divertido. Yo no conozco a nadie que pase de un humor de perros a la euforia, como éste. Total, necesita sólo que desaparezca el sol. A Tub le sucede un poco también eso, ¿verdad?

—Sí —confirmó Andrés—. Me temo que en Tub el noctambulismo denota su irresponsabilidad.

—Sus gárgaras —me permití rectificar—. Y ¿qué es de Tub? Hace siglos que no sabemos nada de ella.

—Ayer escribió.

—Hace poco yo no adoraba la noche. Enseguida no resistía a ojos abiertos más arriba de las once. Por las mañanas, me levantaba temprano y hoy, por ejemplo, me he levantado a mediodía, una hora descomunal para mí, antes. No sé si dejaré estas costumbres, cuando regrese a Nueva York.

Oírle aquello me habría atragantado en el supuesto de tener ginebra en el gaznate.

—Mary, ¿es que piensas regresar?

—Algún día te habrás fatigado de mí.

—No lo permitiré. —Bert se trasladó, arrastrando nalgas, a distancia suficiente para rodear con su brazo derecho los desnudos hombros de Mary.

—Ni tú, ni yo, podremos hacer nada por impedirlo. Y luego que yo creo conocerle algo. Un día tendrás toda mi experiencia —Mary acarició la frente de Bert— y no mantendrás la exigencia de un amor eterno. De un amor siempre correspondido, quiero decir. Te bastará ser feliz, ¿no? Yo soy feliz y no puedo serlo más, en este país…

—Izad banderas.

—… con vosotros, que habéis querido ser mis amigos, tan diverso todo a mi país, que yo creo que estoy en unas vacaciones y no admito que las vacaciones se terminan, también en España. Por mi parte, jamás, jamás, haré por regresar, porque allí yo no soy esa que soy, ¿comprendéis?, allí debo ser ya esa mujer que no soy y, luego, el club y los amigos de siempre, tan gentiles como son, pero una pizca aburridos. He pensado —abrió los ojos, azulosos de pintura— buscar un trabajo, si regreso alguna vez, para matar el tiempo, en alguna ciudad de Latinoamérica y viajar los veranos a España hasta que sea tan vieja, que me impidan entrar por la aduana o me pidan certificado de objeto de antigüedad. Entonces, moriré en España, porque es aquí donde deseo morir, y vosotros llevaréis flores a mi tumba. Pero no, por favor, flores tristes y convencionales, flores de las que...

—Crisantemos —precisó Bert—. Te prometo que no.

—... su olor repugna. Os lo recomiendo. Nenúfares, a ser posible. Seriamente, sí, quiero no fingir, librarme del club, de las reuniones, de esas personas para hablar de nada. ¿Qué hablamos nosotros?

—Mary, guapa —babeó Bert de Lesbos.

—Pues no sé qué cosa hablamos nosotros, tardes enteras que se acaban al empezar y no dejamos de hablar y yo hablo tanto, como ahora, o escucho lo que habláis y soy tan viva, tan viva... No puedo explicar, me faltan palabras y no hablaré inglés. Vosotros me juzgáis una persona.

—Una persona encantadora. —Andrés era capaz de provocarse un absceso de sentimentalismo, si oía a una millonaria deseos de trabajar—. Colócate aquí, aunque yo no te lo aconsejo. Esta ciudad concretamente es una ciudad corruptora. En un par de años habrías gastado todo tu capital —lo que, además de necio, resultaba imposible— y te habrías incapacitado para cualquier profesión. En tu país, sí saben vivir.

—No, Andrés. —Después, sonrió—. O quizá soy yo quien no ha sabido vivir.

—No exageremos. La verdad, Mary, es que, por lo que sé, te has dado siempre lo que nuestros abuelos llamaban una vida regalada.

—Por causa de ello, querido, intentaré una nueva vida al momento que inevitablemente haya de volver a América. Y vístete, darling, que Andrés nos invita a cenar.

—¿Dónde?

—¿No puedes venir? —se esperanzó el del convite.

—Hombre... Quedé en llamar a Pablo... No sé... ¿A qué moverse? Aquí se está bien.

—Pablo se encuentra en el estudio y espera que le digamos cuál restaurante hemos decidido. No seas indolente, amor.

—No, yo lo decía porque... Aquí se está bien, ¿no?

—Por ti —Bert me empujó hasta el pasillo— siempre cenaríamos latas. Y en batín.

De entrada, encargaron salmón ahumado, tras una elección de mesa que tardó lo que gente normal emplea en elegir esposa o cardenal decano y después de una travesía por el jardín entoldado, sorteando alta sociedad y aguantando que Andrés —que había impuesto el lugar— besase manos y golpease hombros. A través del pelotón de servidores, vi llegar a Pablo, con corbata gigante y casaca de cuero, vestimenta que ocupó los comentarios durante los entremeses. Mientras ellas dos fingían apasionarse en las hazañas de comercio internacional protagonizadas por Andrés, Pablo y yo, en escuetas frases, intercambiamos nuestro desprecio por la susurrante clientela, por la exquisita cocina y la refinada bodega. Andrés, ocupado en manejar camareros y en hacer el lindo con las damas, halagado por la prostituida complacencia que las luces entre arbustos, los faisanes en bandeja y las perlas sobre escotes, producen en las mujeres, se creció y orquestó la conversación sin mencionar una sola vez a Tub, igual que si Tub hubiese muerto o —¡por vida de…!— conviviese en Amsterdam con Jorgito Carmona. Bebido el café, Pablo se ofreció a pasear la jauría femenina por los penumbrosos senderos, que hedían a rosas, en armonía con la costumbre de la casa de que los comensales zascandileasen un poco, como príncipes, antes de abonar y retirarse. En vez de coñac, pedí aguardiente, me negué a fumar habano y, encendiéndolo Andrés, ya tenía yo enfilada la deriva de tiro. Con mortero.

—Estoy preocupado.

—¿Dinero?

—Estoy preocupado y he dudado mucho estos días si llamarte.

—Sus circunflejos arcos ciliares me animaron a la masacre—. ¿Seguro que Tub está en Zurich?

—¡Qué idea!

No alentaba designio más complejo que oír de ella. Que si continuaba neurótica, de qué humor, averiguar algo de sus afectos, de sus pecas. Pero, en algunas ocasiones, resulta tremendamente difícil expresar los buenos sentimientos.

—Jorgito Carmona, ese toxicómano que anda detrás de tu mujer, ¿se encuentra en la ciudad? ¿Te has preocupado de comprobar si sigue en esta ciudad o se ha largado a París, pongamos por ejemplo, a encontrarse con Tub?

—Tub está con Neneca.

—¿Escribe?

—Alguna tarjeta. Ayer escribió.

—Pero ¿has hablado con ella por teléfono?, ¿te ha dicho cuándo regresa?, ¿te consta que duerme todas las noches en casa de su hermana?, ¿no habrá combinado…?

—Basta. Confío en Tub y no tienes ningún derecho a contarme tus suposiciones. —Por su gesto, parecía que chupase raíz de bejuco en vez de un romeoyjulieta—. Tus sucias suposiciones.

—¿Por qué sucias? —Le tenía ya casi aturdido, bajo su tambaleante indignación—. Me conoces bastante, para saber que no trato de envenenarte, ni de emporcar la reputación de Tub. Simplemente, conozco a Tub, su..., su..., su inestabilidad emotiva y su pijotera independencia. ¿Está claro?

—Sí —admitió desde la lona—. Tub tiende siempre a lo imprevisto.

Pero no me dejaron rematar mi faena de Iago, dispuesta Mary a notificarnos que el próximo jueves iría con Pablo a los toros de Carabanchel —o de El Espinar o de Guisando—, con mantón de Manila y a meterse en la cama después con el puntillero, y dispuesta Bert a participarnos, con semejante exclusivismo, su necesidad de cambio de local. La cuenta de cuatro cifras fue abonada por Andrés, sin ánimos para su habitual despliegue de propinas, ni menos para acompañarnos más allá de los coches. Él madrugaba. Él no podía permitirse el lujo de trasnochar. Su trabajo requería mañanas despejadas. Y que muchas gracias por haberle aceptado la invitación. Aquí, en turno de Mary, estuvieron a punto de aparecer las estrellas matutinas. Lástima que Tub se hallase ausente. Muchos saludos a la inolvidada Tub. Que él —Andrés— se llegase a comer cuando le apeteciese (comer o llegarse, no quedó claro), o a cenar o a dormir. Antes de que le ofreciese como tributo la doncellez de la Merceditas, Pablo consiguió meterla en el coche de José María. Bert se fue a su 600 y yo al mío propio, pero antes me alcanzó la voz de Andrés anunciándome que me telefonearía al día siguiente. Me acerqué a su descapotable y nos estrechamos las manos. Luego, el parque motorizado se puso en marcha.

Sin osar obedecer la llamada interior que me empujaba a la búsqueda de Leticia, no supe oponerme a la decidida jarana. Así es que tuve que entretener a la compañía durante las atracciones,

aprovechadas por Pablo para telefonear a José María, que soportaba *soirée* de negocios. Apuntalé algunas injurias con Bert en el
tiempo que bailamos y que Mary utilizó en beberse dos whiskies,
tan eficaces que la alzaron al nivel alcohólico de Pablo. Como no
tenía noche para sobrellevar borracheras ajenas, me escapé a pasar
revista al mujerío rozagante que, en la barra, estaba dispuesto para
la felicidad del cliente, me abrí paso entre los compactos compatriotas de Mary y, cuando una enana de labios de mulata y caderas
lisas me daba el beleño de su sonrisa, Ramón —que se encontraba
en epígono de lo que suponía ser mis hábitos— me abrazó, como si
hubiese oído aquella noche por la radio el decreto de mi nombra-
miento. Eludí participar en la botella de champán y en el harén de
su contorno —que le iba a costar un quinto de la nómina—, a fuerza de alegar que yo también estaba acompañado. Fracasada mi incursión, regresé a gruñirle a Mary su incontinencia, con lo que con-
tinuaron bebiendo en las fauces de mi desmadejamiento. O mi
noche inaguantable, que definió Bert. Aproveché un instante de
embrutecimiento volitivo y conseguí llevármelos a la calle. El aire
pastoso les despejó las mentes. En un bar cercano, a punto de clau-
sura, Mary y Bert entraron a telefonear a José María, quien quedó
en pasarse por el apartamento de Bert, y de cuyo tabernario establecimiento Mary Tribune, indudablemente a causa del aroma a serrín y a frituras, salió para la ambulancia. Apoyada en la fachada y
abanicándola con un mapa de carreteras, Mary superó sudor y palidez, hasta poder beberse la taza de café y el vasito de soda, que
Bert y el dueño del bar le proporcionaron sobre el terreno. Tan
maltrecha como avergonzada, entró en mi 600, después de un besuqueo gimoteante con Bert y Pablo, a los que aseguró mi asistencia a la orgía, una vez que la hubiese depositado en el lecho.

Antes de ello, hube de animarla, de darle más café y sales estomacales y pastillas de boldo, de restarle importancia a la cosa, de jurarle que permanecer a su lado justificaba mi existencia y, por último, de desnudarla, prenda a prenda, casi miembro a miembro de su cuerpo repentinamente astroso. En consonancia con la situación, sacó de su ropero de noche una especie de hopalanda, en modelito exclusivo para esposa de pastor adventista. Me senté al borde de la cama y rememoramos la noche de nuestro conocimiento y, sin saber por qué, besaba sus blandas mejillas suavísimas, con una contumacia que la dejó dormida. Al insomnio se unió una molesta sensación de asombro, de extrañamiento —no sólo ya por aquel cuerpo inquieto que ocupaba tres cuartas partes de mi cama—, de conflicto con mi subjetivismo enfermizo, que habrían dicho los amigos de Matilde.

Instalado en la terraza, bajo el despejado cielo, analicé la noche y mi vida entera, golpeado por súbitos deseos y por relampagueantes depresiones, que me suministraron la imagen de un futuro paralítico. Ignoré los timbrazos del teléfono y luego sé que fabulaba a Bert, quemando papeles en el cuenco de mis manos, y que Bert se había convertido en Leticia, cuando ya me sentía incapaz de llevar la modorra al dormitorio.

Con más energías que el astro rey, Mary, y con propósitos de limpieza general, Merceditas, me despertaron, para expulsarme hacia mis deberes burocráticos. Por la tarde, Bert y José María relataron su báquica noche. Por la noche, Mary restableció los ejercicios amatorios, que me reconciliaron conmigo mismo. Andrés tardó dos días más en cumplir su promesa de llamada. Me encontraba dispuesto a presentar ante Ramón un bosquejo del oficio del director, cuando Luisito me informó de que era requerido por una voz de señor.

—¿Qué es de vuestra vida? —preguntó *monsieur*.

—Como siempre. Y ¿tú?

—Como siempre. Oye, ¿tienes libre a primera hora?

—Pues…, a primera hora… Suelo hacer siesta. ¿Querías que nos viésemos?

—Bueno, no es nada importante. Jorge Carmona está en la ciudad; sin duda alguna.

—Vaya, hombre… Si quieres… Mira, esta tarde se van a una corrida de pueblo Mary, José María, Pablo y Bert. Pásate por casa y tomamos café juntos. ¿Te parece a las cinco?

—No puedo a las cinco. Salgo antes para Zurich. Nos veremos la próxima semana.

—¿Vas a estar una semana en Zurich?

—Sí —entonaba, como si tuviese ya a Tub entre sus brazos—. Me voy a tomar vacaciones, a petición de mi mujer. Te llamo a la vuelta.

—De acuerdo, Andrés. Recuerdos de mi parte.

—Descuida, se los daré. Abrazos para Mary y que se divierta en los toros.

En tanto mis amigos se disponían a recorrer Europa, continué en el sillón y en la consideración de los recientes acontecimientos —interiores—, largándome una homilía, con ponderación y sin levantarme la voz, de la que se concluyó: *a*) intento de mejor conformación a la realidad; *b*) desistimiento de todo intento de modificación de la realidad; *c*) investigación, a ratos perdidos, acerca de la naturaleza de la realidad, por si de ella formaba parte yo; *d*) olvido de Tub, con utilización incluso del tizón tomista. Absuelto, con todos los pronunciamientos favorables, la carencia me corroía, cuando Luisito acudió a notificarme que el jefe esperaba. Cogí el borrador del oficio del director y me presenté en el puesto de mando, ocupado por su titular, por Satur, que leía las matutinas deportividades, y por Guada, que justificaba su presencia por el mero hecho de su hermosura.

—Según he oído —dijo Ramón—, últimamente has estado trabajando el oficio del director.

—Las noticias vuelan.

Cogió el folio, encendió un cigarrillo, carraspeó y transformó mi prosa en un mascullado murmullo, a cortos tonos inteligibles, mientras Guada y yo manteníamos una boba —y ausente— sonrisa, de rostro a rostro y de aburrimiento a vacuidad. Ramón dejó el folio sobre la mesa, colocando una mano sobre él, como si fuese a prestar juramento.

—No está mal.

—Bueno, pues que lo pase Guada a máquina.

—Yo pensaba ir un momentito a la peluquería. Salgo esta tarde con Armando.

—No, señor; no está mal. Sólo dos reparos. Aquí dices… Vamos a ver dónde está… Esto es… «Comunicando a V. I., de acuerdo con la legislación vigente en la materia, que tengo el honor de anular mi comunicación de referencia, complaciéndome en remitir a V. I. adjunta copia anulada de la citada comunicación, para que la antedicha copia obre en los respetables archivos de V. I., a los efectos que procedan.»

—Sí, señor. Y ¿qué es lo que no te gusta?

—Hombre…, mal no está mal. Pero yo creo que podría perfilarse. Ten en cuenta que se trata de un oficio que hay que subir a la firma del director. Mira, por ejemplo… «Comunicando… que tengo el gusto de anular mi comunicación…» Has repetido comunicación. Y esto. «Remitir a V.I. adjunta…» Yo pondría adjunto.

—Es una copia. Femenino.

—No importa. Suena mejor adjunto. «Remitir adjunto co-pia...» Y, además, que yo no diría que obrase...

—Lo de obrar es una ordinariez —intervino Guada, en mi defensa—, pero todo el mundo lo pone.

—... «en sus respetables archivos», sino en los archivos de su digno mando. Los archivos no son respetables. Total, es cuestión de un retoque, eh. Lo principal ya está conseguido. —Me entregó el folio—. Ah, y pregunta antes en Asesoría si el morlaco ese tiene V. I. o sólo V. S. Me creo yo que ése no puede tener V. I. Si no fuese porque lo ha de firmar el director, perfecto. Lo de la legislación te ha quedado muy bien. Tampoco nos íbamos a entretener en detallarle cuál es la legislación vigente en la materia.

—Yo no la sé.

—Ni yo, ni él, ni nadie. Perfílalo y no te preocupes más. ¿Vamos a tomar una cerveza?

Dije que no, puesto que si él justificaba su mando alterando mi estilo, yo tenía que salvaguardar la dignidad. En la carpeta de asuntos en trámite urgente pero no urgentísimo, coloqué el borrador del oficio, antes de resucitar los avatares de la difunta Patricia Erkelen y de su mordido esposo. El proyecto cultural me lo aguó Luisito. Que me habían telefoneado mientras despachaba con el jefe. Que él había querido avisarme, pero que no, que no era para nada. Voz de mujer, y que salían ya, que no me molestasen, que era para decir que salían ya y que volverían a la noche.

Merceditas contestó que acababan de salir y que la señora Mary sólo pretendía despedirse hasta la noche. Si la hubiese visto qué guapa iba... Efectivamente, la señorita Bert, que también iba de tirar de culo, aunque en pantalones, había traído la peineta y la mantilla y un mantón de Manila, para ponerlo en la barrera. No tenía por qué angustiarme, que la señora no había salido de peineta, y la vecindad ni enterarse. Ella, a no ser por su madre de ella, se va, que se lo habían ofrecido, pero ya se sabe cómo son las cosas cuando se tiene una madre tradicional. El asunto almuerzo no debía preocuparme, que ella había recibido instrucciones y no me daría de lata, aunque la casa parecía una latería, de tantas conservas que la señora encargaba.

Luego, vino Satur a interesar mi opinión —ya que, según la suya, era cuento— respecto al último rumor sobre subida de sueldos. Nos regodeamos en la incredulidad, tomamos el aperitivo y el tedio nos dejó quietos, hasta que el timbre derrumbó las murallas y Guadapaletillas, camino de la carnicería, se puso sentimental con la idealizada evocación de Armando. No consintió que le tocase ni un pie.

Diversos productos, en variados estados de cocción, llenaban la mesa. En el penumbroso living, los consumí, aderezado de nostalgia por los tiempos de Petra, las tardes imprevistas, la falta de mujer y sus espoleadoras ventajas. No obstante, la casa imponía el olor de Mary. Más penetrantemente, después de la siesta, en la inmovilidad de las habitaciones solitarias, que apenas si latían con mi presencia, hipotensa y bostezante. Para dar cabida a los nuevos ingenios electroculinarios, que Mary había introducido en la cocina, Merceditas había trastocado el ancestral orden, hasta tal novedad que sentí girar las manecillas del reloj en el sentido contrario al giro de las manecillas del reloj. Con el hormigueo incitante de lo improcedente, inspeccioné el armario de Mary y, ante todo, un neceser, con un contenido en billetes y otros documentos de crédito que habría sosegado al más pusilánime, tanto como excitado al más pazguato el resto de la tramoya, cuya enumeración caótica agotaba cualquier posibilidad de inventario. Y eso que, desde hacía días, había tomado posesión también del armario empotrado del cuarto de huéspedes. *Lingerie*, acetatos, encajes y blondas (elásticas o rígidas), rasos, cachemiras, sedas, muselinas, organzas, crespones, *shantungs, shantungs écrus*, percales *écrus* (en el capítulo de *fourrures*: zorros azules de Escandinavia, gatos-tigres, leoparditos, y aún más *poil de la bête*), alentaban en sus entrañas: cinturones, guantes, botines, pestañas, rizadores, barnices y sus accesorios, colgajos, cadenas, argollas, óleos adelgazantes, un container en plástico violeta, un folleto de tratamiento especial antifrío para el rostro, dos fotos mías, una muñeca.

«Gemmas, marmor, ebur, Tyrrheni
[sigilla, tabellas,
Argentum, vestis Gaetulo murice
[tinctas...»

Ahíto de toneladas de productos erógenos, la botella de ginebra y yo en una tumbona de la terraza, parecía probable que no fuese Mary, sino yo mismo (por ese barroquismo que nace de la pobreza) quien problematizaba nuestras relaciones. Un poco más arriba del bochorno, en las franjas de cielo terso, las estrellas dibujaban un verano sin complicaciones, compartiendo la flexibilidad del dejarse ir.

Llegaron hacia medianoche, sin orejas ni rabo, con la suficiente fatiga para que, en arrojando peineta, banderillas y mantón, Mary y yo fuésemos librados el uno al otro. Subí de despedir a Pablo, me dejé contar sólo hasta el arrastre del tercer toro y, luego, supongo que hice olvidar a Mary sus presumibles ensoñaciones con bravos toreadores. Al menos yo, me quedé desmemoriado, besando sus pecas, oyendo su respiración, y en la danza del sueño, ya con el proyecto de unas astutas vacaciones que al día siguiente, todavía en la cama, decidí. En batín —que estaba muy de uso aún—, conseguí un vaso de zumo de pomelo —para Mary— y otro de naranja —para mí—. Besando allí donde el despertar menos disgusto le provocase, logré que, a grititos, sostuviese su propio zumo.

—Qué delicia… Pero estoy avergonzada. ¿He dormido así? La primera vez que duermo así. —Se envolvió con sus brazos—. Me estás pervirtiendo. ¿Siempre puede durar esta dicha?

—Verás… Son las nueve y yo te llamaba, porque he tenido la idea de no ir a la oficina. —Con su endiablada agilidad de muchacha, ejecutó unos saltos, de rodillas—. Siempre que me ayudes. —La mantuve quieta a diez centímetros de distancia—. Hace una eternidad que no estoy enfermo. Oficialmente. Como hoy es viernes, puedo concederme un largo fin de semana. Para lo que me pagan…

—Has de abandonar ese empleo, si no pagan justo.

—Y, encima, pretenden que trabaje y que trabaje cuidadosamente. Ayer mismo… Bueno, no quiero aburrirte con historias de oficina. Se trata de que tú…

Y, a las diez menos veinte, Mary, sin asimilar las costumbres de la raza, había renunciado por mí a sus convicciones y mentía con la insegura voz de la señora practicante, que acababa de inyectarles antibiótico a mis carcomidas amígdalas.

—Temo que el hombrecito no haya creído nada. De pronto —compungida, mantenía sus manos sobre el teléfono— olvidé hablar español.

—Has estado sensacional, bonita. De verdad. Mucho más verosímil que si telefoneo yo mismo. Ellos me creen tan evolucionado como para tener una practicante del Hospital Americano.

A fin de borrar las últimas huellas del remordimiento, organicé un desayuno, que Merceditas nos sirvió en el dormitorio con una devoción y júbilo, solamente atribuibles al privilegio de que se le permitiese fisgoneo por las intimidades de los señores. Tras el pausado *breakfast* y depositada la bandeja en la moqueta, al cabo de una hora estaba tan enamorado de Mary que habría llegado al invierno maquinalmente atento a su piel, inmerso en esas caricias contumaces que concentran el mundo en una uña, en una sinuosidad, en una grieta. Mary, intoxicada de satisfacción, reía por nada, apretaba los puños, comprimía el aliento. Semejante deliquio duró hasta que Merceditas no supo, sin previa consulta, qué composición de almuerzo se esperaba de ella. Mary, con la sábana por la nuez, y yo, por las axilas, recibimos su visita, que exudaba avidez en proporción a sus seculares represiones. El lugar y la ocasión determinaron, mientras se rechazaba el *corned beef* por un *cassoulet*, que la doncella tomase asiento en el lecho. Saboreando cigarrillos, infinitamente encamado y

rociado de aromas hem- «… *de tanta levedad,*
brunos, me sentía acogido *alivio tanto.*»
a tan protector ambiente

—que no era otro que el de la dorada infancia— y casi con las rodillas pegadas a la frente.

—Pues, eso; sí, señora. Se abre una lata de casulete y nos dejamos de incordios. —Se apoyó en los muslos, como si hubiese pensado levantarse—. Otra cosa.

—Otra cosa ¿qué?

—Que otra cosa que yo quería hablarla a la señora por encargo de mi madre. —Merceditas, contagiada por la soleada atmósfera, se tomó su tiempo, que empleó en ordenar los pliegues de su delantal gris—. Referente a la señora Petra.

—¿Le sucede alguna otra desgracia a Petra?

—Lo del reúma, que yo sepa. Y, entonces, a mi madre se le ha ocurrido que yo le diga a la señora, que comprenderá mejor que el señorito, que si yo, como no está Petra para una temporada, pues que les fregaba yo la cacharrería de la comida y se quedaba menos cacharro sucio para el día siguiente. O sea, que yo comía, otra comida que la de los señores, claro, y la casa estaba más atendida. Que qué le parece a la señora.

Antes de que Mary pidiese traducción, accedí a lo solicitado y Merceditas, con el alborozo de quien espera comer caliente una vez en la jornada, corrió a añadir patatas. Mary tardó en comprender tanto como tardó en lagrimear, captado al fin el estatus socioeconómico de la chica, e, impulsada por la generosidad que suele devenir de una fisiología colmada, se embató y voló a la cocina, gritándole a Merceditas que ella comería langosta, codornices o steak tártaro, aunque nosotros —los señores— hubiésemos de almorzar pescadilla rebozada. Con un ligero fastidio por haber dejado en la oficina *La Muerte Baja En Ascensor*, me amodorré, sobre la música de fondo de sus voces y sus carcajadas —Mary debía de regalarle la mitad de sus vestidos—, y en el nirvana el sol tomaba consistencia líquida, gaseosa el peso de mi cuerpo, al tiempo que por onduladas praderas correteaban corzos, mastines y Leticia, desnuda y con espuelas. Minuto más, minuto menos, de la una, fui expulsado del paraíso y me trasladé al chester, provisto de suficientes energías para esperar el almuerzo, que sirvió una Merceditas, con apariencias de paje de cámara, y compartió una Mary desnuda dentro de una especie de cota de malla anaranjada. Naturalmente, apetecía un safari por el África central, durante mi mes de permiso. Mary encontraba más razonable recorrer su amada Latinoamérica y, ya en los postres, quedó resuelto que pasaríamos el invierno en una isla griega. Tomamos el café con el atlas sobre las rodillas, escogiendo isla. Merceditas, en los primeros compases de su concierto cacharrero, nos impidió terminar la decoración de la mansión isleña, ordenándonos siesta, aprovechada para un amor silente, que me supo a trenzas y a subrepticios abrazos. Luego, me fingí dormido para que Mary se pudiese levantar y citarse con Bert en la peluquería. Las mandíbulas me dolían de tanta sonrisa, cuando al atardecer desperté, conseguí de mí mismo seguir sin afeitarme y, en la naciente oscuridad de la casa vacía, apenas si susurraba el fluyente murmullo de mi sosiego.

Pablo y José María se presentaron antes. Ligeramente depresivos. Saqué botellas, hablé mucho y ni mencioné a Tub, al anunciar José María que partía al día siguiente para Ginebra. Bert, con una casi invisible minifalda, y Mary, disfrazada de embajadora yanqui ante una corte asiática, llegaron cuando Pablo y José María estaban a punto de arañarse, discutiendo —por no hablar de lo que les importaba— las supuestas experiencias incestuosas de la infanta Urraca con el rey, su hermano. Mary se interesó en el comadreo, partidaria ella de don Sancho II, primero, y luego de El Cid, hasta que Bert determinó que don Rodrigo Díaz y el comandante Fidel Castro parecían la misma persona. José María comunicó su obligada retirada y Pablo se negó a acompañarlo, sin terminar la copa. Bert, enseñando braga azulita, nos arengó y, con lujo de estadísticas, Mary admitió la identidad cidiana y fidelista, convertida desde aquel momento a una visión de las relaciones internacionales, radicalmente opuesta a la mantenida por su Departamento de Estado. En vista del éxito, hubo que traer más bebida al living. Pablo propuso a José María acompañarlo, pero José María dijo que le dejase terminar su copa, que ya dormiría al día siguiente en el avión. Sólo que descuidamos el curso de la disputa histórica y, al afirmar Pablo que Marx había sido contemporáneo del cura Merino, se produjo una explosión —con hongo— de Bert, quien, secundada por José María, juró por lo más sagrado que delante de ella nadie se cachondeaba del autor de *Das Kapital*. Mary y yo, desde primera fila de butacas, intercambiábamos besos cortitos. Pablo, saltándose los botones al desabrocharse la camisa, aclaró que él a don Carlos lo único meritorio que le reconocía era su yerno cubano. Con perfecta congruencia, José María replicó que Paul vivía atontado, que desde hacía semanas algo así como una plusvalía misticista le estupidizaba. Que ella —Bert— ya había notado cuánto había cambiado Pablo para peor (y por mi influencia), que ahora se callaba durante horas y su sonrisa era la sonrisa de un eremita. Entré en lid, llevando a mi dama en la grupa, para restregarles el feo vicio de inmiscuirse en la intimidad del oponente, tratando, no de iluminar el discurso, sino de dejar al compañero oponente en pelota y con los interiores pisoteados. Sobre los aplausos de Pablo, una coalición Bert-José María ilustraba a Mary respecto a mi estructura de señorito, con viñetas del estilo más soez. Por ejemplo, la época en que Tub y yo nos precipitábamos, nada más abrirse la puerta del vagón del metro, a arrebatarles los asientos libres a las ancianas y a los tullidos. Mary se pasó a la Santa Alianza. Que no olvidásemos —recordó Pablo— que por aquellos años Tub y yo apagábamos en las tendidas manos de los ciegos los cigarrillos. Mary gritó que necesitaba aire y se encajó en el chester, entre Bert y José María, lejos de mi leprosa presencia. Como a Pablo la noche le estaba devolviendo sus mejores ímpetus, a pecho descubierto (porque no le quedaban botones), relató para conocimiento de Mary los amores de José María y Charito, condesa de Besalufé, en la imitación de poema rubeniano que tan bien ensayada tenía. José María rió con tal complacencia, que Mary (a la que había aterrorizado la aparición —en el relato— del musculoso mayordomo de los Besalufé) se encontró absolviendo lo que no aprobaba, pero adoraba tanto a José María como detestaba mi barbarie y la de Tub. Bert interludió, cuando yo pretendía que sólo hablásemos mal de Andrés, con una retrospectiva de mis luchas políticas en la universidad, falseando descaradamente, en proporción al jolgorio que provocaba, mi ingreso en una organización de extrema izquierda moderada suponiendo hacerlo en una de extrema derecha radical, a causa de Tub y sus atolondradas filiaciones a los grupos, que estaban determinadas por la belleza de sus componentes. Reargüí que una y otra extrema defendían programas semejantes, corroborando Pablo, en lengua castellana tartajeante, la mísera monotonía de mi educación, mi carácter y mis empresas. Que le partiese la cara, me recomendó Bert. Que no se la partiese, me pidió Mary, dedicada, con la ayuda de José María, a no dejar de discutir mientras traían bandejas de alimentos conglomerados, hasta el punto de que Mary estaba ronca, al detallar que Andrés le caía simpático, pero que, con todos los respetos, Tub le resultaba considerablemente infatuada. Como buitres unánimes, emprendieron, picoteando pavo trufado, pastelillos y tarta helada, disección psicológica de Tub, uno de cuyos muslos mordisqueaba yo, cuando descubrí que era Bert lo que sonaba y su guitarra lo que chirriaba entre sus manos. No obstante, Pablo (víctima de esa curiosa perversión temporal, que el alcohol transmite) se ofrecía reiteradamente a bajar al 600 de Bert y subir la guitarra de Bert, que se nos pasaron las horas, a Mary formando dúo con ellos tres y haciéndoles yo el segundo ronquido, de tal manera que, cuando Pablo quiso que cantásemos, cogidos por los hombros, una balada mejicana, a partir de la primera estrofa hubimos de sentarnos, mecidos por un acariciante vértigo. Alguien preguntó si serían ya las cinco y cuarenta, pero la felicidad se había instalado, sudorosa, indomable y devastadora, que ni la fatiga la callaba. Luego, Mary subió de abrirles el portal y la madrugada, y yo la perseguí por los pasillos y en alguna caverna nos quedamos abrazados y dormidos, hasta que nos encontró Merceditas, nos mandó a la cama y de ella nos sacó, para conocer nuestro juicio sobre el estofado, que había osado guisotear. Bert y Mary estuvieron al teléfono más de media hora. Después, Pablo y yo estuvimos al teléfono cinco minutos y yo llamé a Bert, a fin de comunicarle que Pablo llegaría hacia las ocho, a que nos quitásemos la resaca, y a las once, a no ser porque Mary vestía bermudas y una gasa como sujetador y Bert pantalones, se habría dicho que era la noche anterior, pues incluso José María se encontraba allí, por culpa de la lista de espera, y Mary reía, con idéntica intensidad, que Tub y yo hubiésemos entrado en la reunión clandestina disparando mano abierta hacia las estrellas, mientras los reunidos leían, en seminario, fragmentos del *Anti-Dühring*. Nadie renunció a la benevolencia y Bert, tenaz en su empeño de lograr otra velada dichosa, realizó la misma danza del vientre que bailaba nueve años antes —fecha de su ingreso en la Facultad de Letras—, con lo que la euforia de Mary se desmelenó y se casó, a lo gitano, con José María, que daba asco el tiempo que malgastaron en dejarse pinchar los pulgares por Bert. Mezcladas las sangres, las tornabodas se ocuparon en libaciones y cánticos, sin que yo enfermase de otitis. Merceditas nos preparó un colectivo desayuno, cuando el amanecer nos sorprendió a pleno rendimiento. A Pablo, con el primer sorbo de café, le sacudió la nostalgia del anís y hubo que desempolvar una botella, adhiriéndose también las señoras a las virtudes del carajillo. Sostenido por Mary y Merceditas —que se estaba comportando como un cielo de beatnik—, José María consiguió mantenerse enhiesto bajo la ducha, al tiempo que un arrebato de sencillos deseos sentó a Bert en las rodillas de Pablo, para besarle el cuello, salivarle lóbulo y cuchichearle confidencias. Yo me fui a hacer gimnasia nórdica en la terraza, donde me poseyó la certidumbre de la vastedad del universo, de los complejos acontecimientos que en él acaecían y de que una vida humana es una pavesa en el huracán de la Historia.

Mary se puso sombrero, lo que creó más dificultades de espacio en el coche de José María. Habiendo accedido la señora a las ansias de su sirvienta de ver aeroplanos, ya habíamos logrado apretarnos los seis —y la pamela de Mary— en el 1.500 de José María, cuando Bert exigió sus zapatillas para llevarnos a buen término. Tuve que bajarme, buscar el 600 de Bert, abrirlo, sacar las abarcas de raso y trenzadillo, cerrar el 600 y, mientras se cambiaba de calzado, incrustarme de nuevo entre la portezuela y la Merceditas, que creía partir a la travesía de la Mancha (canal) como copiloto de Bleriot. Ya que las mujeres hablaban todas a la vez, salvo si cantaban desparejadamente, el trayecto a recoger las maletas en casa de José María resultó tan estridente como el trayecto desde casa de José María al aeropuerto. Siempre guiados por Bert, penetramos en las aeronáuticas instalaciones, sin demasiado escándalo e impidiéndome todos perseguir a una azafata etíope, cuya piel colocó en mi esternón un rugido de hiena. Acampamos en el bar y me llevé a Merceditas, pero no a Mary y a Bert, sordas a mi maniobra, porque Pablo y José María expresamente confesaron que no tenían nada que decirse de despedida. Una vez que Merceditas se hartó de aparatos voladores, Mary entendió que partía el vuelo de Ginebra y José María se precipitó al vuelo de Roma. Por fin, le vimos pasar aduana, sin cobrarle por todo el alcohol que llevaba dentro, y nos mudamos a un merendero con piscina, donde alquilamos trajes de baño y nos sumergimos. Merceditas poseía más pecho —y más vello— del que uno había supuesto. Mary, como madre que lleva a su hija por vez primera al mar, acomodó a Merceditas en una tumbona y con una copita de chartreuse, más protegida por el paternalismo que un metalúrgico de la AFL-CIO. Al llegar las primeras tribus domingueras, huimos al coche —ahora Pablo y yo, atrás— y hasta el final del viaje Mary nos hizo creer que al mes siguiente residiríamos toda la pandilla en una isla griega. El centilitro de anisado puso a Merceditas en necesidad de tenderse en el chester a dormirla. Por lo que los cuatro nos marchamos a un restaurante, a sudar un infame vino y un solomillo. La pareja femenina se conjuró para la siesta y en el mismo portal las dejamos, ya que Pablo y yo debíamos beber unas copas de aguardiente ante cualquiera de los paisajes velazqueños de las cercanías. A media tarde, contestó Bert, entre injurias, que dormían. Hacia la noche, propuse a Pablo llamar a mis amigas Leticia y Mari Lola, pero en el club de adolescentes bailones, que nos albergaba, Pablo se había amojamado en el taburete y yo no supe a qué ciudad deseaba telefonear. Más tarde, compramos flores, dejamos de beber y Pablo se convenció de que sólo éramos dos pavesas despavesadas en el huracán del otoño. Pablo me abandonó en casa y se fue —al encuentro de la Muerte— en el 1.500 de José María. Bert, que ocupaba el diván del cuarto de trabajo, ni se movió cuando besé infinitamente sus rótulas. A cambio, Mary, en pijama negro, concedió algún gruñido para expresar que nos queríamos, una vez que ya se lo había demostrado yo. Con dos mujeres en la casa y un mínimo de imaginación casanovesca, el insomnio resultaba inevitable. Pero llegué al sueño, despeñándome desde la catarata especulativa, en una de esas intemporalidades que hacen de una conducta un sabor y de una mujer, una pierna con basamento jónico.

Ellas, que habían dormido la tarde empalmada a la noche, organizaron al alba un piante desayuno. Con el neurovegetativo como una despellejada piltrafa, resguardándome de los asesinos colores de los objetos, sobre todo de las sayas de Mary, de un fustán verde taladrador, en la bañera no conseguí reconstruir la cronología de los últimos tiempos, ni desprenderme de la roña de irrealidad y enajenamiento, que los trituradores recuerdos me inyectaban. Al otro lado de la puerta, Bert preguntó si me dedicaba a la pesca submarina o, simplemente, me había absorbido el agua por el sumidero. Que adelante, si necesitaba entrar. Entró, acompañada de Mary y, al instante, de Merceditas. Rehuyendo miradas al baño como si en él flotasen los corruptos restos de un asno devorado por cocodrilos, establecieron casinillo en torno al maquillaje de Bert, quien llegaría con retraso a una cita de características voluntariamente confusas. Merceditas me advirtió que se me pondría la piel pellejuda de tanta agua. Bert, al fin, se juzgó adecuadamente embadurnada. Dejaron la puerta abierta, quizá temiendo que me masturbase o me abriese las venas. Al rato, Mary fue convocada al living, Merceditas confinada al fregado de la azotea, y yo, envuelto en toalla, declaré que daba por terminada la vida social.

—No resisto más.

—Comprendo. —Para demostrar su comprensión, Mary quiso envolverme con sus pecosos tentáculos—. Pero recuerda que tú estás de vacaciones, porque me hiciste llamar…

—Una cosa es tomarse unos días de reposo y otra, la vorágine. No quiero ver más gente. —En sus ojos percibí que interpretaba mis palabras a su favor—. Quiero leer, dar un paseo, ir al cine, aburguesarme. ¿Lo entiendes?

Logró su propósito y repentinamente el contacto de Mary me alborozó.

—¿Qué actitud he de seguir para que seas satisfecho?

—Si llama Bert, le dices que tenemos que salir.

—Ellos sólo se lo pasan divertido con nosotros. Pero se lo diré.

—Hay que poner un poco de orden, hablar de cosas. Además, necesito recuperarme para trabajar mañana. ¿Mañana es martes? Uno se abandona alguna tarde y se encuentra uno hecho un parásito.

—¿Un piojo?

—¡Lunes…! —gritando, me desprendí de Mary—. Me voy a la oficina. Hoy pagan.

—Pero ¿por dinero? No es preciso que corras. Hay dinero.

—No está en mis costumbres retrasar ese trámite. Además, le debo tres mil a Bert.

La media hora anterior al timbre de salida me bastó para firmar la nómina, toser hasta provocar la compasión de Guada y jurar a Ramón que al día siguiente tendría sobre su mesa el oficio del director, perfilado, enriquecido, refulgente como una Constitución del XIX. A Satur se le había muerto un tío, lo que le concedía una indeterminada libertad durante el luto. Con Guada de pasajera en el coche y el cálido sobre de los billetes contra la taquicardia, se me informó de los solemnes derroteros que las relaciones con Armando adquirían.

—¿Te das cuenta que dejaré la oficina?

—No te preocupes. Iremos a verte alguna mañana que nos escapemos. Armando no será celoso.

—Pero ¿qué hago sin ir a la oficina?

Era de justicia darle ánimos; pero se estuvo tan quieta, que dejé de animarla.

—Anda, guapa, no te amargues. Si te casas, te casas.

—Dímelo tú, que entiendes de estas cosas. Todo el día con mi madre y con Armando, cuando Armando vuelva de la tienda… —Había olvidado que, según ella, Armando era abogado, o quizá se ayudase el bufete con un comercio—. Yo estaba tan a gusto, sin complicaciones, y ahora, fíjate… Algo tengo que decidir. No les digas a esos nada, eh. Ni con Ramón he hablado. ¿Me convidas a una caña?

—Es que como con mi familia. Lo siento.

—Da lo mismo. —Abrió la portezuela, inmóviles sus redondos ojos mortecinos—. Me gustaría contártelo bien, que tú me aconsejases. Antes yo tenía un confesor muy bueno y muy comprensivo, que le trasladaron, y, luego, hace años que no piso una iglesia y tampoco tengo un amigo o una amiga o un hermano. Con mi madre no se puede hablar. Bueno, hala, vete, que te estarán esperando.

—Mira, yo… La semana próxima cenamos juntos y hablamos.

—Eso —murmuró—. Te convido a cenar yo, que estamos a primeros, y te lo cuento todo. Nada, porque no hay nada que contar. Es raro, parece mucho y, ya ves, no sé qué voy a decirte.

—Guada, maja, todo saldrá bien. ¿Me das un beso? —Tomó mi mejilla como una santa piedra, aconcavada a fuerza de piadosos ósculos—. Las cosas del amor se arreglan por sí solas.

—No es un problema de amor. Esta tarde vamos a bailar.

—Pues eso, claro. Tú a divertirte.

Descendió lentamente y me dio la mano por la ventanilla, con una sonrisa que a su habitual expresión boba y retozona añadía una inopinada turbación.

Mary y Merceditas habían emprendido limpieza de armarios, por lo que debí cambiarme de ropa en el cuarto de baño. En el living, con la promesa de que sólo harían el ruido necesario y tras haber creado una perfumada penumbra, me abandonaron a la digestión. Descolgaron el teléfono. Merceditas trajo los más muelles almohadones. Tanto se disculparon, que me dormí con la sospecha de que pretendían cambiar de lugar la cama o empapelar las paredes.

—Mary —llamé, tendido aún, considerando la escasa luz en las rendijas.

—¿Se ha despertado usted ya? —Abrió a la claridad de la tarde declinante—. Aquí huele a tigre y eso que he soplado más de medio bote de ozonopino. ¿Nos ha oído usted? ¿A que no? La señora Megui y yo hemos dejado unos armarios, que se pueden comer sopas. Madre y qué impedimenta tiene la señora Megui… Como si fuese un equipo de novia.

—¿Dónde…?

—La señora Megui está duchándose, que nos hemos puesto como carboneros. Yo estoy de horas extraordinarias, ¿sabe usted? ¡La señora Megui es la persona más requetebuena que he encontrado en mi vida! Menuda suerte tiene usted con ella.

—¿Cuándo acabas tus horas extraordinarias?

—En preparando la merienda. Té. Que ya está a punto de enfrío. Ha dicho la señora que aquí se va a merendar té, porque no tomamos nunca té y el té es de lo mejor que se ha inventado para muchas enfermedades. De modo que me está enseñando a preparar el té, que tiene su aquel; no consiste en echar la cucharada al agua cociendo y dejarla un hervor. No, señor.

Contemplé el paisaje urbano, volví al living y preparé, junto a la bandeja traída por Merceditas, un bolígrafo, un cuaderno y el sobre del sueldo. Mary, sin maquillaje, con el pelo recogido por una cinta, descalza y frágil dentro de un escaso vestido, parecía una muchacha convaleciente. Mientras devoraba litros de té helado, tostadas y mermelada, Mary se limitó a gesticularme ternezas. En el aseo de servicio resonaban cuplés. Debajo del vestido llevaba sólo el cuerpo. Merceditas, enrojecida por el estropajo, nos sorprendió abrazadísimos.

—Uy, ustedes dispensen. Una servidora ha terminado ya.

—Gracias, Mercedes.

—De nada, señora Megui. Hasta mañana, señorito. En su armario tiene usted el batín planchado.

Dudé entre permanecer en sus brazos o, sentado frente a sus

piernas —más largas que nunca aquella tarde—, urdir el presupuesto mensual. Aunque presentía la conveniencia de anteponer las operaciones contables a las sentimentales y en manera alguna imaginaba qué consecuencias devendrían de la acomodación de gastos a ingresos, elegí la jungla de pecas, con una urgencia que únicamente la pasión legitimaba. Huracanados al dormitorio (que olía a limpieza con la potencia que un estercolero huele a lo contrario), Mary llegó en andrajos y, una vez más, su polifónica capacidad creadora redujo a niñerías mis ardores.

—¿Sientes que esto es el amor? —Reclinada sobre un codo Mary, recorría con su labio inferior mis cejas—. Has de entenderlo, porque el amor no debe ser de uno.

—Lo entiendo —dije, entendiendo mi propia situación.

Se tendió boca abajo, a silbar contra la almohada. En la calle quizá se habían encendido las farolas, ya que indudablemente era noche de lunes en las manchas blanquecinas de los muebles, en el aire ondulado, en la buena conciencia del placer cumplido. Pequeños ruidos, el silbido en sordina de Mary, mi respiración en trance de acompasarse, le devolvían a uno —al que uno era desde siempre— la historia, la geografía, el acre y familiar sabor de la gramática parda. Como empezaba el verano, dije:

—Oye, tú y yo lo pasamos bien. Me alegro que estemos juntos. —Se apretó, ovillada, contra mí—. Y lo pasaremos mejor, Mary, ahora que empieza el buen tiempo.

Se puso a temblar, como complacida de su estremecimiento, y es que le reía el cuerpo. Ciertamente, con Mary desaparecía esa opresora sensación —causa, por otra parte, de todo provincianismo, y que Tub y yo nunca habíamos logrado destruir— de que el mundo tiene sus límites en los de la ciudad, en los del barrio, incluso que convierte el mundo exterior a las paredes del dormitorio en una informe pasividad. Mary transmitía el sentido de la variedad de la vida; se sabía que simultáneo al atardecer de ambos atardecía para otros muchos en Copenhague, en Reykjavik, o estaba amaneciendo en

«I ara visc
tot encledat dins la cosa que estimo.
Un moviment que faig, i que m'estira
enllà del meu replec, toca una mitja
o una sabata o un jersei o una
[faldilla...»

el antiguo dominion de Sarawak. Mary —había que reconocerlo— hacía la existencia extensible.

Había dejado de temblar.

—Podríamos llamar a Pablo o a Bert, para tomar una copa.

—Tú has dicho que buscabas no ver ni siquiera amigos.

—Sí; hay que ser serios.

A una media de dos centímetros por minuto, abandonamos la cama, encendimos las luces, emprendimos ese inevitable retorno, que pasa por la ducha.

Junto a la tetera y las tazas, el bolígrafo, el cuaderno y el sobre esperaban el momento en que se elaborase la lista civil. Mary se disfrazó con un raso amarillo, que, sujeto, al cuello, le dejaba desnuda la espalda. Continuaba sin maquillarse, pero había sustituido la cinta por un par de coletas, mantenidas con gomas, consiguiendo el cosquilleante contraste de una cabeza quinceañera en un cuerpo de mujer.

—Mary... —Se detuvo, con el disco en la mano.

—Querido, no lo prohíbas.

—Tenemos que hablar. ¿Quieres sentarte?

Retiró la bandeja, trajo ceniceros limpios, recordó haber dejado abierto un grifo en el cuarto de baño, se calzó unas sandalias y, como me amaba, redujo volumen.

—Mary, cariño, déjate de músicas. ¿Quieres sentarte, por favor?

—Claro que sí. —Ocupó plaza en el chester—. ¿De qué se te ha ocurrido conversar?

—Se me ha ocurrido que es primero de mes. —Sonreía—. Hoy me han pagado y, aunque soy una calamidad, no sé vivir en el desorden. Desde hace una temporada, no me he preocupado de las cuentas. Le he ido dando algo de dinero a Merceditas, y basta.

—Perdona que te interrumpa. —No sonreía—. Yo estimo eso absolutamente inimportante.

Sin atender a su fuga del ambiente matrimonial que estaba emporcando el living, volqué el contenido del sobre en la mesa. El precio —en metálico— de mi prostitución.

—Absolutamente ineludible.

—A mi juicio, la deuda con Bert...

—La deuda es lo de menos. Mary, seamos sinceros; tú has comprado cosas, has dado dinero a Merceditas, en una palabra, has contribuido a los gastos generales. No ignoro lo que cuesta esta casa, en circunstancias de normalidad. Por eso, te exijo que me digas qué cantidad has puesto.

—No lo sé. —Separó las manos, como una imagen bizantina—. Puedo decir juramento de no saber.

—Escucha, cielo. Yo no tengo mucho dinero; es obvio. Yo, sin presumir, gano una pringue, una miseria. Así es que, mientras tú vivas aquí, no puedo permitirme el lujo de cerrar los ojos. Si un día te buscas un apartamento...

—¿Quieres que me vaya?

—No, no quiero que te vayas. —Y, de inmediato, mi mecánica debilidad me irritó hasta el asco—. Quédate, pero acepta que yo pague esta casa y lo que se come en esta casa y lo que se compre en esta casa. Menos barbacoas.

—No te enfades, amor. O.K., si tú lo deseas.

—O.K. —Separé dos tercios, que le tendí—. Toma. Tú lo administras.

—¿Por qué no, como siempre? —Puso los billetes bajo un cenicero.

—Ya que estás tú aquí, lógicamente administras la casa y te entiendes con Merceditas. Ahora bien...

—El dinero es tuyo. Sobre todo, insisto en tu deuda con...

—¡No me interrumpas, Mary! Me enerva hablar de dinero y cuando hablo de dinero no se me interrumpe. ¿Qué iba yo a decir? Ah, sí; que te ruego que no contribuyas con lo tuyo. Olvidemos lo que has gastado. Borrón y cuenta nueva. Con eso tienes suficiente para que aquí se siga viviendo como se ha vivido hasta ahora. Otra cosa es si, alguna vez, te apetece hacerme un regalo.

—Darling —cuadró los hombros—, eres injusto. ¿Qué he hecho yo, que me acusas de haber interferido tus costumbres y tu libertad?

—No. Te acuso de haber elevado mi nivel de vida.

—¿Por el televisor? El televisor fue comprado para mi distracción. Creo ridículo que no haya televisor y que haya luz eléctrica, frigorífico y agua caliente. Si hablabas de una forma tan desagradable pensando en la barbacoa, he de intentar aclararte que Mercedes asa las carnes y los pescados mal.

—De acuerdo, de acuerdo. Supongo que cualquier piel roja lo hacía mejor en la época en que los estabais empujando a las reservas.

—¿Qué de piel roja?

—Escucha, Mary; naturalmente no intento ser desagradable. Pero por muy cegato que se sea, se ve, cada vez que uno mete las narices en su armario, el par de camisas francesas que uno no se ha comprado. Y los eslips de seda.

—Ah, olvidaba —gorgojeó, con una súbita complacencia, que ni un infantito de casa reinante habría sentido con tal intensidad—. Deja que te enseñe unas sorpresas.

Partí tras su danzarina popa, guardé mi tercio de jornal en mi billetero y, sobre la cama deshecha, Mary ya hacía crujir papeles y saltaba bramantes de toda la paquetería que la limpieza de la tarde había dado a luz sin desempacar. Me senté a lo moro en la cama y a la orilla de la creciente marea de industria manufacturera.

También había vajilla. Resistente al fuego. De porcelana. De cristal. De cristal y porcelana. Al parecer, sólo los palurdos cocinaban aún en cacharros de aluminio, cobre o hierro. Aquel ingenio se utilizaba, por toda persona como es debido, para abrir instantáneamente las latas de conservas. Cualquier mujer precisaba los dieciocho hidratantes, deshidratantes, regenerantes y despellejadores, así como una emulsión para las uñas artificiales de los pies durante su no uso. Pelucas, sólo una, y era una tontería, puesto que en la ciudad se vendían las más macanudas y baratas pelucas. Eso sí, color azafrán. Quiso que me la probase. Me negué al travestí, por decencia ibérica. Que se la probase ella. Ella llevaba coletas. La peluca fue a hacer figura de erizo anémico sobre el bazar. Aun sabiendo que me afeitaba con máquina eléctrica, había adquirido el último modelo, que encontró en el mercado, de máquina con cuchillas. Pero ¿no era una pistola del nueve largo? No; para afeitarse. Bronceaba la piel. Impedía los forúnculos. Especial para muchachitos granujientos. La gente mayor tenía la ventaja de que, si se producía un corte (por impericia del usuario), el chisme radiaba, mediante un emisor de ondas ultracortas, aviso al servicio quirúrgico de la marca fabricadora. Únicamente había comprado diez discos. De flamenco. Y así, se ocupó otra media hora en comentario y admiración de ropa interior, mantelerías y unas pequeñas muestras de adorable artesanía del encaje.

—¿Encuentras que poseo un gusto un poco extravagante? Estoy tan contenta y pienso en ti y tiendo a las cosas más llamativas. Quiero ser muy loca, como en el amor, también en la casa.

No sabía cuál chorrada me hipnotizaba más de toda aquella afluencia (muchas de las cuales nunca sospeché que se hubiesen inventado), si la pastilla de jabón, morada y en forma de corazón, o las sábanas, fundas de almohadas y pijamas, a rayas negras y doradas.

—¿Por qué vestirse de cebras por la noche?

—He leído en una revista que ayudan a descansar. —Y se puso una gorra de visera, en felpa roja y con barbuquejo de seda blanca—. Para la playa.

—Tardaremos meses en ir a la playa.

Comenzó a bailar en puntas sin entender nada, con ese egocentrismo que provoca el dinero en proporción directa a la cantidad detentada. Ríos de lava en mi pecho me arrastraron al living, donde hice propósito de no organizarla con gran aparato. Dejar la dignidad a salvo. O la autoridad. O la independencia. O lo que fuese lo que debía salvarse.

Ella no me siguió.

Encendí un cigarrillo.

Canturreaba.

Bajo el cenicero permanecían los billetitos, ganados a golpe de honrada ignominia. Y eso, no; eso de abandonar los dos tercios por encima de los muebles.

—¡Mary!

Seguía canturreando.

—¡¡Mary!!

Rehuía claramente la tormenta.

—¡¡¡Mary!!!

—Un momento, mi amor —tembloteó su voz.

De lujuria. Tan convencida de su poder la había dejado yo, que confiaba domesticarme con una de sus carnavalescas apariciones. En un par de saltos, surgió en el living la Dama de la Licorne, aunque, a la primera impresión, su mitológico aspecto recordaba más la hembra que, en los carteles de la zona republicana, prevenía —y simbolizaba— contra las enfermedades venéreas. Cubierta con gorra y por cadenas, collares, destellos, habría esperado excitarme o desencolerizarme. Ambas previsiones fallaron.

—El dinero —dije—. ¡Coge ese dinero! —sonrió (de otra manera) y, a cortos pasos, resguardándose el sexo con la actitud, llegó a la mesa y tomó los billetes—. Me repugna la gente que se deja el dinero por encima de los muebles. Yo no soy un señorito —sin darme cuenta, hablaba como los amigos de Matilde— derrochador.

Antes de salir, ya se había quitado los pendientes y las nalgas parecían haberle aflojado. Esperé por si había ido a vestir la armadura.

Y yo no sabía detenerme, aunque era lunes y cabía la posibilidad de buscar lío con alguna ciudadana conocida o ligar a alguna desconocida o, ascéticamente, beber de pareja con el alcohol. Sólo que Tub, y exclusivamente Tub, me habría frenado entonces.

Arrojadas a un rincón bragas y deslatadora automática, afeitadora y gorra, Mary, en la cama, en bata y malherida, lloraba.

—Llora lo que te apetezca, pero entérate de quién soy yo.

—¿Tú? ¡¿Quién eres tú?! ¿Qué yo te he hecho a ti? ¿Para qué tienes que odiarme?

—No te odio. Es que estoy harto.

Redondeó los ojos, se atragantó con la saliva, corrió por los pasillos a ululantes sollozos, se encerró en la habitación de huéspedes y, quince minutos después, se me clavó una astilla en el empeine del pie derecho, al patear la cerradura. Pero entré. Cojeando. A soltar mi alegato.

—¡No me has atrapado! Me sobran las mujeres. Ni tú, ni ninguna, me atrapáis a mí. ¡Yo no necesito a nadie! ¡Yo no necesito el dinero de tu difunto marido! Ni que estés todo el día detrás de mí, ¡embruteciéndome! ¡Te limpias con tus dólares!

En un murmullo de asombro, me llamó loco y comprendí que debía usar algo menos abstracto. Como puñal.

—Mañana mismo sacas toda tu mierda de equipaje y me dejas la casa limpia y no vuelves a aparecer —habría que explicárselo a ellos y Bert querría entablar reconciliaciones—, nunca jamás. ¡Esto es lo único que quiero de ti, que me dejes en paz, que te vayas a tu país o a donde te aguanten!

—¿Me estás echando?

—¡Sí! Y de una puñetera vez.

También yo me habría largado, pero tuve que hacer en el cuarto de baño —simultáneamente— de Androcles y de león. Con la ira, vertí cerca de un litro de agua oxigenada, dejé la taza del váter roja de mercurocromo y, como no encontré vendas, ni algodón, hube de liarme una toalla.

Al fondo, gemidos.

Arrastrando pierna, me proporcioné una botella de ginebra, me tendí en la terraza y me dediqué a ensoñar la añorada soledad, que, en unas horas, recobraría. Mis costumbres pequeñas y oscuras. Mis indecisiones, libres, aunque me llevasen al aburrimiento. El silencio y la penumbra de las largas tardes. La irrealidad y Tub. Estaba comprobado, una vez más, que sólo se puede convivir con quien se ama verdaderamente, con quien se conoce, se respeta y se protege. Con uno mismo.

Silencio.

Me serví un segundo trago y establecí, antes de que la divagación me distrajese, relación de agravios: luces inútilmente encendidas, anarquía, imposición de vida social (bien es verdad que con mis amigos), maternalismo, sentimentalismo, un cierto imperialismo erótico, dominación económica, zapatos de zorra, falta de interés por mis auténticos problemas (de los que nunca le había hablado), superioridad racial encubierta pero notable, astucia, inflación, intenciones matrimoniales quizá.

Silencio todavía.

En todo caso, se había quedado con los dos tercios de mi sueldo. José María me prestaría; teniendo en cuenta que, en una temporada —al igual que durante la época en que instalé la chimenea— me limitaría a leer, apenas exigirían numerario mis parvas necesidades. Al día siguiente, la Merceditas sería despedida. Tampoco Petra iba a pasarse la vida reumática. En el intermedio, me guisaría tortillas francesas, huevos duros, arroz blanco, y me lavaría los calcetines. En cualquier esquina se encuentran tintorerías para los trajes y las camisas. Aun sin apellidarse Crusoe, se puede subsistir con autonomía.

Me adormilé un poco.

Todo seguía aplastado bajo igual silencio.

En el umbral del dormitorio, me detuve. Mary, acurrucada en el suelo contra una butaca, no lloraba; a cambio, contemplaba una maleta a medio llenar, como si contuviese sus propias vísceras. Levantó la cabeza y nos miramos. Luego, cambió la mirada al zarrapastroso vendaje de mi pie derecho, volvió a mirarme a los ojos y se le humedecieron los suyos. Desencajada, irreconocible, pronunció mi nombre. Se le evidenciaban las ganas de morir, esa penosa imposibilidad de morir que se sufre en determinados instantes.

—Bueno… —dije.

Porque había comprendido ya que todo había sido inútil y, lo que resultaba más sorprendente, que Mary formaba parte de mi paisaje vital con la misma fatalidad que aquella moqueta del dormitorio o que Ramón. Di el primer paso. Gemido. Al segundo paso, tropecé con descabalados pares de zapatos (sin talón) y descubrí los billetes en su mesilla de noche. Gimió, atenazada. Así es que me arrodillé junto a ella y me abrazó, que se veía que en toda la noche no pensaba soltarme.

Nos separamos sólo para preparar unos cafés con leche y vendar adecuadamente mi herida. El resto, amasado en lágrimas y en ahogos lamentosos, se le fue en digerir histeria, en tanto conducía yo mi claudicación a una solicitud —verbal— de perdón, por si algo arreglaba. Mi generosidad nos mojó más. Y, por otra parte, bien extendido en la cama, con su cuerpo —líquido— adherido al mío, fija la mirada en el trozo de noche que filtraban las cortinas del ventanal, sentía una desparramada complacencia, una sabrosa distanciación y, con la cautelosa caricia de un suave amodorramiento, la convicción de que a mí, en el fondo, ni Tub siquiera me importaba. Es enorme el placer de absolverse a uno mismo.

Dormí bien. Pero, desperezándose ya la mala conciencia de rigor, los suspiros de Merceditas me condujeron ante la puerta de la habitación de huéspedes, fracturada. Comenzó a dolerme la herida del pie. Antes de que pidiese explicaciones, justifiqué el desperfecto con una confusa historieta de pestillo atascado.

—Y usted ¿para qué tenía que entrar en el cuarto de los invitados?

—Y a ti ¿qué te importa?

—No se encorajine. Ya avisaré al cerrajero y al carpintero.

En la terraza, Mary, calma y señorial, desayunaba. Abrevié mi estancia en Canosa, mediante doloridas sonrisas y, guarecido en la soledad del baño, opté por olvidar. Merceditas trajinaba, con la reverente actitud de quien hace la limpieza con el difunto aún en la casa.

—¿Tienes tiempo de hablar un momento conmigo?

—¿De lo de anoche? —pregunté—. Bien; había pensado ni avisar a la oficina.

Mary exhibió una caída de párpados, lentísima, magnificada por el rictus de sus labios, fresa iridiscente. Merceditas colocó en la mesa de la terraza un frutero de plata. Mary alzó los párpados. El sol servía de candilejas encendidas. Merceditas escuchó las oportunas frases, que suelen recitarse en tanto el público deja de hacer ruido con las butacas.

—Si no te molesta, yo preciso hablar contigo.

Como en la pesadilla en que, de primer actor, se sale a escena para comprobar que uno ha olvidado el papel, me encontré inerme. Mudo. Si me hubiese pedido en matrimonio, habría dicho que sí.

Manejando cubiertos, anunció que, a su juicio, padecía yo de nervios destrozados. Probablemente, a consecuencia del alcohol.

(—Claro, de la cocaína no puede ser —mereció que le hubiese contestado.)

El alcohol —por si yo lo ignoraba, se esforzó en enumerarlo— produce ansiedad, relajamiento del mecanismo volitivo, autodesprecio, dislocación emotiva.

(—Y jaquecas —habría añadido, de no tener a mi ángel de la guarda tapándome la boca.)

Los peligros del alcoholismo quizá sólo se eludiesen en un hospital para alcohólicos. Ella confiaba moderadamente en los tratamientos particulares.

Me estaba dando sed.

Sobre todo, no consentía una repetición de lo acontecido la noche anterior. Ella había meditado hondo el asunto, sus causas —el mentado alcohol—, sus posibles contradicciones. Y ella me quería.

(—Aunque no me lo demuestras.)

A nadie amaba como a mí. Se encontraba tan vejada que su reserva de amor nada más la mantenía aún, compartiendo conmigo los huevos fritos a la yanqui. Ella no consentía ni remotamente la repetición de lo acontecido la noche anterior. Por mí. Por ella. A ella nadie la había ofendido nunca de igual gravedad.

(—Ya era hora.)

Calculaba una larga recuperación de su dignidad. Sólo en determinadas películas había conocido que a una mujer la maltratase un muchacho.

De repente, ella había envejecido.

(—Todo lo contrario. Estás espléndida esta mañana.)

Reclamaba sinceridad, lealtad. Ahora, sin ambages, sin nocturnidad, al bello sol de España, con una naranja a medio pelar, los ojos en los ojos, debía conocer si yo deseaba separarme de ella.

(—Sí.)

Sonrió. Su mano, a través de la mesa, estrechó las mías. Reanimada, volvió a la carga. Ella sabía por qué bebía yo.

(—Pues, sabes mucho.)

La oficina me aniquilaba.

Sabía mucho.

Aquel absurdo trabajo creaba represiones y desahogos, tan violentos como destructores. Ella lo había pensado amplio y me aconsejaba (y financiaba) una licencia sin sueldo.

—Bueno —dije, por fin, y a ambos el sonido de mi voz nos sorprendió.

Del horno azul de la mañana emergían tejados, corroídas cañerías, hedor a jornada laboral, pero hasta las pajareras antenas de la TV ocupaban un lugar justo. Puesto que, como en un relámpago, con una celeridad a la que mi cerebro no me tenía acostumbrado, percibí que el mundo estaba bien hecho, que era cómodo, deslizante. Total, que, habiendo rechazado sus regalos, acepté su propuesta de retirarme del trabajo, de veranearme, sosegarme y desintoxicarme. Cuando Bert llegó, yo llevaba consumidas unas cinco ginebras y, luego, apareció Pablo, en el momento en que Mary estrenaba peluca azafrán con tan excelente humor que lo contagiaba.

A la mañana siguiente, me constituí en el despacho de Ramón, combando pavimento con el peso de mi seguridad.

—Voy a solicitar licencia indefinida sin sueldo. Hoy mismo.

—Me parece una sandez.

Sin duda alguna. Cegado por el oro americano, no había considerado que la circular reservada establecía como imprescindible requisito para la percepción hallarse en situación de servicio activo.

—No vas a perder ese dinero por unos días. Espérate y, nada más cobrar, pedimos la licencia.

—La licencia, Ramón, la voy a pedir yo. Y la voy a pedir, porque tengo derecho a ella.

—Sí, hombre, sí. ¿Crees que te voy a poner la zancadilla? Dichoso tú... —Apoyando los codos y la mirada en la mesa, destilaba un sórdido rencor por su vida de cuñados, penuria y broncas de cuñados—. Yo, no seas desconfiado, te lo advierto. La paga está ya en marcha. Me consta.

En mi despacho, cambié de sitio las carpetas y resucité *La Muerte Baja En Ascensor*, resignado a saber quién había suprimido a Patricia Erkelen, dándole garrotillo con una misteriosa batuta de acero.

Betty Kerton, según Sam.

De la 21 retrocedí a la 19, donde el detective Wallace interrogaba al atribulado Humphrey Erkelen y el fiel Timothy aconsejaba silencio al viudo, hasta que compareciese el sagaz abogado Sam. Pero ¿cómo Betty, si la monada de ella no se había separado de su esposo Kerton, de Humphrey, de Timothy, mientras se dirigían al parqueamiento? Sam, para pegar el acorde final de capítulo, muequeó con amargura. El primer párrafo del siguiente, con esa consoladora vivacidad de la literatura para perturbar el inmovilismo del prójimo lector, nos mostraba al sagaz y amargo Sam en un bar del nebuloso Londres, empapando oporto. Un misterioso hombrecillo entraba, oteaba el local, Sam y él intercambiaban unas amargas y sagaces miradas, se acomodaban en una mesa rinconera. El hombrecillo dudaba y, al fin —se veía que iba a pagar el amargo Sam—, encargaba también su buen vasito de oporto. Ansiosamente, el sagaz Sam preguntaba al hombrecillo si era el famoso Mago Peter o una de sus frecuentes transmigraciones.

El ectoplasma de Guadamédium pidió permiso para mostrarse.

—Pasa, pasa. Estaba aquí, distrayéndome; ya ves.

En la medida que su vestido le permitía caminar, se llegó hasta uno de los sillones basculantes, lo regaló con su trasero y, en taquigrafía, se reprodujo su siguiente parlamento:

—Te estás tres o cuatro días sin venir, llegas media hora anteayer a cobrar y ahora va Ramón, me llama a su despacho, me hace jurar que no se lo digo a nadie, lo juro y en voz baja me dice que vas a solicitar licencia.

—Léelo.

—Bajamedicequevasasolicitarlicenciaindefinida.

—Ponlo en limpio.

—Me alegro por ti —dijo—. ¿Es que has heredado, como Satur?

—No. Negocios.

—Yo —reprimía unos pucheros— lo siento. Esto está cambiando mucho. Tú te marchas y sabe Dios si volverás. A Carlitos parece que le sale un enchufe. Satur está decaído.

—Por la muerte de su tío.

—Y porque lo está. En resumen, que nos quedamos Ramón y yo, solitos. No me quejo por el trabajo, no. Lo digo, porque... Bueno... —Dibujaba amapolas de curvo tallo—. La vida es así.

—Tú te casarás.

—No lo sé. Si quieres, cenamos una noche de éstas y te lo cuento. ¿Quieres?

—Sí. —Rodeé la mesa, se puso en pie y mis manos descansaron en sus caderas.

Pero lo estropeó todo, porque susurró:

—Dame un beso.

Cuando aún permanecían mis labios en servicio activo, una llamada estentórea de Ramón la succionó, a pasos japoneses, con la cabeza vuelta y su sonrisa de Guadaembelesodelamañana. Le habría dado un azotazo. Sin disposición para retornar al pub con el carajo de Mago y de sagaz Sam, cavilé que, durante numerosos años, jamás había vislumbrado el estado de licencia indefinida sin sueldo. Maleta teníamos. Con tal de despedirme de mi hermana, el resto de la obligación social cuanto más escueto, más eficiente. A Tub le pondría unos sibilinos renglones desde Spoleto. Aunque quizá resultase un poco *pompier*. Según el grado de sibilinidad que imprimiese a la carta.

—Hola —saludó Satur.

—Hola. Te acompaño en el sentimiento.

—Gracias. Ramón me ha dicho confidencialmente que te vas de licencia indefinida.

—¿Le habéis enterrado ya?

—Esta mañana. Hace una hora.

—¿Cómo has venido, hombre?

—Se han quedado las mujeres en la casa, rezando el rosario. Mi madre, las primas, la tía Patrocinio, el hijo de la tía Patrocinio... Ya sabes lo que son estas desgracias.

—Me hago cargo. ¿Cuántos años tenía el difunto?

—Ochenta y siete.

—Joven, no era joven.

—No. Pero estaba bien. No se sabe de qué ha sido. Además, vivió siempre regaladamente. Sus casas, sus solares, sus acciones... Para que ahora nos lo pateemos los parientes.

—O sea, que ¿heredas? ¿Mucho?

—Al hijo de la tía Patrocinio parece que le ha mejorado. Toda la familia está de acuerdo que era de caridad mejorarlo. Tú sí que tienes suerte... Licencia indefinida. Perder de vista a Ramón y los papelotes... —Satur se rascaba frenéticamente las rodillas—. La alegría de la herencia será para mi mujer, que era familia política. De todos modos, mira, una reservita; como te pasa a ti con lo de tus padres. Ahora —entornó los ojos ávidamente—, me lo compraré. Ahora, sí.

—¿Un magnetófono? ¿Para qué te vale un magnetófono? Cómprate un coche.

—Eso dice mi mujer. Pero un coche es demasiado. Me tendré que hacer a la idea de un coche. Sin embargo, un magnetófono...

—Pero, Satur, hijo, ¿para qué te vale un magnetófono?

—Hablaré y luego me oiré. La chica cantará canciones. Grabaré los programas de televisión, diré poesías, cogeré los ronquidos de mi mujer… Es muy variado. Además, si me decido a hacer unas oposiciones de las grandes o a ejercer la carrera…

—No lo vas a hacer nunca, Satur.

—¿Quién sabe? Tú no, desde luego. Tú sabes vivir. Estoy hablando de despilfarros y el pobre tío, con sus palmos de tierra encima. Es que no lo pensamos, pero, si te pones a pensarlo, no te ríes más.

Temeroso de que me traspasase su picor de rodillas y su bubónica peste emocional, le anuncié que subía por un impreso de solicitud de licencia eterna.

Merceditas me participó que Mary estaba en remojo para toda la jornada en la piscina de Bert. Y acechó mi primer sobresalto ante la primera alteración. Mary había cambiado el chester, separándolo de la pared, ubicándolo frente al ventanal y dificultando el paso a la puerta-balcón de la terraza. Nunca me habría atrevido a tal mudanza, aun en el supuesto de que se me hubiese ocurrido. Y no estaba mal, si uno se acostumbraba a encajarse los riñones cada vez que, por el camino lógico, uno pretendiese acceder a la azotea.

—Y ¿la antigua? —dolía calificarla así.

—La han bajado al trastero del sótano. ¿Se ha percatado, señorito, de que son iguales a la antigua? La señora Megui está muy orgullosa de haber encontrado dos camas parejas en el mismo estilo que ese camón suyo.

Tenía mérito, sin duda alguna. Aparte las ventajas de manejabilidad, en las que Merceditas se explayó con una contumacia azuzada por mi melancólico silencio. Comí y huí al cine. Dormí bien, en un cuenco de plumas y sonidos. Era de noche, cuando salí a la calle.

Mary contemplaba las luces del barrio en su pendiente hacia el río, sentada en el chester frente al ventanal. Besé una comisura de su boca. A juego con su sosegada circunspección, estrenaba también una falda y una blusa, elegantes y nada feticheras. Cenamos, hojeamos unas revistas, le conté un trozo de película y, sin poderlo superar, angustiado por no denotarlo, un temor reverencial a Mary embridaba todos mis gestos.

De cama a cama, expuse los morosos trámites de una licencia indefinida sin sueldo. Incapaz de confiarle mi concupiscencia por la paga extra, brillé en la invención del complejo procedimiento. No entendió nada, afortunadamente, y me creyó. Las mañanas se hicieron más cortas, aunque, a veces, aquella excitante provisionalidad detenía el tiempo, me revolvía contra mí mismo, contra Ramón y la obsesión de exprimir el último céntimo de la nómina. Decidía, en esos instantes, renunciar y marcharme bruscamente. Si uno alarga la despedida, ya no conmueve, aburre. Por otra parte, proyectaba redactar el oficio del director, a fin de dejar el puesto en las debidas condiciones. Guada sufrió un ataque de oficiosidad y, probablemente porque me adivinaba las rijosidades, se escabullía más de lo debido. A fuerza de estimar distinguida una cierta atmósfera de comedimiento en respeto a la reciente pérdida del tío de Satur, nos pusimos mustios, casi enfáticos. Si Bert me llamaba por teléfono, para leerme una tarjeta de José María, o me telefoneaba Mary, para leerme la tarjeta de José María recién llegada desde Ginebra, o telefoneaba yo a Pablo, para saber si había recibido tarjeta, debía controlar mi voz o exponerme a que mis palabras resonasen en los silencios burocráticos. Guada estaba engordando y transmitía gloria la crispante tensión del vestido sobre su vientre, cada día más vulgar, apetitosa y sofocante, la vieja Guadacompensaciones. Ramón dedicó una media jornada a hablarme del tema. Alarmado por los designios de Armando, se le veía dispuesto a todo ludibrio, a ignorar los manoseos de cientos de mañanas, a renunciar a una vida en imitación de la mía, con tal de tenerla algunas horas en su poder, con el consentimiento de ella y desnuda. Me era fácil de entender su aporía. Sin embargo, luego, regresaba a su casa, a sus hermanos, a sus sobrinos, a su anciana madre, al fútbol, al dinero escaso del día 20 y, en alguna medida, el inicio del verano le estaba provocando el mismo entumecimiento que a mí, cuando regresaba a Mary, a sus mutismos, a las tiernas miradas y a la abstinencia de las dos camas, de tal manera que, en aquel Ramadán de la prelicencia, parecía haberme atrofiado al borde de un vuelo sobrecogedor. La verdad es que, si bebía, bebía en la clandestinidad, escondiéndome hasta de Pablo, quien no soportaba la ciudad y fraguaba una escapada, aunque no lo confesase, harto de los bares que pronto cerrarían, de la boba luminosidad interminable, de las noches irrespirables, la incómoda nostalgia y la gaseosa inestabilidad. Y eso que a Bert se la veía poco, ocupada en acompañar a Mary y en crearle unas dificultades al gobierno que, no por teóricas, dejaban de causarle a ella un trabajo agotador. Pero beber con Pablo se me había hecho tan arduo como fornicar con Mary. Porque, aunque lo ignorase, o lo supiese y me negase a reconocerlo o, sencillamente, no entendiese nada, creo que tuvo que ser en aquellos días cuando mi sistema neural perdió el primer gusto por el cuerpo de Mary, cuando, sucediera lo que sucediera después, nuestra conformidad había estallado en el sigilo de los derrumbes subterráneos. Estaba claro que, dejando de hacer el amor, cada día nos costaría más reanudarlo, a pesar de que ni ella creía haber dejado de amarme, ni yo admitía disminuciones en mi capacidad, máxime en días en que todas las mujeres me gustaban, en que la especie femenina, aunque inagotable, me resultaba estrecha, y durante los que pasaba horas fabulando procacidades con la pelirroja entrevista al volante de un Jaguar o reproduciendo mis contactos con Bert,

Leticia, Tub, con cualquier otro ejemplar histórico, en un artificio de copista minucioso, cuya recompensa radicaba en la consecución de vivísimas imágenes, más satisfactorias quizá que los hechos de su origen, ya que, como hasta Guada comprendía, la memoria sólo vale para embellecer lo que no sucedió. Pero tampoco Mary y yo dramatizamos la abstinencia y seguimos acostándonos en el mismo dormitorio, fingiendo normal nuestra desunión, justificados por la fatiga, por la hora, por la gastritis, por la menstruación (de Mary), por el propósito de, a la noche siguiente, resucitar. Tuvo que ser en aquellos días, pero, por esa falta de lucidez para detectar las causas, nos avinimos a los efectos, sin vergüenza, ni coraje. Así es que, en la época de más calor, paradójicamente Mary utilizaba más ropa.

En un par de semanas, me regaló sólo un llavero, una cachimba, media docena de calcetines de hilo de Escocia y un cuadro de César. La parquedad se justificaba quizá por los gastos domésticos, puesto que los dos tercios de mi sueldo, en un cálculo optimista, le tuvieron que durar a Mary un día y para la peluquería de la tarde subsiguiente. La adquisición de las 50 × 21 pulgadas de coloreada y perecedera materia fue sugerida por una amiga del pintor: Bert. La tarde en que se complotó un té de puesta de cuadro me ahorré el *vernissage*, con la contrariedad de trabajo inconmensurable.

—Lo comprendo —comprendió Mary—. Mejor es que queden los documentos acabados, para que no aleguen por eso negarte tu licencia. Bert y yo atenderemos a César. Vendrá Pablo. Luego, César ha de marcharse a un discurso. Lamentará no haberte conocido.

Juré que más me apesadumbraba no coincidir con tal genio de la pintura revolucionaria, aunque abstracta (la pintura y la revolución). Volví tarde y fatigado de envolverme la borrachera en los bronquios. César no había podido esperarme, ellos habían cenado ya y la velada bogaba por una tranquila uniformidad. Se había recibido nueva tarjeta de José María, que mencionaba a Tub tanto como a Gengis-Kan.

En cuanto logré llevarle al aparte, comencé el ataque. También Andrés estaba ya de regreso y la vida acababa de recobrar un jacarandoso meneo, hasta el punto de que, con la licencia indefinida en el bolsillo, consentí en acompañar a Mary aquella tarde a la piscina de los padres de Bert. Sin despedirse, Pablo se había fugado al Cantábrico, con Fernando y Galizia, lo que parecía divertir enormemente a José María. Me ajusté el calzón de baño y le propuse un paseo por el jardín, entre los sauces, las buganvillas, los cedros sarracenos y demás especialidades hortofrutícolas, que, como a sus sentimientos, Bert cultivaba para la ornamentación. No obstante, el lujo se soporta con más resignación que la pobreza. Así lo medité, durante los primeros pasos.

—¿Qué habéis hecho Pablo y tú todos estos días? Se larga veinticuatro horas antes de que yo vuelva y tú dices que estás contento y que todo va a cambiar. ¿Con quién os habéis emborrachado?

—Todo va a cambiar. Ahora va a cambiar todo.

—Seguro. He encontrado a Mary deprimida. Sensacional, como es ella, pero deprimida. Aunque lo niegue.

—Está muy bien, no te preocupes. Cuéntame de Tub. ¿Has visto a Tub?

—Sí. Cuatro horas de Tub. Te aseguro que acaba con cualquiera. Se ha idiotizado. Mema por completo.

—¿Guapa?

—Me encargaron que le reservase plaza a Andrés. Se la reservé en mi mismo avión. Llegaron por la mañana, nos sentamos junto al lago y ella y Neneca hablaron en francés, sin parar, mientras Andrés compraba película. Me marea oír ese francés de perro, que Tub cree tan chic.

—¿Compró película para el tomavistas?

—Y lo usó. A base de cisnes, lago, la vieja del kiosco y nosotros. Además, Tub y él se besan cada cinco o seis minutos. Nuevas costumbres. Al fin, se acabó el rodaje y nos fuimos a comer. Las señoras nos dejaron en el aeropuerto y, hasta que aterrizamos, vinimos leyendo los periódicos. Nunca he sufrido un viaje parecido. Tub ya no es nada. Siento comunicártelo.

—Conforme. ¿Está guapa o no?

—Da lo mismo; está entontecida. ¿Por qué te gusta a ti tanto?

—Carajo, me gusta. Más que ninguna. Puedo enamorarme de otra y seguir enamorado de ella. —Por mucho que supusiese que yo ironizaba, aliviaba expresarlo—. Tub es una constante. Si un día se termina, se me habrá agotado el factor romántico.

—Cuanto antes, mejor. Muy, muy morena. Chocolate *foncé*. Se le notan más las arrugas de los ojos. Lo compensa con un flequillo de muchacho tonto y marica.

—Y ¿de cuerpo?

—Habérmelo avisado y te habría traído fotos porno.

Me detuve y desde allí el dos piezas azul de Bert y el dos piezas blanco de Mary, el carrito de las bebidas, el banco de troncos y, sobre el banco, los cortos albornoces de ellas, mi camisa tejana, constituían la gran ñoñería de paisaje conocido, puro hueco de la presencia de Tub, ahora que todo, por fin, iba a cambiar. Quizá todo (al respecto de Tub) continuase igual. Ya me preparaba una poción —con hielo— de amargura, cuando José María, un par de metros más adelante, vuelto hacia mí, empleó el adecuado tono de entrañable amistad. Simple refitolería, que habría dicho Pablo.

—Le han adelgazado esas piernas increíbles y tiene más pecas en los hombros, que siguen siendo redondos, como dos colinas sobre las hondonadas de las clavículas.

—Y ¿más al sur?

—A este y oeste, quieres decir. Quizá ha engordado. Pero me fijé poco. La altiplanicie, como siempre, escurrida. Bien de caderas y, ya te digo, río abajo, esos dos afluentes increíbles. Me preguntó por ti.

Yo, más o menos, tenía ganas de llorar.

—¿Le dijiste que no he dejado de beber?

—Cómo no. Pero casi le interesaba sólo tu vida con Mary. Sabes lo irracionalmente celosa que es Tub, la afición que tiene a cursilear tus historias. —Yo, más o menos, lloraba—. En eso nunca la has defraudado. Oye, sí que me gustaría que cambiasen las cosas para ti. Y para Pablo. Que hicieses algo distinto de ese lamentable oficio, en el que te pudres. Gracias a tu dosis de complejo de culpabilidad, te vas defendiendo. Pablo, por otra parte, se niega a admitir que ya no es un brillante muchachito. En fin, como ves, Tub, bien.

—¿Te dijo algo para mí?

—Me fastidia el celestineo, me joroba que me hiciese un aparte, igual que tú ahora, para confesarme que ha recuperado a Andrés. Bueno, no lo vas a creer, pero Tub piensa que todo va a cambiar este verano. Sí, eso piensa tu hermanita gemela Tub. No creo que vuelva hasta el otoño. A menos que una mañana de estas se le ocurra coger un avión. ¿Sabes lo peor?; me he cargado de tanto trabajo, que me temo que veraneo aquí, donde Bert.

Efectivamente, como su turno había llegado, le pregunté por los negocios, por los éxitos en los negocios y en sus escapadas nocturnas, mientras, asendereados, nos aproximábamos al pradillo que rodeaba la piscina, a las muchachas que rodeaban la piscina y a la mera pileta, en la que me zambullí, aprovechando que Mary reclamó a José María, como para un masaje cordial o un embarazo.

—Tírate, cobarde, tírate de cabeza. Pero ¿vas a bajar por la escalerilla?

Bajé por la escalerilla, sumergiendo ombligo antes que hombros, y, tendido en un colchón neumático, me puse a leer en el azul las estrofas de alejandrinos, que narraban mi salida de la cautividad. Bert, que debía de haber trasladado al borde su corpachón, se empeñó en el diálogo.

—¿Es que nunca te vas a tirar de cabeza?

—Nunca —escupí al azul.

Al final, es decir, recién llegado de la Unidad de Personal y con el papel todavía en la mano, Guada, incapaz de retener durante más tiempo el caudal de sus lágrimas, había abierto compuertas. Ramón me apretó un brazo, con saña.

—Creo que haces mal —opinó Carlitos—. Una interrupción en la carrera se paga cara el día que se vuelve.

—¿Qué carrera? —dijo Satur.

—¿Qué día? —interesé a mi vez.

—Si a esto le llamas tú una carrera, a mí llámame Fifí.

—O sea, ¿que no piensas volver? —A Guada los sollozos se le convirtieron en estertores.

Como Luisito no fue hallado en su puesto y la tila no pudo ser encargada, le juré que me iba pero volvería, que nunca acabaría de marcharme de allí. Satur lo cantó.

—Oye, y ¿qué vas a hacer ahora, con todo el día libre? —preguntaba Bert.

Era raro, pero ningún gorrión atravesaba el cielo. Quizá los gorriones fueran aves migratorias.

—Voy a estudiar Ciencias Naturales.

—¡Tú!, ¿en serio? Me gustaría que volvieses a la universidad. ¿Por qué Ciencias Naturales?

Mi plan de despedida íntima de Guadaplañidera fracasó, ya que, al ser recuperado Luisito para el servicio —y suficientemente reconvenido—, nos marchamos a la cafetería frontera, libaciones y bocadillos a mi cuenta. Excepto Carlitos, que pidió emparedado, eligieron de anchoas, Guada; de jamón, Satur, y de chorizo, Ramón. Les rebullía tal alteración, como si realmente me quisiesen. Ramón afirmó que haría lo posible y lo imposible por guardarme la plaza vacante.

—De todas maneras, no van a mandar ningún sustituto —precisó Carlitos.

Y ahora Bert, probablemente con los pies en el agua y las manos bajo los muslos, me alentaba a emplear mi tiempo en los claustros universitarios, donde ella había descubierto la Fuente de la Eterna Juventud y debía de hallarse en el punto —lacerante— de ser llamada de usted por los de primer curso. Ni un gorrión.

—Sé buena y navega con un whisky hasta aquí.

—En serio, tenemos que discutir eso —repitió su voz, alejándose.

—Ni falta que hace —había dictaminado Guada, antes de que la superior autoridad de Ramón se pronunciase—. Un sustituto, ¿para qué? Estamos bien los que estamos.

—Escribirás —dijo, repentina y tontamente, Satur.

—¿Escribir? Pero si no me voy fuera.

—Quiero decir… Bueno, que no pierdas el contacto.

—O pásate a vernos. No se te van a caer los anillos, porque te des una vuelta a visitar a los compañeros, ¿eh?

—No, preciosa, no se me van a caer. Me pasaré cualquier mañana.

—Eso es lo que dice ahora. —Ramón me estrechó contra su pecho por un hombro, como si yo, al cesar en el servicio activo, hubiese devenido hembra y de cabaret—. Luego, será otro el cantar y, poco a poco, nos olvidará. Es ley de vida. Y se siente, coñe, se siente. Venga, que pongan otra ronda de lo mismo, que invito yo. Son muchos años juntos, muchos buenos ratos...

—Y malos —matizó Satur, compungido.

—¿Quién se acuerda de los malos? Muchos años. —Y, en el repaso mental de los lustros, nos quedamos absortos en la alfombra de variada basura que sustentaba, con nuestros cuerpos, nuestra proclividad.

A descoyuntados pataleos, con el fin de añadirle más agua al scotch, Nausicaa abordó el colchón neumático y desde su mano pasó el vaso a mi estómago. Por su gordezuela sonrisa, quizá también por el olor de su pelo, pero no por agradecimiento, intenté besarla. Ni que yo fuera pulpo, rechazó el intento con un desdén aparatoso, que casi me naufraga. Habría ofrendado mirra, a fin de que Mary se encontrase distraída.

—Cochino. No sabes todo el asco que me das. ¡Mary, encanto, te apuesto un largo!

—¡Voy, querida! —Y sólo había en su voz la tonalidad cristalina de quien ama al prójimo como a sí mismo.

Levantaron oleaje, una a cada lado del colchón, odiosamente aplicadas al *crawl*, consiguiendo que olvidase que les debía aquella dulce espera de pájaros en el fofo azul de la tarde. Sobre la voz de José María, una brizna de brisa movía hojas. El whisky y su sabor a cloro compensaban mi estado clorofílico. Si es que nunca iba a abrir los ojos, tampoco sabría si los gorriones mancillaban el aire de los afortunados habitantes del *quartier*.

Hasta que Guada elevó el terciopelo de sus párpados, rió con una cierta bestialidad y comprendimos que nada grave sucedía, salvo la superflua emoción que nos habíamos causado.

—Ya veréis, ya veréis, cómo éste vendrá a jugar a la gallina ciega con el teléfono —apetitosísima, cacareó su presagio—. Si sabré yo lo que os gusta vendarme...

Inevitablemente, Satur y Ramón la abrazaron al tiempo y Guada cayó —sin intención— sobre Carlitos y se derramó un chorro de mi amaro y todos saltaron un paso atrás y Guada pidió bicarbonato y Carlitos abrazó a Guada y Guada estaba en mis brazos y Satur compró al limpia cuatro puros —nacionales— y le prometí una caja de bombones a Guada y Carlitos me llamó cabrito, cacho cabrito, y Guada lloraba a carcajadas, todo ello que parecía una boda, según definió Ramón.

Tan seco el azul como mojado mi lecho, que no paraban de hacerse largos, cerré los ojos y pregunté hasta cuándo iba a durar el necio campeonato.

—Que os vais a limar los pechos.

—Necio tú.

—¿Verdad que estás contento? —Mary serpeaba por las cercanías de mi isla.

Le arrojé una caricia y, apretando agua entre las piernas por simple gusto, retozó hasta voltearme del colchón neumático. Por los aires, antes de pegarme el panzazo, al único gorrión que descubrí fue a Andrés, en el banco de troncos, que vestía ¿un frac violeta? El vaso se largó a las profundidades. Yo alcancé tierra firme.

—¡El vaso! —gritó Bert.

—Hola.

—Hola, tú. ¿Cómo te va?

—Bien. Ya sé que regresaste con José María. Te has quedado más de lo que dijiste.

Violeta sólo era el chaleco, ya que la camisa era rosa, plateados los botones de la chaqueta azul marino y blancos, como los zapatos, los pantalones. Quizá abandonaba los Consejos de Administración por la opereta. Sobre la mesa, inconfundible, la caja de la película. Como si no fuese el tipo más despierto de los que por allí nos movíamos, descansé en una tumbona, al tiempo que José María se unía al buceo.

—Regresamos en el mismo vuelo. Tub me encargó muchos saludos para ti.

—¿Sí?; gracias. ¿Cómo está?

—Perfecta. —Estiró las piernas, para enceguecerme con la albura de su atavío—. Ah, qué bien lo hemos pasado… Se debe salir de vez en cuando, cambiar de ambientes. Tienes razón, me he quedado con Tub muchísimo más de lo previsto.

Y prosiguió, convenciéndome de lo ventajoso que resulta cambiar de colchón, tan descaradamente satisfecho que llegué a sospechar que no usaba de malevolencia. Ellas y José María recuperaron el vaso, con las fatigas que conlleva arrancar a las entrañas subacuáticas un ánfora ligur. Se sirvieron bebidas, antes que Mary y Bert, que tenían una tarde de amazonas en celo, se largasen a la alambrada pista de tenis y yo me quedase con ellos dos, dispuestos a demostrar que conocían divinamente las inflexiones económicas de la coyuntura. Desahuciado por semejante espectáculo de mesura, volví al colchón neumático, a hacer tiempo, como quien dice, mientras se decidía o no proyectar a Tub en la pantalla, cámara, producción y dirección, del esposo. Sonaban tan restallantes los pelotazos, tan nítidas sus voces, tan transparente el crujido de las zapatillas en la roja tierra de la pista, que la tarde me intemporalizaba, distendido en una única sensación, pero impecable. En ello, apareció César, hube de incorporarme, corresponder a la presentación y acostarme de nuevo, con la pesadilla de su camisa negra y sucia, que le alcanzaba a las rodillas, y de su negra y sucia barba. Para hacerle más repulsivo, la naturaleza le había castigado con una entonación campanuda y silabeante, que de inmediato colaboró en el sesudo trajín comentador, que José María y Le Grand André, primer *boy* de la compañía, se traían y llevaban sobre el césped. Entonces, cruzó algo así como una mariposa.

Pagué las rondas a las que había invitado yo y a las que ellos habían invitado y nos reincorporamos, porque debía recoger mis pertenencias, pasar el relevo y estamparse debidamente la oportuna diligencia de cese transitorio e indefinido. Les agradecí la delicadeza de que me dejasen vaciar los cajones de mi mesa en soledad. Empaqueté unas revistas, mis calzoncillos, la correspondencia personal y *La Muerte Baja En Ascensor*, y destruí la incomprensible cantidad de desnudos, que mi lápiz había trazado desde la última limpieza. No eché las llaves. Con una ojeada circular, lentísima, y concentrada mi entera emotividad, grabé una postrera panorámica, por si el conocido ámbito me provocaba algo, que no me provocó nada. A Luisito le motejaba Ramón de asno sifilítico, cuando entré en su despacho. Luisito había olvidado transmitir una llamada de don Enrique. Y don Enrique se había ausentado. Satur, Carlitos y Guada, conservando el orden escalafonal, añadieron que Luisito era un gilimemo, una nulidad peligrosa y un tontaina. Yo, que no pertenecía ya al sistema y en algo había de hacerlo notar, me abstuve, con un silencio distanciado y cortés. Luisito, al descubrirme, me tomó como áncora.

—¿Qué, que se las pira usted?

—Eso mismo.

—Pues, que sea para bien.

—Gracias, hijo.

—Oiga, don Ramón, y ¿qué se va a hacer del despacho de aquí?

—Metértelo, si te cabe.

—Sí, señor.

—Y no te muevas del pasillo. Un día doy parte por escrito de ti, zangolotino, animal, que tienes reblandecida la médula, cafre.

—Cálmate —dijo Carlitos.

—Bueno, vamos a lo tuyo. Guada ha puesto ya la oportuna diligencia de cese transitorio e indefinido. Léela, Guada. Es que es un animal, el mastuerzo.

Guada se metamorfoseó en el coro de la Sixtina, enunciando que yo cesaba, que Ramón estaba autorizado para permitirme cesar y que desde que yo cesase, y era en aquel día, a mí no me iba a alcanzar ni un céntimo, así me viese en estado de necesidad, salvo que, previas las debidas formalidades de aceptación de mi expresa solicitud de reingreso, se autorizase a Ramón para anular el cese, que se certificaba, y certificar un alta en el servicio activo, con arreglo a las disposiciones en vigor sobre la materia o que estuvieren en vigor en la antedicha fecha hábil de la mencionada súplica. Futuro improbable. Satur aplaudió y Ramón no firmó, cuando a mí las piernas me transmitían una algodonosa urgencia.

—¿No firmas?

—El relevo. Queda el relevo.

—Claro. Pues, el oficio del director —dije— se lo he dejado a Guada, totalmente corregido, para que lo pase a limpio.

Volvía a cruzar y me pareció, más que mariposa, abejorro. En la orilla, José María, César y Andrés llevaban el show a su debido ritmo. Por lo que, desmenuzado, horadaba mi campana de vidrio, se trataba de establecer un restringido censo de mentes europeas con capacidad dirigente. De un momento a otro, en mi territorio, que era aquel jardín, se instalarían los correspondientes ángeles con las espadas flamígeras. El abejorro buscaba probar el néctar de mis venas. Eva Tribune y el Serafín Bert andarían por el segundo set, licuando sus esencias en sudor. Ni abejorro, ni mariposa: mosca, dorada por el poniente, que amarilleaba la bóveda, alargaba la espalda de Tub, permitía a ellas descuajarse con el raqueteo. Por vez primera desde el año de mi nacimiento, me consideraba excesivamente dichoso. Para Andrés, en todo el continente sólo había dos hombres. Comprobé mis testículos. Para César, tres. José María sustituía uno del trío de César por la primer ministro de la India. A José María, en los últimos tiempos, se le estaban embarullando las fronteras de toda clase. Lo dije. Me mandaron callar. Si no respetaban fronteras, propuse que se incluyese en la lista de hombres importantes a Bert. Me preguntaron si pretendía sabotear su conversación. Que durmiese pacíficamente. Según creí oír, admitían a la primer ministro. Para entonces, la espalda de Tub había recuperado su embriagante curva de caída. Y para entonces, sin sospecharlo yo, debía de estar abandonando ella su coche en el paseo empedrado de la entrada o, todo lo más, llegando a la pista de tenis. Es decir, que me encontraba, desde hacía unos instantes, en la misma situación que el almirante la mañana del 12 de octubre de 1492. Antes del grito.

—Muy bien. Así podrá remitirse pronto ese puterío de oficio. ¿Qué más?

—Que más ¿qué? —quise precisar.

—Qué más trabajo tenías pendiente —osó precisar Ramón.

—El oficio del director.

—¿Está resuelto todo lo otro?

—¿Qué otro? —preguntó Satur, sobre cuyo trabajo nadie preguntaba.

—El resto del trabajo, además del oficio del director, que tenía éste pendiente.

—¿Yo?

—Tú.

—Yo, nada.

—¿Nada?

—Nada.

—¿Seguro?

—Seguro.

—Me estás resultando un emérito. —A Ramón aquel tipo de sonrisa le ponía feroz el brillo de los ojos—. Ésta es una oficina de pitorreo o yo soy un corderito.

—Las dos cosas —apuntó Guada.

—Tú también me estás resultando una emérita. O sea que ¿nada?

Compuse un gesto de ensimismamiento mnemotécnico y, a fin de lograr veracidad, me repetí el teléfono de soltera de Tub.

—Yo no recuerdo tener pendiente ningún otro trabajo.

—Bueno, eso es otra cuestión. A todo el mundo se le pueden olvidar los asuntos. Estamos hechos de barro humano. Sin embargo, tú sí que tienes pendiente otra tarea. ¿No encargué yo un estudio de reorganización de la unidad?

—Sí —claudiqué—. Pero acuérdate que se cambiaron los muebles del despacho de Guada y que Satur se hizo cargo del estudio estadístico.

—Me acuerdo. —Giró su inquisitiva obsesión laboral contra Satur, imperturbable en su demoroso encendido de cigarrillo—. ¿Cómo está el estudio estadístico, Satur?

—Bien. —Esperó a que la llama de la cerilla se encontrase a una décima de milímetro de sus dedos.

—¡Que te quemas! —gritó Guada, cuando Satur soplaba.

—¿Qué entiendes tú por bien, en lenguaje administrativo?

—En tramitación.

—¿En qué estado de tramitación?

—¿Se puede hablar claro?

—Se puede. Nunca, que yo sepa, se han puesto trabas en este despacho a la libre expresión del pensamiento.

—El estudio estadístico va lento.

—¿Por qué carajo?

—Por el carajo de que entran pocos asuntos.

—En eso no tienes razón, Satur. —Carlitos Pantoja *dixit*.

—Si casi no entran asuntos, ya me dirás tú, muñeco, cómo estudias estadísticamente la marcha de la unidad.

—El problema reside en ponerlo de manifiesto y conseguir que entren más asuntos.

—Y, por lo tanto, más trabajo. Carlitos, me estás resultando tú también un tío peplas. Pero es que, después de tantos años conmigo, ¿no habéis aprendido cómo se hace una estadística? —Silencio culpable—. Mañana mismo la quiero encima de mi mesa. Con índice de rendimiento creciente, eh. Si no fuese por mí, esta unidad la habrían suprimido ya por inútil.

—No creo que nadie vaya con tan mala intención, digo yo —dijo Guada.

—Realmente, tú no tienes culpa. —Cerré los ojos para recibir la absolución y, al abrirlos, estaba firmando mi cese.

Andrés de Triana dio el grito.

Tumultuosamente despierto, me encaramé a la cofa por uno de los palos machos, apoyando los codos en el colchón neumático. Y allí había surgido, entre Bert y Mary, ondulada sucesión de bahías, promontorios y valles, crujiente de verdor, compacta, rodeada de tela por las partes estrictamente indispensables, inmensa. Aunque al territorio le desbordaban mis ansias colonizadoras.

—¡Sagrario! —volvió a gritar Andrés.

Los clasificadores de mentes, puestos en pie, recibían a la Inesperada, quien lanzó una mirada de miope a la hidra babeante, que se mantenía a gatas en el centro de la piscina. Logré no aullar, mientras se acomodaban, ignoraban el chapoteo de mi cuerpo al sumergirse y yo nadaba furiosa y metódicamente hacia su minivestido, sus gigantescos pendientes, su melena de púber (de tanta inaccesibilidad toda ella, cuanto más apetecible y cercana), y experimentaba ese típico ardor que nos descubre el tejido de nuestras represiones insuperables. Un poco más nervioso ya, escalé hasta la hierba.

—Ah, *ciao*, tú. —Por el empleo del habla, comenzó a sustraerse belleza—. No te había reconocido.

—¿Cómo estás? —dije elocuentemente.

—Tenías que habernos llamado para lo de la fabada a Mary.

—Quedó Pablo en organizarlo —puesto ya en Demóstenes, continué.

—No, fue José María el encargado.

—¡Ay, Pablo; qué encanto…! ¿Dónde se metió?

—Se ha escapado —participó Bert— con Fernando y Galizia.

—A cuidarse la neura —aclaró José María.

—Dichoso él, que puede. Mary, pero qué bien te sienta España.

—Oh, ¿tú encuentras?

—¿No es cierto? —arabesqueó Andrés.

—Soy muy feliz con vosotros y todo resulta excitantemente divertido —devolvió en *smack* las gentilezas.

—¿No vais a salir?

—Me gustaría conocer la costa alta del Mediterráneo.

Beber, se bebía gracias a José María, que me sirvió altamente.

—Yo me voy en dos semanas al norte, sin José Luis.

—Pero ¿tampoco vendrá hoy a buscarte? —preguntó Mary.

—Tiene, decididamente, una amante —decidió José María—. Oh, Mary, no te asustes.

—La más absorbente de las amantes.

—Con chimeneas y tres mil obreros.

—¿Tres mil? —se asombró, honestamente, César.

—Pero ¿qué crees? Los Tamburini suben como la espuma.

—Sin embargo, lo que no tiene es mujer. Me paso las tardes sola.

—Pobre. He de telefonearte.

—Mary, hazlo, por favor.

—Pero claro. Y has de venir por casa —se refería a mi casa— en cualquier rara ocasión que no se beba inmoderadamente.

—Yo no sé —Bert, sentada en el centro del círculo de la *vanity*, había decidido despreocuparse de la tensión de fuerzas entre sus victoriosos pechos y su derrotado sujetador— lo que pasará, pero me huelo que Pablo no resistía más.

—¿Qué? —inquirí.

—No hacer nada —explicó Andrés, infantiloide contumaz—. Excepto discutir si los efectos del whisky son menos perniciosos que los del ron.

Las golondrinas —o los vencejos— chillaban sin conseguir acallar los vivaces despropósitos. A poco que lo preparase, me saldría perfecto. Bert había traído nueva botella y Mary había ido a la casa a cambiarse y Bert había traído más hielo y Mary había vuelto de la casa, con zapatos destalonados, en versión platinada, y yo bebía inmoderadamente y sin jaqueca, porque había establecido el plan en su totalidad, que no podía fallarme. Salvo que Bert preguntase si preferíamos sentarnos en el porche.

—A lo mejor, preferís que nos mudemos al porche —dijo Bert.

—Aquí estamos bien. Ah, de verdad, qué bien se está... Bert, nunca te agradeceremos bastante estas tardes. —José María, con las manos en la nuca, desparramó su molicie—. ¿Para qué nos vamos a mover?

—En el porche está el aire estancado —corroboré, asegurando la segunda fase de mi plan.

—Y que a ti no hay quien te mueva de ahí, precioso. ¿Quieres unos prismáticos, para mirarle más cómodo las piernas a Sagrario?

—Pero, darling, no seas descortés...

—¡Eres bárbaro, tú! —se inclinó y, ¡por vez primera!, una mano suya se posó en las mías—. Te agradezco que te gusten.

—¡Cuidado, Sagrario! —advirtió José María.

—Es que son muy bonitas.

—Cuidado con éste, que muerde.

—No tanto —me defendió Mary.

—No tanto, desde luego —atacó Bert—. Se le ve venir, porque sólo tiene una idea.

—Sí, señoras, muy acertado. Todo el mundo sabe que soy —dije, por si le ilusionaba conocerlo a la dueña de aquella piel, que el crepúsculo dejaba sin poros— un obseso sexual.

—Os lo ruego, no empecéis —rogó Andrés, insensible a la fosforescencia de su chaleco en la penumbra—. Hay pocas conversaciones que deteste más que las sexuales. Por desgracia, también Tub es muy aficionada a ellas.

—Pobre Tub —murmuró Bert.

—Me suenan a decadencia y a debilidad. Los hombres no hablan de lo que hacen cuando están desnudos.

—Ducharse.

José María rió, balanceándose. Bert me revolvió el pelo. Mary, también riéndose, se levantó a besarme. Sagrario dejó caer su labio inferior —de una suprema pulposidad— en una sonrisa exclusiva para mí. El éxito se obtiene, cuando menos se merece.

—A veces, tienes gracia —mintió Andrés, con su envidiable capacidad de adhesión a la opinión generalizada—. En todo caso, reconoce que os ponéis cargantes contando experiencias.

—Que son imaginarias.

—No te enfades, Andresuco. —Me puse en pie, con mucho menos euritmia de la pretendida—. Por si acaso, me voy a vestir.

—Me alegro —sentenció Mary—. Dejarás de beber diez minutos y no te resfriarás. Tú, Bert, ¿no crees que puedes también resfriarte?

Bert, afortunadamente para mi proyecto, gozaba su desnudez —o casi—, siempre que el acompañamiento lo compusiesen varios y cubiertos.

—No voy a ir al mismo tiempo que éste. Me encanta, Mary, que seas tan poco celosa.

Y, protegido por la zarabanda que ocasionaba uno de los adorables rubores de Mary, mientras José María intentaba alzarle el rostro, Andrés le besaba una mano y Bert, de hinojos, se apoyaba en sus rodillas, ejecuté la primera fase del plan, grabando al fuego, antes de ponerme en marcha, una mirada apresadora en los tremendos ojos de Sagrario Tamburini.

—Oh, perdonadme, soy muy boba…

—Mary, tesoro, hablaba en broma…

—¡Tú! —dijo José María, cuando yo caminaba con el asentimiento de Sagrario, pirograbado en la frente—, no tardes veinte años, que vamos a poner la película de Andrés.

Por el porche, la puerta vidriera, los dos salones de la planta baja, el largo pasillo, la escalera, el pasillo en recodo del segundo piso, la cálida pesadez del aire oloroso a maderas, llegué al dormitorio de Bert y me senté en un extremo de la cama, frente a la efigie —Zaragoza, 1897— de la joven santa, bordada a mano por la sordomuda Pilar Benzo. No me asomaría al ventanal, porque con sólo conservar la rígida convicción de que ella vendría, no tardaría ella en acudir a la cita, que nuestras miradas acababan de concertar inquebrantablemente. Sobre una butaca, estaba mi ropa. La recibiría en calzón de baño y, al primer abrazo, la pasión fluiría rápida, temerosa, insolente, cabía esperar que anonadadora.

Me dejé caer hacia atrás en la cama.

Se dirigiría ya hacia los farolillos del porche, espiando los opacos ventanales del segundo piso. Contuve la respiración. Sus pasos se apresuraban por los escalones. Cerré los ojos, atento a la vibración que denotaría su presencia.

—En la lavadora —había dicho, claramente, Tub.

Y corría, levantando sus rodillas el vuelo casi octogonal de su falda, a lo largo del macizo de boj, en el que hundía —para no seguirla— mi mano derecha. Había esperado en el frío de aquella última noche del año, con esa necesidad de incongruencia que los momentos de plenitud exigen. Luego, había recorrido el camino a lo largo del boj, había eludido el vestíbulo y los salones del piso inferior, llenos, había subido y, cuando buscaba puerta tras puerta la que conducía a las buhardillas, percibí que Bert me seguía y —con la energía de entonces— nos habíamos besado y algo de la especie del remordimiento —porque entonces aún experimentaba ese tipo de acicate— alargaba el abrazo y Bert me arrastraba al salón más oscuro y bailábamos y Tub había desaparecido y me había fugado al jardín y había entrado de nuevo por una puerta de la fachada trasera y había subido al segundo piso y a dos jovenzanos que perseguían criada les había jorobado la caza y la chica me había indicado la puerta, que, por una estrecha escalera, llevaba a los altillos, y en un espacio abierto —donde el servicio debía de congelarse los días de colada— había encontrado la lavadora y dentro del aparato, una servilleta de papel, por la que Tub, en forma de plano jeroglífico, me citaba para la tarde siguiente, y allí había empezado todo lo que sería nada, pero que era entonces, y para siempre, nuestra primera cita.

Desde el ventanal, entre las ramas de los árboles, únicamente distinguí la parte de la piscina contraria a aquella en donde ellos veían ponerse en pie a Sagrario y dirigirse al concertado encuentro en la casa solitaria, casi en tinieblas.

Abandoné velozmente el dormitorio de Bert, corrí por el pasillo, subí de dos en dos los escalones, llegué al lavadero y, en todos aquellos años, no habían cambiado de máquina. Quizá fuésemos aún jóvenes, quizá el chisme era de buena marca. Abrí el tambor del aparato. La brisa movió unas cortinas de plástico. Junto a la piscina, incontables bultos se individualizaban brevísimamente por una brasa roja. Descendí al pasillo del segundo piso. Pacientemente ella me esperaba tras alguna de las infinitas puertas de aquel maldito y embrujado caserón. Después de susurrar su nombre dentro de todas las simas practicables, bajé de nuevo a la primera planta, me perdí, por culpa de una sala que Bert había transformado en gimnasio, y, de repente, me aprisionó la luz eléctrica, sobre el mármol de la enorme mesa central una barra de labios, brillante y dorada.

—En el cuarto de la señita encuentra usté sus ropas.

Mi aparición había interrumpido sus labores de planchadora. Una actriz o una modelo la Merceditas, si, habituado a aquel resplandor, la comparaba con Merceditas.

—¿Has visto a la señora Tamburini?

—¿A cuála?

—La señora que ha venido sola. ¿Has visto entrar a alguien?

—La señita no deja que vea a los señores. Ella lleva la bandeja.

—¿Cuánto tiempo hace que estás aquí?

—Desde que pasó la furgoneta del...

—No. Sirviendo con la señorita Bert.

—La señita no deja que trate con los señores.

—¿Cómo te llamas?

—Me lo tiene dicho y repetido. Hasta que aprenda. La señita nos ayuda muchísimo. No me comprometa usté más.

—Oye, yo lo que pretendo saber...

—Váyase de la cocina. En el cuarto de arriba de la señita tiene su avío.

Cuando salí de la despensa, provisto de botella de whisky, la cancerbera, que indudablemente olería a leche de cabras, rodeó la mesa, dispuesta a cortarme la salida. Durante un segundo, tuve el impulso de correr.

—¿De quién es esa barra de labios?

—Traiga acá la botella.

—No seas tonta, muchacha. —El párpado izquierdo le caía flojo—. ¿Quién se ha dejado la barra de labios?

—Yo le platicaré que usté se la ha birlado.

—Anda, sigue planchando.

—En cuantico se ande de esta cocina.

En el extremo del segundo salón, monté la base de acecho. Sin embargo, aquel homínido mesetario había quebrado el sortilegio. Abrí unos centímetros el vidrio basculante del ventanal, apilé almohadones, me tendí, bebí un trago, comencé a descifrar las sombras del porche, el incierto sendero que conducía a la piscina, aquella noche moteada de unos signos, que Sagrario en cualquier momento (siempre que no me durmiese yo) rasgaría.

—Sabía que me esperabas.

Atemperé la iluminación, cambié el orden de su sonrisa y repetí la toma.

—Estaba segura.

Además de la pésima imprecisión de la frase, chillaban demasiado los buitres —o las golondrinas ciegas— y en aquel decorado de fin del mundo resultaba progresivamente inverosímil hacerla entrar, sonreír, recitar y, como añadido, caer en mis brazos.

—No he dudado que me esperabas anhelante.

Supe que me había dormido en la centinela, al notar que no había botella de whisky. Arriba, brillaba una siembra de estrellas. Desde mi despertar de virgen necia, vi evolucionar a las prudentes en el porche iluminado, entre el despliegue del mobiliario rodante y auxiliar de una cena fría. Sagrario, de perfil, sentada a medias en la balaustrada, conversaba con los que bebían café en el columpio entoldado, y que no eran otros sino Mary y José Luis Tamburini, un brazo de José Luis Tamburini por los hombros de Mary, quien, despertase uno a la hora que despertase, tenía encima mano de varón.

Rodé hasta la alfombra y, cuerpo a tierra, serpenteando, avancé por el salón. Desde el parapeto de una consola, descubrí en una sala, al otro lado del vestíbulo, la pantalla todavía desplegada y las dos filas de sillas. En los inicios del pasillo, recobré la posición vertical. Encendí la luz del dormitorio de Bert, sin pensar que un luminoso tapiz se dibujaría sobre el parque, y, de inmediato, resonaron las voces, interesadas en conocer, mientras me vestía, si continuaba yo dormido o ebrio exclusivamente. Renqueante y tenaz, cepillaba el pasamanos de la escalera.

—¿Sabes qué hora es?

—Ni falta.

—Las tres. Cerca de las tres de la madrugada. ¿No te deja la señita acostarte?

—Así llevo más hecha la faena.

De entrada y abucheado, concedí una ronda de besos a las mejillas femeninas. Las de Sagrario sabían a Bois de Boulogne una nubosa tarde de otoño. A su esposo le alborozó mi presencia comedidamente. O sospechaba o no me recordaba. Sagrario, aprovechando que acariciaba yo la melena de Mary, le susurró información. Me había olvidado, porque me estrechó la mano por segunda vez.

—Te perdiste la película de Tub. ¿Cómo te las puedes enganchar tan fenomenales a la hora de la merienda?

Me senté en la balaustrada, cerca de Bert y más cerca de Sagrario.

—¿Qué tal la película?

—Sigue, José María —pidió Mary.

—Gansísima —resumió Bert, que en vez de sus dos piezas se había atrevido a vestir un remedo de blusón, en crespón salaz.

—Ni aun así —decía César— merece la pena.

—No me explico que te puedas dormir yendo de una habitación a otra.

—Andrés, Bert, dejádselo contar a José María.

—Pues, que se llevó el cuadro y dejó el cheque. Setenta mil. A los pocos días… Bueno, se me olvidaba. Lo colgó en una pared de su casa y, a los pocos días, un portazo, falla el clavo, cae el cuadro paralelo a la pared, resbalando, queda derecho en el suelo y… ¡blanco! Sí, la tela completamente blanca y un reguero de polvo.

—Oh, pero… ¡Oh!

—Es decir —preguntó Andrés— que ¿toda la pintura se quedó convertida en un puñado de polvo?

—Sí, señor. Yo aprecio…

—¡Es inconcebible!

—… bastante a tu amigo, César, pero…

—Escandaloso.

—La historia pertenece al dominio público.

—Escandaloso es poco.

—Por eso la cuento. ¿Qué creéis que hizo?

—¿El pintor amigo de César? Asegurar que se había gastado las setenta mil.

Pero no se tuvo en cuenta mi connotación. Bert me condujo de la mano a una de las mesas.

—Hijo, ¿qué hora marca tu reloj? Si son las doce y veinte… —Bajó la voz, al entregarme un plato—. Come un poco de jamón y huevo hilado. Eso te gusta.

—Me gusta más —le devolví el plato— la ginebra con tónica.

—¡Perdonad! —gritó Bert—. Ya que me conozco la historia, me llevo a éste a que se despeje.

—Hurrah —celebró Mary.

—Yo no soy un gran pintor —reconocía César— y lo sé. Yo soy un artesano…

—¿Cómo puedes dar albergue a tipos así de artesanos?

Diez metros más allá del porche, en zona iluminada, soltó mi brazo y preguntó a su vez si tenía yo idea de la responsabilidad que entrañaba lo que había hecho.

—Hombre, no creo que sea para tanto. En esta casa me he quedado dormido infinidad de tardes.

Que no me hiciese el gracioso.

—Verás, me dormí esperando a Sagrario. Anda, sigamos un poco.

—No.

—He descubierto a esa tuerta, que has secuestrado por filantropía socialista. ¿Qué opinan tus padres?

—Nunca comprendes nada —la media luz no aminoraba su maquillaje—, y eso sí que me preocupa. Me duele, mejor dicho. Sinceramente, ¿no sabes de qué te hablo?

Sagrario, desde un sillón de lona y tubos de aluminio, miraba hacia nosotros y sonreía. La voz de Mary me recordó las golondrinas.

—Sinceramente, no. Bert, ¿me vas a echar una bronca transcendental? Ya, ya sé que decís que no hago nada, que pendejeo mucho, que parezco deficiente. Pero estoy contento, Bert, déjame que esté muy contento. Sólo me reprocho que pienso demasiado en los demás. Vamos a dar un paseo.

«La faiblesse de son esprit, source de ses malheurs, était le seul reproche qu'il méritât; mais cette faiblesse, faite pour être respectée, devait-elle servir de prétexte à toutes les horreurs qu'on invente pour l'en punir?»

—No intentes tocarme. —Las carnes, que el blusón no le cubría, mostraban lo que había engordado en los últimos tiempos mi querida Helena de Castilla.

—Bert, encanto, te estás haciendo muy del país.

—Mierda.

—No te enfades y échame tu bronca. Oye, en serio, ¿le pone cuernos?

—Cerdo —se rió.

—No, en serio, Bert. Me gusta mucho, ¿sabes?

—Sí, ya. Y ella también lo sabe. Pero tú no sabes que ella es idiota. Cualquiera diría que te quiero aún. Joder de madre, ¿es que jamás te voy a eliminar de mi vida?

—Jamás.

—Majadero.

—Esta noche te besaría como aquel fin de año, aquí.

—¿Quieres oír una cosa que nunca te han dicho?

—Tú me lo has dicho todo, Bert. —Aunque era cierto que me estaba intrigando.

—Haces efecto a la larga, por pesado. Porque eres paciente, como los bueyes. Quien te resista, no se te quita de encima fácil…

—Bésame.

—… pero también te descubres a la larga. Y no eres nada. Na-da.

—Niente. Bésame.

—Naaa-dá.

—L'être et le néant.

—¡Cállate!

—¿Estáis regañando? —preguntó Andrés.

—No. Estamos fornicando.

—¡Grosero! —ululó Mary.

Por unos segundos, todos nos quedamos escuchando el hervor que en mi sangre producían las carcajadas de Sagrario. Bert, que se había acercado a los escalones del porche, volvió junto a mi figura, apoyada en un pino, las manos en los bolsillos del pantalón. Sin excesiva cortesía, me arrancó el cigarrillo de los labios para encender el suyo.

—No organizad una tragedia —aconsejó José María y añadió, en ese tono que había obligado a Pablo a fugarse—: Continúa, Mary. Es muy interesante.

—No me líes. Toma. —Recuperé mi cigarrillo—. No me líes, que no estoy de humor.

—No tengas celos de Sagrario.

—Ésa no engaña a su marido, imbécil. ¿Qué imaginas tú que es el mundo?

—Una basura confortable.

—No, eso eres tú. Cuando estás cómodo. Ya te has dado cuenta, espero, de lo que acabas de hacer.

—No he hecho nada. Me he emborrachado, le he robado una botella a la explotada que proteges ahora y me he dormido en el salón del fondo. ¿Qué se me puede reprochar? Encima, he soportado el chaleco de Andrés, las teorías de José María, al genio ese que has alquilado y os he mirado las tetas a Sagrario, a Mary y a ti. He aquí toda mi actuación. Y me he bañado. ¿Qué he hecho yo?; ¿quieres decírmelo?

—Has abandonado tu trabajo —dijo.

—¿Qué trabajo?

—La oficina.

—Bueno…, sí, claro.

—¿Eres consciente de que estás engañando a Mary?

—Oye, maja, escucha. ¿Se trataba de eso? Mira, cariño, tú, que te crees Penélope, mademoiselle de Montespán y la Juanita Malasaña, no juzgues.

—Desbarras, como siempre.

—No la organicéis —sermoneaba José María.

—Júzgate tú, y a tus amigotes, que os vais a encontrar caquécticos y sin arreglar el cotarro.

—Y, además, incongruente.

—Intento digerir tu intolerancia, linda, y que no me duela. O sea, que me desprecias porque trabajo en esa cloaca y, cuando lo dejo, me acusas.

—No me insultes más —dijo, secos los ojos, quizá un poco destellantes.

—Bert, hace mucho, mucho tiempo, muchísimo, ni lo sé calcular, ni me importa, te pedí que te casases conmigo, lo recuerdas. ¿Lo recuerdas?, di. Te lo pedí y que de acuerdo, aunque deja esa oficina mis padres no lo soportarían un empleado con título pero chupatintas al fin y al cabo ningún hombre con garra se estanca en un sitio semejante sale sube no se conforma que la vida es ancha y ajena, que decía el otro, y breve, que decía el otro otro, y hay que arañarle a la vida lo mejor y tú tienes temperamento de fracasadito. O ¿lo has olvidado? Bien, ya he ganado mis credenciales. Ya me he librado de ese montoncito de pus y de caca. ¡Ya! Y ahora, que ni ganas tenemos de casarnos, ahora me preguntas si estoy consciente de lo que hago con Mary. ¡Sí! Chuleándola.

—Perdona —dijo, falseando la entonación—. Perdona.

Y —para eso había costado una fortuna en colegios de lujo— sin carreritas, mesurada en su ascensión por los escalones, se llegó hasta Mary, que hablaba en el columpio, escuchó, cuchicheó, tironeó de la nauseabunda barba de César, comprobó las existencias de hielo y entró en la casa a sollozar, a apretarse el cilicio o a repasarse los textos por si en ellos encontraba la solución. Me sumí en las sombras de la noche, menos espesas que los racimos de arañas de mi mente. Pablo se emborracharía en cualquier chigre, quizá nostálgico de nosotros, si es que Galizia llevaba mal la histeria o si es que, sin histeria de Galizia, la noche le estaba poniendo histérico a él. Regresé al porche, dispuesto a pelear con José María.

—¿No los mandas guardar durante el verano? —preguntaba a Bert, desde el mismo columpio que Mary, el tonificante armazón de Sagrario.

—Este año, no.

—Gracias, Bert. —Mary se arrebujó en la estola de visón.

—Y luego…

—Luego —dijo Mary— no era compensatorio habitar Nueva York, que siempre había deseado. Demasiado grande para mi soledad, en aquel estado de ánimo. Cuando Bill supo, luchamos honradamente en favor de nuestro matrimonio. En la mañana —almacenó aire— permaneció silencioso, de una habitación a otra y en ninguna. Salimos y no preguntaba. Yo, me tenéis que excusar, me hallaba agitada, endemoniadamente agitada. Y torpe. En esa lamentable situación —sonrió a las sombras del jardín—. Bill sacó valor y, en el pequeño restaurante de Harlem, preguntó. Después, aseguró que nada dejaríamos variar, él y yo. Creo que vivimos meses muy dichosos, hasta... —alargó la pausa a límites que sólo un público de barrio toleraría— ... aquella detestable madrugada en el puerto, y yo no tuve duda.

—Mary —dijo José María—, no debes sufrir por ello.

—No sufro. Se lo hice creer a Bill y no mentía. Pero yo estaba equivocada y Bill no salió de Corea. Entonces aprendí que nunca había sabido la solelad.

Sagrario cogió una mano de José Luis.

—Piensa, Mary, que fue más conveniente, habiendo muerto tu marido.

—Nunca, Andrés, más conveniente. Ni Bill vivo, ni Bill muerto. Alcanzaría al presente ocho años y me tendría por entero a mí. Por eso, al ver a Tub esta noche y que tú decías...

—Pero Tub no ha ido a Suiza a abortar... O ¿sí?

Simultáneamente, Sagrario soltó la mano de José Luis, Andrés se puso en pie, Mary dejó abierta su boca, Bert rió roncamente, José María fingió una azotaina y el artesano preguntó que qué sucedía. Que yo era un malnacido.

—¿Cómo un malnacido? Que tengo la columna vertebral desviada, ¿no?

José María, acorde con su sensibilidad, olfateó la magnitud del cataclismo.

—No. Un malnacido. Un nacido de mala madre —detalló Andrés.

No redujo su actividad José María a clavar en una tumbona a Andrés, mediante imposición de manos, sino que también se colocó a mi vera. Sensibilizado él, comprendió que a mí no había ni que rozarme.

—Nacido de la mala madre que era la mía, por supuesto.

—Por supuesto —ratificó Andrés.

—Y te refieres a mi pobrecita madre, que está muerta.

Hubo una parodia de duelo. Mary ocupaba la posición más ventajosa en la lista para la medalla al sufrimiento.

—Andrés, tampoco éste ha dicho nada con mala intención.

—Nada —recalcó José Luis—. Al menos, yo no he comprendido…

—Le conoces. A estas horas de la noche le encanta epatar.

—Es una de sus especialidades. —Con la urgencia del papelón mediador, José María recurrió a la historia lateral—. Recuerdo la fiesta en mi estudio, cuando lo de la Bienal…

—¡Exacto! —edulcoró, en colaboración, Bert—. Cuando celebramos lo de la Bienal.

—… que preguntó a la mujer del comisario cuánto había pagado yo al comisario para que seleccionasen mi proyecto. ¿Recuerdas el rato que nos hizo pasar, Bert?

Mary se decidía a cerrar la boca, comprendiendo la maniobra de la chistosa rememoración, sin que por ello Sagrario, más lerda y más intuitiva, decidiese apartar su mirada de mí. Lo que me prestó ánimos.

—¿Qué relación tiene la Bienal con la injuria a mi difunta madre?

—¿Pretendes organizarla?

—Sí, leñe, sí.

—Organízala —dijo José María y se retiró a la balaustrada.

—No en casa de Bert —dijo César.

Para su desgracia.

—Tú ¿sabes de lo que va, bobito?

—No te pongas chulo conmigo. Yo apenas te conozco. Me parece injusto pelearse en casa de Bert, delante de las chicas, por una nadería. Bert no se lo merece.

Me molesté en posar mis labios en la frente de Bert. Como el vaso estaba vacío, tomé mi tiempo en llenarlo. Sagrario dejó caer, con pinzas de plata, los dos cubitos de hielo que mi ginebra necesitaba. Mary se había refugiado junto a José María.

—Criatura, ¿a qué te metes? Ése ha injuriado a mi madre, aunque madre no tengo más que una. Sin embargo, insiste. He aquí el nudo del problema. Imagínate que hubiese injuriado a mi padre. Padres tengo varios, posiblemente, y todos también muertos. —Se oía el desaguadero de la piscina—. En todo caso, el problema es entre ése y yo, que somos amigos. Un antiguo problema.

—Bien. Me corresponde el turno. Te ruego que me disculpes. Te lo ruego públicamente. He creído entender que ofendías a mi mujer.

—Andrés, eres muy leal. Gracias.

—Mary, ésta es una embrollada cuestión entre hombres y, por muy anglosajona que seas, compórtate como se comportan las señoras de esta tierra. Estate callada, Mary. No, no ofendía a tu mujer, tú. Quiero mucho a tu mujer para ofenderla. Y, mira, ahórrate las disculpas.

—¡Venga, que estás haciendo papelón!

—Ahora bien…

Pero el artista artesano se desmandó, para mi fortuna, ya que se me había volatilizado, no el espíritu de combate, sino el contrincante. Recorrió el porche de extremo a extremo y se detuvo en mi rostro. De tal manera me asombró, que consigné mi vaso en las manos de José Luis.

—Te conozco muy bien a ti —había venido diciendo.

«In the eyes of my enemies I sit clothed in the liberties which I have stolen from others.»

—¿De qué, si decías que no? —Una flema restó nitidez a mi pregunta.

—El desperdicio que eres.

—César, ¡ya está bien de machadas!

Sagrario se había acogido al refugio de Mary y de José María. Se despejaba la arena.

—¿Dónde te han informado que soy un desperdicio?

—La gente que te conoce.

—¿Qué gente?

—Yo estaba la otra noche, cuando te echaron de casa de Toni y de Adela.

—¿De casa de quién? —preguntó Sagrario, irresistible en ella la afición al Gotha ciudadano.

—Unos amigos míos —graznó el gallo barbudo.

—Los conoces, hija —dijo Bert.

—Y ¿son simpáticos?

—Son gente contestataria. —Me senté en el borde de una maceta y cogí los brazos de Sagrario.

De repente, estalló la instalación estereofónica y Bert, tras unos segundos de asordamiento, se lanzó a la danza, seguida por José Luis y Mary, que fue enlazada por José María, sin que Andrés se decidiese por César, cuanto más que el artesano paleto permanecía a nuestro lado, como si no comprendiese que la música había detonado para amansarnos.

—¿Contestatarios? Yo, la verdad, no entiendo de política.

—Ni yo. Sobre todo, que no quiero hablar de política, porque me entristece oírme las cosas que digo.

—Pero ¿cómo es la gente de izquierda? —insistió, sin maldad, curiosona nada más.

Tipos que constantemente esperaban que sucediese algo, a diferencia de los de derecha que constantemente esperaban que no tendrían la desgracia de que sucediese cualquier cosa. Quiso saber qué. Le propuse que bailásemos, pero ni me oyó. Para entonces César se había esfumado y ella me había retirado sus brazos, con tal destreza que pareció hacerme un favor. Que nada, que esperaban, igual que yo había aguardado aquella tarde a que ella fuese al pipí. Sonrió, como soñadora, y afirmó que tenía razón Bert, que yo hacía mucho papelón. Erróneo. Yo, ¿actor? Ni pensarlo; representar, sólo representaba en la vida real. Desapareció su onirismo y me llamó muy simpático. A cambio, con las fibras cordiales al desnudo, propuse disertar sobre su nariz, modelo, en las imperfectas, de cartílago subyugante.

Tres minutos más y nos habríamos besado, si Andrés no hubiese supuesto su obligación bailar con Sagrario. En el salón, que allí se contorsionaban, a fin de que no se resfriase Mary. Conforme reponía líquido, César tamborileó en una de mis paletillas, influenciado que le tenía la moda del western. A la pregunta de si era a mi espalda donde llamaba, masculló que deseaba dialogar conmigo, sin testigos, sin escándalo, al instante. Camino de las frondas, trataba de recordar la última ocasión en que me había comportado *homini lupus*. Ya en el terreno del honor, no supimos qué decirnos. Eso sí, a aquella distancia el oficio de Euterpe hería menos, incluso uno reconocía como de flauta eléctrica el petardeo que, antes, había creído de motocicleta.

—¿Por qué has intervenido en mi discusión con Andrés? Cuando tú te andabas por el dibujo lineal, Tub y yo éramos íntimos. Por lo tanto, tengo derecho a averiguar si Tub se marchó a Zurich a que la raspasen. Confío en serte absolutamente desagradable y eso te justifica.

Me iba ya —y así se lo juré después a Andrés—, hasta tranquilo si no un Bertrand Russell, cuando el muevepinceles rió. Bajo, sordo, cascado. ¿Deseaba quizá que le patease? Permaneció sarcástico y, en vista del entusiasmo con que desplegaba la táctica de la altanera provocación, accedí. Una barba siempre es una coraza. La bofetada de respuesta me dolió más. Vacías las gradas, hubiésemos podido mantenernos (parecía que no seguiríamos) jadeantes, inmóviles, algo avergonzados. Pero coincidimos en la idea y la fuerza del choque nos derribó a ambos.

La hierba olía a goma húmeda. Inesperadamente, César olía a loción. Yo no grité. Luego, se defendía menos de mis pobres manos, que se descoyuntaban, con aquel dolor de la infancia, con esa deleznable lentitud y esa depreciación, tan opuestas a la contundencia de los golpes imaginarios. Pero Andrés nos había encontrado y nos separaba, ayudaba a César, me ayudaba a mí, nos daba ejercicios espirituales, recogía yo de la hierba calderilla, llaves, cigarrillos magullados, y carecía de saliva para preguntar a Andrés qué le había impulsado a separarse de Sagrario.

—Yo... me iba... te juro...

De tal modo se resecó la noche que tardé varias ginebras en asimilar mi combate con aquel marciano de la barba y, aun viéndole bailar con Mary o con Bert, me sentía alucinado, aunque reconfortado también por el bienestar que deja la irracionalidad. José María me confesó que Andrés se lo había contado y que si estábamos idiotas. Estábamos, sí. Las mujeres no debían enterarse. Que les taponase los oídos él. Gracejo no tenía. Ni Pablo le habría encontrado el gracejo. Peligraban la cohesión y la amistad del grupo. A mí, la amistad, el grupo, la fisión, la espalda de Tub, el túnel bajo el Mont Blanc, los nenúfares coceados y la pintura (salvo Ieronymus), se me aparecían como un desfile de gusanos paralíticos, puesto que mi ser y mi nada se polarizaban en un finísimo haz, no sabía si me explicaba yo o si él no me entendía, cuyo destino era la cosa concreta en forma de aroma, ideación, muslo, nada más complicado que un buen sabor de boca, ninguna tragedia que rebasase los ámbitos de una llantina *chez* Sagrario Tamburini. Según él, estaba yo otra vez borracho. Le comuniqué que, sobre todo, tronchado. Me palmeó la nuca. Y no objetó gravemente a que telefonease a Pablo que, habiendo destruido las últimas costillas enemigas, la colina era nuestra.

Me encerré en una de las salitas, previa conexión supe despertar la voz apropiada y dictaba el parte, cuando entró Bert a interesar qué carajada nueva, por teléfono ahora, se me había ocurrido. Añadí que Bert, indemne. Naturalmente, los besaba. Bert desapareció, antes de que yo hubiese terminado el dictado, y quizá yo bailase todavía con Sagrario, porque la luz había cambiado a naranja pálido y con medias de malla, en tanto Mary cambiaba a destiempo las luces de cruce y rodábamos de milagro hacia lo que ignorábamos.

Yo, cegado por lo que intuía, no extrañé la iluminación del living, ni que, sobre una de las mesas, luciera una vela, ni el rectángulo blanquecino ostensiblemente engarfiado a la palmatoria. Me desnudé tendido en mi nueva cama y ella llegó, como extraña, pero es que padecía su buena temporada de abstinencia, menos borracha que yo, silenciosa y determinada, un poco más atractiva de lo necesario, por lo que no hubo queja y se diría que ni tiempo. Bajo la ducha, cantaba Mary. En el balancín maníaco-depresivo, consideré que, habiendo pretendido pelearme primero con José María y luego con Andrés, para acabar a trompazos con César, también había terminado amando con Mary y no con Sagrario. Un *déclassé*, eso era yo.

Mientras emergía de las lúcidas evidencias del sueño a las soleadas incertidumbres, oía las recomendaciones que ambas se dirigían de no perturbar mi reposo. Les di una llamada y acudieron que sólo les faltaba el velo por la cara. Me trajeron en bandeja un desayuno-almuerzo-merienda-cena, cigarrillos, los diarios matinales, una flor sostenida en una tanagra, un número de *Life*, la afeitadora, un espejo de aumento, un frasco de colonia, analgésicos efervescentes y los prospectos del último correo. Olvidaron un astrolabio. No obstante, la cama crujía bajo el peso de la suntuosidad. Ramón y sus subordinados tomarían, a demorados sorbos, su segundo café de rastacueros. Tub, en Zurich, con ojeras, despertaría quizá junto al invertebrado Jorgito Carmona, finalizada la pamemera luna de crema con Andrés. Andrés, desde su despacho de caoba y cuero, José María, desde su estudio de vidrio y cemento, José Luis, desde sus tres mil chimeneas, acrecentarían la riqueza personal en detrimento de la nacional. Toni & Adela, pobres y felices, dormirían su ilimitada mañana de intelectuales sin remedio. Yo fumaba mi tercer cigarrillo de liberto, antes de decidirme a cualquier menester.

—¡Merceditas!

Entró presurosa y con zapatos de tacón aguja.

—La señora Megui ha salido con la señorita Bert, a todo correr, que les cerraban el comercio. Se ha compuesto en un periquete y que a usted no se le despertase. Dormía usted que daba gloria verle, con el cigarrillo encendido en la mano, y, gracias a Dios, que hemos entrado a tiempo, o se prende usted una fogata, que no le queda ni pelo. Dormido, tiene usted cara de más buena persona.

—¿Estaba yo dormido?

—Hace un minuto, la siesta del carnero. ¿Para qué me llama usted, que tengo muchos quehaceres?

Efectivamente: 1.°) el embozo estaba cubierto de ceniza; 2.°) Merceditas calzaba zapatos de tacón alto.

—¿Quién te ha comprado esos zapatos?

—Una servidora.

—Y tu madre ¿te los permite?

—Me voy a mi casa en japonesas. Bueno, que ¿qué se le ofrece? No va a tirarse toda la mañana mirándome las pantorrillas, digo yo.

—Enchufa la máquina, por favor. —Rodeó con el cable las camas y conectó, sin derrumbar la mesilla de noche de Mary—. Gracias, maja. Y vente dentro de un rato, a ver si me he vuelto a dormir.

—¿Le despierto, si se ha vuelto a dormir?

—Me haces esa caridad.

—Yo venir, vengo, pero, para lo que tiene usted que hacer, más nos valdrá a todos que se esté ahí panza arriba, hasta que me toque apañar el dormitorio.

Una tal autorización a tan incierto plazo me permitía analizar, sin apresuramientos, si mi persona suscitaba la envidia o el odio. Fuese lo que fuese, determiné investigar —mediante entrevista con Bert— los antecedentes de aquel manchalienzos, que había notificado en público mi expulsión de la Residencia Toni & Adela. (Escoria, o desperdicio, eso me había llamado.) A continuación, se hacía preciso emprender una campaña de prestigio, puesto que en el actual estatus de licencia indefinida me permitían mis medios velar la pureza de mi reputación. Si no hubiese asomado hocico Merceditas, habría podido escalar a las más altas magistraturas por las sendas del respeto social. Pero Merceditas, con un pie en el umbral y el otro, levantado, en el pasillo, una mano en una jamba de la puerta y la otra mano en la otra jamba, observó largamente la situación, en previsión de que el zumbido de la máquina me hubiere retrotraído a las costumbres del carnero.

—¡Que me estoy afeitando!

—Usted descuide, que yo vuelvo dentro de un ratito.

Cumplida la enojosa investigación, el resto de la jornada —la segunda de mi libertad— estaría bien empleado en encontrar a Leticia. Que quedase claro, y más habiendo cesado la abstinencia, que mis vacaciones indefinidas no me obligaban a la fidelidad. Afeitada la mejilla derecha, descansé, leyéndome medio diario, y, luego, acabé con la mejilla izquierda. En el entrecejo me había nacido un pelo. Hacía buen tiempo. Se estaba óptimo, sin duda. Leí la segunda mitad del periódico, encendí un cigarrillo, me dejé cosquillear por los recuerdos de GuadacarnedeCarrara y, con ese sobresalto que producen los difuntos cuando se aparecen, recibí la visita de Merceditas.

—Que dice el señorito José María que si está usted dormido que no lo avise que lo llama por teléfono.

—Y tú ¿qué crees? Acércame la bata y vuélvete de espaldas.

—Si no durmiese usted en pelota, que así pone las sábanas, iría al teléfono con el pijama, tan decente y todo.

—Ya puedes mirar.

Atravesé diversas cordilleras, sin introducir pie en cubo de agua, ni en recipiente de líquido abrillantador, y llegué jadeante al auricular.

—¿Te duele el apéndice?

—Esta cabrita de criatura, que ha camuflado el aspirador para que me parta el tobillo. Perdona, un momento. —Cubrí la rejilla y amenacé tan eficazmente a Merceditas, que sustituyó el verdiales por el bolero—. Perdona. ¿Cómo estás? Yo apenas tengo resaca. Realmente, la resaca es una enfermedad de pobres. Bueno, tú ¿cómo te encuentras?

—Mal.

—Yo, sensacional. ¿Dónde terminaste?

—¿Ha llamado Galizia?

—¿Galizia? ¿Por qué?

—¿Te acuerdas que anoche les pusiste un telegrama, desde casa de Bert?

—¿A Fernando y a Galizia?

—¿Cómo consigues unas amnesias tan excelentes sólo con gin?

—Oye, dejemos de hablarnos a preguntas.

—¿A preguntas?

—¿Es cierto que anoche telegrafié a Galizia?

—Te llamarán, seguro. De César ¿te acuerdas?

—De su lepra. Eso voy a arreglarlo hoy mismo. Hombre, ya está bien de dejarse avasallar. Uno es gentil, tolerante, respetuoso con la libertad ajena, y mira los resultados. De hoy en adelante, les voy a enseñar maneras a esos amigachos de Bert.

—Llámame, si telefonean Galizia o Pablo. Estoy en el estudio.

—Lo haré.

De retorno por la zona volcánica, encargué a Merceditas un vaso con espumoso, hielo, rodaja de limón y seis gotas de ron. Repitió el mandado y parecía haberlo aprehendido. Recién acostado, antes de que cualquier persona desarrollada hubiese tenido tiempo para combinar un cubalibre, me trajo un vaso de naranjada, sin hielo, con medio limón hundido al fondo y oliendo a vodka. Se largó satisfecha.

Sobre una de las mesas del living, yo había visto por segunda vez, aunque ahora apagada, la vela en su palmatoria. Pero yo pensaba en Fernando, en Galizia, en Pablo, en las sidrerías, en playas rocosas, en la amnesia, en las ingles ambarinas de Tub, en un atardecer tormentoso, en Patricia Erkelen, en los apacibles gruñidos de mis intestinos. En ocasiones, de mirar a ver existe la misma distancia que de la estulticia al talento. Yo, por entonces, no estaba en el talento.

—Ya veo que sigue usted despierto.

—Te agradezco la vigilancia.

Por mucha repugnancia que me produjese —y en aquel instante no me producía ninguna— encamarme en el futuro con Matilde, el sacrificio propiciaría la sumisión de aquella jauría de intelectívagos.

Ese infarto de miocardio, que tantas tumbas abre, a mí me comenzó en la septingentésima nonagésima nona irrupción de la Merceditas, despreocupada de mis arterias, insensible a las más turbias posibilidades de mi soledad. Ella, a lo suyo. Que era una llamada de conferencia.

—¡Pablo! —grité.

—Viejo, cuánto me alegra oírte…

—Pablo —susurré, en vista de la inmejorable acústica—, ¿lo pasas bien? Y ¿esos dos?

—Hemos recibido tu telegrama. Qué fenomenal la tenías… Fíjate que nos ha entusiasmado tanto que Fernando acaba de abrir una botella de vodka y ya…

—¡Yo también estoy bebiendo vodka! —Y reíamos, desvergonzadamente pueriles—. Claro, claro que la enganché fenomenal. Y me pegué.

—Sí, sí. Eso parece. Pero ¿con quién?

—Con un cabestro, que Bert apacienta.

—Dile que quiero hablar con ella, corre —dijo sin solución de continuidad la voz de Galizia.

—¡Tú! Te adoro. ¿Qué hacéis ahí? Liberad a Pablo. Y venid con él.

—Que se ponga inmediatamente, que le hablaré en inglés. Es una cochinada que jamás le habléis en inglés.

—Pero si sólo quiere hablar castellano.

—Dice Pablo que es algo inédito en tu vida, guapo mío. Si me dejase, me escapaba. Está insoportable y, desde que nos cayó encima Pablo, peor todo, porque son felices y ya te imaginarás yo… Que se ponga.

—No está en casa. ¿Escribe Fernando?

—Volveremos en octubre o noviembre. Fernando pretende que no vivamos más en una ciudad. Tenéis que venir vosotros. Pronto, mi cielo. Eso dice, y yo de él me fío, que no se parece a ninguna. Mi cielo, no te la dejes escapar.

—Galizia, me acuerdo mucho de Tub.

Se estancó un silencio putrefacto. Hasta habría agradecido una canción de Merceditas. Galizia, que ni respiraba, me estaba haciendo suponer, con cierto fundamento, que un tipo bien nacido se calla sus entrañas. Debajo de los palos, las manos en las rodillas, esperaba yo que ejecutase el penal y olía ya el cuero en la red, porque aquello de zancadillear, tras unos meses de ausencia, con la verdad era uno de esos plantillazos, y en el área, que lo justificaban, cuando ella, que nunca había renunciado al silbato, no pitó ni siquiera libre indirecto, sino que dijo:

—Te comprendo.

Y es que dos años más tarde Galizia moriría y aquella mañana, con su desconcertante comprensión, emitía una de esas señales inaudibles, que sólo percibiremos, cuando al producirse, el vacío nos la devuelva amplificada. Logré una risa de distensión. Fernando sentenció que nuestro insufrible lugarón no contase con Pablo, que fuésemos nosotros, que me pasaba a Pablo y Pablo quería cotillear y le cotilleé, porque, al fin y al cabo, eran ellos los que estaban enriqueciendo a la compañía de teléfonos, hasta que Galizia chasqueó besos, ya que —explicó— no teníamos nada más que decirnos, que así sucedía en el momento en que uno habría debido decirlo todo y ni supimos que era momento. Merceditas, deslumbrada de que una conferencia interurbana se prolongase más de tres minutos, me acompañó, sosteniendo el palio, me recogió, a ciegas, el batín y prometió una taza de consomé. Que trajese el caldo.

Recuperaron las sábanas su tibieza y, como estaba afeitado y tampoco se planteaba urgente la necesidad de una ducha, me entretuve en no pensar el tiempo que tardó Merceditas en servirme un cuenco humoso con yema flotante. Condenada a la función de nuncio reiterativo, que ahora por el chisme la propia señora reclamaba mi voz. Resultó ser Bert. Mary, que acompañaba en la barra a José María, me añoraba cariñosamente. Yo también a ella, desde la cama. Aunque presagiaban mi negativa, ellos tres me esperarían, cogiéndose la borrachera del carnero, si yo me encontraba dispuesto a que, en amor y cuarteto, nos mudásemos a una orilla del Tajo a devorar espárragos, fresones, palacios, falúas y carrozas. Carecía de fuerzas. Estaba prevista mi debilidad y ella —particularmente— festejaba esa vacante. Resumí mi conferencia con Pablo. Yo no había preguntado por la úlcera de Fernando, ni por los dividendos, y a Bert no le interesaba en absoluto que nos hubiésemos sincronizado en el vodka.

—Tú, escucha. Que esperen un minuto y escucha. ¿Dónde

puedo encontrar a tu amiguete César? —La callada por respuesta—. No voy a consentir que el asunto termine así.

—Mándale tus padrinos.

—Quizá lo haga.

Y, como aproveché una ráfaga de ira para golpear auricular contra horquilla, tampoco percibí la vela. Merceditas ensayó, a la cabecera de mi lecho, la pose de El Coloso de Rodas.

—... además, que pienso yo que usted tendrá que lavarse, aunque no sea más que las manos y las orejas.

—Tú prepara la comida.

—Ya está. Pero ¿qué se cree?

—Yo me creo el lobo vestido de abuelita. O la bella durmiente. ¿Te cuento el de la bella durmiente?

—No sea usted chicolero.

—Al nacer, le advierte el hada mala, que es la que da los sabios consejos, que a los dieciséis años querrán pincharla. Y a los dieciséis años...

—Pero ¿sigue usted hablando solo? —preguntó Merceditas, entrando en el dormitorio con herramientas de limpieza.

—No soy yo, maja, es el príncipe sonámbulo.

De un salto me desperté y descendí, atravesando las frías sábanas de la cama de Mary, por babor. Bajo la ducha, maquiné la oportuna estratagema, tendente a la localización de César.

—Le pondré la comida en la azotea.

Como el teléfono de Matilde únicamente respondía timbrazos, me asomé al exterior, que disparaba luz a puñados y un almohadillado rumor de automóviles. Es más, olía —el mundo— acre y a asfalto cocido.

Unas tres horas más tarde, se lo contaba íntegramente a Tub.

«Querida Tub,

amor mío.

»Ha sido, en conjunto, uno de los más bellos almuerzos de mi vida. Porque he comido solo quizá. Desde la terraza —¿recuerdas aún la terraza, Tub?— contemplaba antenas de televisión, las otras terrazas, tejados, el cielo este de aquí, liso, obtuso de tan azul. Merceditas me ha servido lentejas y, mientras se enfriaban, he resucitado días de paz, algunas tardes con nieve y muchas con chimenea, aquellos fines de semana en el chalet de Plencia, una mañana por la ría que ni me acordaba. Y, fíjate, surgían las imágenes sin aristas. Te juro que he olvidado la cantidad de insulto que nos hemos dirigido, las cantidades de angustia que nos hemos provocado, tu boda, por pura putería, con Andrés, sobre todo que a la misma hora en que Merceditas, sin dejar de cantar y con tacones altos, me ponía a la altura de la hebilla del cinturón unos cuatrocientos gramos aproximadamente de patatas fritas, sosas, y un filete de vaca octogenaria, chamuscado o crudo según por donde se fuese sajando, que en ese instante, con mucha probabilidad, estarías tú, mi amor, sobándote bajo otros cielos menos lisos con alguno de los colegas de tu cuñado o con el propio Jorgito Carmona. En resumen, una de esas brevísimas pausas en la existencia, que uno no parece el que es. No te miento. La prueba la tienes que se me escaparon las manos, cuando Merceditas traía el frutero y la tabla de los quesos y dejó la carga en la mesa y cualquiera habría apostado porque se le esparcirían las cerezas y entonces yo, sin más, instinto sólo, le alargué una caricia a las corvas, sabiendo que las tiene de vómito, fibrosas —mayormente, que llevaba los músculos tensos por los tacones—, y sin ignorar que es menor de edad, pero, mira, mujer, al fin, y luego que la piel, aunque nadie lo habría sospechado, resultó suave, muy suave. Se quedó rígida. No, escayolada. Yo mantuve la actitud, pero conejil, encamisado, viendo la que se me venía encima, tanto si se me echaba en los brazos o si me escupía el camembert. Sin embargo, sonrió y dijo, apiadada o chocarrera:

»—Si yo a usted no le gusto…

»Por fortuna, huyó, sin retirar el plato y los cubiertos sucios, sin que se la oyese cantar. Por fortuna. Porque canta que ladra, la pobre, y, además, que si se queda allí, recién tocada y en silencio, yo no lo habría resistido. Se trataba de una de esas circunstancias que no resisto y la mayoría de las mujeres de mi vida penetraron en la misma, al preferir yo inventarme que las amaba a quedarme callado. Tú lo conoces también, corazón,

«Donc il exprime avant de sentir puis il joue à sentir ce qu'il exprime.»

por propia experiencia. Y, no hay que remontarse tan lejos, ahora mismo, lo de Mary, ya ves. Quizá si aquella noche me callo en el Malmö o no os telefoneo, cuando el negro me asaltó, o, lo más razonable, la embarco en un jet al día siguiente, no tendríamos los problemas que tenemos. Tupidos, sí. Y viscosos. Lo que no obstó para que me consumiese cuarto de kilo de camembert y, luego, un níspero y los cuatro dedos que le quedaban a la botella de Metropol. Casi de puntillas levantó manteles y me trajo un habano y, si me estaba quieto (como la casa, como la ciudad, como la atmósfera), podía oír el goteo del sudor desde mi esternón a mi ombligo. Tú, ni hay que decirlo, te habías quedado ya en bragas. No sé si te he notificado en alguna carta anterior a esta que se han cumplido las primeras veinticuatro horas de mi posición de burócrata en licencia indefinida. Sin sueldo, porque todo no puede ser. Debido a tal causa, fabriqué penumbra, me tumbé en el chester, que Mary ha colocado frente a la puerta-balcón, y abrí por conservar la modorra y sin más aspiración cultural, el televisor. Estaban en los anuncios previos a la novela. La novela comenzó y, tal que si en la cocina se disfrutase de radar en circuito cerrado, sentí que llegaba. Yo había adoptado la decisión de colocar el pie izquierdo bajo la nalga derecha, el derecho sobre un puf, los riñones contra el respaldo y el espíritu recostado en los plumones aterciopelados de tus pecas. Gracias a ello, con un simple giro de cabeza pude mirarla y estaba allí, en el chester, con las manos bajo los sobacos, la boca entreabierta, absorta en las fanfarrias televisivas, familiarísima, mentecata. Tras prometernos que en la jornada siguiente persistirían en subnormalizarnos con otro capítulo de aquella *chef-d'oeuvre*, Merceditas desconectó, puso un almohadón bajo mi nuca y, canturreando, se reintegró al fregado. En el living, en este living donde tanto te he perseguido, besado, injuriado, suplicado, llorado, donde infinitas orejas, patas, rabos —míos—, te han sido concedidos en virtud de mi mansedumbre o bravura, de mi casta en todo caso, te escribo para decirte que no te olvido, que te quiero con más mérito que en el pasado, porque ahora te conozco, y que sufro tu ausencia, Tub,

»amor mío.

Acabó de despertarme el chasquido de la puerta de la calle. Del contenido del frigorífico, sólo ingerí un hálito de frío y merendé una ginebra. Las habitaciones estaban silenciosas en exceso, eclesiásticas.

Al segundo timbrazo, una voz orquestal respondió y cometí la inútil cortesía de cerciorarme:

—¿Es casa del señor Yudeco?

—¿El escultor?

—Sí. Querría hablar con…

—Soy yo mismo —se apresuró a establecer—. Me temo, joven, que no podré recibirle esta semana.

—Yo… —expliqué yo.

—Mañana empezamos la Ruta Románica. Por cierto, ¿no forma parte usted de la Ruta? Le sería muy beneficioso. Máxime, que tendría oportunidad de conocer a todos los que representan algo en nuestra cultura. Esta tarde, la conferencia de Gómez. Pásese por ahí. Gómez, como no desconoce usted, es sobrino nieto del que fue el mejor amigo de don Miguel. Nadie como Gómez para disertar sobre don Miguel. Le presentaré gente que importa.

—Lamento que esté tan ocupado. En realidad, yo deseaba hablar con Matilde. Con su hija Matilde.

—Ella está fuera, con su prometido, y, a pesar del parentesco —se risoteó su propia ironía— no es buen crítico de mi obra. Otra cosa sería, si usted pretende anotar su trabajo con algunos datos personales. Matilde estará encantada en proporcionárselos. Llámela más tarde.

Me calcé unas sandalias, me cambié de camisa y el silencio me catapultó a las Rutas Universales. En la calle, como siempre sucede, la vida parecía distinta, quizá por la variedad de mujeres, por la fugacidad de tanta mujer, que impide percibir el Ersatz de la Belleza. En las calles del barrio y, pronto, por otras vías, abundaban alarmantemente, sin medias, con cadenas, con uno, dos, tres o hasta treinta centímetros de muslo desnudo, descotadas, desceñidas, con hombre, sin amigas, presumiblemente fáciles o inasequibles, fragmentarias o rubias, nalgas sin rostro, rostro sin nalgas (porque el oportuno niño se ha interpuesto en el instante preciso y único), labios, uñas, de increíbles sabores a veces. Ni en media docena de años luz, y eso, resueltos todos los requisitos. Así disfrutaba yo de los paraísos artificiales de la guipada, tan municipales ellos, cuando —y acababa de pasarle revista a un escaparate For Women— sin preaviso se me hizo la luz. La luz de la vela.

Me conmovió el fenómeno lo suficiente para perder la cuenta de las mujeres con las que no tendría reparo —setenta y cuatro, hasta aquel momento—. Debía refugiarme en el primer bar, a colocar ideas. El primer bar se caracterizó por su freiduría y unos taburetes everésticos, grasientos e inestables. Solicité ron.

—Unos calamares, unas almejas, unas avellanitas, un pinchito moruno, una racioncita de mojama, ¿apetece el señor?

El señor apetecía únicamente insultarse, sin resoplar demasiado, a fin de no apagar la vela encendida al otro lado de su frente (en el punto equidistante entre los cuernos del señor) y que como vela apagada, durante aquella mañana, en los infinitos viajes del teléfono a las sábanas, había visto en su palmatoria y privada del rectángulo blanquecino, que clasificaba ahora en su primigenia condición de cartulina escrita, a diferencia de la noche anterior, en que era sólo un rectángulo blanquecino, engarfiado en la palmatoria de una vela encendida, el conjunto ostensiblemente colocado en el centro de una de las mesas del living, desde donde habían sido trasladadas vela y palmatoria, a hora temprana, hasta la repisa de la chimenea, con tal delatadora evidencia que incluso un oligofrénico no habría malgastado la mañana viajando de la cama al teléfono —y retorno—, almorzando, sobándole tímidamente las corvas a la criada, cretinizándose con novelerías en compañía de la criada, escribiendo a Tub, sino que habría advertido la vela apagada, la palmatoria, la ausencia del rectángulo blanquecino que en la palmatoria estaba engarfiado la noche anterior, y no habría tenido que salir a pasear la lujuria, para que el pábilo se le hubiese encendido justo en la eminencia frontal de la propia testuz del señor. Hay temporadas en que se es incapaz de adivinar algo que no sea capaz de adivinar el sagaz Sam, y yo estaba en una de ésas.

Con el ron, el muchacho me regaló una almendra y medio boquerón; al segundo, un boquerón y un trozo de pepino; la guarnición del tercero —ya considerada cliente mi persona— constaba de dos trozos de pepino, una almendra y un boquerón encebollado. No vomité, pero al taxista (por la animalidad de la costumbre) le indiqué la dirección del bar Luciano. Luciano celebró verme. Quizá Luciano se hubiese aficionado a la teratología. Bebiendo cerveza, me sentía ya como un ciudadano de Little Rock, que también fuese negro, judío, católico y homosexual.

—Hace tiempo que no te dejabas caer por aquí —comentó Luciano, con una sonrisa que compendiaba toda mi historia (versión barrio) con Mary.

—Hace tiempo —logré formular, sin conciencia de la propina que abandonaba en el platillo (desportillado) de loza blanca.

—Pásate luego un rato, hombre —invitó Luciano, las manos sobre el zinc—. Alrededor de las nueve retransmiten el combate. Bueno, y eso que tú, según dicen, has comprado televisor.

—A uno también le gusta disfrutar. *Ciao*, Luciano.

—Hasta la próxima. Y no te hagas querer tanto.

Meditando en un banco, se impuso rotundamente una ineluctable separación. Sólo quedaba actuar. De modo que, al sentarse en el banco los viejos de rigor, ya husmeaba yo por las esquinas a la busca de los aromas de Merceditas en flor.

Los portales, vistos desde la perspectiva de mis huroneos, parecían hasta de ciudad extranjera. En un grupo de variada adolescencia, que ocupaba un alcorque, obtuve los primeros datos. No absolutamente exactos, como había sospechado, pero tampoco orientados en dirección contraria, como era de temer. Sólo hube de doblar la esquina, a la izquierda, preguntar en el tercer portal y, confiando en un tipo que habría perdido los dientes cuarenta y cinco años antes y la costumbre de afeitarse las canas desde la infancia, subir hasta la farmacia, no cruzar, doblar a la izquierda, cruzar, coger por la calle oblicua y (allí no podía ser) penetrar en un magma odorífero, cuyos orígenes serían escalones de madera fregada con lejía, serrín orinado por gata, coles en cocción, sumideros, motor de ascensor deficientemente engrasado y morcilla refrita. El portal, hasta la mitad de sus muros, estaba mancillado por unas baldosas de cerámica en relieve. Si se ascendían tres escalones, la alternativa surgía entre salir corriendo a la calle o proseguir por un pasillo, oscurecido por una bombilla de diez bujías. Negreaba una puerta, con mirilla y sin piadoso grabado en hueco. Cerca del ascensor se encontraba la puerta encristalada, que permitía examinar un contenido de camilla faldera, aparador, fotos en marcos ovales, estufa eléctrica de los primeros modelos fabricados por Edison-El-Hombre y calendario hibernado en el mes de octubre de 1942. Ante el ascensor, se podía elegir —siempre que el sujeto elector reprimiese el olfato— por abrir a forcejeos su verja trianera, o arriesgarse en los escalones combados, o golpear la puerta con mirilla enmohecida e imagen en porcelana descascarillada, o descender por una rampa caracoleante, o gemir.

—¡Portera!

No se oía ni el tráfico en aquellas honduras. A ojos cerrados, puesto que así creía ver más, descendí hasta una rotonda de puertas, hendida por un corredor, en cuyo fondo encontraría quizá un patio, los nueve círculos, al Alighieri y a la sombra de Virgilio. Por contraste con la sinceridad de los sueños, aquella pesadilla de semisótano envaraba la realidad, causaba espanto. Abandonando toda esperanza de reconciliación con Mary, desemboqué en el patio, saludé a los poetas, me sobrecogió el tenebroso anochecer, soporté el goteo de la ropa tendida.

—¡Portera!

Y, de repente, a mis espaldas, se desplomó una lámina de luz.

—Beatriz.

—¡Andá!, si es usted, el señorito.

Avancé por el suelo resbaloso. Merceditas, dirigiendo la voz al interior, participó (y yo ignoraba a quién) que el señorito había llegado y nadie sabía cómo había sabido.

—Hola. Mira, necesito absolutamente hablar contigo.

—Pues, no le esperaba. —Sonreía escaso, pero lo más sorprendente era su deliberada obstrucción del vano de la puerta—. Usted dirá.

—¿Estás sola?

—No.

—¿Está tu madre?

—No.

—Debes contestarme a una pregunta. Muy importante. Referente a la señora.

—¿A la señora Megui?

—Sí, claro.

—Y ¿nada más?

—Nada más. Pero ¿qué leche te crees?

Sonrió opulentamente.

—Pase. —Me indicó una de las piezas de la sillería cubista, época de los treinta, y, alzando una cortina, dio rienda suelta a su buen natural—. Se sienta ahí, que yo vengo de seguida.

En el punto asignado, me senté. Antes de levantar la cabeza, presagié los flecos de la lámpara. En la gris pantalla del televisor, se reflejaban abombados los destellos de un par de floreros de cobre. Merceditas colocaba una botella y un vaso en el hule de la mesa.

—Sólo hay vino. Pero es bueno. Se lo manda a mi madre, mi tío Lucas.

—No te molestes, mujer.

—Uy, no sea cumplido. Usted, como en su casa. Si le digo mi verdad, ni le esperaba, pero así, al primer pronto, tampoco me he extrañado mucho. Y dice usted que quiere que le relacione los secretos de la señora Megui.

—Más o menos.

—Yo, señorito, le juro que yo a la señora le tengo un aprecio muy enorme. La señora ha hecho por mí lo que nadie, mejorando lo presente.

—¿Podemos hablar con tranquilidad?

—No está más que la Encarna, que se anda lavando unas ropas en el patinillo. La Encarna es de confianza. —Y sin variar el tono—: Me ha dado usted un susto este al mediodía…

El primer sorbo de vino me permitió disfrazar de hipocresía el amilanamiento.

—¿Al mediodía?

Riendo, rodeó la mesa y se sentó frente a mí, de codos sobre el hule.

—No se haga usted el panoli.

Como la dignidad exigía continuar haciéndomelo, confesé:

—No sé a qué te refieres.

—Al viaje que me ha tirado usted, leñe.

—Hombre, Mercedes…

—Pero si yo lo comprendo. Una es mujer y joven y usted, con todos los respetos, señorito, no se ofenda, es usted un salido. A Encarna se lo contaba hace un rato. Yo a la Encarna le cuento todo y ella, a mí.

—Encarna —pregunté en un susurro—, ¿es Encarnalamuslos?

—La misma.

—¿No estaba embarazada?

—¿Qué dice usted? Hable más alto que no lo capisco.

—Que si no me habías dicho tú que estaba esperando.

—¡¿Yo?!

Acabé el vino y me sirvió casi hasta los bordes. Una paz inesperada congeló mis ojos en los de Merceditas. Ahora, olía a humedad de topera, a media mañana de domingo cuando, afeitándose, se recuerda que el partido comienza a las ocho y media. Suspiré e inmediatamente suspiró Merceditas. Sobre nuestras cabezas debían de bailotear los rojizos flecos de la lámpara.

—Bueno, perdona. No fue mi intención causarte ningún mal.

—Que lo sé, señorito. Si lo que a usted le ocurre es una calentura.

—Ni más, ni menos.

—Sufrir tiene usted que sufrir mucho.

—No lo sabes tú bien.

—Moradas se las tiene usted que pasar. Lo que yo pienso, que se lo decía a la Encarna, el señorito da más a las mujeres de lo que recibe de ellas.

Ni con Tub me había sentido nunca tan comprendido. Además, era cierta la bondad embocada del vino del tío Lucas.

—Conforme. Pero que quede clara mi intención.

—De sus intenciones tampoco se puede una fiar mucho. Yo aún no he probado. Para dentro de dos o tres años, empezaré, porque gustarme me gusta igual que a cualquier hijo de vecino. Pero, hoy por hoy, sigo tan pura como mi madre me puso en el mundo.

—Eso te honra.

—Entera la tengo. Con usted, que no es un pardillo, estoy tranquila. Usted no es de los que se dejan arrastrar por sus vicios.

—Con excepciones.

—Usted distingue y, encima, que no tiene por qué estar lampando detrás de las primeras piernas que se le pongan a tiro. Señorito, créame, yo a usted le valoro en lo que vale. —De haber entrado un familiar de edad respetable, le habría pedido la mano de Merceditas—. Y al respecto de la señora Megui, mire, preferiría no hablar.

Procuré desencajar las comisuras de la boca, fruncir la frente, por si le influía el patetismo de mi expresión. Pero no me miraba, entretenida en seguir con la yema del índice los dibujos del hule. Distendí gesto y bebí un trago. A lo mejor, conseguía una ebriedad nutritiva.

—Es natural. La señora se porta muy bien contigo.

—Yo nunca he tratado con una señora semejante. Y, por si fuera poco, alegre.

—Eso lo da el dinero, maja.

—No, señorito, no. Que yo las he conocido forradas de billetes y haciendo gárgaras de bilis todo el santo día. Como ella, ninguna.

Modulé, a pesar de que la cámara me enfocaba en primerísimo plano:

—Cogiste el teléfono, ¿verdad? —Cabeceó afirmativamente; esperé a que acabase el travelling en retroceso—. Y oíste una voz de hombre.

—No, señor.

—¿No?

—No, señor. Primero, voz de mujer, que preguntó que si era el número y yo la dije que sí, que ése era el número, pero que no había nadie, y ella, que aguardase, que llamaban desde Nueva York, y yo, casi temblando, le grité que a mí me hablasen en cristiano que, si no, el rastrillo de la chimenea se iba a enterar mejor que una servidora.

—¿Te hablaron en inglés?

—En inglés sería. Una voz de mujer. Pero la de acá le platicó algo, seguramente que una servidora sólo hablaba madrileño, porque siguieron entre ellas.

—Y luego, él preguntó por la señora.

—Equili. Hablaba raro, pero lo pronunciaba todo. Oiga usted, ¡qué cosas!, lo mismito que si estuviese en el living. Y lo que yo digo, ¿cuántos kilómetros habrá de aquí a Nueva York? ¿Más que a Ceuta?

—Más.

—¿Como dos mil?

—Unos cincuenta mil.

—¡Válgame…!

—El señor ese, que hablaba raro, supongo que fue amable.

—Cincuenta mil… —tragó saliva—. Simpatiquísimo. Que quién era yo. Que la Merceditas. Que encantado de conocerme. Que la señora y el señorito, que es usted, estaban donde lo de la piscina de la señorita Bert, porque por aquí ya habían empezado los calores. Que por allí, por Nueva York, usted ¿me entiende?, también. Que, bueno, pues que nada. Y yo, que a mandar. Que no me olvidase de decirla a la señora que él la había llamado. Que su gracia. No me cogía lo de su gracia. Que de parte de quién. Que no me entendía, o no me quería entender el tío maromo, ya se sabe lo que pasa muchas veces con los extranjeros. Y, entonces, intervino una de las telefonistas y dijo no sé qué. Y él se rió.

—Lo cuentas exacto, guapa. Te lo agradezco.

—Traiga que le eche un poco más de vino. ¿A que está bueno?

—Bonísimo. Me tenía preocupado lo de la conferencia.

—Claro, que vio usted la palmatoria y mi recado.

—Claro.

—Se lo decía yo esta mañana a la señora. La señora, que no,

que usted anoche no se encontraba para ver velas. Yo a la señora tengo que decirla que usted me ha preguntado, eh. Que se lo prometí. Tenía yo razón; vio usted la palmatoria. La que a usted se le escape…

—La primera se me escapó. Pero, a la segunda, espero que no repetirá el camelo de la embajada. Él ¿cómo te dijo que se llamaba?

—No dijo. Que telefonease la señora a Nueva York. Yo, después de la despedida, que me dijo adiós Merceditas y todo, y después que colgué porque la de los teléfonos me mandó que colgase, cogí un cacho de cartón, de los que tiene usted en la mesa del despacho, que, por cierto, había tres dedos de polvo, y un boligrafo.

—Bolígrafo.

—Y un bolígrafo y allí me puse a escribirla el recado: Que la han llamado a usted de Nueva York y que llame usted a quien ya sabe.

(«KE LAN YAMAO HAUSTE DE NUEBALLOR Y KE YAME USTE AKIEN LLASAVE. LAMERCEDITAS.»)

—Mira, hija, éstas son cosas de hombres y mujeres.

—Sí, señorito.

—Difíciles de entender para una como tú, que aún está virgen y que sea por muchos años.

—Por dos o tres, sí, señorito.

—En vista de lo cual —acampané la voz— yo te rogaría, si tu fidelidad a la señora lo permite, que tú a la señora no le digas que yo he estado aquí, a interrogarte. Comprendo que es penoso y que la señora continuamente te sube el sueldo. Pero comprende tú, hermosa, que tengo que defenderme. También a mí me tienes afecto, ¿no?

—De los de ley.

—Pues, te callas y, a cambio, yo te regalo dos pares de medias.

—¿De esas hasta la cintura?

—De ésas. ¿Qué talla es la tuya?

—El diez y medio, porque de zapatos calzo el treinta y nueve largo.

—Diez y medio —repetí, al tiempo que lo anotaba en la agenda y un repentino silencio descubría que había estado zumbando un motor—. ¿Qué sucede?

—La Encarna, que ha terminado de lavar.

—Y esta mañana la señora habló con ese señor de Nueva York.

—Sí.

—¿Qué le dijo la señora?

—No pesqué ni jota, se lo juro —juró, a párpados caídos—, por mi padre que en gloria esté.

—Te creo.

—La señora se reía mucho. Y, luego, estaba contenta. Me regañó un poco por lo de la palmatoria, porque decía que era muy pectacular, como muy de cine quería decir. Pero, como yo la expliqué, volviendo a las horas que ustedes vuelven, yo esperar no me iba a esperar y, por si la cosa era de gravedad, tenía que colocarlo de forma tal que se viese. A pesar de todo, muy contenta.

—Y que no me contases nada. Sin embargo, os dejasteis la palmatoria en la repisa de la chimenea.

—¡Menuda mañana hemos tenido la señora y yo…! Además, que no había nada que ocultar.

La cortina permitió pasar primero la bolsa de la TWA, de lona, por la que desbordaba un saco de plástico, en el que se comprimía la ropa húmeda. Dos segundos después, se oyó:

—Con permiso.

Previsoramente pensé, antes de levantarme de la silla, que o la recibía sentado o jamás recuperaría mi condición de señorito. Bellísima, si uno consideraba que era una sirvienta.

—Aquí, el señorito —ofició la Merceditas—. Y aquí, pues la Encarna, mi amiga.

—Encantada.

—Merceditas me había hablado de usted.

—Somos muy amigas. Perdone que moleste, pero es que me marcho.

—Ahora que me acuerdo —recordó discretamente Merceditas—. Dejó el número de teléfono. Me lo hizo aprender y, corriendito, que no se me fuese mientras encontraba el papel, lo apunté.

—¿Dónde?

—En la muñeca. —Extendió el antebrazo, vuelto, como para una donación de sangre.

Encarna abandonó su bolsa de lona sobre los baldosines y se aproximó a la mesa, en la cual el antebrazo izquierdo de Merceditas permanecía bajo la luz, desgajado ya (anatómicamente) del cuerpo. Bellísima, independientemente de que fuese una sirvienta.

—Con tanto fregoteo, se te habrá ido.

De una sencillez diabólica, el ajustado vestido de Encarna, a cuadritos rojos y blancos, se abría en un escote cuadrado por la espalda, que se correspondía con otro delantero de idéntico trazado, aunque menos púdico, simplicidad satánica que, por algún artificio misteriosamente enervante, se prolongaba a las cortas mangas abullonadas. Si uno recordaba a Coco Chanel, había que admitir que no siempre lo más caro es lo mejor.

Me incliné sobre las peludas venas de Merceditas y todo lo cerca que la decencia permitía de los cabellos negros de Encarna.

—Puede que aún se lea.

Sin lupa, fueron estudiadas las muy diversas tonalidades de la epidermis que se nos ofrecía. Encarna gruñó que ella creía descifrar, bajo la mancha de tizne en forma de isla polinésica, un dos.

—No había ningún dos. Me dejo matar, a que no había ningún dos.

—Será un tres —dedujo, quizá un poco a la ligera, Encarna.

—Tres sí había. Y alguna letra que otra.

Me dejé caer en la silla, mareado. No obstante, fingí continuar en el histológico examen. Reclinada la porteadora, las caderas de Encarna distribuían los pliegues del percal que ni Fidias. Bebí un trago de vino. Merceditas, siempre a brazo extendido, se sentó también y, cuando Encarna se irguió, el ambiente pareció recuperar algunas condiciones de habitabilidad.

—Lo más seguro es que venga en la guía.

—¡Eso! —gritó Merceditas.

—Nos estamos aquí desojando y lo más seguro es que venga en la guía. Y, si no, se pregunta a información. Bueno, yo me tengo que marchar.

Vista de soslayo, horas podían consumirse en la no longitud de su vestido. Un soplo bastaría para que volase aquella tacañería textil, simple cenefa de unas piernas, que daban, con fundamento, sobrenombre a la Encarna. El calzado, unas alpargatas de suela de cáñamo y tela a rayas blancas y grises.

—Mujer, ¿qué prisa tienes? —La voz de Merceditas me cortó el éxtasis—. Encarna está sin sus señores. Sus señores se han marchado a un balneario y, como el casero los quiere botar del piso, han dejado a la Encarna para que el piso no se quede abandonado.

—Paso unos miedos…

—¡Las judías!

En los cincuenta y ocho segundos que tardó en regresar Merceditas, mantuve una única sonrisa. Encarna correspondió los veintisiete primeros, debió de rascarse un codo los catorce siguientes y, derramando ya Merceditas sobre el hule las judías verdes, echó atrás la cabeza, como si apartase una melena inexistente.

—Vaya a hacerle compañía a Mercedes, cuando quiera. Ahora se aburre por las tardes, sola en casa.

—Muchas gracias, señorito. ¿Te ayudo?

A mí tendrían que haberme sacado a tiras el pellejo. El vino del tío Mateo descendía de nivel en la botella.

—Pues, en una ocasión —dijo Merceditas— un gurrumino le paró por la calle a la Encarna y la propuso que trabajase en el cine.

—Mujer, Merche, no cuentes eso.

—Para que vea el señorito… Aquí, Encarna, dijo que por su parte había inconveniente, que la tenían hasta el moño las ratonerías de los ligones. El gurrumino se puso formal…

—Formalísimo.

—… y la entregó una tarjeta de visita. Al poco tiempo fui yo con ella, por acompañarla nada más, y era una oficina llena de carteles de películas. Salió el señor y vinieron otros, y otras, que había también mujeres, no vaya usted a pensar mal.

—Una, que la decían Elvira.

—Nada de cachondeo. Que andase, que se sentase, que levantase los brazos a lo flamenco, que se subiese las faldas, que, si sus padres la daban permiso por escrito, ellos la probaban.

—Mi padre dijo que no. La que nace esclava, esclava ha de morir.

—Usted es joven, Encarna.

—Y ¿por cuánto tiempo, señorito? —planteó Merceditas—. Los padres es que están muy atrasados. Y las madres, otro tanto. La mía nació atrasada. Por ella, todas llevaríamos faja. No quieren reconocer que los tiempos son distintos. Que hoy tiene que haber, como quien dice, más libertad. A mí, maldita sea, lo mismo me daba haber vivido en cuando lo de don Fernando y doña Isabel. Quita todas las hebras.

—Que se las quito, mujer. Y eso que no saben que vamos a las discotecas.

Mientras ellas, ahogándose en sus carcajadas, palmeándose los muslos, cubriéndose las congestionadas mejillas, desfogaban incomunicación generacional, recordaba aquella antigua sentencia de Galizia de que nunca aprendería yo a retirarme de las reuniones oportunamente. Quizá Pablo se habría largado por las corredoiras —si había— y Fernando bebería taciturno y Galizia evocaría, preparando la cena, mi debilidad sentimental. Quizá, también allí habría anochecido. Y en Zurich. Y en la ciudad de los rascacielos. Y en el gran continente de la devastación, con excepción de sus antípodas.

—Señorito… —Merceditas removía mis hombros—. Señorito…

Encarna había recogido la bolsa y, sin duda alguna, acechaba mi retorno a la lucidez. Olía más a todo y la lámpara iluminaba un bodegón de judías verdes, botella, vaso y cenicero publicitario. Me puse en pie. En el patio, ellas cuchicheaban. Comprobé llevar cerrada la bragueta, encendí un cigarrillo y dejé de ver a Galizia ante el fogón, al tiempo que recordaba que Galizia no sabía cocinar. Se callaron, cuando salí a la magmática penumbra.

—Gracias, Mercedes. Ya sabes en lo que quedamos.

—Descuide. Ah, oiga, de lo mío ¿no le ha dicho todavía nada la señora?

—¿Qué tuyos?

—Es tardísimo, Mercedes —interrumpió Encarna.

Por el corredor seguí sus pasos, pero, al llegar a la rampa, emprendió una ascensión impetuosa. Probablemente desde el portal, gritó:

—¡Mucho gusto!

—Hasta otro día, Encarna. —Casi corrí y ella salía a la calle, sin volver el rostro.

Hendí la primanoche del barrio, sus tertulias de mujeronas en las aceras, sus bares repletos, sus rebaños de automóviles y de enamorados, a todos los niños del universo, mi descontrol, hasta que, instantáneamente, comprendí que Encarnalamuslos tampoco era la Betsabé de Rembrandt —aunque se parecía— y bastó decidir su conquista, para que caminase yo sosegadamente hacia Mary y su falacia. La portera, cuya piel tenía color de hombre, se levantó del sillón de mimbre.

—Hace un rato, vino su cuñado.

—¿No había nadie?

—La señora Tribuna no ha vuelto. —Sujetó la segunda puerta de vidrio—. Que no era nada importante.

A oscuras, abrí las ventanas, los ventanales, las puertas, y, a los pocos minutos, latía la casa, el viento golpeaba las tinieblas. Me desnudé y, tras conectar, me enfosé en el chester. Diferentes hembras, algún persuasivo varón y deslumbrantes criaturas de sexo angélico se molestaron en acariciarme con sus detergentes, sus espumeantes refrescos, sus coñacs, sus detergentes, sus cremas, sus automóviles, sus prendas de sedaSU-A-A-A-VEScomounacariciadesusmanos (despellejadas por los estropajos y los detergentes), sus coñacs, sus lavadoras, sus espumeantes refrescos quehanconvertidoenunplacerlabíblicaplagadelased, sus medias (hasta la cintura y del diez y medio), sus matamosquitoscucarachaspolillasescarabajoscarcomasleopardosyledejamosencimaperfumadosloscadáveresdelosanimalitos, sus detergentes, sus coñacs, sus sustentadoresdeesasdospalomasquesonsugloria, sus hojas de afeitar, sus afeites, sus detergentes, sus televisores (lo que resultaba tautológico), sus detergentesqueleobsequianconunabecadeayudantemecánicoelectrónicoountransistortamañopulga, sus coñacs, sus cigarrillos, sus cervezas rubiascomolasmismasqueestáusteddisfrutandoconexpresióninocente, sus detergentes, sus problemas de crédito queencualquieradenuestrassucursalessepulverizarán, sus coñacs. Y sólo, fíjese bien, no por el de su prójimo, ni por el de sus parientes, ni por el de su vecino, ni por el de su municipio, ni por el de su prostituta más apreciada, ¡no!, sólo por SU dinero. Después, la pantalla ennegreció. A los tres minutos aparecieron los contornos difuminados de una operación quirúrgica y, sin solución de continuidad, pudo contemplarse, como un relámpago, un ring lleno de tipos, dos de ellos en calzón. A continuación se proyectó lo que, en términos técnicos, podrían denominarse interferencias y, en artísticos, cuadro de César. Que continuaba, cuando me tendí de nuevo, ahora con una ginebra como defensa. La locutora apareció que uno creía que estaba allí. Mientras reparaban los plomos, iban a decirnos qué acontecía por el mundo. De entrada, que en el día de la fecha habían aumentado las bajas vietnamitas en una cifra, que, si uno se la creía, resultaba que ya no quedaba enemigo. De seguido, sin prisas, asistimos a la inauguración de la fuente principal en la plaza mayor de Soticos. Según supimos, luego del regocijo rural, un remolcador paquistaní había abordado en el puerto de Hong-Kong a una fragata nigeriana. La locutora, que nos preparásemos a ver darse de trompadas a los campeones, recién encajados unos plomos nuevecitos. Anulé el sonido y, tal como se había prometido, allí aparecieron, uno menos alto, el otro más antropoide, ambos con unas piernas radicalmente diferentes a las de Encarnalamuslos. Ganase quien ganase, estaba visto, perdería yo. Al tercer round, cuando a Encarna ya se le caían los calzones, la toalla fue arrojada hasta el último rincón del living, al encenderse los puntos lumínicos todos de la estancia. Me puse en pie de un salto.

—¡Oh, querido!, desnudo y expuesto al vendaval. ¿Te has vuelto loco? —formuló la pregunta en mis brazos—. Pobrecito, qué tediosa tarde has sufrido.

—Pschttt… Y ¿tú?

Se sentó en el chester, me sentó y, mediante tirón del cable, disolvió a los pesos medios.

—Supuse que no estabas y enseguida vi el reflejo de la televisión.

Besé su cuello, su perfume y aquel olor, que era el de la dicha.

—Mary…, Mary…, cariño… —Deslicé una cremallera.

Rió, temblorosa.

—¿Te haría molesto repetirlo?

—Cariño…

—¿Es presunción por mi parte o suena verdadero?

Me aplastó con las manos las mejillas y el tiempo fue absorbido al comienzo del Pleistoceno (Diluviano).

—Verdadero, muñeca.

—Bruto —batió, complacidísima, su risa—. Hoy decía José María que muñeca es expresión que nunca más te permitiese. Oh, oh, oh… —Saltó como un fleje desde mis manos, que, disparadas, intentaron retenerla—. Acompáñame. Y, por favor, darling, cúbrete, aunque sea con tu batín, o enfermarás.

Endosado un corto albornoz blanco, zascandileó tan eficazmente que, en unos minutos, el dormitorio era otro. El mismo de cuando ella estaba en casa.

—¿Te ha gustado ese lugarón?

—MAraVIlloSO. Además, son muy generosos conmigo. A última hora, se unieron Sagrario y José Luis.

—¿Los Tamburini? Caray…

—Has de contar con detalle —arrojó ropa de su armario a una

butaca— esa conversación con Pablo. Me han referido hoy de Fernando y su mujer. Mañana emprenderé la lectura de los libros de Fernando. ¿Te conformarás con unos sándwiches de ternera fría? Temo que Bert ha regresado excesivamente fatigada.

—Borracha.

—No seas receloso. Apenas se ha bebido. —Aproveché la proximidad para besar sus pies—. Pero sí un vino especialmente bueno. Bert prometió anotarme la marca, ya que es favorito tuyo.

—El vino del tío Marcos.

—No. O ¿sí? No, no, no. Tampoco era del tío Pepe. En absoluto, no. Duque o marqués. Como un nombre aristocrático. Si no te molesta levantar de la moqueta, podemos seguir conversando en el cuarto de baño.

Ya que no le estimulaban mis desnudeces, me vestí la bata de seda. Ella estaba bajo el chorro.

—¿Cómo es que se os ocurrió llamar a los Tamburini?

—Bert llamó. Bert para mí es insustituible. —Cerró el grifo y descorrió las cortinas, a fin de que asistiese yo a la jabonadura—. Seriamente, no sé cuántas dificultades encontraría sin Bert. Ella conoce la vida práctica del país. Con su carácter tan… rotundo. —Inexplicablemente, se había enjabonado primero las piernas—. Le he consultado la conveniencia de asegurarnos a Merceditas permanentemente y, después de una discusión bajo todos los ángulos, estima muy favorable un período de prueba. Perdona. —Cubierta de espuma morada hasta los hombros, cerró la embocadura del escenario—. ¿Qué opinas tú?

Obviamente, mi opinión no se escucharía en el estruendo acuático. Conseguí arrancar las nudosidades centrales de una callosidad. Los espejos rechazaban mi palidez exangüe.

—¿Te ves bello? —Mary se entoallaba.

—Me repugno.

Seguí a Mary y me dejé caer en mi cama. Mary emergía de una larga túnica de punto, sin mangas y en franjas de hirientes colores. Le solicité que permitiese calzarle yo aquellas sandalias plateadas, de las que crecían unas gigantescas flores. Mandrágoras, con toda probabilidad.

—Acaso ¿estás una chispa ebrio?

Tardó las horas precisas que derrochaba en maquillarse. Ni una más. Cuando regresó al dormitorio, pude contestarle:

—No seas recelosa.

—Vístete.

—No me importa prescindir del smoquin esta noche, amor mío. Si es que lo resistes, cenaría los pepitos de ternera en bata.

—Deprisa. Van a llegar.

—¿Los Tamburini?

—He previsto que no te molestaría mi invitación. Tampoco se me ocurre ahora si actué acertadamente.

—Mary —acaricié sus piernas, bajo el sayal—, que el protocolo no te amargue. Deja de enjoyarte —me levanté—, quítate todo, apagamos las luces y que se harten de llamar al timbre.

—Cielo —susurró en la misma despersonalizada entonación de una cortesana de los cuarenta, cumplido el contrato y con clientes en el salón—. Oh, qué tiernamente tonto estás esta noche. —Me sujetó, presionando los brazos contra mis costados—. Si no andas deprisa, no cenarás. Es evidente que me extrañabas. —Estrechándome por la cintura, me puso en marcha—. Entonces, ¿opinas conforme asegurarnos a Merceditas permanentemente?

—Ah, sí. No. No, querida, no estoy de acuerdo, si asegurarnos permanentemente a la Merceditas significa que la Merceditas se va a instalar en esta casa *night and day*.

—Bert me advirtió que detestabas un servicio permanente.

—Te advirtió bien. Además —le cedí paso al *office*— cualquier día volverá Petra y a Petra, que se ha pasado años tratando de asegurarse permanentemente en esta casa, no le puedo hacer la guarrada de que se encuentre con una interina definitiva. Por otra parte...

—Sabrías seguramente encontrar —Mary conservaba los brazos apartados del cuerpo— los sándwiches.

—Por otra parte —coloqué el plato y me dispuse a servirme un vaso de limonada— nos restaría mucha libertad.

—¿Mercedes? Come uno, están deliciosos.

Le até una servilleta al cuello, mientras ella soplaba sus uñas, acaricié sus costillas y me senté al otro lado de la mesa. Inmediatamente, adiviné que necesitaría el tarro de la mostaza. Se lo traje, sin interrumpir mi argumentación:

—Se nos terminaría el deambular desnudos. Ya es suficiente que esté espiando hasta las siete de la tarde. Me parece lo más —volví a levantarme, en busca de la ginebra que reclamaban, aullando, mis células— razonable.

—Confieso no haber meditado lo del nudismo. Bert y yo —tragó el último bocado del segundo sándwich— suponemos la falta de molestia de alguien que sirva por las noches. Si se la somete a una prueba, Mercedes se comportaría eficientemente, haría guarda y conservaría con mayor limpieza las habitaciones. Sin olvidar, que no es mucho el dinero que debe añadirse.

—Sin olvidarlo.

—Mercedes alcanzará a ser muy bien instruida. Lucirá con vestido negro, o gris, y una pequeña cofia y un gracioso delantal de encaje. Para ella, ha de representar mucho.

—Para ella, mucho. —Tampoco pretendía abocarme a un debate del que se dedujese la oportuna diligencia de reincorporación al servicio activo.

—Mañana lo decidimos. ¿Crees que haya fruta en el *frigidaire*?

Comió dos melocotones, una ciruela claudia, un tomate —sin sal—, un racimo de uvas negras; me besó en una sien; se lavó los dientes; me obligó a embutirme unos pantalones, que me hacían culo, y una camisa con dragón, conejo y laurel, bordados al pecho; me ayudó a encontrar un descapsulador; subrayó las —en esos instantes— evidentes ventajas de disponer de Mercedes; en cura de reposo, subyugada por el american *way of life* que destilaba el telefilme, no acotó parcelas a mis caricias y (me amaba, cómo no) en ningún momento de la velada me escupió.

Antes de plantear el tema de la telefonía internacional, mi fiera y yo nos encerramos en el cuarto de trabajo. Las capas de polvo, que enfundaban los muebles y a las que Merceditas había hecho referencia, tenían realmente una consistencia de meses. En aquella habitación, como en la antesala del radiólogo, las vísceras palpitaban con autonomía. La última vez que recordaba haberme sentado allí, Tub me aconsejó la ruina a cambio de la chimenea del living, siendo yo, precisamente, quien debía pagar al fumista, a los albañiles y a los pintores. También allí Bert había llorado y quizá Mary habría refugiado su desolación en alguna de mis ausencias. Sonó el timbre. Risas exclamativas, amortiguadas voces, el barullo de la recepción. Sería el último rincón donde me buscarían.

Más alta que de costumbre, por efecto óptico de la túnica, Mary escanciaba blancos caballos. Por lo tanto, tras besar las mejillas al natural de Sagrario, palmearle hombro a José Luis y manifestar a José María que, a mí, más fácil me pondrían un miriñaque que su *col roulé* pajizo avioletado, no tuve más obligación que buscar mi botella de gin y acomodarme a relatar, por unánime exigencia del público, la conversación telefónica de la mañana.

—Que regresarán en octubre.

—Mejor para ellos, con este calor espantoso que está empezando —afirmó meteorológicamente José Luis.

—Y ¿Pablo? —preguntó Mary.

Como reclamaban más de lo que en realidad podía ofrecer, les informé que Fernando bebía por encima de sus cuotas, que decía haber terminado un nuevo libro, que Galizia había tropezado con un oscuro y genial psiquiatra, que Pablo, al dejar de beber, se entregaba al esquí acuático. Y de colofón, que disculpasen mis particulares inconveniencias de la noche anterior.

—Pero si estuviste muy bien… —dijo Sagrario, que era la que mejor estaba, a pesar de su modelito *sage*.

—Te ha mentido. Ni sabe esquiar, ni mucho menos lo intentaría abstemio. ¿Le notaste más o menos histérico?

—Bueno…, normal. Normalmente histérico. Como tú o como yo.

—No sería mala idea —se le veía dispuesto a proponer alguna insensatez, seguro de sí mismo y del *col roulé*— pasarnos con ellos un fin de semana. Mary conocería aquella tierra, que es auténticamente la región más…

Ellos cuatro hablaron en la siguiente hora y media, al cabo de la cual esquié discretamente al cuarto de baño, cuyo espejo mayor empañé hasta los bordes de un solo bostezo, antes de retornar junto a Sagrario, que se había trasladado al arcón de los discos y, en compañía conyugal, revolvían amenazadoramente, pero sin abandonar por ello un vivo intercambio de chichirinadas con Mary y José María, observadores desde la terraza de la propia calina en que estaban inmersos. Un tercio de botella llevaban ellos cuatro, mientras que uno habría de buscarse otra de gin en los próximos quince minutos, durante los cuales José Luis se aposentó en los escalones de la puerta-balcón, Sagrario se tendió en el chester, José María moduló los tonos para que disfrutásemos hasta el delirio del reputado Vivaldi, y Mary, de pie junto a la biblioteca, escuchaba a ojos cerrados, que no perdía violinada.

—Y ¿Bert? —pregunté en el civilizado volumen de voz que usa una persona considerada, a quien la música aniquila—. Podríamos llamarla.

—Está fatigadísima —se dignó susurrar Sagrario, su enagua roja a dos centímetros vista.

—¡Qué contrariedad! Bert se enganchaba a la guitarra y nos dejábamos de música.

—Shhh…, darling.

De pronto, no sonaba a Vivaldi, sino a uno de los setenta y nueve Charlie Parker mercados por Mary en los próximos días pasados. Al menos, José Luis palmeaba un ritmo de batería subdesarrollado sobre sus rodillas. Convencido de que nadie percibiría mi hueco, partí para la cocina con el propósito de rememorar el salón de la Merceditas y Mme. Encarna. En el *office* y a media luz, la música molestaba menos, casi nada, y la ginebra disponía de ese silencio que potencia su deglución. Busqué cucarachas, pero, cuando tanto me habría distraído cazarlas, habían huido también de lo que en aquellos momentos comenzaba a atronar y, o yo no conocía la pieza, o era indudablemente el auténtico «Conciertón número 2, en fa mayor, made Juan Sebastián Bach, de la frondosa familia Bach, estruendo a cargo de la Orquesta de Cámara (de gas) stuttgartiana, sin la voz de Tito Schipa», puesto que la obra pijotera falta precisa de parte coral. Por si mi olfato auditivo estaba ciego, dada la reciente experiencia de Charlie Vivaldi, paseé las dudas por el living, que albergaba la enagua roja, a José Luis de batería, a José

María de terrazista y a Mary de don Tancredo. El tiempo, que no pasaba por ellos, fue guillotinado por un timbrazo, detrás del cual irrumpió Bert, protegiéndose los senos con una antología de Joan Baez.

—¿Cómo estás, guapo?

—Un poco maestoso. Y jodido. ¿Tú?

—*Allegro assai.* —Dejó a la Baez en las manos de José Luis, distribuyó besitos y, dispuesta a la audición, se sentó en el suelo, justificando su presencia—. No podía dormir.

Preparado el jaibolete de Bert y sin caza en los alrededores del fregadero, carecía de ocupación por aquella velada, que, si bien mortífera, tampoco presagiaba mayores conflictos. A veces, hay que aceptar la normalidad.

Sagrario giró la cabeza y movió los labios.

—¿Qué? —dije.

—Que ¿qué dices? —dijo.

—Que, a veces, hay que aceptar la normalidad.

Sonrió.

En el *office*, limpié mis uñas con el borde de una carpeta de cerillas. Abrí, de paso, otra de ginebra. Saqué hielo. Se diría que Juan Sebastián daba las últimas boqueadas. Me aproximé a la mancha del *col roulé*. José María, a saber por qué, atendía. Me volví al *office* y daba gloria beber por encima del bien, del mal, de las enaguas y de Tub. Me despertaron unos maullidos.

Sentadas en corro, Sagrario, Mary y Bert no cesaban de preguntar «What have they done to the rain», hasta que no consiguieron afirmar que «black is the color of my true love's hair». Mientras la lluvia y las coloraciones capilares, me guarecí, sobre serijo, en una nebulosa y me puse a considerar cómo en dicho registro, realizado con equipos de alta fidelidad y respuesta plana entre 30 y

18.000 ciclos / segundo, se habían utilizado para la captación del sonido —que ahora soportábamos— los modelos más modernos y perfectos, con la garantía en absoluto despreciable de que la transcripción u obtención del acetato patrón —para dejar las cosas claras— estaba de acuerdo con el Comité Consultatif International des Radiocommunications, gracias a un equipo superautomático tipo SV-8-S y a que, afortunadamente, la distorsión era inferior al 1 por ciento a 20 cm/s de velocidad —semejante a la que yo imprimía en el consumo de líquidos espirituosos— del estilete grabador equivalente a 50 mm de anchura de banda luminosa por el procedimiento de Meyer, con frecuencia de transición a 400 ciclos/segundo, por lo que, al evaluarse la dinámica total en 35 db, el ruido de fondo —Mary, Bert, Sagrario— había de situarse en − 48 db, siempre que la cabeza de lectura —como el cerebro de Merceditas— tuviese un peso de 7,5 gramos, para los monoaurales, y de 4 gramos, para estereofónicos, de donde, por fin, la ecualización resultaba ser: + 17 db a 50 c/s; 0 db a 1.000 c/s; y − 14 db. a 10.000 c/s. Uno, que comenzaba a ecualizar la irritabilidad depresiva en sencilla tristeza, mediante el más antiguo sistema de movilización, dejó las respuestas planas del living por el Office International Près De La Cuisine, y allí, arrodillado interiormente, oré mucho. Después de lo cual, si no espléndido, sentí al menos que el acetato patrón había abandonado mis venas.

—Hola.

—Hola. —Sentado, determiné recibirla como si de Encarnalamuslos se tratase—. ¿Siguen ésos con la música?

—Siguen. A ti no te presta mucho, ¿verdad?

—Nada.

—Esnob no eres.

—De otra clase. ¿Me das un poco de compañía?

—Yo también soy de otra clase. —Trepó las nalgas a la mesa de la cocina y valseó el vaso de mano a mano.

—¿Es cierto que te aburres siempre?

—Casi siempre. Hay que hacer esa fabada-party, eh. Hoy tienes tú una buena noche. Se te nota. A lo mejor, para ti es mala. ¿A que te sucede lo mismo que a mí? —Adelantó tanto el cuerpo sobre las piernas, que parecía plegada—. ¿A que sí?

—No creo que a ti y a mí nos sucedan las mismas experiencias.

—Bobo, no seas hostil. Conmigo, no.

Me lo pensé trescientas veces y continué sentado. Borrachera ya no tenía.

—¿Qué te pasa a ti?

—Sólo me divierto enfrentándome con alguien. Y soy pacífica. Una pacífica sádica. De chica, regañaba con las amigas, me reconciliaba, les hacía un regalo bárbaro y así. También disfrutaba inventándole horrores al confesor. Ahora lo hago con José Luis —¿por qué siempre contarían su vida?—, si es que no está imposible, cuando vuelve de la fábrica. Tú también eres un sádico.

—Y pacifista.

—Jolines, pacifista… ¿Le pegaste a César o te pegó él?

—Me arreó él.

—Es bastante amigo mío. Un tipo inaguantable, de esa gente que Bert tiene como cortesanos. Yo había oído hablar de ti, pero nunca te había visto. Hasta ese día, en el bar del puerto. Reconoce que te gusté a la primera ojeada.

No reconocí. Mantuve la mano derecha en el bolsillo derecho del pantalón, la izquierda en el vaso, y me levanté. Sagrario sonreía. Apaciblemente. Me aproximé. Sonreía apaciblemente. Temí despertar, incluso caerme de la cama. Incliné la cabeza. Puse mis labios sobre los suyos, increíblemente fríos y duros. Retiré los labios,

la cabeza y la taquicardia.
Sonreía apaciblemente. Me
senté.

«Sólo por ver si puedo,
harás que pierda a tu hermosura el
[miedo…»

—Quisiera salir conti-
go por ahí, a dar una vuelta, a charlar.

—Pues llámame alguna vez, si de verdad te apetece. —Cerró los ojos, para beber un trago—. ¿Por qué bebes tanto? —Alcé los hombros—. Es bestial lo que bebes. —Puse la expresión de Marisina López, al recibir de sor Patrocinio el diploma—. Sí, me divierte hablar contigo.

—Gracias, tú, Sagrario.

—Esta noche estás de comerte de mono que estás. Pacifista. ¿Me fío de ti?

—Se puede ensayar. Siempre que el uno no se enamore del otro, se puede ensayar. —Me habría gustado escuchárselo a Richard Burton, a ver si lo mejoraba—. Por mí, merece la pena el riesgo.

Apoyó las manos en la mesa para, de un saltito, descender a la tierra. Inmediatamente, recuperó el vaso.

—Oye, tú me pareces un tío de esos que lo complican todo. —Sus dedos rozaron mi frente.

Aún no me había despeñado. Mi hígado silbaba. Y el ventrílocuo izquierdo. En el timo, Joan Charlie Mozart pulsaba mis anginas para deleite de la corte. También los calambres en la extirpada callosidad habría podido patentarlos como afrodisíacos.

Y era ella, ella, la de la enagua roja.

Al pasar, Bert me dio un azote y José María me quitó de la baba un cigarrillo apagado. En la azotea, la noche carecía de aire. José María dijo, desde la puerta-balcón:

—Estaría bien escapar un fin de semana.

—Estaría bien.

—Aunque fuese sólo por reventarle a Pablo sus planes de anacoreta.

—Aunque sólo fuese. Y para cogernos una fenomenal con Galizia.

—Estás borracho —dijo.

Se equivocaba, porque yo ni siquiera existía. Ni siquiera me movía para buscar ginebra, como comprobé cuando Bert sustituyó mi vaso vacío por otro lleno. Tampoco oía la música, quizá porque había dejado de sonar y eran sus voces lo que ronroneaba. Mary mostraba, escandalizada, las quince manchas nuevas en mis pantalones. José Luis se dislocaba de risa, el cretino. Bert aseguró al rato, o a la hora, que no se preocupase Mary de las manchas, que eran todas de procedencia alcohólica, que se preocupase por el agujero de quemadura en la pernera derecha. Aquello debía de ser la risa de Sagrario. El otro rumor, la mano de Mary en mi nuca.

—Le conviene moverse —diagnosticó José María.

—¿Sabes qué le sucede? Fatiga nerviosa. Me angustia tanto… He pensado también en un médico.

Sin embargo, bajé a abrirles el portal y a mear en una acacia y a besarle las sienes —mua, mua— a Sagrario, que se marchaba, y José María se había esfumado en helicóptero. El hecho es que algo afectó a Bert, porque, apoyada en su nuevo 850, daba la impresión de poseer sólidas razones para insultarme de forma irracional. Quizá entonces fue cuando aproveché y regué la acacia. En todo caso, se negó a despertar a Merceditas y, de improviso, me empujó por la acera hacia el portal, me arrojó dentro y, a la pata coja, llegué al ascensor.

Mary, tendida en su cama, conservaba la túnica y las mandrágoras. O le molestaba la luz de la lámpara de mi mesilla de noche o mantenía los dedos sobre los ojos a fin de ahorrarse mi presencia. Hice unas gárgaras de ginebra, en la terraza, y regresé, apagando luces. Mary se había dormido. Me desnudé concienzudamente. Le descalcé las flores y subí a su cama, pero Mary despertó y, gracias a un resto de reflejos de mi primera infancia, eludí una presa de estrangulamiento. La propia judoka se desvistió. Volví a la carga, una vez hecha la oscuridad. En cuestión de segundos, me encontré en la moqueta, intentando la persuasión verbal con una lengua monstruosamente pesada. La noche se alargaba y yo degusté la radical transformación de mis anhelos, tras el beso en el *office*. Evidentemente, no había cómo acceder, aunque sólo fuese a la superficie de sus labios, para desmitificar a aquellos seres de cuerpos casi imberbes. La negativa de Mary quizá se motivase en el descubrimiento de mis jóvenes e ilícitas relaciones. Sacando energías de la necesidad, palpé las sábanas y me complacía en la victoria, cuando, dormida, repitió:

—Déjame.

Más me valdría haber continuado en la moqueta. Por lo pronto, clavó las uñas en mi cuello.

—¿Por qué no?

—Déjame dormir.

—¿Por qué no?

Ella estaba más enamorada que yo y encima (literalmente) era yo quien deseaba. La lógica funcionaba a mi favor.

—Es un fastidio.

—Tendrás que aguantarte —dije, lógicamente.

Sin despegar la cabeza de la almohada y con el dorso de la mano, diestramente, puesto que la penumbra era espesa, me abofeteó. Es posible que ni me oyese huir del dormitorio.

El hedor del living embriagaba. Me escocían con una idéntica calidad el cuello y el rostro. Supuestas ser las regulares protuberancias del chester los desniveles anatómicos de Sagrariomaryencarnatublamuslos, me dormí de súbito. Había una aguachenta claridad en la terraza, al tiempo que Mary pasaba uno de sus brazos por mis hombros, me guiaba entre los laberintos del hedor, soltaba mi cuerpo, me besaba sin pausa, no caía asesinada por mi letal aliento. Algo —y sería el contacto con el frescor de mis recuerdos— me hacía feliz.

Adherido a las paredes, utilizando como ventosas las palmas de las manos, los dedos como *alpenstocks*, de alud en helero, por grietas, cortaduras, hondonadas, abismos, avanzaba, recuperando cada dos metros el estómago, que se me quedaba atrás, hacia el manantial dispensador de la salud. Bebía aún los quince primeros litros, cuando ya repiqueteaban los nudillos de Mary.

—¿Cómo te sientes?

Retiré los labios, dejé las muñecas bajo el grifo y contesté que muy mal. Ella quería cerciorarse de si yo estaba seguro de sentirme muy mal. Yo era de lo único que estaba seguro. Ella quería saber si yo necesitaba fármacos. Yo no necesitaba. Ella me comunicaba que transcurrían las cuatro y media de la tarde. Yo bebía mis segundos quince litros de agua con sabor a plomo enjabonado.

Inmerso en la bañera, otra voz solicitó el favor de ser informada sobre la naturaleza —desayuno, almuerzo, merienda— de mi próxima ingestión de alimentos. Entre enviarla a la mierda o callarme, opté por el silencio, de donde se dedujo la falsedad de que es de sabios no hablar en exceso, porque enseguida fueron dos las voces que, al otro lado de la puerta, suponían mi fallecimiento. Que una tortilla francesa y media docena de cafés. Se marcharon.

Por fin, pude marchar yo a ellas, previo encuentro con el proletariado, que, en la representación de dos mozos y sus utensilios, reparaban la cerradura de la ex habitación de huéspedes. Bastaba saludar al proletariado, intercambiar noticia comentada sobre el africano siroco que sufría la ciudad y distribuir cigarrillos, para percibir la colcha nueva, el brillo de los herrajes de la cama, la alfombrilla, el abierto armario y la cerrada maleta.

Lo que me presentó Merceditas habría permitido seguir algunos cursos de dietética, salvo si uno deseaba tortilla francesa y café. El café no tardó en aparecer, transportado por la propia Mary y su aureola de sonrisas y normalidad hogareña, con toda evidencia destinada —la aureola— a los cerrajeros y a la Merceditas, que estaba sencillamente impúdica con su corto uniforme gris, su cofia y sus zapatos de tacón alto. Al menos, constaté que mi lujuria no se había agotado.

—Llamó por teléfono su cuñado. Que lo llame usted.

En una nueva bandeja, de más reducidas dimensiones que la destinada a los alimentos, Mary me facilitó diversa farmacopea. Se movía, en pantalones y blusa vaquera, perfumada y maquillada a la perfección excesiva.

—Tu hermano ha telefoneado esta mañana.

Merceditas notificó que, reparada la fractura, el proletariado aguardaba su recompensa. Se fueron las dos a recompensar al proletariado, en tanto me reconocía yo las cicatrices. O el proletariado las sobaba a mansalva o reían tan escandalosamente en el vestíbulo por pura provocación. Calcular el precio y la propina que Mary estaría financiando, me provocó a mí una pataleta de meninges.

—¿Quiere usted alguna cosa más?

—Una tortilla francesa, si no fuese mucha la molestia.

—Bert nos espera. He advertido a Bert que quizá carecieses de ánimos.

—La bolsa, señora. —Merceditas dejó una bolsa de rafia a los pies de Mary.

—Iré más tarde.

—Si necesitas algo, Mercedes no saldrá.

—Le bajo a comprar el periódico.

—Ahora tienes mejor aspecto. —Aprovechó la flexión de rodillas para enganchar la bolsa y dejar un beso soplado sobre mi frente—. En ningún caso, te obligues a asistir.

—Usted vaya tranquila, que quedo yo aquí.

Escoltada por mi mejorado aspecto y el prostituido de Merceditas, entró en el ascensor, radiante de premura por escapar a otros horizontes. Cinco minutos después, Merceditas era enviada a la adquisición de la prensa. Debía esperar, que aviaba el dormitorio. A mi pregunta sobre Encarna, se encontraba autorizada a decirme que la Encarna se hallaba bien y que había que ver qué señorito más simpático era el señorito —yo—, como ella —Merceditas— tenía dicho —a Encarna— la cualidad, independientemente de los defectos, que usted —el señorito— gozaba y que consistía en tratar a las chicas —del servicio— como personas. Que, si le daba un duro, me subía el periódico. Le di cinco, por falta de cambio. También, por idiota.

Ausentada Merceditas, me precipité al teléfono, me lo pensé hasta sudar, reprimí los impulsos y los sudores, colgué. El método histórico demostraba cuán perjudicial solía ser telefonear a Tub... (perdón, las cosas felizmente han cambiado)... a Sagrario, o a cualquier tipo de mujer semejante a Sagrario —como Tub—, en el momento en que uno precisaba oír su voz. Me entristecía pisotear mi espontaneidad emotiva, pero aún más me entristecería que la patease ella, si le daba ocasión.

Dispuesto a no permitir que se me confundiera con un repórter primerizo, compuse el número de la mansión Yudeco y, en el instante mismo de establecerse la comunicación, respondió Matilde. Expuse, hasta con brillantez, las ventajas de una cita. Silencio. Pronuncié su nombre. Había abandonado el auricular. Costumbre moderna, sin duda. Ya se sabe; si usted ha leído a Marcuse —bastan unas líneas en una referencia crítica—, está usted autorizado a largarse del teléfono sin más. Volvió, tan unidimensional como había desaparecido, y dijo que bueno, que a las siete y media en las mismas puertas de la casa de su padre. Que *ciao*.

Siendo las cinco y media, tenía tiempo hasta de resolver el crucigrama que, de un instante a otro, la Merceditas aportaría. Cerca de las seis, los arañazos de Mary, su bofetada, me perturbaban más que al recibirlos. Así como Fernando me había explicado que los grandes temas son los preferidos por los pequeños escritores, estaba descubriendo que eran las mujeres menos molestas las que sorprenden con las más hirientes excentricidades. Que Tub, para quien sólo lo cotidiano tenía sustancia y de ahí que se pasase el día contando epopeyas de cada nimio evento, me pegase, resultaba tan normal como anormal que, la noche anterior, yo hubiese aceptado sin sorpresa la ofensiva de Mary, que vivía en el universo informe del amor. Y, además, Tub en los últimos tres o cuatro años me había pegado poquísimo. Mis chestertonianos pensamientos aclararon que mucho me fastidiaba que Mary me tuviera miedo, pero aún me irritaba más que me lo hubiese perdido.

Pasadas las seis, lo más humanitario habría sido preguntar en hospitales y clínicas de socorro por mi doméstica, arrollada por un camión y con el periódico del señorito como evidencia de accidente laboral. Antes, me afeité. Y el insensible mecanismo del instinto me condujo a las zonas menos nobles de la casa. Asentada en la ex cama de huéspedes, la doméstica no domesticada se aplicaba, tan penosa como gozosamente, a la lectura visual. La muy cimarrona se inmutó lo indispensable, cuando quedó claro que, habiendo olvidado el diario, dedujo que se hallaba en el kiosco con una moneda y alguna finalidad, no pudiendo la finalidad ser otra que adquirir la más reciente novedad literaria.

—Es de doña Corín Tellado, ¿sabe usted?, y una preciosidad.

—Las vueltas.

—¿Qué vueltas? Ah —hurgó en su monedero de plástico—, aquí están los dos duros. La señora todavía no me ha pagado esta semana.

Ni yo le compraría las medias hasta la cintura, del diez y medio puesto que se herraba con un treinta y nueve largo.

—Prepárame la camisa azul de botones metálicos y me limpias unos mocasines.

Entendió. No encontrar el 600 me costó un cuarto de hora y una adrenalitis. También entendí yo, tras los quince minutos de búsqueda, que la solución era adúltera.

—Sí, lo utilicé esta mañana; tenía las llaves y no pensé. Darling, lo lamento. La tarde es espléndida. Muy tranquila. ¿Disculpas mi torpeza, darling?

Por abreviar el suplicio de la cabina telefónica recalentada, indulté a Mary, prometí mi asistencia a hora indeterminada y, en un taxi de inmejorable torpeza, fui conducido a Matilde, que, comprimida en unos vaqueros zarrapastrosos, paseaba la espera.

—No te he invitado a que subieses a casa de mi padre, porque eso para ti significaría que intento atraparte. Caminemos.

—O tomemos una copa.

—Me he enterado.

—¿De qué?

—De lo de César. Te parecerá inconcebible, porque ni os conocíais.

—Mutua antipatía. Y rápida, de las que no aguardan.

Desvió por una calle, que se abría a una plaza porticada.

—A César le he expuesto ya mi opinión sobre su proceder. Yo le considero más culpable que tú.

—¿Por menos borracho? No lo creas. Esa clase de elementos se amonan con un par de tragos.

—De ti se puede esperar todo. Casi todo —rectificó, excluyendo quizá actos heroicos, aguados o castos—. Me alegro de verte. Teníamos que disculparnos.

—¿Quiénes?

En las mesas metálicas, bajo los soportales, consideré lugar adecuado para sorber una naranjada, previa a la primera ginebra del día. Se sentó obediente y se quitó las gafas ahumadas.

—Nosotros. Es estúpido lo que hizo en casa de Bert. Por cierto, con Bert ya nos hemos disculpado.

—Bueno, pues no hay más que hablar entonces. Ah, sí, buenas tardes.

—Buenas tardes —saludó la moza—. Aquí no les da el sol hasta mañana. ¿Qué les traigo?

—Un café solo.

—Y una naranjada, pero de botella, una ración de patatas fritas y una ginebra. La ginebra en un vaso grande…

—Un cubalibre de ginebra —dijo la moza.

—No exactamente lo que usted llama un cubalibre de ginebra. Verá, no se ponga nerviosa. En un vaso alto echa usted hielo.

—Comprendido.

—Una raja de limón.

—Comprendido.

—Y no echa ginebra. Trae usted la botella de una que no sea andaluza y una jarrita con agua.

—¿De la fuente?

—De la fuente mismamente, guapa.

—Vaso alto, hielo, limón, botella de ginebra que no sea andaluza, agua de la fuente, una naranjada de botella y una ración de patatas fritas. ¿A que sí?

—Y un café solo —dijo Matilde.

—Si en vez de agua le gusta más el seltz, le traigo seltz.

—Él prefiere agua.

Chupó aplicadamente una patilla de las gafas, alegre casi, como si los raquíticos hierbajos de la plaza y las desconsoladoras fachadas de aquellas viviendas protegidas (contra la estética) constituyesen un ambiente estimulante. Calor hacía cada vez más.

—No hay que darle vueltas. Asunto cancelado.

—Sí, mejor —murmuró.

—Realmente, ignoro qué le sucedió a ese chico. Te confieso que jamás me he sentido menos respetado, físicamente respetado, eh. Soporto no serle simpático a la gente, soporto que la gente me demuestre de una manera soportable que no le soy simpático, pero que me demuestren a bofetadas que soy un gusano maloliente es algo que…

—Sí, si tienes razón.

—… me desconcierta. No hablemos de ello.

—Tienes razón. De nada sirve que César esté avergonzado, pero lo está.

—Déjalo, es lo mismo.

Se encargó un segundo café y yo la emprendí con las patatas. La ginebra, intacta en el vaso, olía a garrafón. Lo que se balanceaba bajo aquella masa de tierna carne humana debían de ser columpios. Me miró, embabando gafas, sosegadísima, amistosa.

—Dicen que has dejado la oficina. Bueno, en esta ciudad todos hablamos de todos, ya sabes. Y somos tan pocos... ¿Piensas hacer algo?

—¿Como qué?

—Como estudiar, pintar, escribir, trabajar en otro sitio.

—Nunca he pintado, ni he escrito, y creo que ya no podría estudiar. Yo sólo valgo para ir a una oficina. O algún negocio tranquilo, sin excesiva responsabilidad. A veces, mi hermana y mi cuñado... —Me levanté—. Disculpa, he de llamar por teléfono.

—No te preocupes. Me encuentro muy bien aquí. Oye, si no tienes nada urgente, no te comprometas. —Dejó de mirarme—. Toni quiere charlar contigo.

Había olvidado el fenómeno de la fraternidad hasta tal extremo que, cuando Gloria preguntó quién llamaba, pensé que era yo la otra voz.

—Soy yo.

—¡Hombre! Caray, hijo, que somos familia...

—Sé que Ignacio estuvo y que habéis telefoneado esta mañana. Desde hace semanas trato de pasarme un rato por ahí. ¿Cómo está Mónica?

—Si es necesario, te mando un coche de los de Gutiérrez. Mónica, muy bien. Hace la primera comunión el jueves de la próxima semana.

—¿Mónica hace la primera comunión?

—Los años vuelan. ¿Estás bien tú, o no? Me han contado que no vives solo y que has dejado la oficina.

—Sí, pero ya te contaré yo.

—Mentiras tranquilizadoras.

—¿Qué puedo regalarle a Mónica?

—Cualquier chuchería. Vente a cenar una noche, antes del jueves. Sigo queriéndote mucho, ¿te enteras?

—¿Has conseguido engordar?

—Ahora, más en los huesos que nunca. No será un lío tremendo, espero. Un lío definitivo.

—Gloria, tonta, tú no desconfíes de mí. Os llamo.

—¿Me fío de ti? De tu parte le daré recuerdos a Gutiérrez.

—Sí, oye, dale un abrazo a Ignacio.

—Besos. Me tienes incluso un poco preocupada. Anda, cuelga y no rezongues.

A la moza, que entraba en el bar cuando yo salía, me abstuve de preguntarle sobre mi vida privada (de intimidad), ya que era idiota imaginar que la moza ignoraba mi licencia indefinida. Le sonreí y me preguntó si deseaba otra ración de patatas.

—Otra ginebra.

—Igual que antes, ¿verdad?

—Igual, linda. —Matilde, que no se había comido las gafas, llenaba de ceniza y papelitos las dos tazas—. Tú tienes hecha la primera comunión, claro.

—Hace años.

—¿Después de la guerra?

—Nací después de la guerra.

—Ah, carajo, perdona. ¿Dónde decías que fuésemos? *«donde florecen los geranios cultos en los bidones de albayalde...»*

—A casa de Toni. —Se retrepó en la silla—. Deja que compruebe si están. Y pídeme otro café, por favor.

La vida discurría tan acompasada que, al faltar Matilde, surgió la moza y, escanciada la ginebra y enunciado que ni allí, en los soportales, se disfrutaba de una chispa de viento (de aire, dijo), la moza desaparecía y Matilde regresaba, con las gafas colgando de la cintura del pantalón y el ombligo, por tanto, triplicado. Se bebió el café, la moza notificó que el todo montaba a la cantidad que venía apuntada y enseñó, sin soltarla, una hoja de bloc.

—Me han dejado sin coche. ¿Hay taxis por aquí?

—No es necesario.

Unos tres kilómetros a paso gimnástico por la avenida, escenario de nuestro último encuentro, es lo que ella estimaba un paseíto. Desnudada por los rayos del poniente, deprimía más la puñetera avenida inacabable. En los primeros bloques, pedí alto. El mozo sirvió un café solo, una ginebra y una naranjada embotellada. El ruido, el polvo y la fatiga de la reseca estepa suburbana, me apretaban los mocasines. Matilde, de improviso, rió.

—Estás viejo, viejo, viejo… ¡Qué poco fuelle tienes! Tú no mueres de cáncer; a ti te llevan la cama y el whisky.

—Calla, por favor…

En los aleros más altos, los ladrillos destellaban un vaho limón claro y, de un momento a otro, un día más se me iba, con alcohol y sin amor.

—Atiéndeme. —Descruzó las piernas y juntó las manos entre las rodillas—. Debo confesarte algo, antes de encontrarnos con ellos. —Su pequeña cabeza describió un arco, que intentaba concretar alguno de los rascacielos—. Hasta hace un mes, más o menos, todo el mundo suponía que César y yo nos casaríamos. Incluso él y yo, lo suponíamos.

La tarde se puso de aduana extranjera, en la que, al tiempo que uno descubre no entender y no ser entendido, uno descubre también haber extraviado el pasaporte. De algo, en ese estilo de embrollo descomunal, se me puso la tarde.

—César y tú… y ya no… ¿Por qué?

—Es fácil de comprender, ¿no?

—Sí —dije, porque resultaba facilísimo—. Existe otro.

—Sí —dijo y consiguió que mirase sus ojos—. El berrinche que se ha pillado César te explicará su actitud de anteanoche.

—Eso lo explica, sí. Lo explica, lo justifica y hasta le absuelve.

El crepúsculo, violeta y pavoroso —como el *col roulé* de José María—, se ensañaba en los perfiles de aquel sofocadísimo barrio. Entonces, Matilde dijo:

—Mira, ahí está Toni.

Toni cerraba un volkswagen. La niña saltaba en círculo. Toni se palpó los bolsillos de la guayabera. La niña quiso cruzar la calle. Toni alzó a la niña y la encabalgó sobre sus hombros. Toni y la niña desaparecieron acera adelante.

—Ha ido a recogerla a la piscina. Hoy tenía clase de natación.

—¿Qué puedo hacer yo? —dije.

—¿Tú?

Yo era la persona más indicada para seguir perpetrando tonterías. Por tradición.

—Lamento lo de César. No sabía nada, te lo aseguro. Tú sabes bien que yo no sabía nada. Por lo general, me entero el último. Lo vuestro ¿era de años? —Asintió, mientras yo buscaba argumentación a favor de los amores vetustos—. Te va a ser difícil que él lo aguante.

—Muy difícil. Es incongruente que se establezca de pronto tanta incompatibilidad entre dos personas unidas, compenetradas, como César y yo. Fíjate, que esta posibilidad la teníamos prevista.

—Ciertas posibilidades no vale de nada planificarlas, bonita.

—Pero sí, claro que sí. —Vuelta en la silla, pareció que fuese a colocar las manos en mis hombros—. Entre personas responsables, sí. Y no.

—Necesitará su tiempo. Quizá todo se arregle.

—¿Arreglarse? No te entiendo.

—Quiero decir... Bien, no te ofendas.

—No, si yo no me ofendo. Habla sin rodeos.

—Pues, que es posible que te des cuenta que se trata de un espejismo. —Además de oratoria afásica, sufría ya síntomas de lipotimia—. O sea, que tú y él... No César, sino esa persona que te ha apartado de César, por decirlo de algún modo. Que tú y él vivís una situación falsa o provisional o... Puede que se trate de un espejismo.

—Ah. No, en absoluto. No caben equívocos en eso. Me caso dentro de once días.

—¿Te casas dentro de once días?

Rebañó el azúcar ennegrecido del fondo de la taza y permaneció unos segundos con la cucharilla en los labios.

—Mañana entrego una traducción, que estoy haciendo, la cobro y a la otra semana nos casamos.

La luz crepuscular se amansó.

—¿Le conozco yo?

—Estaba la otra noche en casa de Adela. Venga, tú, vamos, que nos esperan.

Antes del portal, pregunté:

—¿Vais a vivir aquí?

—En Dublín.

Hacia el final del portal, me permití una discreta congratulación:

—Matilde, me alegro enormemente por ti.

Con el ascensor en marcha, la besé. Ella acabó de perdonarme en el descansillo de la planta 14.

—No te guardo rencor por los golpes que me tiraste.

—Pero... pero si no te alcancé...

—Cretino. —Me amagó un puñetazo al estómago, riendo, y pulsó el zumbador.

Toni preparaba la cena de su hija, según comunicó Adela al introducirnos en el salón, desde donde Matilde escapó al interior de la casa y en donde fui acomodado, rogado de espera y, en cuestión de minutos, servido. Una ginebra excelente y aceitunas. Aparte la intimidación que me producía Adela, no hubo tiempo de elogiar sus coletas, ya que se interesó vivamente por mis actividades. De aquí para allá. No, en el cine dormía menos que en el teatro. Música, demasiada oía sin querer. Leer, leía lo bastante para no olvidar el silabario. Las aceitunas —lentísimas— entre sus dientes me secaban la garganta. El último libro de Fernando, sí. Y los anteriores. Fernando era amigo mío desde la infancia. Desde mi infancia, puesto que Fernando había nacido quince años antes que yo. Ella amaba los libros de Fernando con delirio, aunque a Fernando le conocía superficialmente. (Y veinte minutos después, ella y Toni comentarían su íntima amistad con Fernando y Galizia.) Ella mantenía que Fernando, en cierto aspecto, y Toni, en todos, eran los únicos que sobrevivirían, e indemnes, al tornado que asolaba el panorama literario. Vaya, vaya, así es ¿que había tornado? Pero ¿qué ciudad habitaba yo, que no había oído hervir el panorama? Por intimar, le aseguré que envidiaba su existencia al día. Mientras devoraba aceitunas, con un cálido, lánguido y voluntario mordisqueo, me aseguró que salía poquísimo. A los conciertos, a los cine-clubs, a las conferencias de los conocidos, a los estrenos, a los *vernissages*, a alguna que otra reunión feminista y a la compra los martes, jueves y sábados, días en que le correspondía la esclavitud del hogar, en compensación a los lunes, miércoles y viernes, jornadas cuyos menesteres corrían a cargo de su compañero. Racionalización del trabajo, le llamé yo a eso. Sonrió. No cabía más remedio o una se despeñaba por las quebradas infernales, que nuestro país reservaba al segundo sexo. Se molestó en prestarme un ejemplar de la última obra de Toni, ilustrada con fotografías de Julio. Cincuenta páginas de texto y cincuenta fotografías. A cada cual lo suyo, comenté y pude comprobar que yo le era simpático. Me desprendí, con más cuidado que de una víbora, de aquellas *Perspectivas enfermizas del vanguardismo* y me serví, por aprovechar el viaje, un saludable medio cuartillo de ginebra, que me ayudó a sobrellevar la noticia de que ella bordaba un guión cinematográfico, que rodaría Julio, si Julio, ella y el Hada Madrina encontraban quién financiase la riesgosa empresa. Julio escribía los diálogos. O sea, que colaboraban. Celebraba que yo lo hubiese captado. Aunque no a velocidad supersónica, uno acababa por captar los usos de la cultura, siempre que a uno le explicasen el manejo como ella lo narraba, que daba gusto oírla. También ella estaba perpleja de mi afabilidad. Sin falsa modestia, con auténtico orgullo, le aseguraba que conmigo, teniendo yo la tarde buena, constituía una delicia conversar. Otra cosa ocurría, y no por mi culpa, cuando yo no tenía la tarde buena. Y, por cierto, Rocío, la compañera de su colaborador Julio, ¿permanecía en Inglaterra con sus hijos o había sido repatriada por suscripción amistosa? Me rogó que esa repatriación ni mencionarla. Según ella, existían gentes para toda venalidad. Aprovechando que estábamos solos, me juraba que ella se habría prostituido en el mismísimo Soho, antes de arrebatar de la boca de sus amigos el dinero del pan. Parpadeé compungidamente. Nos interrumpieron.

La chiquilla decidió no irse a disfrutar sus juguetes —una grúa Valero, quizá—, pero fue aupada por Toni, perfecto en su actividad de madre-padre, tal como Adela ejecutó la de padre-madre, sirviendo vasos de ginebra.

—Mira. —Matilde señaló un detritus embadurnado, que ensuciaba una pared—. Es de César.

—Canela —dije.

—No está mal, hombre. —Movió caderas ante el chafarrinón—. Incluso, es muy bueno.

—Poseo también uno de esa firma. Y ni siquiera lo he colgado en el váter de servicio.

—Me dijo César —dijo Adela— que Mary le había comprado uno de la última época.

—¿Mary? ¿Se llama Mary tu mujer? —Asentí—. Adela, ¿crees tú que César tiene un talento excepcional?

—Claro que lo tiene. Tú nunca lo has dudado.

En recogimiento contemplaban la tela y yo, a ellas, cuando Toni reapareció, frotándose la barba, ocupó el butacón de cuero, se dejó encender un cigarrillo por Matilde y, en las graves posturas, en los carraspeos y en los gestos vacíos, intuí que se avecinaba lo prometido.

Y llegó.

—Bueno, bueno, bueno… Matilde y tú habéis hablado ya y yo voy a permitirme ser breve. —Aún no había anochecido—. He de prevenirte que valoro en muy poco los condicionamientos subjetivos o, para ser exacto, las fuerzas determinantes de los condicionamientos subjetivos. Como exige nuestro pensamiento, el análisis de este caso particular ha de inscribirse, dialécticamente, dentro de un análisis más vasto —aunque pronunció basto— de los condicionamientos objetivos de la actual situación de capas delimitadas de la sociedad. Que vivimos una transición, no debe discutirse. Que hemos accedido de forma inapreciable, sigilosa me atrevería —y se atrevió— a calificar, es menos innegable para muchos. Con meditar al comienzo de esta década los fenómenos más significativos y subyacentes, habrían constatado que el proceso iniciado en 1789 giraba en una inflexión cualitativa. A esa mayoría poco avisada nada puede justificarla, cuando, como algunos pronosticamos, se alcanzaría un nivel que, no por inédito, se nos habría de ahorrar. Lamentablemente, César se ha dejado arrastrar a un estado psicológico de rechazo de la realidad, por muy fuerte que os pueda sonar —sonó normal y allí nadie se movía, a fin de modificar cuantitativamente el nivel de mi vaso— pero, ante todo, hemos de no temer a las palabras, puesto que tampoco a los hechos les tenemos miedo —¡olé!—. Añadamos un dato y fundamental: César pertenece a un estamento creador. Las exigencias de la creación artística, en contraprestación a su esforzada y diaria prosecución de fijación de la realidad, suelen contagiar una distanciación teórica de la primordial función —los martes, jueves y sábados— de todo obrero de la inteligencia. ¡Sí!, es correcto admitir que, antes que artistas, somos hombres —no los lunes, miércoles y viernes—, pero esta peculiaridad humana nos corroe. Y solamente meditando críticamente se empuja la Historia, no ejercitando simplemente un oficio que, por su naturaleza extremadamente alienante, como te indicaba, servirá exclusivamente para autodestruirse en la persecución de la futilidad más frágil, importada caprichosamente por grupúsculos de jóvenes inconsecuentes, que obstaculizan cualquier mediación de la πρᾶξις griego —ya que lo dijo en griego—. Tal síntesis impulsa a César a un comportamiento indigno y nefasto— estaba haciendo seductor al pintorzuelo—. Y es que el enemigo, como veremos, se infiltra bajo diversas máscaras. El enemigo aprovecha la anemia reflexiva de los brillantes, de los noticiosos y de los que anteponen su mezquina opinión. César lo ha aceptado así. Sin embargo, se plantea otra coordenada. —Amanecía borealmente en la terraza, en mi laminada sed—. César también la admitió.

—César es un amigo fenomenal, cariño.

—No me interrumpas, Adela. Situémonos, a efectos analíticos nada más, en las motivaciones subjetivas que obligaron a César al uso de la violencia. Inserto en unos estamentos que le asfixian y consciente de ello, César, precipitadamente, encarna en una figura individualizada —se iba a hablar de mí— la nauseabunda casta, representada por esa figura. Sobre la injusticia, la frivolidad, el libertinaje —se hablaba de mí, a tumba abierta—, la anarquía de unas posturas vitales que incitan al peor ejemplo. Y todo ello, en el consumismo, en la embriaguez, en el despilfarro, en una constante exaltación sensorial —se estaba poniendo cachondo y exageraba— que obnubila y que ciega. Desde esas coordenadas —blancas palomas, bajo una lluvia de plumas de pavo real, bailaban jerk en las coletas de Adela— deviene formalmente lógico, hasta justo, que César te insultase, mintiese al decir que habías sido expulsado de esta casa y se enredase en una innoble pelea. Tú significabas para él la más corruptora casta opresora. La más envilecida también. ¡Lo cual es falso! Porque tú, y la prueba es que has acudido a mi llamada, odias, sin saberlo, tu clase y la existencia que te impone. Tú, reconócelo, eres un sujeto recuperable.

Me fui.

Antes, habían aparecido los primeros luceros. Luego, encendieron las lámparas. Más tarde, había llegado Julio, con las gafas a media nariz, camisa abierta hasta los intestinos y la confesada euforia de haberse visualizado tres filmes en la tarde. A continuación, Matilde cruzó las piernas. Mucho después, en un milagro de silencio, tensé los nervios, usé dos minutos de reglas de urbanidad, prometí volver a la llamada, no beber, no fumar, no fornicar, no sodomizar, no dar limosnas ni propinas, no lesbianizar, no reír, asistir a la boda de Matilde aunque no daban convite, leer a Hegel en alemán, ver las películas de Julio, dejarme leer el guión de Julio y Adela, y lavarme los dientes después de cada comida, durante algo más de veinte minutos y frotando el cepillo, a saber: de arriba abajo en la encía superior, de abajo arriba en la encía inferior. Me acompañaron a la escalera. Corrí un trecho por la calle. Subí a un autobús casi vacío —como mi vaso, como mi mente, como mi médula— y de sujeto recuperable conseguí llegar a sujeto que se recupera, empujando la valla.

En el porche, Andrés y Bert, frente a frente, se envilecían a costa de gazpacho.

—Mary y José María se fueron al ballet.

—Dejadme un rinconcito y no estorbo. Gracias, Bert; no puedo masticar. Me bebo un ginebrazo y me largo. ¿Has tenido noticias de Tub?

—Sigue muy satisfecha. —Se exaltó sensorialmente Andrés—. Tú has hablado con Pablo, ¿no?

—Se encuentran también muy satisfechos. Hacen acuaplano y Fernando no trabaja.

—Lástima.

—No le creas. Corrige un libro que cuenta el futuro y se desarrolla durante cuatro noches, encerrados en una orgía todos los personajes, después de la victoria. Además, hay unas mujeres que pasean incesantemente por una glorieta. Se basa en el Canto undécimo de la *Odisea*...

—By James Joyce —precisé, sin esperanza de producir efecto.

—... tal y como lo contó en el libro anterior, porque ya conoces su manía de contar en el libro que escribe el argumento del próximo.

—Andrógino sistema.

—Probablemente —sospechó Andrés— para que no le pisen los argumentos.

—El pobre Fernando está pasando su gramaterio.

—¿Por qué te encuentras tan depre, encanto? —preguntó, con dulce hostilidad.

—Fernando es una persona desconcertantemente aguda.

Como no cesaban de parlotear, tardaron años en acabar el gazpacho, la merluza frita, la galantina de oca y las fresas con nata. Evidentemente, la casta se cuidaba. Me entró hambre y comí unas fresas. Bert opinó que en la pérgola refrescaba algo y nos dejó. En la fachada se apagaban y encendían ventanales; se oyó ladrar el teléfono, un zumbido de batidora o de motor elevador de agua. Andrés chupaba un habano y hojeaba vespertinos. Además de la cafetera, Bert trajo el tocadiscos a pilas.

—Me decía ahora mi madre que en Santander no deja de llover.

—Afortunados ellos. —Andrés plegó periódico y cogió taza—. ¿Cómo andan de sus achaques?

Me trasladé a uno de los cuartos de baño, sin otra intención que huir del concierto a pilas. Ojeras y un tinte de malayo cirrótico. Me lustré los mocasines. Por los pasillos olía aún a fritura, a noche tediosa, a los grifos intermitentes. Pensé en equilibrar las pesas del reloj bávaro, tarea que, habiendo consumido tardes de mi juventud, todavía irritaba a Bert. Entré en la salita, penumbreada por las farolas del jardín, y permanecí espiando la risa de Bert, casi audible, y a Andrés, que, en la pérgola, subrayaba los chistes palmeándole las piernas. Pesimista en cuanto a un posible besuqueo furtivo, dimitía de *voyeur*, cuando tropecé con la pantalla enrollada. La maldad es un acto necesitado de reflexión crítica. Mi mano en la cortina del ventanal, estaba a punto de proponerles la proyección de la que me había privado el acecho de Sagrario, cuando se me ocurrió superar la frustración por medios autónomos. Tras precipitado registro de la filmoteca, que se apilaba en una mesita y en un revistero de 1925 (desenterrados en las buhardillas por culpa de la resurrección del *modern style*), encontré dos cajas tan relucientes, que debían de ser las buscadas. A manos temblorosas desenrollé un par de metros filmados, empalmados a cientos de metros velados, y apareció José María en color y miniscope.

—Tengo un sueño que me derrumbo —dije, hinchados los bolsillos por las presas de mi piratería.

—Ah, Mary dijo que no volverían esta noche. Acábate, por lo menos, el trago.

Acabé el trago, que tampoco era para echarse a correr, y les abandoné, sin que se enterasen excesivamente de mi marcha. Unos cuarenta minutos después, me sudaban las manos exponiendo al trasluz, ante la lámpara del cuarto de trabajo, aquella tira de cuadritos, agujereada en una de sus bandas. Así como la noche a Tub y a mí siempre nos había reducido los espacios interiores, de tal manera que la mañana se nos transformaba en una soleada plaza a la que convergían tenebrosos callejones, así la culebreante película se me convirtió en un guijarro de bauxita, que petrificaba el anhelo de sus pómulos, el espesor de sus cabellos, de sus ojos. Y, por fin, apareció, diminuta, pero suficiente para que, aun sintiéndola en sus dimensiones reales, no me provocase emoción alguna. Estaba guapa, demasiado inmóvil, prosaica y bobalicona. O quizá es que yo no había cenado, que había bebido por etapas, simplemente que yo sufría la praxis de la frigidez.

Tenía sueño verdadero una vez enrollada la película, que escondí, entre camisas, en mi armario. El traqueteo del frigorífico me acompañaba como melodía de fondo en mis desplazamientos por los pasillos, a distinto volumen, y mínimo en la cocina. Ningún otro chisme parecía funcionar y el ruido persistía, con una tozudez de electrodoméstico. En las cercanías del cuarto de huéspedes, la sonoridad escalaba su máxima cumbre. Abrí sin contemplaciones y no tuve que recordar que Merceditas prestaba servicios permanentes desde aquel día, porque allí estaba, despatarrada, en floreado pijama de franela. Una suite de variadas onomatopeyas, chasqueadas despiadadamente, consiguieron amainar sus ronquidos. Determiné esperar a Mary acostado, diluyendo los desastrosos ecos de la proclama de Toni. Pero mi espíritu se debatía entre el regodeo de la mala conciencia y la ensoñación fantástica, resistiéndose a la planificación de mis próximas relaciones con Sagrario. Por no gafarlas.

Lentamente se despegaba el cuerpo de aquellas adhesivas franjas, veloces como lajas de agua. Abrí los ojos y en la moqueta se habían desparramado irregulares residuos de luz. Me levanté, con esfuerzos controlados y discontinuos, mientras el renqueo de Mary se definía y machacaba.

Ovillada en la alfombrilla, con un brazo sobre el borde de la bañera, le caía la cabeza. Cuando enganché sus axilas, me miró desencajada. Ya de pie, se aplastó contra mí. Aguardé a que disminuyese en su mirada esa angustia del balanceo de los objetos y, luego, fui desnudándola, laboriosamente, en el silencio picoteado de tos, de sordos silbidos bronquiales, de gemidos. Desnuda, mis manos resbalaban por su piel sudorosa, que palpitaba.

—Deja…, deja… Es repelente…

—Tranquilízate, tú tranquilízate. No es nada. Mary, tesoro… Si yo sé muy bien que no es nada. Anda, cariño, verás qué alivio.

Sujeté su frente y, cuando vomitaba ya, sus hombros. Antes de que se me quedase exhausta en los brazos, cargué con ella y, en la cama, murmuró:

—Lo lamento.

Volví con las pastillas efervescentes. Ahora, susurraba en inglés.

—Bebe, bebe. Sabe a naranja. Mary, amor, bebe.

—Sí..., espera... Sí...

Se había dormido, al terminar yo de restituir el cuarto de baño a su apariencia diurna. Sentado junto a su largo cuerpo, fumé un cigarrillo, observándola, a veces rozando las yemas de los dedos por su carne, que se enfriaba, y en la que soldé mis labios y una opresora ternura, que sólo el sueño disipó.

Prácticamente, no volví a ver a Mary hasta la tarde del siguiente domingo, cuando —mientras José María y Bert dormían siestas separadas— ella y yo nos quedamos solos, al borde de la piscina.

—Estás atractiva como nunca, Mary —habría de decirle, también porque sería verdad.

Interrumpiría el maquillaje de sus labios, a fin de permitir a mis brazos que la estrechasen, con el deseo acumulado en las últimas setenta y dos horas. Y, de pronto, merced a un hábil giro de su cuello, nos besaríamos.

—Tú deja a la señora dormir todo lo que le apetezca. No enchufes el aspirador, ni cantes. De comida, una ensalada, sin cebolla, y filetes. ¿Tienes dinero?

—Usted no se meta en lo que no le atañe. Anoche no les esché llegar.

—Anoche dormías tú como una novilla, hermosa. Sobre todo, nada de barullo.

—Le he subido el periódico.

—No tengo tiempo para periódicos.

—Hoy va usted muy postinero.

—Porque me he lavado las orejas. Ah, descuelga el teléfono.

—Que sí, que no me diga usted cómo tengo que cuidar a la señora.

En el taller prometieron volcar su ciencia sobre el radiador de mi 600, a condición de que no apareciese yo por el taller cada tres horas, además de permitirme telefonear a José María al estudio. Que fuese, si así se ahorraba la conversación. Que iría, sobre la una o una y media.

A pie y en diversos establecimientos, compré un juego de construcciones, un perro de pelo amarillo y hocico azul de la altura de Mónica, una muñeca, un vestido de tirantes, un uniforme de enfermera, unas castañuelas y un estuche de acuarelas. Desde el bazar, conseguí hacerle entender que, moviendo la clavija y depositando el auricular en su horquilla, mi segunda e inminente llamada sería recibida por la propia señita. La propia señita rugió, al cabo de ocho timbrazos, que quién era el (cabrito, sobreentendí en las tonalidades del alarido) que pretendía conversar con ella.

—Oye, tú, que te llamo para pagarte las tres mil que te debo. ¿Estabas en la cama?

—Con mi amante, leñe. Estaba en la ducha. Y voy a salir en cuanto me dejes terminar.

—Me acerco y te las doy. O, si prefieres, me acerco a tu apartamento.

—¿Qué estás maquinando?

—Arreglar asuntos. Eso es lo que maquino. Y que quiero violar a tu criada y dinamitarte la piscina y empalar a tu amigo César.

—Bueno, no te pongas fuguillas. Ya me pagarás las tres mil. Puedo esperar.

—A que entonces no las tenga yo.

—No te sulfures, pero llevo una prisa bárbara.

Para asesinar tiempo, me congelé en una terraza. Se manifestaron unos cirrus, síntoma de un improbable refrescamiento, y cantidad de jovenzanas de buena casta, con el fin de aperitivarse, tontear y acalorar a los parroquianos maduros. Las de la mesa de la derecha ofrecían la ventaja de que daba igual una que otra. No hablaban, apesadumbradas por su hermetismo, conscientes de cuán apetitosas la *nonchalance* las mostraba.

—Si os divierte, os ligo.

—¿Para que?

—Me lo pensaré.

La camarera trajo, con la ginebra, unos cacahuetes y el anuncio de la llegada del limpia. Los cirrus aumentaban. A la media hora, llegó el limpia, que patentizaba su cojera por medio de una bota gigantesca. Cada minuto, las de la derecha movían unos dedos, en saludo dirigido a alguno de los paseantes, de las más finas cataduras, que atestaban la acera. A mi espalda, los gases petrolíferos incensaban la atmósfera capitalina. Sólo faltaba Jorgito Carmona.

—¿No te comes los panchitos? —preguntó una de ellas, al tiempo que derrochaba energía en escurrir las nalgas por el asiento y apoyar sus brazos en los del sillón—. Gracias —añadió, recibiendo el platillo—. A Nona y a mí nos chiflan.

—Dan jaqueca.

—¿Eres médico?

—No soy nada.

—Mejor.

—Servido el señor —dijo el limpia.

—¿Venís aquí todas las mañanas? —El señor dejó una propina al limpia, que, con poco más, el limpia podía comprarse un fueraborda.

—Todas.

—¿Dónde veraneáis?

—Nona, en San Juan de Luz.

—Y ¿tú?

—Este año, en Cambrils.

—¿Cómo te llamas?

—Pepa.

—¿Qué haces esta tarde?

—Salgo con Nona. Búscate un amigo.

—No suele dar resultado. Y ¿Nona?

—Nona ¿qué?

—Que ¿qué hace Nona esta tarde?

—Oye, tú, eso es salvaje. —Quizá el aleteo de sus labios fuese risa.

—¿Qué dice? —preguntó Nona.

En tanto cuchicheaban, acabé la ginebra, con ese gozoso desprendimiento que produce el exceso de oportunidades, guiñé a Nona, me enseñó la punta de su lengua y, saldando mi gasto, ellas se relajaron.

—Chicas, hasta otra.

—*Ciao*.

—*Ciao*.

—*Ciao* —dijo también José María, cuando su nueva secretaria me introdujo al otro lado de la mampara de vidrio translúcido—. Ya ves cómo estamos.

Estaban abarrotados de delineantes, planos, maquetas, cianógrafos, teléfonos y otros fonos aulladores. Me guarecí en un sillón hinchable, semejante al ciclópeo tórax de la diosa Angeia, donde recibí una botella de espumoso, con pajita, de la nueva secretaria, quien, detrás de las gafas, poseía una de las más atrayentes máscaras que había visto yo en esa clase de mujer treintañera, escuálida, higienizada y, sin duda, lesbiana. José María, en plena actividad del estudio, me recordó una frase de Pablo.

(—José María, en plena actividad del estudio, parece un hombre de empresa sin querida.)

Dirigir el negocio en mangas de camisa apenas le humanizaba. Cuando fotocopiaba en mi mente a la secretaria, José María recibió de ella la chaqueta, una cartera deslumbrante, e impartió las últimas bendiciones hasta su regreso.

—¿Te vas de viaje? —pregunté en el ascensor.

—A Zaragoza.

—¿Es lesbiana tu nueva secretaria?

—¿Mora? —La sonrisa le destituyó de director gerente—. Pero si Mora lleva meses con nosotros… Eres tú el que no caías por aquí desde hace una eternidad.

—La última vez vine con Tub. Nos encontramos con Pablo y contigo, al entrar, y me llevasteis a casa de Toni.

—Siempre que Tub está por medio tienes una memoria electrónica.

—¿Es lesbiana?

—Tub, seguro. Pero reprimida.

—Mora.

—No me metas líos con las del estudio, eh. Mora está casada con el jefe comercial y esto no es tu oficina. Pasa. —Ignoró la reverencia del portero—. Vamos a la tasca, que me deshidrato.

A la tasca se subía por una docena de escalones alfombrados en el mismo tono del terciopelo que cubría las paredes. El mobiliario, de madera —cedros, tallados en *danish model*—, estaba tapizado en cuero escarlata. Fuimos recibidos como de familia real.

—Te he molestado, porque necesitaba hablar contigo de Mary. Mary me preocupa.

—No te pongas cursi. Anoche pensaba yo también que algo hay que hacer.

—Yo hago todo lo que puedo. Es más, últimamente es ella la que no se deja.

—Animal. No conozco persona menos sensible que tú.

—Se debe tratar con todo tipo de gente. ¿Te dijo algo especial?

—No, según lo que tú traduces por especialidad. No te pone cuernos —suspiré, a mi pesar—, no se droga, no desea a Bert, ni trabaja para la CIA.

—O sea, que acabó el martirio de *El Lago de los Cisnes*, la llevaste a la cuesta y exhibió sus entrañas.

—Nadie nos martirizó. Vimos *Petruschka*, formidablemente bailado, y reconozco que, a la salida, la llevé a un bar de la cuesta. Allí hablamos. Hablamos normalmente, como seres…

—Civilizados.

—… normales. Tú piensas que Mary es tonta, ¿verdad?

—Sí. Pero, fíjate, también pienso que, en cierto sentido, es mucho más inteligente que yo.

—Escucha. —Tiró un reposavasos de mimbre coloreado, que tuve la presteza de recoger, antes de que él se agachase—. Escucha atento y a ver si comprendes por una vez en tu vida. No la atosigues.

—¿Yo? La mayor parte del día la dejo libre.

—En serio. Mira, Pablo se largó y creo que hizo bien. A Pablo seguramente nadie le quita de la cabeza que se largó por propia iniciativa. Haz tú lo mismo con Mary.

«La sottise et desreglement de sens n'est pas chose guerissable par un traict d'advertissement. c Et pouvons proprement dire de cette reparation ce que Cyrus respond à celuy qui le presse d'enhorter son ost sur le point d'une bataille: "Que les hommes ne se rendent pas courageux et belliqueux sur le champ par une bonne harangue, non plus qu'on ne devient incontinent musicien pour ouyr une bonne chanson".»

—Decirle que se marche, sin decírselo. Uno no sirve para deus ex machina.

—Yo me encargo. Le propongo que me acompañe y te la devuelvo cambiada.

—Y ¿qué hace Mary?, dime. Y ¿si hay niebla? Puede aprender jotas, que siempre es útil, ahogarse en el Ebro, ver *El Príncipe de Viana*, de Moreno Carbonero, que a mí me gusta mucho... ¿Zaragoza tiene playa?

—Creo —dijo, repentinamente irritado— que haría muy bien volviéndose a Estados Unidos.

—No —dije.

—¿Hablamos sin tonterías? —Apuró el whisky y decidió el tono de la arenga—. Yo tendré trabajo por las mañanas, quizá hasta media tarde. Montamos unos pabellones para una feria. La instalo en la hostería y, cuando menos, Mary descansa de ti.

—Y la seduces a partir de media tarde.

—También se lo propondré a Bert y así Mary no estará sola.

—Perfecto. Así, a partir de media tarde, te seducen las dos a ti.

—Ojalá. Di sí o no. —Consultó el reloj, antes de hacer una seña hacia la barra—. Y no te vuelvas a poner cursi, que aquí no pagas.

Ya en el coche, que transportaba su equipaje, reiteré mi intento de información.

—Espero que no hablase excesivamente mal de mí. Que no se quejase y esas cosas.

—Ni mal, ni bien. No te mencionó.

—Se la cogió buena.

—Tendría sed.

—No, no... Si..., ¿qué quieres?..., uno lo comprende. Pero se la cogió de muerte.

Vestida de cadáver, hojeaba revistas francesas en el living. José

María le prohibió que oficiase de monitor de Merceditas, sentándose a su lado en el chester y exponiéndole el cenobítico plan. Sólo preguntó —por preguntar— la situación geográfica de la hostería monacal. Besó a José María y saltó a maquillarse, disfrazarse de viaje y hacer las maletas. Merceditas, dejando la bandeja sobre la mesa, voló a auxiliar a la señora.

—Para la Merceditas esta casa es como un programa doble.

—¿Llamas tú a Bert o llamo yo? —Se levantó.

—No está en su casa. Voy a luchar por una despedida privada.

—Recuerda —me recordó— que Mary no se percate de lo que te alegra su marcha.

Sobre la cama acumulaban la ropa precisa para rodear el globo en ochenta días y realizar veinte mil viajes submarinos. Merceditas me apartó y yo decidí suprimirla, aunque sólo fuese por tres noches.

—Tu madre ignora que la señora se ausenta. ¿Qué opinará de que te quedes sola conmigo?

—Es cierto, darling, piensas en todo.

—Mi madre dice que siempre se debe hacer lo que la señora diga.

El juez inapelable meditó unos quince segundos, con un sujetador de encaje, color tabaco, en las manos.

—Oh, pero qué bobería… —sentenció el supremo tribunal—. Quédate, Mercedes. Naturalmente que sí.

—Ahora, hija, me agradaría hablar con la señora.

Nos abrazamos. Quise besarla, pero sólo tres días más tarde, al borde de la piscina, cuando ella girase el cuello, con un sabio movimiento, me besaría. Por lo pronto, se rió, riendo me pellizcó, mordió el lóbulo de mi oreja izquierda y dijo:

—Mercedes tiene un dinero de los gastos. Resultará más pacífico para ti. ¿Opinas conforme?

—No sé, con sinceridad, qué es lo que podríamos dramatizar. Por lo tanto, será más razonable no dramatizar nada. En todo caso, te quiero. —Inmóvil, a punto de abrir compuertas a las lágrimas, cerró los ojos—. Yo no pretendo que sufras. Es verano y debemos pasarlo lo mejor posible. Mary... Perdona, Mary; tú ¿me quieres?

—Atrozmente —susurró y nos quedamos, el tiempo de un viaje a la luna, abrazados.

Se oía a Bert y, detrás de la puerta, Merceditas piafaba. Mary quedó desnuda un instante y, en albornoz, pasó al cuarto de baño. En el living, José María había desplegado su enceguecedora cartera y, a fin de aumentar el desconcierto de Merceditas, verificaba papelotes.

—¿Sólo llevas esos minishorts?

—En la portería dejé el equipaje.

—Espera que te busque las tres mil.

—No seas plomo. Te vas a correr una barba tú solito... Siéntate a mi lado. He dejado dicho que irás a bañarte a la piscina. No me lleves putas, eso no. Y no salgas con Andrés, que luego termináis regañando. Te quedas sin ni siquiera tu Pablo del alma. Pero, de verdad, tú, no me metas putas en casa de mis padres.

—Te las meterá.

—No, porque es un cielo. ¿Sabes qué puedes hacer? Coges libros, estudias y, en octubre, te matriculas. ¿No querías matricularte en Ciencias? Ah, a lo mejor, te llama Toni.

—*Sputasentenze.*

—¿Qué?

—Tus amigos son cielísimos. Me pasaré las tardes con ellos, no te organizaré fregados...

—Falso.

—Oye, tú ¿trabajas o escuchas? Estate tranquila que —sobre

sus muslos, alcancé a reducir a Lotte Lenya, mit Chor und Orchester, en *Moritat*— no gastaré ni medio kilovatio-hora en música.

Mary me convocó al dormitorio, cuando ya estaba vestida con menos ropa de la que usaba para andar por casa, con el objeto de ofrecerme, recién desembalada, una camisa con el *col roulé*, semejante, aunque en discreto verdoso, a la que José María utilizaba como ofensa del buen gusto. Me tragué la camisa y sonreí. Que qué maravilla, que la viesen Bert y José María y la Merceditas, y lástima no disponer de más público, que vaya ganga y que gracias, Mary. Mi aceptación acabó de revitalizarla. Y, luego, que se iban, que Merceditas llenó el montacargas con las maletas, que nos besábamos castamente todos, que Merceditas volvía a besar a la señora, que ya se habían marchado, que Bert olvidaba su boina escocesa, que (ciertos fenómenos se actualizan retardadísimos) se fueron.

Después de la siesta, me convencí de telefonear a Sagrario, en cuanto finalizase una merienda que Merceditas me había preparado sorpresiva y devotamente. Una voz de doncella respondió no encontrarse la señora. Por precaución, interesé la voz del señor. El señor, en la fábrica. Que no olvidase comunicar a los señores que yo había llamado. Salí a la terraza y de los cirrus de la mañana no quedaba fleco en el terco azul. Consultada Merceditas, calculó que cuarenta grados a ella le parecía una exageración, pero que treinta y siete o treinta y ocho a la sombra nadie nos los quitaba. Me duché largamente y me di un paseo hasta el taller, por si acaso y para escuchar del ajetreado personal que si yo les suponía a ellos la General Motors o Pepe-El-Rápido.

Con un par de ginebras y la dolorosa constatación del desmedido número de paisanas y de foráneas que me aguijoneaban, llegó la noche, hora inhábil para comprarle medias a Merceditas, aunque no un fotorromance. Luciano, atareadísimo en suplir la vacante de un niñato que se le había despedido, rechazaba. Opiné que pagaba a sus dependientes lo que los faraones a los albañiles de las pirámides, sin considerar las evoluciones del oro desde entonces. Ni se enfureció, obsesionado por los pedidos.

Nadie había telefoneado. Habían arribado, en sucesivas oleadas, aquellos paquetes, que ella se olía, por el tacto, ser de juguetería. Cada mandadero había sido recompensado con una moneda, gasto que, como todos, ella había contabilizado en cuenta justificativa a presentar a la señora Megui. Encarna se había marchado un momentito antes de llegar el señorito (el gili del señorito) y que el señorito era lo más bueno y generoso y desprendido que ella había tratado. Por el fotorromance.

Después de la cena, nos dispusimos en el living a oscuras —a fin de eludir el calor de las bombillas— a disfrutar con lo que nos echasen. Alguien se esforzaba en enseñarnos a bien hablar. Nos mudamos de sintonía y nos previnieron de los peligros de conducir por la izquierda, a ciento setenta en el centro de las ciudades, tajados o agarrotados a la acompañante. Merceditas se preguntó en voz alta que qué harían a aquellas horas los señoritos.

—Estarán dando mal ejemplo.

—La casa, sin la señora, parece otra.

Como si la nostalgia de Merceditas hubiese conjurado la enana pantalla, de inmediato se nos ofreció una adaptación de *Ifigenia en Tauride* (Táurida, según los títulos de crédito —o descrédito, ya se vería), espectáculo que a Merceditas y a mí nos ocupó en el reconocimiento de los actores, que no estaba fácil dado el vestuario. Confirmado que, a pesar de la peluca, Agamenón era José María de Prada y sin más dudas el resto del reparto, Merceditas se fue quedando dormida. La envié a la cama, advirtiéndole se cepillase los dientes antes. Mal que bien, alcancé a presenciar la ordenación por la diosa Diana de Lola Cardona, que estaba sensacional, y con el propio *the end*, desconecté, comprobé que, efectivamente, Merceditas no había cerrado las llaves de paso del agua y del gas, y me acosté sin fuerzas ni para cepillarme los dientes. Evaluando el costo de una conferencia a Zurich y decidiendo que, costase lo que costase —ya que más que casa aquello era últimamente un Centro de Comunicaciones Internacionales y, por otra parte, Zurich no estaba al otro lado del océano—, al día siguiente telefonearía a Zurich, se dio por cumplida mi cuarta jornada de libertad sin sueldo.

Saliendo para el mercado Merceditas, logré aguantar diez minutos al teléfono a la espera de lo que había sido anunciado como inminente llegada de la señora.

—Precisamente, José Luis y yo hablábamos de vosotros. No pasa ni un día sin que le organicemos a Mary su party. ¿Está bien Mary?

—Está fuera. Con Bert y José María.

—Ay, mira qué frescos… Te han abandonado.

—Ayer te llamé, pero me dijeron que no estabas.

—Oye, no te disculpes, que te vas a creer que eres mi novio.

Mi líquido raquídeo empezó a burbujear.

—Ahora dime que tu marido y tú os vais fuera también este fin de semana. Anda, dímelo.

—A la finca de mis suegros —y se reía—. No hay quien se libre, como puedes figurarte.

—Pero ¿hoy o mañana?

—Mañana o esta tarde. No se sabe. Tú, tranquilo, que, si hay oportunidad, nos vemos un rato. —Y, ya establecido el avispero de la incertidumbre, añadió—: Nos lo pasamos en grande la otra noche. José Luis pensaba mandarle flores a Mary. Le convencí de que era una patochada.

—Hiciste bien.

—Que eso no se estilaba entre vosotros. Bert es inapreciable, animando el cotarro. Tienes que dejarme libros.

—¿Libros? ¿Para qué?

—Ay qué tío, para leerlos... Resultas cómico. Vi que tenías muchos libros, que yo ni conozco a los autores. ¿Serás bueno y tú mismo me haces una selección? O una lista y me los compro yo. Caso de que retrasemos la salida o no nos vayamos por fin, te lo digo.

Hasta la tarde, no tuve claras las ideas. Si continuaba yaciendo en el chester, a la expectativa, Sagrario no llamaría. Si salía, Merceditas me participaría a la vuelta que Sagrario había llamado. ¿Cómo no era posible que ella llegase en aquel momento, sin más complicación, con la simplicidad devastadora que regía mi deseo? Mientras Sagrario no telefoneaba, podía escribirle a Pablo que las relaciones de la pareja humana poseen la misma lógica que supondría iluminar una planta atómica con candiles de aceite o velones de acetileno. Y peor, cuando se trataba —como era el caso— de una de esas parejas fetales, que entonces todo se resolvía con amoldar los candiles a tubos fluorescentes. Pablo, ¡qué lentos los descubrimientos y qué torpes los inventos en esta Ciencia de la Erótica! Tuyo affmo. e inseguro, etc., etc.

«Verum, siquid ages, statim iubeto; nam pransus iaceo et satur supinus pertundo tunicamque palliumque.»

—Me marcho. No te separes del teléfono y apuntas todas las llamadas. Te he dejado un bloc y un bolígrafo a mano. ¿Has comprendido? Tú, ni separarte del teléfono.

—Descuide. Luego, tengo que bajar a por la leche.

La empujé por el cogote para que, inmersa en el frigorífico, comprobase las reservas, aproximadamente las necesarias en la alimentación del veinticinco por ciento de la población infantil de la Andalucía oriental. De haber dispuesto de grilletes, la habría encadenado. A falta de ellos, le prometí comprar las medias y juró que cosería en el living mis calcetines, por si sonaba y, estando en el *office*, no lo oía.

Localizado en el plano el barrio de Mari Lola, deduje que, en automóvil, un tipo normal y que, además, hablase la lengua de la zona no tardaría ni treinta minutos en encontrar a Leticia. Siempre que no vistiese el *col roulé* de tonos verdosos. Aunque no totalmente del país, mi indumentaria no suscitaría los recelos de los indígenas. Que iba yo hecho un brazo de mar y que si había recordado rociarme colonia, de la de para hombres, que me había regalado la pobre señora Megui. Que un cuarto de litro. Pues, que no se notaba. Cuando dejó de olfatearme, pude entrar en el ascensor.

Los del taller me pidieron que juzgase, con imparcialidad, el trabajo que les desbordaba. Reconocían haberme licuado una de las extremidades de mis miembros inferiores. Prometían *iuris et de iure*, con añadidura de juramento execratorio, que a la mañana siguiente el radiador estaría en su sitio. Se acusaron mutuamente. Me dieron un cigarrillo. Una vez más, la razón. Y, de despedida ya, que tampoco era para tanto.

Desprendiéndome de atávicos reparos, me enfrenté a una monada hierática. Gargaricé que traía el encargo de un par del diez y medio. Hasta la cintura, si no era molestia.

—Diga quién es y yo se lo apuntaré al señorito.

—Que soy yo. ¿Ha llamado alguien?

—Usted.

—Sigue ahí, que ya te he comprado las medias.

—Es usted un santo, señorito. En cuanto lleguen los fríos, me las pongo. ¿De qué color?

—Marrones.

Intranquilo, incapaz de buscar a Leticia sin coche, sudoroso, víctima del mujerío que a aquellas horas devoraba los grandes almacenes, harto de escaparates, irritado pero ambiguo, tierno, arrepentido de un marco de fotografía —para la de Mary—, que maldita la necesidad que tenía yo de marco a los cinco minutos de haberlo comprado, fatigado, titubeante entre ver una película a la española o un envío de flores a Sagrario —para demostrarle que nosotros también estilábamos—, atraqué, con los primeros parpadeos del crepúsculo, en el bar Luciano.

Del escuálido adolescente recién contratado se esperaba inaugurase su patente ineficiencia explotando la cafetera de vapor.

—A lo mejor, resulta, hombre. —Por lo pronto, la cerveza abrasaba.

—Fíjate —paralelos a lo largo de una fuente de loza, Luciano ornaba con otros, perpendiculares a los bordes, la elipse de boquerones en vinagre—, a las seis de la madrugada ya estaba yo aquí. He despachado los desayunos, me he dado un carrerón a pagar impuestos, he contratado a esa joya, que encima exige seguros sociales, he comido de pie, ha venido mi mujer a sacar de la caja, se ha estropeado la automática del tabaco y hasta las siete no les ha salido a esos cabestros servirme los barriles de la cerveza.

—No seas pesimista.

—Acostarme, antes de la una no me acuesto. ¿Te pongo una ración? —Elevó los boquerones a mi nariz—. Ah, quita, que te dan asco.

Un gang de gamberros ocupaba el local, sosegados aún, todavía impregnados de la monotonía del tajo. A cada sorbo de cerveza, el reloj se arrastraba por un tiempo de serrín, chillonas conversaciones, carcajadas estentóreas, raspantes polos de atracción que, como es frecuente en las burguesonas de barrio, reunían sólo algún atributo aislado de los que hacen apetecible a una mujer. Después de visitar la infecta sentina denominada Caballeros, antes de que el ambiente me transformase en cigala, me encaminé al Little Dorrit, cuya barra de noble madera frecuentaban los más conspicuos grupos de solteronas, salidas a la caza de hidalgo dispuesto a pagar unas copas. La Pequeña, con sus cristales enyesados, clausuraba sus incitaciones hasta septiembre. A regresar a la hipnotizante lectura en el bar Luciano de MARISCOS DEL CANTÁBRICO / DESAYUNO ESPECIAL HASTA LAS 11, se negaron mis músculos locomotores. Por entonces, invisibles faroleros habían prendido las farolas.

Mientras el ascensor me aproximaba a la claustrofobia, con creciente certidumbre sufría yo las consecuencias de aquella recalcitrante epidemia, tan propagada entre mis contemporáneos, de recauchutar las hendiduras sentimentales con momentáneas separaciones. No encontraría a Mary, ni huella de Sagrario, sino el aire espeso de las nueve y veinte, con una eternidad por delante. Sin ánimos para utilizar el llavín, pulsé el timbre, lo que me permitió enterarme en el mismo vestíbulo de la ausencia de recados y de la muy reciente (el señorito era un supergili) de Encarna, al tiempo que la noticiera me arrancaba el envoltorio de las medias. Que le cumpliese la promesa, aceleró la presentación de la bazofia que había cocinado. En bata, cené en la terraza y allí me quedé, acompañado por el mosconeo televisivo, hasta que —todo programa acaba en este mundo— Merceditas se retiró a sus habitaciones privadas y únicamente tuve noche caliginosa, recuerdos, temor al insomnio, fragor de aviones. Me dormí en la tumbona y probablemente, porque nada más se movía, el cabrilleo de las estrellas me despertó. La temperatura parecía haber aumentado en quince grados centígrados. Haciéndole el segundo zumbido al del frigorífico, el ronquido permanente de Merceditas apeñuscaba la noche dentro de las habitaciones. En la penumbra del cuarto de trabajo, comprobé qué hacedero sería comprar un pasaje, volar, recorrer una carretera, llegar a la entrada de un jardín, abrazar a Tub, envejecer unidos. Y, ya en la alfombra deslizante de las expeditivas evidencias, sentí que mi vida habría podido ser distinta —de haber sido yo diferente—, la inutilidad de los últimos años, la tremenda lucidez de saber que en 2030 yo no existiría. Aun así, seguía vivo, sin complacencia, sin confesarme —en los arenales de la Pasión Sin Objeto— que nada sucedería durante esa noche, a pesar de mi deseo de ejecutar algo extraordinario, de aprovechar la soledad para cometer el acto que jamás había osado, que había ignorado siempre y que ahora, tumbado en ambas camas de través, rastreaba y no era beber una ginebra, recorrer los pasillos, manchar con el sudor de mis dedos la película de Tub, oler la ropa de Mary, despertar a Merceditas, saltar desde el pretil a la ciudad letárgica, que, de improviso, apareció apisonada por un sol sahariano, alrededor de las dos de la tarde, tan lejanas, que resultaban inverosímiles y estomagantes, las utopías nocturnas.

Visajeando ante el espejo, recuperaba el sabor de lo cotidiano, cuando ella pidió venia. Le fue negada. Que había sonado el teléfono. Me vestí el batín y maniobré la cerradura. Si no le aseguraba honesto indumento, no empujaría la puerta, ya que se hallaba hastiada de las exhibiciones de mis miembros, incluidos los pudendos.

—Se le transparenta a usted todo, que es una vergüenza. La próxima vez que me dé a lavar la bata, se la lleva el trapero. La señora mandó que no se le despertase.

—¿Qué señora?

—La señora Megui, que es la única señora que hay en esta casa.

—¿No ha llamado ninguna otra señora?

—La señora. —Apoyó su cadera poliédrica en el lavabo—. Una servidora ha dicho que todo iba a pedir de boca, porque le tenía yo a usted las comidas a sus horas y la ropa limpia y el piso como una patena y que se apuntaba todo el gasto y que por las noches veíamos la televisión y que no se me olvidaba la llave del gas y que la echaba de menos como a una madre. De las medias, no se me ha escapado mu. Ella, como es educada tal que una duquesa, venga de preguntarme y preguntarme y que si yo necesitaba que me giraba. Yo, entonces, le he preguntado que qué tal tiempo hacía por allí y que si estaban buenos la señorita Bert y el señorito José María. Y que si era bonito el sitio ese. Ah, y que yo la echaba de menos que no podía ser más, que la casa era un cementerio, que, si no fuese por pocos días, una servidora no lo resistía —bajó el volumen, al desenchufar yo la afeitadora— porque sin ella la casa ni tenía animación, ni alegría, ni salero. Que qué iba a estar usted enfermo, que lo que estaba usted es durmiendo a pierna suelta. Pues, me encargó la señora, no le despiertes y dile que nos encontramos estupendamente y que os recordamos mucho.

—¿A quién recuerdan mucho?

—A una servidora y a usted.

—Ah. Oye, ¿hablas tanto porque estás cabreada o te estás cabreando a ti misma con tanta cháchara?

—Estoy de un cabreo que no vea usted.

—¿Me permites que me duche y me lo cuentas luego?

—Se lo cuento ahora, porque ahora mismito me marcho, y ahí queda la mesa puesta y la comida preparada. A la tarde, si puedo, me escapo a fregar los cacharros y a hacerle la cama. Pero ahora me las piro, que se ha empeñado mi madre que tengo que ayudarla. Y yo le he mandado a decir que sí, que la señora me deja los fines de semana libres, para que la ayude a mi madre, pero que este fin de semana estaba usted solo. Y ella, que tiene todo patas arriba y que, si no voy, viene ella y me lleva arrastrada. Total, que me va a dar el sábado y el domingo y la de pare usted de contar.

—Obedece, no te preocupes.

—No, si usted en quedándose solo, dichoso.

—Espera. Los recados de tu madre y los recados a tu madre ¿quién —pregunté, conociendo la respuesta— los ha llevado y traído?

—La Encarna.

Ni la ducha atemperó mi ardor. Ni la renuncia a las producciones gastronómicas de Merceditas. Ni la recuperación del 600. Ni la carretera, ni los campos y sus coloritos. Constituyéndome, en un sofisticado restaurante de las afueras, pieza más del refinado ambiente, continuaba torturado por fugitivas imágenes de Encarna, mientras devoraba lenguado, codorniz, helado y botella y media de un rioja, cosecha de 1955. De la parcelada llanura y la próxima sierra, nacía una larguísima tarde, tan propicia a toda estupidez, que temblé. Porque, además, ni siquiera había malgastado las tres mil, destinadas a saldar deuda con Bert, en pagarle la deuda a Bert. De donde se dedujo, por la propia situación, que a un tipo, con dinero más tres mil, piso disponible y coche reparado, era injusto consentirle el embobamiento con el recuerdo del borde de la falda de una criada, amiga de la criada del tipo. Entre amargarme por la negativa o asegurarme sólido humano que estrechar, preferí no telefonear a Sagrario y proponer a Matilde una entrevista. Como siempre, lo peor resultó más seguro.

Afortunadamente nadie presenció mi travesía del portal, con aquella huesuda corbeta, apenas recubierta por un metro de estampado de algodón, variopinto. Vestida de mujer parecía más muchacho. En el ascensor, explicó que a las siete acudiría a la conferencia de Arturo. Hacia el sexto, se dejó besar. Pero enmudeció —sin que, por otra parte, le hubiese mordido yo la lengua— durante los diez minutos que tardé en acomodarla en el living, preparar unos whiskies y menear el rabo, diciendo naderías.

—¿Pretendes acostarte conmigo? —rompió el mutismo.

—¿Quieres?

Su cabeza se balanceaba de izquierda a derecha, hasta que una mueca de fastidio detuvo la metronómica negativa.

—Contigo no me apetece.

—Gracias.

—Tú no has creído que me voy a casar.

—Sí —dije, porque la idiotez me venía desde la cuna.

—Sí, claro. Lo creíste, pero no te importa. Debíamos comentar tu conversación con Toni, ¿no? Te confieso que también tragué anzuelo porque me divertía conocer tu casa. ¿Se te ha ido por unos días o definitivamente?

—Ninguna se me va definitivamente. Tu vestido se sube tanto que… —Al posar el vaso sobre la mesa, lo chocó contra el mármol—. ¿Por qué no, simplona? En silencio. Como la primera vez, cuando ni sabía tu nombre.

Nos miramos sin prisas; yo la pronunciada nariz —eje de su impertinencia—, los pómulos triangulares, la frente guarnecida por irregulares mechas de cabellos, las inverosímiles clavículas para baldaquino de sus pechos enanos. Lentamente, cruzó los brazos y se alcanzó los *«Hubo un rasgo en la historia, con todo, que me asombró: el lobo calzaba medias en lugar de mirliflores, como suele ser habitual, y la princesa, no siendo una belleza deslumbrante, se negaba una y otra vez a hacerse pasar por coqueluche y por amante de la* hombros con los dedos, sin apoyarse en el respaldo del chester, como complacida de su erguido patetismo.

—He olvidado la primera vez.

Bestia, ignorando la tonta que estas uniones un poco fuera de lo normal siempre reportan después grandes beneficios y renombre.»

—Anda, no lo dudes —gracias a mi saliva reseca, conseguí una ronca premura.

—Dame una razón que me convenza.

—Es cuestión de tu vestido, tan leve, tan fácil de quitar y, en un instante, serás distinta. Vamos, seriedad… El deseo no se justifica.

Se puso en pie y creí que se bajaba la cremallera lateral.

—No quiero.

Yo me había levantado, a tiempo de sujetarla por la cintura en los escalones de la terraza. Pero forcejeaba, con una energía inusitada en tal cuerpo de sanguijuela. Congestionada, pidió tregua. Incliné la cabeza y, colocando mis labios sobre sus labios entreabiertos, de un rodillazo me golpeó los testículos. Luego de gemir, sobrevino una primera fase de quietud, como si nada hubiese sucedido, caracterizada por una progresiva niebla amarillenta; en una segunda fase, me tambaleé, no encontré apoyo y, por último, me desprendí de mí mismo contra un butacón, al tiempo que la náusea me impedía desvanecerme.

Matilde, doblada por la cintura, saltaba hacia atrás.

Se despeñaron unos litros de bilis por mis glándulas lacrimales. Incapaz de someter el desgarramiento del aire en los bronquios, intentaba sólo sujetar el fuego en las ingles. Ayudándome con los codos, me arrodillé y la tersura del cuero del butacón en mi frente me permitió proyectar los movimientos precisos para sentarme. La luz se estabilizaba sobre la chimenea. Cuando las piernas se me endureciesen, llegaría al dormitorio.

Tendido en la cama intacta de Mary, me adormilé. Al despertar, mis manos seguían soldadas al dolor, que ahora se desperdigaba en riachuelos, casi agradable, confortante. Los primeros pasos me tranquilizaron y, más, comprobar en el espejo que ni mis facciones, ni mi anatomía, se habían deformado. A ojos cerrados, solté muy despacio el vendaje de las manos y ningún bulto se estrelló contra el suelo. En el living tampoco se encontraba, pero, al encaminarme hacia la terraza, vi su brazo apoyado en el borde del chester. Salvo un palmo de encaje azul en el pubis, sujeto a los ijares por unas anchas gomas grises, estaba desnuda, la mirada perdida en el humo de su cigarrillo o en los baldosines rojos, por donde escurría la sombra. Sin moverse, preguntó:

—¿Te duele aún? No me pegues. —Me senté en el umbral de la puerta-balcón, con la cabeza en las manos—. Si hubiese pensado que te iba a jorobar tanto, no te habría dado ahí.

El aire ardiente me pesaba en la nuca. Carraspeó y se reía. Los muslos de Merceditas se diferenciaban, como un mojón de un bate de béisbol, de aquellas líneas de piel mate que, contra el negro alveolado del chester, percibía yo entre las rejas de mi máscara.

—Te gusta exagerar.

Me descubrí la cara. Matilde se abarquillaba y gritó:

—¡No me pegues!

—No —susurré.

Alzó flexionada la pierna derecha (y no podía ser sino para recordarme a Tub, jugando por malevolencia a gestos tribádicos), la disparó minuciosamente y logró dejar la planta del pie paralela al techo. Arqueaba el cuerpo y, de ahí, que tuviese dos senos.

—Vives bien. Con la perfumería que hay en el cuarto de baño, se mantiene una familia de clase media durante un mes. ¿Por qué has puesto esos grabados ingleses en el peor sitio, en el pasillo corto, que apenas se ven? Por mal gusto. Cuando se os conoce la casa a los de tu ralea, dan ganas de no haber nacido. Es idiota —pedaleaba la pierna— lo que disfrutas exagerando. Si lo prefieres, me visto.

—Me es indiferente.

Sonrió.

—Por primera vez en mi vida estoy desnuda al sol.

—Ni desnuda, ni al sol.

Se sentó, con un violento trallazo de las piernas.

—Estás esperando que me lance a tus brazos.

—Estoy esperando a que te vayas, antes de que te eche yo.

—Basta. ¿Me lo vas a hacer o no?

—No me gusta recibir esa clase de golpes.

—Me he disculpado.

—No, no te lo voy a hacer.

Desistió de contenerse el temblor y vibraba como la chapa de un automóvil, perlada de gotas de lluvia, con el cambio en punto muerto.

—Dame algo de beber —dijo, reprimiéndose las mejillas, castañeteándole los dientes—, por favor. Y no me mires. —Abracé sus hombros, le sostuve el vaso y sorbió whisky puro mientras lo aguantó—. ¿No quieres comprenderlo? No te he pegado por sadismo, sino por rabia, porque yo contigo no tengo nada que hacer. No me andes llamando. Búscate otra, señorito de caca. No consiento que me conviertas en tu animalito dócil. Pero no es por sadismo, ni por superioridad, ni desprecio. ¡Ay, Dios!, no sabes ni cómo soy. Si todavía no sabes bien mi nombre… Como una ratita o un loro o una gata salida.

Entrelazó sus manos con las mías, puso el nudo de dedos entre sus rodillas y abatió, por fin, la cabeza contra mi pecho. Jamás suenan los intestinos en las raras ocasiones en que resultaría conveniente, ni el teléfono («Soy Sagrario. Te espero.»), ni el timbre («Pero, señorito de gloria, y yo que le traía envuelta en celofán a Encarnalamuslos…, ¡qué dirá la señora Megui Tribuna!»), ni cae la bomba («Decididos a restaurar la paz, los gobiernos amantes de la libertad en la tarde de hoy sábado…»), ni se incendia la instalación eléctrica («Abrazado a un cuerpo de mujer carbonizado, que no ha podido identificarse, el ocupante del ático tenía mutilados los…»). Su aliento en mi barbilla, preguntó:

—¿Estás llorando?

Continué sólo por el placer de la humedad, quizá por el efecto que producía en ella. En cuestión de segundos, me sentí besado con la intensidad que reservan las madres para sus hijos en las inacables noches bronconeumónicas. Parecía luchar, pero únicamente contra mi inmovilidad, enmarañada en su testarudez, hasta que un movimiento casual le permitió aplicar su pasión con eficiencia, y resultaba cómico adivinar en sus ojos velados, en su ahogo, cuánto me olvidaba conforme me galopaba, cómo nos distanciábamos a medida que ella ardía sobre las frías cenizas de la impasibilidad.

—Gracias, perrito —dijo.

Consumido el cigarrillo para-quitarse-el-sabor-del-amor, le recordé la conferencia de Arturo. Me insultó, en francés. Bebimos en el mismo vaso. En los rayos horizontales de la luz ondulaban las capas de polvo. Matilde murmuraba una canción. Se marchó y suspiré ruidosamente. Regresó, con un trozo de pan y una chocolatina. Atardecía en el living.

—Si en las ramas de un árbol hay veinte gorriones, disparas y matas a uno, ¿cuántos gorriones quedan en las ramas?

—Diecinueve —dije—. Y ¿tu boda?

—Se me ha atascado la traducción. Así es que me casaré antes de lo previsto.

Me sacó tres espinillas de la espalda. Cantó unos fandangos. Se trajo de la cocina otro trozo de pan y unas rodajas de salchichón.

—¿Cuál es el pájaro de plumaje verde que come piedras?

Después, se vistió en un par de movimientos, bajó más deprisa por la escalera que yo en el ascensor, nos zambullimos en el río de lava automovilístico, que avanzaba a ritmo de caimán dormido, y nos detuvimos, a instancias de ella, en unos jardincillos públicos, más allá de los cuales se veían iluminadas las cristaleras de la sala de exposiciones, la pequeña muchedumbre encarrilada a conferencia y el sólito corrillo de los remisos.

—Bueno… —dije.

—Malo para ti.

—Yo —prometí— no te llamaré nunca.

—Llamaré yo, si me apetece. Ya no te odio.

—Quédate conmigo.

—Sólo un cigarrillo.

—Yo sí te odio un poco.

—Se te pasará pronto, lobito. ¡Cómo me haces querer a los demás, cuando estoy contigo!

—No te vayas aún.

—Me voy, mi chuchito, antes de que te recuperes y me zumbes la badana.

Corrió entre las acacias, de tronco en tronco, hacia las cristaleras iluminadas.

Bruscamente solitario, en esa hora primeriza de la noche, en que los cines derraman masa con la función de la tarde ya digerida y en la que el adúltero recién despedido añora una cena hogareña, cesaba sus efectos la anestesia de mi apatía. A medida que frenar, cambiar, acelerar, adelantar, me restituían el gusto de conducir, paulatinamente renunciaba a buscar a Leticia, excepto que había ido llegando, con un instinto de primera especial, a los barrios del sudoeste, lugar de su residencia y donde esperaba yo gozar las más refinadas compensaciones de la venganza, la reparación y el simple regodeo. Tras algunos kilómetros de recorrido por cuatro o cinco callejas, me supuse orientado. Aparqué en la calle principal, que exhalaba el aroma de la barriada. Y no mataba, ya que, si uno se habitúa al hedor de alcantarilla, tampoco es más letal el de sudor o el de fritanga o el de chavala perfumada. Mezclados, olían a verano proletario, como jamás consiguieron oler los textos que adoraba Bert. Los creadores de plusvalía abarrotaban los bares, las aceras, las salas de billar y de recreativas máquinas tintineantes, dotados de esa capacidad para ocupar mayor espacio que poseen los que vociferan. Bandas de jóvenes existencias ululaban, al máximo si coincidían con grupos de muchachas, que, haciendo detonante la moda de la temporada, daban hambre. Demoré mi búsqueda el tiempo de una morcilla frita, regada con whisky de la tierra, que es lo que habría pedido Tub.

La empinada cuesta guijosa me sacudió la memoria. Olfateando de portalón en portalón, en el preciso inquirí por las señoritas Leticia y Mari Lola a un grupo de mujeronas, sentadas en sillas al —inexistente— fresco de la calle. Como un silencio boquiabierto respondió, estimé de buen tono suministrar algún dato, que aventase el patente recelo.

—Creo… Bueno, estoy seguro que viven aquí. En las buhardillas…, en una especie de estudio.

La más fornida se puso en pie, sin que el peso de su moño le doblase los hombros.

—¿Las conoce usted, por casualidad?

—Naturalmente que las conozco.

—Espere.

—¿Han salido?

—Usted espere.

Como una plantación de girasoles, las comadres se cerraron fotofóbicamente en círculo, sin resquicio de murmullo. Encender un cigarrillo, que no me había propuesto, comenzó a enervarme. Me retiré unos pasos, silbé a las encajonadas estrellas, fingí examinar el brillo de mis zapatos, oteé las tinieblas del prohibido portal. No dejaban de observarme, una a una y de reojo. Reapareció la moñuda y, en camiseta, el que cabía sospechar cónyuge, cincuentón, retaco, ferroviario a sus horas, si se consideraba el combinado de grasa y carbón que enguantaba sus manos.

—Usted dirá —saludó.

—Buscaba a unas señoritas, que viven en…

—Ya no viven. Venga. —Con la derecha a la altura de mi codo izquierdo, que ni rozaba, me invitó a separarnos del corro de mujeres, calle arriba—. ¿Pertenece usted a la policía?

—Si fuera de la policía, ya lo sabría usted.

—Vamos a ver… Yo tengo orden del señor comisario de enviarle aviso, en cuantito cualquier individuo o individua se interese por ésas. ¿Me explico?

—Yo le comprendo.

—Pues, yo le acompaño a la comi y allí se las arregla usted.

—¿Fuma?

—De esos, sí. Precisiones, pocas le puedo proporcionar. Ya el ser conocido de la Leticia y de la Mari Lola, por estos barrios del río mucho no le favorece. Han dejado más cuentas en los comercios que indecencia por los bares. Si yo le dijera…, lo que usted conoce de sobra.

—Mire, antes de visitar al señor comisario, si usted acostumbra, nos tomamos unos vasos.

Hundió las manos en los bolsillos y emprendió decididamente la ascensión de la cuesta.

—Tengo don de gentes, joven, y, a mi entender, preguntando así, sin más y como un cordero, por esas dos zorras, usted a compinche no llega.

—Las vi una noche. Y me dieron esta dirección. —La taberna, previsoramente, había sido edificada con dos puertas, una a cada calle de la esquina—. No es justo que me hagan responsable de sus deudas. ¿Qué bebe usted?

—Tinto. Dos cañas de tinto; una, con sifón —encargó, casi cómplice ya—. Hay más que las deudas, según se habla, que yo no soy aficionado a meterme en vidas ajenas. Valientes furcias, la Mari Lola y la Leticia. Usted, y disculpe la confianza, ¿se las benefició?

—Para serle sincero, no.

—La Leticia, vaya… —De un trago vació el vaso—. Pero la Mari Lola… Oiga, yo he visto lo que vemos cada cual con andar un momentico por ahí… Sí, señor, otra cañita… Pero monumento de carnes como el de la Mari Lola… Dígame usted, joven, en el caso de que usted se acuerde… ¡Qué tía neumática…! De este tamaño, el asiento…, ¡más!, y de mostrador…, se lo digo yo, de mostrador iba abriendo zanja…, así…, oiga, barrenando…, y las ancas…, ¡la molino de ella…! A una varona de esas medidas no le es dable ser honrada. Según hablan… Y lo del marido… Que eran los tres traficantes de drogas, no le busque otra solución. De drogas para no preñarse ellas y para ver en sueños moras en pelota viva. Sí, señor, otra cañita. En ciento sesenta años, que tiene la casa, no se ha visto semejante ajetreo. Tú, pardillo, que se te ha pedido otra ronda. Mi señora no acababa de rajar, cuando yo volvía. Que si este escándalo, que si esta riña, que si medio en cueros, que jarana y festejos, que qué bragas… Mi señora, los primeros meses, las asistía. Yo, escuchándola a mi señora, ni encandilarme, me adormilaba. A todo tiberio se acostumbra uno. Usted ¿recuerda de la Mari Lola? Como una vaca puesta en dos patas…, que encendía los pelos.

—¿Qué resolvemos?

—El señor comisario nos tiene muy mandado que ésta no es cuestión de broma. Usted se disculpa y, a la calle.

—Eso, a la calle —Saqué un puñado de monedas y un billete azul, mirándole a los ojos.

—A mí, que jamás he tenido sobre la conciencia, tampoco me gustan las entrevistas con la autoridad. —Cogió el billete, a mano llena—. Hala, joven…

La mujer subía hacia la taberna.

Sin apresurar la marcha, sin retardarla, llegué a la calle mayor. Aunque no miré atrás, les sentía abrirse camino por la acera. El 600 se encontraba a unos diez metros.

—Pare. ¡Usted, usted, pare! —gritó ella.

Les supuse suficientes telefilmes como para saber retener una matrícula y continué hasta las escaleras del metro, donde me alcanzaron.

—¿Por quién nos ha tomado? —Tironeó de la camiseta de su marido—. Tú, devuélvele ese dinero. A una le han dado el encargo y lo cumple. —Infló los carrillos—. Berzas, anda a traer un guardia.

Bajé de un salto tres escalones y, después, ya no oí sus asechanzas, amparado en la multitud que se apresuraba a las taquillas. Dentro del vagón, el sudor se me heló. Descendí en la primera estación, salí a la superficie, caminé presuroso y, una vez en el 600, le narré mi fuga a Tub, que me estrechaba, convulsionada de entusiasmo, y exigía contarlo en el futuro con ella de coprotagonista.

Por la carretera que atravesaba el parque, intuí su sombra al despegarse del tronco del plátano. Pisé el embrague. En el paseo frontero, balanceando el bolso, se adelantó al bordillo de granito. Asegurada vía libre por

«Su infausta aventura no modificó la rectitud de sus ideas, ni le hizo abominar con pudibundez hipócrita de las expansiones naturalísimas de la carne.»

el retrovisor, logré de una volantada el cambio de sentido de la marcha. Asomándose por la ventanilla, dijo:

—¿Subo, pocholo?

—Y ¿si hablásemos un rato?

—Más seguro que suba, pocholito. —Le abrí la portezuela—. Por aquí nos persiguen. Bueno, ¿te agrado? —Acaricié unas abruptas rodillas—. Estoy monina, fíate. Los viejos me dan asco. A los chicos finos, como tú, dos mil, habitación incluida.

—¿Qué habitación, la tuya?

—No, jefe. En mi camita duerme esta venus, bien solita y sin hacer cosas feas. Yo soy una chica de gusto y no me creas capaz de meterte en un sitio guarro.

—¿Quieres que vayamos a un chalet con piscina?

—¡Qué gracioso eres, cachondo, popeye! No voy nunca, si no es con un conocido.

—Mil.

—Coñi, nene. Sin más, fíjate ayer noche, un señor me largó cinco. Tú no te has percatado qué hembra se te ha subido al vehículo. Además, ¿qué te representa a ti un billete? Si tú no lo ganas con las manos, nardo, que se te ve que no eres plebe… No te lo pienses más, que es mucha hembra esta greta, sosito.

—Mil.

—Mil quinientas.

—Mil quinientas. ¿Dónde?

—En un palacio. Tira hacia abajo. De verdad que la llevan unas señoras muy limpias y miradas. Tú, siempre recto, Juan centellas. Trae un cigarrillo. ¿Has cenado? A mí lo que me anima es la carretera. Darse la comilona en un mesón, su poquito de campo y, a casita, que es un goce, mandarín. Yo tengo educación y por eso prefiero la cosa menos violenta, por sus pasos y con buenas maneras. Vete parando, que hay que atravesar por debajo del puente y seguir por la otra orilla. ¿Vienes por el parque? Ahora nos lo han puesto imposible, ni dejarnos ganar el pan. Sí, adelante, pulgarcito, que vas a ver qué artista del sommier es tu novia. Una noche sí y otra también, redada. Por las tardes, menos. ¿Ponemos la radio? Anda y que cómo bailaba yo, ingeniero... De haber tenido estudios esta hija de mi madre, en un teatro y no en la vida. Lo moderno de ahora me gusta poco, pero la rumba, el fox lento, para ir bien apretaditos y meneando sólo la barriga, la samba y el tango y el bolero... ¡Ay, el bolero! Yo he residido en Venezuela. Tú, nardo, sigue seguido siempre. Ya verás, no te va a disgustar el sitio, popeye. Y, si le tienes afición, sirven coñac o anís. Pues, he residido tres años en Venezuela. Quito la radio, que a esta hora nada más hablan de guerras. En Caracas, que es una ciudad de leches. Tú, jefazo, ¿has estado en Caracas? Así como tres Madris y eso que Madriz no es Logroño. Edificios de cuarenta pisos y unos carros, mi tesoro..., ¡qué carros...! Allí a los coches los dicen carros y hasta los morenos circulan en carro. Aunque como mi tierra no existe nada, como el gracejo de mi tierra, como la simpatía y el regocijo de mi tierra, nada. ¿Verdad, nardo, que como nuestra tierra no existe nada?

—Nada.

—Por ahí fuera mucho presumir, pero de saber vivir, ¡najas! Y hombres, los de mi tierra. Ah, y para mujeres, las mujeres andaluzas. Mi amiga, que es un poquitín más joven que yo, tiene una melena, que le cae hasta el culo, negra como la noche, negra, negra, negra... ¿Dónde encuentras tú una hembra así por esas naciones, eh, busconcete? Aquí siempre tarda en ponerse verde una eternidad, no te impacientes, morrudito. ¡Ay, pocholazo, qué goce encontrar a esta venus! Te voy a querer yo mucho y una tarde nos vamos a un mesón, por la carretera, para que no tengas queja de tu venus, popeye, que me parece a mí que te voy a querer mucho. A Caracas me embarcó mi marido. Bueno, como mi marido. No era malo, un que si es que si no es venenoso. Andará por los sesenta y cinco cumplidos y, para que se vea cómo sois los hombres, al llegar le dio por el azabache. Un vicio. Primero, las mulatas y, luego, cada vez más sombrías. Un vicio. Así que esta reina, que tiene la piel como la nieve, se volvió en barco. Sin mi tierra, encima, yo no lo aguantaba. Por la cuarta a la mano derecha. Le abandoné al catalino ese con su carbonería, ya te digo. Debíamos haber ido a bailar al Costa Fría. Yo prefiero la cosa con su preparación. ¡Ay, nardo, en el baile qué tía más ardiente es tu nenita! Por esta, sí. Vete despacio, que, no conociendo, la barriada tiene su aquel. Por esta, eso..., sigue, sigue a la otra, que la primera es prohibida. A la mano izquierda y llegamos. Oye, duque, al sereno me le das una buena propina. Si apeteces un coñac, lo pedimos. ¿Ves?, son casas nuevas, recién estrenaditas. ¿No subes el cristal? Anda, gitano, toca las palmas. Me pone más nerviosa, cuando no viene... En invierno, no tanto, pero en este tiempo, fíjate, el vecindario entero en las ventanas. Llama otra vez, popeye. Para entrar, no te cojo del brazo. Ahí llega el puposo de él. Buenas noches, Serafín. —En el silencio, se oyó a la ciudad toda—. No, pocholete, a patita, que es en el entresuelo. ¿Me le has dado buena propina? Dos timbrazos cortos y uno largo, así llamo yo y ellas saben que soy yo. Quita, quita, rompete-

las, que viene a abrir… Buenas noches, doña Teddy. Entra, amorci-
to. ¿Cómo le han sentado las pastillas?

—Mal, chata. —Doña Teddy desfilaba pasillo adelante—. Me
las han cambiado por inyecciones. —Empujó la puerta, encendió
luces e inspeccionó ocularmente el nido—. Y es a lo que más miedo tengo yo, a las inyecciones.

—Mejor las inyecciones que la operación.

—¡Ni mentármela! La operación no me la hacen. Antes me en-
tierran. Si el señor desea algo, el timbre está a la cabecera.

—¿Qué te decía yo, napoleón? Mira, mira qué sábanas… Re-
quetelimpias. ¿A que te puedes fiar de mí? Anda, guayabero, abó-
name lo dicho. A ellas les descansa cobrar previo. ¿No hay una
propinita para tu flor de lis, pocholazo? Ay, venus, qué tarzán te
has tropezado en el parque. Gracias, mister. Tú, tranquilo, que tu
novia vuelve de seguida que les liquide a las viejitas. Pobres…, son
más buenas… Doña Teddy padece de cáncer de mama, pero eso no
es contagioso. Vete lavando, diamante.

Ya había comprendido que ella no me gustaba nada. No habría
mucho que esperar, para que yo mismo me gustase aún menos.

—¿A que no he tardado ni un minuto? Pareces una escultura.
¿Te has lavado, juan centellas? Hay algunos que prefieren la cosa
en ropa interior. Una conoce de todo. Fíjate, nardo, el agua sale hir-
viendo. Aunque con estos calores… Tienes poco vello. A tu venus
le van más los lisos de piel, sarasate. ¿Pedimos un coñac? Pues quítate de en medio, que no te vea doña Teddy. Ay, qué puñeta de enteriza. Cuando se la saca una, es tal que si una se desinflase. Sí, señora, es que queremos unas copas de coñac…

—Una botella.

—Ele. Una botella, doña Teddy. Yo, popeye, no soy muy dada
al trago. Consume mucho el trago y una se cuida, como los futbo-

listas, nardo. Apago la del techo y con la de la lamparita estamos más íntimos, ¿verdad, tarzán? Voy, doña Teddy. Sí, más comodidad que la hayan descorchado. ¿Te sirvo, delantero? Hazme sitio. A tu salud. Grrr… Espera que me la echo a la espalda, para que no se te clave. Ay, sansón, qué urgencias… Por la botella cobran ciento cincuenta, pero esperan a luego. Eres un tumbón, popeye. A esta venus la vas a enamorar tú. ¿Te agrado, león, te agradan mis formas? A copas cuesta un riñón, porque cada copa vale treinta y cinco. Sigue. De modo y manera que una botella te resulta más económica. Como de oferta. A mí me agrada estar contigo, maniquí, porque… No te muevas, que te lleno yo la copa… porque me agradan los chicos formales y callados, como tú, mi nardo. No te quejarás de tu venus, qué bien de flores te dice tu venus. En serio, tarzán, conmigo tú te apañabas. Te voy a dar mi teléfono. Ay, mira qué pillerías sabe el sarasate guayabero… «Velación de cocuyos.» ¿Te agrada la música?

—Sí.

—A mí la música, lo que son los sentimientos, tiburón, me ablanda. «Noches de Veracruz / noche fría y sensual / noche que se remete bajo la arena / mientras la playa dice su inútil pena / Velación de cocuyos / que son la luz / pueblas de lentejuelas la oscuridaaaá.» Así canto yo. Tú sigue. De haber tenido estudios esta hija de mi madre, triunfando en un escenario. La traen descorchada por ahorrar trabajo, pero es de marca. El trago me perjudica. Y mira que una ha tenido que alternar… Las mujeres somos unas desgraciadas. Si un hombre no quiere empinar el codo, pues… Sigue, nardo, tú no te frenes… pues no lo empina. Que una no quiere, trago y medio. Ésa es la ley del alterne. Da asco, tesorito, qué asco da… Lo que le ocurre a una es que una es alegre. ¿Ya? Bueno, no te preocupes. Yo no soy de esas que meten prisas. Tú a lo tuyo, tarzán. Que te lo estás pasando de festival. Ay, león, cómo te ama tu venus... ¿Sabes?, tengo dada la entrada para un piso. Tú das la entrada y con terminar de cumplir los plazos el piso es tuyo, porque lo de la hipoteca ni lo notas. Aquí me ves, clavelito, dueña como la Junior. La Junior... ¿No estás abusando un poco, muchacho? Esa tía lepras es propietaria de catorce apartamentos y seis hotelitos. Ha entendido el oficio. Macho, macho, macho. —Y se interrumpió unos catorce o seis segundos, para fingir la cosa—. Dos dormitorios, el salón-comedor-estar, un baño, con ducha, la cocina y terraza en el salón-comedor-estar...

—Ahora, cállate.

—¿Te duele algo?

—No —me interrumpí por lo de la cosa—. No me duele nada.

—Pequeño es pequeño. Pero no hay que quejarse; al precio que está el metro cuadrado, si los hiciesen grandes, sólo los ricos podrían comprarlos. Tiene cocina y todo. De gas ciudad. Lo malo son los plazos. Ochenta y nueve plazos. Lo que es el manejo ese de la hipoteca no tiene mayor misterio. Ochenta y nueve y el piso es de esta artista. Ay, popeye, deja que repose. Yo te doy las cerillas. No, nardo, esta productora fuma muy poco, como los futbolistas. ¡Jope, qué tía más salerosa es tu venus, supermán! Tú no olías mujer desde el verano pasado. Qué rara es la vida. Joven y culto, que eres tú, y con coche y con pasta ...O ¿es que estás casado? Mientras tú, escultura, te fumas el pitillo, esta venus se va componiendo. Así son las cosas, ¿verdad, gardenia?

Y, al sentarse en el borde de la cama, gritó a lo náufrago. Efectivamente, el agua cubrió sus tobillos, cuando se lanzó, chapoteando, a cerrar los grifos del bidet. De inmediato, se reembarcó, al tiempo que se preguntaba —o me preguntaba— qué remedio habría, dramática e inútilmente, puesto que ya doña Teddy vociferaba tras la puerta, y hubo de desembarcarse otra vez, rogando a alaridos que esperase unos instantes doña Teddy, que descorría el «*¡Asete, pese a tal contigo, que agora saliste de prisión y veniste a caer en la mierda!*»

pestillo. Con la sábana mojada, se cubrió —y me cubrió— hasta la nariz. Doña Teddy alborotó sola al principio, mientras arribaban los ochenta años de doña Rufina, que entonces fueron dos a lamentarse, con tal ineficacia que, de hallarnos en el Atlántico norte —como parecía, oyéndolas—, habríamos acabado de pasto de los peces. En la inacabable jeremiada fue dibujándose la figura del tendero de abajo, a quien la semana última un idéntico desastre le había anegado varios kilos de legumbres, sin olvidar la ruina del techo del establecimiento. Mi compañera de balsa gimió. Doña Rufina no complicó la noche muriéndose, como había prometido, sino que se proveyó de bayetas y baldes por si aún cabía, desaguando, salvar la mercancía de las bodegas. Siendo previsible que en cualquier momento el motín se revolvería contra mí, bebí a gollete de la botella una ración de lejía, metílico y tila. Chorreantes, los pies venusinos se refugiaron entre mis piernas, mientras se escuchaba ya el crujir de los huesos de doña Rufina en las tareas de achique. Durante una pausa de los sollozantes rugidos de doña Teddy, Mi Venus intentó contemporizar, recriminándole doña Teddy que permitiese, culpable que era además, que una anciana —doña Rufina— ejecutase sola todas las obligaciones de la marinería de cubierta. Que saliesen. Salieron. Mi Venus abandonó el bote de salvamento y, tras embutirse la enteriza como quien se embute un chaleco salvavidas, abrió la puerta y se aplicó a la limpieza de fondos, con más ardor que doña Rufina, aunque con igual ineptitud. Disimuladamente, yo me secaba en la colcha.

—¡Señora Teddy! —llamó una Voz de la Vida.

—¡¡¿Qué quieres tú ahora?!!

—¡¡Aspirina!!

—Tu madre te va a llevar la aspirina —murmuró doña Teddy—. Pero y usted ¿no se apercibió de la riada?

—Puede que no haya calado.

La probabilidad calmó el oleaje. En el silencio, chirriaba más la osamenta de doña Rufina y resoplaba con ínfulas wagnerianas el aparato respiratorio de Mi Venus. Me habría amodorrado sobre el leño, si la Voz de la Vida no hubiera aterrorizado la extensión oceánica con un nuevo SOS.

—¡¡¡Señora Teddy!!!

—¡¡¡Que no hay aspirinas!!!

—¡¡¡¡Que es para el señor, coñe!!!!

—¡¡¡Voy!!! —Doña Teddy lanzó un uppercut al aire.

—¡¡¡¡¡Pero ¿qué ocurre, señora Teddy, esta noche?!!!!!

—¡¡¡¡¡La cafre de tu amiga, que se ha dejado abiertos los grifos!!!!!

Con la melena suelta y brillante de laca, en somero dril, la Voz de la Vida, desde la orilla de la tormenta, opinó, distinguiendo, que una cosa es olvidarse de los grifos y otra faltar a Su Venus.

—Con permiso —oí a doña Rufina, al tiempo que aparecía el mástil de su brazo por la amura, tanteaba la botella, se erguía y empinaba un codo pellejudo.

—Usted lo tiene.

—Gracias.

—¿Cómo va eso, doña Rufina?

—Empapando, hijo.

Sin embargo, doña Teddy faltaba al Olimpo, si se le antojaba, puesto que se encontraba en su casa y harta de tanto pendejo y tanta putañería, que las faltadas habían sido ella y la señora Rufina, tirada por los suelos con sus ochenta y cuatro de edad y su artritis, que bueno sería que no le diese lo que todos sabíamos —yo, no— que le daba, como malo había de ser que el tendero nos condujese a todos —estaba comprobado que las clases populares se habían puesto obsesivas con mi libertad— a la comisaría. Y que allí tenía la aspirina.

Mi Venus tiró la bayeta, salpicó a la Voz de la Vida y se enfrentó a doña Teddy. Ella pagaba y doña Teddy cobraba y se callaba o, en caso contrario, perdía la cliente. Los tonos mesurados del señor Anicio, en pantalones con los tirantes colgando, pacificaron la naumaquia. Esquelético, flojito, un matiz verdoso en las manchas rojizas de la epidermis, el señor Anicio, navegando de bolina, se sentó a popa, aceptó la botella e insistió en servirse por sí mismo, quizá para no desperdiciar el coñac que mis manos pudiesen derramar. Brindamos. Las miradas del señor Anicio a Mi Venus equivalían a mis miradas a su Voz de la Vida. Pero, cuando los inicios de la *partouze* —incluida doña Rufina— tan excelentes augurios mostraban, doña Teddy anunció el final de la maniobra, sacaron los cubos y sólo el señor Anicio se despidió, cortés y remolón.

—Guarras.

—Descansa conmigo un rato.

—Me sobran casas y una está viniendo por lástima. ¡Que se enteren! Pero ¿qué tiene esta pocilga? Venga, nardo, acaba de ponerte los calcetines. ¡Valiente ladrón el tendero! Te digo que me han infectado la noche. Otro día me llamas y nos vamos a un mesón, tu chachi y mi tarzán, que lo vamos a pasar de caernos de espaldas.

En el recibidor, supuestamente embellecido por unas láminas coloreadas de gitanas, surtidores y giraldas, doña Teddy, sin molestarse en fingir otra finalidad, esperaba.

—Usted dirá.

—¿Qué? —dije.

—¿Cómo que qué? Alguien tendrá que cargar con los desperfectos de la inundación. Y no me diga que ha sido ella la que dejó los grifos abiertos, que a mí eso no me interesa. Yo, en entrando la señorita a la alcoba con el señor, no quiero saber nada de lo que suceda.

—En eso, lucero, doña Teddy lleva razón. —Se ajustaba las sobaqueras de la blusa—. A ver quién le paga al tendero la pintura del techo, si es que ha calado.

—Ha calado, seguro.

—La otra vez caló mucho. Hasta el arroz.

—Usted, que es un caballero, comprenderá. Y el coñac.

Tanto por probar como por considerar llegado mi turno policial, propuse:

—Cuando esté usted dispuesta, doña Teddy, nos acercamos a presentar su denuncia.

Mi salida tuvo, sin perder matonería, un bellaco señorío.

—Nardo, no te has portado con doña Teddy. Te doy una tarjeta con mi número y… Me quedo, ¿sabes, popeye? Vivo arriba, en el quinto. ¿Dónde tengo yo las…? —Apagada la luz de la escalera, se me encendió la ebriedad, y tan sensible que oía las uñas de Mi Venus raspando la pared en busca del conmutador—. Si siempre llevo tarjetas… Para los amigos. ¿A que se me han olvidado?

—Desde el rellano inferior, se convertía ya en una pesadilla—. Pero, oye, chico, ¿qué es esto? Espera… ¡¡Anda y que te zurzan, marrajoooooo!!

Gracias a que la puerta era de reja, logré que me libertase Serafín, quien se puso a mis talones con el servil designio de abrirme la del 600 (o para apuntar la matrícula y comunicarla a la autoridad competente), y debí de remunerarle con largueza, ya que gesticuló sin tasa hasta que los faros quedaron enfilados hacia un cielo polvoriento y una difusa línea de cipreses encaramados sobre rojos muros. No podía afirmarse que el popeye de mí estuviese hecho un nardo del volante y, lo que resultaba más intranquilizador, igual me daba llevar yo el coche que el coche me llevase a mí. Entre ambos y en segunda, desembocamos en las riberas del río, que, debido a la bruma de mis ojos, estaban de Marcel Carné. Para entonces ya no resistía el zumbido del motor, que era como seguir oyendo a Mi Venus, y no tardé en encontrarme de pechos sobre la balaustrada de un pontón e inmerso —mentalmente— en las profundidades jabonosograsientas del agua azabache. Una vez más, este tarzán se encontraba solo, entre las luces de la ciudad, siendo del género de los que, cuando el mundo está lleno —por las mañanas—, el miedo les anula y, cuando podrían confrontar su valor —por las noches—, se rodean de congéneres. Y para un noctámbulo (como para un homosexual un homosexual o para un dogmático otro) un noctámbulo destruye la soledad, pero no compensa la ausencia, ni suple la falta de arrestos. Sin perder las más primarias características de toda intoxicación etílica, la presente me regalaba con unas connotaciones especiales, que consistían, sobre todo, en incapacidad absoluta de relación con el universo físico y simultánea lucidez desprendida, muy semejante a la que suele producir la tristeza o la antipirina. Es decir, que ni yo mismo creí que fuera a matarme. En todo caso, carecía de maldita vitalidad y no deseaba contárselo a Tub, ni siquiera aproximarme a Sagrario, que se sentaba, de un salto, en la mesa de la cocina. Las manos me olían a Venus, aunque escupiese al río, aunque recordase a Matilde y nuestra exquisita representación de unas horas antes, demostrativa de que, si bien parece cierto que en el caos cósmico la guarida es el sexo, ha de ser en el sexo de su propia casta donde uno se guarezca y, a cambio de conservar sus inhibiciones, amar por puro convencionalismo y no por pura repugnancia. Aparte, que ninguna de las de mi casta dejaban los grifos abiertos, quizá porque no practicaban la costumbre de la higiene preventiva. Por último, aquel río carecía del caudal suficiente y de peces —tampoco uno pedía pirañas— para aclararse de una vez con las tinieblas del no-ser. Sabiendo que nada alteraría la noche, que mejor que nada la alterase, que daba lo mismo que se alterase que no, aparqué probablemente dormido, pero desde luego despierto no estaba cuando me duché y fui a continuar el sueño en la (vacía) cama de Merceditas.

Aquel sabor de las tinieblas de lo inexistente no se iría de mis labios, sino cuando Mary, que se sustentaría en el césped con los antebrazos, arquearía la pierna izquierda —lo que tensaría sus caderas—, en espiral giraría el cuello, se equilibraría sobre el pie derecho y me besaría. De rodillas caería yo, arrastrando conmigo, destruyéndola, aquella alada gimnasia de su cuerpo pecoso, aquel *tour de beauté* irrepetible, sabiamente nacido de la hierba y de su propia elasticidad. Ninguna de mis palabras habría podido justificar semejante euritmia.

—¿Qué he dicho yo? —diría yo, ensayando los pulsadores del cronómetro calendario—. ¿Que no te he engañado con ninguna? Boba, te he echado tanto de menos este fin de semana, que cualquier mujer habría servido sólo para acordarme más de ti.

—Jamás consientas separarnos. —Y lanzaría el reloj por los aires, a la piscina, con el patente deseo de quedarnos exclusivamente ella, la tarde y yo, arropados en un abrazo fragante.

Yo ignoraría que aquella aurífera catedral de la industria suiza habría de resistir en el porvenir (que ambos nos construíamos al presente) choques contra superficies más contundentes. Mi cerebro no se encontraría —para la premonición— muy fluido, tras haberlo desempolvado de sueño los requerimientos de una Merceditas espantada de encontrarme en su cama, desde cuyo lecho al vegetal en que me abrazaría Mary, mi pobre cerebro habría superado la narración del esclavo sábado que su madre le había infligido, el desayuno, la pequeña pantalla y mi situación humoral.

—¿Qué hace usted ahí, viendo anuncios y más anuncios?

No hacía sino ver anuncios. Más tarde, se sintió compasiva:

—¿Ha tenido algún disgusto?

—Mi nacimiento.

—Lávese.

Me había encerrado con Tub. Sus piernas, al trasluz de la lámpara del cuarto de trabajo, persistían en ser la estructura más armónica que la naturaleza había inventado para martirizarme.

—¿Pongo la mesa o no va usted a comer?

No iba a comer. Ella iba a ir al cine aquella tarde, con Encarna. Ella, como el señorito, estaba hasta el último pelo. Musical. De amor. En color y pantalla gigante. A su madre le había advertido que, se encontrase o no la señora Megui en la ciudad, ella, la Merceditas, no se destrozaría en un fin de semana igual. El señorito tampoco se inclinaba, aunque la señora se encontrase ausente, a repetir las experiencias de las últimas veinticuatro horas. A saber qué experiencias el señorito habría corrido. Nunca había comprendido ella la diversión de los esparcimientos masculinos. Ni nos divertíamos, ni nos esparcíamos. Pues, a comportarse. El señorito asentía a tan honesto consejo. Y le advertía de los peligros que devienen en una tarde de domingo de consentir el acompañamiento de cualquier dúo de ligones. El señorito se creía —y el señorito estaba pero que muy equivocado— que ella y la Encarna eran unas novicias. Ellas frecuentaban sólo salas de primer reestreno y discotecas de reconocida seriedad, por lo que una servidora, una vez agotada la superproducción, movido el solomillo y, todo lo más, paladeada una cerveza, retornaría a servir la cena, cenar y acostarse, ya que mañana, si no se remediaba, sería lunes y tendría, sobre el zafarrancho consuetudinario, colada, que los lunes son días que deberían suprimir del almanaque los que mandan. Los que mandan, a juicio del señorito anarcoide, no tienen lunes, ni miércoles, que para ellos toda la semana es orégano. En ese, como en tantos otros pensamientos, ella se compenetraba con el señorito. Y que ella lo cogería, que no podía ser sino la señora Megui.

Era.

Merceditas colaboró a mi avío con tan precipitada eficacia que, a la media hora, me encontraba en disposición de darles la bienvenida, compartir el café y los licores, despedir a Bert que se prometía una siesta secular, aceptar el cronómetro, negarme a satisfacer la curiosidad de José María sobre mi empleo de la libertad, desearle reposo y, al borde de la piscina, recibir aquella inhumana agilidad del planeante cuerpo de Mary.

El calor olía.

Mary se aletargaba irremediablemente en mis brazos, a intervalos de caricias, plácidas e inertes. Dormida ya, la cubrí con una toalla.

Me trasladé a una hamaca. En el jardín, descansaban, desperdigados, rastrillos, azadones, almocafres, layas, guadañas, tijeras de podar. Cuatro surtidores giratorios cabeceaban, regando cuatro círculos de hierba y flores. Las sombras de los árboles se empantanaban macizas e indelebles. A aquellas horas, habiendo finalizado la temporada de fútbol, Ramón, en su estrecha alcoba, sudaría insomne.

La tierra olía.

Al segundo intento, emergí con el reloj, que examiné cuidadosamente; salvo sextante y veleta, de ningún otro instrumento carecía el aparatito. Al entrar a buscar ginebra, la interior penumbra me colmó de ese inquieto anhelo —casi una impunidad— de velar el sueño ajeno.

Olía a media tarde de domingo.

Besé los tobillos de Mary y repentinamente sentí que un día podría perderla. Vigilando el enigma de su rostro, coexistían la familiaridad y la extrañeza, el asombro de que aquel objeto de mi pertenencia estuviese capacitado para adoptar decisiones sorpresivas, como abandonarme o morirse. Y es que, polarizado por mis grotescas pretensiones de suicida de sábado noche, detenía el fuelle de su respiración, amarilleaba su piel, petrificaba su sonrisa y, sin adivinar, inventaba una Mary suicidada con el único fin de torturarme. Me fui por los caminos de arena, un trago cada docena de pasos, a pasear mi cariño por Mary, especie de estratos emotivos, bien soldados, sin zonas intermedias, ni fracturas, ni bolsas estatigráficas, a prueba de terremotos o movimientos orogénicos o espirogénicos o celosogénicos. Pero como la soledad es larga, Sagrario accedió a acompañarme en mi bucólico deambuleo y nos besamos bajo un pino —o algo, con aspecto de pino—, fragmentándose ya —como es de razón— mi armadura sentimental en compartimentos estancos, manantial de los múltiples cuerpos que,

«Je m'obstine à mêler des fictions aux redoutables réalités. Maisons inhabitées, je vous ai peuplées de femmes exceptionnelles, ni grasses, ni maigres, ni blondes, ni brunes, ni folles, ni sages, peu importe, de femmes plus séduisantes que possibles, par un détail. Objets inutiles, même la sottise qui procéda à votre fabrication me fut une source d'enchantements.»

con los primeros síntomas del anochecer, desfilaban por el césped y se encarnaban en rubias albinas cubiertas de sedas frambuesa, en lacias melenas rosas, cortas túnicas naranja, espaldas pelirrojas orladas de cuero verde, amarillas y azules chilabas, espigadas piernas morenas ceñidas por minifaldas blancas, aromas crepitantes, actitudes.

Daltónico y abotargado, nadé unos perezosos largos. Mary despertó, se arrojó desde el trampolín y, con juegos acuáticos, comenzamos una frenética danza de conmemoración, que terminó en uno de los dormitorios del piso bajo.

Bert, en estado de sonambulismo, bebía un vaso de leche en la cocina, antes de reanudar su sueño. Que no nos preocupásemos ni de las puertas, ni de la valla. Se besaron las mejillas y yo besé las mejillas de Bert, que sabían a aire cerrado. Le propuse a Mary cenar en cualquier restaurante de la carretera, pero Mary dormía y únicamente abrió los ojos al recibimiento triunfal de Merceditas, que la transportó a la cama. Como ni Merceditas, ni yo, habíamos sufrido la picadura de la tsétsé en el campo aragonés, ocupamos la sobremesa en saborear televisión sin sonido, gratamente sustituido por el argumento de la película que habían visto, antes de la discoteca, y hazañas y avatares en la misma, regando la velada por mi parte, con una miseria de ginebra, y, por parte de Merceditas, con suspiros de satisfacción, ya que, al fin, la señora había vuelto y la casa (—Pero ¿es que no lo nota usted?) era otra.

—Es la misma, hija.

—No sea usted malo. Se empeña usted en parecer malo, porque se cree que así es más hombre.

—De pequeño, nada te enrabiaba más que te dijesen que eras bueno —tuvo la dudosa amabilidad de recordar Gloria, mientras batía uno de sus inmejorables cócteles—. Pataleabas, hasta que papá o mamá te llamaban malo. Entonces, llorabas con un enorme desconsuelo. A ti siempre ha sido difícil tenerte contento.

—Te encuentro magnífica —dije, a causa del cóctel y de su cuerpo (tan distinto al mío) que, al transformar la fragilidad en una gracia incesante, me conmovía una hundidísima envidia—. De verdad. Y no me remuevas la niñez.

—Tú —preguntó, con las mejillas en las palmas de las manos y los codos sobre las rodillas— ¿vas alguna vez al cementerio?

—Nunca.

—Y ¿los recuerdas?

—Sí, claro.

—¿Me ha salido bien? —parpadeó, obligándome a beber un segundo sorbo.

—Sabe excelente. Tú ¿vas?

—No conoces a Gutiérrez —rió y, al instante, me encontré cómodo—. En los tres aniversarios. Y el dos de noviembre. Lo que no ha conseguido es que le permita llevar a Mónica.

—Haces bien, leñe. ¿Qué pinta la niña en el cementerio?

—Se parece a ti.

—Pobrecilla…, seguro que no.

—Sí, en muchas cosas. Bert también lo ha notado. —Barrió unas imaginarias cáscaras de avellanas, deslizando sus largos dedos sobre el vidrio de la mesa—. La semana pasada nos encontramos en el Real y, a la salida, nos metimos en una cafetería a cotillear, que volví cuando ya había llegado Gutiérrez.

—¿Qué vida llevas?

—¿Qué vida voy a llevar?

—Estás delgadísima. También, guapa.

—A Gutiérrez y a mí nos molesta tener una persona en casa.

—Y ¿asistenta?, una mujer que lave la ropa, por lo menos.

—Lava la superautomática. ¿Cuánto has gastado en toda esa inutilidad?

—No los abras. —Le arrebaté uno de los paquetes.

—Ahora que has renunciado a tu sueldo, es una locura.

—Al contrario —dije, con idéntica rapidez al silencio que quedó enmarañado de agujas y alfileres, como los cestos de costura de nuestra infancia—. Gloria, no seas cabezota.

—Te quedas a comer, eh. Comeremos solos, porque Gutiérrez, excepto los sábados, desaparece hasta…

—No le estropees a la niña la sorpresa.

—… la noche. Cállate, que yo entiendo a mi hija. —En la horrenda mesa rústica, made in Castilla la Negra, colocó la caja de acuarelas, las castañuelas, las construcciones, el uniforme de enfermera, la muñeca, el gigantesco perro, cuyo hocico azul besó, y sostuvo por los tirantes el vestido—. Le cabe en una oreja. No te preocupes, que a ella le hará la misma ilusión que si fuese a medida y ya lo cambiaré yo. ¿Quieres otro cóctel?

—Sí. Siento no haberte preguntado la talla. Hoy no puedo quedarme.

—Sí, sí puedes. Que coma sola un día.

—Pero ¿realmente te inquieta? Es un asunto sin importancia, como cualquiera de los infinitos que tú me has conocido, cuando perseguía a tus amigas.

—No. Y nadie te obliga a decir la verdad. Tampoco mentiras. Nunca has metido a una mujer a vivir en tu casa. Y, además, Bert afirma que es distinto a los otros asuntos. Por emplear tu mismo lenguaje. Incluso Gutiérrez, que no se entera de nada, esta vez se ha enterado.

—Tú, que conoces a esa liosa, peor para ti, si te convence.

—No es una liosa Bert. Y, encima, te quiere mucho.

—Amarrarme, es lo que pretende.

—¿Qué de malo hay en ello? Siempre he pensado que te casarías con ella y no con otra. Perdona, hijo, o se me quema la comida.

Las incursiones opiniátricas de aquella niñata putañona en mi intimidad constituían el típico —y sucio— acoso del hombre por la subversiva conspiración feminoide. Estrangularla, decidí. Y olvidar la deuda de las tres mil. Y poner en antecedentes a Mary. Antes que con ella, me casaría con Encarnalamuslos. Por lo pronto, dejé de mascar avellanas y me orienté hacia la cocina.

—¿Te ha dicho esa cretina que voy a casarme con Mary?

—No te apoyes en ninguna parte, que te arruinas los pantalones. ¿Quieres que te hable claro?

—Gloria, maja, ¿quién conoces tú que hable claro a alguien?

—Te vas a casar, porque es mujer con más dinero que has conocido en tu vida. Habrás de saber… Anda, vamos de aquí. ¿Te gustan las alcachofas rebozadas? Para después, hay lubina.

—Habré de saber ¿qué?

Me sirvió otro cóctel.

—Que Bert habla maravillas de ella. En mi opinión… Yo tengo mi familia hecha y sólo deseo para ti lo mejor. ¿Es cierto que tiene tanto? Suena tonto oírlo, pero el dinero no representa mucho. ¡Ahí está Mónica!

El perro, de pelo amarillo, hocico azul y tamaño supuesto de su estatura, le llegaba a Mónica por el borde de su falda plisada. Junto a Gloria, que la sujetaba por la cintura, sonrió con una mueca escayolada de reserva.

—¿Has visto? En un año será más alta que yo.

—Es que estás sin tacones, mamá.

Me besó y, apenas fiscalizados los regalos, con la caja de acuarelas, se colocó a mi lado.

—¿Cómo te las arreglas en el colegio?

—Bien.

—¿Te diviertes en el colegio?

—Nos han dado las vacaciones.

—¿Tienes muchas amigas?

—Sí.

—¿Te llevan tus padres al cine?

—Los domingos. A la primera.

—Iremos tú y yo al cine. O al circo. ¿Quieres que vayamos al circo?

—Sí.

—¡Basta! Mónica, a lavarte las manos, que ya está tu comida preparada. ¿Dónde has aprendido a hablar a los niños? Continúa así y te llamará de usted. Según Bert, es muy adecuada para ti. La pobre Bert dice que...

—Papelones te hace a ti la pobre zorra de Bert.

—... desdichadamente esa muchacha no puede tener hijos. Es lo que menos me gusta.

Le asustó una carcajada de un sarcasmo tan conseguido.

—¡¿Hijos, yo con Mary?! Os voy a invitar una tarde y la conocéis Ignacio y tú. Te quedarás tranquila. —Mónica, con la caja de acuarelas y las manos sudorosas, se apoyó en mi hombro—. ¡Qué deformación de la realidad —icé a Mónica y le hice sillón de mis piernas— aprovechándose de lo ingenua que eres...!

—No te enfurezcas, para una vez que vienes.

—El jueves hago la primera comunión.

—Lo sé, Mónica.

—Si no piensas casarte, déjala. Haz que se desengañe. Disculpa que lo diga sin rodeos, pero no está bien que te aproveches de ella.

—Luego, el desayuno. Con ensaimadas, churros, torteles, limonada, pasteles milhojas...

—Calla, Mónica, que estamos hablando los mayores.

—... y ... y pasteles de crema. La abuela me ha regalado la medalla y unos patines. Patines de mayor. Por la tarde, la abuela me convida al teatro.

—Calla, Mónica.

—Deja que me lo cuente.

—¿Te permiten reingresar en la oficina?

—Nunca volveré a esa galera.

—Y ¿sabes lo que vas a hacer?

—Tú, tío, ¿vendrás?

—Lo sé.

—Sí, hija, irá.

—¿Dónde?

—El jueves, a mi comunión.

—¡Faltaría más...! ¿A qué hora es?

—Te daré un recordatorio. Los recordatorios me los ha regalado papá. Y un camisón y una percha, que es un payaso.

—Quédate a comer, hombre, no seas pesado. Vanidoso... —Quería comunicarlo todo, pero ella misma sufrió la imposibilidad y se limitó a palmearme una sien—. Dile que te enseñe el vestido. Eso es lo que tienes que decirle.

El vestido era blanco. Y las sandalias. El cíngulo —si así seguía denominándose después del Concilio—, negro. Y blancos también el velo y el devocionario, dorados los cortes de las páginas, pero yo observaba mientras tanto y había más baldas, repletas de juguetes, y necesitaban un nuevo empapelado las paredes, cuyos leoncitos y oseznos recordaba brillantes, desvaídos ahora. En unos óvalos de terciopelo morado, sonreíamos, de arriba abajo, sus padres, los míos, sus abuelos paternos, yo.

—Ése eres tú. —De puntillas, trataba de alcanzar el colgajo, la gran clanada allí permanentemente expuesta, con el propósito de que Mónica no tuviese oportunidad de olvidar sus ancestros—. Cógelo.

Lo cogí. Se lo entregué. Me relacionó a los vivos y a los muertos. Revulsiva, aquella efigie de tontaina, que se adivinaba obsesionada, minuto antes (y minuto después) de ser captada, en besar a Bert y en citarse con una amiga de Fernando y Galizia llamada Tub. Colgué —¡ojalá!— a la familiona y nos fuimos por aquellos sesenta metros cuadrados (menos de la mitad de mi piso) a participarle a Gloria que aceptaba su comida. Así es como Gloria recuperó su tono, deliberadamente alegre y enérgico, de madre competentísima.

—Te queda una hora para comer y hacer un poco de siesta, Mónica. Y tú sírvete otro cóctel. Si llama Gutiérrez, que todo marcha, que estoy en la cocina y que procure escaparse a tomar el café con nosotros.

No telefoneó su marido, sino José María.

—¿Quién te ha dicho que estaba aquí?

—Mary. ¿Qué haces ahí?

—Convenzo a mi sobrina de que la sopa de fideos es un plato exquisito. —Tapé el auricular, cuando Gloria entró—. Es José María.

—Dale un abrazo. Mónica, ¿has terminado la sopa?

—Sabe mucho a sopa.

—¿De qué te ríes? —quiso averiguar José María.

—De que el alcohol sabe mucho a alcohol.

—¿Qué dices, tío?

—Que se ponga tu hermana.

—Bastante jarana organiza Bert. No, viejo. Tú ¿dónde estás?

—En el estudio. Nos ha invitado Bert a almorzar a Mary y a mí. Hubo carta de Fernando. Pablo está haciendo el pillo.

—Novelerías de Fernando. —Gloria llenaba mi plato de alcachofas, indiferente a la desganada contabilidad de fideos, que efectuaba Mónica a punta de cuchara—. ¿Qué clase de pillo?

—La más primitiva. Con Galizia de cómplice.

—No entiendo. No entiendo nada. ¿Quieres que les llame, si la cosa está grave?

—¿Grave? Acércate luego por la piscina de Bert. Montones de besos a Gloria.

—Besos de José María.

—¿Cómo le va? Mónica, deja de hacer porquerías. Seguirá ganando a espuertas, ¿no?

Seguía ganando fortunas. Gloria había olvidado la sal y las vinagreras. Más tarde, se la organizó a Mónica. Luego, comía ya de pie y pretendía que comiese yo más lubina. En sus ausencias, Mónica y yo nos mirábamos y, con las comisuras tensas, Mónica sonreía. A los postres de los mayores, Mónica comenzaba a mordisquear filete.

—O lo comes entero o cobras.

—Mientras yo esté aquí, no.

—Te habrás pasado la mañana masticando chicle.

Mónica clavó barbilla en esternón y facilitó —patéticamente servil— que su madre le propinase un azotazo, sorda a mi prédica de no violencia.

—Gloria, delante de mí…

—No intervengas.

—Si a la criatura no le da la gana de…

—No dejes ni un trozo. Y tú no la llames criatura.

Con guarnición de lágrimas, no dejó trozo. Absuelta de terminarse el melocotón, de mi mano, azuzados ambos por Gloria, fue depositada en la cama y se quedó oficialmente dormida.

—¿Sigues tomando el café sin azúcar? —Nunca había tomado sin azúcar el café—. Más me duele a mí pegarle. Pero es rebelde y difícil. En parte no puede y en parte se resiste.

—La niña es normalísima.

—Lo cierto es que no vale para mucho. —Su taza no tintineaba contra el plato.

—Por favor, Gloria, no me digas que la niña…

—Va retrasada en todo. En la comunión, en la lectura, en las clases. De pequeña, tardó en soltarse a hablar. Normal será normal, pero perezosa y no muy lista.

—¿Cómo puedes juzgar así a tu hija?

Erguida, pendiente de mi segunda taza de café, de su cigarrillo vertical sobre el vidrio de la mesa, imparcial.

—Porque así es. Oye, si tienes que irte, no te veas obligado a hacerme la visita. La ves sólo en Navidades, alguna vez por el verano… La llevamos al médico cada trimestre. Ahora, que las cosas se nos arreglan, tendremos un hijo. Gutiérrez se mata y, encima, que no debemos nada. Gutiérrez admite todo, menos deber. Y yo, pues, me he hecho a esa manera. La gente alquila más coches, el negocio se recupera. A Mónica le hace falta compañía. No hay más remedio. ¿Te imaginas —rió— otra vez de parto a mis años…? Engordaré, aunque sea preñada. Tú tendrías que adelgazar. Pero te encuentro guapo. ¡Que duermas! —Giró la cabeza hacia la puerta del pasillo—. ¡¡Duérmete y no me provoques, Mónica!!

—Está alterada, porque he venido yo.

—Seguramente. Mujeriego… Ten precaución, que no te hagan daño a ti. Fíjate, yo no soy quién para aconsejarte.

—Me preocupa Mónica. Levántala y me la llevo a cualquier sitio.

—No. Tiene catequesis en el colegio y tú…

—Yo quiero llevármela por ahí. A mí no me pasa nada, ¿comprendes?, ni tengo nada que hacer, ni nadie a quien acompañar.

—Te dará la tarde.

Entramos cuando le correspondía gritar de nuevo. No permitió que la vistiese yo y mantuvo su pasividad resignada en el 600.

—Vamos al cine —asintió sin convicción—. ¿Habrá circo?

—¿Me dejas? —Puso la mano en el volante.

Condujimos los dos hasta el parque, mezquino a causa del sol despiadado, de las arboledas mezquinas. Sentado en un mezquino banco de madera, le propuse que jugase. Se dirigió a una reguera y removió el polvo mezquino con una chapa mezquina. La braga, de algodón canalé, se le escurría y le dejaba descubierta una nalga. Volvió la cabeza y me miró. Corrió. Asomada sobre el raquítico boj, contempló la hierba de color moñiga caballuna. Regresó a la reguera y anduvo por ella, a la pata coja. Casi sin que lo percibiese yo, se sentó en el banco y cruzó las manos sobre el halda. Entonces, la abracé por los hombros.

—¿Te apetecería un refresco y patatas fritas?

—Bueno.

—¿Sabes una cosa? —Al fin y al cabo, podía uno aprovecharse, ya que ella sólo tenía nueve años.

—¿Es un secreto?

—Es un secreto.

—¿Qué secreto?

—Que te quiero mucho.

Mónica siguió con la vista a unos contemporáneos suyos, que pasaron a remolque de la canija chacha, empecinados en la fricción de las suelas de sus zapatos contra la tierra mezquina y hoyada.

—Patatas, no.

—Pues…, a ver si encontramos un programa tolerado. ¡En

marcha! —La imitación de las entonaciones de Gloria sonó excesivamente artificial—. ¿Te llevo en brazos?

—Uyyy…, soy muy grande.

—Claro que sí, perdona.

—Tío.

—Dime, hija.

—Lo que más me gusta es la *kermesse*. Pero se gasta el dinero.

Media hora después penetrábamos en el recinto ferial, especie de campo de concentración acondicionado para el asueto, el regodeo y la aventura escasa. Algunas decenas de ingenios móviles, alguna cascada, algunas hectáreas disneyalizadas y el conjunto abrasado de sol, albergaban ciudadanos que, igual que yo a Mónica, suponían niños únicos a los niños que apacentaban. Allí no cabía otra opción, para que la existencia transcurriese como debía transcurrir, que Mónica hiciese de mí y yo, de Mary Tribune. Le ofrecí el universo:

—Monta en todo. Y vamos a comprar palomitas lo primero.

Chicle, puesto que las palomitas no le gustaban.

—Chicle.

Y dos periplos seguidos por el Túnel De Los Horrores, sin que Tub se nos apareciese. En la noria, escondió la cara contra mi camisa y era ya feliz. A la octava órbita en los caballitos giratorios, alborotaba, desgreñada y polvorienta. Bebimos espumosos y, descubierto el Ferrocarril Miniatura que resultó uno de esos sencillos placeres de máximo goce, Mónica viajaba en el vagón de cabeza y su tío, sin otra tentación que aguardar el crepúsculo, se deleitaba en una inédita beatitud, viendo a aquel ser de mi sangre consumir kilómetros en el recorrido de una circunferencia de tres metros de radio y campanilleando incesante.

—¡¿No te cansas?!

—¡Una, tío, una vuelta sólo!

—De acuerdo. Ésta y tres más, ¿vale?

Con el aire sólido, la fluida polvareda y la luz licuada, me amasé una equilibrada nostalgia de otras norias, otras montañas rusas, otros güitomas y otros vértigos. Pasmaba la nitidez de los cordones de mis botas, de un parapeto de adoquines, de Pablo y Bert volteando, confundidos, en un carrusel, de Gloria ante un escaparate con uno de sus novios, de un propósito de enmienda, de aquel olor a cirios. Con toda evidencia, el don de los Dioses —La Inmortalidad— consistía en la amnesia, ya que cuanto más un desmemoriado vislumbra el pasado incoherente, más un acontecimiento de los años treinta parece haberse sucedido en el siglo XIII o que sucederá en el XXII, estableciendo la memoria en colaboración con el presentimiento un mortal proceso de formas maleables, que se sustituyen unas a otras, como el chicle de Mónica. La boca me sabía a Tub.

—¡A los coches! —vino corriendo.

Mediante ingestión de moneda el coche se deslizaba durante cinco minutos por el monótono circuito asfáltico, a voluntad y sabiduría de los enanos conductores. Mónica conducía sin excentricidad, tomando las curvas adecuadamente, como la niña normal —afeada, a veces, por su expresión reconcentrada— que era. Cambié más billetes por monedas y, sin pausa para la meditación, Mónica cabalgó en póney, navegó en motora, saltó sobre cama elástica y devoró un bocadillo de chorizo y dos helados, al tiempo que el sol aterrizaba y llegaban, bien en manada, bien por su cuenta, las parejas de enamorados, con lo que el paraíso de la inanidad se llenó de cortantes gritos que la mecánica recreativa —ya que no los orgasmos— les arrancaba del histérico. Conservó energía para otra pasada por el Túnel, donde volvimos a no encontrar a Tub. Los últimos metros hasta el 600 los hizo en mis brazos y el viaje, dormida ya, en el asiento trasero. Gloria, que planchaba en la cocina mientras se guisaba la cena, aseguró que posiblemente habría consentido a la niña todo lo que a una niña debe prohibírsele. Había acertado. No me quedaba a beber un cóctel. Que no se durmiese Mónica con el matasuegras en la boca. Gloria me besó y tuvo una buena sonrisa, de las que disuelven la melancolía de los regresos y la insidiosa pesadumbre de los ocasos analcohólicos.

—Avísame con tiempo, si te empeñas en traerla a tomar el té.

Sobre el césped y en bañador, la luz de las estrellas permitía columbrar que no se hallaban en condiciones de mostrarles en sociedad.

—Os la estáis cogiendo.

—No —dijo José María.

—Cariño —dijo Mary.

—Sí —dijo Bert.

Me descalcé. Bert, asentada en un hormiguero, me preparó una ginebra. Escondía la cubeta del hielo en un macizo de buganvillas. Si deseaba agua, la de la piscina, que ellos únicamente utilizaban soda.

—Y algún litro de whisky.

—Ignoraba —Mary compartía con José María una tumbona— que el año último circulabas en moto.

—Tiré la moto hace cinco años.

—Tres —aseguró José María.

—Quizá cuatro —concilió Bert, ahora con el ombligo sobre el hormiguero—. A Tub le disgustaba que fueses a recogerla al golf en moto. No sé cuándo, ni cómo, pero, de repente, empezaste a hacerte más pulido, a llevar una vida más refinada, quiero decir. Pulido, aún no lo estás. —Hizo su primer hoyo—. Tub tampoco fue nunca un modelo de educación, pero tuvo que tragar buenas formas. Hasta que encontró a éste —con el club enarbolado, el golpe prometía ser certero— y se creyó con derecho al encanallamiento. ¿Has leído acerca de nuestras duquesas manolas, Mary?

—He leído —contestó la caddie Mary, amalgamada a José María— apenas libros.

—Si éste hubiese disfrutado de imaginación, Tub habría acabado en un burdel de puerto. —Desde la hierba, estaba dispuesta a hacerse los dieciocho agujeritos de rigor—. Comprando donde compra, que es de lo más carísimo, nadie se explica que encuentre cosas de tan mal gusto. Viste fatal.

—A ella —opinó Mary, como si perteneciese al grupo— le interesa quizá desnudarse bien.

Atronadora ovación. Focos. Serpentinas y confetis.

—La conoces totalmente.

—Oh, perdón, yo casi conozco a Tub.

—Y exhibicionista como ninguna…, ¿verdad, Bert? Gozaba en la moto, porque podía enseñar culo a todo el país, pero que éste la recogiese en lo del golf…

—Oh, oh, oh, oh…

—Di tú —dijo ella— que Andrés, poco a poco —el hormiguero se llenaba de los alacranes, que le brotaban del ombligo— y con paciencia, la va domando. No te enfades, lindo, porque despellejemos a Tub. ¿Sabes lo que ha hecho?

—Que la señita de Burrini diz que se arrime usté —se escuchó mascullar desde la sombra a lo que no podía ser sino el antropoide de servicio.

—Será Sagrario —descifró la señita—. Disculpadme.

—Que se venga —propuse—. ¿Qué delito ha cometido Tub?

—Estafa —calificó José María.

—Se le ha presentado a Andrés con una nota de joyería de muy cerca a los seis cientos de miles. Reconoce, darling, que parece excesivo.

—Un momento —pedí tregua, a fin de tragarme la tráquea—. ¿Es que Tub ha vuelto?

Las carcajadas de José María retumbaron en la caliginosa bóveda.

—¿De qué te ríes? —preguntó Bert, que se reincorporaba, acomodándoselas en la adecuada pieza del biquini—. ¿De qué se ríe tan brutalmente?

—Ha sido gracioso que haya creído a Tub de vuelta.

—Que ni se le ocurra o Andrés le parte la cara.

—Tub puede, creo yo, gastarse medio millón en sortijas.

—Creas tú lo que quieras, Tub se ha portado como una cerda. Sabe las que está pasando Andrés esta temporada y lo arregla despilfarrando una fortuna.

—Pero ¿le han mandado la factura desde Suiza?

—Sí, entérate.

—Para eso está. El que quiera azul celeste que le cueste.

—Pues la va a devolver y la va a obligar a que devuelva el azul, mono, y la va a incapacitar y tendría que divorciarse.

—Eso —dije.

—Eso. Y Tub sabría lo que es vivir con veinte mil al mes. ¡Señorita de mierda! Bueno, Sagrario que nos invita el jueves a una party. La party en honor de Mary.

—Son amables y generosos.

—El jueves no me es posible.

—¿Por qué?

—Tengo la comunión de mi sobrina.

—¿Mónica hace la primera comunión a las diez de la noche?

Como más que atento a la oscuridad, que se acumulaba entre

mis piernas cruzadas, me encontraba en Zurich, no vi su rostro hasta que lo tuve bajo el mío, cuando me arrollaba su cuerpo, hondamente posesivo. Discretas risas de Bert y de José María ponían fondo al estupro.

—Tan enamorado de Tub, será preciso que tu Mary la haga olvidar. —Con las manos en mis hombros, de un agilísimo salto, se puso en pie, en el momento en que ya estaba uno excitado—. Uuuhh…, sospecho que he bebido un trago más de lo correcto.

Acudieron solícitos a sus vahídos. Bailaron en corro. Se largaron al porche, a otro traguito incorrecto. Yo vacié en la piscina el resto de mi ginebra. Me llamaron bastante después y porque me necesitaban.

—¿No te importa acercarme? Estoy que no me atrevo ni a abrir el coche. Me acercas a casa y regresas.

—¿No habéis quedado, para lo del chalet, mañana en el estudio? Quédate y os vais juntos.

—No, gracias, Bert. Con éste aquí, no la dormiría hasta la madrugada.

—Dame un beso, José María.

—Cien, Mary, *my love*. A la hora que te venga bien, apareces.

—¿Intentas venderle un chalet?

—Sí, puesto que en vuestra casa hace un calor insoportable —dictaminó Bert.

Embarqué a José María en el 600, soporté una seria disquisición —entre hombres— sobre las estúpidas extravagancias de Tub, le consigné en su hogar, me trasladé al mío, por retrasar la vuelta al gineceo, y, al empujar la puerta del *office*, Merceditas, que llevaba las amarillas, arrojaba el dado, avanzaba cuatro y devoraba una de las rojas, que correspondían a Encarna. Que se sentasen, que el señorito no pretendía interrumpir la partida. El señorito no interrumpía nunca. Telefónicamente, solicité a la señita Mary. Mary, resbalándole la lengua en las nasales y dispersando las fricativas, silabeó su deseo de persistir en la felicidad de la brisa. La voz de Bert se asomó a recomendarme que no fuese pesado. Ligero, retorné al *office* y, como ellas permanecían en pie, si yo no me sentaba, me senté en medio y de mirón, ya que el parchís no era vicio que se encontrase dispuesto el señorito a incorporar a sus placeres. Encarna, en su vestido de rombos blancos y rojos —como el papel de los vasares de las cocinas de mi infancia—, se diferenciaba de la ensoñación por la rotundidad de la presencia. Al señorito se le iban las manos, hasta el punto que pensó cortarse la cabeza para sentarla también.

—Usted quieto, que la ginebra yo se la traigo.

—Estoy sola y, por eso, tampoco tenía mayor prisa de irme.

—No la tengas, Encarna.

—Lo mismito le decía yo.

—¿No habéis cenado?

—Yo sólo ceno un huevo pasado por agua antes de acostarme.

—Tiro yo. —Merceditas sacó un seis.

—Tienes una noche, Merche…

—Usted ¿espera a la señora o cena antes? La señora tampoco tardará mucho.

Encarna, mediante un dos, se colocó en casillero inviolable.

—¿Qué falta te hace la señora?

—A mí —pasó a remover patatas en la sartén— no estando la señora, esta casa se me hace una tumba.

—Pues a mí me gusta un rato largo. Es que tiene usted una preciosidad de piso, señorito.

—Ya sabes dónde está, guapa. —El señorito abandonó una mano afectuosa en las esféricas rodillas de Encarna.

—Tú, Encarna, no chicolees, que aquí, el señorito, es un hombre casado, como aquel que dice.

—¡Ay, hija!, que no es para tanto…

—Delante de mí —mientras las patatas chirriaban, el señorito descubría que Encarna poseía unos ojos almendrados— no permito arrumacos. Tira.

—No quiero jugar. Y, además te tocaba tirar a ti.

—Encarna, sigamos la fiesta en paz. Usted ¿por qué no se va al living?

—Merceditas, maja, no seas cerril.

Encarna rió. El señorito escurrió pies bajo la mesa y enlazó, mejorando el clásico estilo del pisaverde, una de sus piernas. Encarna se dejó estar.

—Mercedes, mujer… —Montó una pierna sobre otra, como quien no quiere la cosa o quiere retirarla del cepo e ignora, en ambos supuestos, que un movimiento semejante soliviantaba al señorito—. Mira, cedo yo. ¿Tiras?

—Ahora soy yo la que no juega. —Merceditas desperdigó las fichas—. Hale, Encarna, que se hace tarde.

—Pero ¿qué prisa es ésta?

—Déjela que se vaya —El patente abatimiento de la espalda de Encarna apiadó a Merceditas—. ¿Te has enfadado?

—Aquí no se enfada nadie —me apresuré a establecer.

—No, mujer, no. Tarde, se está haciendo tarde. —Se despegó cansinamente de la silla—. ¿Vengo mañana?

—Yo también me voy.

—Allá usted —dijo Merceditas, ofreciendo a Encarna las mejillas.

—Tú cena, pon la televisión y acuéstate, si tienes sueño, que la señora y yo tardaremos.

—Una conoce sus obligaciones.

—Hasta mañana, Mercedes.

Merceditas expresó con un portazo su situación emocional. Me coloqué frente a Encarna, que se apoyaba en uno de los vanos, a la espera del ascensor. El ascensor subía. Encarna adelantó una mano hacia el pomo giratorio. Con el gesto adecuado, pulsé el botón de reenvío, de tal forma que, sin solución de continuidad, la cabina se detuvo y descendió.

—Que no, señorito.

—Sí, Encarna.

Salvé el abismo de los dos pasos, que nos separaba.

—Ésa es capaz de pillarnos.

—Que se jorobe.

Ahogó su risa contra mi pecho y también sus brazos se cerraron sobre mi espalda.

—Tunante —creí oírle.

—¿Qué dices?

Se arrancaba del abrazo y, como en toda defensa alborotada, indicaba, más que protegía, los sectores inermes.

—No me meta usted en un follón.

Tenía húmedos los labios, palpitantes. En aquella expresión súbitamente transformada, en el esfuerzo de aquellos músculos por recuperar la normalidad, adiviné la desbordadora facilidad de Encarna.

—Anda, calla.

—No, no…, espere. Espere un poco, jolines. Que les conozco bien.

—Pero yo soy distinto.

—Ustedes —se contorsionó entre las hábiles palancas de mis dedos— son todos iguales. Pare, ¡pare!, que me raja el vestido.

—Tú, quieta. Tú haz lo que yo te diga.

—¿Cómo quiere que me mueva, si me tiene usted achuchada? Madre, ¿qué tendrá una? No se me ponga ansioso en la escalera.

—Si no hay vecinos en este piso…

—Suelte, que respire. Y vámonos, vámonos volando.

Su juiciosa admonición, y así sucede en las vidas airadas, se adveró practiquísima, puesto que, recién separados, a Merceditas le falló la sorpresiva aparición en el rellano. Durante el tiempo que su señorito se había debatido en las canchas del puro goce, Merceditas se había calzado zapatos de tacón alto. En esta guisa, preguntó, mascando con las palabras las perversas intenciones:

—¿Se les ha estropeado el ascensor?

—Es que no acudía —gargarizó, dignamente ofendida, Encarna—. Tampoco nos íbamos a tirar por el hueco de la escalera, digo yo, vamos.

—Yo lo que digo es que si se les ha estropeado el ascensor. Para avisar que lo reparen.

—Muchas gracias, Merche. Pero no te molestes, que ya está de subida.

—No es molestia, Encarna. Y tú lo sabes.

El señorito, por no intervenir en el sainete, encendió un cigarrillo. Con el que casi marcó a fuego los repletos hombros de Encarna, una vez aislados.

—Déjeme salir sola, eh.

—Salgo yo antes, esperas un minuto y me sigues por la acera, que tengo el coche cerca y te llevo.

—Bueno, bueno, ¡ya está bueno!, que aprovecha usted cualquier sitio para desnudarla a una.

Las precauciones, como suele también ocurrir con aquellas que se adoptan mientras se roban caricias, resultaron inútiles, porque la portería se hallaba vacía. Hasta el coche, sólo intentó correr.

—No tiene fin que me lleve usted, estando a cinco calles de aquí.

—Tú indícame el camino.

—A un mal lugar es donde trata que vayamos.

Dentro del coche, la piel de los muslos, que sustentaban su fama, fosforescía.

—En esta ciudad no hay lugares malos, hermosa. Vamos a bailar.

—No, señor. Yo con usted no salgo. Pero ¿qué se cree?

—Tu novio —ya que Sagrario no aceptaba ser novia mía.

—¡Tendría gracia! Canutas se las haría yo pasar, que se lo tiene todo creído.

—Entonces, ¿qué?, ¿no quieres volver a verme?

—Usted arrégleselas que nos veamos sin sustos. Meta el coche ahí, en la esquina.

Aparqué, que habría sido justa la retirada del permiso de conducción. La zona recibía una luz municipal soportable. Rocé suavemente su cara, contenido, consciente de que había sonado la hora del silencio, y parecía comprenderlo, con una perspicacia que sólo la lascivia despertaba en ella, pues se amansó, incluso demasiado.

—Tú me atraes mucho, Encarna.

—También usted a mí.

—Me atraes más de lo que yo suponía. Te lo digo, aunque no lo entiendas, ni yo sepa explicarlo. Casi me asusta. ¿Estás enamorada?

—No.

—¿No tienes hombre? Sin embargo, no eres virgen.

—¿Le importa?

—No, linda, ¿cómo va a importarme?

—Usted de eso no se preocupe, que yo no soy una pardilla. Ni ando detrás del dinero tampoco. Es que me gusta, ¿sabe? —confesó con una mesura espeluznante—. Me gusta, ¿para qué voy a ocultarlo? No, aquí no me haga nada, por favor. Tiempo habrá.

—Encarna... —Estaba todo tan suculentamente claro, que resultaba superfluo continuar.

—No pase ansias. Deme un beso, sólo uno, y me las piro a ochenta a la hora.

—Atiende. Y ¿si subiese contigo, como no hay nadie?

—Usted quiere buscarme la ruina.

Aplastado por los escombros de la insatisfacción me encontraba yo, al alcanzar las carreteras que aislaban de la ciudad la ciudad de los elegidos. Mary esperaba y una oleada de gratitud me aceleró hasta la valla de madera, cerrada con candado. A los timbrazos acudió y en posición vertical, aunque a trote de chimpancé. Su dueña, en el porche. La mía, acostada. Efectivamente, en el porche y en biquini todavía, el whisky, que la tenía paralizada sobre los almohadones de una tumbona de bambú, le permitió percibirme, ya que refunfuñó que por mí mismo. Por mí mismo y por si envenenaba las sierpes que me azuzaban no escatimé ginebra. La piel de Bert tenía una igualdad mate.

—Si te apetece algo, pídelo. Mary se empeñó en no cenar. Está arriba, durmiendo. Hace un minuto, se ha marchado Andrés. ¡Esa necia! Vete o siéntate, pero no me marees con tanto bamboleo.

—¿Sigue dispuesto a que Tub devuelva la bisutería?

—Seiscientas y pico mil. Es preciso ser necia. Y envilecida, que siempre tuvo un natural prostituido. ¿Que si Andrés está dispuesto? Así tenga que recurrir a los abogados. Ponme un chorrito, sé bueno. En cuanto me acabe esta copa, me zambullo.

—¿Andrés está en dificultades?

—Y tú estás alelado.

—No me había dicho nada.

—A ti te va a contar sus baches…

—Somos amigos.

—Pchssitss… —Consiguió un redoble de lengua contra paladar de efecto subyugante—. Tú ¿qué opinas, bonito?

—Sea como sea, Tub tiene derecho a gastar ese dinero.

—Ese dinero lo gana Andrés.

—Y ella, que le lleva la casa. En nuestro país, se llama sociedad de gananciales.

—¡A la mierda sus gananciales!

—No seas injusta. Tub aportó…

—¡No!, no, no y no, ¡¡no!! Alma mía, no. A estas alturas, no. Ya está bien. —Se tambaleó en la tumbona—. De la dote de Tub quedan media docena de bragas.

A caballo en la balaustrada, estuve escuchando las arias de los grillos. Bert apenas si hacía ruido meditando. Más allá de la neblina, por los senderos que ascendían, los árboles se doblaban en sombras yesosas, alucinadas. En busca de la resignación, llegué al fondo del vaso.

—¿Te sirvo otro?

—Gracias.

—Y tú, que lo sabes todo, ¿podrías informarme de qué está haciendo Pablo?

—Lo que hace Tub. Putear. En lo que te has pasado tú la vida, cariño. ¡Cómo odio la mentira…, cómo la odio…! Ven, acércate.
—Me argolló una muñeca, crispadamente—. Mírame a los ojos. Dentro. ¿No lo ves ahí? ¿Lo ves, o no, cómo odio vuestras falsedades, vuestras tramposerías? Por eso, adoro a Mary.

Salvo las pestañas postizas y las azulosas estrías que le emba-durnaban los párpados, sólo vi unos puntos amarillentos en el iris y dilatación de la pupila. Se lo dije.

—Te hacen más daño las pastillas que el alcohol —añadí.

—Luego, resulta que no sois más que gusanitos. Pero, ¡coño!, qué daño hacéis.

—Escucha, Bert —le pedí, con igual entonación conciliadora que si hablase a Encarna—. Hazme la gracia de no regodearte en la abstracción. Dime qué pasa, si es que pasa algo.

—Según tú, seguro que no pasa nada.

—Bert, tú no me odias. No finjas odiarme.

—Odio a Pablo, cuando hace maldades gratuitas. Y odio a Tub, inmensamente, furiosamente, con todo el odio que se puede odiar.

Me senté en un almohadón y tecleé con el vaso las uñas de sus pies, pintadas en un violeta cianótico.

—¿Por qué a Tub?

—Tú, precisamente tú, ¿me lo preguntas? —Sus dedos se po-saron, con una inusitada dulzura, en mi cuello.

—Odia a Mary, que sería lo consecuente.

—Cuando Mary apareció, lo nuestro estaba ya hecho trizas. Ella, esa zorrita loca, había machacado mi cariño por ti.

—Sin dramón, Bert.

—Mary es una persona honrada.

—Sin dramones, Bert, encanto, que te confundes. Tub no ha influido.

—Tienes razón. Fui yo sola la que te extirpó. Para que no me metieseis en una cama redonda.

—En materia de autodestrucción de ideales, yo poseo la paten-te. Me los pulverizo, que ni rastro. Pero lo nuestro no es un sueño.

Entre nosotros, Bert, hay mucho tiempo y mucho afecto y mucha costumbre. —Besé, doblando la cintura, una de sus uñas, antes de que retirase el pie, levantándolo como si intentase patearme—. No permitas que una mala tajada te amargue.

—Lo que me consuela es que a ti, a veces, también te debe de hacer daño ese pendejo.

Bajó de un salto los escalones y, a la carrera, se entró por las sombras. Allí sólo me quedé yo, con los estremecimientos de su carne trepidante, dispuesto a acogerme al tálamo americano, única especie de tálamo que recibiría un deseo que habían convertido en necesidad las propicias y frustradas experiencias del día. Chocando con el agua, el cuerpo de Bert transmitió como una restallante y sugerente cachetada a las nalgas de la noche, que me cambió las ideas. Mientras no despertase a Mary o a la sierva, la jornada aún me sentía yo capaz de enderezarla. Trabajé en el penumbreo de los salones adyacentes y dejé el porche apto para la intimidad.

Nadaba con una persistencia olímpica. Quizá no me había oído. La hierba, más que reseca, estaba lijosa. En el centro, se mantuvo a flote con una leve rotación de las manos.

—Mary te ha obligado a pensar como no pensabas desde hace tiempo. A eso le llamo yo los retrocesos históricos.

—Muérete —me sugirió.

Me tendí, las manos en la nuca, por si el peso de las tinieblas sosegaba el avispero de las sierpes. Una vez más, Bert me ayudaba igual que una amante resentida a un amante endeudado. Percibí que se acercaba, pero no había esperado que se sentase junto a mí, a secarse y resoplar. Sin esa impaciencia, que tan bajo solía hacerme caer, deposité una de mis manos en uno de sus muslos.

—¿Quieres un cigarrillo? —Le pasé el que yo fumaba y el contacto se mantuvo—. Salvo si hablo en broma, nunca pretendo engañarte. La prueba de mi sinceridad es que siempre he salido yo perjudicado. Si estuviésemos casados, por ejemplo, te confesaría que tengo que hacer el amor en los próximos diez minutos o me muero realmente.

—Con Tub, por ejemplo.

—Tú sabes lo que siento por Tub y lo que ella…

Mi mano resbaló por su piel, al marcharse y dejarme paciendo clorofila, espontaneidad, desistimiento. Escupí, en parábola, a las estrellas y sorprendentemente la saliva no quedó colgada en el jarabe que respirábamos.

Me observó durante una décima de segundo, antes de continuar afilándose la yema de su dedo en el borde del vaso, ligeramente más amistosa, a causa de una brizna de ironía en las comisuras de su boca. Recostada en los cojines de la tumbona, conservaba unidas las piernas.

—Creo que me voy a la cama —anuncié—. Y espero que no cause mucha molestia darnos posada por esta noche.

—Escríbele que no organice embrollos a Andrés.

—Tub no acostumbra a seguir mis consejos.

—De acuerdo. Como conoces muy bien dónde están las luces en esta casa, no te acompaño.

Entraba ya, pero me volví.

—Sí, he cambiado las luces antes. A ver si así te metía mano. —Esperé a que acabase de reír—. Son métodos anticuados, evidentemente.

—Tómate otra copa.

Ella no ignoraba que, en cualquier circunstancia, esa proposición tenía asegurado el éxito. Temiendo, por lógica presunción, que intentase disciplinarme con las nueve colas de mi deseo, busqué asiento a una distancia no inferior a los tres metros. Ella descansó los antebrazos sobre las rodillas separadas. Una emanación de sadismo impregnaba el ambiente.

—A ti lo que te gusta de una mujer es la certeza de que le pones cuernos a otra.

—Bueno..., sí. Y las corvas y el temblor de los músculos abdominales y los pómulos y el coxis y las axilas... A mí, de una mujer que me guste, me suele gustar casi todo. De ti me gusta todo, excepto el carácter.

—Y ¿de Mary?

—Todo, excepto sus zapatos.

—Aunque no te atormentas por conocer los gustos de ellas, ¿verdad?

—Mentira. Frecuentemente, aun a costa de mi bienestar, me afano en que ella disfrute.

—Generoso.

—¿Has tenido alguna queja de mí a ese respecto?

—Me repugnas —dijo, pero sin tiempo para recobrar hostilidad, de tal manera que se nos enzarzaron las miradas, pegajosas y melifluas como una tarta nupcial.

De no habernos separado aquellos nefastos tres metros, Bert estaría besándome. Brindé. Permanecía pendiente de mi turbación.

—Hace un calor horrendo.

—Sí. El agua estaba caldo.

—¿Por qué tomas tantas pastillas?

—Porque siempre tengo que hacer el amor, por ejemplo, en los próximos diez minutos.

—Pobrecilla Bert... Ninguno de esos amigos tuyos sabe contentar a mi pobrecita Bert. Exclusivamente —la simple mecánica articulatoria me endureció la voz— yo. Yo, su primer hombre.

—Inmóvil, quizá rígida, contaba burbujas en el whisky—. Tu único hombre, Bert.

Y sólo yo supe que había estado a punto de decir: Tub.

—Pobrecita Bert —murmuró, risueña, antes de levantar la cabeza.

—La más tierna tigresa.

—Cielo, ahora te la estás cogiendo tú, a lo tonto.

—No tomes tantas pastillas, Bert. Por ejemplo.

Me tomó de la mano, me quitó el vaso y por los peldaños, sin que ella me soltase, estreché su cintura. Mojados de sudor, que nos ponía inaprensibles, como víboras en pantano tropical, la única sequedad la experimentaba yo en el paladar. Se detuvo entre los árboles. Por fin, el tálamo sería vegetal y punzante. No faltaba sino besar sus labios entreabiertos, que se redondeaban en una significación indudable. Me dispuse, pues, al cumplimiento del rito. Un repentino sosiego, esa calma que acompaña al inicio de la acción, me transformó el paisaje psíquico. Pero, a pesar de que sujetaba su cintura, Bert clavó sus codos en mis clavículas y, pinzándome las mejillas, imposibilitó la aproximación.

—Estate quieto —ordenó Encarnalamuslos.

—¿Qué pretendes? —En sus ojos brillaba la ferocidad—. Bien, podemos mudarnos a la selva.

—Por ejemplo —dijo, sin que le inmutase el sabio y minucioso descenso de la caricia a lo largo de sus flancos—. No te muevas.

—Tampoco puedo moverme mucho —reconocí, plagiando a Encarna.

Aun a aquella distancia y en aquella postura, que mi esternón resentía, ataqué por la vaguada de su ingle izquierda a banderas desplegadas.

El brillo de los ojos se debía a las lágrimas.

—Sigue —dijo, con una voz que no lloraba—. No te detengas, que es un método muy moderno.

Me metí las manos en los bolsillos del pantalón. Sus codos, como dos bolas de acero, aumentaban de tamaño.

—Me lastimas —dije.

—¿Por qué no sigues? A lo mejor, te da resultado. ¿Recuerdas tú la última vez?

—Sí —me precipité a responder, aunque inseguro de la fecha y circunstancias anejas.

—¿Sabes cuándo fue? —Esperó unos segundos—. Cerca de dos años. —Por eso me fallaba la memoria—. Dos años... —repitió y (con toda imparcialidad) sonaba excesivo, incluso agrio—. No hace un mes o cosa así. Lo mismo, cualquier día, le sucederá a Mary y tampoco te darás cuenta.

—No me arañes, Bert.

—Aguanta, cariño, aguanta que te arañe. En estos dos años tu pobrecita Bert, por ejemplo, no se ha acostado con nadie.

—Se te agradece la fidelidad.

Bajo mi labio inferior penetró su uña y allí se incrustó durante un infinito de dos años.

—Es cuestión mía, que no tienes ni que agradecer.

—Estás perturbada.

—Lo opuesto.

—De psiquiatra. A tus veinti...

—¡Eso es cuestión mía, te digo! —El silencio se arremolinó—. Exijo que me respetes la vida. O te echo a patadas. Yo no vivo para que te desfogues conmigo.

Bruscamente me soltó, pero se alejaba y todavía persistía en mis clavículas la taladrante opresión. Ni los relámpagos de la certidumbre, que me absolvían, ensanchaban la desolada clarividencia de mi apetito burlado. Estaba visto que aquella noche Eros jugaba al aro con mis pobrecitas neuronas. Tal como se debe, cuando el prójimo carga la culpa universal sobre las espaldas de uno, asumí todas las culpas, mientras encendía un cigarrillo, atravesaba el bochorno, refrescaba mis pies en la piscina, me peinaba con los dedos y llegaba al porche, santuario de la presencia estatuaria de Bert, que contempló impasible cómo, con la punta del pañuelo empapada en whisky, me desinfectaba el ardiente arañazo. Habiéndome retirado la gloriosa herida del campo de batalla, me puse en camino para la siguiente.

—Que descanses —dije.

—Que descanses —dijo.

Me desnudé en el cuarto de baño del segundo piso y, con mis pertenencias, alcancé las colinas de Waterloo. En Waterloo, con el ventanal abierto, dormía boca arriba y en una camisa color tabaco, que, al quedarle ancha, le quedaba mínima. Comprobé que eran de carne y no de seda los fortines a asaltar y esparcí por el suelo mi impedimenta de soldado de poca ventura. Sobre las losas, que circundaban las fachadas, se alargaba la luz del porche. Lejos, más allá de los árboles, el bochorno se había enrojecido. Mary respiraba insultantemente pacífica, lisistrática.

No antes de la docena de tácticos besos, despertó. Decidí desechar cualquier tipo de arenga. Sonámbula aún, sin dejar de mirarme —y no verme— a través del enrejado de la soñarrera, me acarició sin convicción, sonrió a sus ensoñaciones y giró sobre su costado derecho, gruñendo en inglés. La bandada de alondras, que nos sobrevolaban, se metamorfosearon en cuervos. Descendí a la alfombrilla, salté el foso e instalé las baterías en su retaguardia. Al menos, en aquellos parajes, disponía yo de más amplio terreno para el despliegue de sus cabellos y la conquista de sus vértebras cervicales. Mary giró sobre el costado izquierdo, intacta la sonrisa.

—Darling… —susurró, atenazada ya.

—Te necesito.

Destaqué una patrulla en ataque frontal. La ebriedad del choque con la vanguardia desbandó mis efectivos, obligándome a un repliegue exploratorio.

—No —dijo, como era de esperar, y con una entonación asombrosamente despierta—. ¿Has bebido demasiado?

—Un par de copas con Bert.

—¿No se ha retirado a descansar? —Se recostó en el cabecero de la cama—. Disculpa mi fatiga.

—Mary.

—Sí.

—Mary, si no hago el amor antes de cinco minutos, me muero.

Resbaló sobre la sábana, abrió los brazos y cerró los ojos, inmejorable en su postura de víctima propiciatoria.

—Termina pronto —urgió mi venus Mary Tribune.

De una embestida contra la cursi butaca de terciopelo, retrocedí hasta el ventanal, a sujetarme los calambres de la ira, los gritos ahogados por torrentes de saliva, la turbulencia coceadora.

Un escalofrío me advirtió que sudaba mansamente. Por fin, derrengado, ascendía desde la ceguera abisal y el cerebro ordenaba y seleccionaba opciones tales como recoger la ropa, rasgarla, abofetear a Bert, incendiar las cortinas, conducir hasta el amanecer, recoger primero los pantalones, cuando un destello alumbró mi soledad.

—No soy partidaria de conversaciones a medianoche. —Vestido un salto de cama, se aproximaba, buscándose corchetes, botones o pústulas—. No tenemos experiencia grata de esas conversaciones, ¿es cierto? —Se sentó en la grotesca butaca, capitoneada en terciopelo, sus pies entre los míos—. ¿Será posible hablar y justificar mi comportamiento reprobable?

Yo habitaba en la isla del faro destellante.

—Es evidente, mi amor, que no eres feliz conmigo o que yo no te basto.

Encaramado en los acantilados de la autarquía, forcé una máscara de impasibilidad.

—Ciertamente me duele haberlo aprendido después de aquella dicha, que no se hace fácil olvidarla. Pero, poco a poco, sentí miedo de ti. Y es horroroso ese sentimiento, que me vence desde aquel día. José María lo comprendió y le estoy muy reconocida de su calma y de su afecto, y reflexioné con todo mi valor. Si pudiese, te dejaría y tampoco puedo dejarte.

Rodeado de soledad por todas partes, ni siquiera un istmo de curiosidad me unía a sus elucubraciones.

—Cuando marchaba con Bert y con José María por una calle de comercios, mirábamos unos relojes en la vitrina y pensé en ti al igual que antes y deseaba comprarte ese reloj, porque soy torpe, y me volvió la alegría, después de mucho tiempo sin amarnos…

Dos años.

—… como enemigos que duermen juntos. Pareció que no habría más días ignorando de ti, que no te irritarías de verme. Era ayer mismo. No más horas de angustia, ya no entraría a casa borracha, tan avergonzada de mi humillación… Era verano y tú me lo dirías sin tardar. Pero esta mañana sentía el miedo. Tú no quieres más de mí y yo todavía no puedo dejarte, ni permitir esa forma brutal, que te dará desprecio por mí, o también indiferencia, algo parecido a una comodidad, para cuando no encuentras a otra mujer o no te quiera, una de esas mujeres de goma que llevan en los submarinos.

Confiésame lo que en mí te desagrade y si deseas a una muchacha y reiré contigo. Eso no me ofenderá, como si tú lo callas y bebes y la casualidad nos encuentra los ojos, me miras y yo no sé si piensas golpearme o besarme.

Hasta los grillos callaban. Sólo fluía la Balada del Amor.

—Dime que haremos posible otra nueva vez estar juntos y ser felices.

La felicidad, como siempre había sabido y en tantas ocasiones olvidado, era una de esas entelequias que no provienen del prójimo. Condescendí a explicárselo.

—Yo no quiero ser feliz, Mary. Yo lo que necesito es calmarme.

Sonrió. Indudablemente, era una mujer torpe.

—Tampoco tú me temas, darling. Nos marcharemos a una playa tranquila y hermosa.

Tras soltar la hebilla del reloj, lo dejé caer y debió de chocar contra uno de sus pies, porque los retiró, reiterando su ansiosa esperanza que la penumbra blanquecina desdibujaba. Me incorporé y así no cabría ningún malentendido. Mi mano abierta percutió el aire y se cerró, al tiempo que Mary, resguardándose, volcaba la butaca y osciló, tumultuosamente aterrorizada.

—No —suplicó, tratando de perturbar aquella cadencia pausada, solemne y devastadora, que la apresaba en su metódica serie de zarpazos—. No sigas… Te pido que no… ¡Acaba, amor mío! —gritó, cuando, ni de haberlo querido yo, habría podido detenerme.

Cubriéndose el rostro, duplicando la estridencia de sus sollozos, escapó segundos antes del final, que, a la luz de la luna, restableció de golpe los contornos, aligeró el aire y me permitió respirar, como si se hubiese disipado el espeso hollín de la noche. Instintivamente, me puse a silbar en sordina, con esa aérea disposición de los sentimientos desiertos. Ni para lavarme las camisas las necesitaba. Tub, en el alféizar del ventanal, se reía. «*y de nuevo cristal despunta el cuerno qual nunca Libia vio nevado invierno.*»

La voz de Bert me llamó desde la oscuridad.

—Súbeme una ginebra, que para eso sí valéis.

—Fuera. No sé qué canallada le has hecho a Mary, pero ahora mismo te largas.

—¿Me estás echando, Bert? ¿Me estás echando a patadas?

Me acerqué a la puerta, de la que ya había desaparecido. La luz de la escalera, al otro extremo del pasillo, sugería rumor de pasos apremiados, un vaho de tila humeante. Me vestí, convencido —conociendo las costumbres de la mansión— de que Bert, en su gabinete privado, telefoneaba a José María. Ya que no puede exigirse que todo se desarrolle a la perfección, ni siquiera en una noche bendecida por la Fortuna, me encontré sin cerillas. Prendida una lamparita, apareció el dorado mechero de mi dorada Mary, de cuyos trebejos, billetes y vestuario, hurté únicamente una blonda, no color tabaco, sino salmón, forradita de sedosísimo negro, para añadir a la media docena que le quedaban a Tub de su dote, alejándome del coto con tal trofeo que me recordase en los años venideros la existencia de Mary, algún tufo de sus aromas.

Hasta la planta baja, nadie hundió cuchillo en mi pecho. El reloj bávaro aseguraba que estábamos viviendo las cuatro y cuarenta y ocho minutos de la madrugada, por el meridiano de la vesania. Recorrí las tinieblas de los salones, llegué al porche, me suministré un tónico reparador. Quizá en la fronda, acechaban las arpías.

Los ronquidos de Merceditas, detonando en cadena, me reinstalaron en la antimateria del hogar. Penetré en su dormitorio a chascar lengua, pero con la finalidad principal de descubrir si dormía o provocaba despierta aquellos tableteos, como razonablemente había que suponer. Dormía y enfundada en su pijama de felpa, tan abiertas las fauces que no osé introducir en ellas mi cabeza. A Encarna la hallé en la cama y, acoplados, con Tub acoplada a mi espalda, me fui quedando amargado, sumergido por la creciente y retumbante marea de la jaqueca.

—Hija mía, de inmediato me preparas unos litros de café.

Demoró en mirarme el tiempo que tardó, ayudándose con el índice, en leer el globo, que la ocupaba, del fotoromance. Dobló bajo el sobaco el arquetipo bibliográfico y, con la actitud de quien trabaja como único remedio de su subsistencia, se trasladó del *office* a la cocina. Eso sí, pateando la puerta batiente.

Sentado en el trono de la rememoración, interrogué a la amnesia. La memoria me previno coquetamente que en la jornada a empezar (aunque la anochecida estuviese a tres horas vista) el señorito tenía cita —imprecisa— con Encarna. El señorito discutió con su hígado la conveniencia de afeitarse y, ganando la víscera, Merceditas rebuznó que el café estaba dispuesto.

Y tibio, en el ordenadísimo living. Ingerida la achicoria, tuve fuerzas para husmear el mundo, sofocante, postrado, de una luminosidad insoportable. Los baldosines rojos de la terraza relucían. Cuando menos, la nueva vida empezaba en la limpieza.

—¡Merceditas! —recogí honestamente los pliegues del batín—. ¡¡Merceditas!!

—¡¡¡Voy!!!

Vino. Con cofia, delantalito, tacones de aguja y uniforme ultracorto, puesto que a ella correspondía, en adelante, la exclusiva de engalanar mi existencia cotidiana. No obstante, la impudicia del disfraz revisteril resaltaba su malconformada piel.

—Bueno. Que ¿para qué me llama?

—Perdona, maja, estaba distraído. El café, bonísimo. Gracias.

—No ha sonado el teléfono en todo el día, si es eso lo que quería usted preguntar. Ni ha habido cartas, ni visitas.

—Espera.

—Diga.

—No, nada.

Sin quebrarle hueso alguno, sus tacones la evadieron del living. Informado ya, redacté un telegrama a Tub: LIBERTAD RECUPERADA POR FALLECIMIENTO DE MARY. BERT INTERNADA EN MANICOMIO DE LUJO. QUÉDATE COLLARES Y SORTIJAS. NO SEAS PÁNFILA. HÁRTOME DE ESPERARTE.

Previniendo que Merceditas registrase mis bolsillos, irrumpí en el dormitorio, que abandonó prestamente. Recuperé la blonda asalmonada, cuya inutilidad como fetiche patentizaban los repletos armarios de Mary, y, envolviendo en aquella leve sofisticación la película de Tub, guardé el conjunto bajo llave en la mesa del cuarto de trabajo, que comenzaba a parecerse a la cueva de Alí Babá. Imposible el inventario, también era imposible averiguar si, al amparo de mi sueño, habían sacado equipaje —maletas, turbantes, postizos, frascos, ligueros— del almacén. De modo que me lo pensé, cosa de decidirme a ser más listo que él, y marqué el número del estudio de José María.

—¿Cómo te va?

—Hasta la coronilla.

—Si te interrumpo…

—Afortunadamente me interrumpes, porque estoy que veo manchas en los planos. ¿Tomamos una copa de relax en mi apartamento? En media hora termino o esto termina conmigo.

—Lo siento; tengo ya la tarde cogida.

—Oye, dile a Mary…

—Mary no está.

—Luego haz el favor de decirle que he encontrado un vestido de noche auténticamente *épatante*.

—¿Te ha encargado un traje de noche?

—Para la party de los Tamburini. Pretende causar sensación y le aplaudo la idea. A Sagrario si no la deslumbras, se aprovecha.

—Pero ¿cuándo te ha pedido consejo?

—Esta mañana —sin otra precisión, fue participada la nueva de que Mary Tribune continuaba en este mundo— y, nada más comer, me he dado una vuelta y he encontrado una maravilla. Que me llame. Tú, anímate a la copa. ¿Qué machada te ocupa la tarde?

—Se me han acumulado los asuntos. Debería estar afeitado.

—Ah, ¡claro!, es que ya has quedado con Tub.

—¡¿Tub?! ¡¡¿Ha vuelto Tub?!!

—No grites.

—Pero ¿por qué crees que…?

—Andrés lo dijo. Que volvía ayer u hoy, no me acuerdo. Tampoco se va a nacionalizar suiza. Me sospecho que la ha obligado a regresar por lo de las alhajas. No olvides advertirle a Mary que me llame.

Tras una ducha de dos metros cúbicos, descubrí la ausencia de Merceditas, me receté un cuartillo de ginebra y compuse el número.

—¿Está la señora? Soy yo, Joaquina.

—Ay, señorito, que ya le había conocido. El señor no ha vuelto todavía, no, señor.

—Y ¿la señora?

—¿La señora? Pero la señora está en Zurij…

—Le oí al señor que volvía hoy o ayer.

—Que yo sepa… Llame usted al señor que aún no habrá salido de la fábrica. Aunque me creo que no, porque el señor me lo habría dicho, que no hace ni tres días que puso conferencia la señora. Y ¿qué digo?; esta misma mañana han vuelto a hablar.

—Gracias, Joaquina.

Merceditas, en minifalda y tacones, sin cofia ni delantal, arrojó los diarios vespertinos sobre los matutinos. En el estudio, ignoraban el paradero de José María y trasladaban mi demanda a su secretaria. Mientras la ansiedad me troceaba, no lograba recordar el nombre de la bella y, de propina, se me agravó la hemiplejía. Que se desconocía también dónde se hallaba la angulosa desaparecida. Mora, recordé un segundo después de colgar. Antes de que sonase la sirena, Andrés respondió.

—Oye, perdona, tú, pero… Verás, acabo de hablar con José María y dice que tú has dicho que Tub volvía hoy. Hoy o ayer.

—Yo no he dicho nada semejante.

—José María afirma que…

—Me habrá entendido mal.

—¿Cómo está Tub?

—Como siempre.

—Ya tengo ganas de verla —dijo el cretino enraizado a mi cerebro desde mi nacimiento.

—Saluda a Mary.

—De tu parte. *Ciao*, Andrés.

—Adiós.

El segundo cuartillo de ginebra me alivió de mi babosa estulticia. Duchado, Encarna, cuyas prácticas sociales no coincidían con las de Sagrario, podía ser recibida en batín y sin rasurar. Puesto que algo tenía que hacer, para no perecer de vehemencia, rugí el patronímico de mi fámula, único ente a mi alcance dotado del don de la palabra.

—¿Qué se le ofrece?

Su hieratismo, recalcado hasta los límites del desprecio, me ofrecía ella.

—¿Por qué te has vuelto a poner la cofia y el delantal?

—Si no va buscando más que chicolear un rato, me vuelvo a mis ocupaciones, que me sobran.

—Oye, cordera, ¿te he faltado yo en algo?

—¿A mí?

—Entonces ¿por qué me tienes ese gesto de perro, desde que me he levantado?

—Una servidora no tiene cara de perro.

Hidrofóbico, pero mejor no discutir.

—¿Estás de mala uva?

—Y usted ¿de qué leche cree que debo estar?

—Explícate.

—A una servidora la pagan para que trabaje, no para que se explique.

Reducido al temor de que Encarna no vendría, desplegué los periódicos, buscando el olvido en aquella fenomenología *à gogó*. Leída, como manda la diacronia, en primer lugar la prensa matutina, y cuando si no apasionado por las noticias sí me encontraba sosegadamente aburrido, se produjo esa fatal trastada de la sugerencia, que el Destino —en este caso, en forma de artes gráficas— suele jugarnos a fin de demostrar que sólo el azar rige nuestras previsiones. Por el procedimiento del butrón, los *soliti ignoti* habían desvalijado una joyería cercana. Tub, cubierta con un antifaz y negros guantes, enfocaba a mis ojos su linterna sorda. ¿Era el precio de la conferencia el obstáculo infranqueable, que se erigía entre el chester y el teléfono? O ¿los invisibles poderes de la abulia?

Ni uno, ni otros.

De donde se deducía que no telefoneaba a Tub, porque siempre había sabido que su respuesta se deformaría al producirse, en consonancia con la deformación de mi mensaje al emitirse, y nadie ya entendería nada de lo que tan claro entendía yo, reposando en el chester. Estaba comprobado que lo conveniente, con las personas que uno ama por encima de todo, es no tratar de establecer comunicación.

En la terraza, la sombra conservaba un regodeo crepuscular. Media hora más de soliloquio y, como único lazo de unión con mis semejantes, sólo dispondría yo de los medios audiovisuales. Por si la caída de la luz solar había amansado a Merceditas, cuya voz no había entonado trozo melódico en toda la tarde, me dejé ver en el tinelo.

Merceditas cosía botón a camisa del señorito. Encarna leía romance en fotos. La bombilla iluminaba las perspectivas hogareñas del cuadrito.

—¡Hombre!, ¿estás tú aquí?

Ambas se levantaron de las sillas.

—Pues, sí, señorito. Que subí con la Mercedes, cuando ella le subió a usted el periódico.

—¿No hay partidita de parchís?

Ni de bridge tampoco, a juzgar por el graznido mascullado de Merceditas.

—Se nos han ido las horas con lo del robo de la joyería. ¿Se ha enterado usted que le han limpiado a don Carmelo los estantes?

—Cómo está el barrio, desde luego. Pero no sigáis de pie.

Encarna se sentó, a pesar de que su vestido de patinadora no parecía posible que le permitiese tal movimiento. A cambio, Merceditas abandonó el *office*, para regresar, sin cofia ni delantal, cuando Encarna y el señorito manoteaban.

—¿Te vas? —dijo Encarna, como si tampoco ella diese crédito a tanto desprendimiento.

—Me voy —ratificó Merceditas, antes de apagar el gas y encender, con su huida, la hoguera.

Pronto, las llamas alcanzaron al living. Contra la chimenea, Encarna, suspirante y arrinconada, confesó su pasada amargura, sintiendo transcurrir la tarde sin que el señorito apareciese. Menos habría necesitado un tipo más distinto que yo, para invitar a Encarna al dormitorio.

—De ninguna manera. ¿Sería usted capaz y, además, no estando la señora?

De encontrarse presente la señora, el señorito habría sido absolutamente incapaz. El cuarto de trabajo rehusado, rehusada la alcoba de Merceditas, la habitación sin amueblar ni siquiera propuesta, inapropiados la cocina, el *office*, el baño de señores y el baño del servicio. Encarna se instaló en el chester, activa o remolona, a tenor de las iniciativas del señorito.

—Pero ¿por qué no? Tú eres una verdadera mujer.

—Sí.

—Entonces...

—Esa lagartona lo que quiere es pillarnos. Usted hágame caso y no tendrá queja.

Defraudar, efectivamente, Encarna no defraudaba. Una natural adecuación, una innata sinceridad, la dotaban de mágicos talentos. La noche, una vez que hube aprendido la lentitud, se puso estelar. Tanto me sugestionaba Encarna, que decidí encargarme una a la medida. Y es que a aquella chica, igual que a Tub en sus cuartos de hora más favorables, la vida sensitiva les creaba la vida emocional, y no al contrario, como desdichada y frecuentemente sucede. La lengua del señorito se disparó.

—Uy, no me diga usted esas cosas... Una conoce mejor que nadie lo que una vale. Y, la verdad, hay por ahí cada tipo de mujer, con una elegancia y una educación que quién las tuviese. Yo —y estábamos en la temática que más agradecía el señorito— soy de mucho gustar, no lo niego, pero otra cosa, no. Y usted es un zalamerón de aúpa, que vaya mujeres tiene usted, según se dice. ¿Sabe por qué soy yo de mucho gustar?

—Porque te gusta tanto, que crees que todos los hombres somos buenos.

—Eso. Y es lo que a una la pierde.

De pronto, sin olvidar los zapatos, escapó a la terraza. Merceditas opinaba, ya desde el pasillo, que con el ahorro de energía eléctrica podríamos mudarnos a un palacio.

—El contador no se va a fundir, aunque prenda usted unas luces. —Las prendió, en el instante en que me anudaba el batín.

—Mercedes —el señorito procuró contener su entonación de señorito interrumpido por la sirvienta—, ¿quién, carajo, te autoriza a entrar en las habitaciones sin pedir permiso?

—¡¿Qué sabía yo quién había?! Poco de recibo pagará la señora este mes, con el oficio de tinieblas que se trae usted. —Subió el pie derecho al primer peldaño de la puerta-balcón—. ¡Encarna!

—Ah, ¿eres tú, Mercedes? —preguntó la voz de Encarna desde la penumbra exterior—. Estaba admirando el panorama, que es de lo más bonito.

—Encarna, va siendo ocasión de que te largues.

Encarna apareció en la zona luminosa, convirtiendo el chester en butacón de primera fila del Folies Bergére.

—Sí, mujer, si me iba… Es que le he pedido permiso al señorito, para admirar el panorama desde la azotea. Se ven inclusive las afueras, el campo, los rascacielos con muchísimas lucecitas… Bueno, hasta otra, señorito. Y muchas gracias.

—Hasta mañana, Encarna.

—Andando y menos despedida, que el señorito tiene que cenar. —Merceditas escoltaba a Encarna—. Arréglate los pelos por detrás.

Un indefinido tiempo después, mientras aún olía mis manos, contesté que, naturalmente, cenaría en batín.

—Pues está usted asqueroso, con perdón.

Como resistí sin hablarle, remoloneó por la terraza, donde nada tenía que aviar, altaneramente atemorizada, con cofia, delantal y en zapatillas.

—¿Toma ginebra o no? —Retiró la tabla de los quesos.

—Sí, por favor.

—Sin favor.

Si no quedaba ginebra, traería whisky. Y hielo, que hielo había cantidad. Que trajese ron. Ella, lamentándolo mucho, nunca distinguía el ron. Una botella de ron puede reconocerse, mediante el procedimiento de leer su etiqueta.

—¡Merceditas! —grité, al sonar el teléfono.

—Ya, ya lo oigo.

—Pues, cógelo. ¡Ah! —ordené, como si esperase llamada de Guada por encargo de Ramón—, que no estoy.

—¿Ni para la señora?

—Sea quien sea, no estoy en casa.

—Diga... —dijo Merceditas—. No, no... El número es ése, pero cuarenta y siete en vez de treinta y siete... De nada... Que se han equivocado.

—¿Cuarenta y siete? Cuarenta y ocho querrás decir.

—No le iba a dar a un desconocido nuestro número de verdad.

Comprobé que había colgado correctamente el auricular, aunque bien sabía yo que a mí nadie me telefoneaba. Preparado el cubalibre, de nuevo se me ofrecían, simétricas y simultáneas, la soledad y la intermitencia del sueño y el insomnio. Ciertamente, aquellas manchas negras de campo eran el monte bajo destinado al recreo de las clases bajas. Las lucecitas, arracimadas, denotaban cuánto lugar de placer en las apariencias de sala psicodélica, snack, bar-prostíbulo, pub, drugstore, discoteca, se ofrecía a mi vista cansada. Arrastrando los pies, me aventuré al pasillo corto.

—¡Merceditas!

Cesó el ruido de la grifería y la vajilla.

—Mande.

—Si te apetece la tele, cuando acabes con los cacharros...

—No, señor.

Quizá los últimos acontecimientos le habrían asestado un proceso febril.

—No, calentura no tengo. —Secaba una batidora gigante, inédita en aquella cocina—. Es que la pienso ver en el aparato que la señora me ha comprado.

Me congeló en la puerta del *office*.

—¿La señora te ha comprado un televisor?

—Ayer por la mañana. Y esta mañana han colocado lo de la antena.

—Me dijiste que no había venido nadie esta mañana.

—Nadie para usted. Pero vinieron los chicos de la antena y la basurera, a cobrar lo de la basura, y el recadero de los ultramarinos y unas monjitas, que vendían papeletas para la rifa de una máquina de coser.

—¿Les has comprado papeletas?

—Dos. Con el dinero de una servidora.

—¿Para qué quieres tú una máquina de coser?

—Para aprender a coser a máquina. Pero nunca toca. ¿Quiere verlo?

Sobre la mesilla de noche, el televisor portátil recibió en su granujienta superficie una posesiva caricia de Merceditas.

—¿A que es majete? Y se ve, que ni en el de ustedes.

—¿Con qué finalidad te ha comprado ese chisme la señora?

—Uy, chisme, menudo chisme... Con la finalidad de que una no se pierda los programas, cuando haya visita. De modo y manera, que no existe mayormente necesidad, para ver la tele, de que me vaya con usted.

De modo y manera que, mayormente, además de todo otro gasto, habría yo de sufragar las averías del aparatete, previa recuperación de sueldo en correspondencia de la preceptiva anulación de mi licencia y subsiguiente posesión en el pertinente servicio activo, conforme a lo determinado en las oportunas normas reglamentarias y demás legislación vigente de aplicación al caso. Me sentí muy mal.

«Je l'avoue entre nous, quand je lui
[fis l'affront,
J'eus le sang un peu chaud et le bras
[un peu promt.»

De la media tonelada de medicamentos, que Mary había acaparado, tomé un estimulante y un somnífero, a los que añadí un vaso de ron sin mezcla alguna y, en el televisor de los señores, unas secuencias de crímenes. Ni en mis manos, ni en el chester, quedaba rastro aromático de Encarna. Con arreglo a la normativa, ¿me correspondería, una vez reducido a esclavitud, mi mes de licencia veraniega con sueldo?

—No quiero —dije, en voz alta.

El televisor estaba desconectado, Merceditas trasladaba el vaso desde mi ombligo a una mesa y su voz me recomendaba el lecho.

—¿Ha telefoneado don Ramón?

—A estas horas no hay don Ramón que llame.

Se volvió de espaldas, mientras yo dejaba caer mi batín y me introducía entre las sábanas.

—Baja la persiana y deja abierto el ventanal. ¿Cómo ha terminado la película?

—Una chorrada, que ni se sabía cuáles eran los buenos. A dormir.

—Verás —le confesé a José María, envuelto en el batín y sentado en el parquet junto al teléfono—, es complicado contar qué vida llevo. Lo primero de todo: no sé de dónde te has fabulado que Tub estaba de vuelta. Para mí, que Tub se queda en Suiza a olvidarse de Andrés. En segundo lugar, me bebí media botella de ron. Tomé pastillas. Menos que Bert. Una para dormir y otra para no matarme. Tú ¿opinas que perjudica dormir, como dice Pablo? Porque duermo mis doce o catorce horas diarias.

—Dichoso tú. Y ¿qué más?

—¿Te parece poco? Cuéntame.

—Piqué en uno de esos sitios...

—Yo también pensaba ir.

—... de ruido, repletos de aburrimiento. ¿Estamos ya viejos? A las doce me hallaba de vuelta. No ha habido carta del norte. Y, menos mal, esta mañana nos ha llovido del cielo un contrato, que nos librará de la quiebra.

—Pero te dará más trabajo.

—Trabajo, todo. Te llamo luego, hacia las nueve y media o diez.

—De acuerdo. ¿Ha aceptado Mary tu propuesta de modelo?

—No podía rechazarla, por buen gusto.

Merceditas, en traje de calle, anunció su salida.

—Vete, hija; si tienes recados que cumplir, vete.

Inmerso en la bañera, había proyectado salir yo también, a rememorar el aire de la calle, pero preferí la guardia precautelar. A las seis y media, mi impaciente mansedumbre fue recompensada con un timbrazo.

—Estoy solo. —Y me despojé del batín en el mismo vestíbulo.

—Ya lo sé, guapo. La Mercedes me dijo que salía esta tarde con la señora.

Con su vestido de anacrónico papel de vasar y entre mis tentáculos, Encarna sugirió que echásemos el cerrojo. No había cerrojo. Giré el llavín dos veces en la cerradura.

—Olvídate de ella.

—Tiene usted razón. Que la zurzan.

Reiteró su negativa a las camas. Otra despreocupación tendría, si el señorito fuese soltero. El señorito, que lo era, no dejaría de serlo. Que no y no. Se trajo una toalla del baño y, por si tocaban a rebato, dejó al alcance las tres prendas de su vestuario.

Luego, el punto vernal de mi existencia se había desplazado y los ojos de Encarna eran mi estrella polar, en una de esas intersecciones de placidez y complacencia, que sólo un astrónomo enamorado podría explicarse. Pero ni el asombro perturbaba aquel universo, en el que había anochecido ya y el rostro de Encarna, goteante, absorbía la dicha, hasta las rojizas ondas que nos enviaba el lanzallamas del bochorno. La chimenea, algún butacón o el tocadiscos, crujió. En las sinuosas simas de la madera se amarían las carcomas.

—Judío… —susurró en mi oído—. Fullero…

Como diamantes desmenuzados, la brasa de mi cigarrillo inventaba pecas a Encarna.

—Vuelve todos los días —susurré.

—¿Quieres tenerme todos los días?

—Mañana, tarde y noche.

—Ahora me pareces menos raro.

No cantaba, no arañaba, no golpeaba. Contenía sus suspiros.

La luz constituyó una sucesión de puñaladas.

—¡Golfa! —vociferaba, angustiosamente cerca—. ¡Golfa, pendón, golfa…!

—¡Calla! Y fuera.

—¡Mala amiga…!

—Ya está bien, leñe, y aguántate el telele. —Encarna se cubría con mi batín—. Ya has oído al señorito —el señorito se tapó con la ropa en gurruño de Encarna—, que te salgas fuera.

—No me salgo, tirada, más que viciosa. ¡¿Esto es lo que me habías jurado?!

—Mercedes —repetí, sentado, ya que era la única postura que aún podía mantener, con mi honestidad, mi autoridad—, no la organices. Después hablaremos.

—Yo no tengo nada que hablar, ni con esa golfa tirada, ni con usted, que es un granuja.

—Pero, chica, ¿te has vuelto majareta? ¡No, no, señorito!

Merceditas esquivó, de costado, y huyó. Al arrebatarle el batín, Encarna me retuvo.

—A ésa la arreglo yo.

—No la pegues —dijo—. Espera que hable con ella.

Guardaba billetes en su monedero de plástico. Saltando, se escudó con la almohada.

—No voy a arrearte, pero coge tu maleta y desapareces.

—Yo…, yo… —Guardé una pausa, a fin de que se ahogase de angustia—. Yo… le…

—Te pago lo que se te deba y sales de esta casa, para no volver nunca.

—La… la… la seño… Megui… es la que… me… me… pa…

—Y yo el que te despido.

En el living, detuve las manos de Encarna.

—No te vistas.

—La gili ésa, qué sobresalto me ha dado… La tenía olvidada, fíjate. Me ha puesto el corazón como un tambor.

—No te vistas, que pasas aquí toda la noche.

—Guapo, no digas cosas así. —Me besó y, aún abrazada, se ajustaba el vestido—. ¿La has arreado? Se lo merecía, desde luego, pero me da lástima, porque es una pava.

—Está haciendo la maleta.

—Yo, mira, lo comprendo, aunque mi opinión es que has hecho mal. ¿Me dejas que vaya a calmarla? No debemos echárnosla de enemigo en nuestra situación. El bofetón lo merecía, eso no tiene vuelta.

—Oye, Encarna, no te marches. Aquí no vivirá ninguna. Te lo aseguro, Encarna.

—Pero no lo saques de quicio —dijo—. Si yo vuelvo mañana…

Con la toalla a rastras, fui a ducharme. Bajo el agua, resultaba evidente que la felicidad radicaba en vivir con Tub y de doncella para todo, Encarna. El proyecto, en su simplicidad destellante, todavía me parecía factible, en tanto me vestía, incluso mientras escuchaba los murmullos en el *office*. Merceditas se enjugaba los lacrimales, sus hombros bajo el brazo derecho de Encarna, que más que protegerla, quizá la quebrantaba el esqueleto.

«Tornaron al obispo, dissieronli:
[Sennor,
savet que es culpada de valde la soror.»

—Nada, señorito, que no es nada. Que ella reconoce que se ha pasado de rosca. Pídele perdón al señorito.

—¿Me… me… pue… quedar… que…?

—Prepara la cena, por si vuelvo.

—Bueno, mujer, acaba con los lloriqueos. Ha sido un mal trance, porque tú, Mercedes, eres muy bestia. Al señorito no se le puede injuriar, que no sabes lo que es perder esta casa. —Merceditas gritó un gemido—. Difícil te sería encontrar otra igual —advirtió, con justa clarividencia—. En llegando, te llamo a ver si se ha pasado el berrinche, ea.

—Yo te acompaño, Encarna.

—No se moleste usted.

Triunfante, Encarna cesó sólo de reír, al cruzar frente a la portería. Dentro del 600, constató que por las buenas es como mejor arreglo tienen los disgustos.

—Cómprale de vez en cuando alguna chuchería, como las medias que le regalaste, y verás que se calla la boca. Ésa es muy interesada y, con algún regalito de pascuas a ramos, te mantiene el respeto y se achanta. Vamos a dar que decir, si todas las noches te empeñas en acompañarme. ¡Con lo ricamente que lo estábamos pasando...! ¿Por qué será el mundo tan lioso y la gente tan picajosa? ¿Qué le importará a esa gili que tú y yo nos entendamos? Hasta mañana.

—No faltes.

—Aquí ni me beses. No faltaré, judiazo.

Antes de comenzar una celebración báquica, telefoneé desde el bar Luciano a José María. Inútilmente. Luciano abandonó al cuidado de sus subalternos la escasa parroquia.

—Y que siempre se me olvida a mí que te dan asco los boquerones en vinagre. ¿Una banderilla de pimiento morrón?

Acepté, le ofrecí cigarrillo y me ofreció mechero.

—Tú, que conoces a todas las criadas del barrio, ¿me puedes dar informes de una que vive ahí, en la calle de...? Encarna se llama.

—Encarnalamuslos. Pero ¿no tenéis a la Merceditas, la de la señora Mercedes?

—Sí.

—Que no funciona la chica.

—No, hombre; que pensamos coger dos y como Petra sigue en el pueblo... Esa Encarna es amiga de Merceditas y ha estado un par de veces en casa. De eso la conozco.

—Yo, sólo de vista. Parece apañada. Preguntaré. ¿Sabes que a don Carmelo, el joyero, le han desvalijado el establecimiento? Te digo que en este país todo son calamidades para el comercio.

Soporté elegía durante dos vasos de cerveza. Cumpliría mi encargo de espionaje doméstico. Saber, sabía de dos: de una portuguesa, pero era portuguesa, y de una de Guinea, pero era negra.

Por las calles casi vacías, rezumantes de mugre estival, huí a los desiertos caminos, flanqueados de plantas trepadoras, rumor de surtidores y entrechocar de perlas. Camuflé el 600 en una trocha. Había luces en el jardín y un ventanal iluminado en el segundo piso, por cuyo hueco cruzó el antropoide. Cuando la nieve ensabanase aquellos parajes, probablemente yo no recordaría con nitidez los rasgos de Mary y pasaría mis noches al calorcillo emparedado de EncarnaTublamuslos. Que, de no conseguir subida de sueldo, resultarían difíciles de mantener. Se infiltró tal hedor a oficina, que bajé a desentumecer el pavor. Sin arrancarme las sonrisas de Satur y de Carlitos durante la próxima toma de posesión, llegué a la tela metálica. Mimando, con los dedos engarabitados en la alambrada, las posturas del oso blanco, oía lejanos ladridos. Si entraba, quizá me expulsasen de nuevo, pero quizá me abriesen los brazos y habría perdido mi proyectada felicidad triangular. Al otro lado de la valla —tuve el cerrojo en la mano—, abultaban entre los árboles más automóviles de los que Bert disfrutaba. O sea que, mientras merodeaba miserablemente dubitativo, ellas estaban, y a saber con quién, de juerga. Haciendo más estruendo del necesario con el cascado motor de mi vehículo, pasé de la vereda al asfalto y del asfalto, a la rutinaria soledad.

Aunque no roncaba, sí ocupaba el lugar del sueño, con las piernas encogidas. Una toalla de baño limpia colgaba de mi toallero. Me desnudé, con una flojera que presagiaba el enervante insomnio, y permanecí tendido en la oscuridad, soportando que el calor me cambiase de postura, más convencido, a cada minuto, de que no existe peor enemigo de la propia libertad que uno mismo.

Comparecí, y hasta encorbatado, antes de los salmos. El atrio rebosaba parientes y blancas criaturas, a quienes las galas refrenaban sus impulsos de potros salvajes e indefensos. No obstante, el mujerío, que olía atrozmente, recordaba, con su sola belleza desmitificadora, que también se trataba de una fiesta social. Cuando escrutaba rostros, en busca de los conocidos, se me vino encima Mónica, guapa hasta el enternecimiento en su uniforme de pureza.

—¡Has venido! —afirmó, radiante.

—Pues claro que he venido…

—Mamá dice que a lo mejor no podías…

—Tu madre… Tu madre no sabe lo que se dice. Estás preciosa. ¿Has tenido más regalos?

—Muchisísimos.

—¿Dónde están tus padres?

—No sé. —Y corrió, entre los grupos, dejándome ante la muchacha, que había permanecido unos pasos detrás, y que resultó ser, a pesar del sombrero, Bert—. Caray, cualquiera te conoce con ese güito emplumado…

—Hola.

Las plumas, azules y moradas, se sostenían indudablemente a

la estructura a causa de un broche de plata ennegrecida. Por lo demás, Bert sólo habría gastado una fortunita en aquel indumento de falda excesivamente corta, para usos eclesiásticos, y de mangas transparentes, que hacían más incitantes sus brazos.

—Hola, ¿qué tal? —dije.

—Tus hermanos te están saludando.

Seguí con la vista su apenas perceptible movimiento de cabeza y, en la dirección indicada, Ignacio y Gloria agitaban las manos sobre el oleaje. Las puertas del templo engullían asistentes, irrespetuosamente parlanchines, de tal forma que me alejaron de Ignacio y, en el bullicio, Gloria decía algo inaudible. Al volverme, el sombrero de Bert se difuminaba en las penumbras litúrgicas. Olido el incienso, que permitían oler las damas, partí a la busca de un refugio en las cercanías, si es que estaban abiertos a las diez de la madrugada. Solicité churros que mojar en el café con leche. En los cuellos de algunas botellas la dependencia había colgado sus relojes de pulsera. Un transistor al máximo volumen ofrecía, en voz femenina, Consejos-Recetas-Diagnósticos, con intervalos publicitarios. Pedí otra de churros. Los relojes, que deberían lógicamente adornar las de menor uso, lucían, no en botellas de ponche de huevo con trementina o de reconstituyentes monjiles, sino de coñac. El limpia antes de las once no se personaba. Si el señor precisaba tabaco, en el mismo mostrador se le facilitaría tabaco al señor. El señor pretendía sólo lustrarse los zapatos, a fin de alcanzar más aseado lo que, en tiempos del señor, se enunciaba como *Ite, misa est*. Antes de las once, nunca. Así que, cuando llegó el limpia, aboné y, sin permitir al limpia que se estrenase conmigo, regresé al atrio, en el que unos cuantos infieles fumaban, paseando logia. Bert salió la primera, rascando casi la cerilla en la pila bautismal.

—Es enfermante el calor que hace. Pobres niños.

—Quítate la boina y estarás más fresca. —Y se desplumó, pero como si yo no se lo hubiese aconsejado, la mirada perdida en un impreciso horizonte—. Cuántos meses que no nos veíamos, eh. —Me observó una fracción de segundo, entrecerrados los ojos por el humo del cigarrillo—. ¿Cómo te va con tu inquilina? —Me dio la espalda—. O ¿se ha buscado apartamento?

—Acerca el coche, por favor. —Me tendía las llaves por encima de su hombro izquierdo—. Voy a llevar yo a Mónica.

—¿Dónde has dejado el coche?

A un metro sesenta del bordillo, en una esquina y bajo una señal prohibitiva de aparcamiento, había abandonado el dieciocho plazas de su padre. *De minimis non curat praetor.* Hube de ensayar las marchas, antes de osar dirigir aquella monumentalidad de la industria germanooccidental. Cuando me detuve a la puerta del templo, únicamente le faltó a la deslumbrada concurrencia saludarme brazo en alto. Mónica, con las mejillas ardientes, rígida de puro nerviosismo, fue introducida en el salón trasero, con su padre al lado, mientras Gloria se sentaba en las habitaciones delanteras y Bert cambiaba zapatos de tacón por zapatillas de raso. Conocida la dirección del ágape, volver a mi 600 me produjo la sensación de entrar en una chabola. Durante algún milenio la calle no se desembotelló. Los invitados, en número de treinta y seis docenas, ocupaban dos mesas en forma de cruz de Tao y devoraban chocolate espeso, bollería y fiambres con naranjada. Como de la familia, en la mesa presidencial, Bert. En las antípodas, junto a lo que se manifestó en la configuración de la prima Carol, renuncié a la mortadela, el huevo hilado y las ensaimadas, a cambio de un amaro y aceitunas con hueso. La sustitución aceptada por el *maître*, la prima Carol pudo ya manosearme incesantemente el cuerpo y el espíritu. Su marido, siempre de viaje. Niños, cinco y el que se hallaba en camino. Levanté el mantel y, sin duda alguna, la prima Carol porteaba a un sexto caminante. Gloria acudió a confirmar que yo era un descastado. Que si me servían bien. Que ya me encargaba yo. Que la prima Carol estaba guapísima. La prima Carol, apetecible a manteles bajados, me besó las mejillas y me presentó a los cinco, en condiciones de caminar con autonomía, como el tío descastado, al tiempo que Ignacio se empeñaba en prenderme un habano, una música atronadora había lanzado a bailar a los niños y a Bert con los niños, bebía yo mi tercer rossita y en la devastación de los manteles intentaba leer el significado de mi presencia en la barahúnda. Besada Mónica (cuya impoluta túnica el chocolate —que no la vida— ya había mancillado), abrazado Ignacio, aparté de la danza a Bert.

—¿Te vienes?

—No.

—Pero ¿te divierte esto?

—Déjame en paz, idiota.

La mañana humosa, caldeada, chirriante, fue la paz. Los ciudadanos habían acordado llenar precisamente aquellas aceras de la urbe. Luciano había salido un momentito. Pero supo encontrar la botella. Allí, la paz, al menos, no barrenaba. El mozo se creyó obligado al palique. El cliente quedó informado de que el mozo acababa de abandonar Ceuta. En comparación con Ceuta, el mozo encontraba fresquito el estío de la meseta. Al mozo la única nostalgia que le restaba del continente africano eran los amigachos, el vino y el fulaneo. El cliente pagó.

Zarandeado por la desusada ciudadanía, vi escaparates, compré cigarrillos, una corbata, pregunté el precio de un proyector cinematográfico, y la muchedumbre y el anormal número de las fuerzas del orden me convencieron de que algún evento se aproximaba. Como siempre, ignoraba yo la sucesión de eventos que se ensañarían en mí a lo largo del día, por lo que, sin más precaución, me planté a ver qué pasaba. Al rato, pasaron despejando calzada unos motoristas. Luego, no pasó nadie. Algunos, en la edad pertinente, habían trepado a las acacias. Los más saltábamos en puntas de pie, oteando el fondo de la calle. Por fin, el rumor popular anunció la subsiguiente aparición de un camión mastodóntico, lleno de fotógrafos y camarógrafos. Sus dedos apenas acariciaron unos segundos mi antebrazo. Miré y era ella, pero más baja. Al camión seguía, a marcha lenta, un descapotable, desde el que los tres bronceados selenitas correspondían a los vítores. Ella reía, sin mirarles, apoyando su espalda en mi pecho.

—Pero si eres tú…

—Tú sí que estás en la luna… —Se asió a mí, para que no la arrastrase la avalancha de muchachuelos, que corrían tras la comitiva.

—Chica, no te había reconocido.

Y es que, tanto como un cuerpo amado, Encarna, en zapatillas y en bata, con la melena negra ocultándole la nuca y las orejas, la bolsa de malla colgada de un brazo, era simplemente la criada que regresa del mercado.

—Llevaba un rato mirándote —rió, sobre todo le rieron los ojos—. Y me dije: si no me saluda él, no le saludo. Para que veas lo que te quiero, me he acercado yo. ¿Qué haces a estas horas por la calle?

—Y ¿tú? —dije, sin pensarlo.

—De la compra. ¿Vas a estar luego?

—Sí, claro.

—La Mercedes decía que hoy tienes una fiesta.

—¿Una fiesta? Espera.

—Adiós, mi rey.

Atravesó la calle a la carrera, perfectas sus piernas instantáneas, y jamás me había sentido tan confundido, al sol, mareado, temiendo encerrarme en el living a debatir conmigo mismo, hasta la hecatombe, si asistiría a la party de Sagrario, recordada —y olvidada— por Encarna.

Al chasquido de la cerradura respondió el silencio, los pasillos solitarios. Sobre la repisa de la chimenea (y, fatalmente, aquella repisa se había convertido en la Oficina de Cifra), junto al sombrero emplumado de Bert, marchaba —y no ensartado en el cuello de una botella— mi cronómetro calendario.

Fantasmal, como últimamente acostumbraba a aparecer en aquella habitación (y ahora, desgreñada, con la cofia torcida), brotó de la nada Merceditas.

—¿Qué sucede aquí?

—¡Uyyy, señorito —grascitó en una curva agudísima— cuando usted lo vea…!

La aparté como a una cortina. En el pasillo, intransitable por los materiales y las herramientas, dudé si encaminarme hacia el bronco ruido o las aterciopeladas risas. Empujé la puerta del dormitorio —las muy negligentes ni habían girado el pestillo— y se inmovilizaron ambas. Bert, descalza. Mary, en el centro del desorden, desnuda. Y erguida. Aparte de la sonoridad de mi sonrisa involuntaria, sólo se oyó el roce de los pies de Bert contra la moqueta, sorteando cajas, blancos papeles de seda, bramantes. Cuando de nuevo miré, Mary se había vestido el batín, que la noche anterior había cubierto a Encarna.

—¿Cómo resistes, darling —logró articular en premeditado falsete, aunque ligeramente estrangulada la entonación— un tan viejo batín?

Nada más sentir su piel y su aroma, comprendí que acababa de perder irremisiblemente mi unión bígama con Tublamuslos. El primer beso nos derribó sobre la boutique, que ocultaba la cama. El deliberado ardor de Mary promulgaba ya el malentendido como norma de relación, puesto que ella me ofrecía, cuando yo no se lo pedía, lo que me había rehusado. Sus mejillas en mis manos, nos miramos largamente y en sus ojos —más grandes que los recordaba— se derrumbaban las tardes de parchís y amor, las portentosas ensoñaciones de la frustración, ardían las sonrisas burlonas de Satur y Carlitos y se alzaban de las cenizas las caricias sistematizadas, la estabilidad, los vínculos. Pero, con una ternura de oscuro origen, semejante a esas tristezas sin causa y que cualquier motivo las justifica, besé a Mary.

—He sufrido más —también resultaba insólita su familiar voz pastosa—, y lo deseo olvidar, no fatigarte con mis lágrimas y vivir en casa, si tú lo quieres.

—Sí lo quiero, Mary.

—Amor mío… Hoy no temo nada y además —lo comprobaría instantes más tarde— he tenido proyectos alegres y divertidos.

Por sorpresa, me besó las manos. A continuación, se puso un vestido fragilísimo, se calzó unos zapatos sin tacón y llamó a Bert. Abriendo camino Merceditas por los atestados pasillos, nos asomamos al cuarto de baño, donde fui presentado a los dos operarios que se disponían a pavimentar, con una materia peluda e incolora pero de amarillentas vetas. A pie de obra, se me ilustró acerca de la reforma, más técnicamente gracias a la llegada del autor del plan, a quienes ellas calificaron de genio. El genio de José María, cuyas plantas —como Mary mis manos— lamían los operarios, condescendió a explicarme que en aquel hueco del muro, cubierto por un altavoz abatible, en su día se alojaría un aparato reproductor de cintas musicales. Efectivamente, los rollos de papel, que estorbaban de allí al living, eran para empapelar. El cromatismo ambiental se regiría por una estudiada combinación de gris, azul y amarillo. Y ¿la cavidad sobre el excusado? Idea exclusiva de Mary. La iluminación, naturalmente, cambiaría por completo. Naturalmente. El lavabo sería sustituido por un mueble lavatorio, en nogal blanco. ¿Con herrajes negros? Sin herrajes. Hasta la bañera, trasladando el radiador y enmascarándolo, sobraría espacio para artilugio esférico y giratorio, con funciones de revistero. Ficus, muérdagos, adormideras y algunas fanerógamas proporcionarían la imprescindible notación campestre. Lo que no se había previsto eran los movimientos a realizar por un sujeto que, inocentemente, intentase alcanzar la ducha. Pero ¿la cavidad, exclusiva idea de Mary, sobre el excusado? Como cualquier mente normal habría ya adivinado, la repetida cavidad se destinaba al proyector de diapositivas.

—Hijo reconoce que este cuarto de baño era de lo más convencional.

—Y deprimente —redondeó Mary—. La habitación sin muebles y desaprovechada piensa Bert que sería útil como una pequeña sala.

—O como gabinete de costura —dijo Bert y ninguno supimos por qué.

Establecido que me habían despojado de mi lugar predilecto de meditación convirtiéndolo en la quimera de una vicetiple, les propuse dejásemos a aquellos mancebos en su labor de destrozo, mientras en el living se reponían ellos de sus designios decorativos con un trago y yo, con varios, de las consecuencias de sus designios.

En uno y otro extremo del chester, antiguo lecho nupcial de Encarna, Bert, despatarrada, y Mary, con la telita por la cintura, emitieron sendos suspiros de relajamiento, al tiempo que sonreían alternativamente a José María, derrumbado en un butacón, y a mí, en pie y ya escanciando. El conjunto me resultaba conocido. Pero no el silencio, que nos encadenaba a las más espesas connivencias. Bebí mi plato de lentejas.

—¡No has visto —Mary se palmeó las rodillas, al levantarse— mi vestido de fiesta!

Declaré que, con independencia de las galas que adornasen a José María y a Andrés, yo me limitaría a una camisa fresquita, pantalones planchados y unos mocasines blancos, de rejilla y limpitos. Sin calcetines, desde luego. Así me confundiesen con tipo de ideología radical.

Chófer, en acomodo veraniego consentido por la liberalidad de los señores, habría de sentirme nueve horas después, cuando, tras besuquear sus cejas, Sagrario nos introdujese en el jardín. Una moderada multitud, de los cuatro sexos, habría de ser movilizada para la fabada-party. Los pájaros, cuyas jaulas colgarían de los abetos, probablemente se encontrarían más libres que yo. En los árboles sin jaulas, tendrían la feliz ocurrencia de colocar focos. Y por el césped. En aquel rodaje, comprendería yo al instante, mi puesto habría de estar entre la comparsería.

—No. He decidido que no te muestro mi vestido hasta la noche, que estaré maquillada convenientemente.

Tal plazo concedido a mis neuronas, Bert y Mary se arrancaron a los prolijos preparativos. José María se cambió al chester, a seguir dibujando un paisaje de barrancos nevados.

—Todo vuelve a sus cauces.

—¿Qué quieres decir? —se interesó, distraído con el boceto.

Pretendía confesarle, sentado en los escalones de la puerta-balcón, que toda elección contraría nuestra tendencia a la promiscuidad, que, al discriminar, se aparta mucho más de lo que se acoge y, sobre todo, se acrecienta esa otra humanísima tendencia a la soledad eterna. Quien ama a una sola mujer —y bien sabía yo que no existe mayor narcisismo— comienza a cogerle gusto a la muerte.

—Quiero decir que todo vuelve a sus cauces.

—No entiendo.

—Yo, sí.

—¿Estás borracho?

Rodeaba el boscoso paisaje, no de diminutos ataúdes, sino de una orla de cruces gamadas.

—No estoy borracho. Es que acabo de liquidar mi juventud.

—Pobre… Y ¿cuándo?

—Hace cuestión de media hora.

—¿Por lo del cuarto de baño? Mary tiene razón en querer adecentar un poco esta casa.

—A mí, ya me conoces, el lujo me aterroriza. Las estás pintando mal.

Levantó la cabeza. En vez de esvásticas su concentrada atención había dibujado cruces sauvásticas, al tirar los palitos hacia la izquierda. Lo que me confirmó que si él, tan diestro y calmoso, se equivocaba, yo, desvalido por mis propios deseos, nunca acertaría en las artes de vivir.

—¿Qué pinto mal?

—Las montañas. En Suiza, las montañas son picudas.

—No es Suiza —dijo, con un burbujeo sarcástico.

—¿Crees que piensa volver algún día?

—Amigo mío, volverá pero dará lo mismo.

—Decididamente, me voy a largar.

—¿Dónde?

Estuve pensándomelo a fondo, mientras José María estiraba, con sus brazos, el ahogo del mediodía.

—A la mierda.

—No te tortures. Si es como sospecho, Sagrario te gusta en cantidades salvajes. Esta noche la cambias por esa de Suiza. Las dos se parecen, salvo que Sagrario es más tonta. Procura, eso sí, que no esté delante Mary.

—¿Cuándo?

—Cuando pellizques a Sagrario. O ¿has cambiado tus tácticas?

—Es este verano, este verano encabritado, el culpable.

Pero tampoco me convencía mi acusación meteorológica.

Las damas, reducidas por las obras de adecentamiento al dormitorio, exigieron jubilosamente nuestra presencia. Se trataba de dilucidar si una peluca permite muslos bronceados. Merceditas, que vivía desde que yo había perdido la juventud una hora orgiástica, opinó que unos muslos bronceados van bien con todo lo que una se ponga. Bert y Mary se debatían en la angustia selectiva. José María unió su voto al de Merceditas, siempre que los cabellos fuesen de color naranja.

Del cajón de la mesa, que escondía a Tub en ocho milímetros, recuperé la braga salmón de Mary, retorné al barullo del dormitorio y la dejé caer, sin que ninguno percibiese mi loable restitución. Ellas tres apilaban arsenal, constreñidas a mudarse al chalet de Bert, en castigo a sus precipitadas ansias decoradoras.

—Os podéis embellecer en el living.

—Y ¿la peluquería? —objetó congruentemente Merceditas.

—Allá vosotras… Yo, os lo repito, pienso ir de trapillo.

Los baldosines de la terraza crujían al sol. Sin embargo, a la noche, una serie de escalofríos me sacudirían, nada más acceder al parque Tamburini y ofrecerse ante mis ojos tanta parcela de carne desnuda en trance de aperitivo. Y, por fortuna, Merceditas habría de convencerme, cuando regresase mediada la tarde, de la oportunidad de los calcetines. Que hasta ella, destinada a las cocinas, había almidonado sus cofias y delantales.

—Nos vemos —se despidió José María, hacia el primer cuarto de la botella.

Le acompañé a la escalera, le facilité ascensor y me volví a la sudadera del chester.

—Nos vamos —anunció Mary, hacia los dos primeros sextos de la botella.

Acompañé a Mary, a Bert y a Merceditas, que portaba las cajas de cartón, a la escalera, les facilité ascensor y montacargas y me volví a la sudadera del chester, al que llegaba, sin regularidad alguna, el concierto de música concreta, ejecutado por los asalariados en el salón de baños. Para celebrar el descenso de la ginebra a la cota sesenta, me permití un letargo y, luego, una luz moralizante desfiguraba los espacios.

—Señora… Señora… —se oyó susurrar en el vacío catedralicio.

Salí del féretro en el que me cocía y, en representación delegada de la señora, guié hacia la salida a los operarios, que prometían regresar al alba (cuando, puro amasijo de deseo y alcohol yo, desharían mis dientes su corbata de lazo carmesí). Aceptados los cigarrillos, ninguno de los dos se lo colocó sobre la oreja, connotación demostrativa de que en el país nos estábamos descarpetovetonizando a marchas forzadas. En consonancia con tales progresos, una vez solo, me desnudé, visité las ruinas, trepé por el barroco retablo de la intemporalidad. Al acabar de transvasar los ocho octavos de la botella, había conseguido ya esa devastada ebriedad, sin apariencias, que linda con la lucidez y ni siquiera vale para una maldita determinación. Merceditas, sin haber soltado aún los almidonados símbolos de su vasallaje, me sorprendió apoyado en el frigorífico y comiéndome un plátano.

—Ay, señorito, que ya decía la señora que con tanto trajín se nos ha olvidado su comida. Ahora mismito le preparo unos… ¡¡Jolines!!, si está usted in albis.

—Excusa, hermosa, que circule desarropado.

Al rato, Merceditas, se aproximaba al chester y, caritativamente, me amortajaba con mi batín.

—¿Le limpio los ceniceros?

—Y traes otra botella.

Incluso trajo hielo.

—Estoy más contenta… ¿Sabe por qué?

—Porque ha fallecido Encarna.

—Pero ¿qué habla?, si a la Encarna termino de despedirla en el portal… Madre, qué locuras maquina ahí tumbado y sin parar de darle al vaso. ¿Quiere que se lo cuente o no?

—No.

Desapareció y fue posible introducir por el embudo motriz de la centrifugadora de sueños un par de colores sedantes, una sombra de toldo de playa, un torrente, una brisa fría y tomillera. Accionada la puesta en marcha, Tub, en la estancia fulgurante, acariciaba una culata en la panoplia de los rifles, mientras Encarna, desnuda, corría por la pradera en declive hacia un suelo alfombrado de pieles y, gracias a su interminable desplazamiento, Tub y yo hallábamos un lenitivo, perseguido desde siempre.

—Una servidora no pretende interrumpir, pero…

—Pero leches.

—Usted dispense. Es que me he acordado mismamente de un recado de la señora.

Con una de las mangas del batín, me sequé la frente de brisas, rifles y músculos tirantes.

—¿Qué recado?

—Que la señora, la señorita Bert y el señorito Andrés vendrán a eso de las nueve y media y que usted esté listo y mejor si los esperamos en la calle, porque luego no hay agujero donde poner el coche.

—¿Quién esperamos?

—Una servidora asiste también.

—¿Adónde carajo?

—Tápese, aunque no sea más que las vergüenzas. La señora Tamburini le ha pedido a la señorita que, si no había inconveniente, pues que le mandase para allá a su chica a arrimar el hombro. La señorita Bert le ha contestado que a su chica, como usted comprenderá con tal de que se haya fijado en ella, que yo el otro día la conocí y no me lo creía, no se la puede enviar a ninguna parte, que necesita mucho desbaste su chica. Y entonces la señora va y ofrece que iba yo misma, que yo sí que valgo para arrimar el hombro y los dos, en el aquel de que se tercie arrimar los dos hombros, que por mucho bulle que tenga esta noche doña Sagrario allí estará la Mercedes para que ni se note. La señorita, que no hay otra como ella, mejorando a la señora Megui, dijo que seguro que se empeña en darme algo, pero la señora dice que yo a doña Sagrario no le tome un céntimo y yo le he dicho que basta que ella me lo advierta para que una servidora a doña Sagrario sólo, de nada y que muchas gracias, porque a mí lo que me gusta es ir. Y, conformes todas, la señorita, la señora y una servidora hemos salido arreando estopa a las tiendas y para la peluquería y luego me he ido a almidonar los trebejos y me he vuelto, cuando estaba usted en pelota y comiéndose un plátano y, por eso, usted y yo, como le andaba diciendo, debemos bajar al portal, por lo del aparca... —Pero los sollozos le impidieron arrimar la palabra al bordillo.

Impulsada por las gimientes convulsiones, escapó ella y yo, con esa paciente imparcialidad con que se enfrenta el dolor ajeno, calculé en un par de tragos la duración de la histeria en Merceditas, de forma tan exacta que, al abrir la puerta de su dormitorio, lloraba sobre la cama en el mejor estilo hollywoodense.

—Y esta vez ¿a qué viene la pataleta? —Me senté en el borde de la cama a esperar (como me sentaría en la hierba, alrededor de las dos o las cinco de la madrugada, en todo caso, después de haber descubierto dormida a Merceditas en una silla de la cocina)—. Mira, ya me he puesto el batín y no tienes que esconder la cara en la colcha. —Ayeó con rica diversidad tonal—. Pero, mujer, ¿qué guardas contra mí?

—Yo… contra… nada…

—Ven aquí —le dije, sin otra entonación que la usual para aliviar, con una hipotética proximidad, al niño desconsolado, en ningún supuesto con la intención de que, sentándose bruscamente, me abrazase con tamaña furia y celeridad tamaña, a punto de no poder casi salvar la ginebra alzando el brazo en un forzado brindis.

—Perdóneme, señorito… Tiene que perdonarme, que no vivo desde ayer tarde. Usted no se lo merecía, que conmigo nunca ha tenido usted una mala palabra, ni una mala acción…

—Ni un mal pensamiento. Levántate. —Nos levantamos, pero ella sin aflojar su abrazo.

—Eso, eso, tampoco ni un mal pensamiento. Le juro que nunca más le falto al respeto.

Exhalaba un complejo oloroso, en el que primaba la laca sobre un agrio perfume, sin anular una emanación de rímel o ajo. Posé un brazo en su espalda. Como un estetoscopio, su aliento alterado caldeaba el mango de mi esternón. Aprovechándome de la diferencia de estaturas, pude beber una dosis de ginebra sobre su cabeza, antes de equilibrar el vaso en lo que conjeturé la mesilla de noche y resultó el televisor. Desocupado el brazo alcohólico, despegué su salivosa facies de mi tórax.

—Lo que debes jurarme es que te callarás lo de Encarna.

—¿Por quién me ha tomado? —De sus ojos ascendía un nudo de recriminaciones—. Fue el repente, nada más que el repente de verlos juntos, y lo estoy purgando, que llevo sin dormir toda la noche, porque yo sentía que yo había perdido en su concepto y que me tenía ojeriza y eso, no, señorito, y menos por una arrastrada, que ha hecho usted lo que cualquiera haría, beneficiándosela, y lo único que no me vaya usted a ilusionarse, señorito, que le conozco, con semejante tía perra. Pero no me tenga odio y diga que me perdona de corazón.

—De todo corazón, mujer.

En puntillas, me besó el cuello. Inesperadamente, se apagó la bombilla y, en las tinieblas, dijo (o dijo Encarna), pero ya no suplicante:

—No me tumbe en la cama.

—Mercedes, un poco de seriedad, que yo no te hago nada.

—Me pierde, si me tumba en la cama —rió, estentórea—. Anda y que no le tiene usted afición.

—¿A qué?

—A la golfería.

—Pero si no te hago nada, si estoy quieto…

—El peinado no me lo toque.

—Calla, si puedes.

—No puedo es que no puedo que me da una risa que no hay quien me pare, señorito, ay que parece que es una la que está borracha, qué perdición tenerle a usted cerca dándole lo mismo ocho que ochenta.

—Calla. Y suéltame.

—No puedo y la Encarna para que lo sepa no va a venir más que me lo ha dicho hace un rato la tía más canina que he conocido así le entre una sarna que lo que a mí me ha hecho sufrir no lo paga ese zorrón ni con el hospital bájese de la parra que no es por la señora que usted con veinte años y ella se exponía pero no la compensan los líos con un casado que tampoco tiene veinte años como a ella le gustan y entérese de una vez adonde ha apuntado usted que es toda mugre la Encarna. No —gritó—, ¡¡no!!, usted a mí me perjudica para qué habré apagado yo la luz qué bien se vive aquí por mucho que me haga usted padecer.

—Calla. Si es que eres la Merceditas, cállate.

—Que no puedo, señorito, que me estoy callada y me deshonra usted y hay que aviarse para lo de doña Sagrario.

—*Deja de hablar de la servidumbre. ¡Qué tabarra con tanta criada!, si son todas unas cabronas...*

—*La amnesia es de esas pasiones que casi nunca olvido.*

—*Sinceramente, creí que sería capaz de no ponerse corbata.*

—*¡Ah, bueno!, es que... Reconozca, señorito, que una no puede confiarse. A lo mejor iba usted al médico y le dejaban normal. Porque lo de usted con las mujeres es como una enfermedad.*

—*La felicidad puede ser tan insatisfactoria como un sueño de felicidad. ¿Lo entiendes?*

—*Como dicen, y quizá con razón, los antiisomorfistas, que como nadie ignora no son nada glosematicistas, antes de constatar el paralelismo de los dos planos es indispensable convencernos de que hay dos planos distintos.*

—*Merceditas, eres un cielo.*

—*Bert, ¿sabes que Pablo se va a matar?*

—*Yo —le oiría al otro lado del macizo de petunias a la hermosísima muchacha de la risa incesante— consentiría que me besases, si no es porque parece una pizca ridículo.*

—*¿Sin calcetines? Pero, de*

verdad de verdad, ¿se atreve usted?

—Hace un rato rondaba las treinta mil. A él le gusta, te lo prometo.

—En cambio Mary, que es un águila, sigue de racha.

—Tú, atrás; con Mercedes y conmigo. Resulta inconcebible que a estas horas estés tan soplado.

—¡Que se pasa usted!

—Oye —y se le arrugaría el entrecejo, cuando apretase los nudillos de sus larguísimos dedos—, yo no vuelvo a una encerrona de este tipo.

—Y una múltiple Tub falsa.

—No llegamos, le digo a usted que no llegamos, y no está pero que nada bien que la señora tenga que llamar por el teléfono de la portería.

—Oh, ¡qué graciosa! —reiría la hermosísima muchacha de la risa inagotable.

—Se va a matar, porque Pablo es el más bobo de todos nosotros.

—Idiota, no podrás.

—Los mitos de otras nacionalidades se les habían terminado.

—¿Es cierto que estás enamorado de Tub? No sabía nada.

—Usted no se afeite, usted siga ahí tirado en lo oscuro. Ni a las nueve y media, ni a la medianoche. Además, que yo tengo que dar la luz para vestirme.

—Oye, majo, entre gente educada, como ésta, non bisogna vuotare la vasca con il bambino.

—¿Qué estupidez es esa, que le has dicho a Bert, de que Pablo piensa suicidarse?

—Vete sin bragas.

—Alguna vez se me saldrá por las narices, como esas alcantarillas repletas, que escupen barro.

—¡Quítese usted esos pantalones, que tiene preparado el traje de seda cruda!

—¿Es cierto que estás enamorado de Tub? No sabía nada. —Dejaría el pote de mermelada a su izquierda, uniría las yemas de los dedos, formando sus brazos triángulo equilátero con la mesa, y se decidiría a mirarme, *inalterables la expresión y la voz—. Mi palabra, que nunca he oído de Tub y de ti.*

—Mucha juventud malgastó, como es usual durante este estatus, en proyectar revistas —sonreiría, y cuando sonreía empujaba la boca, con las comisuras, apretadas, de los labios— artísticas, semanales, espeleológicas, de pensamiento o de no pensamiento. Bert y sus amigotes calculaban que la publicidad y los suscriptores financiarían lujosamente la empresa. Venderla, simplemente vender la revista, es algo que ni con todo su idealismo esperaron nunca que podría ocurrir.

—Una de las escasas libertades que se le permiten al hombre contemporáneo es la indiscreción.

—Con ella nunca me sirvió de nada la experiencia. Para mí, si rompíamos definitivamente, rompíamos definitivamente. Y, luego, a la mañana siguiente, me telefoneaba y hacía grotescas todas aquellas horas de sufrimiento. Siempre olvido la imposibilidad de romper con Tub, ya te digo.

—Pues no había cerrado la llave del gas.

—No le harás ni caso. Éste cuenta sus líos siempre igual, como si se tratase de una verdadera historia de amor.

—¿Alguna vez que haya sido feliz sin reservas? Ni me acuerdo. Sí. Una tarde, en un cine, por Saint Germain, viendo cortos de Norman McLaren. Y también una noche con una muda, que llevaba medias negras. Y... bueno, luego..., pues... No me acuerdo de más. ¡Coño!, tiene que haber alguna otra ocasión en que yo haya sido feliz.

—Hale, péinese un poco. Teniendo, como tiene, traje de gala en el armario, ya se lo podía haber puesto.

—No te empeñes en complicarlo. Lo que me interesaba esta madrugada era una pequeña historia, un lío sin consecuencias, que me hiciese correr la sangre más deprisa.

—Pero ¿qué puedes encontrarle, para mirarla así? —Arras-

traría generosos metros de cable negro, serpentario, el exitoso monstruo.

—Tal y como van a estar las cosas en los próximos años, no será fácil que olvide aquel vesti-

do blanco de Tub. Y los zapatos verdes. Sí, de acuerdo, pero tampoco yo tengo buen gusto. Es cuestión nerviosa lo del buen gusto.

—Calla, Andrés. Que no me

—Que no puedo, señorito, que me estoy callada y me deshonra usted y hay que aviarse para lo de doña Sagrario.

Me desplomé —o me empujó— sobre la cama y pateó la puerta —o la cerré yo—. Estatuido que mi torpeza (al descontrol llaman instinto) había convertido en triunfo de Merceditas su humillación inicial, probablemente los fenómenos se sucedieron en este orden:

Me derrumbó sobre su cama, encajó un portazo y cantaba ya, con el fragor de costumbre, cuando me extraviaron los vahídos en el laberinto de las presencias y de las ausencias, que me visitaban. Aquella aleación de olores, cuya resultante más notada empezaba a ser el del ajo, alteró mi ternurismo de las ocho y veinte de una tarde para quemarla. Me sometí a las espirales, amparado en la virtud premonitoria del alcohol ingerido sin tacañería, y el caos proyectaba articuladamente las entrañas del pasado y del futuro en la invisible pantalla del televisor portátil.

—No llegamos —quizá no fustigase la puerta, sino un caballo—, le digo a usted que no llegamos, y no está pero que nada bien que la señora tenga que llamar por el teléfono de la portería.

A gatas por los peldaños de las tinieblas, tanteaba una viscosa suavidad de ropas ondulantes. Tropezamos.

—No me abraces.

—Usted no se afeite, usted siga ahí tirado en lo oscuro. Ni a las nueve y media, ni a la medianoche. Además, que yo tengo que dar la luz para vestirme.

—Vete —y, como ocurre con las profecías que se cumplirán, no supe que profetizaba— sin bragas.

—Siempre con lo mismo, qué martirio…

—No enciendas la luz —le advertí, cegado ya.

A modo de toquilla, Merceditas se había colocado una toalla que, aumentando la luminosidad, destrozaba mis meninges. Salí bamboleante, pero en la terraza ya no oía las risotadas de Merceditas, ni las de la plebe (tan cuidadosa, por lo general, en prevenirnos de un peligro y tan dispuesta al regocijo, si el peligro, insoslayable, nos zarandea por los aires), porque, librado al infinito, yo saltaba, corría, me arrodillaba en la arena roja, fundido a la buena vorágine de la autarquía liberadora, a los meteoros violetas, y entonando:

—¡Thálassa! ¡Thálassa! ¡Thálassa!

Merceditas me halló entre los escombros del cuarto de baño, me desenterró y, guiándome a la ducha del servicio, recibió, en premio a sus desvelos de lazarillo, un nalgazo desprovisto de lujuria y motivado por los restos de mi euforia, caricia —si así quiso entender ella— que aún agradecía, cuando se presentó en el dormitorio a lo que se me ofreciese y a mí, desorientado, chorreante y, por fin, inmóvil, cualquier indicación podía valerme para saber qué hacía yo allí.

—Nunca en el jamás de los jamases había visto

«—Señor conde Lucanor —dixo Patronio—, vien entiendo que el mío consejo non vos faze grant mengua, pero vuestra voluntad es que vos diga lo que en esto entiendo, et vos conseje sobre ello, fazerlo he luego.»

desnudo a un hombre —mintió—, pero desde que vivo en esta casa no me queda pelo que conocerle. ¡Quítese —gritó, al tiempo que batallaba yo por introducir una pierna en la correspondiente pernera— esos pantalones, que tiene preparado el traje de seda cruda!

Accedí a vestir lo que era crudo estambre y, vigilado por Merceditas, me abastecí de cigarrillos, mechero, documento que acreditase mi nebulosa personalidad, algún billete, el llavero, un pañuelo, una ficha de teléfono y la insignia del Club Ski Blanco —institución mesetario-deportiva, en la que Tub me había inscrito diez años antes—, la cual, por su reducido tamaño y sus nunca probadas mágicas cualidades, constituía el amuleto ideal para las fiestas de la alta sociedad.

—¿Sin calcetines? Pero, de verdad de verdad, ¿se atreve usted a ir sin calcetines?

—Tú ¿qué opinas?

—Ande, ande. —Rebuscaba en el armario—. Que una cosa es llamar la atención y otra aparecer en lo de doña Sagrario como un mendigo. Tome.

—Mendigo. —Extendí la mano y Merceditas retrocedió un paso, hundiendo el vientre—. Pero ¿has creído que te quería tocar?

—¡Ah, bueno!, es que… Reconozca, señorito, que una no puede confiarse. A lo mejor iba usted al médico y le dejaban normal. Porque lo de usted con las mujeres es como una enfermedad.

—Ahora tendré que esperarte yo.

—Ni lo piense. Una servidora termina en un periquete.

Un servidor se sirvió una servicial ginebra, que le mantuvo en servicio de espera frente al espejo del vestíbulo. Impecable figura, rasgos impasibles, mirada serena, piel curtida, reflejó la engañosa superficie.

—¿Quién es para Tub más bello que yo?

—Jorgito Carmona —respondió el puñetero espejito, cuando

llevaba yo semanas venturosamente olvidado de la nombrada sierpe blenorrágica.

—Pues a Jorgito Carmona le va a estropear el físico este servidor.

—Y al enanito Andrés —sugirió el espejito.

—Deje usted de hacer muecas y hale, péinese un poco.

—¿Con raya a un lado, mi hada?

—Teniendo, como tiene, traje de gala en el armario, ya se lo podía haber puesto. —Se volvió en el rellano—. Voy a ver si he cerrado la llave del gas, que no tengo ni idea. —A ascensor abierto, aguardé a mi chambelana—. Que no había cerrado la llave del gas, ¿ve usted lo que son las cosas?

Merceditas se quedó bajo la marquesina, con el paquete de sus almidonados accesorios, mientras yo me alargaba hasta el bar Luciano, por apercibirme con un chinchón extraseco para lo que se avecinase. El bar Luciano, aunque sin retransmisión futbolística, hervía de parroquia. Consideraba, fulminantemente desganado de Sagrario, ese entrañable sentimiento de unión con las masas populares, que suele embargarnos cuando sabemos muy provisorios nuestros lazos con las masas populares, y ya el petiso Andrés, desde la puerta, gesticulaba exigiendo mi atención, incapaz de entrar en el bar Luciano y, aún menos, de esmoquin, pero muy capaz él de ofrecer el espectáculo mímico a los parroquianos.

—Tú, atrás; con Mercedes y conmigo. —Besé a la hermosísima muchacha de la ventanilla delantera y, obedeciendo el mandato de aquella que me recordaba a Bert, me introduje en el «600.000» del padre de la que, a mi izquierda, tanto me recordaba a Bert y que, para mayor parecido, añadió—: Resulta inconcebible que a estas horas estés soplado.

—Inconcebible, pero evidente —carajeó Andrés, desde su esmoquin del año 2948 y sobre el rumor del motor, que contrapunteaba la despeñada risa de la muchacha del asiento delantero.

—Mira, pues creí que iría peor —condescendió aquel sosia de Bert, que me empujaba contra Merceditas para librar su miriñaque de mis contactos—. Lo milagroso es que haya podido quitarse el batín. O ¿le has ayudado tú, Mercedes?

—Uy, señorita…, cualquiera le ayudaba. Yo sólo le he aconsejado que se pusiese calcetines.

Vibraba, con la risa de la hermosísima muchacha, la carrocería. Al doblar la primera esquina, Andrés montó neumático en acera y yo me dormí.

Dormido, y quizá porque el alcohol se distribuyó en mi sistema circulatorio a niveles equitativos, la vida se aligeró y la ausencia de Encarna comenzó a ser una tragedia reparable. Al fin y al cabo, José María, aunque con esa gélida imparcialidad que se usa para los problemas de los amigos, me había augurado aquella mañana, entre esvástica y esvástica (falsas), volcánicas compensaciones con Sagrario. La compañía demostraba el poco respeto que les merecía mi reposo, ellas charlando y Andrés frenando o arrancando a lo troglodita. Recorríamos una carretera paralela al Ródano y, cerradas las ventanillas, en funcionamiento el complejo refrigeratorio, me dormí un poco más. Tub cantaba, dulcísima, asirenada. La insignia del Ski Blanco nos preservaba de los accidentes en aquella cinta transportadora de terciopelo gris, por la que rodábamos y cuya velocidad, unida a la del automóvil, la duplicaba. Si no hubiese estado tan dormido, habría pulsado uno de los muslos que, a mi izquierda, le nacían de las sombras a la muchacha disfrazada de Bert. Luego, me dormí ya.

—… que tenga tiempo, por lo menos, de quitarse las legañas.

Un camino asfaltado, circundado de páramos, se levantaba

más allá del parabrisas, unos tejados de pizarra en la picota. De un manotazo, me defendí de los achuchones de Merceditas.

—Tesoro, deja de sobarme.

—Ay, señorito, no diga esas inconveniencias delante de los señoritos.

—Merceditas, eres un cielo.

—Gracias, señorita Bert. —Como succionados, penetramos en una calzada romana, flanqueada de estatuas y cipreses, que conducía aparentemente al chalet de los Tamburini, ante el que Andrés aceleró, en el instante en que Merceditas se me adelantaba a formular, en idénticos términos, la pregunta que habría formulado yo, de encontrarme despejado y, por tanto, propicio al aldeanismo—. ¿No es ésa la casa, señorito Andrés? ¡Que se pasa usted!

—¡Oh, qué graciosa! —rió la hermosísima muchacha de la risa inagotable.

—Es la casa del perro —aclaré.

—Compórtate —salmodió, levítico, Andrés.

—O ¿es la del guarda?

—Madre, qué llanuras…

La señorial zahúrda, tras unos litros de gasolina, nos deslumbró con sus resplandecientes fachadas. Un tipo con frac logró abrir al tiempo las dos portezuelas, sin que su concurso fuera necesario para que mis pies se asentasen en la grava. Olía a frío, meritoria *performance* en plena canícula. *Sur le perron*, a unos doce escalones de altura, José Luis se nos venía encima. El tipo del frac, Merceditas, el coche y mi seguridad en la vida se alejaron. La bellísima muchacha y Bert se morreaban sin prisas con José Luis. Me prohibí enérgicamente expresar en toda la noche elogio alguno de la mansión. Andrés se apartó y vi a Sagrario, coincidiendo con el descenso de dos escalones por parte de José Luis y mi ascensión de otros dos, conjunción feliz para el abrazo de recepción. José Luis Tamburini olía a turba australiana.

—¿Cómo estás? Finalmente, hemos cumplido la promesa, eh.

—Oye, tenéis una casa fantástica —me oí decir.

—¿Te gusta?

—Pero ¿no habías venido tú nunca? —Las mejillas de Sagrario olían a brezo galés—. Pasad, sois casi de los últimos.

En el tercer salón, se detuvieron. Al contemplarlas juntas, en el guirigay de la mutua alabanza y la nadería, decidí, puesto que así lo justificaba su belleza, olvidar por aquella velada quiénes eran y creerme lo que representaban en sus atuendos, que, descritos mediante la fórmula habitual, podrían enunciarse, durante el desfile por la pasarela y aprovechando una momentánea detención en el peristilo posterior, así:

BERT

Un tube de coton tricoté et deux bretelles côtelées, entrecroisées, libre comme l'air, léger, frais. Perruque bleue. Bas noires.

MARY, LA HERMOSÍSIMA MUCHACHA DE LA RISA INCESANTE

Tunique taillée dans mousseline lamée, dorée, diaprée, légère, à volant et manches volantes, évasées à partir du coude; bonnet drapé à pans; sautoirs en cheveux d'ange. Perruque orange. Jambes et pieds nus.

SAGRARIO

Smoking en soie marine très foncé, très ouvert sur une blouse en linon blanc à jabot de dentelle; cravate du smoking, cramoisie; deux

plis creux piqués animent la jupe, qui marche joliment; des revers ef-
filés, en satin, et une chaîne dorée d'où s'envole une aigle améthyste.
Perruque blonde. Sandales argentés. Pas de slip.

—Encontrarás a gente conocida y a otra, no. Pero excelentes amigos todos.

—Sabéis organizar de maravilla Sagrario y tú. —Andrés pasó una mano bajo el brazo izquierdo de José Luis, quien, manteniendo el derecho sobre mis hombros, quedó centrado en el praxitélico grupo Démeter-Perseo-Dionisio, mientras ya las Afroditas pisaban los elíseos prados—. Sí, señor, reuniones de la categoría de las vuestras no abundan en esta ciudad.

—Mary se merece más.

—Gracias —gorjeó Mary, girando la cabeza y descalza por la hierba (de importación).

—Me permitís… —se disculpó, avisado por una doncella de la llegada de nuevos invitados, el dueño de Sagrario.

Abandonado por Andrés, entré en las primeras estribaciones del parque Tamburini, sintiéndome chófer al que la liberalidad de sus señores ha consentido se muestre en atuendo veraniego. Una moderada multitud, de los cuatro sexos, había sido movilizada para animar la party. De ellos, los trajes de etiqueta me hicieron recordar con agradecimiento la sensata imposición de Merceditas en cuanto a la

«Tutti costoro avevano qualcosa, lo so, che li rendeva in qualche modo superiori a me, sublimi, e che rendeva me, in confronto a loro, mediocre. Eppure non mi sarei cambiato con nessuno di loro.»

conveniencia de los calcetines; de ellas, las desnudas parcelas (pechugas, hombros, muslos, brazos, paletillas, algún ombligo) me provocaron una sucesión de escalofríos. Allí de poco lucimiento disfrutaría yo.

—Hola.

—Hola, ¿cómo te va?

—Ah, bien. Y ¿tú?

—Como siempre, ya ves…

Vi que yo no conocía a aquella especie de galguero en esmoquin, a no ser de alguna de nuestras anteriores reencarnaciones. Sin caerme a la piscina, sorteando las mesas de cuatro y seis cubiertos que rodeaban la pista de baile, visité el ilimitado tablón de los espirituosos y, armado de un daiquiri, me acogí a uno de los bosquecillos que prestaban solaz al territorio. Los coloreados pájaros, cuyas jaulas colgaban de los abetos, probablemente se encontraban más libres que yo. Con un criterio de engalanamiento municipal, los árboles sin pájaros ocultaban focos y otros focos falsificaban la vegetación. Durante el rodaje de la comedieta que se preparaba, tuve la certidumbre de que mi papel estaba con la comparsería, todo lo más —endilgado de un trago el daiquiri— de extra con frase. Bebí un segundo, mientras me preparaban el tercero. El galguero me sonrió, como picarón, cuando me desplazaba hacia una gorda cuarentona, única presa posible. Antes, tropecé con algo, sin más consecuencias que una carrerita después del traspiés, pérdida de la gorda y descubrimiento de que el condenado objeto era uno de los altavoces, que espolvoreaban música sobre el mosconeo de las conversaciones. Pero Sagrario se desprendía de un grupo y caía en mi enfilada. Armé el corazón.

—¿Sabes cómo te prefiero? —Besé sus manos, que me tendió por mera refitolería.

—En las cocinas.

—Eres listísima tú.

—¿Es que pretendes llevarme ya a la cocina?

Sin derramar daiquiri, la yema de mi índice se refugió en el hoyo de su barbilla.

—Hoy debo pretenderlo todo contigo.

—¿Soy indiscreto? —interrumpió una ola de aromas, que precedía a José María.

—No, me piropeaba únicamente. —Con un mohín pamplinero, prosiguió su ronda de anfitriona.

—¿Llevas mucho tiempo aquí?

—No interrumpas, cuando me veas con ella. Te invito, que los hacen sabrosones. Mira, no conozco a nadie y todas están buenas. ¿Se me nota que he pasado la tarde sustentándome de ginebra? A quien echo de menos a morir es a…

—Tub.

—No. A Pablo —rectifiqué, por molestar—. Pablo y yo habríamos emprendido el plan de operaciones. Por los menos, sabríamos a quién nos correspondía deshonrar.

—Alguna noche —chocó su rosada copa con la mía— uno debe refrenarse. Perdona, si antes he sido indiscreto. En serio.

—Una de las escasas libertades, que se le permiten al hombre contemporáneo, es la indiscreción.

—Se te nota que estás tajado, pero bien. He conseguido que te pongan en mi mesa, con Adela y Tonona Limón.

—No las conozco. Yo quiero cenar con Mary, porque es la única que me enloquece esta noche. ¿Dónde se ha metido Mary?

—Escucha —dijo—. Da mal resultado lanzarse a la barbarie a la hora de los martinis. Además, te falta la colaboración de Pablo. Escucha. Vas a saludar a Adela…

—No me presentes nuevas, que he cerrado el cupo.

—… te voy a presentar a Tonona y, después, tú solito, sin meterte con nadie, te das un paseo hasta que llamen a cenar. Luego, cuando esto se despendole, si es que se despendola, te arrojas sobre las que menos te gusten, excepto sobre Mary, que se asustaría muchísimo.

—De acuerdo. Vamos, a tomar otro daiquiri, rosadito como las bragas de… ¿Quién puñetas usaba pantaloncitos rosadistas? No se dice rosadistas, sino rosa a listas. Como las cebras.

—Imposible —comunicó José María a unas turgentes y negras piernas.

—Sí, ¿qué me vas a decir? —se condolió de pasada la morcillona espalda de Bert.

—Basta de daiquiris.

—Uno más, te lo ruego, padrecito. Refrescan las heces de las bebidas protervas.

Como si no me dirigiese, me llevó escaqueando corrillos en busca de Adela, pero la gorda era Tonona Limón y, presentado como cónyuge de la señora Tribune, desde el primer instante, Tonona Limón, risueña y gelatinosa, cometió la imprudencia de simpatizarme. Probó mi daiquiri y escapamos a repostar, al tiempo que José María se hacía cargo de la basura, apenas desfigurada por una camisa limpia, de César. El cazador más inexperto habría comprobado de visu que Tonona usaba faja, y rudamente. Me tomó del brazo, la insensata, y a mi pregunta respondió que viuda. De inmediato, pregunté cuándo se casaría de nuevo y, en su asombro, se reveló como uno de esos seres inocentes que, a veces, encuentra uno en sociedad. Aunque lentamente, nos alejábamos de la luminosidad poblada. A fin de ilustrar su cu-

«Al principio hay la muchacha que va al bosque y está la bestia toda vestida de paje que se enamora y se la quiere pasar al cuarto en el castillo.»

riosidad sobre el portento que acababan de presentarle como mister Tribune, confesé mi afición a la mujer y al trago. Se rió, que se desparramaba. Al citado mister Tribune sólo le asqueaban las mujeres de piel lechosa y los mostos de Castilla la Nueva. Y ella ¿qué vicios practicaba?

—Ay, pero cómo preguntas... Mi vicio favorito es ir de compras.

¿Le apetecería bañarse vestida, cuando, a la madrugada, nos zambullésemos todos vestidos en la piscina? De tanta risa, logró confesar, no podía ni reírse. Una nube de pesimismo empañaba mi copa vacía. Le propuse un brindis magiar. Dicho y hecho. Nunca se había divertido tanto, estrellando copas contra los rosales. Que dónde me tenían a mí escondido.

—Me hace raro que no me hayan hablado de ti José María o Sagrario. No se lo perdono, es que no se lo perdono. Pero ¿dónde te esconden?

—En un serrallo. Con bozal. Los jueves me sacan sin bozal, pero resulta muy peligroso porque beso.

—Aaaayyyy, qué ocurrente, pero qué ocurrente...

Liberados de vidrios, a distancia prudencial del festejo y considerando suficiente la preparación, le pregunté si permitía. Rió más. Me acerqué. Continuaba riendo. Puse una mano en su morrillo de pastueño, pero cabeceó renuente. Al menos, reía poco, un tantico desconcertada.

—No sé que te diga... No nos conocemos. Agradable, me eres muy agradable. Yo, además, no estoy en edad. Sobre todo, de improviso.

—No te alborotes, que no sucede nada malo.

—Bueno..., confieso que en estos casos... En mis buenos tiempos siempre se decía que no.

Se estuvo quieta y a ojos cerrados, tal como le aconsejé. En la nariz le brillaban unas partículas terrosas. Empecé prevenido, hasta que tropecé con su cuerpo enmurallado. Había olvidado yo quién me ocupaba, cuando, con una inexperiencia núbil y amazónica, me mordió. Salté atrás, apretándome los labios.

—¿Te he hecho daño?

—Muuucho —gemí.

—Pobrecito… Es que me han dado los nervios, disculpa, hijo. Ya te decía que no valgo para estas modernidades. Y mira que habiendo tanta jovencita sin acompañante… ¡Aparta, aparta! —susurró, antes de empujarme y saludar con sus dedos salchicheros a unas voces que se alejaban—. No he podido percatarme de quiénes eran. ¿Nos habrán visto? Debemos volver. Esto nuestro es una gansada.

—No. Si me abandonas, me va a entrar una tristeza de a litro. Sigamos y seguro que descubrimos algo. Un tesoro, una princesa etíope, un toxicómano o a Tub con Jorgito. Otra vez no me muerdas.

—Te prometo que no.

—Eres buena chica tú, Tonona Limón. Si me muerdes…

—¿Chica…? Después de la guerra —no especificó cuál— lo fui.

—… que sea flojito. En estos malos tiempos se estila flojito. ¿Te gustan los hombres?

—Yo no les gusto a ellos. Y que no hay manera de hacerme adelgazar. Di cosas divertidas, igual que antes, anda. Ay, ¿qué es eso?

—La tumba de la princesa. Entremos.

—No, no. ¿Qué dirán si nos encuentran ahí?

En un montículo, la puerta del hipogeo se abrió a unos escalones, que, de la mano, comenzamos a bajar.

—No hay duda. Estamos en el pasadizo secreto, por el que se escapa Sagrario del castillo las noches que sale de fantasmas.

—Por favor, no hables de fantasmas. Y busca una luz.

El encuentro casual del conmutador nos impidió caer sobre una montaña de carbón, que llenaba el fondo de la cueva, o pringarnos con la grasa achocolatada, que rezumaba el motor de depuración de la piscina. Por lo demás, la covacha ofrecía la posibilidad de su suelo de cemento y un banco de madera en condiciones higiénicas aceptables, aunque ruinoso.

—Notarán nuestra falta.

—Que manden una expedición de salvamento. —Nos sentamos en el banco—. ¿Eres rica?

—Pero qué preguntas… A nadie le he oído las preguntas que tú me haces.

—Porque vives en un mundo castrado, Tonona Limón. Tienes mucho dinero, ¿no?

—Algunos ahorritos. —Húmedos los labios, redonda la mirada, destilaba embeleso, en tanto mi atención se colgaba de una tela de araña, pendiente de un ángulo del techo sobre el intrincado casco cabelludo de Tonona—. Sagrario y yo, por distraernos y, de paso, para no tener quieto el capitalito, pensamos en una tienda de mo…

Mordí vengativamente uno de sus hombros desnudos y se estremeció, tan dispuesta y cosquillosa que regocijaba el ánimo.

—Te propongo bestializarnos un poco, Tonona Limón. A ti te conviene.

—Oye, ¿por qué siempre me llamas por el nombre y el apellido? Eres tan chistoso… —La primera cremallera, y en la espalda, se deslizó tontorronamente—. ¿Vas a desnudarme?

—Sí, es una nueva ocurrencia.

—No sé por quién me has tomado tú. Y, además, que me rompes el traje y ¿con qué vuelvo a la fiesta? Te lo suplico, no sigas, que me sobresaltas.

—Bien, vayamos por partes. Enséñame las piernas.

—Me da vergüenza.

—Estás irremediablemente antigua.

—¡Que te lo crees! De todas mis amigas soy la más valiente. Tú, Tonona, suelen decirme, es que eres atrevidísima. Pero me das miedo, si pones esa cara…, y que se te crispan las manos.

—Desnúdate.

—¿Me fío de ti? —Sonreí, con la simplonería del bachiller al que recriminan su desmesurada afición al estudio—. Sigue sentado, eh. Y yo…, pues… —El borde de su largo vestido negro ascendió medio palmo—. Tú no mires y que haya sorpresa. Pero no esperes nada del otro mundo.

La obedecí. Oía su jadeo y Mari Lola bailaba perseguida por un reflector. El vaho ascendía por el interior del otro mundo, la princesa etíope se arrancaba las amarillas culebrillas que mordisqueaban su vientre, algún día, al levantar los párpados, no vería nada. La telaraña ni se balanceó, cuando Pablo, inexpresivo, marmóreo ya, se quebró la sien de un pistoletazo.

Al huir, quizá dejé encendida la bombilla. Me detuvo el aire cálido, que espesaba la oscuridad. Arrastrando los pies por la gravilla, fui hallando el camino que Tub había sembrado de cebras agonizantes, fajas ortopédicas, ligueros de dinosauria, simientes de dinamita, palpitaciones escorbúticas. Unos golpes de gong me extraviaron en el bosque y encontré a los lobos. En una de las bocas de riego bebí hasta la saciedad un agua con alto porcentaje de abono nitrogenado. Y, luego, asido a un árbol, atrapado en un macizo de floripondios, esperaba oír el eco del disparo que había acabado con Pablo.

El menú se componía de *turbot à la normande* (que me concedieron ni probar y en cuyo lugar se me facilitaron unos *oeufs frits au* chorizo) de primero y de segundo, *tournedos à la moelle*, con otras diversas variantes de lo que allí se entendía por fabada, coronado el conjunto, como hasta un hurdano habría adivinado, por unos *crêpes suzette*. De vinos, por suerte, el más cercano venía de la Selva Negra y el más moderno, de 1327.

—¿Seguro que te encuentras bien? ¿Prefieres mi sitio, si te molesta la luz? ¿Te busco alguna pastilla? —me ametralló maternalmente Adela.

—¿Dónde se ha metido Tonona Limón? —pregunté, nada más atarme Adela la servilleta al cuello.

Tonona, como José María indicó sin señalar, sentaba sus castas trichomonas vaginalis a una mesa en la que predominaban atrevidísimos vetustos, cercana a la principal, que ocupaban José Luis, una especie de consulesa nórdica, algo parecido a depravado banquero apuesto y la progresiva belleza (más exultante que en la última ocasión que me había alegrado la vista) de Mary Tribune.

—Y pensar —suspiré— que todas las noches me acuesto con ella...

—¿Qué? —interesó Adela, alcanzando un rabanito sin derrumbar las velas perfumadas que, en número de cuatro y en vasijas con cintas de seda anudadas, estorbaban incluso para manejar los cubiertos.

—Mejor que no le hayas oído —opinó José María—. A éste sólo le aguantan los sordos.

—Yo le aguanto bien. —Su mano sorteó el refinamiento hasta mi mejilla—. Y le quiero mucho.

—Adela, corazón mío. —Una copa derribada y la mantequilla y las flores encenizadas fueron los únicos desastres que originé, al levantarme y besar su frente—. Sabía que te peinarías con coletas. Esta tarde lo estuve pensando. Yo, decididamente, *turbot à la nor-*

mande ni lo pruebe. *Turbot à la normande* es pescado, ¿no? O conocéis a todos o estáis ligando con los de las otras mesas. Me gustaría saber por qué ese ballenato se ha negado a cenar sentadita en mis rodillas. ¡Qué mezclas! No falta ni la oposición demoliberal. En minoría, como corresponde. Lo que yo decía, pescadilla o besugo. O pescadilla con sabor a besugo. A mí, por favor, me traerá unos huevos fritos, a ser posible con chorizo. Gracias. ¿Cómo se llama ese pescado que tanto le gusta nombrar a Tub?

—Japuta —se resignó a sacarme del olvido José María—. Y calla un rato, que mareas a Adela.

—Me chifla oírle.

—A José María le enfurece mi ingenio cortesano. Tengo la sensación de que me enamoro de ti por minutos. —Únicamente tambaleé una botella y, a cambio, dejé un ósculo moroso en su nariz—. En realidad, ya lo estaba desde que te conozco. Pero no me atrevo a que se me note. Me intimidas. —Ya que era cierto, ambos lo rieron como una frivolidad—. Pero el asunto no tiene remedio.

—¿De qué manera lo vas a empezar?

—Mal —dijo José María, en un repentino tono fraternal, que había aprendido de Pablo.

—Contigo me gustaría algo distinto. No hablar, emplear argucias lindas, que no me pegases, ni me mordieses, ni me arañases. No me lo agradezcas —escuchaba atenta, mascando un mohín—, porque es que me gustas desaforadamente.

—No le creas, que ni él mismo es capaz de creerse sus desafueros.

—Lo grave es que yo sí me los creo. Hace poco le decía a esa marsopa...

—¿De quién habla? —preguntó Adela a José María.

—De Colona Citrón. Le decía yo a Tocino Melón que no resisto más que a las esqueléticas.

—Ya me explico que haya preferido sentarse con otros.

—Yo tampoco estoy hecha un hilo que se diga.

—Estés como estés, que lo importante es cómo te vea yo, te co- munico que acabo de enamorarme de ti. Da asco contemplar a al- guien comiendo pescadilla. Es pura antropofagia. Tu marido se ha rodeado de desmelenadas. Y ¿Bert? Carajo, Bert debe de estar ce- nando en una isba con los mencheviques. Te aseguro que eres la única inconformista, entre todas las que conozco, que haces bur- bujear mi sangre. ¿Por qué no eres una miaja trotskista tú, Adela? De las pocas infamias de las que no me repongo es de aquélla. —A unos tres metros, Bert trinchaba sobriamente su japuta a la breto- na—. ¿Te sientes con ánimos de corresponderme? Ha de ser una verdadera historia de amor.

—No le hagas caso. Éste cuenta sus líos siempre igual, como si se tratase de una verdadera historia de amor.

—Alguna le conozco —destiló, artera y sonriente.

—Buena memoria… Déjame que te bese otra vez y prometo no tirar nada. —Alzó la cara en el instante justo y mis labios encontra- ron los suyos—. Supongo que todo el mundo está subyugado por este romance del melevantomesiento.

—Quizá, si callases, podrías vaciar más rápidamente la botella.

—Algo debes de tener. Sí, José María, algo tiene, cuando las chicas hablan de él. Y no bien.

—¿Qué opinas tú que será?

—Dedicación —le aclaré, puesto que los elogios me forzaban a la modestia—. No lo dudéis, dedicación. Y un amor desgraciado en mi existencia. ¿Por qué me ha dado por la sinceridad?

—Nada de sinceridades, te lo ruego. Adela no está entrenada para tu sinceridad.

—Sí lo está. Adela es un mito.

—¿Por qué soy un mito?

—Y Tub es un mito. Las piernas armónicamente largas, o cortas, corresponden a mitos.

—Tú eres un mito.

—Gracias, bonita. No, no te beso más o viene Toni a investigar. Bolona Lemon, por ejemplo, no es un mito. Y eso que logré meterla en la tumba. Es una tumba copta, que ha puesto por ahí Sagrario, para que sus invitados nos desliemos la mortaja. Estaba también Pablo y no deseo recordar en qué situación. Por cierto, Sagrario es un mito. La marsopa no está educada para experiencias ultraterrenas.

—Tú eres un mitómano.

—No, un mito mítico y algo hético. Adela lo ha dicho.

—El jardín está lleno de mitos.

—Me los llevo todos. Un día entré en una sublimería, que es donde venden los mitos de calidad, y no en las mitoterías como supone la gente desmitificada, y pedí cincuenta y cuatro kilos de mitos. Suizos. Los mitos de otras nacionalidades se les habían terminado. Así es que compré a Tub.

—Tub no es un mito —dijo José María.

—Me la vendieron en una sublimería. Y nadie puede decir que me haya dado mal resultado. Me costó cara, pero es de mucha duración. No os cuento más historias lastimeras. Adela, ¿tienes algún amante?

—Tú, guapo.

—Calla, calla un poco.

Callé y dejé de oír. Ni chocar de cubiertos contra loza, ni espumear el vino en la copa. Al tiempo que la banda sonora enmudeció, las imágenes se proyectaron a unas sesenta y dos por segundo y, en el pasmoso ralentí, por una de esas mutaciones que, si nos asaltan en sociedad, nos familiarizan con la locura, los colores empalidecieron y del azul sepia viraron a una monocromía acartonada, que ahuecaba las frentes, abombaba las mandíbulas y resaltaba las clavículas. Incapaz de revolverme en la silla y localizar a Sagrario, las figuras se tensaban en una rigidez alarmante y cualquier gesto (Mary golpeando sus labios con la servilleta) suscitaba gestos similares (Toni golpeaba anacrónicamente la punta de un cigarrillo contra el mechero, antes de encenderlo, contrastando con los operarios del cuarto de baño que aquella tarde no se habían colocado en la oreja los cigarrillos recibidos de mi mano), lo que obligaba a temer la existencia de un director que conjuntaba el ballet, rectificaba los movimientos con designios contradictorios, probablemente para que toda actitud careciese de significado o, lo que resultaba más verosímil, para que la ausencia de significado preservase la asepsia de aquel jardín de cariátides.

—Te estamos aburriendo.

Denegué con una comedida sonrisa, aunque, cuando Adela aventuraba la posibilidad de que me aburriesen con su charla, suponía en realidad que yo me aburría con mis alucinaciones y solicitaba mi colaboración a su tedioso diálogo con José María, del género de los que se inician con un ¿has leído…? (así habían comenzado) y continúan en despeñadero bibliográfico de burgueses cultitos, dependientes en cuanto a la cultura de las informaciones de su librero, si bien ellos dos enunciaban títulos en tres idiomas y combinaban, con la debida volubilidad, la novedosa película, la reciente exposición y el postrer montaje shakespeariano en Buenos Aires. Mientras irremediablemente oía yo cómo opusculaban cualquier materia (sin imaginación siquiera para referirse a las perversiones de los autores citados), escuchaba el crecer de la hierba, la risa de Tonona Limón, el roce de las esferas, la estulticia renqueante de mi oficio directivo y el crepitar de las llamas de los flanes de susanita. Tras el sonido, el color. Recuperaron su intensidad los verdes, los negros, los escarlatas, independientes unos de otros y libres de la marfileña luz que los había entreverado. El tiempo, una vez más, se acomodaba a las medidas de uso en la ciudad.

—¿A qué hora has empezado a beber?

Ella y yo estábamos solos en la mesa. Quizá por conseguir una atmósfera de relajamiento, ciertos comensales —José María entre ellos— arañaban el protocolo yéndose a tomar el café a mesa ajena. En algunas habían quedado dos invitados o uno, mientras en las más se arracimaban, fuera de círculo, los nómadas, de tal manera que parecía otra fiesta y se cumplía con la pertinente costumbre de no soldarse durante toda la velada los hombres a los hombres, las mujeres con las mujeres, los parientes con los parientes, yo con Tub.

—¿Que a qué hora —percibí el chirriar de mis músculos faciales, al componer expresión— he empezado?

Servían el coñac, cuando nos quedamos en la penumbra y, con tarima incluida, la orquesta había florecido a soportable distancia, en forma de ciudadanos de raso blanco, sin perdonar violín. De entrada, la batería impedía escuchar a los otros instrumentos.

—Sí, ¿a qué hora? Si no es indiscreción.

—Adela, mi vida alcohólica no tiene secretos. ¿Qué día es hoy?

Me trasladé al asiento vacante, limitando al este, y a mis alcances, con Adela, a la espalda con la pista de baile y al norte con el más barullero grupo, en el que reinaba esplendorosamente Mary. Sin cubertería de por medio, le acaricié un brazo a Adela, cuando Adela me informaba que el día presente, a punto de finalizar, era jueves.

—En aquellos tiempos daban globos los jueves. ¡Leñe, jueves…! Mónica habrá caído en la cama como un leño. ¿A qué hora he tomado el primer trago? Deja que me lo piense.

—No te tortures. Es que me preocupaba verte en silencio y… y tan bebido.

—¿He eructado?

—No, no.

—¿He blasfemado?

—Te has portado como un cielo.

—¿No te he tocado las rodillas por debajo del mantel?

—En absoluto. Parecías dormido.

—Lo estaba. ¿Es verdad que no te he tocado las rodillas?

—No las tengo nada bonitas.

—Guapa eres muy guapa. Quizá ya lo había dicho antes.

—Sí, pero tú sabes que eso no estorba.

—Sé pocas cosas. Oye, siempre me has gustado mucho. Sin embargo, estamos condenados a ser buenos amigos tú y yo. Hay follones que se palpan en el ambiente y follones que se diluyen, y no es que tenga ahora mi rato de clarividencia. ¿Por qué me empeño en huir de la gente que me conviene?

—¿Te convengo yo? Soy aburrida.

—Para mí es una ventaja. Además, que nadie divierte a nadie.

—Onanista.

—Te aseguro que he tenido una tarde castísima. Estuve por la mañana en la iglesia, después viendo bailar a Bert con menores de diez años, después donde lo de Luciano, que no estaba Luciano. Me compré una corbata. Disfruté de una comitiva de lunáticos de esos. Y, lo que son las cosas, pasando los lunáticos me encontré con alguien de mi aprecio más ardiente y que me parece que se me ha ido al garete. Me parece ahora, no esta mañana, porque luego había vuelto Mary. Es que Mary abandonó el hogar, ¿sa-

bes?, la última vez que subimos al…

—No me cuentes na-
da de…

—… ring.

—… tu vida privada,
que mañana te arrepentirás.

«—*Si te vas a sentir mejor, okey —
dijo Carlitos—. Pero piénsalo. A veces me pongo a hacer confidencias en
mis crisis y después me pesa y odio a
la gente que conoce mis puntos fla-*

—¿Por qué? ¿Porque se lo vas a chismorrear a Matilde?

—No suelo chismorrear.

—Entonces, que no te enfaden mis confidencias.

—No me enfado.

—Ha vuelto, sí, señora, y tenemos que ir al pipí al uvece de
Merceditas, porque Mary, hipnotizada por Bert, no sólo le ha encargado un proyecto a José María, sino que lo están haciendo.
Me tumbé a esperar, pero se fueron al garete las esperanzas, ya te
digo. Luego, no sé aún cómo me libré de ser violado por una
manceba. A las doce y media, o dos menos cuarto, he empezado
a beber.

—¿Cómo puedes?

—No tengo prejuicios contra los aseos del servicio.

—Pero sigues bebiendo. No te sermoneo, eh. Te estaba viendo
beber y no lo comprendía.

—Entiéndelo, es como una prueba. Alguna vez no resistiré
más y se me saldrá por las narices, como esas alcantarillas repletas
que escupen barro. Pero resisto.

—No quiero —dijo.

Por iniciativa suya, se unieron nuestras manos y sus ojos expli-
caban un anhelo incomprensible. Rapidísimamente, acaricié una
de sus coletas.

—Y, encima, esos pómulos que te rejuvenecen…

—No quiero... Es idiota que bebas sin ninguna razón. Y no tienes razón alguna para beber tanto.

—No, no la tengo. O ¿la tengo?

Pero la famosa organizaba tal estruendo —y en inglés canino— que robaba la atención. Demostrado que ella asimilaba cualquier tendencia musical, más lustrosa que en la pantalla y más turbadoramente asequible también, se engolfó en sus tonadillas, que amorataban las ojeras del público.

—Esto —susurré— lo menos le ha costado a José Luis unos cuatrocientos mil reales.

—Es muy amiga de los Tamburini y dicen que... —susurraba Adela, cuando un melómano nos chistó, en una octava irritada y pudibunda.

—Los forofos de la diva se molestan —vertí en el oído de Adela.

Y estábamos fuertemente abrazados, sin posibilidad de aplaudir a la famosa, que fingió irse pero no se iba. Los del raso atacaron los primeros compases de la célebre opus que narra pasión de torero y malamujer, explotando de satisfacción el auditorio, no tanto por afición taurina, sino por el simple hecho de que la letra era comúnmente conocida. Incluida Adela, que me la recitaba en sordina.

—Perdona —dijo, cuando experimentaba yo una complacencia extrema.

—No te vayas —pedí, sujetándola.

—Mimoso, si vuelvo enseguida —prometió en recompensa a mi comportamiento de borracho bonachón.

Me recompensé yo mismo con dos copas en estado de aprovechamiento, hurtadas de la mesa vecina en el instante en que la mala pécora, envuelta en boas, marabús y humo, presiente que al diestro se lo traerán en angarillas, como a tenor del estribillo cuatro veces se lo habían llevado ya, sin que tal estructura de tiempos narrativos, renunciando al suspense y multiplicando la cornada, defraudase el ansioso interés de los oyentes.

Aquellos brazos desnudos, que aparecieron sobre mis hombros, supe que eran los de Bert. Bert miraba a la famosa, que se disponía a la congoja sin recato. La barbilla de Bert se apoyó en mi cabeza. Decididamente, aquella noche, si uno se estaba quieto, a uno le tocaban las mujeres.

—Pero ¿qué puedes encontrarla, para mirarla así?

—Me excitas tú —cometí la ingenuidad de confesar, ebrio de veracidad, con lo que volví a estar solo, mientras arrastraba generosos metros de cable negro, serpentario, el exitoso monstruo y, cuando el pentagrama se lo recordó, aquella barbaridad de moza se detuvo, separó los codos y el micrófono del cuerpo, envió las nalgas para atrás, los depilados sobacos para arriba, y chorros de gloria, rugidos, el desmadre, desencadenó semejante instrumentación de la ramplonería.

Reprimí la autocompasión y busqué unas gotas de whisky, que me ayudasen a digerir la soledad, en pie la concurrencia y los violinistas relevados por los inevitables guitarreros eléctricos. En la barra, Andrés elogió la munificencia y el mecenazgo de los Tamburini. Me retiré a un banco discreto, desde donde asistí al desfile de una doncella portadora de bicarbonato (de sosa) en bandeja (de plata), de José María, del tipo galguero, de una multitud en torno a la famosa, de algunas bellas, de Bert y de Sagrario emparejadas y cuchicheantes, de Encarna con diadema de zafiros y de un besito con alas, que, despegando de las yemas de los dedos de Mary, alcanzó en picado mi entrecejo.

Luego, unos bailaban, otros jugaban póquer y otros charlaban. Yo deambulaba astutamente entre las columnas y, de paso, detuve a una, con un *pull* injertado a la piel y un cinturón de mayor tamaño que la falda. ¿Su nombre? Julia. Y yo debía saberlo, puesto que Bert nos había presentado no hacía mucho. Si había cumplido los veinte ella, yo abandonaba la bebida durante un trimestre. Yo podía seguir bebiendo. Extrañado seguiría de su cutis sin un miligramo de maquillaje. Es que ella llevaba siempre la cara lavada. Lo que me sugirió la utilidad de refrescar la mía y, eludiendo columnario, penetré en los salones y pasillos de la mansión, decorados en el conocido estilo tecnócrata de lámpara finesa y armadura toledana, que recordaban, y hasta por el aroma a madera, los del chalet de Bert, salvo que, en vez de hallarme al acecho de Sagrario, en sus propios dominios perseguía denodadamente mi sombra.

Por puro milagro hidráulico, humedecidas las ideas, estaba de nuevo errante por el peristilo y entre las mesas, con tapete verde ahora, musitando ternezas a una Mary contrincante de José Luis y de algunos borrosos contribuyentes, del palo de oros con toda seguridad, que sonrieron, mascullaron sus cortesías y, a cartas plegadas en las manos unidas, denotaban cuán poco se precisaba en aquella timba de un enamorado. Me coloqué detrás de José María, quien, con dos miserables sietes o proyecto de escalera mínima y de tripa, necesitaba de amuleto más que yo. Desprendiéndose de un siete, fue por la tripona y no le salió, como estaba mandado. Que no opinase. Que no opinaría, pero que se lo tenía merecido, que parecía un jugador de chica. No se trataba de mus. Obvio, aunque sólo fuese porque uno alcanzaba a percibir que allí no usaban amarracos. En el entretanto, le habían sido servidos por manos femeninas a José María cinco cartularios como para incendiarlos, pero entró, por el placer de dejarse arrebatar la puesta. Barajó, de charla todos y ante mi respetuoso silencio de mirón, y se sirvió un ocho de pic, un diez de pic, una jota de trébol, una jota de pic y un nueve de pic, que no hay como dar uno cartas. Aun así, dudó lo suficiente para que yo comprendiese que a un punto tal nada le podía salir bien. Efectivamente, fue, puso sus fichitas, repartió naipe, nadie estaba servido, la de los derruidos pechos casi visibles pidió dos, José María se sirvió una y, poco a poco, reaparecieron el ocho de pic, el diez de pic, la jota de pic, el nueve de pic y, para su desgracia, la q de corazones. Nada más subir la de los pechos mortecinos, intuí que mi deber habría sido, de no haberme silenciado él, recordarle que una escalera simple la liga hasta un párvulo y que hasta un caquéctico rehusaría el tetudo reto. Igualó. La flácida enseñó ese *full* de reyes-sietes, que olfateaba yo desde una hora antes. José María, caballero él, se apeó de su escalerita y giró la cabeza, a comprobar mi presencia. A la próxima, con un trío de ochos le pulverizaron sus figuras y manifestó, burloncete pero al borde de la histeria, que yo le gafaba. Que hay rachas, opiné modestamente. Y a sufrir más, porque le cogieron en medio, llevando un trío de reyes, y se tiró, cuando le disputaban en posesión de dobles parejas una y el otro, de farol. El farolero, algo con aspecto de dueño de yate por la gracia hereditaria, manifestó que se retiraba y, sin más, ofrecí mi concurso.

—¿Que quieres jugar? —preguntó José María, con una alarma que indicaba por sí misma que había oído claramente mi deseo de jugar.

—Magnífico —me aceptó la huesuda descotada, moviendo incluso la butaca vacía en mi dirección.

—No. —Silencio—. Quiero decir, que no te divertirá jugar.

—Me divertirá ganar y, mucho más, perder.

—Naturalmente que sí. Tome asiento —ordenó el indudable catedrático de Análisis Ornitológico.

A punto de reposar en el trono de la futura abundancia, escuché:

—¿Tienes dinero?

—Bah, eso no se… —comenzó a decir la de los hermosos pechos ovejunos.

—Creo que… —Me palpé los bolsillos, en pie, que es como deben morir los muy hombres.

—Se te permite entrar con un resto de cinco —facilitó José María.

Alrededor de setecientas y de la insignia del Club Ski Blanco disponía yo.

—Ya se arreglará, José María, no seas pesado.

—Cheles —explicó, afable—, no te fíes de éste, que no le conoces.

Los enjoyados dedos se detuvieron en la contabilidad de unas fichas destinadas a mí segundos antes. El catedrático carraspeó. José María, con una paciencia ostensible, barajaba mansamente. Cheles me observaba y retiró la mirada, al encontrar la mía.

—Un momento, por favor —silabeé casi.

En la mesa de Mary accedieron a la interrupción y Mary me acompañó a una zona poco concurrida, más parlanchina que intrigada.

—Sí, amor, me lo estoy pasando bien. No bebo demasiado, estate tranquila. Todo el mundo es maravilloso, pero… Mary, ¿tienes aquí dinero?

—¡Claro que sí! ¿Cuánto necesitas?

—Verás… Te explicaré. Te juro, amor, que me es muy necesario.

—Tonto, ¿por qué hablas tanto y de tanto misterio? ¿Es suficiente?

Me precipité a besar sus ojos, porque no viese en los míos unas irreprimibles gotas de whisky. Devuelta Mary, aceptadas mis disculpas por José Luis, regresé a despojarles (y la pendeja perdería hasta el sostén que no llevaba), con los billetes enarbolados en un puño, antorcha que los paralizó; primero, a la pellejuda, a José María y al catedrático; en segundo lugar y por mímesis, a los dos nuevos especímenes de la categoría, aproximadamente, de madre de familia acomodada y de ejecutivo canceroso y rubio.

—Seis también pueden jugar.

—Es molesto —afirmó José María.

—Tengo derecho, porque tengo dinero y porque llegué antes que ésos.

—No te muevas, Cheles —ordenó José María a la escuálida, que intentaba huir—. Un minuto, disculpadme.

—Quiero jugar —repetí, pero siendo ya alejado.

—Tómate un whisky —me propuso, como si pagase él—. O te tomas dos y te distraerás más que si te dejas desvalijar por esos tahúres.

—¿Tahúres? Sois unos pardillos. Y quítame el brazo de encima. ¡Quítamelo! —grité.

—Oye, que lo digo por tu bien. No estás en condiciones de…

—Desaparece, mamita, o te sacudo.

—Idiota borracho, no me hables en ese tono. Por otra parte, ni siquiera el dinero que te ibas a patear es tuyo. —Tomó el vaso que le tendía un camarero y, en la postura adecuada, con el ritmo preciso, reconstruyó una expresión que le permitiese retornar a la mesa de juego.

—También a Pablo —se detuvo— le huele mal tu peste. —Sus rasuradas mejillas, un poco brillantes, controlaron penosamente una sonrisa, que le avejentaba, pero yo había decidido el remate de mi discurso y lo rematé—. Miserable.

Siguió, con el vaso más enfáticamente levantado que en circunstancias normales. En la pista, bailaban algunas marionetas deseadas. Yo mismo me serví, hasta los bordes, ante los impasibles chaquetasblancas. La música asfixiaba a los pájaros en las jaulas. Oteando, olvidé que buscaba a César para estrangular despaciosamente alguna alimaña. Al segundo whisky escanciado por mis manos, una vez descubiertas las ventajas del *self-service*, no le añadí hielo que aplacase el fuego interior y el llameante bochorno de la repulsiva noche estival. Me invité a pasear las frondas, con el consensus *omnium vel plurium*, y las hieles me condujeron a la tumba egipcia, a la que descendí y donde, por telepatía urgente, comuniqué a Tub que no existe mayor dolor que desear hacer el mal y no saber cómo. Introduje unas piedras carboníferas en los intersticios de la máquina depuradora de la piscina. Habían retirado el cadáver de Pablo. Tub no tardó ni un cuarto de hora en contestar que a César y a Andrés también, embalsamándolos en las grasas de Tonona y en las piltrafas de Cheles, stop, te amo. Me mudé de galaxia, hice arqueo y resultó que Mary me había entregado ciento once dólares USA, cantidad que daba sed al tratar de convertirla mentalmente en moneda nacional.

Adela me llamó desde el círculo comanche, palmeando la hierba. Yo había salido de la fosa con el propósito de integrarme en sociedad, ya que la sociedad no venía a mí, y, aceptando la invitación de Adela, acampé junto a
unos muslos ceñidos por   *«tasando el viento que en las velas*
un pretexto de minifalda.   *[cabe»*
Saludé desde los tercios.
Fui saludado por el ruedo apache. En cuestión de dos sonrisas, la chica sin maquillaje y yo establecimos una confortable relación magnética. Pregunté si hasta allí llegaban bebidas, en el instante en que un camarero inclinado me ofrecía bandeja. La tribu discutía

estruendosamente si es más factible recordar el futuro que adivinar el pasado.

—Me enferman —dije— las monerías metafísicas.

—¿Te encuentras mal? —preguntó mi chica sin maquillaje.

Lo cómodo, según la mayoría, era vivir el presente. Para mí, descansar la cabeza.

—Yo soy sido —votó la oposición.

—Vaya, si eres tú —descubrió Bert—. Hijo, ni que hicieses esta noche de ectoplasma.

—Es bueno, pero podría completarse.

—Yo seré sido —completé, extasiado por la dureza de la almohada en que se apoyaba mi nuca.

—¡Bárbaro!

—O yo soy sido seré —dijo Toni.

—Malísimo —se dictaminó unánimemente.

—A mí, con perdón, me parece una carajada sentarse en la hierba a formular monerías metafísicas. Recuerda a lo de don Cervantes y los pastores. Si no queda más remedio que asistir a fiestas, es mejor tomar unos tragos modosamente y acariciarse —los últimos mohicanos, que no atendían, callaron y enarbolaron sus orejas— como en los antiguos guateques. Por entonces, nadie formulaba monerías metafísicas.

—Éramos menos ingeniosos —confirmó Andrés.

—Y, luego, lo tengo comprobado, la resaca es más mortífera. Aparte de que se empieza por monerías de tipo general y acabamos con ingeniosidades agresivas. Yo estoy por la paz.

Repicaron los aplausos. Y me desvanecí.

—Tienes razón —legisló la voz de Adela, en el coro de las otras voces—. Y no es que yo defienda que nos toquemos todos a todos.

—No estaría mal.

—Por lo pronto, él ha empezado ya a aprovecharse de Julia —delató Bert.

—¿De mí?

—¿Te llamas Julia?

—Sí, me llamo Julia. Y lo mismo es verdad que lo habías olvidado por tercera vez.

—Recuerda a lo de don Cervantes y los pastores en el huerto. Si no queda más remedio que asistir a fiestas, es mejor tomar unos tragos y acariciarse modosamente. En aquellos tiempos…

—¿Qué tiempos son aquellos?

—Los inmediatamente posteriores a la primera obesidad de Tonona Limón. Y no me interrumpáis, que, con los ojos cerrados, me cuesta pensar.

—Lo de don Cervantes decías.

—Me joroba que se me interrumpa, cuando estoy aclarando la cuestión.

—Amnésico.

—Quítale el vaso; de verdad, quítaselo, Julia.

—La amnesia es de esas pasiones que casi nunca olvido. ¿Qué haces con mi vaso, cariño? Cincuenta años atrás nos las cogíamos de *cup* y encogiditos. Después, os cortaron el cordón, os pusieron de largo y la vida ya no fue lo que había sido. Pero que conste que yo estoy al lado de la gente efébica.

—Y de la paz.

—Dejadle que siga.

—Nos tocábamos mucho y, a veces, me dejaba quitar el vaso. No habíamos caído aún en la moda de la sinceridad, de la naturalidad, de no tenerle miedo a nada, de las piernas largas, de leer en inglés… ¡Qué mundo tan distinto! Éramos tan pobres y estrechos, tan susceptibles, que a ninguno se nos ocurría tener modas. —Las ramas se blanqueaban y Bert, en tirantes y sujeta por un pie del trapecio, apareció en mi campo visual—. ¿Sabes que Pablo se va a matar?

—De acuerdo; el panorama —aseguró la entonación cantarina y trapezoidal de Adela— ha cambiado totalmente.

—Si alguien tuviese la bondad de arrimarme un whisky…

—La búsqueda de la felicidad por el hombre…

—Toni, majo, no sigas. No hay manera de decir nada sensato, si empiezas con esa necedad de la búsqueda de la felicidad por el hombre.

—Pretendía decir, si me permites —y se lo permití, porque no lo veía—, que esa felicidad de la que habláis…

—Yo, no —precisé, al tiempo que unas manos frías me aportaban un vaso.

—… es una idealización y, de ahí, suponéis que la felicidad puede ser tan insatisfactoria como un sueño de felicidad. ¿Lo entiendes?

—En absoluto.

—Estás dormido —dijo Tub.

—No estoy dormido. —Abrí los ojos—. Pero, Julia, ¿cuándo nos hemos conocido?

Algunos rieron.

—Nos presentó Bert y luego prometiste no beber en un trimestre, ¿te acuerdas? Soy Julia.

—Escucha, Toni… —Pero, además de sus barbas, durante los segundos que vislumbré la compañía, de bruces sobre el césped, reconocí a César, al tipo galguero, a Andrés, a Bert, a Adela, y retorné a los muslos nutricios de Julia sin completar el censo.

—¿Qué?

—Escucha, estoy por la paz. Sin embargo, ciertas teorías preferiría, aun a costa de la guerra, que no se explayasen aquí, o terminamos como la otra tarde donde lo de Bert. Mejor, nos quedamos calladitos, bebemos nuestro *cup* y nos toqueteamos sin turbias intenciones, sólo por gusto. Ahora bien, majo, si empezamos con lo de la felicidad y las estructuras y los dos planos y la correlación de fuerzas y el capullo idealista, lo vamos a pasar mal, o yo no tengo práctica de fiestas. Y tengo práctica, desde la fiesta de mi primera comunión, que estuvo Bert y llevaba un sombrero de plumas. ¿No es cierto, Bert? —Los dedos de Julia (bendita ella) se enmarañaban en mi pelo—. Bendita seas, Julia. ¿Qué tienes que decir, por ejemplo, de ese fornicio de los dos planos, que no hayamos oído los aquí presentes?

—Como dicen, y quizá con razón, los antiisomorfistas, que como nadie ignora no son nada glosematicistas, antes de constatar el paralelismo de los dos planos es indispensable convencernos de que hay dos planos distintos.

—Siempre lo he dicho —dije.

—Toni, por favor, que cualquiera creería que también tú has bebido.

—Dejadles, que están de campeonato.

—Que conste que yo estoy por la paz y por los fornicarios. Alguna de vosotras ¿se molestaría en proporcionarme una miaja de whisky?

—A mí, hija, la filosofía me interesa, pero no a estas horas.

—No vas a dejar para los demás, ansioso.

—Depende de los planos, como Toni nos enseña. En plano vertical, tarda más; en plano tumbado, se escurre para dentro sin que te des cuenta.

—Siempre te ha gustado beber deprisa.

—En el fondo... —comenzó a descender Toni.

—Toma —susurró la fría mano, con un vaso lleno de un líquido que resultó palingenésico.

—No te quedes dormido —advertía la voz de Adela—, que Toni no tiene cuerda para mucho.

Al día siguiente y precisamente porque a nadie se le ocurriría hacerle un regalo, le compraría a Mónica la más gigantesca casa de muñecas que encontrase al precio de ciento once dólares.

—¿De qué hablan tan alto? —pregunté a Tub.

—De gente que tú conoces —respondió Encarna, que no conocía a ninguno de los presentes.

—No me duermo. Estoy repasando la relación de vocablos incorrectos, rechazados por barbarismos, por impúdicos o, simplemente, por catetos, y las reglas del buen decir, que ennegrecieron mi infancia y que desde mañana se va a aprender de memoria Merceditas.

—¿Quién es Merceditas?

(No diga abujero, diga agujero.

No diga aluego, diga entoavía.

No diga pistolero, diga revolvero.)

—Calla, Andrés, que no me dejas oír el diccionario.

(No diga petiso, diga enano.

No diga bufet, diga ambigú.

No diga *chaise longue*, diga meridiana.)

—¿Te ha escrito Pablo?

Continuaba siendo de noche. Los tirantes de Bert se acuclillaban a un par de centímetros de mis párpados emplomados.

—Transmisión de pensamiento.

—¿Te ha escrito o has hablado con él por teléfono?

—Le indigna —los dedos de Julia cosquilleaban mi pelo, persistentes e inefables— que la obligue a devolver las joyas.

—Estoy preguntando en serio, imbécil. ¿Por qué aseguras que Pablo se va a matar?

—Porque Pablo es el más bobo de todos nosotros. Pero descuida, que tan pronto como se muera, no recordará haber estado vivo. Tú ¿cómo dirías avariosis o sífilis?

(No diga avariosis, sea valiente y diga sífilis.

No diga alcohómetro, diga papalina.

No diga *matinée*, diga peinador de mujer.

No diga *soirée*, diga peinador de hombre.

No diga coqueluche, diga tos ferina.)

—Pero, hijo, ¿me escuchas? Que parece que estás rezando.

—No me llames hijo, llámame fijo, Bert.

Bert se disolvió. Alcé una mano, palpé el aire y acaricié las tersas mejillas de Julia, que debía de haberse maquillado mientras los demás, esforzándose por ponerse inteligentes, se habían puesto juiciosos.

—Pequeña, nunca digas Rumanía.

—¿Cómo se dice? —Y escuché su sonrisa, confidente.

—Rumania. Y no se dice Pilsen, se dice cerveza. No se dice Torino, se dice taurino. No se hace pipí en las flores. No se dice tigresa, se dice tigre hembra. No se dice manflorita, se dice hermafrodito. No se dicen malas palabras. No se dice inconcreto, se dice sin hormigón. No se abusa de las criadas. No se permite a las criadas abusar del señorito. No digas nunca lo que piensas. ¿Sabías tantas cosas útiles?

—Contigo se aprende mucho.

Abrí los ojos.

—Es de noche, ¿verdad?

—Sí.

—Ahora hablan menos.

—Quedamos pocos aquí sentados.

—¿Se ha ido Bert?

—Bert está jugando al póquer.

—José María es un hijo de puta, ¿a que sí?

—Lo que te ha hecho está feo.

—Yo esta noche me porto correctamente.

—Sí, muy correctamente.

—No ando por las cocinas, a ver si puedo besarte.

—Aún no.

—¿Me acaricias el pelo, porque me porto correctamente?

—Porque me gusta.

—He bebido bastante, ¿no?

—Y lo que te falta. No son más de las dos o las dos y media.

—Mary está muy guapa.

—Los tiene a todos por ella. Y, además, gana.

—Y ¿tu marido?

—Hace un rato andaba rondando las treinta mil. A él le gusta, te lo prometo. En cambio Mary, que es un águila, sigue de racha.

—¿De racha buena?

—Sí, claro.

—Esa chica, que me rascaba antes, es mona.

—Muy mona. Pero la pobre Julia, ni atreverse.

—¿La he asustado?

—Sí.

—¿Por qué?

—Porque le asusta que un hombre ponga la cabeza en sus piernas.

—A ti no te importa.

—No.

—Dilo otra vez.

—Me apetece que estemos juntos.

—Me gustaría ser bueno.

—Mentiroso.

—Tonona Limón dice que vais a abrir una boutique.

—A Tonona no sé que le has hecho, pero le has hecho algo.

—Poco.

—Y a César.

—¿A César? No le he hablado una palabra.

—Mary te adora.

—Es inevitable.

—Tú…

—Sí, yo quiero a Mary.

—Me alegro que lo digas.

—Y tú, a José Luis.

—Sí.

—Andrés es memo.

—Tampoco le has tratado bien.

—Me gustaría ser bueno y besarte mucho. ¿Es ya hora de ir a la cocina?

—¡Sagrario! —llamaron.

—Mira, más oportunos no podían ser… —dijo.

Me volví boca abajo y, allí arriba, entre las estrellas y su blusa, quedaba su corbata de lazo, carmesí. Nos miramos, a sonrisa quieta, pero la llamaban de nuevo y, aunque pretendía no apresurarse, el encanto estaba hecho trizas, por una pequeña contracción de su labio inferior, quizá porque había durado demasiado o demasiado poco.

2

Postales de Venecia, fotos en Angulema

Entre hachazo y hachazo, como un eco extemporáneo, sonó un motor. Es más, había creído distinguir la transición tajante del cambio de marchas del 1.100, al tomar la curva antes del camino empedrado y acometer la penúltima cuesta. Pero, en jueves, sólo podía haber sido una alucinación acústica más, de las muchas que produce un silencio permanente. Husmeé aquel aire vitrificado, que presagiaba nevada, y continué mi concierto de música serial sobre la madera resinosa. A pesar de la endiablada humedad de la tierra, acabé con el tronco, agrupé las astillas en pirámide y renuncié a un cigarrillo, a causa de los guantes. Julia debía de haber bajado al pueblo, por capricho, por claustrofobia inconfesada, por comprar rotuladores, y no el ruido del 1.100, sino el chirriante del jeep, manejado contestatariamente, se habría transmitido a través de la tiniebla insinuante y los siniestros pinos, de punta sus agujas para ensartar los copos, que pendían aún en el violáceo y bajo techo de la tarde.

En la leñera, arrojé el hacha a un rincón y encendí las luces del pasillo y la cocina. El viento había cambiado. Los faros del jeep no tardarían en iluminar la cancela. Con esa fatiga resignada que nos espolea a rematar el trabajo, cargué cuantas astillas pude. Volví al patio y, conforme apilaba la carga, agachado, descubrí en el cobertizo el jeep. Anduve el camino entre el muro y la fachada orientada a la montaña y, desde el lindero del jardín, vi abierta la cancela. Julia, y sin linterna, de paseo por cualquier vaguada estimaría que era temprano para regresar.

Colgué el hacha de la escarpia, cerré la leñera, atravesé el patio, me senté en una de las banquetas laterales del jeep y, al expulsar el humo del cigarrillo, exageradamente acrecentado por el vaho, el día había terminado y nada quedaba por hacer, salvo alimentar la chimenea, asegurar ventanas y contraventanas, beber alguna copa viendo estudiar a Julia, apagar la chimenea, desnudarme, meterme bajo las mantas, suspirar, dormir. Me negaría a la tortilla francesa y a los fiambres, a leer la carta de Galizia, que desde el lunes —o el martes— rodaba de mueble en mueble sin abrir.

En los diez últimos minutos la temperatura parecía haber descendido cinco grados. Como siempre, quizá ligeramente más a aquella hora, el cobertizo olía a gasolina. Descendí entumecido del jeep, bajé la puerta basculante y, con la llave colgando de un dedo, contemplé absorto los trocitos de madera, que aquella noche enterraría la nieve. El frío me sacudió. Si antes de que oscureciese completamente no había vuelto, saldría a buscarla. Con linterna y una petaca de coñac.

A pocos metros de la verja, en el sendero de entrada, los faros apagados del 1.100 y el interior iluminado la resaltaban en la penumbra, ajustándose el capuchón del abrigo de pieles. Se inclinó a la guantera y una fracción de segundo después abrió, alzó la cabeza y, en pie, con sus negros pantalones y unos zapatos de medio tacón, casi turbadores, era definitivamente ella. Me percibió, cuando di el primer paso, como si mi inmovilidad me hubiese amalgamado a las sombras.

—Hola —casi gritó.

—Hola. —Corrí hacia Sagrario y hundí la cara en la suavidad perfumada del capuchón.

—En lo alto del puerto estaba empezando a nevar.

Apretaba mis mejillas con fuerza y nos besamos por segunda vez.

—¿Has tenido buen viaje? —pregunté, igual que si fuera sábado.

—Vine despacio. Será conveniente meter el coche en el cobertizo. Y ¿Julia?

—No sé por dónde anda.

Hasta la casa, avanzó junto a la ventanilla. De un acelerón, recorrí el camino y el patio.

—O das marcha atrás o no puedo levantar la puerta.

Luego, tuve que maniobrar el jeep, colocarlo casi rozando una de las paredes y encajar el 1.100, con suficiente espacio para abrir la portezuela. Sagrario había encendido la bombilla y el lugar, donde había estado yo hacía seis o siete minutos, se había transformado, ni siquiera recordaba el cobertizo de una mañana de sábado. Con las manos en los enormes bolsillos del abrigo, hundidos los hombros, paseaba al ritmo de su terco silbido.

—¿Tienes frío? La chimenea no estará fuerte aún. Enseguida enchufo los radiadores.

—¿Qué es aquella luz?

—¿Cuál? No veo ninguna luz.

—No, no tengo demasiado frío. Aquella, en la otra ladera.

—No ha ocurrido nada, ¿verdad?

Denegó con la sonrisa.

—Fíjate, es blanquísima.

Nos detuvimos.

—Estarán de obras. Por allí sólo hay una carretera. ¿Todo normal por esa ciudad de burdel?

—Todo normal —rodeó mis hombros—. Incluso, con sol. Espera, si resistes el frío. Me gusta el jardín a estas horas. Por cierto, ¿qué hora es?

—Las cinco y veinticinco, casi y media.

—Creí que había venido más despacio.

—¿Has traído…

—Te adoro —murmuró.

—… el maletín?

—Caray, tendrás que abrir otra vez el cobertizo. Luego, luego. Ahora no me dejes sola.

Resbalaba la palma de la mano sobre el boj y cruzaba un pie delante del otro, apoyada en mí, imitando unos pasos de danza contenidamente jovial. Llegamos a la cerca de piedra, en la que me senté.

—Y ¿por aquí?

—Lo de siempre —dije, guareciendo su cabeza en mi costado derecho.

—¿Has sobrepasado tu dosis?

—No, excepto una noche. Y tampoco demasiado.

—¿Has leído?

—Poco. He caminado. Hice la compra el…, una tarde de éstas, y me acordé de las latas de cangrejos. Hubo carta de Galizia, pero todavía no he tenido humor para leerla. He caminado unos quince kilómetros diarios. Estoy bien, aburrido. —Rió muy tenue, volcada sobre la cerca—. Julia se va a asustar.

—Gracias por los cangrejos. —Las sombras se superponían en una neblina aún transparente, que dispersaba las luces en el valle—. Hace una eternidad que no nos vemos Julia y yo.

—Se va a asustar.

—Le explicaré. Y deja ya de pensar que hoy no es sábado. No tenía más remedio que…

—Me alegro que hayas venido —la interrumpí.

—Quizá ya esté en casa.

—No, habríamos oído sus botas de clavos. Puede que ni aburrido. Que debo de tener la tensión por los suelos. —Sus dedos buscaron las venas en mi antebrazo.

—Seguramente —el frío estaría rojeando sus mejillas— te atiborras a escondidas de barbitúricos y eso te...

Bruscamente calló, azorada. Como novios que apuran el último tiempo de un domingo, se separaron nuestras manos y recurrimos a los cigarrillos. Desde el otoño, nadie había pronunciado una sola palabra tabú.

—Desde el otoño cuidamos enormemente el lenguaje.

—No te rías —dijo, obligándose a reír también—. Soy una metepatas, lo reconozco.

—Apenas tomo algún somnífero. Es la altura, el ejercicio, la falta de alcohol. La falta de alcohol, sobre todo.

—A lo mejor te perjudica no beber todo lo que necesitas.

—Pero si no lo necesito.

Aquel rechinar de la grava solamente lo producían las suelas claveteadas de Julia.

—Se lo explicaré y ella lo entenderá. No te preocupes, cobardón.

Por el vano de la puerta, la luz estalló en el porche. Salté de la cerca.

—La va a asustar encontrarte de repente. Mientras, saco tu maletín del coche. Lleva unos días hablando de marcharse a Londres.

—Siempre —Sagrario caminaba ya hacia la casa— están hablando de cambiar de vida.

Julia me llamaba y Sagrario subía los dos primeros escalones, nítidamente rotundo el tamborileo de los gruesos tacones en la piedra, inverosímil el sosiego de su voz. Julia debía de haberse vuelto hacia ella en el umbral, aún con su anorak color ala de mosca.

—Ah… Sagrario… Eres tú…

—Perdona —decía Sagrario— esta invasión. ¿Cómo estás? Tuve ganas de subirme un rato a charlar con vosotros. Supongo que no te molestará.

—Claro que no, boba. Si pensaba haberte llamado yo. ¿Cuándo has llegado?

—Ahora mismo, hace unos minutos.

—Es que me sorprendí, ¿comprendes? No sabía que ibas a subir.

—Ni yo misma, a la hora de la comida.

Antes de abrir el cobertizo, me senté en el patio, junto al muro y con las manos bajo los sobacos, a matar el tiempo que ellas necesitaban para arrostrar su encuentro, a aceptar que se había alterado el orden de los últimos meses, víctima de esa paladina corrosión que los designios ajenos ejercen sobre unas reglas que se manifiestan más frágiles y desguarnecidas cuanto más duraderas las suponíamos. Sin embargo, un júbilo visceral se sobreponía a toda consideración, demostraba que únicamente el miedo, con sus meandros falaces, sus torrentes de abstracción y el flujo de la inercia que genera, determinaba mi repugnancia ante aquella imprevista aparición de Sagrario. Sólo que Sagrario —y ni la más trabajada modulación de su voz habría conseguido engañarme— trataba de disfrazar de impulso lo que había sido un acto premeditado, intentando probablemente que la espontaneidad justificase su incumplimiento del pacto. De la emponzoñada monotonía del pacto.

No estaban en el living, apenas iluminado por un fuego mortecino, ni en el piso de arriba. Dejé el maletín en el dormitorio de las dos camas, busqué sábanas, hice la cama más alejada del ventanal y aprobé el ostensible triángulo del embozo doblado sobre la colcha. Mientras hervía el agua para el té, salí de la cocina al pasillo a escuchar el murmullo de sus voces. Una —o ambas— reía. Con una deliberada lentitud, quedó llena la bandeja. Julia, que había encendido las lámparas, colocaba troncos en la chimenea, aturullada por la impericia de quien espera abrasarse de un segundo a otro.

—¿Quieres despejar de ceniceros la mesa? —Se precipitó a obedecerme, afabilísima—. Y déjame a mí el fuego. Si pretendes ayudar, trae un limón, que se me ha olvidado.

De camino, gritó a Sagrario que el té estaba servido. Cuando acabé de atizar las llamas y me senté en la alfombra, Julia, derrengada en el diván, no sonreía ya.

—Los limones te empeñas en meterlos en el frigorífico y los resecas.

—¿Os ha sido violento encontraros?

—Oye, con toda naturalidad, si crees que debo irme... Todavía alcanzaría algún tren.

—¿Tú? ¿Por qué?

—Pienso que debo preguntártelo.

—Julia, no enredes las cosas.

—De acuerdo.

—En último término, es ella la que ha subido el jueves en vez del sábado. Quizá andábamos un poco maniáticos, sin adelantar ni retrasar un minuto.

—Está delgadísima, ¿no? Dice que ha perdido siete kilos. No, no ha sido violento. Ella me conoce bien. De todas maneras, mañana por la tarde me iré.

—¡Ahora bajo, pero no me esperéis! —La voz de Sagrario llenó la casa.

—¿Hay toallas de las suyas en el cuarto de baño?

—Habrá. Si no, ella sabe encontrarlas. Julia, el lunes volverás.

—Bueno, naturalmente. Volveré el lunes. ¡¿Tienes toallas?!

—Esperamos unos instantes, Julia descruzó las piernas, se levantó perezosamente, marchó hasta la puerta del vestíbulo, con las manos embutidas en los bolsillos traseros de su pantalón de pana, y volvió a gritar por la caja de la escalera—: ¡Sagrario, ¿necesitas toallas?!

—¡No, guapa!

—No lo sirvas, hombre, que en las tazas se enfría. ¿Has leído ya la carta de Galizia?

—No tengo humor.

—La última vez que la vi estaba encima del aparador.

—Ahí está. ¿Has enchufado los radiadores de abajo?

—Sí. Y tú, ¿los del piso de arriba?

—Sí, todos. Con tal de que las condenadas cañerías resistan la nevada…

—Lo malo será que hiele, no que nieve. Tengo ganas de esquiar. —Se ovilló en el diván, inerme, disminuida—. Te he cogido un suéter.

—Ya lo veo.

—Estoy nerviosa.

—Se nota.

Acomodé los troncos y removí las brasas. Luego, me quedé ensimismado, en una postura incómoda.

—Menos mal que anteayer hiciste la compra —dijo.

—Hay comida de sobra.

—¿Qué dices?

—Que hay comida de sobra. ¿Tienes apetito?

—No sé. Sí, un poco. Me vendría bien una buena llantina. ¿Es un fenómeno de crecimiento?

—No, es un fenómeno de sorpresa. Si lo piensas, lo único es que nos ha sorprendido. A ti más, porque estás en edad de crecer.

—Gracias, tú. Decidido; en vez de dedicarme a la llorera, merendaría algo de queso o una chocolatina.

Puse en el sardinel de la chimenea la tetera, antes de levantarme. Se oían los pasos de Sagrario en los escalones. Había terminado de cortar el queso y el pan y cortaba unas lonchas de jamón, cuando entraron, Julia delante, aunque luego ambas se apoyaron en la mesa del hule azul y, al verlas juntas, tan diferentes —como ya había olvidado—, experimenté esa aberración visual que, suprimiendo el contorno, impone la misteriosa presencia de los cuerpos conocidos.

—Te he preparado la habitación de las dos camas —dije, para romper el silencio.

—Veréis, por mí…, que yo no… —Sagrario carraspeó—. A ver si sé decirlo. Que por mí no cambie nada, eh.

Julia rió, con una espontaneidad bienhechora y contagiosa.

—Todos coincidimos en eso. No hay problema.

—Siempre —aclaró Julia— hemos dormido en habitaciones separadas. Él duerme en la del fondo.

—Vamos al living —dije, irreprimiblemente ruborizado—. Apaga las luces, Julia.

—En fin… —Sagrario suspiró—. Supongo que son prejuicios.

—Prejuicios morbosos.

—Falso. —Julia me adelantó por el pasillo—. Te molesta oír lo que se debe decir.

—No le asustes, Julia.

—Me joroban los envaramientos. —Me cogió los dos platos y los dejó sobre la mesa, frente a la chimenea—. No cambiará nada, porque es muy fácil que todo siga igual.

—¿Con o sin limón?

—Con —dijo Julia.

—También el mío.

—He visto en el cuarto de baño tus cremas. ¿Es que ahora te maquillas?

—Casi nada. —Dudó, con la taza en la mano, y se sentó en el diván, muy cerca de Sagrario—. Las tengo que usar por este aire de aquí, que te raja el cutis en dos días.

—Yo —sonrieron sus labios desde el borde de la taza— jamás estoy más de día y medio.

—¡Genial! —gritó Julia—. Has estado genial y tú sí que le has asustado a éste. ¿A que me encuentras cambiadísima?

—Mucho —admitió Sagrario, repentinamente amistosa también.

—Ahora soy una mujer.

—¿Qué eras antes? ¿Un mico?

—Un cocolito, una meapoquitos, lo que es una de mis años que está fuera del cotarro.

—Fúgate del cotarro, si puedes. Desde luego, que has cambiado. Te encuentro parlanchina y tú eras callada.

—Y sigo siéndolo. Desde el lunes quizá no hayamos hablado más de cuatro frases. Se habla poco en esta casa. Pero me ha desatado la lengua verte, porque rabiaba por cotillear contigo. Me daba espanto, al mismo tiempo.

—No seas ridícula.

—Quizá no termine el curso, ¿sabes? —Julia sirvió más té en la taza de Sagrario, destapó la tetera, buscó el azucarero—. Seguramente me iré a Londres en abril.

—No lo digas y hazlo.

—Creo que lo haré. Me apetece y es tonto estar retrasándolo hasta que termine la carrera.

—¡Basta! —dije.

—¿Por qué?

—Tiene razón Julia; ¿por qué?

—Perdonad. Quería decir que ya son las seis. ¿Quién toma una copa?

—Tú —dijo Sagrario.

—¿Ponemos música?

—No.

—Aquí hay que esconderse para oír música.

—¿No piensas estudiar?

—Malditas las ganas que tengo.

—A estudiar —dije, con un poso de irritación paternalista.

—Es culpa mía. —Sagrario, agachada junto al revistero, se apoyaba en el diván—. ¿Jugáis al ajedrez?

—Es inútil con éste, porque no dura ni un cuarto de hora. ¿Qué tal una partida de subastado?

—Eso —aceptó Sagrario—. Y la que gane se acuesta esta noche en la habitación del fondo.

—¡*Chapeau*!

—Prometo no decir más inconveniencias.

—Hacía siglos que no me divertía tanto.

—Estudia, Julia.

—Sí, Julia, hazle caso.

El primer empuje cálido del whisky por las venas, desentumeciéndolas, limó las aristas de sus carcajadas. Con los ojos cerrados, el vaso entre las manos, los pies sobre un puf, la noche comenzaba para mí. De pronto, el fuego era más vivo, más denso el aire y, en el exterior, si todavía no nevaba, las nubes restallarían de hielo. Desde el butacón, bajo el ventanal y en la penumbra, parecía existir una tremenda distancia hasta la zona de la chimenea, frente a la que Julia colocaba la mesa plegable, disponía sus libros y sus cuadernos, y Sagrario, modificando el ángulo de las lámparas, se preparaba a devorar una provisión de revistas suficientes para una travesía transatlántica. Aún, sin duda por algún gesto o algún guiño que yo no percibía, picoteaban sus risas. Pronto, el humo de los cigarrillos levantaría una barrera azul, de una reconfortante densidad.

—No quiero influirte, pero me da pena que pierdas el curso.

—Bah… ¿No consideras que me vendrá bomba arreglármelas por mí misma?

Luego, abrí los ojos, al comprobar que me amodorraba. Sagrario leía, circunspecta a causa de sus gafas de montura amarilla, redondas. Con una pierna sobre el brazo del sillón, la otra rodilla contra el borde de la mesa, el cuaderno de apuntes en constante movimiento, Julia musitaba, la mirada en las llamas. Ajenas, distantes, mientras la voz de Mary, que ya no oiría nunca, modulaba familiarísimas tonalidades.

(—Perdona esta invasión. ¿Cómo estás? Tuve ganas de subirme un rato a charlar con vosotros.

—Si pensaba haberte llamado yo. ¿Cuándo has llegado?

—Ahora mismo, hace unos minutos.

—No sabía que ibas a subir.

—Ni yo misma, a la hora de la comida.)

Quizá porque repasaba una relación de fórmulas particularmente fastidiosa, mantenía las yemas de los dedos sobre los párpados y balanceaba la pierna encabalgada en el sillón a un ritmo invariable. La chimenea, demasiado cargada, proyectaba en el techo un hervidero de llamitas líquidas. Sagrario encendió un cigarrillo.

(—Ah… Sagrario… Eres tú…

—¿Cómo estás? Tuve ganas de subirme un rato a charlar con vosotros. Supongo que no te molestará.

—Claro que no, boba. Si pensaba haberte llamado yo.)

Más que desconocidas o extrañas, las veía reducidas a las dimensiones del conocimiento, al tiempo que las recordaba todavía a escala del último verano (y sólo Mary adquiría una magnitud de la que careció durante los meses que convivimos), siendo el original (1:250.000) el motivo de la extrañeza y la imagen evocada (1:250) el del malestar. Pero tampoco ignoraba que Mary, ahora a escala 1:1, de no haber sido imposible su entrada en aquel momento, se habría encogido cuando un aroma, un tic, una calidad de la piel, la hubieren instalado de nuevo en la relación de disparidad que la memoria establece, siempre que se lo posibilite la presencia. Sagrario cambiaba mi vaso vacío por otro lleno.

—¿Se ha dormido? —susurró Julia.

—No —dije, retrepándome en el butacón—. Gracias, Sagrario. Estaba reduciendo, como los jíbaros.

Arañó suavemente una de mis mejillas, al aproximarse al mueble de los ruidos, asegurando a Julia que sabría escoger el más conveniente para los tres.

(—Supongo que no te molestará.

—Claro que no, boba. Si pensaba haberte llamado yo.

—Ni yo misma, a la hora de la comida.)

Resultaba inútil reconstruir los brazos desnudos, alguna contorsión violenta, un jadeo o una inspiración angustiosamente larga, porque el silencio disolvía (en una sabia combinación de luz y sonido, en la que los colores —al igual que las estrellas— no iluminan y son puntos de luz) los volúmenes, las líneas y la tensión o la flojedad de la ropa sobre la carne. Ahora, el mueble de los ruidos siseaba algo viejo, algo que me negaba a identificar, pero que Mary y yo habíamos escuchado abrazados y sintiendo su cuerpo entonces —1:5.000.000— con la desconsiderada levedad de lo que no se precisa imaginar.

(—Si pensaba haberte llamado yo.

—Ni yo misma, a la hora de la comida.)

Con Pablo quizá, en alguno de los fines de semana del último trimestre, uno frente a otro en cualquier bar (¿a qué olía el Little Dorrit?) / yo que tú no lo dudaba / pero si estoy deseando / llámala / éramos amiguísimas / de pronto el grupo se está desintegrando / siempre me intimidó un poco / la diferencia de edades no lo dudes / que ha sido como una hermana mayor se dice pronto tardes enteras es lo peor puesto que ambas sabemos lo que la otra piensa / Pablo la habría acompañado / mañana vuelvo / a casa de sus padres, la habría dejado en la puerta cochera (donde sólo estuve una vez) / y que me encargue los libros que le interesan / casi no lee / que le recuerdo mucho.

(—Es que me sorprendí, ¿comprendes? Si pensaba haberte llamado yo.

—Perdona esta invasión.)

—Ponlo más alto. No sólo no me molesta, sino que me ayuda. Y éste, ya ves. Con dos tragos, se queda traspuesto.

—Me da envidia verte estudiar.

También la maniobra podría haberse iniciado por teléfono / a las siete en la cafetería / perdona Julia cielo encanto nunca consigo llegar puntual yo considero vitalísimo que os veáis tan amiguísimas que habéis sido como una hermana mayor para ti todas estas cacatúas me estomagan chica dos tintos y no seas simplona bonita que ella seguro que lo desea más porque me consta que te adora y mira le conviene más reanudar que todos lo pensamos aunque estéis llevando discretamente el lío te juro que en octubre yo no habría apostado ni una pestaña por ella ¿no te apetece un pincho de morcilla? me chifla la morcilla encebollada así que piénsalo y os preparo una cita pero eso sí a él yo que tú no le diría nada si es que tienen morcilla no se te ocurra contarle que hemos hablado que ése es muy egoísta vivo tan tranquila ahora / vuelvo mañana sí como todos los lunes / y luego habría finalizado —la celestinesca maniobra— despidiéndose Tub frente a la puerta cochera (donde aquella noche Julia aceptó), Julia envenenada para toda la semana próxima.

—Es un rollazo. Debo hacerlo y lo hago, pero hasta que me licencie no aprenderé a estudiar.

—Yo, desde que me he separado, me arrepiento todos los días de no haber hecho una carrera.

—Para lo que vale...

—Ahora me valdría. —A mis espaldas, se alejaba la voz de Sagrario—. Las plantas resisten este calor. ¿Abro un poco?

—No, que nos helamos.

Julia apoyó los codos en la mesa y, a ojos cerrados, movía velozmente los labios. Sagrario, con gafas, dilucidaba si VAUT-IL MIEUX AVOIR DES REMORDS OU DES REGRETS?, o compartía LES CONFIDENCES D'UNE FEMME ABANDONÉE, o, simplemente, picoteaba el COURRIER DU COEUR. Los cactos y las glicinas, la carta de Galizia, la foto de Mónica, el mueble de los ruidos, los almohadones, el televisor, las alfombras, Georges Simenon, los grabados ingleses y yo nos cocíamos a modorra lenta, aletargados —el whisky penetrando por ósmosis, del vidrio a las palmas de mis manos— en aquella melodía, que nunca había bailado con Mary, ni nunca oiría de nuevo abrazado a ella.

(—Si pensaba haberte llamado yo.)

No había por qué descartar el juego de la cena comunitaria, bien apiñados en torno a la mesa, con flores en el centro y las alentadoras sonrisas alrededor / te recomiendo Julia el salmón ahumado / es artificioso puesto que de una manera civilizada lo soportáis ambas / amiguísimas / lo que me duele haber perdido esa intimidad de años que una tarde no la veía o no charlaba con ella / pero claro / una amistad semejante que además / perdona que te lo diga pero creo tener derecho puede romperse lo vuestro / sí / no / sí / ¿lo nuestro? una especie de compañerismo como compartir los gastos del piso / a él le conocemos demasiado / ya se le pasará el susto estoy de acuerdo / y los remordimientos / ¡¿remordimientos?! ¡¡¿remordimientos ése?!! / sí hija pero de lo que se trata es de que Julia y Sagrario se reconcilien / ¿no habéis coincidido jamás allí arriba? / algunos lunes encuentro una nota del tipo de el miércoles traerán leña a la asistenta se le debe el mes que tome las sulfamidas si se niega a tomar antibióticos que se ha cogido una amigdalitis de caballo besos Sagrario / ¿y tú? / yo no / es diferente / ¿por qué? / te comprendo / no es lo mismo irse el viernes al mediodía y regresar el lunes en el tren de las once y diez que llegar el sábado por la mañana y marcharse el domingo por la noche y / si puede saberse ¿con quién se acuesta ése la noche de viernes a sábado y la noche de domingo a lunes? / con la asistenta / todo lo tomáis a choteo / está afectado por lo de Mary (respetuosa pausa) le ha afectado seriamente / no seas tonta Galizia / razón de más para que tú llames a Sagrario / te llevamos / y luego saliendo del vientre de la muñeca rusa —1:8, 1:9, 1:10, 1:11…—, frente a la puerta cochera (donde había consentido calmosamente a mis tumultuosas propuestas) de la casa de los padres de Julia.

El mueble de los ruidos no escupía más swing. Julia, desde el suelo, me contemplaba fijamente. Dejé el vaso sobre la mesa.

—Está haciendo la cena.

—¿Ya has acabado de estudiar?

—Hombre, son más de las ocho y media.

—Julia, ¿es verdad que pensabas telefonear a Sagrario?

—Sí.

—¿Alguien te había aconsejado que lo hicieses?

—Sí.

—¿Quién, Julia?

Apartó la mirada.

—José Luis.

—Ya —dije, cuando Julia examinaba sus uñas, se abrazaba las rodillas, giraba la cabeza hacia la chimenea, silbaba en sordina, parecía escuchar la caída del whisky primero sobre el vidrio, sobre el whisky luego—. ¿Hace mucho?

—No me acuerdo. Hará unas semanas. Tampoco pretenderás que te lo explique esta noche precisamente. Además, que hay poco que explicar. Y déjame que me largue —se puso en pie, sin apoyarse en ningún mueble— a ayudar a Sagrario.

—¿Cenarás dormido y sin soltar el vaso? —preguntaba la voz de Sagrario.

La mesa baja estaba atestada de vajilla.

—Sólo pienso acabar éste, que es el tercero, todo lo más, otro, y me acuesto. Una tortilla francesa o unas lonchas de fiambre me sentarían mal. Julia, conecta el chisme a ver qué crímenes dan.

—No, por favor —pidió Sagrario—. Y despégate de ese sillón, que luego no hay quien coja el sueño después de toda una tarde de chimenea.

—Y arriba menos, que ruge el viento.

—Yo imagino que voy en un avión, atravesando una tempestad, y así me duermo. Aquí sueño mucho. Debe de ser la altura.

—A mí también me pasa —dijo Julia—. ¿Ni siquiera una tostada con *foie gras*?

—No, gracias.

—¿Se ha hecho mayor la grieta de la piscina?

—No lo sé —dije.

—¿Te duele la cabeza?

—Estoy perfecto. ¿No queréis un trago vosotras?

—No.

—Gracias, no. Voy a darme un paseo, en cuanto terminemos.

—¿Con una noche así? —dijo Sagrario, manipulando la cafetera.

—No olvides la linterna.

—Te despejas un horror y duermes mejor.

—Pero ¿no te alejarás mucho?

—Hasta el camino empedrado. Debía haber abierto alguna lata.

—Mañana, déjalo.

—Hay cangrejos —dijo Julia.

—Mañana —repitió Sagrario—. Y ¿un poco de música?

Suspiré. En dos viajes a la cocina, Julia dejó limpia la mesa, impolutos los ceniceros incluso, y ya teníamos a Igor (o algo de parecido género) martilleando la hora del café, por lo que las dejé, recién encendidos los cigarrillos, y, demorándome, fregué los platos, los vasos, los cubiertos, la sartén, para terminar sentado en un taburete a retrasar el reencuentro con la dodecafonía (si es que se trataba de eso). Luego, regué la leñera de raticida, aprovechando que nadie podía reprocharme espolvorear la madera. El cerrojo de la puerta al patio estaba corrido, cerradas las dos contraventanas, tristísima la cocina en su banalidad impecable. Oí que Julia se disponía al paseo nocturno y, desde el pasillo, le grité que no olvidase la linterna. Que acabase con los fregoteos y me fuese a hacerle compañía a Sagrario.

Pero antes, en la penumbra, me previne contra las eventualidades y, convencido también del imprevisible cauce que frecuentemente eligen las eventualidades (José Luis y no pretenderás que te lo explique esta noche), entré en el living, resignado de antemano a las peores sorpresas. Por lo pronto, tendida en el diván, Sagrario dormía o escuchaba dormida.

—Si te molesta... —me ofreció, con tan lograda naturalidad tonal que le clavaba a uno en el butacón, sin aprovechar la ausencia de Julia para besarla.

—No me molesta, si me permites mirarte.

—Gracias. —Y algo así como una eternidad más tarde—: Qué bien se está aquí......

Salvo que las sombras vivientes andarían por el cuarto asesinato y la segunda golpiza. Julia, antes de salir, había añadido —y no del todo mal— unos troncos. Distendidas las comisuras, los labios de Sagrario reposaban arqueados en un esquema de sonrisa. Como siempre, el estruendo orquestal impedía meditar en la misma medida que repelía un análisis de su propia estructura estruendosa, característica bifronte que recordaba la de algunas actitudes de Mary, cuando, por ejemplo, se emborrachaba para incapacitarse y, borracha, le asqueaba su incapacidad amatoria.

—Te aburre la música.

—Ya había conseguido no oírla.

(—No me acuerdo. Hará unas semanas.)

Y probablemente, aunque Julia no hubiese mentido, se imponía relacionar la llegada de Sagrario aquella misma tarde —de jueves— con la conversación de Julia y José Luis / vente por casa (y verá en qué cementerio se ha convertido esta casa) y después salimos a cenar / iré (que no suponga que temo una encerrona por venganza pobre) / trato de conservar el control y es que no se me ocurre solución alguna / como hermanas y meses sin vernos aquí en su saloncito o en el jardín / confío en la anulación evidentemente todo puede superarse con la anulación si nos conceden pronto la anulación / yo le confiaba todos mis problemas / hay que ayudarla le será más penoso después de la anulación tú llámala / es lo que más deseo José Luis / bésame / no me importa que me beses por venganza en este cementerio si tú lo necesitas por venganza se lo contaré a él si tú lo necesitas por venganza / calla Julia no es sólo venganza regresaba de la fábrica preguntándome si estarías aún o te habrías marchado ya / por venganza llamaré a Sagrario es muy tarde / de modo que, a la madrugada, habría detenido José Luis el automóvil ante la puerta cochera de la casa de sus padres / y nos encontraremos de ahora en adelante todos los fines de semana cuando bajes a la ciudad. Cerrada figura geométrica, la de la venganza.

—¿Por qué no? —dije, pero Sagrario no me oyó, al tiempo que percibía yo el silencio, la apagada bombillita roja del tocadiscos, y adivinaba que ella conocía los fines de semana de Julia y José Luis, concertados en una incierta y no muy antigua madrugada—. Estoy como enajenado.

—Por el calor. Me preocupa que Julia ande por ahí fuera.

—Que no te preocupe. —Vigilé el fuego—. Le gusta zascandilear a estas horas.

—Estudia mucho.

—Sí. Otra copa me aclarará —añadí el agua de la cubeta del hielo—. Se asustó, como me esperaba.

—No, no; un pequeño sobresalto. Es lógico. —Lentamente se deslizó hasta el centro del diván—. No tenía sentido que nos rehuyésemos.

—Habla de una condenada vez —le habría ordenado, mientras me sentaba en la alfombra, la mesa entre los dos—. Si bebo, me entran ganas de coger el jeep y presentarme en esa bazofia de ciudad. Ya me ha sucedido en un par de ocasiones.

—Y ¿sería malo?

—Necio, más bien. No te asustes, boba. ¿Te has hartado de música?

—Me he acordado de nuestra conversación, después del concierto al que te obligué a ir. Y no resistía la música.

—Celebro contagiarte mis sanas costumbres.

—Me las contagias. —Se agarraba al vaso, como si temiese que sus manos se escapasen hacia las mías—. La echarás de menos, si de verdad se marcha a Londres.

—¿A Julia? No. Creo que no.

—Te vas a encontrar muy solo.

—La primera semana, quizá.

—Algún día... —empezó a decir.

—Algún día tendrá que irse. Es preferible que tome ella la iniciativa. Julia sigue sin representar nada importante. Hace un rato... Fíjate, hace un rato pensaba que me pone cuernos los fines de semana.

—Puerco —dijo, sin la rotundidad agresiva de Bert—. ¿También lo piensas de mí?

—No.

—Sí.

—No, idiota. Todo marcha entre nosotros —y sonó como una pregunta—. Es cierto que tarda. Me hará salir a buscarla y resultará que está ahí mismo, apedreando las estrellas.

—Oye. —Se levantó.

—¿Qué?

—Tienes razón en lo de Julia y José Luis. Sólo tú lo ignorabas —esperaba oír, aunque seguramente anunció que iba a buscar hielo, porque regresó con la cubeta llena y, mientras me servía, dijo—: Oye, no he sabido nunca por qué decidisteis aquel viaje a Roma.

—No hubo motivo. —Apoyándome en las manos, retrocedí hasta apoyar la espalda en un butacón—. ¿Te queda whisky?

—Sí; sólo quiero un sorbo.

Era tarde de domingo por las calles vacías o atestadas de la calamitosa gente dominguera, con el sudor rezumante y las maletas que parecían haber aumentado, casi reconfortados por la carencia de taxis, que retrasaba la llegada a casa, la inacabable tarde sin nada que hacer, evitándonos por las habitaciones, aquel aire estancado, la bola de polvo y sudor rodando en la garganta del tedio a la náusea.

—En realidad, pretendíamos ir a Spoleto. Una idea mía, que Mary aceptó impulsivamente. Debió de ser a finales de julio o a primeros de agosto.

—No. En los primeros días de julio.

—Sí, no recuerdo bien. En todo caso, se habían marchado a la Costa-Donde-Nunca-Se-Pone-El-Sol y escribieron que ya nos habían alquilado un apartamento. Tú estabas en el norte.

—Os puse una tarjeta. Y me mandaste otra desde Roma. De la Costa-Donde-Nunca-Se-Pone-El-Sol me enviabas cartas. —Rió bajo, con el borde del vaso en el labio inferior—. Cartas kilométricas.

—Y estúpidas. Quémalas.

—Nunca.

—Nunca he estado en Spoleto, ni he sabido cuándo se celebraba el festival de Spoleto. Obviamente, el festival de Spoleto me importaba un carajo, pero me vino a la memoria y se lo propuse. Aceptó, que estaba diciendo sí y descolgaba el teléfono, para encargar los pasajes. Ya sabes cómo era. Conseguí que los reservase para dos días después. Aquella tarde había quedado con Encarna. Sin embargo, no nos vimos hasta el día siguiente. Era la mala época, quizá no la peor, pero la época horrenda que duró más. Reservó los pasajes, puso conferencia a la costa y decidió, puesto que el monstruo de ella así se lo había pedido, que Merceditas permanecería en casa durante nuestro viaje. Llegó Pablo, un poco borracho, y se deprimió definitivamente, al enterarse que no iríamos con él, que tendría que contentarse con Bert, con Andrés, con José María y con Tub, cuando llegase Tub. Mary estaba alegre. Atacada de optimismo. Casi ni se dio cuenta de que salía con Pablo a emparse de alcohol por mil antros absurdos. Ya te digo, aquella tarde Encarna no vino. O estuvo un momento nada más. Yo también me encontraba contento, porque me ilusionaba con esa majadería de que un cambio de ciudad arregla las cosas. Mary regresó borrachísima, pero aún alegre. Y, además, no vomitó. Nos tendimos desnudos en unas hamacas, en la terraza, y allí estuvimos desarrollando la majadería. Que sin gente volveríamos a encontrar la felicidad perdida, a no pelear, que seríamos magnánimos, tolerantes, hasta más guapos. Un arrechucho de buenos propósitos. A todo esto, yo añoraría a Tub, seguro, o a Encarna, me estaría excitando con la imagen de cualquier melenuda malvista en la calle. En ti, por entonces, no quería ni pensar. Me obligaba a olvidar la madrugada, el parque, tu corbata de lazo. ¡Qué tabarra con tanta criada!, si son todas unas cabronas… ¿Te acuerdas? —pregunté tontamente.

Asintió, sin cesar de sonreír.

—Te obligabas a olvidar y, encima, tampoco recordabas nada. Me lo confesaste al día siguiente, después del concierto.

—No. Sí. Bueno, recordaba esas briznas que quedan cuando uno deja de estar borracho al cabo de dos días y sus dos noches. Tu lazo carmesí, la hierba seca, casi crujiente, tu voz, que no llevabas demasiada ropa interior. —Rió y olí el aire de aquel amanecer durante un instante—. Pero no otra cosa, ya que nunca más íbamos a vernos y, sobre todo, que lo habíamos hecho y eso me bastaba.

—Por suerte, ya me querías, aunque no lo supieses.

—No lo sabía, desde luego. Me bastaba que el sufrimiento y la inquietud se hubieran transformado en un agradable recuerdo, coronado por el éxito. Y la vanidad, esa sublime vanidad de haberse usufructuado a la más guapa. Pero yo pensaría en Tub, mientras lograba meter en la cama a Mary y que se durmiese. Al otro día, Pablo vino a comer. ¡Ahora me acuerdo! Lo que me preocupaba era la casa de citas. Había quedado con Encarna y la verdad es que no conocía más que una, el *meublé* que en el grupo habíamos utilizado los últimos años, demasiado elegante para una criada. No conseguía engañarme, repitiéndome que Encarna, a veces, no parecía una sirvienta. Dejé a Mary y a Pablo, cogí el coche y la cretina se presentó poco menos que en zapatillas, de trapillo. Luego, ella sabía de otra, más adecuada, y, claro, era un lugar siniestro. A la mañana siguiente, Pablo y Merceditas nos acompañaron al aeropuerto. Pablo se marcharía por la noche a la Costa-Donde-Nunca-Se-Pone-El-Sol. Antes de subir al avión, yo estaba convencido de que aquello del viaje a Spoleto no iba a resultar.

—¿Por qué?

—Tenía una depresión notable.

—Y ¿Mary?

—Como un pájaro loco. Más ave del paraíso que nunca. Increíble que hubiese viajado tanto. Ni la Merceditas desarrollaba tales nervios, tales carreritas, tales recuentos de maletas, búsquedas de pasaportes, compras de cigarrillos... Insoportablemente dichosa. Recalamos en un hotel cerca de piazza Montecitorio, donde la Cámara de Diputados. Al pisar Fiumicino, se vio que Mary, en Italia, como en su segunda patria. Jamás me he sentido tan provinciano como aquella tarde, ella enganchada al teléfono y ligando con media ciudad. Decidí que a mí no me introducía en la patota romana y así lo manifesté. Fue el primer piquetazo a su castillo de naipes o de hadas italianas, aunque lo resistió con aquella sonrisa parada, que siempre me engañó, y es que se le fijaba una expresión de tonta cuando tragaba dignidad o deshacía lágrimas. Escucha, yo arrastraba una depresión notabilísima.

—Ya, ya.

—Por muy concretos motivos. Nunca lo he contado.

—No me lo cuentes.

—A ti, sí. Eres una mujer y una mujer difícilmente lo comprenderá. Por eso puedo contártelo. Es complicado averiguar la causa, aun hoy que me suena a chiste o a historia ajena. Durante mucho tiempo lo atribuí al lugar. La verdad es que no estaban sucias las sábanas, sino peor. Una casa de vecindad, de patios, con sumideros en los patios, escaleras voladas y galerías con barandas de madera. La habitación, una cuevecita, tenía una ventana, que daba a la correspondiente galería. Se rogaba jadear en sordina. Los visillitos blancos, la cortina de cretona, una lámpara de pino en estilo colonial, los sanitarios de costumbre, la colcha de raso brillante. Me niego a reproducir el nidito con precisión, los olores del nidito principalmente. Esa pobreza enmascarada por la limpieza, que es la más sórdida. Pero no y tampoco debió de ser mi deseo. Ocurre también por un exceso de deseo, ¿sabes? Sencillamente, que, como consecuencia de toda aquella época de abulia, a partir de la fiesta en tu casa, del concierto y de nuestra conversación posterior, me atrapó uno de esos estados de ánimo en que el miedo a los semejantes supera el miedo a la muerte o, por lo menos, la certidumbre de la muerte no te ayuda nada a sobrellevar la vida. Tuvo que ser eso. O algo parecido. Da lo mismo. El hecho es que he pasado pocas horas tan terribles como aquellas tres horas y pico en aquel espanto de habitación proletaria.

—Pero ¿qué ocurrió?

—Que, como suelen actuar las leyes de la naturaleza, cuanto más tiempo inútil transcurría, más encendida se encontraba la pobre Encarna. Y me animaba, por la cuenta que le traía, y le quitaba importancia y hasta recurrió al reproche insultante, por si mi masoquismo necesitaba acicate. Eso sí, tardó sus tres horas en decir que ya se lo esperaba ella, que tenía que ocurrir irremisiblemente, porque, hablando en plata, ella a mí no podía gustarme siendo nada más que una chica de servir. Tú eres mujer, pero haz un esfuerzo y te juro que, cuando estás temiendo oírlo y, al fin, te lo dicen, cambiarías lo que te reste de vida por media hora de normalidad. No me fue concedida. Así, que nos vestimos, con la parsimonia usual en tan gloriosa circunstancia, yo me atrincheré en el mutismo y ella, que otra vez será, mi amor. Ni que decir tiene que, a la noche, bastó una mirada de Mary o que le mirase yo las rodillas. Pero nada compensa un encuentro de esa clase, salvo, naturalmente, un encuentro de signo contrario con la misma persona. A poco machista que se sea. Por eso, en el albergo, mientras Mary organizaba el cotarro de sus *carissimi*, yo seguía aún en aquel barrio de calles estrechas, garbancero, en aquel redil donde hice el buey a placer. Todo tiene su perspectiva ventajosa, cómo no, y mi plusmarca de encogimiento, provocado quizá por la abulia de las últimas semanas, acabó de raíz con el pudridero de la abulia y, recuperando los sentimientos negativos, detesté nuevamente a Mary y le aseguré que yo no me había trasladado a tierra extraña para encontrar la misma gente de la que venía huyendo. Sólo, darling, será esta noche, puesto que mañana partimos a Spoleto. No fuimos a Spoleto y, ya que había aterrizado allí, me pateé Roma turísticamente.

—Si me dejáis, me quedo.

Al servirme Julia de la nueva botella, recordé que pocos segundos antes, sin anorak, anudándose la melena con una cinta, se había sentado junto a Sagrario, casi de puntillas, con una manifiesta voluntad de no interrumpir. Sagrario continuaba sonriéndome. Estiré las piernas sobre la alfombra.

—Y nunca fuisteis a Spoleto —resumió Sagrario.

—Ni falta que hacía. Estábamos en Roma y Roma era un lugar tan bueno como cualquiera para amargarnos la vida el uno al otro. Con el atractivo a mi favor de que por primera vez estaba allí y podía distraer el ocio con los foros, los museos, Villa Borghese, el Campidoglio y via Véneto. Incluso, fui al zoo, que de todas las porquerías de una ciudad es la que más me estomaga. Paseaba, descansaba, paseaba, volvía a tomarme un amaro, entraba en algún cine. Recuerdo un atardecer, con un calor sevillano, las calles desiertas; yo venía de bostezar ante la Fontana di Trevi y me dejaba ir por calles desconocidas a ninguna parte; me crucé con un tipo, que paseaba con un transistor pegado a la oreja, escuchando probablemente deportes o *La Traviata*. Me pegó tal vahído descubrir que yo era sólo un transistor en continua y exclusiva emisión egocéntrica que decidí volar a Zurich, ignorando que Tub había regresado uno de aquellos días, que para mí eran todos lo mismo y todos terminaban en un baño de sales, leyendo las notas que mistress Tribune ha dejado para usted en la recepción, o encima de la almohada, darling, regresaré pronto, espero que hayas disfrutado una bella y tranquila jornada, y a la mañana siguiente Mary dormía cuando yo me echaba de nuevo a la calle, que no comimos juntos más de dos veces y ni siquiera la oía, cuando entraba por la noche o de madrugada. Las vacaciones ideales.

—¿Por qué no te marchaste a Zurich? —preguntó Sagrario.

—Por dinero —dijo Julia.

—Exactamente por falta de dinero.

—¿Sólo por eso?

—Bueno, si ahondas mucho, porque no debí de olvidar cómo es Tub.

—No te habías librado de la abulia.

—Principalmente, por falta de dinero. El día anterior a nuestro regreso encontré una nota en el lavabo y un sobre con algunos billetes de diez mil liras. Que la telefonease a la hora del almuerzo, si es que salía de temprano. No la desperté, tiré la nota, me guardé los billetes y salí de temprano. A lo que Mary entendía por hora del almuerzo telefoneé al albergo. ¿Estaba yo lejos? Relativamente lejos. ¿Tomábamos café en piazza del Popolo? Tomaríamos café en piazza del Popolo. Llegó con un retraso de hora y media, contó doscientas historias y me suplicó que aquella noche la acompañase a la fiesta de un almirante boliviano.

—No existe la marina boliviana —rió Julia.

—Sería checoslovaco. Fiesta como la del almirante prometía ser, pocas. Multitud de *ragazzas* deliciosísimas asistirían únicamente por conocerme. Al amanecer, la fiesta, con almirante comprendido, *ragazzas, commendatores* y *striptéuses*, se mudaría a una villa del almirante, en la pineta y *au bord de la mer*, como estaba mandado. Mary lo contaba mejor, igual que *La dolce vita*, pero en tecnicolor. Antes de irse de compras a via Condotti, se puso diez minutos patética y misteriosa. Esa noche, más que ninguna otra, precisaría de mí. No prometí nada, pero apunté la dirección del almirante, en via del Mascherone, facilísima de encontrar, si encontraba yo un taxista experto en Trastévere. Hacia las diez, me puse en camino hacia la via del Mascherone y, como necesitaba demostrarme que no acudía en contraprestación de los billetes, me animé, renuncié a la hipocondría y, de calleja en calleja, entraba ya por la del almirante, divertido incluso por aquel bulto en la penumbra del portalón de un *palazzo*, que no podía ser sino una pareja abrazada, cuando comprobé que el número del *palazzo* era el que yo buscaba, Mary el componente femenino de la pareja y el tipo con el que se besaba, rubio.

—No —murmuró Julia.

—Muy rubio, sí. De un rubio casi amarillo.

—¿Qué hiciste? —preguntó Sagrario, atragantándose en una risa nerviosa.

—Fue una de esas situaciones, en las que uno nota cómo tarda en deshelársele el gesto, cómo tarda uno muchísimo en comprender la situación. ¿Qué hice? ¿Qué se puede hacer? Me quedé en la acera y, como tenían que respirar, se separaron, él trató de enlazarle la cintura y Mary, después de palmearle la mejilla, entró portalón adentro en una carrerita de cachonda perseguida. Se trataba de un beso de rincón, sobre la marcha, o de esquina, de una de esas maneras de aquilatar el tiempo cuando hay poco y mucha calentura. Quizá mientras caminaba, acabó la temporada de la abulia y no la tarde con Encarna. Empecé por via Véneto, donde lo molesto es que uno creía seguir en la Gran Vía. Gracias a un taxista justamente experto, conocí una *circonvallazione* y algunos *lugotéveres* adecuados. Ligué a unas cuantas *cabirias*, compadreé con sus chulos, bajé a varios avernos y en todos hice el pendejo, esplendorosamente borracho, y es que llevaba semanas sin probar litros. El ángel de la guarda me reintegró al albergo y, de madrugada, estaba yo arrodillado en la cama, dudando si despertar a Mary antes o, sencillamente, despertarla de la primera bofetada.

—Pobre...

—¿Quién?

—Tú —aclaró Julia.

—Con las dudas me fui cayendo a la moqueta y en la moqueta

me quedé muerto. Mary me resucitó, puesto que ya había encargado desayuno para dos y no tardaría la camarera en traer los zumos, los cafés, los bollos, *il burro* y las fundas para la cornamenta del señorito. Oye, le pregunté, ¿estuvo bien la fiesta del almirante suizo? Magnífica. Y lástima grande que yo hubiese decidido no concurrir. Así, ella y el rubio habían disfrutado de más facilidades. Salió del cuarto de baño, enturbantada, la toalla colgando, palidísima, en el preciso instante en que la camarera, por simple ley de acumulación de fenómenos, pedía venia, de tal modo que se retiró a la bañera, pero, nada más marcharse la chica, ahora en albornoz, volvió a salir y creí que se derrumbaría. No, se mantuvo. De esas veces en que realmente Mary demostraba que no era un fantoche apetecible. Ni una lágrima. Sirvió dos tazas de café, decretó que retornábamos, ambos, a casa y, en dos llamadas, dejó el asunto para hacer las maletas, que tenía sesenta y tres. Quise averiguar detalles y me cortó. Ella, por lo tanto, supo que yo les había sorprendido y yo no me enteré ni del nombre del rival. Sobrevolábamos al mediodía el Mediterráneo, mudos, incómodos, cuando comprendí que Mary estaba huyendo del muchacho rubio por mí. Puse una mano sobre las suyas y no necesitó más para que se le

«*Moi, je suis faite pour m'ennuyer avec un Espagnol.*»

aguasen los ojos. Sin embargo, como según ella no había nada que discutir, en silencio descendimos a la terrible ciudad, donde, encima, era domingo, con el aeropuerto atestado de la calamitosa gente que pasa sus domingos de verano en los aeropuertos, sin taxis, rezumantes de sudor y la casa vacía, porque Merceditas se había ido a programa doble y discoteca. Estuvimos evitándonos de habitación en habitación, yo sin atreverme a probar un trago, porque conservaba intacta en la garganta una bola de náusea, de vía del

Mascherone y del *lungotévere* Flaminio. Mary impuso la reconciliación, telefoneó a la costa y, con Merceditas, partió el lunes con un automóvil alquilado a mi cuñado. Sí, hubo reconciliación. Vistos los resultados de la reciente cura de convivencia, convinimos en una cura de separación. Lo cierto es que a mí, y más que antes, me era ineludible rehabilitarme y aquella misma noche del lunes me rehabilité. El único inconveniente fue que Encarna tenía que estar encerrada durante el día y parte de la noche. Por la portera.

—Nunca hay felicidad completa —sentenció Sagrario.

Julia sacó lentamente las manos de los bolsillos del pantalón, se restregó los ojos, me miró, se levantó empujándose por los riñones, mientras Sagrario servía whisky. Afuera habría comenzado a nevar. Julia se inclinó, Sagrario alzó la cabeza y se rozaron las mejillas.

—Te dejaré una manta eléctrica en tu dormitorio.

—Gracias —dijo Sagrario—. Que descanses.

—No te emborraches. —Contorneando la mesa, abandonó contra mi frente un puño cerrado, de paso—. ¿Cuántos años tenía Mary?

—Ciento dos, treinta, catorce. Según.

—No olvidad el fuego, que éste siempre olvida el rescoldo.

—Falso.

—¿Se puede pasar de los treinta y no mentir? —Julia, mimando una despedida, arrastraba, como una cola, mi jersey.

—Inténtalo —dijo Sagrario.

—Lo intentaré. Por lo pronto, me alegro de que estés aquí.

—También yo. Duerme mucho. —Subió las piernas y las cruzó sobre el diván—. Siempre inquieto por la gente del servicio. ¿Qué te importaba a ti la portera, digo yo?

—Me intimidan.

—¿Por eso despediste a tu doncella?

—No. Me fui a la costa esencialmente porque era feliz con Encarna y, si alguna vez lo conseguía ser, una especie de oscura tendencia me empujaba a salir arreando. Hasta que te encontré y me he parado. No es muy agradable, pero debo decirlo como fue.

—Me alivia. Y a ti.

Las llamas gruñían, rechinaban los troncos, olía a resina o, profundamente, a piel de mujer.

—A mí no me alivia. Me divierte y también escandalizar un poco a Julia.

—Y Tub ya estaba en la costa, cuando llegaste.

—Coincidimos algunos días en la ciudad, pero no descolgábamos el teléfono y se marchó, sin que yo supiese que había llegado.

—Ahora que pienso… Algunas de aquellas cartas tuviste que escribírmelas viviendo con la chacha.

—Sí, claro.

—¿Sabes qué? —Se dejó resbalar a la alfombra, de codos sobre la mesa, a una turbadora proximidad—. Las cosas se nos pusieron bien a ti y a mí, sin darnos cuenta.

—La Forza del Destino se titula eso.

—Comprendo que Mary y tú huyeseis a Italia y creo comprender esa historia idiota del muchacho rubio, que tuvo que herirte, porque estáis hechos de tal pasta los hombres. Y aplaudo que Mary se marchase a la costa inmediatamente, que era lo más conveniente en aquellas circunstancias. Mary te conocía mejor que nadie y eso quizá la hacía fracasar. Todo lo entiendo, pero… Verás, es que me repugna pensar que te gustaba semejante elemento. Pero todavía me cuesta más admitir, por muchos esfuerzos que haga, que la metieses a vivir en tu propia casa.

—¿Porque era una criada?

—Bueno, sí, también. No me hagas caso, son celos. Celos de alguien que, por inferior que sea, yo no sabré imitar. A Mary la he conocido y... y a las demás. Pero a ésa... Me la imagino muy joven, con un cuerpo desvergonzadamente bonito.

—Así era. —Sagrario masculló lo que no podían ser sino algunas malas palabras—. ¿Qué quieres?

—Nada, excepto que no hubiese ocurrido. Sigo sin entenderlo. Y conviviendo toda una semana.

—Nueve o diez días. Encerrados. A partir de las doce, salíamos a respirar el bochorno, carretera adelante, e, incluso, le permitía bajarse un rato, que retozase por la cuneta.

—Como quien saca al perro.

—Con bozal y correa. ¿Qué quieres? Nunca he tenido mejor planchadas las camisas, ni los zapatos más brillantes, ni nunca estuvo la casa más ordenada. Trabajaba de firme la Encarna, mientras yo me bebía alguna botella o te escribía una carta. No sabía estar inactiva, porque llevaba la esclavitud en los tuétanos, y eso supongo que era una de las causas fundamentales de nuestro entendimiento. Primordialmente, que yo me estaba arrancando la espina. Ella no, ella circulaba desnuda por pura sensualidad.

—Calla.

—Es que hacía de treinta y cinco a cuarenta grados. En algún sentido, tuvimos todas las condiciones a favor para machacar las inhibiciones, y las aprovechamos. Las aproveché yo, las condiciones. El verano, la soledad, la Encarna, que no exigía nada, que se dejaba utilizar como el teléfono y, encima, no había que pagar el recibo. El teléfono sonaba y le dirigíamos muecas. Al atardecer, cuando me encontraba bastante soplado y ella enferma de euforia, hacíamos teatro. Encarna se vestía las ropas de Mary, se calzaba aquellos zapatos destalonados tan apropiados para ella, se embadurnaba de potingues y hablaba con un acento que había aprendido en el cine o en la televisión, con esas erres falsas de los malos actores y esas guturales monstruosas, que ningún americano podría pronunciar. Imitaba a Mary y yo hacía la parte de Merceditas. Disfrazada, le brotaba todo su sadismo, y era un sadismo ingenuo, pequeñito. Para las relaciones perversas, tenía más imaginación. Y una indiscreción inagotable. Gracias a sus registros, descubrí la cantidad de mercancías que Mary había metido en los armarios. Alquilé un proyector y pusimos una película, que Andrés les había hecho a Tub, a Neneca y a José María, en Ginebra. Tub la deslumbró y pretendía también amarme como Tub, me pedía detalles, quería ver continuamente la película, aprendió a detener la proyección y estudiaba con saña la figura de Tub. ¿Qué quieres, Sagrario? En el fondo, Encarna carecía de malicia. Yo, sólo yo, cargaba de significado las representaciones. Tumbada y con una *deshabillé* de Mary, vociferaba que era la señora, que lanzase escaleras abajo a la Encarna, pero la Encarna no se dejaba expulsar, saltaba sobre la cama, bailaba, la señora sollozaba y la Encarna pegaba a la señora, casi rasgaba las almohadas, hasta que la señora compraba su clemencia regalándole todos sus vestidos. Se ponía, dos, tres, uno encima de otro, ahogándose, una peluca y collares y pulseras a kilos. Estaba divertida como un clown, maquillada como una bruja. Podría haber durado aquella dicha mucho, mucho más. Pero, en las horas de relajamiento, yo presentía a Mary de correrías por la costa. Y, además, ya me había rehabilitado ante Encarna, éramos felices y, como te decía, comenzó a roerme esa tendencia oscura que siempre me obligaba a huir de la felicidad. Ahí terminó el jueguito.

—¿Te costó mucho dinero la despedida?

—No. Encarna no era así. Le comuniqué que se había acabado y lo entendió. Bueno, que se había acabado por entonces, que nos veríamos cuando yo regresase en el otoño. Quizá le prometí ponerle un apartamento, o una guarrada de ese estilo. Pero con Encarna ese estilo de guarradas no tenían efecto, porque nunca se las creía. Sabía permanecer en su sitio. ¿Dinero? De ninguna manera. Es más, me contó que Merceditas le sisaba a mansalva a Mary. Total, que desapareció y, luego, en octubre, Merceditas me dijo que estaba sirviendo en otro barrio, que le preguntaba por mí, que había decidido trabajar en una cafetería. Seguro que ahora estará a punto de enzorrarse. Tenía grandes aptitudes para esa carrera la Encarna. Y una vocación irresistible. No creas que es frecuente encontrar tías así.

—No debe de serlo, no.

—Hacía meses que no recordaba la historieta.

—Me da asco —rió—. ¿Qué quieres?

—Fue una bobada, con demasiada premeditación por mi parte. Intenté que se llevase unos pendientes de Mary, pero se negó. Ni un pañuelo. Que lo importante es que habíamos disfrutado. A lo mejor, me fui a la costa, porque...

—Seguramente.

—... ya estaba cansado de hacerle daño al doble y necesitaba enfrentarme con el original. No, no quiero repetir aquello. Me voy a quedar en esta montaña unos cuantos años, sin bajar al estercolero.

—Pero tienes deseos de bajar.

—Últimamente, si me emborracho. Para verte.

Había encendido un cigarrillo y se apresuró a cerrar el mechero, con un gesto incontrolado.

—Tenemos que comportarnos.

—Siento que te haya dado asco lo de Encarna.

—Es preferible hablar los asuntos. —Le cogí una mano, de improviso, aplastándosela contra el mármol de la mesa, y susurró—: No me toques.

Al levantarme, percibí que había sobrepasado mi dosis cotidiana de whisky.

—¿Damos un paseo, bien abrigados?

—Cogeremos una pulmonía —dijo más tarde, al salir al porche.

Costaba distinguir los parterres, los árboles, la línea quebrada de la cerca de piedra, en aquella tiniebla gélida, sin viento, por la que caminábamos. Me detuve a contemplar las escasas luces en el valle, el camino imaginario que conducía a los anuncios de neón, a los bares, a los sótanos de jazz, las citas, las venganzas, los ascensores...

—Desde hace siglos no subo en un ascensor. —Pero estaba solo y, durante un segundo, como si hubiesen quedado mis palabras esculpidas en el aire, me angustió haber hablado en voz alta.

Inmóvil, a medida que aspiraba acompasadamente, se enfriaba el sofoco de las rememoraciones y de la chimenea, me deslizaba por la autopista y era una tarde lejanísima, una lluviosa tarde de fútbol, con Tub bajo el paraguas en las gradas casi desiertas, abrazados bajo el tableteo del aguacero y como si los veinticinco tipos correteasen por la hierba exclusivamente en nuestro honor. Tuve un escalofrío y anduve hasta la piscina. Nunca había nadado allí y habría ya que reparar la maldita fosa. Regresé, calculando los jornales de los albañiles, que sería necesario llamar en la primavera. Si es que —fenómeno que estaba por comprobar— la primavera estallaba alguna vez por aquellos riscos.

Sagrario había dejado abierta la puerta y vaciaba una jarra de agua sobre el fuego desparramado. Por la mañana leería la carta de Galizia.

—Es tarde —dije.

—Las doce y cuarto. Aquí, realmente, parece muy tarde.

—No madrugues.

—No pienso, desde luego.

Subimos sigilosamente la escalera.

—Que pases buena noche.

—Tú también —dijo ante la puerta del cuarto de baño, esperando que recorriese yo el pasillo y entrase en mi habitación.

Me desnudé en la oscuridad y, boca arriba, ausculté los acolchados ruidos de un grifo, de una puerta, de sus pasos, mientras se infiltraba el sueño o, con el insomnio, la temible lucidez que me permitiese adivinar por qué había eludido justificar su llegada en jueves, qué tramaba José Luis aconsejando a Julia que reanudase la amistad con Sagrario. En vez de buscar los cigarrillos en la mesilla de noche o bajar por la botella, como otros recurren a las disciplinas, abrí el paraguas, sostuve el varillaje contra la cabeza y, apaciguado, veía de nuevo los cabellos de Tub, el cemento negro de agua, los charcos, las piernas galopantes detrás del balón, embarradas y cansinas, acurrucada bajo la cúpula una certidumbre de que no se encenderían los faroles, tres a uno, ya en otra sombra de un tacón aguja con el que Encarna arañaba las paredes del nuevo cuarto de baño, y entonaba mi voz un hossana al buen licor que distribuye la tristeza por la red de callejuelas, equilibra los humores, empuja un viento seco, de punzantes caricias.

Tardé un tiempo infinito en despertar, desde que tuve conciencia de su cuerpo, y sabiendo, por los sabores solidificados en mi paladar, que hacía mucho que me había dormido, aunque en el ventanal no hubiese aún ni rastro de luz. Besé su frente de sien a sien y Sagrario se estremeció.

—Te he despertado —dijo, con una entonación difícilmente reconocible.

—¿Te encuentras mal?

—Sí.

—Tranquilízate. —Su respiración irregular quemaba húmedamente la palma de mi mano, al tiempo que le acariciaba la frágil consistencia de una tela sobre sus omoplatos—. ¿Es el amarillo? —Su rostro, contra mi pecho, negó—. ¿El de las florecitas? —Asintió y sentí sus lágrimas—. Un día te contagiaré la costumbre de dormir sin pijama.

—No —y no ocultaba ya su llanto— podré nunca dormir desnuda.

—Te convendría un vaso de leche caliente o té. No me molesta preparártelo.

—Déjame que llore contigo. Así es como se me pasará.

Únicamente palpitaban sus breves sollozos, comedidos, latían sus miembros en cada cambio de postura, que suplicaba refugio y no imponía dominio. Más tarde, como si se enlazase el sueño anterior con la soñarrera que ablandaba mi abrazo, cuando me esforzaba en mantenerme despejado, la oí musitar:

—Duerme.

Y desperté bruscamente. Había excesiva luz en la celosía de la contraventana y Sagrario no estaba. También había desaparecido el silencio, con la luz, o, al menos, se punteaba ahora de chasquidos, de probables voces, del jardín batido por el viento. Encendí un cigarrillo. Ningún hueco en la almohada (ningún aroma) denotaba que había guarecido allí su terror. Pasaban unos minutos de las diez. La luz se esparcía hiriente y, de inmediato, aquel reflejo fue el mismo de los despertares en la habitación blanquísima de la costa, la respiración nasal de Mary retrotrayéndome a las peripecias de la víspera, el cronometraje de las olas, los chirridos de los insectos en la terraza, algunas palabras clarísimas y pisadas retumbantes en la acera, bajo la corta ladera de césped. De entre todos los fenómenos acústicos, acababa por imponerse en aquellas mañanas el ajetreo de Merceditas por el apartamento, que ordenaba en cadena los sonidos, eslabonando simultáneamente una previa e ilógica asociación de temores y recuerdos. Poco a poco, también ahora, con el primer cigarrillo y el cenicero en insegura colocación sobre el embozo, las ropas en los muebles o por el suelo, la descabalada posición de las pantuflas, las revistas, algún libro, algún paquete sin abrir —o abierto—, el alterado panorama de los objetos aún dormidos, cuya confusión reproducía el sistemático caos de los acontecimientos del día anterior, me tentaba a escudriñar el futuro en aquellas vísceras de la vida cotidiana. Bultos, ropas o ruidos se desprendían de su inocuidad, se desfiguraban en sentidos apenas formulados, advertían, y sólo cuando absolutamente despertase, recobrarían su presencia mineral, banalísima. Entonces, si sonaba el teléfono, el día había comenzado realmente, con la voz de Merceditas respondiendo que los señoritos dormían, o con una precipitada carrera para impedir a Merceditas contestar que todavía dormíamos, o con una ficción de sueño al entrar Merceditas anunciando que el señorito Andrés, o la señorita Bert, le había obligado a despertarnos, que era mediodía. En todo caso, la luminosidad rabiosa de las paredes encaladas y la sonoridad de la playa cambiaban cada mañana y determinaban valiosos matices de la jaqueca, el paladar arenoso, el sudor malsano, que habrían de aparecer en la frontera de aquel territorio entre la inconsciencia y un despertar fluido e incompleto, territorio o tiempo que, sin ser duermevela, participaba alternativamente de ambos estados y parecía, al recordarlo, no pertenecer ni al tiempo, ni al espacio, de la existencia, quizá porque carecía de ambos. Una profunda nostalgia de los despertares lentísimos y espesos me retuvo durante un segundo cigarrillo a caballo entre la memoria y la sospecha de que aquella luminosidad sería una alucinación, puesto que el día debía de estar anubarrado o, si hubiese nevado, tendrían que ser los reflejos en la persiana menos estridentes, menos uniformemente agresivos que las sombras macizas y el sol de la costa donde jamás se ponía. Pero si mi fisiología funcionaba ahora normal, continuaba siendo la misma aquella pereza en constatar el clima, porque, en el fondo, se trataba de la resistencia (en la connivencia de que sólo era una tregua) a comprobar que Tub dormía en el diván-cama del living, que los cortes en los antebrazos de Mary no habían cicatrizado, que a la próxima medianoche se me escaparía en cualquier descapotable la gogó-girl, igual que ahora, no logrando recordar el nombre de la gogó-girl, aplazaba encontrar el desayuno en la bandeja cubierta por un paño blanco, la carta de Galizia, el primer gesto de Julia, que me descubriría si había oído esa noche la casta incursión de Sagrario en mi dormitorio. Y, aunque sabía que ni en una luz ni en otra viajaban corpúsculos mágicos, me regodeaba en el difuso universo que rigen los destellos, con esa imprecisión que todo temperamento nervioso y epicúreo, como el mío, necesita en compensación lúdica a la existencia concreta y plana. Idéntica necesidad me había impuesto en tantas ocasiones el deseo de lo que no amaba y, puesto que no habría de ser yo una excepción a la regla, ese impulso posiblemente ordenaba las pasiones de Mary o las fingidas de Tub, pero nunca gozaría yo de perspicacia suficiente para aprender en los demás el mecanismo, apenas entrevisto, de mis propias contradicciones. Cualquiera de ellas (sobre todo Tub, debido a una vocación dramática y fofa de su carácter) era capaz de narrarme la última experiencia onírica (tan monótonas como las mías); sin embargo, ninguna habría sabido explicarme su ensoñación despierta, ya que tampoco (al menos en la sociedad que practicábamos) estaba de moda (por dificultades de narración, no por pudor) relatar las deliberadas ensoñaciones que preceden al sueño y lo propician, en forma de aventuras, designios, velocidad, imágenes coloreadas, rectificaciones, triunfos, tactos, música espolvoreada, como la de la lluvia sobre el paraguas que la cabeza de Tub y la mía sostenían una tarde de fútbol en unas gradas casi desiertas. De donde deducía, mientras escapaba de las mantas y me dirigía al ventanal, que los seres humanos sólo cuentan de lo que les acontece en la cama lo menos interesante.

Las nubes, muy cercanas y amoratadas, volaban empujadas por un ventarrón glacial, que maceraba los rectángulos de boj. También yo volé a vestirme la bata, antes de congelarme ante el ventanal abierto. El cuarto de baño, goteante de vapor, olía a un complejo de aguas de colonia. Nítidamente se escuchaba una jerga de desayuno y estruendosos deliquios sureños. Fue lo primero que intenté que Julia me aclarase.

—¿Cómo se puede beber el café con tanta noche en los jardines de Aranjuez?

—Es Rachmaninov —precisó Sagrario.

—No ha dicho nada importante la radio. —Julia, con un cigarrillo en la comisura de la boca, me trajo un tazón.

—Nunca pasa nada importante a primera hora.

—Tampoco ha nevado —me informó Sagrario, que había sustituido los pantalones por un vestido cortísimo, a grandes franjas horizontales amarillas y azules, y por unos *collants* de un violeta blanquecino.

Probablemente sonreí demasiado.

—Seguro que cae una de tres metros. Tengo tantas ganas de esquiar... Come tostadas, que están recién hechas.

—Ya he mojado bastantes magdalenas esta mañana. Lo que sí tomaría es un chinchón.

—Temprano te inauguras. —Julia se anudaba un pañuelo a la cabeza.

—Por el frío. ¿Es que va a haber limpieza general?

—Sí —dijo Sagrario, colocando la copa en el mantel, sin soltarla durante unos segundos, inverosímilmente largos y redondos sus dedos.

—Ya vendrá la asistenta. —Seguí con la mirada las piernas de Sagrario.

—En media hora y entre las dos, queda todo limpio, que falta hace.

—Me iré por ahí a leer la carta de Galizia.

—Por fin. Ponte la trenka, que el viento pega de miedo.

—Mejor que te fumes el cigarrillo en otra parte —Sagrario, acuclillada, conectaba el aspirador— para no ponerte nervioso.

Me serví un segundo aguardiente, que me permitió arreglar mi dormitorio antes que la charla de ellas, el aspirador y el barullo sinfónico me aturdiesen. En el living, ningún mueble ocupaba su sitio, cuando entré a recoger la carta. Arrebujado en la zamarra y encapuchado, antes de rasgar el sobre evoqué las piernas de Sagrario. Desde el banco de troncos, el mundo era una bruma en movimiento. Inspeccioné recelosamente los rectángulos de líneas, azulísimas, dispuestas para —si uno se mostraba benévolo y optimista— mi esparcimiento. Al menos, Galizia no malgastaba tiempo en preámbulos.

«Querido,

»no se me va de la memoria Mary en la habitación de la clínica con la mañanita verde armiño que le regaló Tub y que le iba de pena con el tono de cutis que a la pobre se le quedó en aquellos días en fin ¿qué te voy a decir que no sepas? me joroba recordarla así, Fernando más cafre cuanto más viejo me dice que no te cuente carajadas y yo que me acuerdo, un horror, de Mary te lo cuento que tú sí compartirás mis sentimientos ¿a que sí, amor mío?»

No, amor mío.

«O te has olvidado de Mary blanca blanca que ya no cabía más blancura y te joroba que yo te la recuerde si éstos no me lo tuviesen prohibido la Lourdes me pedía la conferencia y por tu voz sabría lo que todavía la amas todo lo que Mary ha representado para ti cuánto sigues amando independientemente de lo de Sagrario que lo respeto y es que entre amigos una justifica las cosas aunque sean complicadísimas como son las tuyas siempre cielo.»

Ilustrado el texto con fotos adecuadas, Merceditas y veintinuevemilnovecientasnoventaynuevemerceditas agotarían la edición en dos días.

«Se encuentra que ni yo le aguanto tanto beber y acabando el libro ese de las mujeres que pasean que como yo le digo Fernando pues hijo; será un libro más y llevas varios para que te dé histérica sólo lee vidas de escritores con el mismo fervor y la misma reprochable complacencia con que antes se leían vidas de santos amiguísimo de Pablo a ver lo que dura, cada vez que voy al mercado pienso cómo os arregláis ahí o es que coméis de lata tan apartados por ejemplo el pescado quién os lleva el pescado os exponéis a una intoxicación. Bebe muchísimo y nos peleamos constantemente. Yo soy lo que menos le interesa tiene ese egoísmo del que vive pendiente de los demás tú le conoces y que a ti te lo puedo confesar estoy en la decadencia a punto de ajamonarme y mira que no falto al instituto de la Beauté. Aún gusto. Lo chic es ir por ese bar nuevo un petardo de sitio te habrá dicho Sagrario y eso que Sagrario no va lleno de…»

Lo que significa, cielo, que Julia frecuenta en los fines de semana vuestro nuevo cubil.

«… lleno de mozalbetes y mozalbetas que podrían ser mis nietos (bueno, los de Fernando) a la última ¿de dónde sacan el dinero? fardones y tal, pues a estos botarates les enloquece. Mary decía con aquel acento tan dulce suyo de argentina o de coruñesa los muchachos de ahora están sobrados créeme mija. Y ellas presumen hasta de su vida y nacieron ayer gesteras como un intermitente y lánguidas lánguidas las muy asquerosas ¡¿qué te iba yo a contar?!»

Galizia olvidaba lo esencial con la terquedad que desarrollaba cualquier nimiedad y extraviaba las ideas con la rapidez con que se pierden las buenas costumbres, pero yo no ignoraba que en el fárrago, sabiamente distribuidas, las noticias no faltaban nunca. Unas líneas más abajo obtuve, con la recompensa, la comprobación.

«¡No me acuerdo! Si me acuerdo antes de echar la carta te lo diré. Da lipotimia verles husmeando a la niñatería. La verdad es que yo tengo mi éxito primero: Se acercan porque soy la mujer de Fernando segundo: A lo tonto alguno se va encandilando que la que tuvo retuvo y en cuanto a experiencia ni sumando la de todas esas núbiles descarriadas tercero: Me siento pido una lágrimadetoro y al ratito los bebés empiezan a rondarme ¡¡qué cielos son!! buena se organizó. Habíamos salido a cenar en cuadrilla y ya les tengo repetido que me mata cenar en pandillona y como somos tantos y los que se unen terminamos en un restaurante baratito de esos de chico pásame un plátano pieza y el otro dice marchando. ¿Consideras, tú, ni nadie *comme il faut* que se puede salir a cenar para oír lo del plátano pieza marchando? te digo que para ese sarao la Lourdes nos guisa unas albóndigas labrantías y nos las comemos en casa tan a gusto. Era sábado. Te echábamos de menos y Bert se empeña que no eres el mismo a que sí eres el mismo esa leonera de las cachorras como era sábado parecía el Hipódromo un día de Gran Premio todos escriben o dirigen o interpretan o pintan en resumen que no hay ninguno que no está haciendo su *vedettariado* y Adela nos invitó a su mesa ellos a la barra a chicolear. El único educado José Luis que desde lo de Sagrario está más serio y él acuérdate…»

No me acuerdo, pantera.

«… era frívolo y nos estábamos corriendo una barba pero tranquila con las amigas de Adela y los que venían y los que se iban hasta que llegó una por cierto compañera o conocida de esa chica que tienes ahí porque esa chica tuya nos la presentó monilla, de tipo bien, aunque lisa y escurrida de ancas. Fernando se trasladó a la mesa y qué coqueteo más baboso sin parar y date cuenta que dice el mamarrachito de ella que si triunfa la revolución contenta porque triunfan sus ideales y que si fracasa la revolución pues también contenta porque suben sus acciones. Pero niña le solté careces de vergüenza. Me llamó boba. Teníamos corro Tub que es una puñetera gozándola de que se me hubiese descarado pues añadió que las que usamos faja ni opinar. Intentaron sacarme a la calle y ¿qué esperáis que arme una de verduleras? no mira regalito de ogino voy vestida sólo con la ropa que me ves porque se me sostienen solas y tú apestas a esqueleto así que fuera o yo no volvía y desprestigiaba el local que se puso a gimotear igual que si se hubiese quedado coja la tarde en que estrenaba minifalda y se disculpó me dio lástima de tal pendejito ya me conoces lo tonta y lo tierna que soy. Seguro que la has visto monilla rubiasca de tipo bien, escurrida de caderas como todas ésas Fernando la invitó y habrá que traer a algunos de su edad que se nos va a convertir la casa en un jardín de infancia. ¿Sabes que ya no podría tener hijos? Pues ya no. Como corre el tiempo… Estuve donde el gine y Galizia guapa se acabó empiezan otras compensaciones una mujer de tu carácter chu chu chu… Lo que me desespera son estos soliviantados y luego lo hacen sólo por necesidad y por pura necesidad nunca me ha gustado ni creo que sea conveniente para la salud porque le quita toda la gracia al acto.

José Luis, me acompañó y antes dejamos a la supletoria tuya que cogía de camino José María Andrés y José Luis pretenden meter a Fernando en negocios yo digo que Fernando está viejo y es un escritor y para qué el dinero siendo solos, aunque siempre viene bien, vete a saber como decíamos Pablo y yo la otra tarde cualquier pasión vale y Pablo decía, que el odio hace trabajar más y el amor nos hace más agudos o más crédulos le decía yo la cuestión es sentir por encima de los que cumplen siempre la misma rutina a la misma hora y con el mismo sueldo ¿te acuerdas que José María puso de moda grabar M.T. yo tengo una pulsera con M.T. y tú…»

Acaricié, bajo el jersey, el reloj.

«… hiciste grabar M.T. en aquel relojazo que te regaló Mary y así éramos la casta qué maravilla y qué pena que ciertas cosas terminen cielo mío tú no permitas que los remordi- *«y, si la realidad de cada momento* mientos o las melancolías *exige que sea tomada como tal, nada* te martiricen que no tienes *que sea verdad puede ser estable.»* por qué oye yo soy lagarta vieja y sé que salvo cuando sucede uno no se equivoca jamás absolutamente. Cuídate abrígate que hace un invierno de perros siberianos come alimentos naturales no fumes a lo bruto ¡cuánto te quiero! y ahora le prevenía yo a Pablo que tendréis que aguantarme que os quiera más, por lo de la meno, y que me ponga plomífera. No estoy nada segura de que esa suplente te cuide y no me extrañaría que fregases tú la vajilla y limpiases y te hicieses la cama no seas imbécil nosotros no tenemos obligación de vivir con arreglo a las ideas modernas y coge servicio porque temo que la sustituta esa no sabrá ni freír un huevo cuando detesto mucho a Fernando me iría contigo a guisarte y a tejerte prendas de punto y con Pablo que os tendría ni como vuestras madres os tenían a los siete años. ¡Oye tú! espero que no te abrirá la correspondencia de Sagrario ni pensarlo sería una hecatombe. Como ves todo continúa igual no te pierdes hermosuras. Así que Fernando termine el libraco me ha prometido una semanita en París yo te invito a viaje y que Fernando pague el hotel y seríamos felicísimos Sagrario no se molestará siendo con nosotros, ya sé que te habrá impresionado lo mío yo me veo bien no es que las pueda llevar sueltas como le aseguraba la otra noche a esa kakita de amiga tuya chico debían pasar aviso oiga que usted ya no cumple cuarenta pero aunque te avisasen... Bueno, besos. Ah un secreto secreto ¡¡¡secretísimo!!! ¡¿sabes que está en Venecia?! qué boba soy cómo no va a haberte escrito a ti precisamente desde Venecia... Abrazos a Sagrario si está Sagrario o recuerdos a esa chica si le toca a ella el turno. Otra vez mi gran cariño muchísimos besos tu

»Galizia

El exhaustivo informe de Galizia no me decidió a bajar al pueblo en busca de correo. Exigiría a Julia que me detallase sus entrevistas con José Luis, antes de que se fuese, si es que no había maquinado permanecer el fin de semana con Sagrario y conmigo. Otrosí —y con la expeditiva viabilidad de los proyectos mañaneros—, determiné develar las causas de la aparición de Sagrario, mediante un interrogatorio sincero. Con no olvidar un envío de flores a Galizia, como compensación a su nuevo estado de infertilidad, el resto del tiempo, hasta el primer whisky, podía dedicarlo en buena conciencia a no pensar nada. El viento mantenía desapacible la mañana, renovaba las nubes y, a poco que parase, nevaría.

En el piso inferior continuaba el zafarrancho. Subí al cuarto de los trastos y, sin encender la luz, guiándome por la escasa claridad que se licuaba en el pasillo, archivé en la carpeta de la correspon-

dencia femenina la carta de Galizia. Al salir, no tropecé con la barbacoa o con el televisor portátil, pero sí fui asaltado por el olor de
mi antigua casa, delirantemente cáustico, algo así como olerse el
propio cadáver.

—¿Damos un paseo? —propuse y Sagrario cedió el puesto a
Julia, mientras Julia cedía el puesto a Sagrario—. Y ¿por qué no los
tres? —Aún les quedaba trabajo y cocinar un *ragout*—. Total, que
me voy solo.

—Vuelve a las dos o dos y media —me ordenó Julia.

No paré hasta el pinar, donde me concedí el alto del cigarrillo,
en la luz mezquina que la humedad absorbía. Después, sin rumbo
y sin ilusión de extraviarme, conducido por las más epiteliales sen-
saciones, me encontré, asombrado de haber recorrido tanta distancia, ante el abandonado sanatorio antituberculoso, cuyas ventanas
desenjambadas golpeaban, chirriaban, embrujaban parsimoniosa-
mente el paraje. Entre los escombros de una galería del tercer piso,
Tub, tendida en la hamaca,
sostenía sobre una manta a *«A partir de cierto punto todo se hace*
cuadros la media tonelada *confuso. Hablan varias voces. Se con-*
de *La montaña mágica*, a la *funden los rostros con los retratos.*
espera de que Galizia años *Aparecen largas galerías llenas de es-*
más tarde nos presentase. *tatuas, teatros ruinosos, paisajes por*
En el silencio, Mary llega- *los que creemos haber pasado una y*
ba de pie en un Isetta de *otra vez.»*
guardabarros anaranjados,
cubierta con un sombrero de gasas anudadas, cuyos extremos el
viento mantenía horizontales, precediéndola, conforme atravesaba
el coche la explanada, hasta detenerse al pie de la ancha escalera,
que subía a la balaustrada de piedra. Entonces, bajo las gasas ahora inertes, Mary hacía bocina con las manos y llamaba a Tub, una y

otra vez, con una regularidad desesperada. Tub, en la hamaca, sonreía, invisible para Mary, desviaba la mirada y me dirigía una mueca casi imperceptible, de una crueldad soez. La puerta de vidrios envarillados se abría, Mary callaba y un hombre con una bata blanca descendía la escalinata, tomaba a Mary de una mano, la acompañaba al Isetta y, cuando éste, como impulsado por el choque de las maderas contra la fachada, retrocedía, Tub saltaba de la hamaca, gritando el nombre de Mary y mostrando sus muñecas sangrantes, con pedazos de vidrios incrustados en la carne. De pie en el coche, era ahora Mary la que sonreía, el hombre de la bata blanca el que andaba de espaldas al mismo ritmo que el automóvil y en dirección opuesta, la voz de Tub la que, regida por una degradante angustia, llamaba. Y lo curioso radicaba en que, desaparecidos Mary y el hombre de la bata blanca, seguía yo viendo a una Tub adolescente que sólo había visto en fotografías, abalanzada sobre la baranda de la galería al vacío, inaudibles las dos sílabas que repetidamente modulaban sus labios.

Allí quedó, cuando me marché. Esa misma noche debería traer a Sagrario de aquelarre, por ver qué zarabandas proyectaba ella en aquel cine al aire libre. De repente, resbalé sobre el suelo de agujas de pino y caí sentado al final de un desnivel del terreno. Con la pierna y la mano derechas doloridas, comprendí que había bajado hacia un sendero a una marcha descontrolada, preocupado de mantener no mi equilibrio, sino el patético rictus de Tub. Debido al coscorrón y a esa especial inapetencia que bombea en el ánimo la nostalgia de una eternidad posible durante un segundo, regresé muy despacio y, desde una roca, en la que envuelta en el abrigo de pieles se confundía miméticamente con el ocre musgoso, Sagrario me llamó antes de que yo la hubiera percibido.

—Caminas como un oso —dijo, riendo, mientras nos aproximábamos—. ¿En qué pensabas?

—En cómo suena una voz real dentro de todo este silencio. ¿Habéis terminado ya el *ragout*?

—Julia —se colgó a dos manos de mi brazo— está luchando con las cacerolas. Es magnífico el silencio. Y este aire, que te saca de los pulmones el hollín de ahí abajo.

—Nevará pronto. Oye, ¿se va esta tarde?

—¿Julia? Ah, no lo sé, ni se te ocurra preguntárselo.

—No, pero... Pero tampoco resulta cómodo estar buscándose por los pasillos.

—¿Te ha buscado Julia? —preguntó, con una sonrisa semejante a la que acababa de verle a Tub—. No me dormía —se apresuró a explicar, en una voz baja y anhelante—. Quizá me puse nerviosa y a esas horas de la noche todo se agranda. Perdona.

—Oh, oh, oh... ¿Qué tengo que perdonar?

—Estoy segura que Julia no me oyó. Sí, tienes razón, es incómodo. Ella se comporta mejor que nosotros. Ahora, hablando contigo, incluso anoche o ayer, al llegar, se me ocurrió que habría sido posible esperar al sábado, como está convenido. Pero allí no parecía posible.

—Sagrario, no te sientas obligada a justificar tus actos.

—Espera tú a que me salga sin preguntas —pasó un brazo alrededor de mis hombros y reclinó la cabeza con un gesto mimoso— lo que debo decirte. ¿De acuerdo? —Asentí—. Sería lamentable, si nos sentamos uno frente al otro en este momento. ¡No sucede nada!, nada anormal. Te lo aseguro. Me encuentro muy bien así, sencillamente, aunque comprendo que resulta egoísta.

—Nunca he conocido a una persona menos egoísta que tú.

—Unos treinta metros más allá del final de la cuesta aparecería la verja del jardín; me detuve y Sagrario quitó su brazo de mis hombros—. Y es sorprendente, si recuerdo cómo te imaginaba cuando nos conocimos.

—Tonta.

—No exactamente, pero… Una muchacha convencional.

—Y es que lo era. Y tonta. No le preguntarás a Julia, ¿verdad? Por favor, no digas algo que la obligue a marcharse.

—Déjame que te bese, antes de que entremos en ángulo de tiro.

—Julia —dijo después— no tiene ningún motivo razonable para quedarse este fin de semana.

Permanecí por el frío del jardín, hasta que fui convocado al guiso de carne con patatas. Ambas pregonaron las deslumbrantes faenas de jardinería que, mejorando el clima, serían precisas, de tal manera que, a los postres, flotaba la sensación de que no nos moveríamos ninguno de los tres hasta la época de la poda, la siembra, el injerto y el escarde. Sensación acrecentada, después de que hube fregado la vajilla, por Julia dormida en el diván y Sagrario ensimismada en la operación de recargar de gas su mechero. Servir el café constituía mi única opción.

—Gracias —masculló Sagrario, en una semimirada a la taza que acababa de colocar a su alcance.

—¿Cuánto puede costar al día vivir en Londres? —preguntó Julia, con los ojos todavía cerrados—. Sin lujos y sin miseria.

—Ni idea, hija. —Se olió las yemas de los dedos—. José María es el que te podrá informar.

—José María sólo conoce sitios carísimos.

—No lo creas —dijo Sagrario, antes de salir—. José María, de Londres, conoce todo.

—¿Cinco libras? ¿Tú crees que con cinco libras será suficiente? Déjamelo ahí, que se enfríe. ¿O será demasiado?

—Según —le aconsejé, mientras me acomodaba a sorber mi café en los aledaños de la chimenea—. Si te aficionas a esa cretinez de los paraísos artificiosos…

—Tú no sabes ni a cómo está el cambio. Digo yo que quizá cinco libras diarias resulte excesivo. La gente normal seguro que tira con menos. Por otra parte, me da lo mismo, porque lo va a pagar mi padre. No pienso tocar mis ahorros.

—Juiciosa medida.

—De encontrar a alguien bien, a lo mejor me instalo a vivir con él.

—Tienes todo previsto, eh. Procura que él no se te coma los ahorros.

—Si me gusta, es que no es de esa clase de tipos.

—Por si acaso… En el extranjero uno está más expuesto a los percances.

—¿Me estás tomando el pelo?

—Sí.

—¿Por qué dice Julia que le estás tomando el pelo? —Sagrario se sentó frente a su taza, que ya no humeaba—. Arriba hace frío.

—Hay que enchufar los radiadores.

—Ya lo he hecho. ¿De qué tomadura de pelo se trataba?

—La prevenía contra los despojos del imperio.

—No entiendo —dijo Sagrario.

—Verás, éste se toma a pitorreo mi proyecto de una temporada en Londres.

Discretamente, ojeé que faltaban diez minutos para las cuatro.

—No hagas los proyectos de la lechera, Julia.

—En serio —se incorporó en el diván— quiero irme. Mira, acabar el curso es una bobada. Yo estudio mucho y bien; en cualquier momento termino y ahora tengo ganas de Londres. Hay cosas que o se hacen al instante o no se hacen.

—Acabar el curso, por ejemplo —dije, con la mirada fingidamente distraída en las violetas piernas de Sagrario.

—Fíjate, Sagrario —con una desesperante minucia, giraba la cucharilla en la taza—, casi todas las chicas de la facultad han estado algunos meses fuera. Me apetece más que nada. Ya no soy una cocolito de niñata.

—Claro, ahora debes vivir tu vida.

—Sí, aunque te guasees. No tengo por qué seguir como antes de haberme quitado de encima la honra.

—Julia... —dijo Sagrario, como en un chasquido de lengua.

—Y, luego, que la auténtica forma de aprender inglés es...

—... frecuentar las camas de unos cuantos británicos. ¿Queréis otra taza?

—No, gracias.

—Una tiene que averiguar por sí misma para lo que vale. Aquí no veo claro, porque todo es excesivamente fácil. Cualquier día me caso, tengo hijos y, entonces..., ¿de qué me puedo enterar entonces?

—No hay nada de qué enterarse.

—Mentira. Me niego a aceptarlo.

—Y te enteras de que no hay nada, cuando menos lo necesitas ya. No es cuestión del decorado, Julia. —Las cuatro y tres minutos; próximo tren a las dieciséis cuarenta—. Todo lo más, se trata de aguardar poniendo cara de que no se aguarda; ¿comprendes, niña?

—A mi edad me repugna poner esa cara. ¿Verdad que sí, Sagrario?

—Chica, no sé... —Ligeramente separadas las piernas, extendidas, lisas las rodillas—. Si te equivocas, que sea en algo que tú hayas elegido. Puede que hagas bien en volar sola.

—Quizá estén echando un partido de hockey sobre patines.

—Calla, podrido. Todo está asquerosamente organizado aquí. No compensa llegar a los veinticinco tan igual.

—Tan igual volverás, te casarás, tendrás hijos tan iguales. Conste que no trato de influirte, lo que, además, sería inútil. Pero ¿qué encontrarás en Londres que no tengas aquí? La hierba o algún ácido de ésos, entontecedores. Más conveniente sería que te especialices en conocer a la gente que tendrás que soportar toda tu vida. Y no es tarea fácil conocer a nuestros paisanos. Seguramente están con lo del hockey. O con un western.

—¡No! No me da la real gana de afincarme en lo que no me gusta.

Mientras me desclavaba de los hierros de la chimenea, recogía las tazas, ordenaba la bandeja, salía hacia la cocina, calculé que ni en helicóptero alcanzaría Julia el cercanías de descenso de las dieciséis cuarenta. Cargué una sera en la leñera y, en el silencio de las meditaciones del living, emprendí la vestálica faena de encender el fuego del hogar. El siguiente, a las diecisiete cuarenta y cinco. Por lo pronto, la primera humareda alojada íntegra en mi garganta, me obligó a servirme un whisky, sabiendo que lo adelantaba horas, también como premio a mi paciente comportamiento de la sobremesa. Con las nacientes llamas, se dilató la languidez de Julia en el diván. Sagrario mantenía los ojos cerrados, la barbilla en el vértice de sus dedos unidos. Al otro lado del vidrio, las nubes se desmadejaban momentáneamente y descubrían otras más altas, una laberíntica claridad hacía más grises las laderas. Tub continuaría en la terraza del sanatorio, ofreciendo al viento sus muñecas sangrantes y desgarradas, invisible casi, porque en aquellas hondonadas anochecía fulminante. Fernando y Galizia —versión Galizia— irían a París y ambos sabían que ya no tendrían hijos. ¿Nevaba alguna vez en Venecia? Cuando el descendente de las diecisiete cuarenta y cinco se detuviese en la estación del pueblo, el aire del living se habría espesado, más áspero aún para mí si es que mantenía aquel ritmo de whisky. En ocasiones, una caminata disolvía la melancolía o la aplastaba bajo la fatiga, una incursión hasta las estribaciones del puerto o por la antigua carretera agujereada o por los caminos fantasmales de la zona del sanatorio, zancada tras zancada, paulatinamente más próximas las refracciones de la ensoñación. ¿Por qué no?; alguna vez nevaría sobre los canales. La voz de Julia me separó del alféizar del ventanal.

—¿Sabéis qué os digo?, que malditos los ánimos que tengo de irme.

—No te vayas —dijo Sagrario.

—Esta noche he de ver a un montón de gente. Y mañana.

—El de las cinco menos veinte ya no lo alcanzamos.

—Se está tan a gusto aquí… Si me quedo cinco minutos más, no hay quien me mueva.

—Quédate cinco minutos más —insistió Sagrario—. Seguro que nevará.

—¿Cuál es el siguiente?

—El de las seis menos cuarto.

—Volverías de noche.

—No te preocupes, conozco a ciegas la ruta.

—Es fastidioso subir de noche. ¿Seguro que no cojo el de las menos veinte?

—Ya me dirás —dije—, son casi y veinticinco…

—Quédate y jugamos una partida de cartas. Puedes marcharte en algún tren de la mañana. O te llevas mi coche.

—¡Ay!, pero qué atontada… Claro, está en el cobertizo.

—Te largas a la hora que te apetezca. —Sagrario se levantó del butacón—. Me caigo de cansancio.

—Dejo el jeep en el pueblo y mañana bajáis los dos a recogerlo. Así éste no tiene que regresar de noche. Hecho.

—Complicaciones.

—Debías quedarte, porque no tienes ningún deseo de moverte.

—Ninguno.

—Entonces…

—Pero es sólo abulia.

—Hazme caso, Julia.

—Déjala que haga lo que quiera. Pero decídete, para saber si saco el jeep.

—No tienes que llevarme a la estación, cabezota. Tú, Sagrario, súbete a descansar un rato.

—No sé, luego es deprimente despertarse a media tarde…

—Mientras, terminaré la botella. —De pie, me serví una segunda sobredosis—. También podéis bajar vosotras dos al pueblo, una en el jeep y la otra en el 1.100. Sagrario duerme la siesta en la plaza, alquiláis la grúa y volvéis en un taxi.

Sagrario se sentó, inopinadamente, en el diván, junto a Julia, que recogió las piernas y frunció el entrecejo. Después del convoy de las diecisiete cuarenta y cinco, probablemente no habría otro hasta las veintiuna, y con máquina quitanieves adosada a la locomotora. Me ordené reposar los nervios.

—No te sientes, Sagrario, que me voy en el de las seis menos cuarto. Si no hubiese quedado con un montón de amigos… Y amanecerá con medio metro de nieve… Vete sacando el jeep, que te convido a una copa en el Miami. Si me quedo viendo arder los troncos, no hay quien me arranque, con lo poco que me apetece la gente.

Con ese comedimiento hipócrita que caracteriza la consecución de lo pretendido, abandoné el living (sin consumir el segundo extra de la jornada) y tuve el jeep en el sendero, el motor en marcha, hasta que cerré el contacto, me quité los guantes y encendí el primer cigarrillo de la espera. Cuando descendí, convencido de que habían olvidado que me helaba fuera y jugaban a cartas, se despedían en los escalones del porche, amarilleando la bolsa de Julia. Evidentemente, mi presencia en el living había retrasado la marcha, al impedirles secretear. Se abrazaron, quedaron cogidas de una mano, se rompió la tirante recta de sus brazos y Julia anduvo el sendero hasta la cancela con la cabeza vuelta hacia Sagrario, inmóvil en los escalones. Por fin, arrojó la bolsa a los asientos traseros, al décimo golpe de llave se dignó la maquinaria desentumecerse y, cuando rodábamos a veinte bajo cero, una simulación de luz solar planeó sobre el valle, el silbido de Julia, alentador y vivificante, como banda de sonido. De repente, imaginé su ropa interior en la bolsa amarilla, sus cuadernos y sus libros, sus pantuflas de ante, y aquel mínimo equipaje, aquella leve carga que la desgajaba enteramente de la casa, me provocó una intolerable piedad por una Julia más frágil y vencida cuanto más su silbido subrayaba el cruce del camino forestal, las hileras de pinos, las curvas del descenso, como el terco canturreo de un niño al que su dignidad impide, no sólo llorar, sino darse por enterado de la expulsión de la sala donde los mayores, para hacer más absurdo el sacrificio, únicamente hablarán naderías.

—Realmente debías haberte quedado.

—Sí, ya lo sé.

Al menos, había desistido de refugiarse en su silbido.

—No tenías por qué respetar el pacto.

—¿Cómo?

—Que no tenías por qué respetar el pacto esta semana, cuando Sagrario no lo ha cumplido.

—Nadie ha pensado en el pacto.

—Yo, sí.

—Bueno, tú sí.

Giró en el asiento, dejando el brazo derecho en el respaldo, más condescendiente que interesada o quizá, por desconcertarme, enigmática. La piedad —hacia su bolsa amarilla— la transformé en autocompasión.

—Hablando de pactos, creo que debiste contarme tu conversación con José Luis.

—¿Es eso lo que te tiene emburrado?

—Creo que debiste contármelo y creo que yo debo decirte que debiste contármelo. No sólo te afectaba a ti.

—No, tienes razón con tanto deber. Lo malo de los pactos es que con el tiempo se debilitan. Disculpa.

—No estoy disgustado, Julia.

—Mejor, cariño. —Por un segundo, sentí su mano en mi nuca—. Tú y yo ahí arriba hablamos poco, cada vez menos. No me quejo, en absoluto; te aseguro que no me quejo. Todo se va deteriorando normalmente entre nosotros, ¿no? Si no fuese así, Sagrario no lo aguantaría.

—Ni tú, tampoco.

—Tampoco yo.

Al llegar a la carretera de asfalto, aceleré. Julia volvió a silbar, en sordina. Chalets de un piso, de dos, de los años treinta, de los cincuenta, con balcones, con verandas, en piedra gris, con despeñados tejados de pizarra, edificaciones en las que resultaba patente que no había existido complicidad alguna (ni como capataz) de Ludwig Mies van der Rohe, y el doble salto al atravesar la vía estrecha del funicular del puerto, hacían más desierta la tarde y las primeras calles en pendiente hacia la estación. Mientras yo aparcaba el jeep en la plazoleta de adoquines, Julia entró por su billete.

—No olvides comprar tabaco. Nunca es bastante arriba. Una noche te quedas sin cigarrillos y ¿qué haces? Tienes también que recoger el correo. —Me tomó de la mano, al emprender la marcha—. Y yo que tú hablaba con el de la leña. Si nieva y cortan la corriente, no os queda más recurso que mudaros al hotel.

—Está repleta la leñera.

—Anda, vamos al Miami. Que la dejen en el porche. Espera.

Se precipitó contra la puerta encristalada de la quincallería, que disparó un campanillazo, y vi, a través del escaparate, cómo elegía una bufanda inacabable, a rayas rojas y blancas, que la tendera se empeñó en envolver en papel de seda. Julia me entregó el paquete —para Sagrario— y ya sólo se detuvo en la papelería, a acaparar revistas francesas e inglesas —para Sagrario—, y en el estanco, de tal forma que en los últimos cincuenta metros cargaba yo como recadero de vuelta a la aldea y en el Miami fueron precisos dos taburetes, donde colocar las consecuencias de su prodigalidad.

—Rabiabas por ir de compras. ¿Qué tomas?

—Oye —dijo, de codos sobre la barra—, quédate tranquilo, que no tuvo importancia. Café, café solo. Pensaba contártelo, pero no encontré ocasión. —Junto a las cristaleras moteadas de los ventanales, que aguaban más la luz, percutían contra el mármol de las mesas las fichas de dominó—. Me llamó una tarde, salimos, charlamos y se lamentó de que Sagrario y yo no nos viésemos. Supongo que buscaba noticias. Yo le dije la verdad, que Sagrario y yo no nos veíamos desde octubre del año pasado. Eso fue todo. Por otra parte, ¿consideras verosímil que termine fumando hierba o chupando lisérgico?

—Gracias. —Hasta que se aposentasen las tinieblas, la dirección del Miami no se decidiría a encender los cuatro tubos fluorescentes, sujetos a las dóricas columnas de estuco—. Está siniestro el Miami.

Julia sonrió. En la pantalla del televisor, entronizado en una repisa cercana al techo, se abombaba un difuso reflejo de la cafetera, serpenteaba la barra, al tiempo que olía a vapor, a baldosines fregoteados o a cáñamo. Una pereza atávica, inasequible a los ardores del scotch lugareño con el que el Miami castigaba a sus clientes, se licuaba por las molduras, mientras las voces, algodonosas y precarias, alejaban las perspectivas. Canales helados, con el agua bajo la sucia costra, estáticos como visillos en agosto.

—Mira, nieva —había dicho Julia.

—Llueve, señorita. Bufando el ventarrón, estimo yo difícil que caiga blanco. —Con las manos en los bolsillos del pantalón, postura que le arrugaba el mandilón sobre el vientre, el remedo de barman fumaba a ojos entrecerrados—. Y no sería poco beneficio, que nos deshace inclusive la del cimborrio del puerto esta lluviecita.

—Quizá pare el viento por la noche.

—Todo puede ser.

—Quizá…

—No suele, cuando sopla este desmochapicotas. Allí, en su casa de ustedes, por allí sí que brama el condenado.

—Te vas a encontrar embarrado el camino.

—El calabobos lo sorbe bien la tierra.

Cuando salimos, la llovizna era un batir de agujas cortantes. En un par de carreras llegamos a la estación, solitaria y ennegrecida. Nos sentamos en uno de los bancos del andén único, pasé un brazo por los hombros de Julia, Julia se acurrucó contra mi pecho y se oía el tecleo de las gotas contra la marquesina. Estiró hacia atrás el cuello y comenzó a besarme, con una lentitud enervante. Por la explanada, en altos postes invisibles, lucían tristísimas bombillas, como velas de rosario silabeado por viejas ateridas. Muy lentamente también, abandonándome el soplo de su resuello en los míos, se separaban los labios, se abrían sus ojos y en ellos había más luz que en todos los alrededores, mientras, sujetando la mano entre las rodillas, me desprendía del guante y acariciaba los pómulos de Julia, las comisuras de sus párpados, de su boca, sus cabellos.

—¿Volverás el lunes?

—Tú ¿qué crees? —rió.

Y luego, aunque con más retraso que la flecha de Zenón de Elea, apareció el tren, nos apretamos las mejillas, pulsé el botón de goma, se abrieron las puertas, de un salto, bamboleando la bolsa, subió los escalones del vagón, transcurrió ese minuto que dura un siglo y, borrosa tras la ventanilla, se deslizó y me dejó desvalido y equidistante de la amargura y la irritación, abandonado a mis propios pasos y a la firmísima certidumbre de que Julia ya nunca tomaría tren alguno en aquella anti-Victoria Station las tardes de los viernes.

La lluvia había perlado la carrocería del jeep y en el interior salmodiaba un murmullo de hadas en estilo cinematográfico americano de murmullo de hadas, que el motor disipó. Elegí, por fin la cólera —a causa de mi necedad—, cuando, cerca del camino forestal, me percaté de haber olvidado el correo. Abajo, en el valle desde el que ascendía, era ya noche cerrada, mientras que por los caminos de la ladera —como el oxígeno para el buceador— la luz levitaba moderadamente, cesaba la lluvia y en la verja, acuclilladas sobre los murciélagos, las hadas-brujas aguardaban que la torre de control emitiese la señal de despegue. Lo más vivo en aquellos contornos resultaba el olor a gasolina. Sin embargo, la penumbra monstruosamente compleja, que orinaban las nubes, se adecuaba al perfil chato de las fachadas, del boj greñosamente recortado, de las hierbas salvajes, y, salvo por el silencio, la tétrica atmósfera tampoco difería mucho de tantas tardes de invierno en el chalet de los padres de Bert —de aquella misma, probablemente— a la espera de una problemática arribada de Tub —con o sin—, para iniciar una borrachera despendolada, como tampoco se diferenciaba esencialmente —el sórdido atardecer— de los anocheceres del último verano, en el apartamento de la Costa-Donde-Nunca-Se-Pone-El-Sol, inminente la hora de ejecutar —sin variación alguna— las previstas tonterías, o de los —más lejanos— finales de día en la terraza de mi antiguo ático, sin mujer que llevarse a la boca, rumiando la papilla de una existencia inabarquillable. Aunque allí, pasado el bosquecillo de pinos enanos, a unos cien metros de la cerca de piedra (en tanto Mary, sangrando por los estigmas de sus muñecas cortadas, se incorporase al hechizo —lúgubre como una partida de julepe con Ramón a la salida de la oficina), verlas desnudas y rugientes daba conformidad, permitía gustar, cuando menos, esa saliva calcificada de la derrota.

Más tridimensional la soledad en la oscuridad del living, en la cocina, desprovisto de ideas mientras encendía el gas, con esa vacuidad que suele sufrir quien deliberadamente se propone una meditación concreta, resumía otras despedidas de Julia, tardes idénticas, salvo en la esperanza de que Sagrario —acostada ahora en el piso superior— habría de llegar a la mañana siguiente. También el silencio superaba su densidad, a causa de los intercalados crujidos de los muebles o del parquet, como haría —como en tantas ocasiones había hecho— más agudo el silencio conectar el televisor o la radio, especie de fenómeno en algo semejante a la sensación que me recorría, desde que había perdido a Mary, de estar casado con Mary. Para verter el agua en la tetera, encendí la bombilla. Merceditas entró a expulsarme de la cocina.

—Yo creo que usted sigue todavía ajumado.

—Sigo.

—Hale, a la cama y a no despertar a la pobre señora.

—La pobre señora está durmiendo desde las nueve.

—Desde las diez, que hasta las diez de la mañana no hemos vuelto del festejo. Menos mal que una se descabezó sus sueñecitos en la cocina de doña Sagrario, que si no, ni sé quién habría aviado hoy las habitaciones. Y, encima, usted roncando en el sofá.

—Yo salgo. Se lo comunicas a la señora, cuando la señora se levante, que no será antes de la cena. Que he salido y que la llamaré por teléfono. Si viene alguien…

—Espabilados estarán los señoritos…

—… que no despierten a la señora.

—Pasarlo, lo que se dice pasarlo, nos lo pasamos sibarita.

Merceditas se quedó en la otra cocina, mientras cargado con la bandeja, temía yo llegar con retraso a la cita. Preparé las tazas y, en el menudeo de las llamas, más amarillentas que rojizas, regresaba Sagrario. De nuevo sentada frente a mí, con sus brazos desnudos recién cruzados sobre la mesa, dijo:

—Continúa.

—Me ha desequilibrado la memoria esa sesión de rascatripas a que me has condenado. ¿Por dónde andaba yo?

—Que nunca has estado enamorado de Bert.

—¿De Bert? ¿He dicho que nunca he estado enamorado de Bert?

—Con esas mismas palabras.

—¿Cuándo he dicho yo que nunca he estado enamorado de Bert?

—Hace —levantó el antebrazo izquierdo— seis minutos, en el instante en que me he marchado a los lavabos. ¿Te has enterado de que he ido a los lavabos?

—¿Cómo pretendes que no me entere, si acabas de regresar ahora mismo de los lavabos?

—Pues, entonces.

—¿Qué entonces?

—Entonces decías que nunca has estado enamorado de Bert. Te aconsejo que reduzcas velocidad, porque vas a empalmar con la de anoche una de embolia.

—Debo de encontrarme imposible, si es que voy diciendo por ahí que nunca he estado enamorado de Bert.

—Me lo estabas diciendo a mí. En voz normal.

—Mientras no hable a gritos, no hay nada que temer. Si grito, vete, que por lo general declaro la guerra a los camareros y a los limpiabotas. Es una de las cotas de mis grandes beatitudes. La otra cota es cuando voy diciendo por ahí que nunca he estado enamorado de Bert.

—¿Jamás lo has estado?

—¡Naturalmente! Cualquier persona sensible, que nos conozca, sabe que nunca hemos estado enamorados, Bert y yo. Sólo los alcoholizados se empeñan en negar la evidencia. Durante algún tiempo Bert y yo parecía que nos casaríamos.

—Exactamente es eso lo que estabas diciendo, antes de que yo me fuese a los lavabos. Que Bert y tú estuvisteis al borde del matrimonio. Pero que nunca habías estado enamorado de Bert.

—Si he dicho que nunca he estado enamorado de Bert, y lo he dicho porque tú dices que lo he dicho y yo a ti te creo, es que estoy más beatífico de lo normal. Por otra parte, supongo que Bert nunca ha estado enamorada de mí.

—¡Ah!, no, no, no... Eso es afirmar demasiado.

—Lo afirmo solemnemente.

—Tú limítate a juzgar tus sentimientos.

—No he afirmado que Bert sea capaz de sentimientos. Lo único, que Bert tampoco ha estado enamorada de mí. Bert es muy simplona, ¿sabes? Intenta cambiar el mundo y ese tipo de trabajos. La recuerdo aún cuando, a principios del siglo pasado, ingresó en la facultad. Antes de las vacaciones de diciembre era más conocida que el decano. Por los intelectuales y por los cachondos, por los ricos y por los pobres, por los estudiosos y por los listos… Como ya carecía de personalidad, ligaba sin restricciones. Y conspiraba, sobre todo conspiraba. Después, aparte de ir a bailar con unos y con otros, su mayor afición consistía en proyectar revistas. Mucha juventud malgastó, como es usual durante ese estatus, en proyectar revistas —Sagrario sonreía y, al sonreír, empujaba la boca con las comisuras, apretadas, de los labios— artísticas, semanales, espeleológicas, mensuales, de pensamiento o de no pensamiento. Bert y sus amigotes calculaban que la publicidad y los suscriptores financiarían lujosamente la empresa. Venderla, simplemente vender la revista, es algo que ni con todo su idealismo esperaron nunca que podría ocurrir. ¿Por qué insistes en que hablemos de Bert?

—Insisto en que debías volver a tu casa.

—¿Es que estoy borracho?

—Y pálido.

—Porque estoy borracho.

—Y, además, el concierto que te he obligado a escuchar.

—No lo he oído. Dormía durante toda esa mozartada del carajo. Y soñaba con tus rodillas. Dormir con los ojos abiertos, encima de dejarte sordo, tiene otras ventajas. Creo que estoy más delicuescente de lo normal, debido a ti. —Coloqué las manos en sus mejillas—. Debido a que me he enamorado de ti.

—No, eso no.

—Me encontraba un poco desentrenado. Te quiero mucho.

—Habla de Bert o de Tub o de…

—Mucho, Sagrario. Resulta posible confesarlo, gracias a que mantengo la borrachera desde ayer jueves al mediodía.

—Tú… Anda, no me jorobes. —Sus manos separaron las mías de su rostro—. Si estabas tan alegre…

—Permite que te lo confiese. Yo te lo confieso y tú escapas mañana al norte y olvidas y no nos volvemos a ver y se archiva. Pero sé que te quiero y no me equi…

—¡Tú!, no te empeñes en complicarlo. Lo que me interesaba esta madrugada era una pequeña historia, un lío sin consecuencias, que me hiciese correr la sangre más deprisa.

—Bueno —me oí decir un minuto (o una hora) más tarde—, de quien siempre he estado enamorado es de Tub.

Dispuse un cono de troncos, aparté las cenizas y atendí al tiro de la chimenea, que sorbía calmosamente el humo y las tinieblas. A ciegas por el living, sólo teñido de reflejos, cerré los ventanales, después de haber dispuesto los almohadones del diván, retrasando el inevitable momento de encender las lámparas.

En el pasillo del piso superior no alentaba ni la respiración de Sagrario.

—El té está preparado.

Se me vino a los pies la raya de luz, en la puerta del cuarto de baño.

—Bajo inmediatamente. ¿Alcanzó Julia el tren?

—Sí —dije, en el segundo escalón—. Te ha enviado regalos.

—¡Qué encanto!

Cuando descendió, taladradoramente mujer en un vestido de fingida simplicidad, sus zapatos verde limón de tacones cuadrados, unos pendientes de láminas, sus medias invisibles, restablecieron mis funciones vitales con celeridad semejante a la que usó ella para rasgar el papel de seda.

—Y revistas.

La serpentaria bufanda fue probada sobre sus hombros en varias posturas.

—Es un encanto Julia.

—Ven. El té está todavía tibio.

Los ocho metros de rayas rojas y blancas volaron por encima del diván. Puso sus labios sobre mi entrecejo, se sentó, el resplandor del fuego achicó sus ojos y dijo:

—Dime cómo te encuentras.

—Recuperado. Tomamos una copa antialcohólica en el Miami, de ese whisky que te quita el gusto para un trimestre. Se puso a lloviznar, estaba funesto el pueblo. ¿Me ha salido demasiado cargado? —Denegó, con la taza levantada—. Olvidé recoger el correo y estoy convencido de que Julia no volverá más.

—¿Habéis discutido?

—En absoluto. Un presentimiento. Julia está harta de encerrarse aquí cuatro días y medio a la semana, y no creo que fuese justo reprochárselo. Se irá a Londres.

—Vas a estar muy solo.

—A ratos. Como la soledad me repele, me empeño en acostumbrarme a ella. Menos aguantaría esa ciudad vuestra. Y tú ¿has dormido?

—No, pero he descansado. —La proporción de sus piernas, si las mantenía cruzadas, espeluznaba—. Estuve recordando, pensando cosas. Creí que te oiría llegar.

—Anduve por el jardín.

—Me puse guapa sin prisas, que es como disfruto. ¿Lo he conseguido?

—Lo has conseguido.

—Me chifla vestirme para ti.

—Arriba, aunque con polillas, estará mi esmoquin. Si quieres…

—No serías tú. ¿Traigo —puesta en pie, llenaba la bandeja— el hielo y lo demás? A mí me apetece.

—Trae lo demás, de acuerdo. —Habría que preguntarle cuánto le cobró Canova por esculpirle unas corvas tales; su voz, desde la cocina, propuso un *mus à deux*— ¡La ginebra está en la despensa!

—¿Prefieres ginebra?

—Un par de sorbos. Estas noches…

—Aún no son las siete.

—… de huracán uno tiene que vigilarse.

—¿Qué haces?

Le demostraba mi amor, ensartando eufonías de serrallo, que le dulcificasen la velada y, de paso, acallasen el ripieno del ventarrón. A uno y otro lado de la mesita de juego, logramos besarnos, al tiempo que la chimenea quemaba aromas de David Copperfield, la ginebra distribuía tranquilidad y los naipes en las manos precavían descomedidos abrazos. Los residuos de luz solar, que en aquellos parajes anunciaban el día, por mí podían demorarse un semestre ártico. De alguna manera, Sagrario acababa de llegar, haciendo tarde de sábado aquella tarde de viernes. Para mayor identidad cronológica, después de haber envidado suicidamente a los pares, dijo:

—Pero se ha ido bien. Normal.

—¿Julia? Sí, sí, normalísima. Aquí se aburre. Tú misma te dabas cuenta hace un momento de que son sólo las siete.

—Ojalá fuesen las cinco.

—Tú no te aburres. Pero entiendo que esto, a veces, resulte asfixiante. Del living al pasillo, del pasillo a la cocina, al patio trasero, a la escalera, a los dormitorios, al jardín, al living… Julia estudia y por eso aguanta.

—Esta tarde… No me enseñes las cartas.

—Aun así, te ganaré.

—Pero no me las enseñes. ¿Llevas juego? Yo, también. A todo esto, ¿qué apostamos?

—Besos —dije.

—No, no… Seamos serios. Cien cada tres partidas.

—Envido tu juego.

—¿Envidas? —Sus pómulos, sus labios entreabiertos, hasta la uña de su dedo índice sobre la nariz, inundaban de consuelo mis estratos sentimentales—. No, que eres mano.

—Una porque no.

—Bandido, si llevabas duples…

—No te desanimes. ¿Qué decías antes?

—¿Antes? No sé.

—Algo de que esta tarde…

—¿Esta tarde? No me acuerdo. En todo caso, esta tarde no habrá mujer más dichosa que yo.

—Estaba seguro de que propondrías cien cada tres partidas.

—Te aprovechas de conocerme perfectamente.

—Sagrario, cariño, en el mus se dan cuatro.

—Ay, sí, qué distraída… Bueno, como estamos tú y yo solos se permite no dar de nuevo. ¿Te fastidia mucho la música?

—¿Qué música?

—Gracias. Envido la grande, la chica y los pares, si llevas pares.

—No y no llevo pares. ¿Qué pensabas durante la siesta? Es tonto preguntarlo.

—No es tonto. He estado dándole vueltas a los recuerdos, vueltas pacíficas, no creas. Cosas nuestras, mías, cosas. Aquella tarde, al día siguiente de la party en mi casa, prácticamente la primera vez que salimos juntos. ¡Qué alegre y qué pintoresco estuviste!

—Llevaba cogorza más de veinticuatro horas y hacía unas doce que te había tumbado en la hierba.

—Borrachísimo. En eso he estado pensando.

—Ya —dije.

—Vivías muy enamorado de Tub en aquellas fechas.

—Sagrario, por favor… Únicamente solté estupideces y false-dades.

—Muy enamorado de Tub. Lo explicaste, que no cabía duda. No lo niegues, bobo. Luego, hacia el otoño, fue cuando empezó a empreñarme tanto amor. Aquella tarde no me importó. Me llevaste a cenar a un sitio increíble, sucísimo, que olía a verdura pasada.

—Porque estaba junto al mercado de verduras.

—Divertidísimo estuviste, y simpático, y bondadoso. Todo lo que no eras. —Me hizo sonreír—. No te acordabas de las veces que habías sido feliz, totalmente feliz. Comenzaste por juego, lo recuerdo, y acabaste angustiado. Una noche en un cine de París y otra vez, con una muda, que llevaba medias negras. Lo de la muda sería mentira. Angustiadísimo, que, de pronto, gritaste: ¡Coño!, tiene que haber más ocasiones en que yo haya sido feliz. Y unas abuelitas que te oyeron llamaron a la camarera, pagaron y se marcharon indignadas. Da la impresión que sucedió hace mucho, mucho tiempo.

—Sucedió hace mucho tiempo.

—El último verano.

—O no sucedió.

—¡Sí!, claro que sí. No me destruyas una de las ocasiones en que he sido feliz yo. Cuando recibí tu tarjeta de Roma, también.

Le cambié la cara a los vociferantes, comprobé que no era preciso añadir leña y, antes de volver a sentarme, besé una de las sienes de Sagrario.

—Me habías olvidado, cuando recibiste la postal de Roma.

—No, aunque es posible que estuviese a punto de olvidarte. Aquellas líneas lo resucitaron todo, incluso lo que yo ignoraba que existía. Jamás habrás sido más oportuno.

—Después, te escribí cartas mejores.

—Era ya distinto después. Esas cartas, con la loba aquella viviendo en tu piso, o las de la costa, me cogieron asustada. Me quedaba en el parque del club, hasta que me llamaban desde el bar o no me llamaban y yo misma me incorporaba al grupo, pero ni escuchaba lo que estaban planeando, como luego en casa, mientras nos vestíamos para salir, tenía que esforzarme por comprender las frases. Eran cartas mentirosas o exageradas, que me dolían, frívolas, y me aislaba a pensar en nosotros, tan descontenta de pensar en ti… Se traslucía cómo te iba con la de turno; nostálgico y cariñoso, te había ido mal; divertido y cínico, es que te había ido bien. En cualquier caso, no tenían relación alguna tus cartas con lo que yo sentía en el parque del club, sentadita allí sola, aterrorizada de que un tarambana, al que apenas conocía, le estuviese quitando sabor a mi vida de siempre. Al final del verano, todo me irritaba, pocos días conseguí estar contenta, porque en el fondo, aunque me negaba a admitirlo, deseaba regresar, que me telefoneases, que me persiguieses. Y, cuando regresamos, tú estabas metido hasta el cuello en un follón de volverse lelo, con Mary enfurecida, Tub histérica y estrenándote con Julia.

—Y a Galizia que acababan de operarla.

—Y Galizia, recién operada. Bendita temporada aquélla… Al menos, no me estaba quieta, llamaba, me llamaban, salía, peleaba con José Luis, te veía de refilón, te odiaba o te quería. Te odiaba, principalmente. Me causabas la sensación de estar buscando un poco de tiempo libre para conseguirme otra vez, de tenerlo apuntado en la agenda.

—Así era.

—La mañana que llegaste de la estación y entraste en el cuarto del sanatorio no la olvidaré nunca. Nunca olvidaré tu expresión, al comprobar que ellos habían llegado antes, que José Luis y yo estábamos allí. En cinco minutos la organizaste, con esa habilidad para hacer daño que yo no te conocía aún, y Mary lloraba y Bert lloraba y Tub quería pegarte y Fernando gritaba más que ninguno y a Galizia se le iban a saltar los puntos de tanta carcajada.

—Estábamos un poco locos por aquellos días, es verdad.

—Guillados. Total, porque te habías negado a esperar plaza en el avión y habías pasado una mala noche en el coche cama. Bueno, y porque te desconcertó encontrarme, con toda la pandillona, delante de Tub sobre todo, tú que siempre procurabas no enfrentar a las rivales.

—No sólo eso. Que Mary y yo vivíamos en pleno infierno.

—Para todos fue un infierno el último verano. Realmente, ¡qué veranazo…! José María impuso sensatez aquella mañana, era la única persona sensata y con sentido de la realidad. José Luis y yo también estábamos en los infiernos.

—Excepto que no hacía mucho calor, ¿te acuerdas? Llovía…

—No me acuerdo de eso.

—… casi todos los días.

—Recuerdo tu expresión, ansiosa y maligna. De alguna manera, me ayudabas a quitarme el problema de encima. Yo no había deseado complicaciones entre nosotros y, cuando me hallaba embarullada, tú me simplificabas el problema. Pero ni tú, ni yo, ni el problema en sí, éramos fáciles. Fue un milagro que todo terminase bien. Un milagro de Mary.

—¿Llevas juego?

—Según como lo consideres aquellos días no fueron tan malos.

Me sentía viva, no como los atardeceres en el parque del club, quedándome aletargada bajo los tamarindos, entre las ruinas de mis costumbres, de mi matrimonio, de mis amistades. ¡Malditos días tristes! Y no hay nada peor que la tristeza, ni la confusión, ni el odio, ni la desesperación. Eso me lo has enseñado tú. O lo aprendí de Mary, la tarde que la visité en el sanatorio, cuando ya estaba fuera de peligro. Me obligó a sentarme en su cama. Me tuvo, mientras hablaba, cogidas las manos. De repente, sentí que lo sabía, que era la única persona que había adivinado que yo te quería. Así, de improviso. Y también, que no diría nada, que lo iba a dejar sobreentendido. Por eso se apresuró a contarme lo de Julia, para prevenirme o para vengarse o para que yo lo impidiese, si es que se podía impedir. ¿Sabes por qué se ha sosegado? No, le dije. Porque acaba de hacer el amor con una muchacha virgen y eso para él lo arregla todo, dijo.

—No era cierto que lo arreglase.

—Por la noche, José Luis me dio su versión de la noticia. A José Luis se lo había contado Andrés y a Andrés se lo había contado Tub y a Tub, Bert y a Bert, José María y a José María, Pablo y a Pablo, la propia Julia. No cabía error. Lo que no supe es quién se lo contó a Mary. ¿Tú?

—Bert.

—¿Por qué lo hizo?

—Por miedo, supongo. Porque le espantaría una aventura mía con una muchachita.

—O para que Mary lo impidiese, si es que aún se podía impedir. Pero Mary estaba ya *knock-out*.

—Sólo *groggy*.

—Pobre Mary, a solas con su tristeza en la habitación del sanatorio…

—Llena de flores.

—… resucitada, destrozada… ¿A qué podía recurrir para separarte de Julia, si habías empezado hacía dos días, mientras ella tenía todavía las pastillas en el estómago? ¿Nunca te habló de mí?

—¿Mary? No, jamás sospechó de nosotros.

—No lo sospechó, lo supo. Antes que tú, en tanto yo luchaba por ocultármelo.

—Mary era incapaz de callar una cosa semejante.

—Tampoco lo calló. Me dijo que me sentase en su cama, me tomó las manos, sonrió. ¿Sabes por qué se ha sosegado? Porque acaba de hacer el amor con una chica virgen y eso, para él, lo arregla todo. También lo arreglaba para mí, calculé tontamente. Me preguntó cómo era ella. Una cría, le contesté, una como tantas, de la que ni imaginármelo. Y es que entonces no lo comprendía. ¡Cuánto podemos equivocarnos y con las personas que más cerca tenemos! Si lo piensas, parece de chiste. Luego, hablamos de Tub, quizá porque Tub me desataba unos celos nerviosos. A ella, no; ella también había tolerado eso. Me confesó que no regresaría a América. Deseaba vivir en Europa y, sobre todo, vivir. No lo hagas, que no se te ocurra la torpeza de intentar matarte; lo único que consigues es envejecer más deprisa.

—Y ambas os pusisteis a llorar y dejasteis de llorar, cuando llegamos Pablo y yo.

—No. Habíamos soltado las lágrimas un poco antes, al decirme que Tub era quizá la única de la que no había sufrido celos. Luego, nos reímos incluso, me contó sus proyectos de continuar en Europa, unos amoríos en Nueva York, lo de sus rentas y sus negocios, y llegasteis Pablo y tú. Tú, oliendo a luna de miel.

—Yo, oliendo a desdicha.

—Aquella tarde era lógico equivocarse. Había decidido no

verte más. Bueno… —se movían los naipes en sus manos— creo que sí llevo juego.

Antes de sentarme en el diván, desconecté, dejó de girar el disco, acabé de un trago la ginebra y Sagrario sonreía, al tiempo que me inclinaba sobre ella, cogía su rostro y le decía:

—No pretendas comprender por qué me quieres.

En el silencio, rugió intermitentemente el viento. Voló un brazo hacia atrás y apagó una de las lámparas, mientras abrazaba yo su cuerpo con una energía soterrada desde las siete de la tarde —quizá desde los siete años anteriores— y llegaba su olor sin perfumes intermedios.

—Sí, lo pretendo, para que no te me escapes. Apaga las otras dos lámparas.

Cuando volví al diván, la penumbra móvil de las llamas dictaba un mesurado ritmo, en contraste con la enloquecida furia, que explotaba contra los ventanales, y el mundo se fue concentrando en un prisma sensorial.

Quedó sobre mi pecho, con una sonrisa casi sonora y constante —como solía—, mientras me liberaba dejándola en libertad, sin acechar o dirigir o compartir sus pensamientos, simple y conocida gravitación justificada en su propio volumen, y en aquel instante un leño se deshizo, derrumbándose la ardiente pirámide en la chimenea y una quilla enfática quebraba por los oscuros canales, entre rosadas fachadas sombrías, el hielo, a la busca del mar abierto, que no aparecía y que sería inútil hallarlo bajo el sol, como había resultado inútil el intento de penetrar en Spoleto, entre radiantes fachadas rosadas con estucos barrocos, quizá porque el crujido del hielo, al ser sajado por la quilla, excluía cualquier otra confortación o placer más banal, más estereotipado, en igual medida que el peso de Sagrario bastaba, salvo una soportable sed de nicotina.

—Tengo hambre —murmuró.

Con sólo tirar a la alfombra la baraja y un vaso y mediante las adecuadas maniobras, encendimos un cigarrillo para dos. Sagrario rechazó beber a gollete de la botella. Probablemente, el viento diseminaría por el valle los abetos de las cumbres.

—Hace falta un perro —dijo—. Un dogo o un setter, durmiendo cerca del fuego.

En alguna parte, al otro lado del viento, lucirían bombillas, marcharían trenes, en un cobertizo un hombre cambiaría el aceite de su tractor, se enroscarían las serpientes en las habitaciones del sanatorio abandonado, el hielo de los canales se quebraría como vidrios golpeados a puñetazos una tarde sofocante y enervadora. En la paz del bebedor reside el gusto de la ginebra.

—En la paz del bebedor reside el gusto de la ginebra.

—Emborráchate —runruneó en mi oído—, emborráchate mucho. —Tan embriagador su aliento como los últimos tragos de la noche, cuando se ha renunciado a la soda y los ceniceros no se vacían y el cigarrillo permanece apagado en los labios, hasta que Julia, que no ha bebido, es consciente de ello y enciende el de Pablo y, después, el mío, y Pablo, como si el esfuerzo ajeno le hubiese recordado que debe marcharse, se levanta, se bambolea, un par de bandazos lo llevan contra el chester (y gracias a que Mary modificó la posición del ches-

ter), lo elude, atina a dejar- *«Algo así como una felicidad de cloa-*
se estar en una jamba de la *ca sin perspectivas inmediatas.»*
puerta-balcón, husmea la

madrugada lluviosa y anuncia que él allí lo único que hace es estorbar.

—Desde las cuatro de la mañana, estafermo. Estás estorbando desde las cuatro.

—Me largo, ahora que Mary no se va a morir, ni se va a morir nadie.

—Para que yo tenga que bajar a abrirte el portal, igual que en la Edad Media, carajo, podían poner en esta mazmorra de ciudad poternas automáticas, tómate una copa más.

—El portal estará abierto —y lo dijo sin separar sus manos de sus rodillas, sin despegarse ella del chester, como la primera de la clase que era todavía.

—Si es que os vais a enredar tú y éste, cuando me vaya yo, que por lo menos no se entere Mary hasta...

—¡Que se entere! —gritó el mero mero macho—. Tú, Julia, no te dejes influir por opiniones contrarias, eh, cielo mío. Lo hemos aclarado, ¿no?, esta tarde. Nada de complicaciones, ni de consabidos laberintos sentimentales, nada de marañas. En cuanto den de alta a Mary y el despido a esa hiena que, además, sisa, tú y yo, cielo, vamos a llevar una vida monógama, asociable y sencilla. Es decir, nos soportaremos los deseos y no nos soportaremos fuera de los deseos. ¿Era monógama, selvática y amarilla? Es lo mismo, porque para eso lo hemos acordado en el portal de tu casa, allí mismo donde tu bisabuelo volvía en berlina del Real y de los saloncitos de las actrices televisivas de la época, que es cuando tú nos has encontrado, maldita sea la casualidad, coñe, que podíamos...

—Pablo se ha ido —dijo, ahora de pie, aunque nebulosa, hacia la altura de la puerta del pasillo.

—¿Se ha ido?

—Se ha ido —y sonreía, aunque nebulosa.

—Bueno, ya era hora.

—Si no nos hubiéramos encontrado a Pablo —explicaba a la niebla, con su sensata tendencia a la racionalización, desapercibida ante el progresivo avance del lobo— yo habría cenado en casa y no estaría aquí.

—¿Recuerdas el pacto? —preguntó la alimaña.

—Muy bien —respondió, cerrando los ojos, quizá no tanto por las zarpas que acababan de posarse en sus hombros como por el luperino aliento que debía de mancillar su tersa tez y sus húmedos labios, ligeramente escoriado el inferior (o por el clima o por la vigilia o por el miedo).

—Repítelo —pidió el carnívoro.

—Te gusto. No quieres sentimientos. Quieres cuerpos.

—Tu cuerpo.

—Tú me llamarás y nos veremos, si yo estoy conforme. Yo te llamaré y nos veremos, si tú estás conforme. Ninguno reprochará, ninguno exigirá. Coexistiremos como seres civilizados, naturales y sinceros.

—Sobre todo, monógamos —puntualizó la hidra, con el tentáculo desprovisto de vaso rodeando su cintura—. Y si el experimento cuaja, nos escapamos a esa casa de la Sierra, que ha comprado Mary para nada.

—Sigo estando de acuerdo —dijo, con su sonrisa fija y ecuánime.

—Ninguno le descargará al otro su vida encima.

—Ninguno intentará apoyarse en el otro —continuó recitando, mientras abandonaba yo al borde de un estante y junto a Natacha Rostov unos cinco dedos de whisky, a fin de sostenerme contra Julia, que preguntaba—: ¿Es que lo vamos a hacer ahora?

—¿Por qué no? —sugerí.

—Porque están llamando a la puerta.

Así que hubo que abrir y servirle otra copa y emprender una documentada disertación sobre los fosos infranqueables y servir más copas, porque Julia había traído cubitos de hielo y no era cuestión hacerle el desprecio, que no cabía duda que habían abierto y habían vuelto a cerrar y, según Julia, ya no llovía, pero algo había sucedido, porque estaba más oscuro que una hora antes, lo que justificó que, acodados los tres en el pretil de la terraza, le propusiese yo que ocupase por aquella retráctil noche el dormitorio de Merceditas, aprovechando la conjunción de que aquella mencionada noche, que nunca quedaría atrás, Merceditas velaba a su dueña y señora en el más caro sanatorio del país.

—Me apasiona —dijo Pablo— dormir donde la chacha.

—Es que parece empeñado en hacérmelo esta madrugada —precisó Julia, con una clarividencia mareante.

—Lo comprendo. Ignoraba vuestro pacto. Pero lo ignoraba sólo por necedad. ¿Qué podía complicar más las cosas?

—No comprende, excepto lo de su necedad —expliqué a Julia, que, satisfecha, se arrebujaba entre los dos—. Julia y yo simplificaremos todo, antes de que yo enferme de…

—De alcoholismo. Resultará catastrófico para Julia el pacto.

—Se me ocurrió después de comer —dije.

—Ya que el portal sigue cerrado y que Julia no me echa aún, ¿aceptas responder a algunas preguntas?

—¿De qué tipo?

—Del tipo preguntas.

Dije que bueno, siempre que se me permitiese recoger un vaso que había abandonado en San Petersburgo, puesto que estaba en seco. Que me trajese la botella al pretil, que ya se encargaría él de que no cayesen a la calle ni la botella, ni Julia. Permanecí algún tiempo dentro, debido a que, si bien encontré en el estante el vaso, lo hallé vacío, de modo que o los cinco dedos de whisky se habían evaporado o el conde se los había ingerido.

—Tolstoi no bebía —dictaminó la primera de la clase, que se encontraba en su particular momento de omnisciencia.

—Pues esta noche…

—También tú debías ducharte —quizá había dicho Sagrario.

—… bebe, porque me dejo matar a que había unos cinco dedos en el vaso, cuando lo he abandonado en la estantería para abrazarte mejor.

—Haz tus preguntas, Pablo.

—Yo no he sido; sabes que me repugna beber en vasos ajenos.

—No te acuso. Estoy convencido de que ha sido el conde.

—Basta. Haz tus preguntas, Pablo, y yo serviré de abogado —resolvió Julia.

—Por cierto, ¿de qué piensas tú vivir, ahora que Mary se niega a vivir contigo?

—En el mismo sitio, pero vacío. Y éste es un escocés sensacional, de los que no se evaporan. Ha sido el conde, seguro. Pienso vivir austeramente.

—Siempre has vivido austeramente.

—Leñe, es cierto. Jamás he vivido bien.

—No te apiades de ti mismo, cariño. Y contesta a Pablo.

—No volveré a la pocilga, alquilaré el piso y me fugaré a ese chalet de la Sierra, con el que tu amigo José María ha estafado a Mary.

—Resistirás una semana escasa.

—Más —dije—, porque…

Pero no pude demostrar que se había transformado mi aturdimiento en una compacta lucidez, puesto que Julia me interrumpió gritando que ¡murciélago!, fenómeno poco verosímil, como le hicimos considerar Pablo y yo, dadas las circunstancias de horario, temperatura, ciudadanía, altura del edificio y, sobre todo, que los murciélagos, como cualquiera sabía desde Buffon, son incompatibles con los borrachos, de la misma manera que los borrachos son compatibles con los murciélagos, y si Pablo y yo, únicos borrachos adverados en aquella terraza, no habíamos visto revolotear al mamífero, es que o bien el mamífero no existía o ella —Julia— estaba subrepticiamente más ebria que nosotros, hasta el punto de percibir inexistentes ratones voladores, o la portera había abierto el portal y el murciélago subido en ascensor, con el fin de que allí nadie pudiese beber un sencillo trago en paz, argumentación inútil ante el hecho, según ella, de que el pajarraco acababa de darnos otra pasada, por lo que se entró en busca de una escopeta de dos caños, dejándonos a Pablo y a mí en la humillada situación de seres tan embrutecidos como insensibles a los aleteos de los murciélagos, el todo ampliado con sarcásticos comentarios sobre la histeria femenina, que Julia se encargaba de patentizar a escobazos, paleando la tiniebla como alfombra, deportiva y eurítmica en su caza de quiróptero a las cuatro de una noche otoñal, que —no hay acicate como el del ejemplo— nos proveímos de almohadones y nos incorporamos al safari, por puro goce de disparar las armas, hasta que Julia le acertó de plano y el bicho se derrumbó en picado, más real para nosotros que cuando volaba, infinitamente más problemático, porque, como se puso de manifiesto de inmediato, ¿qué se hace con el cadáver de un murciélago a tales horas, si el aún ocupante del ático se niega a que se le sepulte en una maceta, a que se le tire al cubo de la basura (que Merceditas había olvidado sacar a la escalera), a que se le dé tierra bajo un colchón?, aporía que nos llevó hasta el culo de la botella, con imaginación suficiente, por lo mismo, para que Pablo y yo enganchásemos cada uno un ala y catapultásemos a la mísera bestia a su último vuelo —artificial—, de tal forma que hubo que abrir otra para el velorio, aunque pronto Pablo, mis hombros de báculo, decidió continuar el luto en el antiguo cuarto de huéspedes y Julia estaba en el living, relajada, giocondesca, con esa sobria actitud que sólo la inocencia aliada a la ignorancia producen como efecto la intimidación del prójimo, aun del etilizado.

—¿Es que lo vamos a hacer ahora? —destiló por los surcos de la sonrisa.

—Bueno, alguna vez tendrá que ser. Y ya que esta noche se ha puesto así…

—Eso mismo pienso yo.

De improviso, estuvimos muy juntos, luego, muy separados, entendió algo más tarde, aunque mal, pareció que renunciaba, por fin la encontré, con las nalgas en los talones, en el suelo del cuarto de baño, y mordía una toalla con una insistencia frenética, que en nada recordaba las maneras de la discípula modelo, y me mordió un hombro, al guarecerla en mis brazos, cómplice ya de los adultos maestros, resignada a conocer, aportando como arras de la promesa las sabias artes del bisoño que regresa tronzado al campamento por las rodadas de su primer campo de batalla, mientras, en un kimono anaranjado que le cubría medio muslo, Sagrario contorneó la mesa y, sin soltar la fuente de los fiambres, se agachó junto al diván.

—Existió la chica muda de las medias negras —dije.

—No quiero ponerme pesada, pero insisto que una ducha te despejaría. No has dejado de beber durmiendo. ¿Por dónde estabas?

—De murciélagos. Y sorprende comprobar lo poco que uno ha influido en sus propias decisiones. Supongo que la gente que no está pendiente de sí misma tendrá ideas más simples.

—Si no te importa, pongo el televisor.

—No me importa. Faltan siglos para la hora de acostarse las gallinas.

—Y yo tengo insomnio.

—Tú —la besé, todavía ilesa del espectáculo que se venía encima— vas a coger frío con ese kimono.

—¿Frío aquí?

Efectivamente, al abandonarlo, el living comprimía una masa de calor, que conservaba la forma de paralelepípedo irregular de la habitación. En el piso de arriba, el viento tocaba a rebato. Cuando volví a bajar, Sagrario embebía imágenes y renuncié, por no competir con el apuesto genio de la investigación privada de turno, a esas caricias sin finalidad, suntuosas, que enriquecen y adiestran. Lucía tranquila, sentada a lo moro en la alfombra, masticando bocadito de jamón, en un receso de pasiones satisfechas.

—Come algo.

—Luego. Voy a darme una vuelta. No me extrañaría nada que el viento arrancase la antena.

—No seas gafe. Abrígate.

Desde una cierta distancia, a intervalos de penumbra lunar, la casa se anclaba en la ladera. El resto, salvo los fantasmas, resultaba invisible. En el cobertizo, cubiertos de vampiros los parabrisas, invernaban el jeep y el 1.100. Fui rodeando la posesión, salí al camino, incrusté la cabeza en el viento y llegué hasta las rocas, donde aquella mañana me había esperado Sagrario, mimetizada con el granito gris. En la pantalla de la noche, virada al negro ala de mosca, Guada, acostada su madre, se apresuraba a una cita, aún no consumada y ya anodina, con su cortejador oficial Armando. Y en aquel momento Ramón, embobecido a causa de la adormilada atmósfera del bar, acababa de cerrar con el pito-seis, dejando a su pareja apoplético. Poco a poco, con ojos de búho o lechuza, fui distinguiendo la retícula de conductos por los que circulaba la sangre de la ciudad, en el allá abajo, especie de silenciosa pleamar, de la que nos preservaba a Sagrario y a mí la distancia. Aún más lejos, ciegas gaviotas resbalaban descontroladamente por el hielo sucio de los canales, chocando contra las góndolas aprisionadas, para angustia de Mary que, desnuda en alguna ventana oscura, interrogaba al acre olor por cotizaciones bursátiles, por mi destino, por la duración de sus relaciones con el tipo que, a sus espaldas, se reponía tumbado de los ardores que no merecía. Alguien, cuyo rostro permanecía difuso, con la voz de Galizia iniciaba un coro de conocidas entonaciones, de las viejas manías fónicas, los agudos, los alargamientos y las sobreimpresiones acústicas, que, borrando imágenes, inundaba la montaña de una sicofántica melodía, con esa terquedad que las representaciones de un sentido transmiten cuando los otros cuatro dejan de actuar. Quizá el rectangular impreso, que Mary metía en su bolso, fuese un pasaje aéreo de regreso.

Bien soldada a las paredes, la masa de calor potenciaba las músicas que proyectaban. Pestañeante, obnubilada, Sagrario apenas registró mi presencia. Y, una vez más lanzado a otros territorios por el whisky, hubo un instante en que la velada había tocado su fin, quizá porque yo estaba apagando el fuego de la chimenea, mientras Sagrario seleccionaba lectura, o porque perseguía su largo cuerpo escaleras arriba, hasta el dormitorio de las dos camas, donde poco después desplegaba, en el valle de sus piernas dobladas, el delicioso futurible de tejidos transparentes para interiores y floreados para exteriores de la moda primavera-verano. Me deseó buen reposo, conjurando las sucesivas capas de sueño, de distinto grosor y diferente suavidad, que tan ricamente me amortajaban, aunque menos me habría sobresaltado el estruendo de haberme sorprendi-

do totalmente despierto, cuando hizo vibrar los muros, entrechocar los muebles y galopar mi corazón.

—¡No te asustes! Es el teléfono —dije, espantado, incluso al
despeñarme al vestíbulo, imaginando una sucesión vertiginosa de
hechos luctuosos, que se concretaron en brusco silencio, nada más
alcanzar el auricular.

—Oiga, oiga… ¡Oiga! —ordené, batiendo el chisme—. ¡Han
colgado!

—¡¿Qué?! —se interesó Sagrario, asomada al vano de la escalera.

—¡Que han colgado! Oiga, oiga, centralita…

—Hable —dijo una voz olorosa a candil, calendarios murales y
clavijas ensartadas en largas gomas negras.

—Señorita, por favor, ¿me puede decir quién ha llamado?

—Conferencia. El señor ha dicho que no insistiese.

—¿Dijo su nombre?

—Espere usted que lo busque, que decirlo sí lo dijo. —En el entretanto, hacia el tercer nivel del silencio, escuché primero una
conversación en lengua hopi, luego, las pisadas de los elefantes de
Aníbal, una tos, petición de línea por el cura párroco, algo así como
romanza de tenor interpretada por un maníaco sexual, hasta que
reapareció la voz de manivela—. Aquí está, que lo apunté para decírselo a usted mañana. Que llame a don José María a casa de don
Pablo.

En consecuencia, pedí a la tecnificada moza que me comunicase con el domicilio de don José María, por ver de hablar con don
Pablo. Que no colgase. Las esperanzas es lo que no debería yo
ahorcar, regalado con la conversación del párroco y don Constante
en torno a la próxima situación de Casiopea, simultaneada, en un
alarde de banda sonora, con los proyectos mercantiles de la Salva

en su inminente desplazamiento a los almacenes capitalinos, Sagrario ya a mi lado, embatada.

—Vas a congelarte.

—No, no —dijo—. ¿Qué puede querer Pablo a estas horas?

—Estarán todos borrachos y sentimentales. Pura gamberrez, no te inquietes.

Sagrario encendió un cigarrillo, para mí, y una lámpara, en el living. Alguien preguntaba a qué hora cerraban los viernes el local de las apuestas.

—Mire, cuelgue usted que ahora le llamo yo.

—Que cuelgue, que ahora me llamará ella. Vuélvete a la cama.

—Esperaremos juntos. —Descansó sus manos en mis hombros, me apoyé en la pared y nos abrazamos.

—Lo mismo tarda un siglo.

—A principios de semana vi a Pablo.

—¿Cómo se encontraba?

—Bien. Cariñoso. Tampoco es tan tarde. —Tenía sus labios en mi cuello—. Te estabas durmiendo.

—Sí. Y tú ¿sigues con insomnio?

—Realmente yo a ti te gusto mucho. A lo mejor, de tanto que te gusto, me quieres todavía cuando llegue a vieja.

—Te congelarás.

A ceniza fría comenzaba a heder el living.

—Ahora tengo hambre.

—Yo tomaría un café.

—Quizá… —y enmudeció.

—¿Qué? —En mis manos se tensó su carne.

—Tonterías… Deja, que preparo café. Y no lo pienses tú tampoco.

—Quizá —concluí, telepatizado— es que ha vuelto Mary.

En los pómulos se le notaba la laboriosidad de su sonrisa.

—Sí.

—Nada va a cambiar, Sagrario.

—Claro que no, nada.

El primer timbrazo deshizo la insensata expectativa. La voz de José María respondió.

—Soy yo. Creo que Pablo me ha llamado desde tu casa.

—Si se pone José María, procura estar correcto, cariño.

—¿Pablo? Ah, sí, sí, estaba aquí. Pero se ha ido hace un cuarto de hora, lo siento.

—¿Sabes si llamaba por algo importante?

—Pienso que no.

—Gracias. *Ciao*.

—*Ciao*. Saludos a Sagrario. Está ahí, ¿no?

—De tu parte.

—Tú… ¿cómo estás?

—Bien.

—Julia me contó que has adelgazado. Te encontrarás mejor delgado. ¿Bebes mucho?

Sagrario removía el café, antes de servirlo en las tazas.

—Más o menos.

—Bueno… Le transmitiré a Pablo tu llamada. Un abrazo a Sagrario.

—*Ciao*.

—*Ciao*, viejo. Tengo muchas ganas de verte.

—Me gustaría saber si realmente ha entontecido o es su mala conciencia. Te manda un abrazo.

—Perdona —me entregó la taza—, pero resulta exagerada tu insolencia, después de años y años de amistad. Perdona.

—Di lo que creas que debes decir.

—Creo que exageras, porque quiero a José María y me consta que él no ha dejado de quererte.

—Opina con libertad, naturalmente. Sin embargo, no olvides que todo lo que sermonees sobre el asunto será una sarta de banalidades.

Cerró la bata sobre el pijama, aturullada, asiéndose a la taza. Y, sin renunciar a mis corruptos humores, ácidamente me atemorizó aquel enfrentamiento sin testigos. Se sirvió más café, se acarició la melena, permitió que le acercase el azucarero.

—Mary no ha vuelto.

—No —dije—. Nunca volverá Mary. Esperar lo contrario es puro masoquismo.

—Hay ceniceros, no tires el cigarrillo a la chimenea.

Calmosamente ordenó la bandeja, salió. Al regresar, me encontró obstruyendo la puerta del pasillo, dudó, antes de esquivarme, y se dirigió a apagar lámparas, con una naturalidad tan sabia que me incendió ese odio fulgurante, que, si bien participa de la esencia del deseo erótico, resulta más misterioso y fatiga más. Su excelente educación, prevaliéndose de su excelente belleza, humillaba sin apelación.

—Me fastidia la…

—He sido torpe —dijo—. Nadie debe inmiscuirse en los sentimientos ajenos. Aunque, en cierta medida, tú lo has provocado. Con frecuencia provocas que cualquiera intervenga en tu intimidad. Actúas impulsivamente o con una petulancia infantil insufrible. Como si tú mismo no te dieses a respetar. Y basta. Espero que no tenga importancia.

Cuando empezaba a adquirirla.

—Ninguna, cariño —asentí.

Fuera, el viento habría inclinado los bosques, a rugidos. ¿Por qué sabía José María que Sagrario estaba conmigo en viernes?

—Como si no hicieses respetar tus sentimientos —endulzó desmañadamente.

—Creo comprender tu teoría —oí plañir mi mansedumbre—. A veces, mis sentimientos carecen de importancia.

—Eso no disculpa mi falta de oportunidad.

—Por favor —tintineó mi esquila—, por favor, Sagrario… Los tipos emotivos controlamos poco la neurastenia.

—A mí —dijo— me tienes mal acostumbrada y, por eso, la más mínima brusquedad tuya me hiere. —Inesperadamente me tendió las manos y besé sus pronunciados nudillos (suavísimos), en un silencio de escasas promesas—. Mañana —me participó, subiendo la escalera— debemos hablar. Es idiota que lo esté retrasando.

Se zambulló en el cuarto de baño, apareció cuando yo iba por la página 276 del *Manual de instrucciones para el perfecto uso de la petulancia infantil* y, ocultando —o patentizando— su contristada actitud —como Mary en situaciones semejantes—, estiró minuciosamente las sábanas de su cama, susurró una despedida convencional, que justificó mi cobardía y sostuvo mi pasividad, bebió un sorbo de agua y la tiniebla fue hecha. De inmediato, puse en funcionamiento el «Radar Detector De Ajena Respiración En Dormitorio Común». Una línea apenas ondulada, apenas audible, grabó el aparatito.

Ya que no dormiría en toda la noche, poco importaba que hubiesen quedado abiertos los grifos o la llave del gas, sin desconectar los radiadores. Mary nos encontraría agarrotados al alféizar del ventanal, cuando llegase a la mañana siguiente, cubierta de cheques, a corroborar cuán poco respetable me empeñaba yo en mostrarme. Merceditas sacó a escobazos de debajo de las mantas los muslos de Encarna. Con todo, se estaba cómodo allí, en el redil, sabiendo que Sagrario se angustiaba a dos mesillas de noche de distancia. Los muslos, al chocar contra el mármol, se quebraron en cuadraditos, como se quiebra ese vidrio llamado irrompible, tan distinto del irregular y astillado vidrio de los tiempos pasados, sangriento sin ambages. El zumbido del aspirador, con el que Merceditas recogía los restos de Encarna, quizá me adormiló, hasta que soñé que Sagrario se movía por la habitación y masculé algo que, sonando probablemente como «¿Estás sed?», significaba «Tú eras este olor naranja de carne bronceada», como ella entendió, porque una infinita playa después me sentía abrazado en la adecuada presciencia que identifica y multiplica a la pareja, despierta y adormece, acaba sin solución de continuidad en la nada que la originó y es la más excelsa y menos pecaminosa forma de amarse consigo mismo.

Amanecí en el borde, liado al contrafoque y sujeto por los pies de Sagrario, que hacían una vuelta de driza a mis tobillos. La mañana, de un pardo más miserable que la noche anterior, estaba seca, sin viento. De los árboles no pendían ahorcados, ni blancos ectoplasmas saltaban sobre los macizos de boj. Por lo demás, uno experimentaba sólo necesidad de beber coñac y entristecerse sin alaridos. Después de prepararme un café en la cocina, repleta de vajilla sucia, me aventuré al aire, humoso del patio, en el momento preciso en que, aunque hubiera parecido imposible diez minutos antes, la luz decrecía a consecuencia de la lluvia. Se trataba de una lluvia somnolienta, que apenas duraba en el hule de mi impermeable y dotada de mágicas propiedades mnemotécnicas, pues su olor —o el olor que hacía fructificar en el jardín— me trajo el recuerdo de sueños acaecidos en inmensas mansiones de larguísimos corredores, donde las pisadas combaban los listones de madera del pavimento, de enrevesadas escaleras, puertas que no se abren o se abren a paredes de terciopelo húmedo o a rampas alfombradas, que desembocan en galerías a distintos niveles, para conglomerarse en espacios recorridos por mujeres que, sin procacidad, se persiguen con esa fácil disposición de quien es regido por sus instintos, enarbolan ante los destructores de la curva biblioteca candelabros de alabastro y, como una red de arañas negrísimas desde el charol hasta las ingles, sus piernas crean unos pasos aéreos o los elásticos saltos, extrañamente controlables, que se rompen en vertiginosa caída por el pozo sin paredes hacia las costureras iluminadas por el foco, devotas mujeres que, un segundo antes de la colisión, hilan, no determinada la angustia por la inminencia del aplastamiento, sino porque ellas se sangran deliberadamente, mientras se desarrolla, sueño dentro del sueño, trasoñando, el primer crimen en la torre de Babel, en una mañana luminosa de muchachas gigantes paseando interminables por una glorieta, tenaces, cómplices de la zancadilla que trunca el vuelo y provoca la fugaz percepción del ser invisible, huyendo, y la clarividencia, que persiste todavía con lo inefable (como dicen que es la muerte las doctrinas), en tanto se desmigaja el sueño, retrocede a la frontera y nos determina la creencia de que nunca olvidaremos aquello que sabemos ya que jamás podremos contar. Sin embargo, bajo la lluvia desganada, las briznas de los sueños sólo se desflecaban como telón de fondo de aquellas noches en la terraza aguardando a Mary, con los ronquidos del frigorífico a compás de los de Merceditas en el fondo de la casa, o velando el insomnio, una vez que Mary, tras el ritual de la náusea, la vomitona, los estertores, se dejaba acostar, y la noche se ponía flexible para evocar a una Sagrario que acababa de irse al norte y que no hacía mucho (aunque cada noche hacía más) estaba tumbada en el césped, consintiendo que desanudasen su corbata de lazo mis labios temblones. Y es que, sola o acompañada de Pablo (o de José María o de Andrés o de alguien), Mary regresaba durante aquellos días (que terminaron la mañana que suponíamos partir hacia Spoleto) borracha. Más aún, porque yo no bebía, entretenido en eludir a Merceditas cuando acosaba a Encarna, y mi abstención, unida a la ciencia del ex alcohólico, resaltaba la ebriedad de Mary, al propiciarle mis cuidados ese paso de la Estigia, que consiste en llegar desde el vestíbulo a la cama perdiendo quizá la vida pero no la autoestima, como yo siempre conseguía que llegase y Mary, al día siguiente, cadavérica, agradecía al impasible Hermes que la despertaba a media tarde, para que le diese tiempo a comenzar a beber en la primanoche. Nunca más (ni antes tampoco) lograríamos, por muy distanciados que nos encontrásemos, una mayor disparidad de horarios, de modo que mis noches se interrumpían a las dos horas de haber empezado, se reanudaban al amanecer o finalizaban si Mary, sin haber evaporado aún el alcohol, decidía desayunar. Pero también de aquellos días había atesorado el insondable cofre de las más detalladas imágenes de Mary, permitiéndome hundir la memoria en infinitos grabados, nunca repetidos, que fijaban para la eternidad sus hombros (a veces, cubiertos de una hiedra cobriza) y las pecas de sus pechos, cuando apartaba de la nuca sudorosa su melena y mi mano se abombaba sobre su frente y, en las vértebras rompiendo la piel, veía yo los espasmos de sus vísceras en el intento de arrojarse fuera del cuerpo. En aquellas ocasiones del cuarto de baño, Mary doblada sobre sí misma, deshuesada, maleables sus miembros suaves y dóciles, habían transcurrido quizá los momentos en que más la había amado o, por lo menos, los momentos que me permitían ahora, apoyado en la cerca de piedra, inventar que mejor había amado aquella figura insólitamente alegre y grácil, cuya voz, siempre que cerrase los ojos y dejase resbalar la lluvia por mi rostro, se reproducía con una nitidez escalofriante. Me subí la capucha del impermeable, logré encender un cigarrillo y, a pesar del barro, conseguí chutar algunas piñas podridas contra la difusa portería de la mañana negra.

El canalón, que desde el tejado bajaba por la fachada del cobertizo, se había desprendido a una altura, que me obligó a buscar la escalera plegable, la caja de las herramientas y, como pausa reconfortadora en la cocina revuelta, un trago de aguardiente, que me injertase esa mentalidad de obrero manual que se precisa para estudiar, en el quinto escalón, el lugar de la alcayata y la longitud del alambre que ha de sujetar el maldito tubo, sin perforarlo ni martillearse más de tres veces los dedos. En tales manejos, oí el tamborileo de Sagrario en el vidrio de la ventana de la cocina. Mímicamente nos explicamos las respectivas ocupaciones y prometí, si no me desnucaba antes, asistir a sus tostadas con mantequilla. La humedad facilitaba la introducción de la escarpia —como es sólito en la naturaleza—, al tiempo que inestabilizaba el hierrito. Descendí, busqué por el cobertizo un algodón grasiento, ascendí y le hice al nido su oportuno relleno, que mantuviese el puñetero zuncho. Desde aquella altura inhabitual, el escaso campo que se divisaba en la penumbra seguía rezumando bostezos. Pero también descubrí, entre las pizarras del tejado de la casa, unas monstruosas vegetaciones de color amarillo, que acabarían por llegar a los cimientos y resquebrajar los muros. Como no me quedaban fuerzas, una vez sujeto el canalón, para alcanzar por la buhardilla la asesina superficie e investigar el jardín colgante, decidí presentarme sin más en el living, caldeado por el fuego reciente de la chimenea. Sagrario, en *collant* —*collé*— azul y minivestido rojo, fue la primera compensación a mis trabajos y pesares.

—Debías de haber avisado al fontanero. ¿Has dormido bien? Te invadí también esta noche. Hace un tiempo perro, ¿no?

—Llueve.

—Tendremos menos frío. Bajaré al pueblo de compras.

—No necesitamos nada, pero baja si te distrae.

Esperé inútilmente a que consumiese las tostadas y los litros de café con leche, a que encendiese un cigarrillo despatarrada en uno de los butacones, a que el transistor nos informase de las universales calamidades cotidianas, incluso trasladé la vajilla del desayuno a las moles de cacharros sucios de la cocina. Sagrario silbaba. Subí a calzarme unos calcetines de lana y unas botas. Había hecho las camas. El cuarto de los fantasmas olía a las ruinas que almacenaba. Sagrario aún silbaba, mientras, sumergida en el butacón con los pies en alto, consumaba un crucigrama. Me acomodé en la alfombra.

—Anoche... —carraspeé—. Anoche dijiste que teníamos que hablar.

Me miró sonriente, dividida por la línea del bolígrafo.

—Sí, es tonto aplazarlo.

Trasladó el transistor desde el halda a un almohadón y se apaciguaron los cuplés de las Aspirantes A La Fama.

—¿Te apetece un paseo?

—Se está tan a gusto aquí...

—Si necesitas saber gasterópodo de cuatro letras que vive pegado a las rocas marinas, confiésalo.

—Es un crucigrama sin bichos. Necesito saber, en sentido figurado y familiarmente, vara de acero con un gancho en un extremo, que se emplea para sacar del mortero los restos de la acetona del ácido valeriánico; dos letras.

—Pi.

—Eso es como un número, o repetido y en lenguaje infantil, pis. Y de cinco; no, de seis letras, ¿en Salamanca, especie de bieldo u horquilla, con la que en el Renacimiento se espemeraban las mieses? ¿Tampoco? Dime, por lo menos, río de Holanda, Alemania y Suiza, que nace en los Cárpatos.

—No.

—Faltan letras. Y, en femenino, ¿villa del municipio de Celanova? Oye, ¿cómo puede ser en femenino? Está dificilísimo. Ah, mira, mira, qué bien. En números romanos, doscientos cinco. Una ce, otra ce y una uve. No lleva cero, porque los romanos no usaban. Ejecútenlas a tiempo y sabiduría de sus complementarias, al revés, nueve letras. Ejecútenlas a tiempo y...

—Bonita. —Besé sus rodillas.

—Estoy contenta. En plural. —Dejó caer el bolígrafo—. No, amor, no pretendas... —probablemente había dicho desnudarme— ahora. No... estoy... habituada. Luego, se me hace muy larga la semana, allí sola en la choza. Aunque te rías. Por eso vine el jueves. —Arrojó el periódico y cogió mis manos—. Me encontraba tan nerviosa...

—Tienes que abandonar ese cuchitril y trasladarte a un apartamento apropiado.

—Son demasiadas horas encerrada en dos habitaciones, sin hacer nada, sin ver a nadie. He pensado... Desde hace diez o doce días, he pensado que voy a trabajar.

—¡¿A trabajar?! A trabajar ¿en qué?

—En alguna de las pocas cosas que sé hacer. Hablo dos idiomas y dicen que eso siempre sirve.

—Y ¿aquella boutique que...?

—Verás, tú no te preocupes. El hecho es que debo trabajar.

—Bien, si no soportas el día entero en tu choza... Quizá luego te arrepientas y reniegues, créeme.

—No, no soporto estar encerrada, desfigurándolo todo y esperando que llegue la tarde del sábado.

—Sagrario, naturalmente que no te lo exijo, ni siquiera te lo recomiendo, pero… vente aquí, Sagrario, y olvida todas las promesas que te haya arrancado el abogado de José Luis. No tienen derecho a que tú y yo nos veamos a plazos, mientras se tramite el proceso.

—José Luis tiene todos los derechos.

—Él sabe que nunca más vais a vivir juntos. Y sabe también que pasas los fines de semana en esta casa.

—Fuera de la ciudad. Eso lo hace distinto, para él.

—Mierda… Disculpa, no quiero embalarme.

—Claro que no. Fíjate, es cuestión de tiempo. Y de paciencia. José Luis aún no lo ha superado. Seamos justos, fue un terremoto, algo que a él no podía ocurrirle. Formábamos una pareja modelo. No le había sido infiel, no habíamos tenido un disgusto gordo, estábamos unidos y parecía, también a mí me lo parecía, que estar unidos era lo natural, como respirar o recibir a los amigos. Estoy convencida de que a sus padres todavía no les ha comunicado nuestra separación, que anda con trapicheos, y hace ya más de cinco meses. ¿Qué quieres?, no puedo cambiarle de golpe, ni tampoco debo intentarlo. He de procurar no causarle más daño del que ya le hice.

—Tampoco permitir que él te lo cause —susurré.

—Él no me ha herido jamás.

—Pero está conspirando para que vuelvas y utiliza su táctica.

—Todos utilizamos nuestras…

Levantó la cabeza, al sonar el teléfono. Nos miramos, al tiempo que me apoyaba en sus muslos y me ponía en pie, declaradamente inermes. Descolgué y la voz de rulos en el pelo anunció que conferencia. Que adelante. Sobre un pavoroso tableteo de perforadoras, Pablo aulló que no oía nada. Crepitaron unas tracas, cantaron en manada unas calandrias, Pablo vociferaba su sordera.

—¡¡Yo sí te oigo!! —bramé por sexta vez.

—Y yo también ahora, no grites. ¿Qué hay?

—Eso digo. ¿Ocurre algo?

—Perdona que te despertase anoche.

—No te preocupes. Aquí llevamos horario de gallinero. No ocurre nada, entonces.

—Cositas, las cosas de siempre cuando no ocurre nada. Galizia dice que no has contestado a sus cartas. Teme que estés enfermo o con delirium tremendo.

—Con salud y sin delirium.

—Me apeteció pasar el fin de semana con vosotros. ¿Está ahí Sagrario? Pregúntale si me invita.

—No.

—¿Que no se lo preguntas o que no me invita?

—Las dos cosas. Escucha, Pablo, Sagrario llega los sábados y desaparece los lunes por la mañana o el domingo por la noche. ¿Lo comprendes? Vente el lunes y te quedas hasta el verano.

—Entiendo. Realmente, no era por nada, por simple…

La simple refitolería caprichosa se la explicó ya a Sagrario, que había comenzado a gritar antes de arrebatarme, por la espalda, el auricular.

—Pablo, no le hagas caso. ¡Ni caso! Vente inmediatamente. ¿Tienes coche?

Ella se ofrecía a rodar hasta la ciudad y recogerle. Ella aseguraba que yo era un tarado. Ni estorbaba, ni estorbaría, ni nadie estorbaba más que yo. El expresado tarado sugirió el tren de las quince cincuenta, con llegada a las dieciocho cinco, vista la fatalidad del asunto. No era preciso, pero si insistía le pasaba al tarado.

—Bueno, ¿voy o no?

—Ven.

—Nunca se sabrá contigo lo que hay que hacer.

—Saca primera.

—Me echáis al jardín, si tenéis urgencia.

—Estamos a muchos menos cero. Te esperaré en la estación. *Ciao.*

—Dile a Sagrario que se ponga otra vez, por favor.

Sagrario reenganchó el aparato. Agradecía y aseguraba que no necesitábamos ningún producto de la civilización. (Ni bacalao, ni galleta, ni hacha, ni problemas.) Sagrario se despidió y colgó. Descolgué y advertí a la voz en bata de franela que, habiendo finalizado la interurbana, restableciese la línea. Se oyeron las perforadoras y las alondras. Sagrario, de nuevo en el butacón, me reconvino:

—No te podías negar.

—Recuerdo que estábamos hablando de eso.

—¿De eso?

—De nuestros fines de semana. —Me senté a sus pies y apoyé el mentón en sus rodillas.

—No seas egoísta. También yo vine el jueves, cuando no me correspondía.

—Tú debes venirte aquí de una vez para todas. Si quieres, claro está. Y de eso estábamos hablando.

—Intentaba decirte otra cosa, pero, como siempre, acabamos por caer en el mismo tema.

—Escucha, espera. —Y notaba rígidas mis manos en las suyas—. Te has venido el jueves, porque no resistías en esa topera donde vives. Cada día lo aguantarás menos. Comprendo muy bien de qué se trata, lo comprendo, puesto que yo he vivido solo meses y meses y no se olvidan esas tardes que uno mide y no acaban, viendo bajar la luz, sin poder pensar coherentemente, repitiéndote que a las ocho te ducharás, a las nueve te harás una tortilla francesa y a las diez te largarás a una película que te interesa menos que nada en este mundo. Pero no son más de las cuatro. El puro vacío. Y si suena el teléfono, porque alguien se ha equivocado de número, te dura una esperanza absurda. Todo eso, en tus cuarenta metros cuadrados, incluida cocina. Cada día lo resistirás menos. Otra semana vendrás el miércoles. Y otra, no te irás el lunes. Tienes que afrontarlo. O ni una sola noche dejarás de llorar y, menos mal, si estás aquí y puedes invadir mi cama, temblando de miedo. Por otra parte, estaré de acuerdo con lo que decidas.

«Il savait d'expérience que la pire souffrance est dans la solitude qui l'accompagne. L'exprimer aussi délivre; mais peu de mots sont moins connus des hommes que ceux de leurs douleurs profondes.»

Me acariciaba el pelo, como a un niño bueno y disparatado, confundida ella misma por la ternura. Traté de esperanzarla, pero únicamente supe recurrir a los cigarrillos, con esa instintiva torpeza del que se quita el sombrero al ver pelear a dos desconocidos.

—En la actualidad sería hasta perjudicial venirme a vivir contigo.

—Búscate un piso normal, al menos.

—Es que —dijo, un poco más bajo, forzando la sonrisa— no tengo dinero.

—¿Dinero? —pregunté una fracción de segundo después de prohibirme cualquier asombro—. ¿Tú? Tú tienes dinero de sobra. O ¿no?

—O no —dijo, ahora casi jubilosa.

—Me hace falta un trago.

—Ante todo, no te preocupes lo más mínimo, ni dramaticemos el asunto.

—¿Es de esto de lo que dijiste anoche que teníamos que hablar?

—Desde que vine, debía habértelo dicho. Pero soy cobardona. Ven, siéntate a mi lado, anda, ven. —Enlazó mi brazo derecho y trasladé el vaso a la mano izquierda—. En la choza lo que más hago son cuentas. También tortillas francesas y escapo al cine, tienes razón. Pensé planteártelo desde el punto de vista de la mujer que se aburre sin hacer nada, porque de alguna manera es cierto que me aburro sin hacer nada. Sin embargo, será mejor que no te lo oculte. Se me están terminando las reservas de forma alarmante. Pensé vender el coche —arrugó la frente— que no me hace falta para la vida que llevo y que, además, es mío, comprado con mis ahorros.

—Tú no puedes prescindir del coche.

—Claro que podría. Pero no me da la gana. Es una solución ratonera, de las que no solucionan y, encima, disfruto conduciendo, ya sabes. No queda otro arreglo que ganar un sueldo.

—José Luis no te pasa dinero, ¿verdad?

—Ni un céntimo. Y yo pertenezco a familia bien venida a mal. Soy una niña inútil, cariño. Excepto para estar casada con un rico. Sí, me lo ofreció y, es más, de vez en cuando me lo sigue ofreciendo a través de Galizia o de Andrés o directamente.

—¿Directamente? ¿Os veis?

—Conoce mi terror a las estrecheces. No, no me aclares que es una de sus tácticas de recuperación. Evidentemente que lo es, aunque poco importa. Bueno, había que buscar trabajo.

—¿De camarera de bar?

—¿Por qué no? Fue una de las posibilidades que tuve en cuenta. Resultaría pintoresco que entrasen los amigos y yo, detrás de la barra, y ellos discutiendo si dejarme propina o no. Taquillera de un cine o taquillera del metro o cajera o dependienta, creo que valdría.

Aunque ganan muy poco. Para azafata, soy vieja. Entonces…, entonces leí los anuncios de los periódicos.

—Parece como de juego —dije.

—Y me presenté en uno de esos hoteles *pompiers*, con suites para oficinas. El tipo pasó porque no supiese taquigrafía, ni mecanografía, ni secretariado.

—¿Cómo era el tipo?

—De raza porcina. De pronto, comprendí que pasaba demasiado. ¿En qué consiste mi trabajo?, le pregunté. No quedaba claro. Atender al teléfono, acompañarle a cenas de negocios, a visitas, viajar con él… Tenía toda la cara húmeda cuando me miraba, el pobre sátiro. Y tampoco ofrecía un sueldo sensacional. Así es que me escapé, antes de que me rasgase las medias, me metí en una cafetería, pero no está bien llorar en las cafeterías, y necesitaba alguien con quien llorar, de manera que llamé a Bert y Bert, que me quitó todas las ganas de gimotear, llamó a José María.

—José María os llevó a un restaurante de cinco tenedores, confeccionó un menú sorpresivo y la culpa de todo la tenía yo. Al día siguiente, seguiste leyendo las ofertas de empleos.

—No, porque José María me convenció de que por ahí no iba a ningún sitio.

—Menos mal.

—Al día siguiente era anteayer y sentía la pobreza aplastándome y pavor de coger el teléfono y regresar a casa y de que en dos o tres semanas José Luis me perdonase totalmente y de empezar de nuevo a no saber los precios o a considerar que tampoco la vida está tan cara como afirma la gente.

—Basta. Basta de torturarte. Los problemas económicos son los más serios, de acuerdo, pero precisamente por eso son también los más simples. Basta, Sagrario.

—Porque hasta ahora sólo he escatimado en perfumería y tengo trapos para dos años, aunque no vaya muy a la moda, y la celda esa es pequeña y asquerosa, pero está en buen barrio. Lo malo es cuando tienes que buscar restaurantes medianos y conformarte con el plato del día o el plato combinado o como lo llamen.

Puesto que me repugnaba el whisky, abandoné el vaso y me acerqué a colocar leños en la chimenea, con la mirada de Sagrario en la nuca. Afuera, llovía un combinado de viento y acíbar.

—Yo... —dije.

—No —dijo Sagrario.

—Seamos sensatos.

—¡No y no!

—Tengo...

—Lo suficiente para vivir tú.

—¿Quieres dejarme hablar?

—De eso, no. Otra cosa sería, si yo me instalase aquí. Entonces, compartiríamos.

—Instálate —ofrecí, en tono de triunfal originalidad.

—Cariño, está discutido. No puedo, no debo, no nos conviene. En unos meses es probable que incluso... —se interrumpió—. Hoy por hoy tengo que ganarme la vida.

—Conoces cómo está mi cuenta. Y de esa cuenta polvorienta no he tocado un solo billete.

—Bien, bien, pero es cuestión que no me afecta.

—¿En qué estúpido principio te basas para rechazar mi ayuda? Me contestó.

—Es una idea descabellada.

—Volverá el día menos pensado —insistió, bellísima en la tozudez crispada de sus mejillas, los hombros erguidos y sus dedos abiertos sobre los almohadones, quizá consciente, en alguna zona

ignorada, de su actitud—. Todos, y tú el primero, la estamos esperando. Sé sincero; ¿te asombrarías, si llegase ahora mismo?

Sobre el murmulleo de la chimenea, como un eco extemporáneo del silencio, sonó el motor, la transición tajante del cambio de
marchas, al tomar la curva antes del camino empedrado y acometer
la penúltima cuesta. Después, el chirrido de la cancela, su carrera
desmañada (a causa de los tacones de sus zapatos destalonados)
por el sendero, por los escalones de piedra, el timbre (que nadie
había pulsado en los últimos meses), un rostro que yo no lograba
concretar, su voz anunciando, obviamente, que había regresado.

—Está en Venecia —le oí a mi voz.

—O en Londres o en Lieja o volando sobre el Atlántico. Es
también posible que llegue con Pablo en el tren de las seis.

—En absoluto. Mary no fue feliz conmigo y, por añadidura, sufrió bastante. Mary tiene memoria. Me necesitará a ratos, pero me
teme y teme la forma de existencia que conoció el último verano.
Por mucha capacidad melodramática que posea, y no le falta, ya se
hartó de tragedias y numeritos. No, seguro que no, guapa. Mary
murió la mañana aquella de los barbitúricos.

—No digas eso, por favor.

—Se murió, aunque le lavasen el estómago y ahora zascandilee
por Venecia, que es lo usual cuando ese tipo de locas se mascan un
puñado de comprimidos.

—No hables así.

—Y cada día escribirá menos. Pobre Mary… Se casará con su
Bob, o José, que le administra y que estoy seguro que le roba, igual
que le sisaba Merceditas. Con dólares, no es tan grave. Lo tuyo, sí,
aunque lo discutiremos y encontraremos el remedio, con Pablo o
sin Pablo de cotilla presente. Lamento que seas tan tonta que no
me lo hayas confesado hasta hoy. ¿Te apetece un café? Ante todo,

no te disgustes, ni llores, ni te pases las noches fabulando amarguras.

—Espera. Parece poco adecuado decírtelo en la cocina. José María me ha ofrecido un empleo.

—Coño… ¿Era eso? —asintió—. Creo que sí, que convendrá hacer un café cargado.

Me siguió por el pasillo. Mientras yo desenterraba platos, cazos y cucharillas de aquel yacimiento de vajilla pringosa, desenroscó la cafetera, me dio una palmada, quiso silbar algo y se quedó sentada en un taburete, con las piernas separadas y las rodillas juntas, en la posición de quien ha hecho ya todo lo imaginable para que no le guillotinen y ve engrasar la cuchilla. Tricotando con los trebejos, conseguí un líquido que, al menos por el color, concordaba con el ambiente. Le entregué la taza y escuchó mi juicio sobre la proposición de José María.

—Era de esperar que no te agradase, aun sin saber de qué se trata.

—¿De qué se trata?

—Naturalmente, trabajaré en su estudio. Relaciones públicas, traducciones de documentos, lo que vaya aprendiendo.

—Y cenas de negocios, viajes, bares. —El platillo y la taza, separados, se le habían inmovilizado a la altura de las clavículas—. Perdona. Con José María, la ventaja es que no te rasgará las medias. ¿Cuánto ofrece?

—No mucho, hasta que se vea si a él le convengo y si me conviene a mí. Luego, más, lo suficiente para arreglármelas sin apuros. Ambos hemos procurado que nuestra amistad influya lo menos posible. Todavía no he aceptado.

—¿Por consultarlo conmigo?

—Para que tú decidas —suspiró concienzudamente—. Lo

hemos supeditado a tu criterio, dado que estás irritado con José María.

—¿Irritado? ¿Le llamáis irritación al desprecio? Me opongo y no porque rompiésemos definitivamente aquella noche en tu casa, sino porque le conozco y sé que te la jugará.

—¿Cómo?

—No sé cómo, porque afortunadamente carezco de su mentalidad de jayán. Te humillará, te esclavizará, te despedirá si no le pones el abrigo. Se estimula sometiendo a la gente que le rodea. Y se descontrola más que yo, por poner un ejemplo de descontrolado. Sin que le veas venir. Se trata de una histeria enmascarada, con una portentosa habilidad de victimario. Cuando te ha colocado el pie encima de la cara, debes agradecer la coz y, aunque duela, su bondad dignifica y magnifica tu dolor. Me repugnaría menos que aceptases el dinero de José Luis.

—Asunto concluido —sentenció en la más banal de las tonalidades.

—Encontraremos otra salida.

—Seguro —refrendó, con una generosa certidumbre.

Al otro lado del vidrio, sobre las baldosas del patio caía en agujas una luz anémica, colada por las nubes, de internado una tarde de invierno o de cita frustrada con Tub. Hacía más silencio del debido. Quizá porque Sagrario ya no estaba en la cocina. Abrí la puerta y, con el olor a plantas putrefactas, llegó un susurro de paisaje desorientado. El canalón continuaba sujeto a la pared del cobertizo, sosegadamente vertical y un poco herrumbroso en la coda del desagüe, tan malévolo en su apariencia como los objetos suelen comportarse durante una mañana semejante. Pronosticase lo que pronosticase la oficina meteorológica del Miami, aquellos campos recibirían nieve antes de que encendiésemos las luces eléctricas. En el jardín, roncaba don Guillermo Ricardo, arropado por walkirias en pantuflas.

—Si vas de caminata, ponte esto.

Me acerqué al porche, cogí el impermeable y, sin premeditación, acabamos por besarnos.

—¿No me acompañas?

—Hace un tiempo tan feo… ¿Llevas cigarrillos?

Elegí una de las sendas del bosque, montaña arriba, que exigía un medido esfuerzo sobre la alfombra de agujas de pino. Poco a poco, fui acumulando fatiga y, cuando me detuve, abajo quedaba una maternalísima superficie de verde ennegrecido, algún tejado como escarabajo descomunal, las vidrieras de un estudio de decoración en el que Sagrario, incorpórea, posaba para una caterva de delineantes. Nada más encender al segundo intento un cigarrillo, me sentí placenteramente engañado. Cósima, née Liszt, ahuyentaba a escobazos a las amazonas. Con tres dormitorios (dos de dos camas), nos hospedaríamos cómodamente Mary, Bob, Pablo, Sagrario, Julia y —en la leñera— yo. En tanto, tendido sobre el impermeable, no me quedase yerto para pasto de hormigas carnívoras y otras fieras serranas, mientras persistiese aquel encaje de copas balanceantes y plomo azuloso, constataría qué sinuosas confabulaciones maquinaban una docena de personas para obligarme a aceptar lo que deseaba rechazar. A su cuarto o quinto sueldo, más discretamente que Mary (salvadas las diferencias de carácter y de riqueza), Sagrario me regalaría una corbata de lunares o una tetera sajona. Pero no había hormigas que aplastar, cuando me volví boca abajo. Ni truenos. Únicamente, viento jadeante y una luminosidad pegajosa, contra la que no cabía cerrar los ojos, esa clase de penumbra que sólo se utiliza en el cine y para la secuencia poscrimen. Como en un reencuentro de antiguos amantes, que, en lucha con la memoria de su historia común, rememoran fechas y lugares y, al recordar una calle por la que pasearon felices, experimentan una ansiedad comparable a la de haber descubierto el tercer pezón, lo que tardó en concretarse en la marca nominativa Tonona Limón (y fue antes un vientre de grasiento satén) me mantuvo en esa ambigüedad en que la amnesia sirve de recuerdo. Veía ahora, rutilante bajo el sol, una bicicleta azul y níquel, acostada en la grava, a saber en qué mañana de mi vida. Pero el sendero de grava pertenecía al parque Tamburini y, durante un vagabundeo de madrugada, surgía una Sagrario de rictus sarcástico, en su esmoquin de lazo carmesí, ajada también por la misma nochecita que había derrumbado de codos sobre una mesa del *office* a Merceditas y su cofia almidonada, y de ella debí de hablarle cuando me interrumpió (con voz tan dispar a la que hacía media hora enunciaba su soledad) y yo aprestaba mis manos a las caricias.

—Olvídate de la servidumbre —había dicho ella, creyendo yo haber permanecido en silencio—. ¡Qué tabarra con tanta criada!, si son todas unas cabronas…

Sin embargo, sí recordaba su cuello en mis manos, mientras el asombro (al igual que la bicicleta al sol) se interponía en zigzagueantes vuelos, privaba de naturalidad a mis gestos, hasta que la expresión de Sagrario se transformó y rompió la barrera que, al disolverse, convierte en propio un cuerpo ajeno. Luego, abolida la sorpresa, el temor a ser descubiertos mosconeó pertinaz (como ahora la bicicleta en el sendero de un jardín), agujereando el deseo. Y, de pronto, por el inacabable túnel, mis dedos resbalaron en su piel.

—No te rías, cretino.

—Taimada. ¿Cómo puedes ser tan ladina y tan impúdica? No, no me digas que te las has quitado hace cinco minutos, dime que has estado así toda la noche.

—Calla, charlatán, mamarracho, ¡cállate! —ordenó imperativamente, pero floja ya, desbordada.

Y si despegaba la mejilla de sus tenebrosos cabellos rubios, en la hierba negra me alcanzaba la noche como un estallido de poder y de gozo. Diminutos rostros florecían entre el césped, alucinados de asombro o de ira, a detener un tiempo cuyo curso no me afectaba, ahora que, por fin, el recuerdo de aquellas piernas una mañana de domingo en el puerto lo deshojaban mis dedos atenazados a la realidad.

—Salvaje, suéltame.

—No te marches.

—¿Te divertiría que nos encontrasen? Llámame a la tarde, después de las cinco. —Se sacudía la larga falda, con la cabeza girada sobre un hombro.

—¿Quieres realmente que te llame? —pregunté, envilecido por esa espontaneidad que caracteriza a los simples en sus minutos de triunfo.

—Sí, llama, será preferible. —Ordenó unos mechones de la peluca, se ajustó la blusa, aspiró aire rencorosamente—. A lo mejor, sabemos explicarnos lo que ha pasado.

Me levanté de un salto y, a pesar de que me hirió el reflejo de las luces en el fondo del parque, la miré sin trucos persuasivos, porque ella, a su manera, batallaba por desterrar la sombra asustadiza de la turbación.

—No hay mucho que explicarse. Salvo que ha sido agradable.

—No te empeñes en componer frases cínicas. —Se volvió, a unos pasos de distancia—. Ah, compórtate y no andes a tocarme delante de la gente.

Luego, el aire era líquido, Merceditas continuaba dormida en el *office*, Mary se negaba a cobrar sus ganancias, un olor a churros recorría el territorio de las maravillas y Sagrario rehuía hasta mis miradas. La muchacha sin maquillaje, en papel de perrito abandonado, se me vino a rondar su aburrimiento, diciendo que se hallaba cansadísima.

—Porque no bebes.

—Tú, en cambio…

—Ya ves, yo esta noche resisto litros.

—No, que tú en cambio pareces eufórico. ¿Por dónde has estado?

—¿Cómo dices que te llamas?

Me levanté de un salto, a la vez que me hería, en los reflejos de aquella luz residual, el paisaje húmedo y quebrado. Si me apresuraba, quizá lo consiguiese. De árbol en árbol, frenando en los troncos el impulso de la carrera que la pendiente multiplicaba, salvé, sin romperme el cráneo, la zona del bosque. Al vislumbrar el techo del chalet —con su nueva vegetación amarilla—, comprendí que, ni aun siendo capaz de volar, llegaría a tiempo de —contra la corriente de la memoria— superponer al rostro de Sagrario aquel rictus sardónico, enmarcado por una peluca, que sufría los estragos de la *party*, y una corbata de lazo carmesí, rehecha.

Efectivamente, no se encontraba en el living, ni en la cocina —sin un cacharro sucio—, ni en los dormitorios. Pero tampoco estaba, cuando, inclinada, volvió la cabeza en el cuarto de los fantasmas y, con sus piernas azules y su cuerpo rojo, era la conocida figura de los fines de semana, que desconectaba el aspirador, se erguía y, serena en su alarma incipiente, preguntaba:

—¿Qué te pasa?

Ya nada, excepto que me costaba respirar y me era todavía difícil hablar.

—Que he… venido… a la… carrera…

—¿Por qué? No me asustes.

—No te asustes.

—Algo te pasa. No me digas que es normal que aparezcas ahogado y mirándome como si te costase reconocerme.

—Quería verte.

—¿Sólo eso?

Rió con la seguridad del que ignora, apoyó el aspirador en uno de los baúles de mimbre y me abrazó. Sin cesar de reír. A ventana abierta, el cuarto de los fantasmas carecía de penumbras mágicas, amontonaba cachivaches en cantidad inesperada.

—Cielo, qué bobo eres… Seguro que te han entrado remordimientos por lo de mi empleo.

—Sí —mentí, para castigarme por no haber calculado la sideral distancia que nos separa del prójimo.

—Oye, disponemos de poco tiempo para, encima, estropearlo. Las cosas siempre se arreglan por sí mismas. No me moriré de hambre. Nadie se muere de hambre. Además, conocemos a media ciudad. O sea, que encontraré cualquier trabajo. Con José María, habría tenido la duda de que me empleaba por amistad.

—Ése no hace nada que no le convenga.

—Bueno, bueno, bueno… Mira, bájate al living, echa un vistazo a la chimenea y déjame terminar. ¿Desde cuándo no se limpiaba esta covacha?

—No te pegues la paliza, que aquí no entra nadie.

—Porque lo mata el mal olor al que entre. Por lo menos, que Pablo no vea demasiada mugre.

—A Pablo no le importa.

—Que te crees tú eso. Se fija en todo Pablo y luego se sabe.

—Que se sepa. —Me senté en el alféizar de la ventana—. Pablo está enterado, naturalmente, de lo del empleo.

—Ay, qué pesado...

Hechizado por sus tensas piernas azules, me acomodé al zumbido del aspirador, que desempolvaba las lápidas de tanto objeto difunto, filmografía clandestina, postales corruptas, fetiches, la barbacoa. En el patio, persistía juiciosamente adherido a la pared del cobertizo el reparado canalón, que no resistiría el peso de las nieves inminentes. Para las noches de lobos que aún reservaba el invierno, sería buen amparo trasladar el televisor portátil de Merceditas al dormitorio de las dos camas. En los primeros días, cuando la casa conservaba todavía sus aristas desconocidas, había proyectado acondicionar aquel cuarto como salita de trabajo o de meditación o simple horno crematorio. Desde el pasillo, Sagrario preguntó dónde se almacenaban las toallas de baño. Para Pablo.

—En el armario empotrado.

—Sí, pero no las encuentro.

—En la balda de arriba, a la derecha.

Todo el monte olería aquella tarde a naftalina.

—Ah, ya... —Un instante después, desde el umbral, opinó que me congelaría en el alféizar.

—Ahora bajo —prometí.

—No pienso cocinar —anunciaba su voz—. Comeremos de lata, si no tienes inconveniente.

Esperé a que cerrase el grifo.

—Estoy de acuerdo en comer de lata.

A Pablo le entusiasmaría —durante un cuarto de hora— partir astillas para la chimenea. Aunque Julia se mantenía con raciones de náufrago, la economía casera se beneficiaría de su ausencia.

—Cierra esa ventana, que engancharás una pulmonía —aconsejó la celérea mancha del vestido de Sagrario.

—Deja de trabajar tú.

—Si me distrae.

Indudablemente, las primeras veladas ante la chimenea sin su presencia silenciosa resultarían extrañas, tardaría en difuminarse el hueco que, a partir de la próxima semana, se llenaría a veces de una Julia evocada, levantándose, echando los hombros atrás, estirando en cruz los brazos, desprendiéndose de la fatiga, bostezante al anunciar que no ligaba ya renglón con renglón, que descanses y no te duermas junto al fuego, mañana me voy a dar una caminata de tres horas, ojalá nieve. En todo caso y respecto a los ultramarinos conceptos café-té-azúcar-tabaco-chocolate, el presupuesto saldaría con superávit. Cerré la ventana, cerré la contraventana, la habitación recuperó sus verdaderas dimensiones ficticias.

Abajo, como aperitivo, resonaba un conciertón.

En el dormitorio de Julia, cuyo ventanal daba a la fachada orientada al valle, la penumbra se veteaba de luminosidad. Abrí el armario y allí estaban sus esquíes, los bastones, las botas, un anorak, que vendría cualquier día de entresemana a recoger, y ese día yo sería incapaz de ahorrarle —y ahorrarme— una despedida con boato de pasiones, ya que, por caducidad, no nos ligaba ningún pacto contra las pasiones. Sentado en el borde del colchón, fumé un cigarrillo, cuya ceniza fue convenientemente soplada bajo la cama. Lo de abajo, gracias a las trompas y a los cornetones, ardía de estruendo. De pasada, inspeccioné el dormitorio destinado a Pablo, mi lengua en el espejo del cuarto de baño y la moqueta de la escalera, que sorprendía en su gris originario. En el living, Sagrario había dispuesto la mahonesa, los cangrejos, una de las mejores botellas de blanco. Comí un pellizco de pan, disminuí como quien no

«Le principe de la structuration se trouve dans la matière même du structuré.»

quiere el volumen sinfónico y, oyendo chirriar de frituras, me salí al jardín, huyendo de la inanidad nerviosa. Y luego habría de precaverme contra el terror a morir solo, cuando, en una noche de digestión barroca, se tiene la certidumbre de que nunca amanecerá y se carece de iniciativa hasta para encender la lámpara de la mesilla. En compensación —por esa ley compensatoria que tan poco conforta— no se mezclarían en mi repisa del cuarto de baño sus horquillas o la química depilatoria con mi loción after shaving, ni desaparecían mis suéteres, ni me encontraría en ocasiones impensadas con una carne irremediablemente ajena, más propicia al análisis que al placer, obligatoria. Una especie de opresión pectoral e irritación ocular, me asaltó, desguarnecido por la celeridad del ataque, conturbadísimo. Me dirigí al patio, moví el canalón con hipócrita impulso y Julia, cargada con su equipo de nieve, partía sin volver la cabeza.

—¿Qué haces ahí, silbando?

Silbar. Y precaverme. La comida estaba servida. En mi honor, se sustituyó la musicona por imágenes noticieras. Elogié el beicon. Sagrario me dio un beso y me insultó. La recepción de un VIP en aeropuerto me dejó con el tenedor en suspenso. Sagrario, según propia confesión, notaba ahora la fatiga de sus ajetreos. Nadie, que no fuese tan VIP, tendría el impudor de descender tan descocado la escalerilla del aeroplano. Así lo manifesté. Sagrario corroboró, casi dormida, atractivísima en su desganada modorra. En el instante del café, por esos azares que, si se piensan, enloquecen, decidieron ilustrarnos estadísticamente acerca del comercio cafetero. Sagrario, dormida, sirvió las tazas, preguntó cuánto faltaba para recibir nosotros a Pablo y se ovilló en el diván, que ni unas discretas caricias a sus piernas la conmovieron. La pausa digestiva, por espíritu de contradicción, la utilicé en desconectar la relación de desdichas que afligían a países foráneos, despejar la mesa y lavar la vajilla, con fuerzas aún para acabar, a orillas de la respiración regular de Sagrario, la botella y, finalmente, reaccionar a las apremiantes sacudidas y a la voz que anunciaba que el tren —¿de Julia?— entraría en agujas veinticinco minutos después.

—Llegaremos tardísimo, verás cómo llegaremos tardísimo —pronosticó Sagrario, succionada escaleras arriba.

—Que nos espere en la estación —resolví, a través de los grumos del sueño.

La chimenea ardía pacífica, al otro lado del guardafuegos. Mis piernas me llevaron a la cocina, donde bebí el agua terrosa de la postsiesta y la desolación. Escalofriaba descubrir, desde el cuarto de baño, cuán siniestra tarde escurría por las laderas, qué impresionante lentitud para el anochecer lograban la luz y el viento. Me negué a enfrentar mis rasgos en el espejo.

—Estamos idiotas, durmiéndonos a lo zángano. —Desnuda y por culpa de una imprudencia de mis manos, adivinó las súbitas intenciones de abandonar a Pablo en el andén hasta la hora nona—. Pero, cariño, no podías escoger ocasión más inoportuna.

—La ocasión me ha escogido a mí.

—Anda, espera fuera, como un chico sensato. Y no tardes una hora en arreglarte.

Medio siglo me tuvo ella con el motor en marcha. Salió, poniéndose el abrigo de pieles y planteando que más rápidos bajaríamos en su 1.100. Devuelto el jeep al nido, sentada Sagrario frente al volante, recordó la chimenea.

—Déjala y arranca. Contando con que traiga diez minutos de retraso, tenemos siete más. Pero no intentes batir ningún récord, que es un camino muy traicionero.

—No me des clases de conducción —pidió, sobre el chirrido

de los neumáticos en la primera curva del tramo empedrado—. No tiene perdón, que el pobre Pablo se vaya a encontrar solo.

—El pobre Pablo se las ha visto en peores.

—Ya, ya —asintió, como se asiente a las verdades noéticas—. Me enfurece haberme quedado dormida.

—Y gracias a que te has despertado.

—Espero que no se le ocurra alquilar un coche.

—Si se le ocurre, nos lo encontraremos. Apaga las luces de carretera y verás mejor.

—A estas horas, no se sabe. Oye —dijo, atenta a perforar incruentamente la neblina que lagrimeaba el paisaje—, no te excedas en comentarios sobre José María. Pablo tiene una enorme sensibilidad.

—Pablo y su enorme sensibilidad conocen mis ideas.

—De todas maneras… —insistió.

—Sagrario, tú tranquila, no meteré líos. Además, cuanto menos mezclemos a Pablo en nuestros asuntos mejor pasaremos el condenado *weekend*.

—Evidentemente. ¿A la izquierda o a la derecha?

—Todo seguido.

—¿Todo seguido?

—¡Todo seguido!

—Jamás me aprenderé esta madeja de carreteruchas. Habrá que comprar botellas.

—Hay suficientes. Yo no bebo antes de las seis.

Me dedicó una veloz sonrisa. O una mueca. Cuarenta y ocho horas después, al mediodía del lunes, Sagrario y Pablo se desviarían a la izquierda, en la bifurcación del camino forestal, recorrerían la carretera de la ladera, paralela al pueblo, y desembocarían, veinte o treinta minutos más tarde, en la general. Arriba estaría yo decidiendo adelantar a las cuatro el primer trago. Aceptado el ofrecimiento de José María, para Sagrario habría de comenzar una semana muy diferente a las semanas de su minúsculo apartamento, de tal forma que un sábado u otro telefonearía, notificando su ausencia. En cierto sentido, aquellos parajes repelían a las mujeres.

—Vivimos en el desierto.

—¿A qué viene eso?

—A nada —expliqué—. Sencillamente, que aquí, excepto yo, nadie dura mucho.

—Quizá Julia vuelva el lunes —dijo, al saltar las ruedas sobre la doble vía del funicular.

—¿Quién habla de Julia? Te aseguro que no pensaba en Julia precisamente. Algún fin de semana no vendrás y me pedirás que baje yo. Pero tampoco voy a morirme por eso.

Bruscamente y al tiempo que orillaba el coche, frenó. Giramos en los asientos y me inundó un alud de *renard argenté*, con mechas marrones. El temor, al contacto de aquella delicia, aflojó las garras y un difuso mensaje regía el abandono de mis labios en los de Sagrario, secretamente confiado en pertenecer, por los privilegiados influjos que determinaron mi nacimiento, a la casta de aquellos a los que siempre acaban por salirles bien las cosas.

«No quise detenerme a pensarlo. Ese tipo de ideas me desazonaba y demasiadas inquietudes, hijas de la inmediata realidad, me perseguían, para que me conviniera forjar otras nuevas.»

—Pero ¿qué te sucede, bobo mío? —protestó—. Dímelo. No soporto verte angustiado.

—Tú, amor, que no quiero perderte.

—Oh, qué estrambótico eres… Si nunca me perderás.

Poco a poco, avergonzados, nos fuimos separando.

—Discúlpame —mascullé.

—Bonito recibimiento le espera a Pablo —su entonación restituyó las dimensiones del mundo suburbial, que se atrofiaba más allá del parabrisas—. Y ahora sí que debo acelerar.

En la entrada de la estación, coincidimos con un mozo de equipajes, que nos informó del retraso del ascendente de las dieciocho cinco, y con el cartero.

—Lo tiene desde el miércoles, que ya iba a mandarle recado.

—Ya sabe que no hay prisa.

—Lo han transferido, como tiene usted ordenado. —Tomó etéreamente el billete, que le tendía—. Y unas cartas.

—Gracias. Ahora me pasaré a firmar.

—Las gracias, a usted, señorito.

—Acércate. El tren tardará unos minutos.

—¿No te importa?

Aliviados, Sagrario cruzó rápidamente el vestíbulo y yo, la plaza adoquinada hacia las sombrías calles, cuyas asténicas bombillas por fortuna no lucían aún. El empleado me entregó un impreso, en el que una caligrafía desmesurada escapaba de los espacios punteados, afirmó que él mismo había efectuado la transferencia y que el banco me ratificaría el ingreso en cuenta. De nuevo en la calle, con el sobre en una mano, caminé hasta doblar la esquina. Me detuve.

Opalescente el cielo sobre la amplia perspectiva polícroma, al fondo los toldos rojos y azules que las mesas y las sillas niqueladas desbordaban, el Apolo blanco en el primer término de la derecha, la *piazza* recibía el sol de un mediodía imposible de averiguar, el vuelo estático de las palomas, aquella falsa luz de laboratorio. Ni rastro de los helados canales, de las gaviotas agonizantes. «My darling, siempre no te olvido. Los amigos escriben que estás muy bien,

¿es cierto? He vivido unas semanas bellas en Venezia. Soy feliz y contenta, divertida de muchos proyectos. Duraré hasta la primavera en París. Ves que ya no puedo regresar a mi país, de libertad por Europa. Con todo mi mucho amor, Mary.» En un margen, perpendicularmente: «He mandado 300 $ para los gastos del chalet. No bebo alcohol, como dice Bert que tú». Entre la estatua y el fragmentado arbotante, quizá el espacio abierto indicaba la existencia de una escalinata al Canalazzo. Un reguero de papelitos, al que se precipitaban las palomas, señalaba mis pisadas, que pronto me condujeron a tierra firme.

Pablo, sentado en el capó y con las manos en los hombros de Sagrario, me descubrió, al pararme y contemplarles. De un salto, en el mejor estilo que le permitía su sotanesco abrigo de cuero negro, corrió a mi encuentro. Mientras nos abrazábamos, Sagrario se aproximaba.

—¡Qué horror! Te encuentro envejecido y con un aspecto infame. Pero si ya pareces un palurdo… Me alegro haber venido, aunque os fastidie.

—Ahora aguanta que te examine yo. —Y descubrí en aquellos rasgos que extrañaba reconocer, una benevolencia que quizá había olvidado—. ¿Se viste así por la ciudad? Qué moda… ¿Cuánto tiempo hace que no venías?

—Dos, tres meses. —Me cogió del brazo.

—Cuatro meses y pico —dijo Sagrario, radiante y roussoniana, sonriendo al encuentro social de su Amado Salvaje y El Civilizado.

—¿Verdad que está vetusto, Gra? Y con aires de aldeano rico, bastote. Propongo una copa. ¿Dónde hay un bar visitable?

—Por aquí sólo hay bares imposibles. Subamos a casa.

—¿Por qué? Tiene razón Pablo. Vamos a buscar un sitio distraído.

Sagrario impuso que Pablo se sentase a su lado y me abrió desde el interior una de las portezuelas traseras. Sin estruendo, se desplomaron las murallas y un expeditivo territorio surgió fuera de los límites del pueblo. Pablo besó a Sagrario, acomodó entre las piernas los faldones de su abrigo y participó que nunca había experimentado satisfacción tal.

—Yo sí que me alegro de tenerte con nosotros.

—Gracias, bonita. En el tren, me remordía aún perturbar vuestro idilio.

—¿Necesitas comprar algo?

—Ah, no, no, nada —contesté, cuando comprendí que la pregunta de Sagrario me estaba destinada—. De acuerdo, lo celebraremos con una buena copa.

—¿Es auténtico que bebes únicamente a partir de las seis?

—De lo más auténtico —confirmó Sagrario, que se abandonaba por las calles rurales a las direcciones permitidas—. Y, para sus antiguas costumbres, tampoco mucho.

—Quién lo diría… Yo también me he retirado bastante. Si lo analizas, es un vicio memo.

—Y embrutecedor —maticé.

—Absolutamente. Además, que a ninguno nos gusta el sabor. Sin embargo, hay que beber porque estás con gentes, que deben beber porque están contigo, que bebes.

—Y, encima, que os gusta —puntualizó Sagrario—. Yo creo que es cuestión de llevarse bien consigo mismo, de no regañarse demasiado.

—Exacto. La prueba es que bebemos para no regañarnos.

Sagrario encendió las luces largas y aceleró al llegar a la carretera, flanqueada de grises campos baldíos, resacosos.

—A mí, sí.

—¿Cómo?

—Que yo ahora bebo menos, porque me gusta el sabor. Será que estoy solo.

—¡¿Solo?! —chilló Sagrario—. ¿Cómo te atreves a decir eso?

—Sin compañía alcohólica —aclaré—. En todo caso, beber es una estupidez.

—Bueno, ¿hacia dónde tiro?

—Tú sigue.

—¿Estás seguro?

—Sí, sigue. A unos treinta kilómetros había un motel.

—¿Qué tal las cosas por allí abajo, Pablo? —preguntó Sagrario, que faltaba de allí abajo tres días.

—Desde hace una semana, nadie pelea, nadie se separa, no hay ningún enredo especial. Galizia y Fernando, a matar, como de costumbre. Ayer los vi. Tendrías que invitarles. Galizia rabia por meter las narices en tu destierro de Elba. De pronto, todos hemos recibido carta de Mary. Es cuquísima Mary, no permite que se la olvide. Tub y Andrés la han invitado para esta primavera a su nueva finca.

—¿Qué nueva finca? —rezongué.

—La nueva.

—¿No te lo dije? —preguntó Sagrario—. Se han comprado un molino, entre árboles, con un caserón que es una película. ¿Sigue Tub decorando el caserón?

—No —informó Pablo—. No como al principio. Se ha cansado, naturalmente, y ahora va una vez por semana, cuando va. En la primavera estará aquello terminado y organizarán una zambra masiva. De esas ocasiones para que le cojan a uno en el extranjero.

—No seas malo, Pablo. ¿Continúo?

—Sí —dije—, siempre adelante. Yo también he recibido noticias de Mary. Una postal desde Venecia.

—¿Cómo está? —se interesó Sagrario.

—Bien, dice que bien. Se marcha a París.

—Ya se encuentra en París. Hizo un recorrido por el Midi, del que me mandó unas fotos en Angulema. Las he traído, para que las veáis. En la última carta aceptaba la invitación a la zambra. Así que, a lo más tardar, tendremos aquí a Mary hacia mayo o junio. Espero —deliberadamente ironizó Pablo— que el statu quo no se haya roto.

—Fíjate, Pablo, estoy deseando que venga. Todo será más normal, cuando Mary se pase una temporada entre nosotros, ¿no crees?

—Claro que lo creo, Gra —mintió.

—Sagrario supone —dije, por pura malignidad— que se va a presentar de un momento a otro, sin avisar.

—Eso lo supones tú.

—Yo, no. Sé que jamás regresará. Por lo menos, en unos años. Quizá, cuando se case con ese tipo que la administra y la estafa. Le ha entrado miedo a la vida, le entró en cuanto salió de su mundo acolchado. Mary es muy débil.

—En tu opinión —completó Sagrario, apagando las luces largas—. Aunque bien es cierto que se trata de una opinión autorizada. —Pablo rió—. Tienes que enseñarnos esas fotos. ¿Está guapa?

—No parece ella. O, más bien, se parece a la que llegó el año pasado, a la Mary de los primeros tiempos. Yo diría que está bellísima, más delgada. No tiene un carácter débil, como ahora te da por asegurar a ti. Mary está de acuerdo consigo misma, como decías tú antes, Gra. Resignada a su dinero, a sus impulsos, pero resignada con una dignidad que para mí la quisiera. Y es generosa, razonable y, mira tú por donde, es buena, bonísima.

—Lo cual no abunda —apostilló Sagrario.

—Por eso, Mary resulta un poco *demodée*. Recordando frases suyas, gestos, las ideas que defendía, me doy cuenta de que fuimos nosotros los débiles. Y los simples. Ella siempre supo.

—¡Lo mismo le decía yo a éste ayer por la noche!

—El espíritu de Mary Tribune redime a las almas descarriadas —salmodié desde la penumbra del asiento trasero.

—Tienes que enseñarme esas fotos, Pablo.

—En el maletín vienen. Por otra parte —cambió a un tono de sospechosa cordialidad—, tú sí que no conocerías lo de allí abajo. Ha cambiado mucho desde que te encerraste en Elba. Sufrimos una epidemia de gente joven, de bares modernistas, de costumbres inaguantables. A los muy idiotas les chiflan las hierbas y los ácidos esos.

—Idiotas.

—El que más ha cambiado es Andrés. ¿Verdad que sí, Gra? Ha constituido hermandad con Fernando y con José María.

—Para culear. Galizia me tiene al tanto de la fraternidad esa.

—Realmente —prosiguió Pablo, mientras continuaba como amaneciendo por los campos del anochecer— no sé explicarme lo que sucede, pero sucede. Da la impresión de que este invierno nos hemos liberado. Una impresión muy molesta. Bert es la que permanece anclada en la lóbrega década de los cincuenta. Y aun así… Por cierto, que traigo un encargo de Bert.

—Perdona, tú. Sagrario, pégate a la derecha y toma la primera desviación. Con cuidado, que encontrarás baches.

—Pero ¿estás seguro de que existe un motel por aquí?

—Sí. Dobla. Terminaremos en la carretera nacional y luego, unos kilómetros de subida y está el motel. ¿Qué decías, que te he interrumpido?

—Las transformaciones que padecemos. ¿Nunca regresarás?

—Por ahora, no. Algún día bajaré a ver a mi sobrina o a echar un vistazo al piso o a…

—Bert lo administra a la perfección.

—… charlar con Julia.

—¿Con Julia?

—Sí, hijo. Se le ha metido en la cabeza que Julia no va a volver.

—Tampoco me extrañaría —corroboró Pablo—. Habla de mudarse a Londres.

—No se mudará a ningún sitio. Pero no volverá. Y nadie puede reprochárselo. Vivir allí arriba, y a su edad, carece de alicientes. Julia se liará más o menos con algunos y, después, se conseguirá un marido del tipo Andrés.

—No le reconocerías a Andrés. En cambio, Tub supervive tan cabra loca como siempre.

—¿Qué historia es esa de su permiso de conducir?

—¡Ah, sí! —gritó alborozado Pablo.

—La otra tarde se la oí contar a Galizia, pero no entendí nada.

—Es para no entender nada. Tú —giró la cabeza— ¿la conoces?

—No tengo el gusto. Enciende las luces largas, Sagrario.

—Tub tenía que renovar su permiso de conducir. Conociéndola, Andrés se ofreció a hacer la renovación o, por lo menos, a acompañarla. Tub se ofende, porque ella sabe *debruillarse* por sí misma, o es que me creéis lela. Los días pasan y no renueva el permiso. Andrés insiste, le sugiere una gestoría, se lo toma con una paciencia de santo. Y, por fin, Tub le anuncia que lo ha renovado. Perfecto. Incluso, Andrés se disculpa, por haberla supuesto incapaz de oficinas y papeleos. Sólo que hace unas noches, volviendo a casa y Tub al volante, no respeta un stop o algo semejante, les detienen, le piden el carnet y Tub lo entrega. Está caducado, señora. Andrés comprende, al instante, que si lleva un permiso caducado es que nunca lo renovó, porque le habrían retirado el antiguo, el que acaba de entregar al motorista. Tub, inmutable, se disculpa, busca en su bolso y entrega el nuevo permiso. Señora, le dice el guardia, esto es la licencia de pesca. Ay, hijo, responde Tub, pues a mí es lo que me dieron, cuando fui a renovar el permiso de conducir.

—¡¡Qué plaga de mujer!! —se carcajeó Sagrario, acompañándose de dos eufóricas manotadas sobre el claxon.

Pablo se rebulló en su asiento, riéndose, y durante unos segundos flotó un unánime complot contra Tub, teñido de esa rozagante sensualidad, que provocan los tontos sanos o las cupletistas gordas. En ello, llegamos al motel, cuyas edificaciones se engarabitaban en una cornisa de la ladera, al fondo la línea quebrada de las cumbres. Sagrario aparcó en la desierta explanada de grava, bajo el largo voladizo que cubría los dos pisos del edificio central. En el vestíbulo, acudió un muchacho de blanca chaqueta, que nos guió, escaleras arriba, al bar, donde, tras ser encendida una estufa, se nos participó que la chimenea caldearía a partir de las siete y media. Tres scotchs, más un café doble, encargamos, mientras nos despojábamos de los abrigos, Sagrario estornudaba, colocaba yo sobre la barra un mediodía veneciano y me acercaba a una de las cristaleras. Un basurero de neblinas, oscuridad anubarrada, alguna luz en movimiento, constituían el valle, no muy distinto del que se divisaba desde la cerca de piedra, durante tardes tan remansadas que uno creía oír el ronroneo de Julia estudiando en el living. El muchacho preparaba los vasos y Sagrario, en blusa escarlata y cortísima falda kilt, llevaba al cuello, sujetos por una cinta, unos carnosos labios de metal dorado. Escalé el taburete. Pablo elegía pastilla en una cajita redonda.

—Ha sido el cambio, al salir del coche. —Estornudó otra vez—. No es nada.

—¿Cómo toleráis tanto frío? Toma ésta y dejarás de estornudar. Ah, mira, la tarjeta de Venecia. —La *piazza* fue desplazada hasta las proximidades de la taza de Sagrario—. Déjame las llaves del coche y bajo por las fotos de Mary.

—Sí, sí —le incitó Sagrario.

Nos miramos largamente, en el silencio que fabricaba el camarero, yerto al otro lado de la barra. Me trasladé al taburete de Pablo. Sagrario frunció la nariz. Dejé una mano sobre sus rodillas unidas.

—Estoy contenta.

Abrí los dedos y, en la depurada técnica de las últimas filas de los cines de barriada, ascendieron en tornillo por aquella roca de seda, interminable.

—Modérate y acércame el abrigo.

—Lo que tú mandes. —Me despeñé, le puse sobre los hombros las pieles y regresé a mi taburete—. Son cosas que pasan. ¿Disculpas?

Sólo con la mirada, respondió que comprendía las precipitaciones de un sujeto de mis características en las menos apropiadas circunstancias. Cogió la tarjeta, observó al Apolo y le dije que la leyese, cuando Pablo, tiritando, arrojaba sobre la barra un sobre abierto, del que escapaban tres fotografías, vorazmente usurpadas por Sagrario. Pablo, apoyado en ella y abrazándola, subrayó los encomiásticos comentarios. Ni se notó que me comía yo un par de almendras, guardaba la postal en un bolsillo de la trenka, apuraba más de la mitad de un único trago. Como toda obsesión tiene su fin (hasta la del coleccionista de estampas obscenas), agotaron su potencia de visualización y las fotos pasaron a mi poder.

Increíblemente ella.

—¿Dónde dices que fueron tomadas? —Algo, que sería una sonrisa, ablandaba mis músculos faciales—. Está bien la vieja Mary.

—¡Está sensacional!

—En Angulema. Bastante más delgada. Y la piel; observa qué fantástico cutis.

—Es la luz —decreté y sentí la injustificada evidencia, mientras Pablo recuperaba las fotos, que alguna de aquellas tres imágenes de Mary me sería regalada—. Me parece una extravagancia hacer turismo por el Midi.

—Pues es un país deslumbrante —dijo Sagrario—. Hace años estuvimos y lo recuerdo maravilloso.

—Era la época en que os fugabais a ver películas porno en… ¿Cómo se llama esa ciudad de las películas porno? Ya sé que no es Figueras, naturalmente.

—¿Figueras? Nunca he estado en Figueras.

—Quiere decir Perpignan —dilucidó Pablo, decidiéndose a catar el whisky.

—Eso. Tu recuerdo maravilloso será la Bardot *au poil*.

—No te empeñes, cariño, que jamás he visto a la Bardot *au poil*. En cambio, no olvidaré Tarbes y Albi y Carcasona.

—Bueno, pero Angulema es un suburbiazo tremendo.

—¿Sabes —la mano de Sagrario se posó en el cogote de Pablo— que no acepto el empleo de José María? A éste no le agrada y yo me someto. Quiero decir, que estamos de acuerdo.

—¿En no aceptar?

—Sí.

—Lástima… Te habría ido ese trabajo.

—Bueno…, encontraré otro parecido, ¿no? —Como si hubiese estornudado de nuevo, se le enrojecieron las mejillas—. Me gustaría que me ayudases a explicárselo a José María.

—No faltaba más —dijo Pablo—. No tienes que inquietarte.

—Gracias. Quizá José María me lo ofreciese por amistad.

—También te lo ofrecía por amistad. Es lógico.

—También es lógico que a mí no me guste —dije y, de inmediato, percibí que había originado una de esas pausas alfileradas, durante las cuales únicamente la ansiedad por hallar algo que decir es más penosa que el silencio.

Sagrario, absorta en el trayecto de su uña sobre la madera de la barra, posiblemente preparaba una propuesta de cenar cochinillo asado. O contenía un estornudo. Pablo se frotó las manos.

—Bestia —dijo—. Qué reconfortante resulta comprobar que sigues tan animal. A lo mejor, necesitas beber antes de las seis. Burro. ¿Repetimos copa? Tú apenas lo has probado, Gra.

—No me entra.

—¿Tienes frío? —pregunté.

—No, ahora calor. Iba a proponeros… —Estornudó—. ¡Vaya, hombre! Os iba a proponer que nos fuésemos al Acueducto, a cenar cochinillo asado. A ti, Pablo, te encanta.

—Me encanta, pero a ti te convendría más meterte en la cama a sudar.

—Perdón, señores —se animó el estatuario mozo—, ¿traen ustedes cadenas para el coche?

—No. ¿Cree que nevará?

—Si luego cruzan el puerto, alquilen unas.

Por dos votos a favor y uno en contra, se acordó reintegrarnos al hogar. Pablo juró preferir la chimenea al marranito. Sagrario confesó que, sinceramente, ella también. Pablo y yo discutimos a la hora de abonar la cuenta, que pagó Sagrario. Enfundado en su gabán de cuero, entallado y de volantes faldones, Pablo, Sagrario cubierta de zorro hasta las cejas, nos arrolló fuera un viento helado, tenaz y casi visible, que desordenaba las nubes en las fauces de las tinieblas. Dentro del coche, el aliento se cristalizaba. Acomodados atrás, y parlanchines, me suplicaron que conectase la radio. Y luego rodábamos ya por los caminos borrosos, que la luz de los faros transfiguraba, cantando ellos, atento yo a la línea de la cuneta o a los baches, y renacían anocheceres de antiguos veranos, cuando regresábamos de aquellos mismos lugares que ahora recorríamos y la oscuridad permitía llevar durante kilómetros apretadas nuestras manos, hasta que nos dolían los dedos o no resistíamos más sin cigarrillo, Tub y yo, cuando Mary no existía, ni existía Julia, ni la calefacción hacía estornudar a Sagrario, cuando aún Pablo no había detectado ninguna transformación, si es que se había producido alguna. Tub dobló sus piernas adolescentes en el asiento, con una sabiduría proterva que trocaba sus rodillas en dos esferas tintineantes de reflejos. Y, sobre las voces, la de Bert se imponía, porque Bert conocía sin fallos las letras, porque Bert no se fatigaba nunca, quizá porque Bert siempre había sublimado con canoros berridos sus represiones.

—Estupendo, si nieva —dijo Sagrario.

—Verás qué ponche te preparo. ¿Tenéis ron en casa?

—Hay ron.

Indudablemente algo había sido suplantado desde aquellos anocheceres, pero renunciaba a determinar qué onda concreta del flujo temporal había marcado la transición, ya que esa onda enconada de la corriente (que anegará después la memoria) pertenece a una coyuntura ácrona, de una textura inaprensible para los seres efímeros. Por lo menos el viento, cuando alteraba su dirección, o cuando se modificaba el trazado de la carretera, trasegaba su zumbido de unas a otras ventanillas, y ese canje, perceptible al producirse, permitía concebir un viaje futuro, en la refracción de pasadas mañanas, que explotaban como burbujas un poco sucias, viaje imaginario más allá de los ríos subterráneos, hacia la arena en la que se enterrarían, girando unos segundos sobre sí mismas, las ruedas, al tiempo que los ojos se deslumbraban por el fulgor del nuevo verano que, como los labios dorados en el pecho de Sagrario, colgaba de su propia fastuosidad.

—¡Qué bien me encuentro con vosotros…!

—Te adoro, Gra. —Pablo me pasó un cigarrillo encendido—. Huele a noche favorable.

—Son las siete —dije.

—¡¡No!! —gritó Pablo.

—Pero claro… Si aquí nunca llega la medianoche.

A las siete y cuarto atravesaríamos —y quizá la radio nos regalase con un pasodoble al saxofón— el pueblo y su acongojante iluminación, diez minutos después los neumáticos rebasarían la doble vía del funicular, en el cruce del camino forestal caerían, lentos y preñados, los primeros copos. Y en Venecia brillaba el sol.

—En serio, tendrás que invitar a Galizia. A la pobre no le queda otra distracción que las vidas ajenas.

—Y que te adora. Estoy totalmente de acuerdo con Pablo.

—Si me he retirado al páramo, no es para organizar zambras. Le escribiré una carta.

—Ya tendrá sus años… —auguró Sagrario.

—Que se las arregle ella solita, como todos nos las arreglamos. O que se busque un amante.

—Precisamente es lo que ha encontrado —afirmó Pablo, riendo.

—Oh, no, no, no —se rebeló Sagrario—. Parece mentira que le digas eso a éste, que menudo es.

—Está guapísima, te advierto.

—Y ¿Fernando?

—¿Fernando? ¿Qué tiene que ver Fernando con Galizia y su

amante? No seas retrógrado. A Fernando bastantes penalidades le proporcionan sus libros y sus muchachitas.

—¿Quién es? ¿Le conozco yo?

—Protesto.

—No le conoces. Se llama Federico Nietzsche. Bueno, sólo tiene veinte años menos que Galizia…

—No seas cruel, Pablo.

—… chaladura patente, un supuesto talento y un porvenir de órdago. Un cretino, muy guapo y muy cretino. A Galizia la pone a mil, porque no sabe llevársela al sitio que ella quiere…

—¡Basta!

—… y ella es de unos tiempos en que las mujeres no tomaban ese género de iniciativas. Por el momento, el joven Federico funciona como *cavalier servant*.

—¿A qué se dedica, con ese nombre?

—Escribe filosofía. Y va a dirigir una película entrópica. El tal *cavalier* reconozco que es talentudo, pero, como me fastidia, reconozco también que es un majadero.

—Me pregunto cómo es posible hablar así de los amigos —se preguntó Sagrario—. En cuanto os quedéis solos, a mí también me pondréis como un trapo.

—Guapa, deja que Pablo me cuente la historia.

—Ya te ha contado la historia. Efectivamente, el muchacho ha hecho una amistad estupenda con Galizia…

—Lo que nadie se explica que pueda suceder.

—… y se ven de vez en cuando, sí. Y ¿qué? Galizia es una persona muy interesante, con experiencia, de su mismo ambiente… ¿Qué tiene de raro?

—Tiene de raro que no se acuesten. ¿No se acuestan?

—No se acuestan.

—¿Qué sabéis vosotros? Eh, ¿qué sabéis? —Sagrario superó una serie de tres estornudos logrados y uno frustrado—. Me horrenda con cuánta petulancia os metéis en las camas ajenas.

—La de Galizia es como de la familia. Desde que me creció barba, he sabido lo que sucedía en esa cama.

Las vías nos despegaron de los asientos.

—Razón de más. —Redondeó los labios, a la espera de un estornudo, que abortó—. Es la calefacción. Razón de más, para no cotillearle su intimidad a Galizia.

—Sagrario, tú estás cada vez peor, maja.

—La calefacción, que me ha constipado.

—¿Quieres que abra una rendija?

—Sí, por favor.

En el cruce del camino forestal, los faros iluminaban un vacío gélido. Cuando descendí a empujar la cancela, les grité que no bajasen, que en nuestra ausencia el jardín se había convertido en un iceberg. Llevé el coche hasta los escalones, dejé el motor en marcha y, mientras Sagrario y Pablo entraban, Pablo redescubría el living y se liaba la kilométrica bufanda a rayas, se desplomaba Sagrario en un butacón, reanimé el fuego.

—Ahora mismo te preparo un té ardiendo.

—No, dame un sorbo de coñac.

—Yo se lo doy —ofreció Pablo, al otro lado de la bufanda—. Tú encierra el coche.

Salí y, de repente, en la luminosidad que se deshacía contra los árboles, surgió el enrejado de los copos, lentísimos.

—¡Está nevando!

Ambos aparecieron en el porche, Sagrario con una copa balón.

—Mira que si nos quedamos aislados… —murmuró.

—Formidable —dijo Pablo.

Bruscamente, al cesar el viento, el frío producía una soportable sensación, casi agradable. El motor canturreaba. Un aroma a fiesta se levantaba de los parterres, incitaba a ese nirvana, que la nieve suele ofrendar a los fatigados de espíritu. Apenas visible la nubecilla de mi aliento, Mary, corriendo y en biquini (como alguna mañana pretérita la había contemplado correr por la playa, desde la terraza del apartamento), era la Mary verdadera (que nunca conocí, salvo en instantes tan precarios), difícil de reconocer en la otra Mary —y quizá no fuese ella—, de cuerpo dolorosamente insumiso, que corría por la nieve a zambullirse en las aguas grasientas del canal.

—Adentro, adentro —acababa de decir Pablo, probablemente porque Sagrario había estornudado.

En el techo del 1.100 ya cuajaba un encaje blanco. Sagrario me pidió que entrase pronto. Cerrado el cobertizo, comprobé la estabilidad del deleznable colector. Habían encendido la luz de la cocina y por la ventana escapaba la suficiente para hacer del patio un espacio submarino (en el estilo de las escenificaciones de las cuatro de la tarde de mi infancia), que Tub surcaba, escoltada por esturiones, con unas calidades de materia arcillosa sus miembros, a los que mis manos no resistían la tentación de perseguir.

Sagrario emulaba, en cuanto a proximidad a las llamas de la chimenea, a la Doncella de Orleans. Pablo había encontrado una botella de ron.

—Enseguida te preparo el ponche. Tú busca el termómetro.

—¿Vamos a jugar a médicos y enfermeras?

—¿Os acordáis qué confusiones?

—Recuerdo —dijo Sagrario, a pesar de su nariz enrojecida— que eran mayores, cuando se trataba de papás y mamás.

—Lógicamente. Me hace falta también azúcar, leche, un huevo y canela.

—Pesados —sonrió—. Convendría revisar las contraventanas.

Pablo y yo, atosigados y eficaces, le proporcionamos ponche, té y analgésicos. Sagrario se mostró partidaria del coñac y les dejé en la discusión, mientras subía por el termómetro, conectaba los radiadores, aseguraba contraventanas y arropaba a los fantasmas del cuarto oscuro. A la vuelta de tales diligencias, ella afirmó no ser lo bastante ridícula como para consentir que se midiese su temperatura. Así tuviésemos que sujetarla a cuatro manos, se colocaría el chisme mercurial en la axila y apretadito. De paso, probé y elogié el ponche. Por si acaso nos aficionábamos en exceso al exotismo, traje del frigorífico los preceptivos cubos de hielo —que la naturaleza nos suministraría gratis a partir de la próxima media hora—, soda, agua y whisky.

—¿Puedo quitármelo ya?

Consultados los relojes, se le ordenó esperar. Que estaba harta. Con un movimiento tan fulminante como impúdico, introdujo dos dedos por el escote de su blusa escarlata, sacó el tubito y 38° centígrados, de los de Celsio.

—Está estropeado, no hay duda.

—Treinta y ocho dos, para ser exacto. —Subí de nuevo, saqué una manta del armario del pasillo, les oí corretear y Sagrario tenía sobre los hombros la bufanda a rayas—. Vaya tiritona, no la disimules.

—Bueno, sí. Pero no hagamos drama, que sólo es un catarro. Y, desde luego, ese termómetro no funciona. Tíralo a la basura.

—Por lo pronto, te quedas ahí quieta, sudando. ¿Quieres que te baje unas pantuflas?

—No.

Subí, estuve a punto de volver sin las pantuflas y aparecieron en mi dormitorio de entresemana. Los del cuarto oscuro peleaban ahora, quizá saltando de trasto en trasto; al empujar la puerta, se hizo un repentino silencio y, a continuación, como unos crujidos de los baúles de mimbre o una risa contenida.

—¿Has tomado aspirina? —De rodillas y aprovechando que Pablo escrutaba por uno de los ventanales, de pantalla las manos, besé los pies de Sagrario, al descalzarla.

—Pórtate correctamente.

—¿Sigue nevando?

—Me parece que no. —Pablo se sirvió un whisky y se sentó en la alfombra, apoyada la espalda en las piernas de Sagrario—. ¿Te molesto?

—Todo lo contrario. ¿Pararás de una vez?

—En cuanto apague la luz de la cocina —dije.

—Déjala encendida —aconsejó Pablo— para guía de los caminantes extraviados.

A través del vidrio, no percibí la llovizna; abierta la puerta, distinguí un polvo de agua, que embarraba el patio. Se presentía la masa de nubes plomizas y olía desenfrenadamente a tierra, a pinos. Iba a cerrar, cuando la descubrí, arrodillada y con las muñecas sumergidas en un charco. Estaba desnuda y sus nalgas, de una belleza escalofriante, se distribuían armónicamente en ambos talones. Supe que, si avisaba a Sagrario y a Pablo, antes de que me moviese, desaparecería. Supongo que sonreí o que temblé, pero sin parpadear. En todo caso, fue ella la que se movió (aquel gesto de apartarse la melena no era suyo) y, relajadas las facciones, me miró. Instintivamente pretendí cerrar la puerta, pero me contuvo el terror y también yo la miré, ascendí la mirada desde sus caderas a sus ojos y en ellos me detuve, casi húmedos los míos. No sonreía. Una inusitada sabiduría me alentó a avanzar hacia su cuerpo reclinado y bajé el escalón, anduve unos pasos y, aunque la diferencia entre ella y yo no se modificó, la carne achocolatada de sus hombros permanecía al alcance de una caricia, salvo que resultaba grotesco —y mantuve los puños apretados— andar por la noche intentando tocar las alucinaciones, por muy tridimensionales que se mostrasen. Luego, atranqué la puerta con cerrojo.

—Nervios —diagnosticó Sagrario.

—El puñetero neurovegetativo, seguro.

—Me extrañó que te hubieses largado sin despedirte, pero Bert me dijo que últimamente era habitual. —Se ajustó la manta a la cintura—. ¿Has inspeccionado ya tu cocina? Anda, hombre, siéntate y toma una copa con nosotros. Llevo mucho rato sin estornudar, ¿sabes?

—Me alegro.

Los troncos ardían razonablemente.

—Fue un rollazo de noche, así que no te perdiste nada. Con esa manía de ir cerrando sitios… Yo me encontré en una de esas tascas de madrugada y no conocía a nadie en mi mesa. Por fin, logramos arrancar Andrés y yo, que éramos los más serenos. A mí me fastidia la gente que está porque conoce a alguno del grupo, pero que no es de los nuestros. No puedes charlar con confianza. Además, que suelen acabar con problemas ese tipo de noches.

—Un horror. Y, sobre todo, un horror manido.

—Fernando borracho, se pone inaguantable.

—Peligroso.

—Yo, afortunadamente, nunca he presenciado una de esas mayúsculas, que contáis. ¿No bebes? ¿Qué te pasa?

—Os escuchaba. —Me senté en el diván y, puesto que no dedicaría la noche a mirar a Mary, me serví un whisky—. ¿Es que ha organizado alguna?

—¿Quién?

—Fernando. Creí que…

—No, no.

—… había armado una de las apocalípticas. Y ¿Bert? ¿Cómo está Bert?

—Invariable —dijo Pablo—. Por cierto, que yo no he venido sólo a estar con vosotros.

—¿No? —gargarizó Sagrario, con medio rostro tapado por el pañuelo.

—Me lo imaginaba —dije.

—Ah, ¿sí? —Pablo giró un cuarto de vuelta en la alfombra, hasta enfrentarme—. Qué listo eres…

—Te conozco, viejo. Y sé a lo que has venido —añadí, en mi minuto estelar de pitoniso.

—¿A qué has venido, Pablo?

—Que te lo diga él, que lo sabe.

—Venga, no tened *malaidea*.

—Escucha, Pablo, existen dos motivos. —El whisky sabía a humo—. Primero, y con descarnada sinceridad, por lo que llamaré, con benevolencia, mi situación de declarada hostilidad a José María. Segundo…

—Pero…

—… y principal, porque…

—Ay, ay, que ya sé por…

—… ¿te refieres al empleo de…

—… no me fío de que a…

—… donde vas.

—… Sagrario le…

—… Sagrario?

—… convenga lo más mínimo. ¿Puedo continuar?

—No.

—Déjale, Gra, que desarrolle su tontería.

—Me apena que haga el payaso. ¡El payaso, sí! O sea, que Pablo y yo hemos conspirado para convencerte. Ahora es cuando me ha subido la fiebre.

—Es evidente —el segundo trago sabía a hiel ahumada— que ambos opináis que Sagrario debe aceptar.

—Es evidente, sí, y es necio suponer que Gra me ha telegrafiado clandestinamente o me ha seducido...

—No hace falta ponerse cachondo —prediqué.

—... para que colabore a arrancar tu consentimiento. Sólo un tío sonado, alcoholizado y algo lerdo de origen, confiesa sus obsesiones inmundas. Y que no haya dudas, desde ya y para siempre, que ese empleo constituye una oportunidad magnífica, por mil razones, que tu mente obtusa no captaría.

—Definitivo, Pablo —aplaudió la interesada.

—De acuerdo —dije, rascándome el pelo de la mente obtusa—. Sin embargo, es posible que mi argumentación me satisfaga a mí.

—Ése es otro problema —dijo Pablo.

—Ésa es otra cuestión —dijo Sagrario, riendo ya, pateando la manta, los ojos brillantes de fiebre—. No te enfades, cerril.

No me enfadé, sino que retorné la manta a sus piernas, les serví coñac y whisky. Y me estacioné junto a la chimenea a la espera de que el jolgorio encarrilase la velada por los olvidados declives de la despreocupación. Gracias a Pablo. Pablo se trasladó al diván.

—En la conspiración participa también José María, naturalmente.

—Naturalmente —asentí—. Y Andrés y Tub.

—Y Mary —dijo Sagrario.

—Y Kärista Rifstángi.

—¡¡Tú!! Había olvidado completamente el nombre de la muy zorra.

—Lo que es la vida... Jamás habría creído que fueses capaz de olvidar a Kärista Rifstángi.

—Encantos, ¿os molestaría informarme de quién se habla? Aunque quizá sea conveniente que no.

—Gra, guapa, perdona. ¿No has presumido con Gra de Kärista Rifstángi? Realmente, no eres el mismo.

—Lo había olvidado, desde hace meses. —El whisky sabía a agua de mar, sorbida directamente de una piel bronceada—. Carece de importancia, Sagrario. Una insignificante historieta del último verano.

—¡¿Insignificante?! —se escandalizó Pablo—. Era un ejemplar suntuoso Kärista Rifstángi. Hasta las mujeres lo admitían. La pobre, que procedía de Noruega y había nacido en Murmania, era explotada en toda la costa como *gogó-girl*.

—Ah, la *gogó-girl*... —localizó Sagrario—. Según las crónicas, éste hizo el pazguato. Cuenta, cuenta.

—En aquellos días éste y yo formamos trenza contra la pandillona y el telele que les sacudía de continuo. Íbamos a playa distinta, callábamos, los ignorábamos, que estaban histéricos, de verdad. Tú, Gra, no sabes de la que te libraste, por mucho que te hayan dicho los cronistas.

—Yo, mientras paseabais noruega, estaba más arriba —disminuyó el volumen de la voz— viendo anochecer bajo los tamarindos y hecha un flan, tonta de mí.

—Casi no la paseábamos de lo imposible que era Kärista Rifstángi. Resultaba temerario incluso saludarla en la calle. Pero, ¡eso sí!, llegaba la noche, se endosaba un minivestido, subía a la plataforma iluminada y podías permanecer hasta la madrugada sin hablar, sólo mirando aquella cosa. ¡Astronómica!

—Qué noches… —gemí.

—Te embriagaba con su ritmo, te adormecía y olvidabas las riñas, los amores y sus secuelas, las pataletas de Tub. A Kärista Rifstángi sólo le gustaban su oficio de hipnotizadora y los pollos asados. Consumía cuatro o cinco al día.

—Por eso, os ponía la carne de gallina —chisteó Sagrario, sin convicción pero con éxito.

—Ni siquiera. A mí me bastaba —(con tal de que, en la playa, me permitiese reposar la cabeza en sus muslos)— saber que estaba allí, contorsionándose eternamente. No era un fenómeno erótico.

—Un poco erótico —dijo Pablo.

—Reconócelo, cariño.

—Bueno, un poquitín erótico. Y, luego, que en aquellos días truculentos apetecía vivir en la inopia. ¡Acabemos con Kärista Rifstángi o nos amargará la velada!

—Bert, que detesta la competencia de las pechugonas, juró que la arañaría antes de que terminase el veraneo. Una noche la llamó tarasca, pero nadie pudo traducirle a Kärista tarasca y la cosa no pasó a más. Ya recuerdo por qué la he resucitado. Por Bert.

—Bert la odiaba, es cierto, y, mira, en algún aspecto se parecían.

—Deja que Pablo diga a qué ha venido.

—A estar con vosotros. Y a traer un recado de Bert, que se enteró de mi viaje y se me presentó después de la comida.

—Que pretende venir también.

—Ahora sí lo has adivinado.

—¿Que Bert quiere venir?

—Que venga. Y con toda la pandillona. Al Pirineo francés debía haberme retirado yo.

—Cariño, cariño… —chasqueó Sagrario.

—No pretende aparecer sola. ¡No pienses lo que estás pensando!

—¿Qué está pensando? —preguntó Sagrario.

—Que Bert necesita *meublé*. ¿A que sí?

—No —dije—. Y no.

—¿No?

—De ninguna manera.

—¿Queréis no hablar en clave?

—De ninguna manera, porque no me afecta nada todo eso.

—Está bien no te incendies. Bert más o menos se lo temía. Si no se la telefonea, es que te niegas a darle posada.

—Me niego.

—Está bien —repitió Pablo, para inaugurar el silencio.

Sagrario me miró. Excepto fingirme borracho —y no había agotado el primer vaso—, no tuve más solución que, arriesgando mi estabilidad emotiva, mantener mis bastiones.

—Por sus jugueteos —expliqué a Sagrario.

—No entiendo.

—Verás —intercedió Pablo—. Bert y un conocido suyo han de entrevistarse con un conocido común. A los tres, y conste que no sé más, les convendría un lugar tranquilo. Llegarían a media mañana y se irían a la hora de comer.

—Comprendo —dijo Sagrario.

—Estarás de acuerdo en que no.

—Pues… —Sagrario sometió su rostro a la meditación—. A Bert no parece justo negarle un favor tan simple.

—Si esa niñata petrolera la goza jugando a cero-ceros, que no cuente conmigo.

—Me desfonda oírte hablar así.

—Sólo por debilidad se participa en lo que no se comparte.

—Estáis sensacionales —dijo Pablo, aparentemente divertido—. Debe de ser esta vida de *château*. Os consultáis, decidís en comandita… El inconveniente está en que prevalezca el voto de éste. No lo digo por lo de Bert, que es inocuo, sino por lo del empleo de Gra.

—Asunto resuelto —ratificó Sagrario.

—José María se disgustará. Se ha hecho ilusiones y no me extrañaría que estuviese preparándote ya un despacho.

—Me excusaré. José María es una persona sumamente comprensiva. Pero lo de Bert me intranquiliza. Entre nosotros no tenemos derecho a defraudarnos. Para mí, ata mucho la amistad. Piensa que en un apuro tuyo se desentendiesen ellos. Decididamente, resulta de mal estilo.

Sagrario, ahogada por sus bronquios, tosió. Se oyó tanto silencio, aparte la caída de la nieve (que probablemente no caía), como para temerse un disco. Pablo rió consigo mismo. O mis labios ardían también o la frente de Sagrario había recuperado una temperatura tranquilizadora. Salí por más cubitos, ni siquiera me asomé al patio y a mi regreso el living conservaba su desazonante inmovilidad de museo de madame Toussaint. En todo caso, lo menos fundible serían mis argumentos de cera. Distribuí hielo industrial.

Arriba, unos y otras se atarearían en vendarle a Mary los antebrazos sanguinolentos, entre divertidos y asustados, cuchicheantes. Mary, comiéndose los sollozos, urgía a Merceditas a que barriese los vidrios rotos y Merceditas, que al fin había aprendido la mecánica de la familia, traía, antes que el aspirador y las bayetas, las bebidas. Tub clamó muerte para el verdugo, al entrar borracho y amnésico, el verdugo, en el instante en que se discutía cómo se obtiene una ambulancia y Andrés, aplicando mercurocromo a litros, advertía, con aquella repelente sensatez de la que abusaba en las situaciones graves, de los procedimientos a tramitar y de las consecuencias a sufrir cuando se pide una ambulancia. Todo lo que aconteciese en la piña, apiñados había que solucionarlo.

—Aquí se está bien —dije, aplastado por el mutismo de Pablo.

Pablo había sido el primero en percibir la entrada del culpable. Tras una rápida carrera, apartando a Bert, Tub, Merceditas y otros obstáculos, lo asió y, al tiempo que las linchadoras turbas mudaban su atención de la víctima al ofensor, éste era empujado al resguardo del dormitorio, donde, lo menos sosegadamente posible, tal turbio criminal fue ilustrado de los desgraciados efectos de su felonía.

—Se está bien, sí —murmuró Sagrario.

Una sirena ululaba por las ruinosas estancias del sanatorio abandonado, las ondas sonoras rasgaban las telarañas, afuera la nieve ocultaba la arena de la playa y las farolas del paseo marítimo, recién encendidas, se enturbiaban. Mary, con los antebrazos vendados, bebía un expresso bajo los toldos de la *piazza*. Todavía llorona y ya mimosa, su voz entonaba detalladamente la humillación y Merceditas plañía, oyendo desde el borde de una silla y con la orla del delantal en los labios, las tribulaciones de su señora. El malhechor, con esa jaqueca de la ebriedad sietemesina y del delito aún no asimilado, deseaba dormir un infinito tiempo sin tiempo, sin sueños, sin abismos, dormir.

—No intento defender o justificar la torpeza de José María —había dicho Pablo, que no vestía una camiseta berenjena, ni tenía el rostro quemado por el sol— a quien conozco como nadie.

—Como yo, por ejemplo —retruqué, distendiéndome en el butacón—. Él no tuvo intención de ofenderme aquella noche en casa de Sagrario y, si me ofendió, está arrepentido. ¿Es así?

—Para él, la ofensa, como dices tú subido al escenario, no ha influido al ofrecerle un empleo a Gra.

—Si vas a hacer de mediador y has venido a…

—He venido a estar aquí, a tomar copas y a contemplar arbolitos y piedrecitas. ¡A eso he venido!, a ver si te lo metes en el coco.

—Me estomaga tanto la cuestión —confesé, con una sobria entonación adolorida— que me dan ganas de telefonear y ¿cómo te encuentras, viejo? no ha pasado nada perdona que me enfadase por tu afrenta.

—¡Afrenta…! En serio, tú. Todos nos hemos jorobado los unos a los otros alguna vez.

—Bravo, Pablo —murmuró Sagrario.

—O ¿crees que tú jamás le has hecho una de ese calibre, o peor, a José María?

—Nunca de ese calibre.

—¡Mierda! —dijo, los pies cruzados sobre la mesa, el vaso en el ombligo—. Igual que él a ti, como te la hizo Bert cuando te echó de su casa o como doscientas mil de ese tipo le has aguantado a Andrés. ¡Claro que sí! Acuérdate, que te falla la memoria. Acuérdate hace años, cuando te interpusiste entre José María y Tub, la única mujer de la que ha estado enamorado en su vida. ¿Qué supones, que no le hiciste daño?

En algún espacio intercostal (en el de la ignorancia), sentí una punzada de dolor.

—Pobre José María… —musitó Sagrario.

—Sobre todo, allá tú y tu rencor, pero no perjudiques a Gra.

—Sagrario y yo somos la misma persona, a ese respecto.

—Mutis por el lateral derecho. ¿Ésta es la tranquilidad que has conseguido? Estás peor que el último año. Abandona de anacoreta y vuelve a esa ciudad del carajo a carajear de verdad, si ves afrentas por todas partes.

—Ahora veo fantasmas —dije.

—Y yo, desde que estoy contigo. —Bajó los pies de la mesa, se inclinó, luego miró a Sagrario un largo rato—. Gra, bonita.

La sonrisa enajenada de Sagrario cosquilleaba, casi imperceptiblemente, las comisuras de su boca.

—Fantasmas cada vez menos apetecibles —precisé.

Pablo se había levantado y sus dedos presionaron mi hombro.

—Ayúdame a encontrar más soda —dijo, con deliberada normalidad.

Sagrario unía las manos sobre la manta. Bajo la mesa, sus zapatos dormían. Pablo no se detuvo hasta la cocina, encendió la luz y bebió un trago.

—¿Qué pasa? —dije.

—Le está subiendo la fiebre, ¿no te das cuenta? Se ha ido amodorrando. Quizá ande por los treinta y nueve. Tengo miedo de que sea algo más que un catarro.

—¿Una pulmonía?

—¿Hay médico en el pueblo?

—Sí, pero… No me asustes. Si se acuesta y suda, mejorará. ¿Cuánto hace que tomó la aspirina?

—No se curará con aspirina.

Pablo se sentó de un salto en la mesa del hule. Allí, en la paz ordenada de los cacharros, era más transparente el aire, más verosímil también que Sagrario apareciese amortajada en vendas azules.

—¿Qué hacemos? Me cuesta obligarle a subir hasta aquí sólo por un catarrazo.

—¿Tienes algún antibiótico? Si le pusiésemos algún antibiótico, me quedaría más tranquilo. La veo muy abatida a Gra.

—No seas campana de la agonía. Miraré en el cajón de las medicinas.

En sus sepulturas de mimbre, tan refractarios a la luz eléctrica, dormían hipando. La botica casera almacenaba antipiréticos, bicarbonato, pastillas supuestamente adelgazantes propiedad de Julia, polvos contraurticantes y gotas desconstrictoras, gasas, esparadrapo, algodón, una boquilla de cigarrillos, una pulsera de bolas propiedad de Julia, la montura de unas gafas de sol, vitaminas B, H, J y demás abecedario.

—Iré a comprar un antibiótico y se ha acabado.

—¿Cómo vas a bajar con la noche que hace? Jeringa sí hay. Y alcohol de quemar. A todo esto, ¿quién le pone la inyección?

—Fabrican antibióticos de vía oral —doctoreó Pablo.

—Y de vía anal. Pero lo saludable es un pinchazo. Tú ¿te atreves?

—Me atrevo. Así no la podemos dejar toda la noche.

—No, tienes razón. Bajo yo, desde luego, que me conozco el camino. Habrá que colocar las cadenas en las ruedas.

Ni siquiera llovía. Pero encima, utilizando de telescopio una mano, vislumbré el cúmulo de nubes amoratadas en disposición de descargar sobre el mundo su furia. Pablo, hasta el cobertizo, sólo tropezó tres veces. La bombilla estaba sucia, como un pecado de bachillerato, con resecas deyecciones de vampiros, lo que retrotraía a una lluviosa noche de septiembre. Sin atemorizarse por el siniestro cascabeleo que producían las cadenas, Pablo eligió las funciones directivas, quedando a mi cargo las de peonaje. Que entrase a ponerme un jersey, si no deseaba antibióticos también. Con las ruedas, tenía yo bastantes sudores. Que mejor el 1.100. Que mejor para salir de ligue, pero para descender a los infiernos un servidor se apuntaba a su jeep. Pablo marchó a buscar los vasos y, por esa enfermiza enemistad que los objetos sólidos mantienen con los líquidos, la operación prometía no demorarse más de una semana. Eso sí, paulatinamente adquiría más regocijo de escapatoria.

—No saques la segunda.

—Estos condenados hierros me dejarán hundido en el barro.

—Apenas hay cien metros sin asfaltar, no exageres. ¿Llevas gasolina?

—Anda, vete a repostar whisky. Me estoy destrozando las manos.

Rematé la faena. Con la protección del Olimpo, remataría asimismo la travesía de las estepas siberianas. Miguel Strogoff se acabó el trago, orondo como ajustador de 1.ª en noche de sábado. El señorito Pablo retozaba por el patio. Ni una racha de viento amagaba. Había que imaginar calles repletas, bares atestados, el ajetreo que precede a la cena, para, rechazando las tinieblas, tener noción de un mundo hóspito.

—Quizá no nieve. Si te quedas atascado, salgo por ti en el coche de Gra. ¿Dónde vas ahora? Que no se entere.

—Tampoco querrás que viaje en mangas de camisa.

Me embutí unos kilos de lana tejida, asomé al living —donde rumoreaban a compás Sagrario y la chimenea—, Pablo fue advertido de la obligación de mantener el fuego, me insultó y peregrinamos, jardín de las desdichas adelante, a empujar la cancela. Yo regresé al cobertizo, puse en marcha el trineo y a paso de perro alcancé la salida, donde Pablo, en la luz de los faros, oteaba las marejadas del Helesponto.

—Por fin —dijo, apoyado en la portezuela—, ¿qué? ¿Llamo o no llamo a Bert?

—Nunca lo supe, ni siquiera por broma lo imaginé. Ella sí lo percibiría, seguro. Esas ambigüedades no se le escapan. ¿Se besaron Tub y José María? A ella le debió de fascinar y jamás me ha dicho una palabra. —Salvo que yo no ignoraba las virtudes del silencio y me escuché decir—: Llámala y de una vez me dejáis tranquilo.

—Pero si carece de importancia…

Frené diez metros más allá de la verja, cuando Pablo luchaba por cerrarla.

—¿Qué antibiótico compro?

—Pregunta al farmacéutico.

—Bueno, pues en ruta —me animé, con esa voz inaudible que se empantana en el sabor de la propia saliva.

No sentí sus presencias antes del camino empedrado. Taciturnos, enfurruñados, sus alientos humedecían mi nuca, como si desfilásemos hacia las barricadas, con Bert liada en una bandera monocolor por todo atuendo. Las cadenas reventarían las ruedas en la peor curva. Lobas paridas aullaban ya y los cuervos, con los buitres, se posaban en el techo del jeep.

> *«La quinta noche, en fin, mi cruda [suerte,*
> *queriéndome llevar do se rompiese*
> *aquesta tela de la vida fuerte,*
> *hizo que de mi choza me saliese*
> *por el silencio de la noche escura*
> *a buscar un lugar donde muriese.»*

Mary, desnuda y vendada, respiraba con sosiego, mientras, a caballo en el alféizar del ventanal, oía yo las músicas, los petardeos de las motocicletas y de las barcas de pesca, la llamada de la noche a esa hora en que solíamos Pablo y yo rebasar las primeras copas, y deglutía aquella pasta de sonidos desde mi insólita permanencia en el dormitorio, como el forastero recién llegado ausculta desde su habitación del hotel la ciudad que presiente adversa. El rostro de Mary se aureolaba en la oscuridad de un reflejo de neón y mi cogorza interrumpida se hidrataba de zumbido de frigorífico, de alcoba, de esa tristeza desconcertada e impotente del mísero verdugo, que ha faltado a la diaria cita con las huracanadas piernas de Kärista Rifstángi. Sólo una espermatorrea masoquista pudo provo-

carme aquel pasmo, que me petrificó en el ventanal, sobre el césped que separaba el edificio de la calle, del muro carcomido, de la
playa, de la Costa-Donde-Cuando-El-Sol-Se-Pone-El-Placer-Alborea. O flojera volitiva. Como consentir la visita de Bert. En todo
caso, velando su sueño, no sospeché (como nunca había sospechado de Tub y José María) que Mary decidiría un funerario festín de
comprimidos. Y lo lógico (lo que manaba una lógica insoslayable
ahora, con Mary dormida en los asientos traseros del jeep) es que lo
hubiese decidido aquella noche, sus antebrazos acabados de vendar, todo lo más, a la mañana siguiente. Sin embargo, esperó dos
meses para, con arreglo a la moda, tragar una sobredosis de compuesto orgánico derivado del ácido barbitúrico. ¿Por qué había
preferido un momento en el que vivíamos una desavenencia soportable, enquistada, tediosa, y había rehusado aquella ocasión de
odio, desesperación y coraje, para definitivamente aniquilar sus
obsesiones de felicidad, su enloquecido aleteo de gorrión enjaulado, mi paz? Quizá a causa de esa absurda elección, de contradicción semejante, a causa de su frívola inoportunidad, el frustrado
suicidio se me redujo a las pataletas de Merceditas, a las incesantes
conferencias telefónicas, a las condolidas visitas a la clínica con las
consabidas flores, a precipitar una unión —que se pretendió radicalmente distinta— con el primer cuerpo propicio, y que resultó
ser el de Julia. En tanto por el camino empedrado parecía rodar sobre un xilofón de láminas abarquilladas, seguía sin comprender
que lo hubiese intentado dos meses después de la fecha congruente, probablemente porque el *affaire* de Mary y su puñadito de pastillas para el sueño (eterno), organizado en una estructura similar a
la del contubernio Tub-José María (y la correspondiente punzada
dolorosa en mi esternón), era de una veracidad que mi mente rechazaría siempre. Sujeto con cuerdas al capó, el cuerpo de Mary te

nía la indecisa consistencia de la fiera que, aun atrapada, se teme que continúe viva y con energías para un sorpresivo zarpazo. En los extremos de la luz de los faros, aparecían pedazos de tierra blanca, troncos ensabanados.

En el cruce, me desvié por el camino forestal, acelerando antes de la cuesta de pomposas curvas, que subía hacia la zona del sanatorio abandonado. Por aquella ladera resultaba más cómodo conducir, hasta el ruido del motor se conchababa más fácilmente con el silencio. También exigía mayor atención que el camino de bajada al pueblo. Durante unos minutos, presentí que sería incapaz de hallar la senda a las ruinas, habituado a llegar a ellas de día y a pie, a través de los bosques, sin que me sirviese de punto de referencia el cruce del que había partido. Frené y, al cortar el contacto, en la oscuridad repentina, el frío me obligó a saltar fuera. Caminé unos pasos, atisbando inútilmente las cumbres. El sanatorio estaría abajo, entre la tiniebla que inventaba yo menos compacta, como si el viento —inexistente— apartase la adivinada superficie verde. Sin atreverme a abandonar el camino, me senté en una roca de su margen izquierda, confiado en que mis pupilas, cuando se dilatasen, descubrirían las fachadas horadadas en el calvero del pinar. Y, efectivamente, un tiempo después comenzaron a iluminarse las lejanas galerías de una luz nítida, que atestiguaba la permanencia de Mary en Venecia —y en alguno de los bolsillos de mi trenka estaba su última postal—, porque, si aquel fulgor errante se movía allí, ante mis ojos, la realidad no podía ser otra que la que yo concibiese, exclusivamente ésa, aunque a veces —y en menor cantidad cada día— estuviese forzado a escuchar algún dato de la irrealidad, por ejemplo, Pablo afirmando que Mary se encontraba en París. Portando los quinqués como antorchas, de piso a piso, balanceándolos como faroles en cubierta, variaban las dimensiones del edificio, se reducían a un rincón, y los cuerpos, por engaño de la luz, resplandecían en los espejos ciegos sobre los que se destacaban, tan visibles y ficticios como invisible y auténtica era la aceptación de Sagrario de un trabajo, que le impediría acudir el sábado que más la necesitase. También aquel esplendor, que rastreaba de habitación en habitación, con la intermitencia de una respiración ahogada, probaba irrefutablemente que el lunes no regresaría Julia. De no haberme puesto en pie (ignorando por qué y en qué momento), habría sabido cuándo y cómo iba a morir. Pero me había levantado y el frío resultaba insufrible y resultaba insufrible aquella pesquisa de una luminosidad de armiño, que, empleándose sólo para ciertos efectos teatrales, enfocaba maletas abiertas, descascarillados orinales en forma de chisteras, un somier desventrado, una mesilla de noche cojitranca, vidrios que formaron parte de un calorífero, indicios que ya no eran huellas de madrugadas de disnea. Me precipité a encender los faros, me atreví —y un segundo antes habría apostado que la resonancia rajaría la montaña— a poner en marcha el motor y tardé en topar con un ensanchamiento del camino, donde girar.

Tomé por el atajo, que se desplomaba casi a pico sobre el pueblo y que terminaba más allá de la vía del funicular. Afortunadamente, a aquellas horas no se mostraba por entero el criminal trazado y, metro a metro, uno avanzaba como por autopista. Anticipándose a los suburbios, surgieron, suspendidas en la nebulosidad glacial, las municipales bombillas. Por el asfalto, las ruedas encadenadas transmitían ritmos de cancán.

Desiertas —como era de esperar— las calles, los del Miami, en torno a la lumbre, habían oscurecido sus huecos comerciales para desmoralización del sediento. En cambio, brillaba una de las ventanas del piso superior de la farmacia, que se abrió a mi segundo toque de palmas. Me fue franqueado el paso al establecimiento propiamente dicho por un menino en edad alborotada. Los rugidos televisivos, que alcanzaban a la botica, justificaban la urgencia con la que el mancebo extrajo un antibiótico inyectable y anticatarral. El cliente, al que el telefilme importaba carajo, se tomó su tiempo y se leyó, como experto, la composición de la pócima, sin dejarse influir por las excelencias curativas que el mozuelo, en su impaciencia, loaba. Aunque no se exhibiesen, uno tenía la impresión de que allí lo que más vendían eran abonos nitrogenados, cosechadoras y atalajes. El cliente se hizo mostrar otra marca y acabó por embolsarse las dos cajitas, en la indiferencia despreciativa del comerciante, que calculaba haberse perdido un par de asesinatos por mor de la venta. De nuevo en la calle, me acarició la nostalgia de una ciudad, que se situaba entre Síbaris y Gomorra. Atravesé la plaza. En deslumbradoras vitrinas, bajo los soportales, rubias gitanas descotadas me incitaban mímicamente a disfrutar sus gracias. Los casinos y *dancings* de la calle principal rutilaban. Decidí engolfarme por dicha avenida, cuando oí mi nombre, y estaba iluminada la ancha vidriera. De la Sucursal Local del Banco.

—¿Llegó usted hace poco? —El burócrata, cuyo nombre nunca recordaría, me estrechó la mano—. Pase, pase.

—Sí. ¿Por qué?

—Porque venía yo del puerto y he visto unas luces por el atajo. Pero pase, pase, que se hiela uno. —En penumbra el recinto, alzó la tablilla del mostrador y penetré en la reserva de los empleados—. ¡Qué nochecita, eh! De las finas. Lo que son las cosas…, nada más ver los faros me he dicho que era usted. Espero que no suceda algo desagradable.

—Nada importante. —Y añadí, por morbosa oficiosidad—: A comprar unas cosillas en la farmacia.

—¿La señora no se encuentra sana?

—Un catarro. —Me senté junto a la mesa cargada de papeles, de los que emergía un rótulo, proclamando que allí se dirigía el negocio—. Usted trabaja a cualquier hora.

—¡Qué remedio…! Además, ya me dirá usted qué hace uno en una noche como ésta, con un nevazo de dos palmos en lo alto del puerto. Aquí —un alargado tubo rojeaba en el techo— se está calentito. Durante el día, bastante tengo con las visitas, los compromisos. Ahora es cuando uno medita la labor. ¿Ha recibido —o era un reflejo o el nudo de su corbata rezumaba una película de grasa— el aviso?

—Estuve esta tarde en Correos.

—Mire usted por donde, lo encuentro en la plaza. Ojalá que no sea nada ese resfriado de la señora. —¿Cuál?—. En un momentito queda formalizada la transferencia.

—Gracias, Lorenzo. —Y el tipo, acomodándose frente a una máquina de escribir, aceptó el apelativo con la naturalidad de quien se llama Lorenzo.

—Usted va a decir que siempre estoy metiéndome en lo que no me concierne. —Yo no fui a decir nada; tecleó; busqué cigarrillos—. Pero en mi profesión y, sobre todo, con los buenos amigos… Espere. Fume usted uno de éstos, que son nuevos y fuertes. No digo que emprenda usted operaciones regulares, pero alguna pequeña inversión, créame que le sería muy beneficiosa. Mire. —Colocó ante mí los documentos que acababa de sacar de la máquina, rebuscó, me encendió el cigarrillo (que sabía a plátano verde), me entregó unos folletos y puso en mi mano un bolígrafo, que era oro todo lo que relucía—. Estúdielos. Me da grima que tenga usted ese dinero muerto. Aquí también, sí. —Le regalé otro autógrafo en el espacio que me indicaba—. Para la convertibilidad de las divisas. En los tiempos que corren este tipo de sociedades, que abarcan multitud de sectores, son las que aseguran mayor rentabilidad.

—Bueno, Lorenzo, me lo pensaré.

—Piénselo a fondo. ¿Acepta usted una copita en la casa? Mi esposa estaría encantada, porque así dejaba esta galera que, como ella dice, me tiene sorbido el seso.

Mis entrañas alcohólicas argumentaron, rugientes, la afirmativa.

—Será mejor en otra ocasión, Lorenzo. Quizá vuelva a nevar.

—Eso sería lo de menos, que le proporcionaríamos albergue. Pero claro, estando doliente la señora…, no le fuerzo. Le acompaño hasta el coche.

Me escoltó, sin forzarme, hasta el jeep. A no echar en saco roto sus consejos financieros. Faltaría más. Me dio otra banana verde. Que presentase yo sus saludos a la enferma, por cuya mejoría él hacía votos. Agradecido, que saludase mis respetos a su doña esposa. Que me permitiese llorar sobre el volante la mezquindad de sus veladas de galeote, ensoñando la concentración de capitales, el estallido de la exportación, las curvas expansivas de las dolientes señoras.

A sesenta y al cruzar la doble vía del funicular, las cadenas me habrían trasladado ruedas arriba a algún prado colindante, de no haber sido por las volantadas que me inspiró el puro instinto de conservar mis divisas convertibles. Nada perturba tanto como la vida de sociedad. Atacado de coprolalia, rememoré oralmente a Lorenzo y, disminuyendo la velocidad, rogué a Bert que se retirase de la calzada. En una doble práctica de autostop, fui recogiendo los pedazos del otro yo, que se me había hipnotizado ante las pálidas luces del sanatorio. Una señal triangular —rojo sobre azufre— indicaba brujas. La cambiante melodía del motor me entretenía lo suficiente para no verlas. Ni a la Santa Compaña, en procesión por las cunetas. Y, sin solución de continuidad, poco antes del cruce, se desenrollaron acuciantes hilos de nieve, a fin de que la noche deviniese pertinentemente satánica. Caían más que verticales, aglomerados, de un grosor alarmante. Las varillas del limpiaparabrisas comenzaron con éxito su metronómica pelea. Reducida la visibilidad, no obstante, lo poco que se veía, se veía más claro. En las breñas del camino forestal, Mary se sangraba voluntariamente, rodeada por vírgenes buidas, poseídas también por el síndrome de Lasthènie de Ferjol. Con toda evidencia me esperaban, puesto que se lanzaron a un vuelo horizontal, que las mantenía, tensas y azafranadas, a uno y otro lado del jeep. Si en el próximo cuarto de hora la nieve no cesaba, mis hechiceras y yo pernoctaríamos fuera de casa. Lo que sucedió, un minuto más tarde, es que las varillas se inmovilizaron bajo la nieve acumulada en el vidrio. Frené, sin pensar que necesitaría una grúa para arrancar el jeep. Afuera, un ser humano, aun misógino, se metamorfoseaba en alce de porcelana. Apresuradamente, sin oírme los consejos de serenidad, despejé a guantazo limpio el parabrisas y, cuando intentaba entrar de nuevo, resbalé y caí sentado. En el suelo, enmarañado de hielo, perdí el sentido de la orientación, de tal modo que no supe dónde estaba el morro del vehículo, ni siquiera si estaba. Obligándome a respirar con regularidad, me encajé el corazón en las costillas. A temible distancia, aparecieron las llagas sangrantes de los pilotos traseros. Limpié por segunda vez el parabrisas, me icé al asiento y, a ciegas, quité freno, desembragué, aceleré y, en virtud de alguna ley metafísica, el jeep se movió. Casi de rodillas en el asiento, conducía casi ayudando con los dientes a las varillas, paulatinamente debilitadas y que se sincronizaban en proporción inversa a mis latidos. De sístole en diástole, no tardaron en enterrarse en la capa de nieve. Y seguí unos doscientos kilómetros más, ya que daba lo mismo ver nevar que no ver nada, hasta que me hallé aislado totalmente. Frené. En el exterior, uno se encontraba más enclaustrado y, poco a poco, dispuesto a vociferar. Mientras buscaba un trapo, perdía un guante y comenzaba a sudar, sentí que jamás saldría de aquel mundo uniforme, desprovisto de puntos cardinales (y bastaba escuchar la risa de mujer, suplicando constantemente aguda desde algún lugar del tártaro), que me incitaba a la sumisión. Rasqué nieve del parabrisas, encendí un cigarrillo dentro —como último deseo— y las ruedas resbalaron hacia ¿atrás?, ¿a la derecha?, ¿a las nubes? De un acelerón desesperado conseguí marchar, delegando en el subconsciente el recuerdo de las curvas, la fijación de los fragmentos de roca (quizá imaginarios), la interpretación de la fatiga del motor en un repecho o el trote en una recta llana. Pero por una grieta del vidrio, durante un segundo, atalayé la verja en la cerca de piedra, empenachada de una columna de humo blanquísimo. Y lo que tanto me hubiese aliviado, de habérseme ocurrido, que era tocar el claxon, me parecía, con la Estrella Polar guiñándome, una puerilidad, mientras, temblón y chorreante, empujaba la cancela, aparcaba en el cobertizo y allí recordaba los cuerpos amados, con esa prontitud del resucitado para olvidar la agonía o, al menos, para almacenarla en el sótano del sueño. Desde el vestíbulo de aquel universo de calor, oí sus voces y hube de detenerme, por los escalofríos y por las lágrimas, antes de irrumpir en el living.

—Hombre, ya estás de vuelta... Gra se enfadó, cuando supo que habías bajado al pueblo.

Sagrario brotó en el diván, más escarlata que su blusa, brillantes los pómulos, venusina.

—¡Insensato!

—¿Sabéis que nieva?

No. Pero se asomaron al porche y, de inmediato, entendieron que yo era el mensajero procedente de aquel averno, así que permití que me facilitasen hasta calcetines secos, instalado en el butacón más cercano a la chimenea y con un whisky que, destilado en las highlands heliacas, duró un trago. Pablo me condecoró, algo asustado. Sagrario se asustó. Me dejé servir un segundo vaso. Pronto, del elogio pasaron al reproche, y el más lerdo esquimal habría atravesado la ventisca andando. Este esquimal, no.

—Ni en el peor momento dudé que llegaría con el jeep.

—¿Cuál fue el peor momento? —preguntó Sagrario, que venía de la cocina, con una bandeja rebosante.

—Cuando oí reír a una mujer entre la nieve. No dejaba de reír y a mí, verdaderamente, no me divertía escucharla.

—¿Cómo puede divertir un horror así? ¿Quién era ella? —Se agachó junto a la chimenea.

—A éste le divierten las entelequias, en condiciones normales. Déjame —pidió Pablo a Sagrario.

—En condiciones normales, sí. ¿Habéis puesto patatas a asar? —Me acuclillé entre ellos y besé a Sagrario—. Pero si no sé ni dónde están los faros, me joroban las apariciones. Cada cosa a su tiempo. Mira, pues no se han achicharrado.

—No las cojas con las manos.

—Es lo que necesitan mis manos. A todo esto, ¿cómo va tu fiebre?

—Su fiebre, bien. Por los cuarenta debe de andar.

—Exagerado. Venga, dejadme que las saque yo. ¡Lo que está cayendo ahí fuera…! ¿He traído la sal?

—Mañana habrá que cavar una trinchera para salir.

—Aquí está. Naturalmente, el lunes no te marchas.

—¿Quién, yo? —Inclinada sobre la mesa, apenas le quedaban muslos ocultos—. Cariño, te agradezco el subterfugio, pero seguro que el lunes estaré recuperada.

—Ahora mismo —Pablo pelaba, haciéndola saltar, una patata— te pongo el antibiótico que ha aportado nuestro Amundsen.

—¿De quién se trata?

—Un pariente de Kärista Rifstángi. Abrígate con la manta. Luego, tengo que salir a inspeccionar el canalón.

—Olvídalo. Se diría que le has cogido gusto a la tempestad. Hum…, están riquísimas.

—Deliciosas. Toma un poco de vino, Gra.

También los leños, como la cáscara crujiente de las patatas, rechinaban azules, amarillos, morados, distendiéndose en las pertinaces caricias de las llamas. Sagrario y Pablo pelaban atentamente sus patatas asadas, masticaban, bebían sorbos de vino. Sagrario había dejado contra el guardafuegos las tenazas doradas. Oí su suspiro y una sonrisa de Pablo. Por saborear el whisky, no me desvanecí en un deliquio psicosomático.

—No, gracias —había dicho Pablo—. Has preparado cena hasta para que me harte yo. ¡Caray, qué hambre tenía!

Un mechón de pelo le rozaba a Sagrario la mejilla. Los dedos me olían a barro.

—¿Qué habéis hecho vosotros?

—Charlar —dijo Pablo—. De la vida.

—¿De verdad que no os apetecen unos huevos con jamón?

—No, pesada. ¿Qué sobremesa se estila aquí?

—Se juega a las cartas, se ve televisión o escuchamos música —enumeró Sagrario.

—Escuchamos música —rectifiqué.

—Uno se permite el lujo de querer a todo el mundo, de lo enormemente a gusto que se está.

—Tú, Pablo —fijó la manta en las junturas del butacón—, siempre te permites ese lujo.

—Coincides con Mary. Una tarde jugamos a prototipos, ¿te acuerdas tú? A quién era el más más. Y Mary logró que yo fuese elegido el más bueno —rió ufano—. ¿Por qué? Mary es inteligente. No me lo explico.

—Porque eres, para empezar, el menos egoísta, el mejor educado. No cargas a nadie tus problemas.

—Ja —comenté.

—Prohibido jugar al más más. No obstante, a ti es a quien más quiero, Gra. Y después, a éste.

—A mí no me quieras así porque sí. Me da miedo esa clase de afectos.

—Pues te quiere.

—Por agradecimiento de huésped. Cuando quiero como esta noche, me gustaría que todos nosotros nos mudásemos a una isla desierta...

—Ya estamos.

—... a vivir incalculables años, felices. Una de esas islas —precisó Pablo— del Pacífico, que han desaparecido. Con palmeras y atolones.

—Te adoro —confesó Sagrario, salando media patata.

—En la isla, tendría un hijo con Bert, otro con Mary, otro con Tub y mellizos contigo, Gra. Ah, y con Galizia. ¿No resultaría un tanto promiscuo? A saber cómo reaccionarían los caballeros.

—Yo a la promiscuidad suelo adaptarme bien. Siempre —condicioné— que me dejen participar.

—Sería tan hermoso... —A Sagrario, ya con collar de flores, la manta se le transformaba en saarong—. Sigue, Pablo.

—Reconoce, tú, que te estimularía ver a Andrés trepando por un cocotero. José María se encargaría de diseñar las piraguas. Únicamente estaría permitido leer a Fourier, a Lafargue y a Cervantes.

Aprenderíamos a tocar el ukelele, para las serenatas y para «Yellow Submarine».

—Y amaestraríamos pájaros de colores, descomunales.

—Nosotros dos, Gra, los amaestraríamos. Al atardecer, nos bañaríamos en un lago verde.

—Rosado.

—Verde y rosado, sí, señora. Tan perfectamente hemos proyectado lo de nuestra isla, que mañana habrá que reservar los pasajes.

—Lamento interrumpir la vida en Utopía, pero ¿llamaste a Bert?

—No hay teléfono en el falansterio.

—Nadie reñiría, nadie cotillearía.

—Seguro que, por las mañanas, iríamos de cabaña en cabaña a contarnos en qué playa nos habíamos emborrachado la noche anterior. Hay costumbres imposibles de perder. ¿Llamaste a Bert?

—La llamé —se resignó a informarme Pablo—. Ella vendrá antes.

—Por telesilla. ¡Lindo domingo nos espera!

—Oh, qué manía de estropear la isla de Pablo. ¿Tendríamos un pequeño yate, para explorar las otras islas?

—¿Qué otras islas? —pregunté.

—Las del archipiélago —me aclaró Pablo—. Mientras desembarcamos, ponte el termómetro.

—¡No!

—Sí, anda, sí. —Pablo le tomó el pulso—. Has de estar en forma durante la travesía.

—Desde luego, tú no te marchas el lunes —recalqué.

—Por favor… Enseguida os preparo…

—Enseguida te pincho. ¿Has comprado dos? Te encanta hacer las cosas a lo grande. Un poco tenso —continuó, en cuclillas, asido a la mano de Sagrario—. Ya que te asquea el ponche, te vas a beber un tazón de leche ardiendo.

Retiré el servicio de la cena, preparé café, herví leche, comprobé que la nieve todavía no sobrepasaba el tejado. Daba ramalazos de satisfacción, recordar que uno había deambulado por allí. En previsión de averías eléctricas, dispuse velas, la linterna y el farol de gas. Como precio del hospedaje, Bert fregaría la vajilla al día siguiente. En el living, fui notificado de que treinta y ocho seis.

—La jeringa está arriba —dije.

—Yo creo que es mejor, cuando te vayas a acostar. Y lo mejor será que te acuestes ya.

—No tengo ganas. —Nos miró, fatigosamente amable—. Bueno, sí. Estoy embotada. A dormir, se ha dicho. Pablo, amor mío, puedo andar sola. ¿Qué haréis vosotros?

—Nos iremos de cabaret, madrecita —dijo Pablo, que subía el primero, permitiendo que mis manos acariciasen a saltos de escalón las corvas de Sagrario.

—Cariño, no salgas, hazme caso. Lo del canalón es tonto. Si os dedicáis a beber, no olvidad la chimenea. Me enamora dejarme cuidar, pero esto es ya demasiado.

Traje el instrumental sanitario al dormitorio de las dos camas, en una de las cuales se había sentado Sagrario, las manos entre las rodillas, la mirada vagando por los atolones.

—No te haré pupa —prometió el cirujano desde el cuarto de baño.

—Está todo listo —comprobó el enfermero ayudante.

—¿Has hervido la aguja, las pinzas y la jeringuilla? —inquirió en el umbral.

—Se desinfectan en la caja, quemando alcohol, como siempre se ha hecho.

—Es la primera vez que te oigo proponer que quememos el alcohol. —Se retiró a colocar la toalla—. Anda, anda, hiérvelas en un cazo y durante unos minutos.

—De la cocina al dormitorio, cogerán microbios.

Tub sacaba vendas de gasa del taquillón del living, casi irreconocible en bata blanca. En tanto hervía el culinario autoclave, la nieve esterilizaba porfiadamente el patio. Urracas del paraíso, guacamayos rojos, caluros, un marabú, engarfiaban sus dedos en los copos, sordos a la risa proveniente de las tinieblas acribilladas. Tub se tendía y apretaba sus labios contra la frente de Mary, congeladas ambas en estatua yacente, de la que Julia tomaba un croquis. Pablo aulló que si me inyectaba heroína a escondidas. Sólo un colibrí voló, como un torpedo, hasta chocar sus alas en la ventana. Con un paño en cada asa de la cacerola, no tuve manos para apagar la bombilla. En el dormitorio, Sagrario seguía sentada en la esquina de su cama y Pablo, en mangas de camisa, leía el prospecto del laboratorio.

—Tú me dijiste que…

—Calla —dijo, de repente, al tiempo que Sagrario levantaba la cabeza—. ¿No habéis oído?

—¿Qué?

—Sí —dijo Sagrario—. Ha sonado como un grito de mujer.

—Como si Tub gritase —murmuró Pablo.

—¡Qué tontería! —Sagrario se puso en pie.

—No era Tub —les traduje—. Es Mary, que lleva toda la tarde llamando desde la terraza.

—No digas esas locuras. Reconozco que me sobresaltas. Se empieza por oír voces raras y no hay manera de dormir.

—Te tomarás un somnífero. —El doctor transvasaba líquido—. Venga, Gra.

Sagrario se tendió en la cama, boca abajo.

—¿No se la pones en el brazo?

—No sé ponerlas en el brazo. Tú, guapa, sin miedo, que no dolerá.

Sagrario se subió la falda.

—No tengo ni pizca de miedo.

—Creo que… Me pone nervioso ver un pinchazo.

—Gra, prepara las sales por si se desmaya éste. Aparta.

Rodeé la cama. Sagrario tiraba de su braga, color tabaco.

—¿Podrás así? —preguntó.

—A mí me parece… —La piel estaba mate, con esa calidad porosa que yo más amaba.

—Espera, tendré que soltarme este chisme. —Sus manos maniobraron el cierre que unía las dos gomas, en la cintura.

—No te preocupes, Gra. Ayúdala, hombre, que yo no puedo.

Torpemente, acudí cuando ya se desprendían, como alas, los dos trozos superiores de las medias.

—Quítame el slip, por favor. Me fastidia que se me quede en los tobillos. —Abrazada a la almohada, me sonrió.

Pablo, con el canto de la mano, le dio unos golpecitos. Sentí las miradas de ambos y gruñí.

—Pero… ¡¿Será idiota…?!

—Será idiota, no. Será morboso —rectificó Pablo.

—Leñe, es que está con el culo al aire… Vamos, pienso yo que…

—¿Qué? Lo tienes muy bonito, Gra.

—Gracias, Pablo; ¿verdad que sí?

—No le pinches el ciático —aconsejé en el instante que clavaba la aguja.

—¡Ay!

—¿Ha dolido? Aprendí en los tiempos de Fleming. Y la verdad es que lo hago perfecto.

—Ahora me duele un poquitín.

—Por el líquido, que tarda en entrar. Desde luego, se necesita ser troglodita… —Cuatro dedos de su mano izquierda, el pulgar levantado, se apoyaban en la cadera de Sagrario—. Ya falta menos.

—Lo estás haciendo de maravilla, Pablo. Parecía la voz de Tub, ¿no? A los dos nos ha parecido.

—Sería el viento en las ramas de los árboles. *C'est fini.* —Y, de un movimiento preciso, sacó aguja y jeringa—. Realmente, lo tienes espléndido.

Sagrario rió. Con un algodón empapado en alcohol, Pablo trazaba repetidos círculos. Después, al tiempo que se erguía, sin prisas, le acarició los cabellos. Sagrario se levantó de un salto, arrebató de mis manos sus bragas y, contorneando la cama, dio un beso ruidoso a Pablo, que limpiaba con el algodón la aguja.

—A acostarte inmediatamente. ¿Has tomado la leche?

—Sí, padrecito —dijo, al salir.

—¿Qué es lo que te sucede?

—Bueno… Llevo toda la tarde viéndola en la terraza.

—Si nunca la viste a la pobre… Búscale un somnífero a Gra.

Cargué con la cacerola. Bajé. Volví a subir. Pablo, sentado en un puf del dormitorio, husmeaba un frasco de perfume. Corrieron, como ratones sorprendidos, cuando entré por el somnífero. Y hube de bajar a llenar de agua la jarrita de loza, para que pudiese tragarse la pastilla. Sagrario salía del cuarto de baño, con su pijama floreado y un aliento a brisas de dentífrico, que apenas me consintió gozar.

—Tienes los labios cortados.

—Ay, mira, olvidé la crema de cacao. —Volvió a entrar y al poco tiempo regresó al dormitorio, para, de una carrera, arrojando pantuflas al aire, zambullirse en la cama, cuyo embozo acababa yo de doblar en el más clásico estilo hotelero—. ¡Cómo me mimáis...!

Se comprobó la temperatura del radiador. Se la proveyó de revistas. Se le desaconsejaron los cigarrillos. La besamos, por turno. Remetimos las mantas. Majestuosa, desde su trono de almohadas nos deseó provechosas libaciones. No organizaríamos jarana. Con el somnífero, podíamos organizarla en buena conciencia. ¿Nevaba? ¿Para qué quería saber si seguía nevando? Para dormir mejor. Nevaba.

Cuando regresé de la leñera, Pablo, sentado a lo moro en el diván, con un jersey a los hombros y anudadas las mangas sobre el pecho, preguntó:

—Tú ¿escribes alguna vez a Mary?

—Desde hace días, la veo con frecuencia —dije, descargando leños—. Sobre todo, me pregunto por qué no lo hizo entonces. Lo razonable —Pablo sonrió— habría sido que lo hubiese intentado aquella tarde, aprovechando la desesperación, la angustia y la resaca del sufrimiento. Pero no, se decidió dos meses después, a lo imprevisto, cuando todo marchaba normalmente mal entre nosotros.

—Yo me enteré en el chiringuito de la playa. No tenía fuerzas para ir a casa a vestirme, aunque Tub y Bert estaban intratables, dándole a una de esas conversaciones de modas. Hacía un calor desaforado.

—Sí, me acuerdo.

—Se ignoraba tu paradero. Verás —la voz de Pablo aumentó de volumen— cómo averiguamos por qué Mary no se mató aquella tarde. Ellas parloteaban y anochecía, o había anochecido, y yo no tenía energías ni para levantar el whisky. El próximo acontecimiento sería la cena; ¿qué más daba beber allí que en otro sitio? Entonces, vi a José María, muy deprisa por el paseo, y detrás de él, corriendo, a Merceditas. Bueno, ahora no cuesta decir cualquier cosa y hasta creérsela uno mismo, pero te aseguro que, cuando los vi, que venían como buscando a alguien, presentí que se trataba de Mary, que Mary se había tirado por la terraza y yo sabía que vuestro apartamento estaba a medio metro de la calle. Tuve miedo, eso es lo que me pasó. Tuve tanto miedo, que me quedé sentado, esperando que ellos nos encontrasen. Merceditas nos descubrió. Se lo gritó a José María y José María retrocedió y empezó a correr por la arena, entre las mesas del chiringuito. Escaparon de estampía los cuatro y te confieso que me retrasé adrede a pagar la cuenta, para llegar cuanto más tarde. En ese tipo de ocasiones, me sale a flote una cobardía ejemplar. Habían dejado abierta la puerta y entré. Andrés ya estaba mojándole con agua oxigenada los brazos y las manos.

—Las muñecas. Y con mercurocromo.

—Los antebrazos, que es por donde más sangraba. La recuerdo clarísimamente. Llevaba sólo un albornoz corto, abierto, y temblaba como si le soltasen corrientes eléctricas. ¡Qué temblores! El cuerpo entero se le desmandaba con aquellos espasmos. Y sollozaba. Me miró, sollozando, y se puso a recitar mi nombre. Pablo, Pablo, Pablo... Tan crispada, tan desfigurada, con las venas restallándole, sudando, churretosa —encogido, sostenía el vaso en el borde de la mesa—, asfixiada... No recuerdo qué hice; la besaría o le acariciaría la melena o... Pregunté por ti, eso hice; pregunté dónde te habías metido tú, porque aún no sabía que habías dejado a Mary encerrada en la terraza.

—Desde las cuatro o cuatro y cuarto. Desnuda.

—Merceditas, llorando, repetía que te habías llevado el coche. En las baldosas y en las esteras brillaban los pedazos de vidrio.

Continuamente me advertían que no los pisase. No te lo he dicho, pero esta primavera, si Mary no viene, me voy a pasar unos días con ella en París. Se lo he prometido. No sé de dónde sacaré el dinero, pero lo sacaré. Gracias a Andrés, tú, que no perdió la cabeza y le fue arrancando cristal a cristal, sujetándola, sosegándola, y le desinfectó los cortes, uno a uno. Chico, desde entonces, ¿qué quieres?, tengo más respeto por Andrés o más cariño quizá. Pobre, pobre Mary, y era la mejor de todos. Jamás he sentido una piedad así por nadie.

—Acabé en un cine, porque, a medida que transcurría la tarde, ni la ginebra me entraba bien. Daban una de gángsters y, la verdad, me fui olvidando.

—Bert la acompañó al dormitorio, le puso un vestido. Tub maldecía, que ojalá no volvieses nunca. Y llegaste, cuando se discutía si telefonear a una clínica.

—Merceditas recogía los trozos de la vidriera. Tú tomabas una copa.

—Acuérdate, te empujé al dormitorio, antes de que te linchase la concurrencia. Luego, no muy seguros, nos marchamos a cenar, cerca de las doce sería, y Tub, a media cena, se empeñó en ir a investigar. Merceditas le dijo que Mary dormía y a ti te había visto sentado en el ventanal. Nos acostamos tardísimo, cansados de hablar de vosotros. Me levanté pronto. Al mediodía apareció Mary en la piscina de Andrés, vendados los brazos, con esparadrapo en una rodilla, avergonzada. La pandillona se comportó divinamente. Incluso, insistieron lo justo sólo en que se trasladase a vivir allí. Tub afirmaba que había que encerrarte en un manicomio, seriamente, que no debíamos dirigirte la palabra ninguno. Y Mary dijo que te ayudásemos, que te lo estabas pasando mal. A ratos, hablaba sin parar; luego, callaba durante una hora. Me escabullí a buscarte, a la caída de la tarde, y te empapaste una pero que muy cumplida, hasta Kärista quedó impresionada. Mary ya no fue la misma el resto del verano.

—¿Por qué no lo intentó entonces?

—Lo descubriremos. Nunca he sabido por qué la encerraste. Te lo pregunté aquella misma noche, cuando te guarecí en el dormitorio, y no me contestaste.

—Tenía yo montones de hachas que afilar contra Mary.

Nada más sentarme, navegando todavía los témpanos de hielo en el mar de whisky, oímos a Sagrario que bajaba la escalera. Se había puesto sobre el pijama el minikimono y, en el vestíbulo, pedía ya no ser amonestada.

—El somnífero, hijos, que me ha quitado el sueño. No aguanto en la cama, sabiendo que os estáis divirtiendo. —Se detuvo, suponiéndose inoportuna—. Prometo formalidad.

—Coge la manta y vente a mi lado. —Pablo palmeó el diván—. Estábamos reconstruyendo historias de terror.

—Siento interrumpir.

—Recordábamos cuando dejé encerrada a Mary —dije.

—Ah —asintió, repentinamente inmersa en la tonalidad ambiental.

—Se trata de averiguar por qué Mary no se suicidó entonces y lo intentó después.

—Es fácil de explicar —masculló Sagrario Holmes.

—Pero si ni ella misma ha debido de explicárselo nunca… Por aquellos días utilizaba la agresividad de nuestra última mañana en Roma. Tampoco agresividad exactamente, sino una especie de seguridad en sí misma, una cierta mordacidad al relacionarse conmigo. Se esforzaba en patentizar que se sentía ajena a mis actitudes y a mis sentimientos. Fingía, indudablemente. Y, de paso, me zahería. Yo apuntaba en una agenda, para no olvidar ninguna, cada una de las ofensas de Mary. Sería ridículo y sórdido, pero las anotaba, implacablemente. Su independencia de horarios, los gastos extra, las ocasiones en que se negaba, la adoración excluyente de Merceditas, los coqueteos estúpidos, su ropa, sus alianzas con Tub, aquella deliberada altanería que conseguía que yo me hallase inútil o zafio. Y, sobre todo, los silencios cazurros, su obstinada capacidad para no discutir. Esa lista de venganzas a ejecutar me decidió quizá. Me desperté de la siesta y hacía un calor aplastante y el apartamento estaba vacío y recordé que Merceditas, como todas las tardes, tenía tarde libre y yo no toleraba la ansiedad, aquella exigencia de que todo explotase.

«Il y a une histoire comme ça dans un des livres de Partre.

—C'est un livre excellent, dit Alise. Vous ne l'avez pas lu, Colin?»

La vi tendida en los baldosines de la terraza, dormida al sol, que le escurría sólo desde las rodillas a los pies. Y desnuda. Quizá fue la postura, relajada y dominadora, su insultante descuido, quizá pensé que no se había sentido culpable de nada. Experimenté tanta humillación como la noche que Bert me pateó de su casa y, por otra parte, resultaba asombrosamente fácil humillarla. Cerré, muy muy despacio, la puerta de la terraza, aseguré la falleba, permanecí un rato aún contemplándola dormir, al otro lado del cristal, y me fugué en el coche. Es una manera de hablar, porque, en los bares, mientras callejeaba, incluso distraído con las fechorías de la Bonnie, continuaba observándola, como en un acuario, y calculaba, con todo detalle, su despertar, su asombro, el tiempo que tardaría en tragar el anzuelo, su paciencia inicial, su progresivo enervamiento, la rabia de encontrarse tan grotescamente atrapada. Siempre supe que no se atrevería a saltar...

—Estaba desnuda —dijo Pablo.

—... al jardincillo y correr por la acera, a refugiarse en la conserjería del edificio. Confiaba en sus represiones puritanas y no me defraudó. Mary debía comprender que se merecía aquello y tenía que asumirlo. Es decir, esperar el regreso de Merceditas o romper a puñetazos el cristal. Que es por lo que optó. Lo que no imaginé yo es que eso pudiese resultar tan sangriento, en el sentido literal de la palabra.

—Rompió la vidriera algo así como tres horas después. Tres, tres y media. Es bastante tiempo, tú, bastante para una venganza.

—Tenía cigarrillos.

—¿Comprendéis —Sagrario, las piernas dobladas sobre el diván, se acurrucaba contra el flanco de Pablo— la cantidad de desconsuelo que acumularía? Tuvo que revisar completamente su vida, quién era ella, quién eras tú, qué erais el uno para el otro. Forzosamente debió olvidar, cuando el furor la impulsó contra el cristal. Sí, olvidó, porque no se suicidó, pero al minuto siguiente. Más tarde, cuando tú creías que lo había superado, fue incapaz de destruir lo que había hallado dentro de sí, a lo largo de aquellas horas espantosas. Por eso, tardó dos meses en recurrir a los barbitúricos.

—Es cierto, Gra. Uno no se mata, cuando los demás esperan que uno se mate. Por lo menos, si se trata de un suicidio no publicitario.

—Especulaciones en el vacío de la conciencia. En principio, nadie se mata por amor.

—Bobo —rió Sagrario—. Decidió matarse por falta de amor.

—Por falta de amor a sí misma —precisó Pablo.

—Entonces, también yo me mataría casi a diario.

—Hazlo —me desafió Pablo—. Pero no, tú eres más elemental que Mary.

—¡Estaría bueno…! Mary carecía absolutamente de intimidad. Nada le preocupaba, si tenía un amor dulzarrón, que le dejase tiempo para la peluquería y para las tiendas. ¡Y pensar que, si Mary no hubiese sabido hablar castellano, la aventura habría durado una noche…! Cualquier defensa lateral resulta más complejo que ella. Lo que sucede es que a la gente con dinero la suponemos barroca y sensible.

—¿Estás borracho? —preguntó Sagrario—. Cuando opinas sobre Mary, juraría que estás borracho e insensible.

—No llegaste a entenderla —remachó Pablo—. Ni ella, a ti.

—Y fue Mary la que terminó por entender que así era. Cariño, no te enfades, no quiero enfadarte, pero tú tienes abiertas todavía las cuentas de la venganza.

—Contra él mismo. —Pablo rodeó con un brazo los hombros de Sagrario—. Aunque sea de prestado, me pasaré unos días con Mary en París. Y nos divertiremos.

—Ella se alegrará tanto… Y tú lo harás muy bien, estoy segura. Tú, Pablo, nos conoces a las mujeres.

Contuve caritativamente una carcajada y, por simple euforia, abastecí mi vaso con un chorrito fuera de programa.

—Que te financie ella el viaje, si le urge cotillear. Pero vendrá antes. ¿No decís que Tub y Andrés la han convidado?

—Para la primavera. —En los ojos de Pablo había florecido el turbio anuncio de las horas báquicas—. A lo mejor, aparece en el momento más impensado. Es uno de los atractivos de Mary. Sin embargo… No me mientas, di la verdad… ¿A que no se te ha ocurrido que Mary pueda regresar y, sin embargo, no verte a ti?

—Mentirá —adivinó Sagrario.

—¿Que venga Mary y no me lo diga? Es una posibilidad —que, tras una consideración global, me dejó sospechosamente sosegado—. ¿Qué sucede, que ha venido?

—¡No! —exclamó Sagrario.

—Asno, si se presenta irá a un hotel o a casa de Bert o a casa de Tub. Mira, Merceditas engordaría.

—¿Sigue esa pequeña orangutana con Tub? ¡Qué suerte la de Joaquina…! Dedique usted media existencia al servicio de una familia, para acabar con la Mercedes de compañera. Seguro que es felicísima Merceditas teniendo de señor a Andrés, no lo había pensado. Y él, con semejante hipócrita de doméstica —antes de que lo hubiese previsto, Sagrario se sentó en mis rodillas y, con un deliberado impudor, me besó, me revolvió el pelo, me pinzó la nariz—. ¿Es que no es verdad? Se llevarán sensacional.

—Y tú, cínico, con la tuya ¿cómo te llevabas? —Permaneció abrazada a mi cuello—. Pablo, ¿por qué tú y éste os queréis tanto?

—Por mi paciencia —dijo Pablo.

—¡Sois tan distintos…!

—Afortunadamente —conseguí decir yo primero.

—Quizá, en el fondo, sois muy iguales.

—Desgraciadamente —se me adelantó, por fracciones de segundo.

—Coincidís en la manera de envejecer.

—Gra, eres un genio. Con la edad, hay gente que se separa y hay gente, como éste y yo, que se asemeja. Siempre tuvimos de común la pereza, el alcoholismo, el amor por los cuerpos, la fanfarronería y un *penchant* melodramático por las pasiones embarulladas. Al envejecer, todas estas virtudes se ponen más de manifiesto. A mí, en cam-

«… lo poco que hubo de solidario y civilizado en mi primera juventud se lo debo por entero al trato con los cuerpos desnudos y a cuanto hay en ellos de hospitalario, a un poco de alcohol y a cierta natural y obsesiva predisposición a lamentar no sé qué

bio, nunca me ha aliviado   *tiempo perdido o no sé qué bello sue-*
tanto el dinero como a és-   *ño desvanecido.»*
te, ni me ha gustado la vi-
da de oficina, ni Balzac, ni la soledad o sus placeres, ni Tub.

—Inconcebible que a alguien no le haya gustado Tub. Pero yo
sí, ¿verdad, Pablo?

—Tú, sí. Y más desde esta noche, que el muy insano ha hecho
que me fije en tu trasero.

—Yo lo quiero bastante al insano.

—Porque te estás quedando dormida. Si encuentro dinero, me
voy la semana próxima a abrirle la puerta de la terraza a Mary. Fue
espeluznante, cuando, después, oí su risa por primera vez. A la mañana siguiente llegué temprano. El plomero colocaba la nueva vidriera. Era un tipo cuarentón, que silbaba bajito, mientras trabajaba, y daba las órdenes al aprendiz en un andaluz imposible. Mary,
Merceditas y yo estábamos en la *kitchenette*, con la puerta entorna-
da, y de pronto el tipo dijo, con esa sabiduría del pueblo: Arsa ke
detroso s'abrá jecho el ke s'ampeñao en filtrase por esta luna… Entonces, Mary rió.

En mis brazos, Sagrario también, adormilada y copartícipe de
ese subsector del masoquismo (del señorito), que consiste en enco-
miar cómo el bajo pueblo —en determinados momentos y en espe-
cíficas circunstancias— resulta más perspicaz que el propio señorito. Lo hice constar.

—No me negarás que el tipo estuvo ocurrente. ¿Sabes qué, Pablo? Te presto el primer sueldo que gane, para tu viaje a París.

—¿Por qué no viajas tú a la cama? Estás frita.

—Sí, sí. —Se puso en pie, apoyándose en mis hombros—. Me
voy, pero que nadie se mueva.

—Te acepto el préstamo, Gra.

—Da la luz, cuando subas. No me despierta ni un cañón.

—Sueña cosas bonitas. —Pablo se desanudó el jersey, se rascó la nuca, bostezó—. ¿Qué se hace aquí a estas horas?

—Se bebe un trago.

—Me sale por las orejas.

—Se le permite a Julia ver la televisión. Cuando está Julia.

—Creo que me tomaré la última. Es buena cosa vivir, ¿no?

—Sí —subscribí—. Sobre todo, que si no, ¿qué haces?

—Ver la televisión. Disculpa, pero me encuentro repugnantemente satisfecho de mí mismo. Como dice la gente que cumple con su deber que se encuentra uno cuando uno ha cumplido con su deber. Hasta sería capaz de cumplir mi deber ahora.

—No te erotices.

—Desde que nos falta Mary —estiró brazos, piernas, tronco y mandíbulas— vivimos poco, ¿no? Estos fuegos de leña son tan afrodisíacos… Realmente, ¿es que no hay nada, pero nada, que hacer?

—Revisar el canalón.

—Con Mary, no parecíamos tan provincianos.

—¿Has ligado últimamente?

—No. —Dejó de restregarse los ojos—. Apenas salgo y, si salgo, me da terror la gente nueva. ¡Caray!, ¿para qué he tenido yo que confesarle a Gra que desearía tener muchos hijos? Esas cosas la impresionan.

—Cada uno es como es.

—Ele.

—Que no te quepa la menor duda. Y cada uno tiene lo que se merece, digan lo que digan los voluntaristas, los marxistas o los maristas.

—¿Te mereces a Gra?

—Hay excepciones. Como aún estás en edad, también puede que un día seas padre.

—Por excepción. A Mary tampoco te la mereciste.

—Sí y no. Desde un punto de vista económico, no. Ni el más acreditado chulo de costa se merece a Mary.

—Pero tú no eres un chulo de costa, tú eres un tipo de clase media. Además, que a Mary el dinero no le determina sus sentimientos, digáis lo que digáis tú y los marxistas venidos a menos.

—Confiemos que la penuria tampoco determine a Sagrario. Lo que me joroba es que tendré que convencerla yo de que caiga en esa trampa de José María.

—Está convencida de lo contrario. Fíjate, Andrés se merece a Tub.

—Pero no las pecas de Tub.

—Prefiero las pecas de Mary. Mary tiene unas pecas mejor distribuidas, más destructoras y menos vaticanas. Tub vive despendolada.

—Así me lo ha informado Julia.

—Hasta un poco mística. Se le pasará, claro. Estos arrechuchos de sujeción marital ya los ha padecido otras veces. La alteran muchísimo, luego la dejan machacada. Sin embargo, debes admitir que Tub es un excelente ejemplar para que te dé un hijo.

—¿Me pides a mí que lo admita?

—Y para quitárselo, en cuanto lo hubiese parido. Pero para la elaboración del producto, y ya que parece ser imprescindible, Tub estaría bien. Para el marketing, un desastre. Vamos a ver el canalón ese, anda.

Pablo se metió el jersey y abandonó el vaso. Alentado por un trago generoso, me desescamé el sopor. Más somnolienta, aunque espesa, la nieve obligaba a encender la linterna. Túmulos funerarios los macizos de boj, góndolas las ramas, guardarropa de fantasmas la verja, la escenografía, que lograba entreverse, carente de últimas perspectivas, se alzaba adecuadamente tétrica. Pegados a la fachada, Pablo y yo taqueamos, por pura admiración del fenómeno meteorológico. Pablo suplicó un sorbo de mi resguardado whisky. Cortina tras cortina, caían hipnotizantes, atraían hacia un muro que retrocedía y no estaba en parte alguna. Si, mediante un esfuerzo de concentración mental, paralizaba los copos, en el cono de luz Mary se desprendía, sentada en una butaca, de sus medias, con un desplazamiento narcisista de sus uñas a lo largo de las piernas. Más allá (herido por la sorpresa del propio rostro reflejado en un escaparate), yo sonreía, aunque sabía que lloraba, mientras giraba un plateado zapato, sin talón, y a Mary se le aflojaban las mejillas, antes de gemir su placer contenido.

—Nos enterrará —dijo Pablo.

Seguimos la fachada, hasta doblar la esquina. El viento arremolinaba la nevada en el patio. Pablo mantuvo la linterna y el tubo del canalón, mágicamente sujeto, abrasaba.

—No lo estuvo pensando dos meses, como cree Sagrario. Lo intentó por fastidiarme, sencillamente.

Pablo reía con la boca cerrada, transmitiendo al haz de luz el balanceo de su sarcasmo.

—Terminarás conviviendo aquí con un cadáver imaginario.

—Ya he terminado —dije y Pablo retiró la luz de la pared.

—¿El doctor Frankenstein empinaba el codo? Sin duda.

Empapados, afantasmados y canosos, tiritamos pertinentemente en tanto nos reamoldábamos al calor. Pablo anunció que se retiraba. Dispersé las brasas de la chimenea, trasladé vajilla al fregadero, apuré el whisky y efectué la ronda de puertas y ventanas. Pablo se examinaba la lengua en un espejo del cuarto de baño, con ese minucioso recelo del semiebrio en la detección de los síntomas de la esplenitis. ¿Se había encontrado algún pedacito de bazo? Pues a la cama, que la próxima jornada se prometía de aúpa.

—¿Por qué?

—Por Bert.

—Ah…, lo había olvidado. —Acabó de hurgarse los lacrimales—. No vendrán con este tiempo. Quedó en que llamaría, para saber si seguía nevando.

—Que no pare de nevar.

Sagrario dormía de costado, renqueante y a una temperatura de alto horno. Besé su melena, bailoteé por la oscuridad, me tendí a cámara lenta y, acomodándome al insomnio, oí el chasquido del interruptor de la lámpara en la habitación de Pablo. De inmediato, sentí pastosa la lengua, punzadas en los omoplatos, desasosegadas las piernas y sofoco facial. Calculaba el costo de las imprescindibles reparaciones de la casa, cuando José María abotonaba —o desabotonaba— la blusa de Encarna. Probadas todas las posiciones, en la más inestable el sueño asomó unas garras peludas. Quizá, nieve ayudando, no se marchasen hasta el martes o el miércoles; quizá Pablo se quedase hasta finales de semana, whisky habiendo. Sin embargo, un día u otro clausuraría todos los dormitorios, menos uno, y cambiaría algunos muebles, a fin de que Sagrario en su primera visita percibiese el comienzo de la nueva situación. Hice coincidir el mentón con el filo del cabecero, se me escabulló el pie izquierdo fuera de las mantas y Julia acababa de despojarse de su blusa para, con mayor comodidad, formar un puente bisulfuro mediante la oxidación de ocho esporos sexuados. Sin sus paseos murmulleantes, sin sus viajes a la cocina en busca de naranja o trago de espumoso, sin sus largas miradas vacías mascando lápiz, sin su presencia embufandada en la cerca de piedra, las semanas se alargarían, se apesantarían mis regresos al atardecer. De alguna manera, hasta una mujer de goma acompaña más que el cadáver de una mujer. Ya que no lo conseguiría, no intenté relajarme, sino que, después de olisquear a Sagrario, me puse las pantuflas y la bata y salí a perseguir por los pasillos, por la escalera, por el living, cuyas paredes se enfriaban, el recuerdo de una gacela enfebrecida, que había saltado a mis brazos; por lo menos, a quedarme apoyado en el hueco de la ventana del cuarto de los trastos, abandonado al fluido de las imágenes, que eran mis ideas, sin oponerme a ellas más de lo que podía oponerme a la continuidad que, resignada, embobecida y blanca, caía al otro lado del vidrio.

Apoyado un hombro en la jamba de la puerta, a la expectativa de que rompiese a gruñir la cafetera, estuve analizando el crepitar de la lluvia en la tierra negra del patio. El canalón vomitaba a pleno rendimiento y los charcos se embalsaban en un lago, que inundaría la cocina, a no ser que alguien, menos adormilado que yo, se dedicase a cavar una acequia de desagüe. Entre la luz filtrada y el pianeo de la lluvia, el paisaje conseguía un nauseabundo zapateado de huérfana enlutada y pizpireta. A mis espaldas, saltaron las rebanadas en el tostador. La ladera se perdía en la bruma, aunque los pocos pinos visibles conservaban apariencias de árboles. Quebrado el hielo, una avalancha de lodo —y yo intuía que era lava— desbordaba el Gran Canal. Sobre el ruido de las torrenteras y el aguacero, la voz lejana de Sagrario exclamó:

—¡Oh, qué desilusión…!

Minutos después, tostándose nuevas rebanadas y en trance de espesarse el chocolate, herr Brahms resonó a oboe limpio, más semejante al disparo de un bazuka de lo que cabía esperar de una orquesta austríaca. Ya que Pablo asistiría a la temprana sinfonía, añadí botella de aguardiente seco. Saltaron otras tostadas. Si salíamos de cacería, el primer plato del almuerzo serían ancas de rana. Mañanas de tal calaña, incitando a dilatar el afeitado, son las que aficionan a la mugre. Cucharillas. Habría que subir al tejado a arrancar las insólitas plantas. Tres servilletas. ¿Cómo se denominaría aquella dolencia melómana que no permitía vivir entre los sonidos naturales? Y, menos mal, que me había prohibido a mí mismo recordar a Bert y la indeterminada compañía. Completé la bandeja con un frasco de sales efervescentes.

—Pero ¿has visto qué tiempo…? Y, encima, hace más frío que ayer. Yo me he pasado la noche soñando que esquiaba. —Sagrario besó mi sien y entendió mi carrasposa pregunta—. Completamente nueva, cariño. Treinta y seis cinco, pregúntale a Pablo.

—¿Dónde está?

—Arriba, poniéndose un jersey.

Terminada la descarga, la bandeja y yo regresamos a la cocina. A semejanza de la charanga brahmsiana, la del exterior prometía una húmeda eternidad. Probé el chocolate, con arreglo al candente sistema de chupar el índice previamente sumergido y, un poco demasiado a la manchega. Pablo me llamó. Por el monte, Mary y Tub flecheaban sapos, con un séquito de corzas.

—¿Auténtico lo de los treinta y seis cinco?

—No hay más que verle la cara.

—Desconfiado… ¿Has hecho también chocolate?

—Y pan frito. —Dejé la fuente sobre la mesa.

—¿A qué hora te has levantado entonces? —se interesó Pablo.

—Tarde de todas formas —denunció Sagrario— para afeitarse y vestirse.

En cambio, ellos subyugaban; Sagrario, recubierta de garganta a uñas por una segunda piel amarilla, botas azules de coracero, escasas franjas de lana multicolores, cabello realzado en un *chignon* impecable; Pablo, de ante y pana, ítem más jubón de cachemira en tono faisán-con-trufas sin faisán. Ni aun con kolvac y vestido chinés, habría prestigiado yo mi indumentaria de bata, chancletas y tobillos gélidos. De pasada, les reduje potencia a los austríacos.

—El chocolate no os lo recomiendo especialmente.

—Pero qué lástima que se haya fundido la nieve, ¿no?

—Dejará de llover, no te preocupes, Gra.

—Ni dejará de llover, ni habrá quien encienda la chimenea.

—Prohibido encender la chimenea, mientras no abra de par en par y ventile este cubil.

Antes del primer aguardiente, tomé sales antiácidas, en previsión de lo que nos reservase la jornada.

—Sí, tuvimos una nevada hermosa anoche. Tú ya le estás dando al chinchón, eh.

—¿No piensas desayunar otra cosa, cariño? A ver qué encuentro en el frigorífico y en la despensa, y os preparo algo especial.

—¿Para cuántos?

—¿Cómo para cuántos?

—Bert y sus amigotes —le recordé.

—¡Claro! —entonó Sagrario—. Pues, estupendo. Ya que no se puede salir, prepararé un banquete.

—Por tus alardes serás criticada. —Me mudé a un butacón, a degustar tónico.

—¿No lo consideras oportuno? Confiemos en que sean personas normales.

—Da pereza volver con las personas normales —dijo Pablo—. Y a las calles.

—Quedaos.

—No estaría mal. Nos librábamos de la cena de Tub.

—¿Qué se conmemora?

—Nada. Tub ha decidido recibir los martes. Cena fría. Sin obligación de asistir todas las semanas.

—Es agradable saber que los martes puedes encontrarte con los amigos —opinó Sagrario.

—Y más agradable saber que, excepto en casa de Tub, en ninguna parte los encontrarás —corroboré, con la displicente lucidez que el aguardiente permite a quien madruga.

—Hace años yo también establecí un día fijo.

—No me acuerdo —dijo Pablo.

—Apenas nos frecuentábamos en aquella época. Sin embargo, te recuerdo en casa algún día de recepción. —Cuidadosamente recubría de mantequilla una tostada, que pasó a Pablo—. El inconveniente está en que es imprevisible el número de invitados. Pero, mira, también hoy nos sucede lo mismo.

Después, Pablo, probablemente en la fase etílica del desayuno, anunciaba la cautela de Madame Tub de cerrar los dormitorios las noches que abriese los salones, Sagrario debía de airear el cubil e, incluso debajo de la manta, el espectro armónico balanceaba los caballitos blancos que, en racimos, colgaban del cuello de Mary. Me despertaron unos acordes de motor de cuatro tiempos y Sagrario, disfrazada con un mandil dos veces más largo que su vestido, me zarandeaba.

—Que ya están aquí.

—Y ¿qué hago?

—Anda a afeitarte, que no te vean con semejante pinta.

Me crucé en la escalera con Pablo, que bajaba de arreglar su dormitorio.

—Nos han chafado el domingo.

—No te deprimas por anticipado.

Achantando progresivamente el rumor enarmónico del archicémbalo, que provenía del living, los estatorreactores supersónicos, que propulsaban a Bert, yugulaban la calma y desprendían el canalón. Observé, guarecido tras la celosía de la contraventana, que, bajo la llovizna, Pablo intentaba cerrar la cancela, las botas de Sagrario caminaban sobre el barro y el dragón, made in West Germany, galopaba el jardín, parecía resbalar, clavaba sus cuatro zarpas y, en el silencio —otra vez punteado de rumor diatónico— lo lógico habría sido escuchar los alaridos de los contusionados a consecuencia del frenazo. Por la portezuela izquierda descabalgó Genoveva de Brabante, en chaquetón marinero, y por la derecha tomó tierra el zanquilargo, con el pelo cortado a cepillo y vestido de profesor que viste de marrón. Bajé la tapa del excusado y, de hinojos sobre ella, mejoré la visión del espectáculo. Bert guardaba en uno de los bolsillos del chaquetón un llavero, antes de abrazar a Sagrario. Hasta mi barbacana ascendió un silvestre aroma de perfume parisino. Pero ya el anónimo individuo sometía la diestra de Pablo a unas cuantas sacudidas, en el más descorazonador estilo campechano. Ileso Pablo de la presentación, el supuesto pedagogo tomó la mano que Sagrario le tendía y, repentinamente cortesano, hizo intención de besársela. Pablo y Bert se cogieron de la cintura, como para girar al molinillo. De alguna manera, todo permanecía igual que siempre y si —como pensé— Sagrario y Pablo hubiesen subido al coche, yo no habría experimentado ninguna frustración, sino que habría constatado que era lunes, y no domingo, en mi calendario desprovisto de cifras. Cuando sospechaba que hablasen de mí, levantaron de pronto las cabezas y me aparté de la tronera. Sin embargo, comentaban el clima y seguí espiando la procesión hacia el porche, de pie ya sobre el inodoro, desapareciendo de mi campo visual, y por este orden, Sagrario, Bert, el maese y Pablo, que gesticulaba alegremente. Salvo el gigantesco escarabajo en el sendero, visible desde varios kilómetros a la redonda, el jardín atesoraba despojos de luz sucia y mojada. Sin prisas, con indefinidos intervalos dedicados a la suspensión emocional, realicé mi aseo, esperanzado en que anocheciese antes de terminarlo. Se les oía a ellos y al clavicordio, pero siempre más al clavicordio. Mi ausencia traspasaba ese límite que corre entre la expectación y el olvido absoluto, cuando, aviado ya, aspiraba en el dormitorio de las dos camas el fidedigno aroma de la ropa de Sagrario.

—Carlos —se autonombró el ex anónimo, al tiempo que me descoyuntaba carpo y metacarpo, calculaba yo que se llamaría Benedicto y Bert, sosegadamente dispuesta a besar mis mejillas, aproximaba su enternecida expresión maternal, tan conocida que, de reojo, me permitió columbrar en el repecho de un ventanal una cartera negra, de superficie rugosa y albos herrajes.

—Me alegra verte, tú… —le dije, aún su mano en mi nuca.

—Te encuentro escuchimizado. Tontaina… —rió, contenta—. Se necesita estar orate para encerrarse en un sitio tal. ¿Te levantas ahora?

—Se levantó de noche —informó Pablo, que sostenía enfáticamente una copa— y se ha pasado la mañana durmiendo.

—Lo que yo digo, majara perdido.

De bracete, Bert me condujo al diván. La chimenea ardía por arte de hechicería. Bert se desplomó en un butacón, pedaleando en el aire sus inacabables piernas, restallantes en los pantalones de terciopelo turquesa, y unos dedos asaltaron mi rodilla, apretándola.

—Gracias —dijo.

Con toda evidencia, en algún curso de relaciones públicas le habían enseñado aquella maquinación de crear instantánea cordialidad. Correspondí con una sonrisa quebrada. Carlos emitió, con el derecho, el acto sémico denominado guiñada de ojo. Mi experiencia jamás había registrado un desconocido de tan antigua amistad.

—¿Qué tal el viaje? —pregunté, para distanciar.

—Con el coche de Bert, no hay caminos malos. Tienes la casa en un lugar ideal. Y permíteme decir —mientras Pablo me pasaba cóctel, se lo permití— que tu mujer es muy amable.

Momentáneamente supuse que se refería a Bert, ocupada en servirle gaseosa al limón.

—La he encontrado estupenda a Sagrario. Se ve que el campo le prueba. No, Pablo, gracias.

—Tú te lo pierdes. ¿No te apetece mi mezcla? —ofreció a mi compañero de diván.

—No estoy acostumbrado, perdona.

—Éstos te acostumbrarían pronto.

—En mi opinión —que nadie le había pedido— después de probarlo todo, debe elegirse sólo lo sinceramente apropiado a las características personales. A mí las bebidas fuertes me hacen daño. *«Sic est faciendum ut contra naturam universam nihil contendamus; ea tamen conservata, propriam sequamur.»*

—Cuestión de entrenamiento —dijo Pablo, rozando ligeramente la erre y en manifiesto intento de apostolado—. No se nace con el estómago adecuado a las bebidas buenas. Hay que adecuarlo. Tampoco se necesita más voluntad que para otra profesión, pero, eso sí, es preciso un esfuerzo de voluntad.

—De vocación —apostilló Bert, con la repentina lozanía de diez años atrás.

—Creo comprender. —Y no comprendía—. Es curioso que normalmente se estima la habituación a la droga como un placer. Y no parece ser así, según he oído ya varias veces.

Bert miró a Pablo, velozmente atemorizada.

—El alcohol no es droga —disparé yo una certera ráfaga desde la retaguardia enemiga.

—Oh, sí, y de las más perniciosas. Pero el cuerpo humano posee una capacidad inagotable de acomodación, como demuestran los récords atléticos, que olimpiada tras olimpiada van superándose.

—Mi récord —alardeó Pablo— está en veinte martinis en veinte minutos.

—Sí, señor —atestigüé—. Veinte y en boda y de pie.

—¿En qué boda? —quiso saber Bert.

—En la boda de Tub.

—¿Hubo *lunch* de pie en la boda de Tub?

—No, pero no da tiempo a sentarse, si tienes que beberte veinte martinis en veinte minutos —expliqué.

—Yo lo creo. Nos hallamos en mantillas respecto al conocimiento de los poderes de nuestro cuerpo.

—En aquella boda —añoró Pablo, que se servía olímpicamente de la coctelera— el que más y el que menos batió sus marcas. Bebimos de tango, porque era la primera del grupo que se nos casaba, y esas cosas impresionan. Como el día que acompañamos a Mary al aeropuerto. Mary —parafraseó en honor de Carlos, absorto en el discurso— era la primera de la pandillona que se divorciaba, y también aflige. Yo pretendí sacarme un pasaje con destino a Rawalpindi, en el mismo aeropuerto, porque a Rawalpindi se tarda más y, obviamente, a uno le echan más de beber las aeromozas. Me faltaban unos seis dólares y se negaron a prestarme.

—Lo cierto —disentí— es que nos quedamos sin dólares aquella tarde.

—¿Tú crees?

—Sí creo.

—No estoy seguro. Yo aquella puñetera tarde me encontraba tristísimo.

—Y yo —dijo Bert, que se habría dicho que no escuchaba.

—En cualquier caso, el vino potencia la tristeza, ¿no?

—Sí —replicó, tajante y sabio, Pablo—. En cualquier caso que se beba vino, porque del vino nadie puede esperar sino cogérselas vomitonas y peleonas y burdas.

—Pues tengo entendido que es la bebida más sana —insistió, con la insolencia del ignorante temerario.

—La más barata. Como el tabaco negro. Y las sardinas. En las economías ramplonas, lo más barato es lo más sano.

—Pobre Sagrario… —Bert se levantó a la carrera—. Voy a ayudarla.

—¿Dónde está Sagrario? —pregunté.

—Encima, a los señoritos…

—Guisando —informó Bert, desde el pasillo.

—… les entra goyesca y, hale, a comer sardinas asadas y a beber en porrón. No intento hablar de política, que entiendo una leche yo de política.

—Yo tampoco entiendo de vino —sonrió—. Ahora bien, reconoce que a la gente debes concederle la libertad de que beba lo que quiera. O lo que le permita su bolsillo.

—Yo a la gente le concedo todo, porque no puedo mandarle nada. Si yo mandase, no habría gente.

—Uy…, qué teoría… —Se quitaba la chaqueta y, en jersey negro ribeteado por el cuello de la camisa blanca, se convertía en ganadero (o filósofo, pero salmantino)—. Yo soy muy partidario de la gente, porque yo soy gente. Sus problemas son los míos.

—Bueno, majo, no exageres.

—Problemas económicos, me refiero. Primordiales. De subsistencia. No de visitar Pakistán.

—Mira, ahora tengo el primordialísimo de visitar a Mary en París.

—¿La divorciada? —preguntó, inalterable su aspecto de chico sano.

—No, ésa es otra —contestó Pablo y me contuve el impulso de aplaudir—. La divorciada se marchó aquella tarde que a mí no me prestaron.

—Creí que habías dicho que se llamaba Mary.

—Sí, pero las dos se llaman Mary.

—Y ¿las dos viven en París?

—Las dos viven en…

—Una vive en Venecia.

—… Pa… Exacto, lo había olvidado. Una vive en Venecia.

—Comprendo —y se premió las entendederas con un sorbito de burbujas de limoncete.

—No me comprometo a tener la comida antes de las tres —anunció una Sagrario sin mandil, portadora de almendras, galletitas, queso y gambas deshidratadas, a la que seguía Bert, con la panera de mimbre.

—No hay prisa ninguna. —Carlos se puso en pie, como es de ley entre la gente fina—. Me disgusta que hayamos venido a darte trabajo.

—Yo, encantada —se congratuló Sagrario, colaborando a la atmósfera hortera.

—¿Damos un paseo? —propuso Bert, con una entonación demasiado sencilla para no ser premeditada.

—Queda algo de cóctel. ¿A que me ha salido exquisito?

—Exquisito —elogié.

—Exageradamente exquisito, me temo. Pero siéntate, Carlos. No te preocupes, que sólo comeréis platos sencillos. Aquí arriba resulta difícil abastecerse a diario —aclaró, en un inesperado arrebato de ama de casa—, sobre todo, en invierno.

—Me imagino. Y ¿periódicos?

—No llegan.

—Se puede sobrevivir sin periódicos. Incluso, mejor —remató Pablo, poniéndose ya Bert su chaquetón.

—Tenemos la radio —le consoló Sagrario.

—¿Nadie me acompaña?

—Yo —dijo Carlos, en pie otra vez—, espero que no tarden mucho.

—¿Escucháis la radio? —preguntó Pablo, con el resuello de los metros finales de los cien mariposa vermut.

—¡Venga, plomos…! Que necesitáis aire limpio.

—No todo son ventajas, cuando se está tan apartado —permaneció Sagrario ilustrando al instruido.

Tras el ronzal del que tiraba Bert, Pablo y yo fuimos conducidos a las verdes praderas, que, sin lluvia provisionalmente, no habían variado de tenebrosidad. Pablo aguardó a pisar el primer charco, para emitir su dictamen:

—Es rupestre tu amigo.

—¿Dónde está el coche? —pregunté.

—Hombre, Pablo… —Bert nos cogió a cada uno de un brazo—. Presagiaba que no congeniaríais.

—Intemperantemente seguro de sí mismo —traté de conciliar—. Y se cree simpático, aunque resulta untuoso. Por lo demás —concluí—, no encuentro deprimente a esa virgen sabia. ¿Dónde has escondido el tanque, Bert?

—En el patio —masculló Pablo.

—¡Pablo! —nos detuvo la voz de Sagrario, que sonó en el patio—. Por favor…

—¡Voy, Gra! —Con las manos en los bolsillos del pantalón, bailó dos vueltas—. Os alcanzo.

—Imposible que os gustase. ¿Por qué no vamos por aquí?

—¿Por el camino de arriba? Por ahí no se va jamás. —En la luz culebreante, que sudaban las nubes, ansié volar a Rawalpindi—. Bert, ¿sabes si últimamente Tub se ha liado con José María?

—Pero qué asquerosidades te inventas, hijo.

—No me la he inventado, Bert. Es que soy virgen necia y no escarmiento. Salgo a comprar cerillas y, a la vuelta, me han robado el aceite de la lámpara.

—Siempre te las has dado de listo. Si lo fueses un poco más, harías las paces con José María. Ahora más que nunca.

—¿Por lo de Sagrario?

—¿Qué tiene que ver Sagrario?

Bert abandonaba sobre el valle su mirada. Nos detuvimos, soltó mi brazo y volvió la cabeza. Aún se distinguía, entre las rocas y los pinos, un ángulo del alero. Me instalé en una piedra. Bert, en el centro del camino adoquinado, sonrió, con esa decepcionante confianza de la mujer que se siente invulnerable.

—Desde luego, esto es precioso —le oí decir y, más tarde, cuando yo había olvidado que se encontraba allí, madreó—. ¿Te arreglas? A primeros, te giraré el alquiler, como todos los meses.

—Sí, me arreglo. Julia ya no va a volver.

—No me ha dicho. Pero nunca te ha importado vivir solo.

—Cuando no vivo solo —me confié.

—Tú te lo has buscado —sentenció, con una impúdica complacencia.

—Y ¿cómo vas tú?

—Estupendamente.

—Me alegro. ¿Te acuestas con alguien, Bert?

—Pregunta por ahí.

Levantó el brazo, ondeando la mano. Pablo, alucinando la perspectiva en su abrigo de cuero, arrastraba los pies camino abajo. Bert gritó su nombre y yo guardé una ramita empapada, de las que había descortezado.

—Que nos portemos educadamente con Bert. Que no te ría las groserías. Que no sea yo grosero. Que, a la vuelta, seriedad. —Comenzó a andar, a la altura de Bert—. En ocasiones, Gra se pone cursi.

Les seguí, hundiendo las botas en la pasta vegetal de la cuneta. Bert propinó un azotazo a Pablo, corrió un trecho, ululando, le esperó y se colgó de su brazo.

—La ha asustado ésta, yéndose a la cocina a pedirle que nos sacase del living.

—Os estabais choteando. Principalmente tú, Pablo.

Al poco tiempo, Bert rompió a cantar. ¿Era aquel el mismo país invisible de la noche anterior y de mis terrores pánicos? En las montañas fronteras palidecían, sobre el ocre general, lienzos nevados. Al día siguiente, persistiría el mismo paisaje, distinta la luz —de haberse alejado la borrasca atlántica—, y yo caminaría pensando en Julia, en las plantas amarillas del tejado, en cambios de mobiliario, en la espalda acanalada de Mary. Involuntariamente, habíamos plegado el ritmo de nuestros pasos al canturreo tenaz de Bert.

—Pablo, ¿Bert se acuesta con alguien?

—Cerdo...

—Ella te dirá.

—Te lo preguntaré, cuando ella no esté delante.

—Ya te librarás muy bien de contarle a este sucio historias mías.

—Y le has tenido que traer en el momento de los cócteles...

—Lo siento —creí oírle a Bert.

—A la derecha —les indiqué, al llegar al cruce con el camino forestal.

—¿Qué hay por ahí?

—Un castillo en ruinas, que los vampiros han abierto al público. Tub viene con frecuencia a que la sangren.

—¿Sabes que Andrés le ha regalado un molino a Tub?

—Por cierto, tú que te empeñaste en colocársela, ¿qué tal anda el endriago de Merceditas?

—¿Yo? —gargarizó Bert—. Menuda es Tub para colocarle una criada... El otro día me llevaron y es maravilloso, aunque no esté habitable aún.

—Ya podías haberte citado allí.

—Lo pensé, pero lo tienen lleno de obreros.

Pablo vociferó sus carcajadas, abrazó los hombros de Bert y, besándole largamente una mejilla, Bert se desasía, risueña y huraña. Trepó a una roca y comunicó que para ella el paseo había terminado.

—Estoy tronzada.

—Lleguemos hasta el sanatorio.

—Llegad vosotros. ¿Alguien quiere un cigarrillo?

Pablo, que oteaba con los ojos entrecerrados, se agachó, cogió una piedra y la arrojó hacia el bosque, ladera abajo. Mi piedra, cinco segundos después, causó el efecto óptico de que aventajaba a la de Pablo. Sin mirarme, lanzó sañudamente otra en la misma dirección. Y yo, la segunda de mi turno. La siguiente tuve la intuición de impulsarla montaña arriba. Pablo gritaba una especie de rugido renqueante y, piedra tras piedra, metódicamente fuimos enviando cantazos a toda la rosa de los vientos, contra los pinos, las nubes, las invisibles ventanas del sanatorio, contra el silencio, la luz carcomida de líquenes, el aire vulnerable, las águilas y los topos, contra.

Pablo se había detenido. Yo hice planear todavía un guijarro, que se perdió a rebotes por el canal helado. Me dejé caer en la tierra. Pablo respiraba entrecortadamente y se derrumbó también, de rodillas primero, luego boca abajo. Encaramada en la roca, impasible y distendida, Bert nos escrutaba, el mentón sobre los puños. Me tendí, con un antebrazo sobre los ojos. Una mañana no sería preciso encender la chimenea, se percibiría el peso del aire, de los olores, más acres. Para entonces quizá me habría habituado a acostarme al anochecer, rendido por las caminatas, por las conversaciones con mis fantasmas. Nadie más que yo (y ni siquiera yo) perturbaría el orden del vacío. Una extraña pureza determinaría la oportunidad o la renuncia de comer, llorar, dormir, libre de las imposiciones inicuamente justificadas en la maraña de una vida compartida. Quizá, para entonces, sería sábado y yo lo ignoraría.

—¿Volvemos? —propuso Bert.

Abrí los ojos y había una luz de media tarde.

—Hasta las tres no estará la comida —dijo Pablo.

—Qué reumatismo vais a pillar, hermosos… —Bert silbó incesantemente un vals criollo, que interrumpió para incitarnos—. ¿Os gustaría una copa?

Ésa era otra manera de hablar.

Durante el descenso, caminó por su cuenta, pero a partir del cruce hubimos de tirar de ella, alternativamente, hasta que se detuvo y se quejó de una ampolla en el talón derecho. Tampoco en el izquierdo, como se demostró, una vez descalza y Pablo y yo de pedicuros. Nuevamente en columna de marcha, se las ingenió para una pausa dedicada a la topografía. Orientada, tras reconocer cañadas, lagunas, puentes y heleros, decidió que pis.

—No —dije.

—Qué mala sangre tienes…

—Cuanto más te pares, más te costará llegar.

—Venga —intercedió Pablo, a favor de la vejiga de Bert—, búscate un matojo.

Temía ser atisbada. Por una partida de gnomos mirones. La ayudamos a trepar el terraplén y se internó, resbalona y torpe, entre los pinos.

—Bebería hasta un vaso de agua. —Pablo se frotaba las manos, un cigarrillo pendiente de los labios.

—No hay ningún manantial salutífero por estos parajes. —Pero en otros (ya revocados) runruneaba un tomavistas—. Nunca vi la película que hicieron Mary y José María el día que conocí a Sagrario.

—¿Qué película?

—No me hagas caso. Pensaba en voz alta.

—¿Un domingo que estuvimos en la poza chica? Mary sacó una copia y este verano la proyectaron.

—¿En casa? En mi casa no había proyector.

—En la costa. Tú no habías llegado aún. Mary llevaba un collar hawaiano, auténtico, aquel día. Pero a Gra no la conociste entonces. ¿Dónde se habrá metido esa inconsiderada?

—¡Bert! —Que mi grito agrandase la montaña me asustó—. Igual anda buscando un señoras limpito.

—En cualquier gesto se le manifestaba la alegría de vivir.

—En los primeros tiempos —dije.

—¿Cómo nos toleró?

—¡Bert!

—¿Cómo es posible que nos quiera todavía?

—Embaucadora…

—Bert —crispadamente, sin energía, llamó Pablo.

La voz de Bert respondió, diez metros más adelante, desde un talud, en cuyo remate reía abrazada a un tronco. Que subiese más y continuase hasta encontrar declive apto.

—Pablo, ¿crees que puedo saltar?

—No.

—Sujétame —y saltó.

En cuclillas, mimando una fractura de fémur, cuando Pablo y yo acudimos, escapó cuesta arriba, como si, al desprenderse del ácido úrico, se hubiese quitado de encima quince años, absurdamente apetecible en su pindongueo de gallina fugitiva. Pablo se retrasó, contemplando las musarañas del valle. Bert, plantada en el comienzo del camino adoquinado, me miró desafiante y dejó caer su chaquetón, antes de emprender una nueva carrera en el uterino estilo de desviar lateralmente el pie levantado. Recogí el chaquetón y durante unos instantes lo llevé contra mi nariz. Luego, la curva ocultó a Bert y esperé a Pablo, que ascendía por el centro de la calzada, al paso de quien ha renunciado ya a todo trago y, al menos, no se desgasta en urgencias.

—¿Qué le sucede a esa loca?

—Que le sería menester desnudarse.

—No —Pablo me quitó el chaquetón y se lo colocó sobre los hombros— te hagas ilusiones.

Al final de la última recta, cerca de la cancela, Sagrario y Bert cotorreaban al unísono. Con una apenada lentitud, descifré que el vehículo, estacionado en el sendero que conducía al porche, no era mi antiguo automóvil, sino un ejemplar más de los cientos de miles que utilizaban mis compatriotas.

—Ha llegado el otro —dijo Pablo.

—Con tal de que se larguen pronto…

Sagrario, en malla amarilla, minivestido y botas azules, aparecía tan poco familiar —y tan entrañable— como la propia nuca descubierta en doble espejo. Durante nuestro paseo, había proporcionado comida, bebida y asiento a la lumbre a los ocupantes del living y había preparado en la cocina una mesa, a la que sólo faltaba un tarro de rosas blancas, de problemática colocación en medio de la opulencia gastronómica. Sin guía, Pablo supo encontrar botella y, a los postres, cuando en atención a la cocinera, alternaba el whisky con una tortilla francesa, hubo que encender las luces eléctricas, puesto que nuevas remesas de nubes oceánicas habían logrado ennegrecer más la tarde. Bert decidió que cualquier colaboración le estorbaría para, fregoteada la vajilla, convertir la estancia en un saloncito acogedor. Pablo, excesivamente reconfortado, rogaba su admisión como pinche, barullero y besucón. Renuncié al jolgorio y, en tanto aquello no recuperase su condición de cocina, deambularía por los inhóspitos alrededores. Que me previniese de la lluvia inminente.

A lo largo de la verja, seguí la cerca de piedra y, siempre resguardado por los árboles o el boj, alcancé la piscina y me senté en el borde. Quince minutos después, una cortina de lluvia, más allá del pueblo, cerraba el paisaje con un telón de lentejuelas. Sagrario, razonablemente provista de copa de coñac y abrigo de pieles, atravesando por el camino más corto —ante los ventanales del living—, vino a liberarme del hastío.

—¿Estás depre?

—No, irritado. Seguro que nos tendrán de zascandileo hasta las doce de la noche, ya verás.

—No te enfurruñes. Tampoco les podía encerrar en un dormitorio o en el cuarto de los trastos. ¿No quieres un sorbo? Dijeron que se irían temprano.

—¿Cómo es?

—¿Quién? —Me besó en una comisura de la boca—. El viejo, muy simpático. Tómatelo con naturalidad y aprovechemos la tarde, que mañana me voy.

—Ahora sí que estoy triste.

Se me abrazó. La lluvia casi no se percibía. Veinticuatro horas después, sentado en el mismo lugar, recordaría quizá la suavidad de sus pómulos, cómo ayer —hoy— no había experimentado sino frío, miedo e inquietud. Apenas emboscadas mis manos en el abrigo de Sagrario, Bert llamó.

—Le he dicho que me avisase, cuando estuviese el café. No te quedes mucho, cariño. —Cogió la copa que yo le entregaba—. Y sé valiente.

Aunque indistinguible, Rubens, valiéndose de las nubes, abocetaba a las raptadas hijas de Leucipo. Mary volaba a *crawl* por la piscina vacía y las yemas de sus dedos rozaban mis pies. Sonó el chasquido de la portezuela de un coche. De repente, conturbado por un soplo de vitalidad, presagié que soportaría el tiempo de las ausencias, recorriendo los infinitos territorios a los que se regresa únicamente en compañía de la soledad. Despreocupado de los ventanales del living, me encaminé al patio. Bert y Pablo colgaban de un clavo, en la puerta del cobertizo, una diana de gajos coloreados, dispuestos a un campeonato de tiro sin arco y sin soltar los vasos.

—Sagrario está en el living. Pero pasa y no merodees más, que no muerden.

—¿De dónde has sacado ese juguetito?

—Obsequio de la casa.

—¿Para mí?

—Sí, para ti. —Bert anduvo unos pasos atrás—. Bueno, veinticinco lanzamientos cada uno y el que menos puntos se anote, convida a una cena. Empieza.

—De acuerdo, hija de Júpiter —aceptó Pablo.

La primera saeta golpeó de plano contra la madera.

—No valía. Era de prueba.

—Tramposo. —Bert, en posición de alanceamiento, me miró—. ¿Te atreves a participar?

—Renuncio. Me contentaré viendo cómo os cargáis el canalón.

—¿A qué hora empiezas a beber, bonito? Por si te desagrias.

Ocho puntos a su favor, lo que obligó a Pablo a entrenarse rudamente, mediante un trago. La flechita y sus plumas multicolores partieron hacia el blanco.

—¡Se clavó! Juro que lo he hecho sin querer.

—En la puerta y eso te vale cero puntos.

—Pero se clavó. ¿Sí o no? Bert, me entusiasma ganarte una cena a flechazos. Siempre has de tener tú las grandes ideas.

—Hijo, ¿qué quieres? Una sabe vivir.

Sagrario, en la cocina, preguntaba si habían encontrado escarpia. Entré y dejó de colocar tazas en el fregadero, al sentir mis dedos sobre su cadera. Accedió, con un parpadeo, cerró la alacena, se asomó al patio y me cacheteó una mejilla. Por el pasillo no escuché ruido alguno en el living, hasta que en el vestíbulo, cuando Sagrario subía los primeros escalones, mosconeó el monótono poso de una voz, que leía o rezaba.

—No hace falta que andes de puntillas —dijo Sagrario.

Nada más entrar, se tendió en mi cama, con las manos bajo la nuca. Entorné las celosías y la habitación adquirió el aspecto de un camarote de rompehielos, costeando al atardecer Groenlandia. Arrodillado en la alfombrilla, acosté la cabeza y pronto una caricia se deslizó por mi espalda. A veces, sonaba amortiguado un grito de Bert, una carcajada de Pablo, un chirrido y la respiración constante de Sagrario se quebraba un momento. Su rostro descendió a unirse con el mío. Y ambos olvidábamos, atentos a la lentitud de las posturas acomodaticias, a los chasquidos de los labios, que desleían morosidad, el movimiento de la luz, presintiendo que, de abrir los ojos, encontraríamos menos tarde en los vidrios del ventanal y que la noche se aproximaba más favorable cuanto más se demorase en cegarnos, igual que espaciábamos, por codicia, la inagotable fuerza del abrazo. Así, en el cénit de la penumbra, retenía caóticamente indelebles datos, no sólo de su cuerpo, sino de la suavidad —o la granulosidad— de sus ropas, del olor de una bota al chocar contra el suelo, que sabía a su saliva y se confundía, como un roce se asemeja a un aroma, con el cosquilleo de sus pestañas en mi frente, ya que la medida de cualquier roce, y la simultaneidad de los efectos que desataba, se subordinaban a la armónica determinación de permanecer juntos. Pero —y nos paralizaron— las voces crecieron y se esparcieron en una insoslayable charlatanería, que nos fue desgajando, con gruñidos de protesta y a un ritmo tan parsimonioso como el de la unión, aunque de naturaleza asquerosamente distinta. Sagrario me retuvo, en la puerta, con una violencia que su risa, pequeña y vidriada, trataba de atenuar.

—Qué amor más bueno el nuestro, maldito.

—Y mañana te marchas…

Cuando descendía a enfrentarme con la horda invasora, padecía aún ese desasosiego de los tránsitos infernales. El núcleo lo constituía el triángulo que formaban en el porche Bert-Carlos-tipo rechoncho acampesinado, con un fondo nebuloso de muchacho, de trenka inglesa y ondulado flequillo, y de Pablo, de saetero en reposo sobre aleta de 600. De la tarde quedaba un agónico rescoldo de ceniza, en el que las brasas de los cigarrillos deslumbraban. Bert se volvió, al oírme. Con la sumisa entonación de la novicia que solicita de su superiora pase de pernocta, se limitó a enunciar mi nombre y, en el mismo instante, Carlos me tomó del codo y mi mano encontró la mano de pelotari del hombre cuadrado, cuyo nudo de corbata, entre los alborotados picos de la camisa, declaraba toda una existencia.

—Es el dueño de la casa —amplió la doncella.

—Estupendo chico. Berta me ha hablado de ti.

—Ah, claro... —argumentó mi elocuencia—. Espero que hayan... que hayáis estado cómodos.

—De perlas. Pero ya no os damos más la tabarra, amigo.

—Bueno, no te vayas —dijo Carlos, cuando con la satinada sabiduría del reptil, huía yo.

Saludé con un gesto al muchacho, que había mascullado en mi honor, y me guarecí junto a Pablo.

—¿Te ha ganado la cena? —susurré.

—Dos —dijo, entregándome una de las saetas, al separarse del coche—. ¿Aún no has empezado a beber?

Carlos bajaba los escalones y el hombre, entre Bert y Sagrario, parecía más compacto, con una desmañada seguridad, que me permitió verlo dentro del 600 por una carretera oscura, relajado o acaso impaciente, hermético.

—¿Sigue el camino por ahí arriba? —preguntó el muchacho, inesperadamente frente a mí.

—¿Por arriba? Sí, sigue. Mira —avanzó a mi lado, las manos en los bolsillos traseros de los tejanos—, continúa todo recto, pasa unas obras, que encontrarás a unos cuatro kilómetros. Hay un trozo malo, de tierra, no muy largo. Después, un cruce —se apoyaba en la cerca—, giras a la izquierda, como indica la señal, y a los ocho, nueve, kilómetros sales a la nacional, cerca de la cumbre del puerto. No tiene pérdida.

—Hace frío, eh.

—Mucho. ¿Llevas bastante gasolina?

—Bastante, gracias. Yo soy amigo de Matilde. Te conocí en casa de Toni.

—¿Sí? No recuerdo, perdona.

—Había mucha gente.

—¿Cómo está Adela? Y ¿Toni?

—¡¿Nos vamos, chófer?! —llamó.

—¡Andando, vejestorio! —respondió el muchacho—. Están bien.

—Recuerdos de mi parte.

—Se los daré. *Ciao.* —Sin apresurarse, se acercó al 600, estrechó la mano de Sagrario, palmeó un costado de Carlos y besó el entrecejo de Bert, que se abrazó a su cintura—. Abre esa ventanilla, aunque nos helemos, que te lías a fumar y ahogas.

—Hasta otra. —Inclinado y sentándose en el coche, colocaba entre las piernas la cartera de albos herrajes.

A la luz de los faros, la saeta no tenía plumas, sino unas guías trapezoidales de plástico color naranja, para patentizar una vez más que no veía yo lo que veía. Sagrario les deseó un buen-viaje estentóreo. El coche retrocedió, se encauzó por el sendero, apareció la verja y salió, tomando la curva sin detenerse. Por la ladera, tiritonas y llorosas, rotundamente desnudas, Tub y Encarna se flagelaban con zarzas. Que entrasen.

—No —dijo Bert—, que nosotros también nos marchamos. ¿Por qué no te vienes con nosotros, Pablo?

—De ninguna manera —dije.

—Claro que no —ratificó Sagrario—. ¿Con quién me vuelvo yo mañana?

—¿No te quedas mañana, por fin? Le he ganado un par de cenas a Pablo, ¿sabes?

—Pero entremos, por lo menos al hall.

—¿Habéis dejado mi diana en el patio?

—No, la hemos…

—¿Cómo tu diana?

—… entrado.

—Bert le ha regalado la diana, Gra, para que en las veladas invernales se entretenga imaginando que clava los dardos a sus amistades. Si aciertas en el blanco, agujereas a José…

—No seas perverso, Pablo —pidió Sagrario.

—… María. Te lo recomiendo, porque relaja mucho. Y hasta les quieres un poco, después. No seré perverso, Gra, y me quedaré contigo. ¿A qué esperas tú para tomar el primer whisky?

—Por mí… —sarcastizó, simpaticón, Carlos.

—No te preocupes, que éste no tiene prejuicios. Es un desprejuiciado, como decía Mary. Por cierto…, las fotos de Mary, Pablo.

—¿Alguien tomaría un bocadillo? ¿Tú, Carlos? Cierra la puerta, cariño.

—No me voy sin verlas.

—Gracias, Sagrario. No podría ni con un bizcocho.

—En la cocina, que me dejé la cartera. Pero no me la registres. Aguarda…

Empujándose pasillo adelante, como chiquillos erotizados a lo bobo, desaparecieron. El living, que ojeé, hedía y Sagrario sonreía a Carlos, que le sonreía a ella, en estampita crecientemente idílica.

—¡¡Guapísima!! —vociferó Bert.

—Qué locatis está… —dijo Sagrario.

—Siempre, contenta —elogió Carlos, para demostrar cuánto la desconocía—. Irradia optimismo. Querida Bert… —se enterneció, que avergonzaba—. A vosotros os aprecia firmemente, me consta —añadió, en tono que exteriorizó por igual la complicidad y la estulticia.

—Es un encanto —definió Sagrario, como convencida—. Pero ¿no te sientas? Debes de estar rendido.

—Un poco, lo confieso. No tardaremos en el regreso, a la velocidad que conduce nuestra amiga.

—Que no corra demasiado.

—Pero vosotros ¿habéis visto —preguntó nuestra Bert querida— lo maravillosamente bien que está Mary en esas fotos?

—Hemos decidido, Gra —anunció Pablo— que mañana te unimos a la cena. Los tres…

—Pablo, eres un verdadero cielo.

—… junticos y solos. Nos telefoneamos, ¿eh? ¿A qué esperas? ¿No percibes que yo me la estoy cogiendo? —En el final de las patillas, donde le blanqueaban algunos pelos, se detenían unas gotitas de sudor—. Si ésta no es buena hora para un trago, no sé cuándo consideras tú que es buena hora para un trago.

Había sonado la hora oportuna para la partida, según Carlos, quien, al pie de la escalera, prorrumpió en una proclama de anfibológicos preliminares, que sin embargo, vistiéndose Bert su chaquetón, no anticipaban la densidad del discurso. Abrí la puerta, por congelarlo. Él se felicitaba de nuestro conocimiento mutuo. Él agradecía. Él se las prometía muy dichosas con los sentimientos, que nuestras personas le habían provocado. Él rogaba a Pablo que no expusiese su cogorza a los hielos campestres. Ni su belleza Sagrario. (Que me expusiese yo.) Nos abrazaba. Y nos abrazó a traición. Cuando el acorazado, cuyas luces espantaron a las flagelantes, salió de puerto, timoneado por Bert con una despreocupación asesina, no supe si me había despedido de la timonel, ni siquiera si en aquel día, aparte de Brahms, había oído algo que no fuese la voz de Carlos. Una vez en la intimidad, así lo expresé.

—¿Qué Brahms? —preguntó Sagrario.

—El mismo que os habéis pasado éste y tú toda la mañana escuchando.

—¿Brahms?

—Era Haydn, cariño.

—Es cosa parecida, ¿no? Yo, disculpadme, necesito patalear una miaja, que me deis de bofetadas, triscar, berrear… No, no. —Le impedí adoctrinarme—. Me bebo una copa ahora y vomito.

Luego, era otra la situación. Sagrario guisaba sopas de ajo, la cancela estaba atrancada, revisado el canalón, aseguradas las contraventanas, Pablo vaciaba ceniceros, lucían dos lámparas y, despatarrado yo frente al fuego, retornaba, insidiosa, la dulce probidad de la rutina.

—Me gustaría entender —se planteó Pablo— cómo Bert es capaz de relacionarse con habitantes de otros planetas.

—Gracias a su doblez espeluznante.

—Ni aun así se entiende. El chico era el único con características terrícolas. Conversamos un rato. El muchacho decía que le gustaría vivir en un sitio como éste para poder leer sin tasa. ¿Tú lees?

—Un día de estos terminaré un libro.

—¿Por qué hemos dejado de leer?

—Por los mismos motivos que hemos dejado de ir al cine.

—¿Queréis ir al cine? —preguntó Sagrario, entre los vapores de las sopas cabreras que servía.

—¿Por qué hemos dejado de ir al cine? —repreguntó Pablo.

—Porque no es posible ir al cine y, además, leer.

—Excepto cuando se tiene la edad de ese chico.

—¿Qué chico?

—No interrumpas, Gra.

—Nunca hemos tenido la edad de ese chico —le recordé.

—Claro que no, evidentemente. Pero y tú ¿por qué has dejado de beber tú?

—Porque si bebes, no te apetece ir al cine, ni leer. También nos daremos de baja en eso del amor.

—Nunca hemos hecho el amor —dijo Pablo.

—¿Por qué? —interrumpió Sagrario.

—De eso no hay duda. Cuando teníamos la edad de ese chico, íbamos demasiado al cine y leíamos demasiados libros para aprender esas prohibiciones del amor.

—Siempre se saca tiempo, tratándose de lo que interesa.

—Bravo, Gra. Quizá ese chico no beba tanto como bebíamos tú y yo a su edad y, por eso, le queda más tiempo libre para ir al cine.

—¿Ha dicho que le gustaría vivir aquí para ir al cine sin tasa?

—No me has entendido —dijo Pablo—. Ha dicho que le gustaría vivir aquí para profesionalizarse en lo del amor, interminablemente.

—Con Bert, supongo.

—No ha especificado. Tampoco yo le he advertido que a sus años no se debe leer tanto, ni beber tanto, ni ver tanto cine, para que luego, de viejito, no se le acumule a uno el apetito amoroso.

—Incontrovertible —dije—. Pero ¿por qué en la ancianidad asusta?

—Por dos razones. Bonísimas las sopas, Gra. Primera...

—Os adoro —nos adoró Sagrario.

—... porque no es frecuente triunfar en todo al mismo tiempo.

Segunda, porque, si nunca fuiste partidario de, cuando eres carca-mal, te fatiga más y te diviertes poquísimo.

—Joder, tú, Pablo, cuánto sabes…

—Porque he leído mucho y me he tragado mucha rolloteca.

—Entonces, a tu juicio, lo conveniente es beber algún trago de viejos.

—Veo que ahora me has comprendido.

—Yo no lo entiendo, Pablo.

—Gra, bonita, las mujeres es distinto.

—¿A santo de qué las mujeres es distinto?

—Porque las mujeres no leen, ni beben, ni van al cine. Las mu-jeres construyen el amor.

—Sí, por cierto —aseveré.

—También los hombres. Mira, si es un juego, no me lo expli-ques, pero si es serio, explícamelo.

—Es serio y te lo explicaré, para que tú también juegues. ¿De qué se trata, en último término? Pues de que el otro no quede me-jor que uno. Puro machismo, como puedes comprobar. Ergo, las mujeres sois diferentes.

—Te amo mucho, Pablo.

—Más te amo yo, Gra. Por machismo.

—Yo conozco mujeres machistas —rememoré.

—¿Qué no conocerás tú, que has leído un sinfín y has frecuen-tado obcecadamente el cine y bebías a lo bestia? También yo co-nozco mujeres machistas, pero es feo presumir de los adefesios de los que uno se ha enamorado. Cuando tú y yo contábamos la ju-ventud de Gra, creo que padecimos la suficiente pobreza para cul-turizarnos. Había tranvías o, por lo menos, quiero recordar que ha-bía hasta tranvías. Fue una pésima época aquella, qué carajo, nunca estuvimos mejor. Y eso que no hacíamos el amor. Más tarde, el am-

biente se enrareció, aproximadamente hacia mil ochocientos veinte, en los días que consintieron salir a Bert después de cenar, cuando cada uno se casó con quien no le correspondía, y menos mal
que luego todos os casasteis una pizca por ahí fuera. Todavía em-
peorarían las circunstancias. Bert nunca más salió después de la
cena, porque jamás cenó ya en su casa. Tú abandonaste la bebida.
Y, de pronto, zas, existen tinajos como ése diciendo que lo bueno
de vivir aquí es que uno se pasaría la jornada durmiendo sin tasa.
Esperemos que alguna vez alguno tenga años para hacer la inteligencia. Gra, amor mío, dale a la televisión, anda, a ver si me calla
la televisión.

—No quiero que te calle.

—Me ha impresionado que el joven *condottiero* se parezca tanto, tantísimo, al que nunca fuimos tú y yo.

—Acabará con un empacho de apetitos, como nosotros.

—Quizá espabile —se ilusionó Sagrario.

—No, no. Ansío compartir vuestra esperanza y, sin embargo,
¿cómo confiar en unas experiencias que la edad transformó en qui-
meras? Date cuenta, Gra; de no haberme perdido muchos planes,
por leerle, no podría recitar a Shakespeare de memoria. Pon la televisión, que a lo mejor sale Ofelia y este abstemio la pretende. Al
que no se le aguantaba, ni bebiendo, era al clérigo.

—¿Qué clérigo?

Sagrario rió, sujetándose las mejillas.

—¿Tampoco has notado que Gra coqueteaba?

—Pablo, burro, corazón…

—Éste es muy celoso respecto a ti, se le debe halagar. Con suerte, echan Ofelia. —Y, sin que Sagrario alcanzase a interceptarle, conectó el televisor—. Consuelan mucho las sombras en noches que
recuerdas todo lo que no te ha sucedido.

—Deja, yo traeré el hielo.

—Mientras los anuncios, resucitamos la adolescencia del abstemio, ¿te apetece?

—Más que nada.

—Tenía yo veinte años y quemábamos horas en averiguar las más elementales posturas de beber leyendo o haciendo el...

Fue después de haberme secado las manos, al recoger el cubo del hielo, cuando las descubrí en un vasar, las tomé y busqué, debajo de la bombilla, un ángulo en el que la luz no levantase reflejos en la cartulina. Quizá por esa lógi- *«Les photos sont presque toutes bonnes, elles sèchent.»* ca viscosa que antepone a cualquier imagen de un ser querido que murió la imagen de su cadáver, temí que mi memoria fijaría aquella plana figura, que incluso carecía de zapatos destalonados. Más ella que la que yo abrazaba en mis paseos hasta el sanatorio e infinitamente más real que la que recordaba Pablo, ni siquiera superpuestas ambas me restituían, ante la presencia paralizante de la tercera, el que yo había sido un año antes, me escamoteaban cualquier estímulo de compensación. Porque ¿me aliviaba acaso que fuese aquella la verdadera Mary, que bastaría su voz o su olor para que de nuevo fuese la que yo besé? Poco importaba, ya que irremediablemente sólo existía la Mary que yo preservase y sólo ésa me defendería, por ejemplo, de la colusión de una foto, más conturbadora que el modelo, pero no por ello menos falaz. Fácilmente catalogaba aquel vestigio de extranjera en ruinas romanas en el repertorio de la risa orgásmica de Encarna, de los no-senos de Matilde, de las rodillas de Tub destellando en mis insomnios. Y, sin embargo, cuando me preguntaba quién sería, cómo nadarían aquellos muslos que el vestido apretaba, de qué amor amaría tal turista si interrumpía su nomadeo, yo no podía rehuir el dolor de haberlo sabido.

Alguien me observaba.

Volví la cabeza, aturdido ya, antes de oír sus carcajadas a tal volumen que en el living Pablo preguntó qué se festejaba. Sin pensarlo, restituí las fotos de Mary al vasar. Sagrario se me abrazó y, casi sin proponérselo, su risa me absolvía, aunque persistía en mis mejillas ese ardor del que ha olvidado girar el pestillo.

—Anda, vuelve, ahora voy yo —le pedí.

—¡Brujo, brujísimo…, chapucero…! —Pero se separó y hasta se llevó la cubeta del hielo.

Dos minutos más tarde, Pablo componía la perfecta mueca de borracho sabio.

—No sé… Sí… ¿Qué tiene de extraño? Habíais olvidado ahí las fotos y…

—Me ha podido la risa, perdona. No te imaginas lo gracioso que estabas tan grave, tan reconcentrado… Como si intentases recordar quién es Mary.

—Eso —dijo Pablo— es lo que posiblemente estaba intentando.

—¿Me perdonas? Pero qué rebobo eres, cariño… Si te cojo tocando a una criada, no te azoras tanto.

—Él es muy caballero para semejante vulgaridad.

Sonreí o, al menos, proyecté sonreír. Sagrario me entregaba mi whisky intacto, se enmascaraba con las gafas, Pablo regulaba los tonos de las sombras y se nos participó que, en unos segundos, un filme del medio siglo cosquillearía nuestra nostalgia. Me trasladé al diván, choqué con los azulados cristales y la besé. Pablo protestó.

—Ya os sobaréis luego. ¿No te das cuenta de que no le permites ver? Qué peliculón… ¿Te acuerdas, Gra?

—A trozos, me acuerdo estupendamente de algunos trozos.

—No te pierdas el *cast*. —Me concedió una mirada—. Y tú toma un trago, pendejo, que te aseguro que no impotencia tanto como dicen.

—Ya empieza, ya empieza… —palmoteó Sagrario.

Me acomodé en la última fila y lateral, donde el aroma a semillas de girasol se confundía con el polvo de las galopadas. Al quinto plano, se transparentó ya de qué iba la arcaica joya, en cuyos inicios el conyugal despertador tiraba de la cama a la estrella femenina, que, a su vez y tras ímprobos zurridos, sentaba a la estrella masculina en el colchón, a considerar las tragedias que a él le sucederían —y a nosotros nos contarían— en el día naciente. Uno se identificaba con aquella clase de alborada, salvo que uno no usaba pijama. De haberse rodado la secuencia sin pijama y sin camisón, nos la habrían ahorrado. Más tarde, el estrella viajaba en metro, presa de unos avatares, de los que uno ya no tenía memoria. Algo —y no el ruido, porque los de Hollywood no admitían competencia sonora— me hizo suponer que estaba lloviendo. Anuncié que salía a cerrar la puerta del patio y no a deleitarme en imágenes de Mary. Que me fuese a tejer puñetas, pero que les permitiese visionar la cinta.

Llovía, desmenuzadamente, un agua fría de duras gotas. El canalón resistió mis prudentes meneos. Seguí desde el patio los surcos paralelos que había dejado marcados el coche de Bert, los perdí y casi me extravié yo. Dentro, el asunto se embrollaba sutilmente por vericuetos de psicología económico-freudiana, en un ambiente de connotaciones tan yanquis que sugería a Mary en sus grandes momentos. Sorbí un buche de whisky y, en correspondencia a mi despedida, carraspearon.

Sagrario avanzaba por la oscuridad.

—Estoy despierto —le dije.

Aunque fue un minuto después, cuando desperté totalmente.

—¿Nos habrá oído Pablo? —se inquietó más tarde.

—Sus ronquidos nos despertarán a nosotros.

Había vuelto del cuarto de baño, decidida, como anunció, a que cada mochuelo ocupase su olivo, pero accedió a que oliese su nuca recién perfumada.

—Sólo un instante.

—Lo prometo.

—He convenido con Pablo que saldremos temprano. Sobre las nueve.

—Te quiero, ¿sabes?

—Y yo a ti. Hoy no tenías ganas de beber.

—Ninguna, porque estaba solo.

—Estabas conmigo.

—Sí, guapa.

—No le des vueltas, siempre has sido razonable.

—¿Nos fumamos un cigarrillo-para-dos?

—Pesado… ¿No tienes sueño?

—Tengo calma. ¿Cómo acababa la película?

—Él vuelve, de madrugada. Su mujer le está esperando y se reconcilian. Acaba bien. Pero…

—¿De verdad era cura?

—… nos hemos embrollado a charlar y se ha hecho tardísimo. ¿Quién?

—Oye, la fanfarria de esta mañana ¿no era de Brahms?

—Haydn, cariño.

—No creía que hubiese Haydn en esta casa. ¿De qué habéis hablado?

—Uf… Pablo tenía una de esas noches, en que nunca termina de estar borracho.

—A pesar de que hacía lo posible.

—Pobre Pablo. Y yo, confesional.

—¿Por qué pobre Pablo?

—Porque se preocupa más por nosotros de lo que tú te piensas.

—Cuando has subido, tú también andabas un poco soplada.

—¿Se notaba? —rió, satisfecha—. Venga, a tu cama, que va a amanecer.

—¿Llovía?

—No nos hemos fijado.

Entre las sábanas nevaba otra vez, pero ahora sobre los muros roídos de un coliseo, en cuya arena Mary me ofrecía, temerosa y posesiva, el mismo reloj de pulsera que, en mi muñeca, troceaba la respiración continuada de Sagrario.

—Sagrario —murmuré.

Arrinconaría la mesa de comedor, ampliaría el espacio frente a la chimenea, bajaría del cuarto de los fantasmas una mecedora. El próximo sábado a Sagrario le asombraría el nuevo living.

Me despertaron sus precauciones por no despertarme.

—¿Qué pasa?

—Duerme, duerme, no pasa nada.

La alcancé antes de que cerrase la puerta del cuarto de baño.

—¿Pretendías escaparte?

—Es una lástima que te levantes tan pronto. No me beses, que apesto.

—Me sobra tiempo para dormir.

—Llama a Pablo.

Sin embargo, chisté en sordina, cuidando su sueño de mármol. Me ayudaría a cambiar los muebles del living, a abrir acequias en el patio, a sobrellevar la resaca de la soledad. Por la ventana de la cocina, la lluvia parecía polvo de ala de mariposa. A fin de no quedarme dormido con una cerilla encendida entre los dedos, puse la cabeza bajo el grifo del agua fría y aullé en silencio. Arriba, Sagrario injuriaba inútilmente a Pablo. Una vez hecho el café, cargué la bandeja escalón tras escalón, en tanto Sagrario opinaba que nadie, ni rayo, despertaría a tal borracho. Se le abrieron los ojos, cuando tragó medio tazón de café hirviente, y suplicó una cabezadita hasta el crepúsculo.

—Te dejo con éste, sólo mientras termino de arreglarme. Después, te meteré en la ducha a empujones.

—¿Está enfadada? —preguntó Pablo en una lengua no indoeuropea.

—Tiene prisa, para que yo no me percate de que se va.

—¿Es que te importa demasiado?

—Demasiado —dije.

—¿Queda café?

—Anoche hiciste que se la cogiese. —Le serví y me senté en el alféizar de la ventana.

—No recuerdo ni que era de noche. Sé que lo pasamos muy bien.

—Sin duda. Oye…

—¡Pablo!, ¿te has tirado ya de la cama?

—Sí —contesté—. Oye…

—Que conteste Pablo, para que yo sepa que no se ha vuelto a dormir.

—Estoy haciendo gimnasia islandesa, Gra. ¿Qué decías?

—Hazme un favor. Convence a Sagrario de que acepte el empleo de José María. Yo se lo diré también, aunque sea únicamente por no estar toda la semana reprochándome no habérselo dicho. Pero a ti te hará más caso.

—Descuida, que cumpliré el encargo. —Logró asentar un pie en la alfombrilla.

—Voy a traerte analgésicos.

—A kilos. ¿Por qué me dejaste beber, Gra?

Abrochándose una pulsera, Sagrario entró en el dormitorio. Le serví café y se sentó en la butaca, tras despejarla de un zapato y de un libro.

—Para contarte mis secretos.

—A éste habrá que contárselo también, ¿no? —Pablo subió el pie, escurrió las piernas y descansó la espalda en la pared.

—Secretead un rato, que vengo enseguida.

—Escucha —dijo Sagrario, cuando yo había enganchado ya la cafetera—. Sería indigno comunicártelo por carta.

—Suéltaselo de una vez, que es mayorcito.

Me sentí muy pequeño.

—Hay que cortar nuestros fines de semana aquí. El abogado insiste en que es arriesgado, peligroso, porque estamos en el momento más decisivo y... —se interrumpió, pero ya tranquilizada, con una rara jocundidad—. ¿Sabes lo que significa?

—No lo sabe.

—Quédate —dije.

—Dentro de dos meses, de tres a lo sumo —engarfió los dedos de sus dos manos en los míos— seré absolutamente libre para vivir en esta casa. Y entonces, canalla —mantuvo su risa sin esfuerzo— tú no querrás, porque ya podré casarme contigo.

Pablo tiró la almohada contra el techo.

—Pero, Gra, ¿qué maneras son esas de pedir su mano?

—Quédate...

—¿Me ha salido incorrecto?

—Quedaros hasta la tarde...

—Tranquilízate, de lo más apropiado.

—Deja —dijo Sagrario— que vaya yo a preparar el café.

—No, no, perdona. —Me precipité a salir del dormitorio.

Mientras hervía el agua, contemplé el aborto de mañana que, en forma de cúpula lluviosa, borroneaba la ladera. Decidí, aunque sin esperanzas ya de retenerlos, tostar unas rebanadas. Del vasar recogí las fotografías de Mary, para dárselas a Pablo, que, con toda seguridad, las habría olvidado. Tan dócil caía la lluvia, que no movía el paisaje. Gracias a las tostadas, se alargaría la tertulia en el dormitorio de Pablo. Luego, tendría que afeitarse, sacaríamos del cobertizo —el canalón permanecía sujeto— el 1.100, cargaríamos sus equipajes, abriría yo la cancela, Sagrario tocaría el claxon al enfilar por el camino hacia el pueblo. Guardé las fotos en el bolsillo superior de la bata, del que sobresalían lo suficiente para que ni yo descuidase devolverlas, ni ellos sospechasen que deseaba quedármelas. Tub, sentada a lo moro entre los pinos chorreantes, sostuvo el paraguas sobre la cabeza y me saludó, alzando las manos en un aplauso inmóvil. Si Sagrario no había ventilado, quizá hasta la noche se conservaría su olor en el dormitorio de las dos camas. La cafetera bufaba, pero el tostador no acababa de expulsar el pan. En todo caso, puesto que Sagrario y Pablo no se marcharían después de las diez y media, en vez de dedicarme a trastocar el mobiliario del living, tendría tiempo de vestirme, llenar el depósito del jeep y llegar antes de que el ascendente de las once y diez entrase en agujas, no fuese a encontrarse Julia sola en la estación.

Madrid, 1964-1972

Índice de citas

TRADUCCIONES DE LAS CITAS

«Mientras tanto, tengo diez o doce carpinteros en el aire, que ejecutan mi plan de obras, que corren de viga en viga, que no se preocupan de nada, que en todo momento están a punto de partirse la cabeza, que me provocan dolor de espalda a fuerza de advertirles desde abajo. Da que pensar ese bonito invento de la Providencia que es la codicia; y es para darle gracias a Dios de que existan hombres que por cuatro perras se presten a hacer lo que no harían otros por cien mil escudos.»

a) «Nuestra vida está gobernada por la fortuna, no por nuestra sabiduría.»

b) «Este lugar debía de ser muy bonito antes de la guerra, ¿no?… —observaba Lola—. ¿Era elegante? ¡Cuéntemelo, Ferdinand…! Y ¿el hipódromo? ¿Era como en Nueva York?»

c) «Mi historia es la historia de un soltero.»

d) «Creía que determinados lugares del mundo habían de producir la felicidad, igual que una planta que, acostumbrada a una tierra específica, crece mal en cualquier otro sitio.»

e) «… acababa de reconocer el abrigo que Albertine se había puesto para ir conmigo a Versalles en coche descubierto, aquella tarde en la que yo difícilmente habría sospechado que unas quince horas escasas me separaban del momento en que ella abandonaría mi casa.»

f) «Estáis aquí, señor Brunetto.»

g) «Desesperado mi corazón por un año de ingratitud, / ya no puede más sufrir la incertidumbre de su sino. / Demasiado tiempo de temer, gemir y amenazar. / Me muero, si os pierdo; pero me muero también, si me resigno.»

h) «Y así, con frecuencia, cuando el azar nos colma, cuando la realidad que siempre hemos añorado, conjurado, se encuentra ahí, a nuestro alcance, de entrada no la reconocemos.»

i) «Cuando tardas en volver a casa, tu esposa se imagina que estás haciendo el amor o que estás bebiendo o dejándote llevar por tu capricho, en fin que eres tú el único que se divierte, mientras que ella se lo pasa mal.»

j) «Joyas, mármol, marfil, estatuillas tirrenas, cuadros, / platería, telas teñidas con púrpura de Getulia...»

k) «La debilidad de su espíritu, fuente de todas sus desgracias, era el único reproche que podría hacérsele; pero esta debilidad, de naturaleza respetable, ¿debía servir de excusa a todos los horrores que se inventaron para castigarle?»

l) «A los ojos de mis enemigos estoy revestido de las libertades que he robado a los demás.»

ll) «Así, expresa antes de sentir y luego juega a sentir lo que ha expresado.»

m) «La estupidez y alteración de los sentidos no es cosa que pueda curarse con una retahíla de consejos. c Y precisamente podemos decir de esta reparación lo que Ciro responde a aquel que le urge a arengar a su hueste a punto de comenzar la batalla: "Que los hombres no se hacen valientes y guerreros sólo por una buena arenga, lo mismo que nadie se hace melómano empedernido por escuchar una buena canción".»

n) «Si verdaderamente aceptas, convídame de inmediato; / he acabado de comer y, saciado, me he tendido boca arriba / y atravieso la túnica y el manto.»

o) «Me obstino en mezclar las ficciones a las temibles realidades. Casas deshabitadas, yo os he llenado de mujeres excepcionales, ni gordas, ni delgadas, ni rubias, ni morenas, ni locas, ni juiciosas, da lo mismo, mujeres, por un detalle, más seductoras que verosímiles. Inútiles objetos, incluso la bobería que os fabricó fue para mí un manantial de maravillas.»

p) «Entre nosotros lo confieso, cuando le infligí la afrenta, / se me calentó un poco la sangre y se me fue un poco la mano.»

q) «Todos aquellos tenían algo, lo sé, que de alguna manera los hacía superiores a mí, sublimes, y que me hacía a mí, por contraste con ellos, mediocre. Sin embargo, no me habría cambiado por ninguno de ellos.»

r) «Yo estoy hecha para aburrirme al lado de un español.»

s) «Por experiencia sabía que el peor sufrimiento radica en la soledad que lleva aneja. Expresarlo, sin duda consuela; pero pocas palabras son menos conocidas de los hombres que las de sus dolores profundos.»

t) «El principio de estructuración reside en la propia materia de lo estructurado.»

u) «Hay una historia semejante en uno de los libros de Partre. —Es un libro excelente —dijo Alise—. ¿No lo ha leído usted, Colin?»

v) «Debemos obrar de manera que no conculquemos las leyes universales de la naturaleza; pero, salvaguardadas estas leyes, debemos seguir nuestra propia naturaleza.»

w) «Casi todas las fotos son buenas, están secándose.»

Índice